Dan Wells

Die Formel

Dan Wells

Die Formel

Thriller

Aus dem Amerikanischen
von Jürgen Langowski

PIPER

Von Dan Wells liegen im Piper Verlag vor:
Die Formel
Mirador (Serie)
Serienkiller (Serie)
Partials (Serie)
Du stirbst zuerst
Sarg niemals nie

MIX
Papier aus verantwortungsvollen Quellen
FSC
www.fsc.org
FSC® C083411

Deutsche Erstausgabe
ISBN 978-3-492-70469-4

Titel der amerikanischen Originalausgabe:
»Extreme Makeover«, Tor Books, New York 2016
Published by arrangement with Fearful Symmetry LLC

Satz: psb, Berlin
Gesetzt aus der Swift
Druck und Bindung: CPI books GmbH, Leck
Printed in Germany

Dieses Buch widme ich Dan Wells, dem Schauspieler,
Dan Wells, dem Rennfahrer, Dan Wells, dem Poolbillardspieler
und Dan Wells, dem Australischen Footballspieler.
Manchmal versucht man, jemand anders zu finden,
und findet doch immer wieder nur sich selbst.

Vorwort

Anfang des 19. Jahrhunderts entdeckte man in verdorbenem Fleisch ein extrem wirkungsvolles bakterielles Nervengift, das man *Botulinumtoxin* nannte, was man mit *Würstchengift* übersetzen könnte. Die Giftaufnahme verursacht einen Zustand, den man als *Botulismus* bezeichnet. Das Gift zerstört die Fähigkeit des Nervensystems, mit den Muskeln – Herz und Atemmuskulatur eingeschlossen – zu kommunizieren, bis sie völlig unbeweglich werden. Neunzig Nanogramm können einen neunzig Kilogramm schweren Erwachsenen binnen weniger Minuten töten. Es ist das gefährlichste den Menschen bekannte Gift. 2014 ließen sich fast fünf Millionen schönheitsbewusster Kunden dieses Gift freiwillig ins Gesicht spritzen.

Den Menschen missfällt ihr Aussehen. In den USA möchten mehr als zwei Drittel der Frauen abnehmen. Mehr als die Hälfte der weiblichen amerikanischen Jugendlichen leidet an eindeutig diagnostizierten Essstörungen. Die ersten Symptome treten bereits im Kindergarten auf. Jährlich werden weltweit Umsätze von mehr als 426 Milliarden Dollar mit Schönheitsprodukten und kosmetischer Chirurgie erzielt, und die Zuwachsrate liegt bei fast einhundert Prozent pro Jahr. Männer lassen sich an manchen Körperstellen Haare implantieren, an anderen mit dem Laser entfernen. Frauen lassen sich die Brüste vergrößern oder verkleinern, Fett wird aus dem Bauch abgesaugt, Kollagen wird in Lippen und Augenlider gespritzt, Falten werden maskiert, aufgefüllt, gestrafft und mit Giftstoffen behandelt.

In dieser Kultur, in der wir alles sein können, was wir wollen, scheint eines gewiss:

Niemand möchte der sein, der er ist.

Erster Teil
NewYew

Kapitel 1

Donnerstag, 22. März
9:01 Uhr
Hauptsitz von NewYew, Manhattan

267 Tage bis zum Weltuntergang

»Die Eibe ist ein majestätischer Baum«, verkündete Carl Montgomery. Das Sprechen strengte ihn an, er hielt inne und nahm einen gedehnten, tiefen Atemzug aus dem Sauerstofftank. »Yggdrasil war eine Eibe«, fuhr er fort. »Der Weltenbaum, der alles stützt.«

Sie hatten sich in einem luxuriösen Konferenzsaal versammelt: Carl, der CEO von NewYew Inc., und alle leitenden Mitarbeiter. Lyle Fontanelle, der Chefwissenschaftler, staunte immer wieder über die protzige Ausstattung dieses Gebäudeflügels. Die Büros waren in der Anfangszeit der Firma gebaut und eingerichtet worden. Damals blühten die Geschäfte, und die Bestellungen rissen nicht ab. »Die Leute bringen sich fast um, damit sie uns ihr Geld geben dürfen«, hatte Carl damals immer gesagt. Genau genommen traf das sogar zu, denn das einzige Produkt der Firma war Paclitaxel gewesen, ein Mittel für die Chemotherapie, und die Kunden waren ausschließlich Krebspatienten gewesen. Das galt für die Zeit, bevor Lyle eingestellt worden war. Carl hatte ihm oft erklärt, das Geheimnis des Erfolgs liege in der Fähigkeit, Krebs zu behandeln, ohne ihn zu heilen. »Verkauf ein Heilmittel, und du zerstörst dir selbst den Markt. Verkauf ein Mittel zur Behandlung, und du hast einen Kunden auf Lebenszeit.« Unter Berücksichtigung der Tatsache, dass das Leben der Patienten tatsächlich von seinem Mittel abhing, konnte Carls Philosophie nur bemerkenswert zutreffend genannt werden.

Lyle sagte sich, dass er damals sicher nicht für NewYew gearbeitet hätte. Nicht einmal die Aussicht auf sagenhaften Reichtum hätte ihn zum Verrat seiner Prinzipien verleiten können. Schließlich war er kein Söldner, sondern Wissenschaftler.

Als die Forschung um 1990 eine Methode zur Synthetisierung von Paclitaxel fand und das Mittel nicht mehr mühsam aus der Pazifischen Eibe gewinnen musste, riss die Glückssträhne der Firma ab. Ein einfacher, für jeden Konkurrenten nachvollziehbarer Produktionsprozess hatte zur Folge, dass nun auch viele andere Unternehmen das Mittel herstellen konnten. Aufgrund einer Vielzahl von Produzenten stieg die Verfügbarkeit, und die Preise sanken. Guter Zugang und niedrige Preise bedeuteten, dass immer mehr Patienten die Substanz nutzen konnten. Die Patienten waren glücklich, die Ärzte waren glücklich, und sogar die Umweltschützer freuten sich, weil die Pazifische Eibe nicht mehr gefährdet war.

Nur Carl Montgomery war überhaupt nicht glücklich.

Nach dem Verlust des lukrativen Monopols erlitt NewYew erhebliche finanzielle Einbußen und war gezwungen, sich neu auszurichten. Da man die nötige Ausrüstung und die Infrastruktur besaß, um Chemikalien für Menschen herzustellen, verlegte man sich von der Chemotherapie auf die Kosmetik. Die Firma warb Lyle, einen erfolgreichen Chemiker, von Avon ab und machte sich an die Arbeit. Soweit es Carl betraf, bestand der einzige spürbare Unterschied darin, dass in den Firmenräumen nun die Fotos von Supermodels statt von kahlköpfigen kleinen Kindern hingen. Wenn überhaupt, dann wirkten die Büroräume tatsächlich attraktiver als früher.

Wie bei den meisten Evolutionen schleppte das Unternehmen auch in diesem Fall einige Wurmfortsätze aus der Vergangenheit mit sich herum – Überbleibsel der alten Inkarnation, die keinen Sinn mehr hatten, wie etwa der Name der Firma und der Slogan *Die Heilkraft der Eibe™*. Carl ging sogar so weit, darauf zu bestehen, die Pazifische Eibe müsse auch in die Kosmetikprodukte Eingang finden. Die Manager sprachen sich allerdings stets dagegen aus. Am Morgen des 22. März verdrehte Lyle Fontanelle nicht zum ersten Mal die Augen und bereitete sich innerlich darauf vor, abermals die alten Argumente vorbringen zu müssen.

»Yggdrasil war eine Esche«, wandte er ein. »Ich habe es nachgeschlagen.«

»Und bei einer Handcreme können wir Eibe nicht gebrauchen«, ergänzte der Firmenanwalt Sunny Frye. In Wirklichkeit hieß er Sun-He und kam aus Korea. Lyle arbeitete schon so lange mit Make-up, dass er mit geradezu unheimlicher Treffsicherheit sagen konnte, woher jemand kam. »Die Eibe hat absolut nicht die Fähigkeit, die Haut zu befeuchten oder Alterungsprozessen entgegenzuwirken«, fuhr Sunny geduldig fort. »Das sind wir doch schon einmal durchgegangen. Der Baum trägt nichts zu dem Produkt bei.«

»Dann benutzen Sie eben nicht viel davon«, verlangte Carl, der völlig reglos auf dem Stuhl saß. Es war ein wuchtiger Chefsessel aus weichem schwarzem Leder, der vorzüglich zum warmen Mahagoniton des Konferenztischs passte. Carl verließ den bequemen Sessel nur höchst selten. Mit seinen neunundsiebzig Jahren hatte er die Altersgrenze weit überschritten und sollte nach Lyles Ansicht eigentlich nicht länger mit der Firmenleitung betraut sein. Andererseits musste Lyle zugeben, dass die Alternative wahrscheinlich noch schlimmer war. Der Nachfolger für die Position des CEO war der Präsident Jeffrey Montgomery. Er war Carls Sohn und ebenso verschroben wie unnütz.

»Wir müssen nicht viel Eibe einsetzen«, sagte Carl ohne sichtbare äußere Bewegung. »Nur gerade so viel, dass man es aufs Etikett schreiben kann.«

Die anwesenden Manager seufzten so leise und so höflich wie möglich. Es waren vier (Jeffrey zählte nicht, er saß in der Ecke und spielte auf dem Handy): die Vizepräsidentin für Finanzen, der Vizepräsident für Marketing, der Syndikus und natürlich der Chefwissenschaftler. Lyle träumte schon lange davon, seine Visitenkarten zu ändern und sich als *Wissenschaftsoffizier* zu bezeichnen, schreckte aber seit mehr als zehn Jahren vor der tatsächlichen Umsetzung zurück. Er war sich selbst nicht sicher, was er beängstigender fand – dass man ihn wegen der Anspielung auf *Star Trek* auslachen könnte oder dass es niemanden ernsthaft interessierte, was auf seinen Visitenkarten stand.

Carl sprach weiter und wedelte schwach mit einer runzeligen Hand, um seine Worte zu unterstreichen. »Die Eibe ist ein wundervoller Baum, den unsere Kunden mit Gesundheit in Verbindung bringen. Wir haben fünfunddreißig Jahre lang mit der Eibe Krebs bekämpft. Lässt sich das nicht irgendwie zu unserem Vorteil einsetzen?«

»In der Tat wäre das eine brillante Marketingstrategie.« Eifrig beugte sich Kerry White vor. Er war erst vor wenigen Monaten als Vizepräsident für Marketing eingestellt worden, und deshalb war ihm dieser Streit noch relativ neu. »Man stelle sich nur die Werbung vor: *Die Firma, die Ihnen das Leben gerettet hat, rettet Ihnen jetzt die Haut.*«

»Diese Kampagne haben wir schon vor vier Jahren gefahren«, wehrte die Vizepräsidentin für Finanzen ab. Sie war eine klapperdürre Frau namens Cynthia Mummer. »Es hat nicht funktioniert.«

»Es hat nicht funktioniert, weil wir keine Eibe in den Produkten hatten«, beharrte Carl.

»Nun gut«, schaltete sich Lyle ein. »Könnten wir ...« Er

wollte seine neueste Idee vorstellen, wusste aber nicht so recht, wie er anknüpfen sollte. »Können wir ein Wortspiel daraus machen?«

»Ein Wortspiel?«, fragte Kerry. »Ist das Ihr Beitrag?«

»Der ganze Firmenname ist bereits ein Wortspiel«, warf Cynthia ein.

»Ich meinte ein Wortspiel vor dem Hintergrund dessen, was Carl gerade gesagt hat«, fuhr Lyle fort. »Wir reichern die Produkte mit Eibe an. Das Wort *yew* spricht man genauso aus wie *you* und ...«

»Wir wissen, was ein Wortspiel ist«, erwiderte Cynthia. »Lassen Sie es ihn doch erklären!«, verlangte Sunny. Lyle war zugleich dankbar und empört. Er brauchte bei jeder dieser Sitzungen Sunnys Unterstützung, und das gefiel ihm ganz und gar nicht. Warum konnte er nicht für sich selbst sprechen?

»Ich habe verschiedene biomimetische Technologien untersucht«, erklärte Lyle. »Es gibt da etwas, das ich ...«

»Was ist Biomimetik?«, fragte Kerry.

»Eine Methode, die biologische Vorgänge nachahmen kann«, erläuterte Lyle. »Ein intelligentes Produkt, das sich dem Körper anpasst.«

Cynthia nickte. »In der Hautpflegelinie für Jugendliche haben wir biomimetische Lipide. Diese Produkte zählen zu den bestverkäuflichen.«

»Richtig«, bestätigte Kerry. »Meine Frau liebt diese Lotion.«

»Benutzt Ihre Frau tatsächlich Pflegeprodukte für Jugendliche?«, fragte Cynthia.

»Was ist herausgekommen, als Sie biomimetische Stoffe erforscht haben?«, grollte Carl. »Wir bezahlen Sie nicht dafür, dass Sie den ganzen Tag untätig auf dem Hintern sitzen. Dazu haben wir schon Jeffrey. Sie werden hier für Forschung und Entwicklung bezahlt. Also – haben Sie irgendetwas entwickelt?«

»Ja, ich habe tatsächlich etwas, und das würde ich Ihnen gern zeigen«, antwortete Lyle. Er legte die Aktentasche auf den Tisch. »Es ist die Creme gegen Verbrennungen, über die wir schon gesprochen haben. Die Lotion erweist sich ... äh ... als recht vielversprechend im Bereich des Anti-Aging. Marktreif ist sie zwar noch nicht, aber die ersten Resultate sind ermutigend. Für die weitere Erforschung möchte ich mehr Mittel zur Verfügung stellen.«

»Wozu brauchen wir eine Creme gegen Verbrennungen?«, fragte Cynthia mit eisiger Stimme. Als CFO hatte ihre Einschätzung im Hinblick auf die Mittelvergabe das größte Gewicht. Lyle schluckte nervös und öffnete die Aktentasche.

»Eigentlich ist es gar keine Verbrennungscreme.« Er zog eine Mappe und einen Stapel Hochglanzfotos heraus. »Die Technologie stammt von einer Verbrennungscreme und beruht auf medizinischen Forschungen, die vor einigen Jahren veröffentlicht wurden. Wie ich schon sagte, bieten sich uns hier einige recht erfreuliche Möglichkeiten für die Verwendung in der Kosmetik und besonders im Bereich des Anti-Aging. Die Schlüsselkomponenten sind Plasmide.«

»Oh!«, rief Jeffrey. »Genau wie in dem Spiel!«

»Nein«, antwortete Lyle. »Plasmide kommen in Bakterien vor.«

»Wollen Sie Bakterien in eine Handcreme stecken?«, fragte Kerry. »Ich weiß, dass es so etwas wie schlechte Publicity eigentlich nicht gibt, aber das geht doch wohl zu weit.«

»Es sind gar keine Bakterien«, widersprach Lyle, während er im Ordner blätterte. »Die Plasmide stammen aus Bakterien, aber sie werden entnommen und gewissermaßen getrennt verkauft.« Er fand ein fotokopiertes Blatt im Ordner und hielt es hoch. Zwei körnige Schwarz-Weiß-Bilder zeigten eine Struktur, die möglicherweise Haut sein sollte. »Das stammt aus einem Test der Universität Boston. Mithilfe der Plasmide hat man dort verbrannte Haut neu aufgebaut. Die Plasmide dringen in die Zellen ein und beschleunigen die Kollagenproduktion. Dadurch heilt die Haut besser und sauberer ab.«

»Warten Sie mal!«, rief Kerry aufgeregt. »Ist das so ähnlich wie ein Kollagenzusatz in einer Hautcreme? Das könnten wir sehr gut vermarkten.«

»Warum arbeiten Sie dann an einer Lotion statt an einem Lippenstift?«, fragte Carl. »Kann man das auch mit einem Lippenstift machen?«

»Die meisten Lippenstifte erwecken nur den Eindruck von volleren Lippen«, erklärte Kerry. »Mit dieser Methode würden die Lippen tatsächlich aufgefüllt. Ich stelle mir jetzt schon vor, wie man ...«

»Moment!«, unterbrach Lyle. »Das ist nicht ... So funktioniert es nicht. Ich meine, die Rede ist hier nicht von magischer plastischer Lippenchirurgie oder etwas Ähnlichem.«

»Worüber reden wir dann?«, fragte Sunny.

»Die Plasmide können nichts vergrößern«, erläuterte Lyle. »Sie haben aber das Potenzial für eine recht erstaunliche Antifaltencreme.«

»Anti-Aging ist ein Riesengeschäft«, bestätigte Cynthia. »Die geburtenstarken Jahrgänge sind inzwischen so betagt, dass allmählich schon deren Kinder alt werden. Ein Antifaltenmittel verspricht gute Umsätze.«

»Es ist ein sehr kluges Verfahren«, fuhr Lyle fort. Er war dankbar, dass ihm alle endlich die volle Aufmerksamkeit schenkten. »Die Haut besteht in erster Linie aus Kollagen und anderen Proteinen, und wenn man älter wird, fährt der Körper die Produktion zurück. Dadurch wird die Haut schlaff und bekommt Runzeln. Die Plasmide helfen bei der Heilung von Verbrennungen, indem sie mehr Kollagen produzieren. Genauer gesagt verleiten sie die Zellen zur Überproduktion. Wenn man die Lotion auf gesunde Haut aufträgt, entsteht dort zusätzliches Kollagen, das Falten und Runzeln auffüllt. Augenblick! Ich glaube, ich habe ein paar Fotos von Testläufen ...« Er blätterte in seinem Ordner. »Alle anderen Anti-Aging-Produkte auf dem Markt – Botox und wirklich alles andere – überdecken nur das Problem, verlagern oder verbergen es. Aber eine Lotion, die unmittelbar die Hautzellen stimuliert, damit sie mehr Kollagen produzieren, löst das Problem an der Wurzel. Die Falten werden nicht versteckt, sondern tatsächlich beseitigt.«

»Rejuvagen!«, rief Kerry. »Das erste Hautpflegeprodukt, das den Alterungsprozess tatsächlich umkehrt. Exklusiv von NewYew.«

»Nicht übel.« Mit zitterndem Finger deutete Carl auf Kerry.

»Danke«, murmelte Lyle unsicher. Er fand das Foto, das er gesucht hatte, und legte es auf den Tisch. »Dies ist eine unserer ersten Testpersonen. Wir haben die Heilfähigkeit bei einer kleinen Abschürfung auf der Wange überprüft. Aber das ganze Gesicht ist gut zu erkennen.«

»Warten Sie mal!«, bremste Sunny. »Sie sagten, es dringt in die Zellen ein. Was genau meinen Sie damit?«

»Nun ja, es ist ein Plasmid«, erklärte Lyle. »Also ...«

Carl fiel ihm ins Wort. »Es ist mir egal, wie es funktioniert. Mir ist wichtig, wie es sich ökonomisch und juristisch schützen lässt. Sie sagen, es beruht auf einer Universitätsstudie. Sind die Forschungen gemeinfrei?«

»Die Untersuchung an der Universität war eine Machbarkeitsstudie«, antwortete Lyle. »Die Technologie ist öffentlich bekannt, und die Plasmide sind leicht erhältlich. Diese hier habe ich von einem Laborausstatter direkt ab Lager bestellt.«

»Wie invasiv ist das denn?«, wollte Sunny wissen. »Wenn

es direkt auf die Zellen Einfluss nimmt, brauchen wir wahrscheinlich eine Genehmigung der FDA, und das kann Jahre dauern. Wenn wir es Ihrer Überzeugung nach wirklich nutzen können, muss ein Teil des Budgets dafür aufgewendet werden.«

»Die Gesundheitsbehörde wird es niemals genehmigen«, warf Cynthia mit ernster Miene ein. Sie nahm die fotokopierte Seite und deutete auf den verschwommenen Text. »Was Lyle zu erwähnen vergaß – hier handelt es sich um eine Gentherapie.«

»Gentherapie?«, echote Carl.

Sunny lachte. »Die FDA hat noch nie frei verkäufliche Produkte genehmigt, die auf Gentherapie beruhen. Warum haben Sie nicht gleich gesagt, dass es hier um Gentherapie geht?«

»Ich sagte, es seien Plasmide«, antwortete Lyle und sah sich um. »Worüber haben wir denn sonst geredet?«

»In diesem Raum weiß niemand, was Plasmide sind«, erwiderte Kerry.

»Ich habe es doch gleich gesagt«, erklärte Jeffrey. »Sie kommen auch in dem Spiel vor.«

Lyle überhörte den Einwurf. »Ein Plasmid ist ein DNA-Ring. Plasmide sind ein sehr kleines und sehr effizientes Werkzeug, um genetische Informationen zu übertragen. Die Sorte, die ich benutze, bindet sich an die DNA und löst die Erzeugung von HSP47 aus, einem Protein, das ...«

»Das ist Gentechnik.« Sunny schüttelte den Kopf. »Unvorstellbar, dass die FDA so etwas genehmigt.«

»Aber es ist wirklich keine sonderlich ausgefallene Technologie«, wehrte sich Lyle. »Wie gesagt, ich habe die Plasmide als Laborbedarf einfach eingekauft. Man bekommt sie überall.«

»Überall im Labor«, widersprach Sunny. »Aber nicht in Konsumgütern. Das ist ein großer Unterschied.«

»Zeigen Sie mir Ihre Testergebnisse!«, verlangte Cynthia, während sie die Fotos betrachtete. Lyle schob den Ordner über den Tisch zu ihr hinüber. Sunny schüttelte jedoch den Kopf.

»Die Tests spielen keine Rolle«, erklärte er. »Es könnte das wirkungsvollste Anti-Aging-Produkt auf der Welt sein, und wir dürften es trotzdem nicht verkaufen.«

»Aber das ist es ja tatsächlich.« Cynthia hatte die Akte studiert und lächelte. Nach Lyles Ansicht sah es allerdings aus wie das Grinsen eines Raubtiers. »Das wirkungsvollste Anti-Aging-Produkt der Welt. Sehen Sie sich die Randnotizen an! Reduktion der tiefen Falten um sechsundsiebzig Prozent, völlige Entfernung kleinerer Falten. Das endgültige Ergebnis nach zwei Wochen, sichtbare Resultate nach wenigen Tagen.« Sie wandte sich an Carl. »Eine Goldmine!«

»Eine Goldmine, die wir nicht anrühren dürfen«, beharrte Sunny. »Oder frühestens, nachdem die FDA das Mittel zehn Jahre lang getestet hat. Ehrlich, Lyle, nicht einmal wir hätten es ohne gute juristische Absicherung testen dürfen.«

»Die Testpersonen haben alle die Freistellungserklärung unterschrieben, und ich habe die Dokumente an Sie weitergeleitet«, widersprach Lyle.

»Sie haben aber nicht erwähnt, dass es sich dabei um Gentechnik handelt«, wandte Sunny ein. »Wenn da nun etwas schiefgeht?«

»Immer mit der Ruhe!« Carl beugte sich vor. Die anderen hielten sofort inne und sahen ihn an. Wenn Carl sich vorbeugte, hatte er etwas Wichtiges zu sagen. »Wenn diese Lotion so gut ist, wie Cynthia behauptet, welche Möglichkeiten haben wir dann?«

»Mit einer Gentherapie?«, antwortete Sunny. »Überhaupt keine. Zehn Jahre auf die Genehmigung der FDA warten oder das Rezept einstampfen und noch mal von vorn anfangen.«

»Wie genau haben Sie sich das Bild angesehen?« Cynthia schob das Foto mitten auf den Tisch. Die anderen beugten sich vor und betrachteten es.

»Hübsch«, meinte Kerry. »Ist das ein Produkt für Jugendliche?«

»Das ist eine dreiundvierzigjährige Frau nach nur drei Wochen Behandlung«, erklärte Cynthia. »Sie hat ein Gesicht, auf das jeder Pädophile abfährt.«

Es wurde still. Carl starrte auf das Foto. »Lyle«, fragte er schließlich langsam, »sind diese Resultate typisch?«

Lyle konnte ein Lächeln nicht unterdrücken. »Die Frau auf dem Foto hatte schon vorher ein recht jugendliches Gesicht. Was wir sehen, liegt nicht allein an unserer Hautcreme. Aber ja, im Allgemeinen ist die Reduktion von Falten in diesem Ausmaß typisch für die Testpersonen. Einige haben anschließend noch einmal angerufen und gefragt, ob sie noch mehr bekommen könnten. Das Produkt hat das Potenzial, ein Verkaufsschlager zu werden, wie wir ihn seit ... nun ja, seit Paclitaxel nicht mehr erlebt haben. Garantiert jeder wird es haben wollen.«

Carl legte die Stirn in tiefe Falten, starrte auf die Tischplatte und dachte nach. Ohne den Kopf zu heben, sprach er schließlich weiter. »Sunny, Sie müssen eine Möglichkeit finden, das Zeug zu verkaufen.«

»Aber ...«

»Wenn es Ihnen gelingt, schenke ich Ihnen persönlich eine Karibikinsel«, fuhr Carl fort. »Die bezahle ich mit dem Kleingeld, das mir dieses Produkt unters Sofakissen spült.«

Sunny dachte nach. »Das könnte eine große Sache werden ... aber es klappt nur, wenn wir legal vorgehen.«

»Finden Sie eine Möglichkeit!« Carl wandte sich an Kerry.

»Ich will einen Namen, ich will Werbespots und Entwürfe für die Flaschen. Das volle Programm.«

»Unbedingt«, stimmte Kerry zu.

»Und Sie«, sagte Carl und wies auf Lyle. »Sie beginnen nächste Woche mit der Produktion.«

»Unmöglich!«

»Nicht in vollem Umfang«, schränkte Carl ein. »Wir haben ja noch nicht mal einen Vorschlag für die Flasche. Aber ich will Probeläufe und Stabilitätstests sehen. Rufen Sie Jerry in der Fabrik an und bereiten Sie alles vor!«

Lyle schnitt eine Grimasse. »In der nächsten Woche ist noch ein Test geplant, aber ... ja, wahrscheinlich schaffe ich's. Zwei Wochen wären allerdings besser.«

Cynthia hob die Brauen. »Sie haben von Lackmus über Ratten bis zu menschlicher Haut alles Mögliche getestet. Was brauchen Sie denn noch?«

»Ich bin noch dabei, die Formel zu verfeinern«, entgegnete Lyle. »Die Frau auf dem Foto wurde mit Reihe 14E behandelt, die neueste ist 14G. Die Anpassungen waren allerdings geringfügig, und es könnte sein, dass ein einziger weiterer Test ausreicht. Den Termin haben wir bereits angesetzt. Die Probanden sind erwachsene Männer zwischen achtzehn und fünfundvierzig.«

»Hautpflege für Männer ist die zweitgrößte Sache«, stimmte Kerry zu.

»Nicht so groß wie das hier«, widersprach Carl. »Lyle, führen Sie die Tests durch! Das Produkt muss für jedes Geschlecht, jedes Alter, jede Hautfarbe, kurzum für alles einsatzfähig sein. Wenn Sie eine Haut haben, sind Sie unser Kunde.« Er faltete die runzeligen Hände und bedachte die Manager mit strengem Blick. »Eine Lotion, die buchstäblich die Haut verjüngt ... und dann auch noch so wirkungsvoll. Das wird der gewaltigste Durchbruch in der Kosmetik seit Erfindung der Brustimplantate, gewinnt aber einen größeren Kundenkreis. Jeder Mann, jede Frau, jedes Kind im Land sollen eine Flasche mit dieser Lotion in Händen halten. Die Frauen sollen darin baden, und die Schulmädchen sollen sich alt fühlen, wenn sie es nicht benutzen. Habe ich mich deutlich genug ausgedrückt?«

Die Manager nickten.

»Gut«, schloss Carl. »Dann fangen wir an und verändern die Welt.«

Kapitel 2

Montag, 26. März
14:04 Uhr
Hauptsitz von NewYew, Manhattan

263 Tage bis zum Weltuntergang

»Das ist lächerlich«, sagte Susan.

Sie finanzierte sich das Studium an der Universität von New York, indem sie für Lyle als Forschungsassistentin arbeitete. Sie war eine ausgezeichnete Chemikerin, belastbar und mindestens ein Jahrzehnt zu jung für Lyle, der sich die größte Mühe gab, sie möglichst selten anzusehen, wenig mit ihr zu reden und ihre Nähe zu meiden. Die Gedanken an sie beanspruchten hingegen einen erheblichen Teil seiner geistigen Energie.

Lyle wandte den Blick nicht vom Computer ab. »Hm?«

»Ein Erdbeben in Mombasa.« Susan wies mit dem Finger auf ihren Bildschirm. »Vor zehn Stunden. Die Stadt wurde stark beschädigt. Die Menschen haben keine Häuser, kein Essen, gar nichts.«

»Schrecklich«, murmelte Lyle, der nicht richtig zugehört hatte. Susan setzte sich leidenschaftlich gegen alle erdenklichen Missstände ein, ihm aber fehlte die Energie, bei alledem mitzuhalten. Seine Finger klackerten auf der Tastatur, während er die letzten Details des neuesten Berichts bearbeitete. Sunny versuchte immer noch, ein Schlupfloch zu finden, damit sie die Anti-Aging-Lotion produzieren konnten, und dazu brauchte er alles, was Lyle ihm liefern konnte.

»Das liegt daran, dass wir Rassisten sind«, meinte Susan.

»Nein, warten Sie mal!«, rief Lyle und drehte sich ganz zu ihr um. Sie hatte langes blondes Haar mit natürlichen hellen Strähnen. Lyle hatte lange genug mit Haartönungen gearbeitet, um eine natürliche Strähne zu erkennen. Er schob den Gedanken an Susan als Model auf einer Schachtel Haartönung beiseite. »Das Erdbeben ist passiert, weil wir Rassisten sind?«

»Amerika hat ihnen nicht geholfen, weil wir Rassisten sind.«

»Es ist doch erst zehn Stunden her.«

»Wir könnten in zehn Stunden dort sein.«

»Vielleicht sind wir langsam, aber das macht uns noch nicht zu Rassisten«, widersprach Lyle.

»Wir sind schnell, wenn wir schnell sein wollen«, erklärte Susan. »Aber Kenia ist kein wichtiger Handelspartner, zum Teufel mit denen. Wir werfen ein paar Freiwillige und Wasserflaschen von einem Frachtflugzeug ab und heben die guten Sachen auf, falls es in Japan mal wieder einen Tsunami gibt. Wir helfen nur, wenn es uns nutzt und wir gut dastehen.« Sie starrte Lyle an und hob einen Finger, um ihren Standpunkt zu unterstreichen. »Aber der äußere Anschein bedeutet überhaupt nichts.«

»Ihnen ist doch klar, dass Sie für eine Kosmetikfirma arbeiten.«

»Sie können das Aussehen eines Menschen verändern, das Innere aber nicht«, erläuterte Susan.

»Ich ...« Lyle sah sie an und identifizierte fast automatisch die Farbe des Lippenstifts – pflaumenrosa. Ihm fiel nichts mehr ein, also blickte er auf die Uhr. »Acht Minuten nach zwei«, sagte er rasch. »Wir müssen den Test vorbereiten.«

»14G?«, fragte Susan. Sie hatte ihre Tirade fast so schnell wieder vergessen, wie sie damit begonnen hatte, und rollte mit dem Stuhl zu Lyles Schreibtisch hinüber, um einen

Blick auf dessen Computer zu werfen. »Gibt es in dieser Reihe etwas Neues?«

Lyle spürte nur zu deutlich, wie nahe sich ihre Knie gekommen waren. »Es gibt einige höchst interessante Details.« Er hob den Kopf und schenkte ihr ein hoffentlich strahlendes Lächeln. Allerdings war er sich ziemlich sicher, dass es nicht funktionierte, und stellte die Bemühungen sofort wieder ein. »Ich habe ein Retrovirus eingeführt, um den Prozess zu steuern.«

»Wirklich?« Susan beugte sich weiter vor und betrachtete den Bildschirm. Lyle schürzte die Lippen und dachte an flache Gegenstände – *Wände, Schränke, Tische.* Er schluckte und rückte mit dem Stuhl ein wenig ab. »Ich dachte, die Formel beruht auf Bakterien.«

»Plasmide kommen aus Bakterien«, bestätigte Lyle. »Dort befindet sich die DNA. Das Retrovirus gibt uns die Möglichkeit, die DNA aus dem Plasmid zu holen und in die Wirtszelle zu bringen.« Er brannte darauf, Susan zu beeindrucken, und wollte noch mehr sagen, doch von diesem Fachgebiet verstand er nicht viel, denn er war Chemiker und kein Genetiker. Er dachte kurz nach und wiederholte, was er in der Werbebroschüre des Lieferanten gelesen hatte. »Wir setzen hier eine RNA-Transkriptase ein, um die Wirts-DNA zu spalten, dann führen wir das im Plasmid gespeicherte DNA-Fragment ein, und dann machen wir den Reißverschluss wieder zu. Beides kommt von ein und demselben Lieferanten, und die Produkte sind darauf abgestimmt, nahtlos ineinander ... äh ...« Er vermied es, sie anzusehen. »Sie passen gut zusammen.« Er wollte eine Geste machen, wurde rot und verstummte.

»Klasse.« Susan betrachtete den Bildschirm genauer. Für Chemie interessierte sie sich fast so sehr wie für soziale Gerechtigkeit, war darin aber erheblich besser. »Das ist ... wirklich bahnbrechend.«

Lyle lief rot an und tat so, als müsse er dringend etwas in den Papieren nachsehen. »Ja, das ist auf jeden Fall interessant, und wir setzen große Hoffnungen darauf. Ich meine ... Carl sagt, es wird die Welt verändern. Aber was weiß der schon?« Er platzte fast vor Stolz. Vermutlich kam er wieder auf das Titelbild von *Scientific American*, und wenn Susan ihn für brillant hielt, war das die Kirsche auf dem Sahnehäubchen. Er blickte auf die Uhr und sprang mit einem erschrockenen Ruf auf. »Es ist schon Viertel nach zwei! Ich komme zu spät!«

»Brauchen Sie Hilfe?«

Lyle runzelte die Stirn, öffnete den Mund und sprach nicht aus, was ihn bewegte. Natürlich wollte er, dass sie mitkam. Er wollte, dass sie ihm überallhin folgte, aber so etwas durfte er nicht wollen. »Ich ...« Wieder fehlten ihm die Worte.

Susan deutete auf den eigenen Computer. »Die Farbanpassung der Lippenstifte, um die Sie mich gebeten haben, habe ich erledigt.«

Einen Augenblick lang starrte Lyle ins Leere und versuchte, nicht an Susans Lippen zu denken. Schließlich drehte er sich um und sammelte die Proben ein. »Ja, Sie können die Fotos machen.«

Susan nahm die Schälchen und Spatel und wanderte fröhlich auf den Flur hinaus. Lyle folgte ihr mit einigen Schritten Abstand. *Kerry sieht jeden Tag schöne Frauen,* dachte er. *Bei den Fototerminen und Aufnahmen für die Werbespots, bei allen möglichen anderen Veranstaltungen ist er immer dabei. Er wird sogar dafür bezahlt, sich schöne Frauen anzusehen. Ist es wirklich so schlimm, dass ich mir diese Frau ansehe? Mann, sie trägt sogar einen Laborkittel! Es ist doch nicht so, als liefe sie den ganzen Tag im Badeanzug herum.*

Hm, Susan den ganzen Tag im Badeanzug ...

»Doktor Fontanelle!« Lyle riss sich aus dem Tagtraum

und erkannte, dass er an der Tür vorbeigelaufen war. Er lächelte nervös und fragte sich, ob Susan seine Gedanken erahnte. Sie war so fröhlich wie immer. Er kehrte um und lächelte die sechs Männer an, die an der Längsseite des schmalen Tischs saßen. Die Personalabteilung hatte eine akzeptable Mischung an Freiwilligen mit unterschiedlichen Hauttypen rekrutiert – einen Asiaten, einen Latino und vier Weiße, von denen einer rotes Haar und unglaublich helle Haut hatte. Ein anderer war korpulent und hatte fettige Haut. Der Test ließ sich gut an.

»Entschuldigung«, sagte Lyle. »Ich war ein wenig zerstreut. Haben Sie alle den Vertrag gelesen und die Freistellungserklärung unterschrieben?«

»Wir werden dafür bezahlt, oder?«, wollte eine Testperson wissen, ein großer schlanker Mann mit glänzendem schwarzem Haar.

»Natürlich«, bestätigte Lyle. Er sammelte die Dokumente ein und vergewisserte sich, dass alle Formulare vollständig ausgefüllt und unterschrieben waren. Susan folgte ihm und stellte vor jeder Testperson einen kleinen Styroporbecher mit einem winzigen Plastikspatel ab.

»Gut«, sagte der große Mann. Lyle entnahm dem Dokument, dass er Ronald hieß. »Genau deshalb bin ich hier. Um etwas zu verdienen.« Er wirkte nervös. Lyle lächelte in sich hinein. Die Testpersonen waren manchmal ein bisschen zappelig.

»Also gut.« Er wandte sich an die Teilnehmer. »Ich versichere Ihnen, dass dies ein langfristig angelegter Test ist. Das Produkt, das Sie testen sollen, könnte im Grunde schon in die Produktion gehen. Ihre Haut ist jedenfalls in guten Händen, und wir glauben sogar, dass Sie angenehm überrascht sein werden. Jeder von Ihnen hat ein Schälchen und einen Spatel bekommen. Als Nächstes geben wir Ihnen ... Susan?«

Susan hielt sich am Ende der Reihe auf und rieb einer Testperson die Lotion auf den Handrücken. Einer sehr gut aussehenden Testperson, wie Lyle leicht gereizt bemerkte. Der Mann warf Lyle einen kurzen Blick zu, strahlte Susan an und schenkte ihr genau das lässige Lächeln, an dem Lyle sich kurz zuvor versucht hatte. Lyles Eindruck, in dieser Hinsicht kläglich versagt zu haben, verstärkte sich noch. Der Mann hatte bessere Zähne als manche der Models, die sie in der Werbung für Zahnaufheller eingesetzt hatten.

»Sie geben uns Susan?« Der Mann grinste diabolisch, und Susan lächelte. »Hätte ich das gewusst, dann wäre ich schon vor Wochen auf Sie zugekommen.«

»Susan«, flüsterte Lyle, während er sich ihr näherte. »Wir dürfen die Testpersonen nicht berühren. Dafür sind die Spatel da.«

»Das macht ihm nichts aus.« Sie strahlte den Mann an.

Lyle verdrehte die Augen. *Sie flirtet mit ihm.*

»Es macht mir absolut nichts aus.« Der Mann erwiderte ihr Lächeln.

Mit Mühe unterdrückte Lyle gerade noch ein Stöhnen. »Nein«, sagte er. »Damit meine ich, dass es illegal ist. Wenn Sie keine zugelassene Kosmetikerin sind, dürfen Sie das Gesicht eines anderen Menschen nicht berühren. Und bei Händen läuft es ... eigentlich auf das Gleiche hinaus.« Er zog Susan sanft von dem Teilnehmer weg. »Wir sollten auf Nummer sicher gehen und niemanden berühren.«

Susan zog die Augenbrauen hoch und starrte ihn an.

»Geben Sie ihnen die Lotion!« Lyle wies auf die anderen Männer. »Nur einen kleinen Spritzer aus der Flasche direkt in die Schale.« Susan salutierte, und Lyle runzelte die Stirn. »Meine Herren, benutzen Sie jetzt bitte die Spatel oder die Finger! Das eigene Gesicht dürfen Sie natürlich ohne Zulassung als Kosmetiker berühren. Und dann verteilen Sie die Lotion auf den Armen, im Gesicht oder an anderen Stellen, wo Sie kleine Falten oder Runzeln haben ...« Er beobachtete die sechs Männer, die in der Hautcreme herumstocherten, daran schnüffelten und sie schließlich sorgfältig auf der Haut verteilten. »Vorsicht mit den Augen!«, warnte Lyle. »Die Substanz ist ungefährlich, aber sie könnte in den Augen brennen.«

»Wir wollen das Mittel über einen gewissen Zeitraum testen«, ergänzte Susan. »Deshalb kommen Sie bitte in drei Wochen noch einmal. Dann stellen wir fest, ob es Fortschritte gab.« Sie hatte die Männer mit der Lotion versorgt und nahm die Kamera. »Ich mache einige Fotos vom jetzigen Zustand, damit wir beim nächsten Test einen Vergleich haben.«

Der nervöse Mann hob den Kopf. »Werden wir gleich bezahlt oder erst nach Ablauf der drei Wochen?«

»Beides, Ronald«, antwortete Lyle. »Keine Sorge, Sie bekommen das Geld! Aber vorher habe ich noch einige Fragen.« Lyle betrachtete den Papierstapel und stellte fest, dass der gut aussehende Mann Jon Ford hieß. »Mister Ford, beginnen wir mit Ihnen. Hatten Sie jemals ...« Er hielt inne, als ihm bewusst wurde, worauf die Frage abzielte. Dabei verspürte er ein gerütteltes Maß an Schadenfreude. »Haben Sie schon einmal an Juckreiz gelitten? An einem ansteckenden Hautausschlag oder an Hautpilz?«

»Muss ich darauf antworten?« Ford blickte ausgesprochen finster drein.

Lyle verkniff sich ein Lächeln. »Ja, leider. Es dient der wissenschaftlichen Forschung. Könnten Sie uns jetzt bitte die genaue Natur des Problems schildern?«

Kapitel 3

Montag, 26. März
15:31 Uhr
Midtown Manhattan

263 Tage bis zum Weltuntergang

Im schmutzigen Hauswirtschaftsraum eines Bürogebäudes, nur wenige Blocks von NewYew entfernt, wartete Ronald Lynch auf den Personalaufzug. Er arbeitete schon seit mehreren Jahren in diesem Gebäude, war aber noch nie durch die Vordertür hereingekommen. Wirtschaftsspionage war doch eine recht umständliche Angelegenheit.

Der Aufzug gab ein *Ping* von sich, und die Tür glitt auf. Im Innern lehnte ein vierschrötiger Mann in einem schlecht sitzenden Anzug gelassen am hinteren Handlauf. Er rührte sich nicht, sondern krümmte nur einen Finger, um Ronald zu sich zu winken. Ronald folgte der Aufforderung. Der Mann nickte.

»Siebzehntes«, sagte der Mann. Ronald drückte auf den Kopf, die Tür schloss sich. »Ich bin Abraham Decker.« Der Mann bot ihm eine fleischige Hand. »Chefwissenschaftler. Wir sind uns noch nie begegnet, aber ich habe die Berichte gelesen. Sie leisten gute Arbeit.«

»Ich komme direkt vom Produkttest«, erklärte Ronald. »Leider ist es mir nicht gelungen, eine Probe mitzunehmen, aber ich ...«

»Direkt?«, fragte Decker.

»Nun ja ... auf Umwegen«, schränkte Ronald ein. »Das versteht sich von selbst. Mir ist niemand gefolgt.«

»Die begreifen immer noch nicht, was sie da haben«,

meinte Decker. »Daher müssen wir bei dieser Sache besonders vorsichtig sein.«

Ronald runzelte die Stirn. »Mir kam es vor wie ein recht alltäglicher Test.«

»Es ist eine völlig neue Technologie«, widersprach Decker. »So fortschrittlich, dass wir für den Umgang damit neue Gesetze brauchen.«

»Für einen Faltenentferner?«

»Für die Gentechnik«, erwiderte Decker.

Schockiert hob Ronald die Hand und fragte sich, womit er gerade in Berührung gekommen war. Bevor er weitere Fragen stellen konnte, gab der Aufzug einen Signalton von sich, und die Tür glitt auf. Decker stieß sich vom Handlauf ab und schritt in den Flur hinaus, Ronald folgte ihm. Nachdem sie einige Male abgebogen waren, betraten sie ein geräumiges Eckbüro. Es war größer als Ronalds Wohnung und möbliert wie ein Herrenhaus. Mehr als alles andere jagte diese Einrichtung Ronald Angst ein. Es machte ihm nichts aus, über Produkttests zu berichten. Konkurrierende Firmen spionierten sich immer gegenseitig aus, und wenn schon jemand dafür bezahlt werden sollte, warum nicht er? Er genoss sogar die Aufregung, hatte bisher aber immer mit Mittelsmännern zu tun gehabt – mit Wegwerfhandys und neutralen Umschlägen voller Geld. Dieses Büro hob den Verrat auf eine völlig neue Ebene. Dies war eine Örtlichkeit, wo mit hohem Einsatz gespielt wurde. Hier arbeiteten ehrgeizige, stolze und rücksichtslose Menschen. Anscheinend bekam er es diesmal mit dem CEO zu tun.

Ronald dämmerte, dass die ganze Sache viel größer war als vermutet.

»Setzen Sie sich!« Decker ließ sich an der Wand auf ein Sofa fallen und winkte Ronald, sich zu ihm zu gesellen. Gleich darauf kam ein weiterer Mann herein – groß und ernst, begleitet von zwei dunkel gekleideten Schlägertypen, deren Fähigkeiten nach Ronalds Einschätzung nicht das Geringste mit Kosmetik zu tun hatten. Sie bauten sich vor Ronald auf und musterten ihn eine Weile.

»Ira«, sagte Decker, »das ist Ronald, einer unserer Informanten beim Produkttest.« Ronald erhob sich zum Händeschütteln, doch der muskulöse Vollstrecker auf der rechten Seite drückte ihn wieder nach unten. Ronald schluckte schwer und versuchte zu lächeln.

»Wie geht es Ihnen, Sir?«

»Willkommen bei Ibis Cosmetics!«, begrüßte ihn der große Mann. »Ich bin Ira Brady, der CEO. Sind Sie unser Mann bei NewYew?«

»Ja, Sir«, antwortete Ronald. »Wenigstens heute, Sir. Dort wird gerade eine neue Handcreme mit einer Art Anti-Aging-Zusatz ...«

»Ich weiß, was sie dort gerade testen«, fiel ihm Ira ins Wort. »Dagegen fehlen uns Informationen über die innere Struktur des Gebäudes. Sie hielten sich in einer Abteilung von NewYew auf, die noch niemand von uns gesehen hat.« Während er sprach, schritt er auf und ab und gestikulierte mit beiden Händen. »In welchem Stockwerk waren Sie? Durch wie viele Türen mussten Sie gehen, um in den Testraum zu gelangen? Wie oft sind Sie in welche Richtungen abgebogen? Und das vielleicht Wichtigste ...« Er wandte sich wieder an Ronald. »Haben Sie irgendwelche Laboratorien gesehen? Und könnten Sie uns genau erklären, wie die liegen?«

»Sie wollen die Hautcreme stehlen«, stellte Ronald fest.

»Natürlich nicht«, widersprach Ira. »Das ist ungesetzlich. Aber eine Technologie wie diese wird irgendwann sowieso gestohlen. Aufgrund von Umständen, die sich gänzlich meiner Kontrolle entziehen, wird sie uns früher oder später in die Hände fallen. Also beschreiben Sie uns bitte das Gebäude!«

Kapitel 4

Montag, 2. April
8:15 Uhr
Hauptsitz von NewYew, Manhattan

256 Tage bis zum Weltuntergang

»Ein Kräuterzusatz«, sagte Sunny grinsend. Er warf einen Tennisball schräg auf den Boden und fing ihn auf, als er von der Wand zurückprallte. »In einen Kräuterzusatz können wir hineinstecken, was wir wollen. Das durfte der FDA fiepsegal sein.«

»Piepegal«, korrigierte Lyle. »Ein solches Wort gibt es nicht. Es dürfte ihnen piepegal sein.« Sunny war einer der wenigen Mitarbeiter von NewYew, die Lyle als Freunde betrachtete, auch wenn sie im Grunde nur beruflich miteinander zu tun hatten. Wenn er genauer darüber nachdachte, hatte Lyle eigentlich mit niemandem viel zu tun.

»Fiepsegal, piepegal, die entscheidende Aussage lautet, dass es ihnen egal ist.« Sunny warf den Ball und fing ihn wieder auf. »Hören Sie, die FDA überwacht die Medikamente und Wirkstoffe und was wir sonst noch verkaufen wollen. Sie achtet darauf, dass die Produkte ungefährlich sind, richtig? Wenn wir etwas Neues erfinden, testen sie jahrelang, bis sie sicher sind, dass das Mittel nichts bewirkt, was es nicht bewirken darf. Aber! Kräuterzusätze sind etwas völlig anderes. Die FDA verfügt über eine Liste zugelassener natürlicher Zusätze, die bereits überprüft wurden. Solange man sich daran hält, kann überhaupt nichts passieren. Die Behörde weiß, dass die Zutaten nichts Falsches bewirken, weil sie der Definition nach überhaupt nichts bewirken. Es sind nur gemahlene Blumen und solches Zeug. Die Genehmigungsfrist für Kräuterzusätze beträgt null Tage, weil sich die Behörde überhaupt nicht mehr die Mühe macht, in dieser Hinsicht irgendetwas zu überprüfen. Wenn wir das richtige Etikett draufpappen, müssen wir das Mittel nicht einmal zur Genehmigung einreichen.«

»Da ist aber mehr drin als gemahlene Blumen«, wandte Lyle ein.

»Unbedingt.« Sunny warf wieder den Tennisball. »Aber solange das niemand weiß, können wir tun und lassen, was wir wollen.«

Lyle wollte den Ball auffangen, als er zu Sunny zurücksprang, traf ihn jedoch im falschen Winkel und schleuderte ihn zur Seite. Er schluckte und kam sich dumm vor. Sunny lachte nur und hob den Ball auf. »Passen Sie auf!«, sagte Sunny. »Wir bezeichnen Ihre neue Lotion als Kräuterprodukt, vertreiben sie und vermarkten sie als wundervolle Antifaltencreme, aber wir sagen kein Wort über den inneren Aufbau und die Funktionsweise. Offiziell verraten wir nicht, was sie bewirkt und wie sie es bewirkt.«

»Aber …« Lyle schnitt eine Grimasse. Der Gedanke, für die Entwicklung keinerlei Anerkennung zu finden, schmerzte ihn. »Ich arbeite seit einem Jahr daran. Seit mehr als einem Jahr, wenn ich die frühen Forschungen miteinbeziehe. Dies ist eine wirklich bahnbrechende Innovation, die sich auf die gesamte Gesundheits- und Kosmetikbranche auswirken wird.« Lyle schwieg einen Moment lang und bemühte sich, den nächsten Gedanken für sich zu behalten. Dann sprach er ihn trotzdem aus. »Dafür wäre ich auf das Titelblatt von *Scientific American* gekommen.«

»Machen Sie sich deshalb Sorgen?« Sunny schüttelte den Kopf und wedelte beschwichtigend mit den Händen.

»Dafür können wir immer noch sorgen. Wir müssen nur eine Weile warten. Nehmen Sie die Formel und verändern Sie sie ein wenig, falls sich jemand die Sache genauer ansieht, und reichen Sie sie bei der FDA zur Genehmigung ein. Es dauert ein paar Jahre, aber wenn die Sache so ungefährlich ist, wie Sie versichern, dann werden sie sie irgendwann durchwinken, und wir können die neue Technologie offiziell einsetzen. NewYew bleibt an vorderster Front der kosmetischen Innovation, Sie bekommen die ersehnten Nerdlobgesänge, und inzwischen verdienen wir mit ein und demselben Produkt unter einem anderen Etikett tonnenweise Geld.«

Lyle schüttelte den Kopf. »Das klingt erstaunlich unehrlich.«

»Sie sind bewundernswert.«

»Es geht mir nicht nur um die moralischen Fragen«, erklärte Lyle, obwohl ihn die Amoralität tatsächlich im tiefsten Innern schmerzte. Sunny war ein Hai, das war ihm klar, aber diese Sache kam ihm über die Maßen bösartig vor. Trotzdem, im Lauf der Jahre hatte Lyle gelernt, dass es selten nützlich war, an die Moralität der Manager zu appellieren. Er musste sie an einer anderen Stelle treffen. Also versuchte er es mit einer neuen Strategie. »Denken Sie mal an das Marketing! Sie sagen, wir werden mit einem Produkt, das wir nicht sinnvoll bewerben dürfen, tonnenweise Geld verdienen. Es heißt doch eigentlich: *Dieses Produkt ist umwerfend, aber den Grund dafür dürfen wir Ihnen nicht verraten.* Wahrscheinlich ist es aber auch kein guter Werbespruch, wenn wir sagen: *Es ist eben so, und das müssen Sie uns einfach glauben.*«

Sunny zuckte mit den Achseln. »Mundpropaganda.«

»Mundpropaganda«, schnaubte Lyle.

»Genau«, bekräftigte Sunny. »Mundpropaganda. Wir werden natürlich nicht untätig herumsitzen und hoffen, dass die richtigen Münder die richtigen Sätze sagen. Wir manipulieren die Mundpropaganda. Wir erschaffen sie sogar.« Wieder warf er den Ball, verfehlte ihn diesmal jedoch. Er rollte unter den Schreibtisch. Mit einem lässigen Winken tat er es ab und wandte sich wieder an Lyle. »Carl wollte eine Lösung, und hier ist sie – eine sekundäre Marketingkampagne. Die Firma verliert kein Wort über Plasmide, Kollagen oder Gentherapie. Ich weiß, das verzögert Ihren großen Auftritt im *Scientific American,* aber haben Sie Geduld. Wir sagen kein Wort, lassen aber bei wissenschaftlichen Twitterern und einigen *unabhängigen* Bloggern die richtigen Informationen durchsickern. Diese Leute sorgen schon für den nötigen Wirbel und reden über die revolutionäre neue Wissenschaft hinter dem Produkt. Irgendein Teufelskerl versucht es mit Reengineering und schreibt einen großen Artikel über die einzigartige Kombination von biologischen Wirkstoffen, blabla, Plasmiden, blabla, und natürlicher Biomimetik. Unsere primäre Marketingstrategie bleibt blütenweiß, während die sekundäre Kampagne die guten Argumente durch reine Mundpropaganda unters Volk bringt. Und das auf eine Weise, die absolut nichts mit NewYew zu tun hat.«

Lyle runzelte die Stirn. »Also ist der wissenschaftliche Durchbruch, an dem ich ein Jahr gearbeitet habe, nur ein Zufall, weil die falschen Zutaten kombiniert wurden. Statt eines Genies bin ich ein Trottel.«

»Es ist kein Zufall, sondern ... ein positiver Nebeneffekt.« Sunny setzte sein allerschönstes beschwichtigendes Lächeln auf, und Lyle hatte das deutliche Gefühl, gönnerhaft abgewimmelt zu werden. »Wir behaupten, alles sei eine Wirkung dieser ... dieser Blume, die wir in unserer Kräutermischung benutzen. Wie heißt sie noch gleich ... die Sumpfblume. Sie steht auf der FDA-Liste der erlaubten Kräuterzutaten. Jeder benutzt sie.«

»Die Plasmide kommen nicht aus der Sumpfblume«, wandte Lyle ein. »Sie kommen von Rock Canyon Labs. Wir haben sogar eine offizielle Rechnung für den Einkauf.«

»Nein«, widersprach Sunny energisch. »Ich glaube, da irren Sie sich. Wir haben die Plasmide benutzt, um eine neue Gentherapie zu entwickeln, die Verbrennungsopfern helfen sollte. Sie ist noch in der Probephase, und wir werden sie zu gegebener Zeit der FDA zur Genehmigung vorlegen.«

»Aber ...«

»Lyle.« Sunny sah ihn unverwandt an. »Eins will ich ganz deutlich sagen: Alles, was Sie öffentlich oder in E-Mails von sich geben, wird mit dieser Geschichte übereinstimmen. Es muss so sein.«

»Sie fordern mich zum Lügen auf.«

»Streng genommen haben Sie recht. Was unsere Firma betrifft, ist Ihre neue Hautcreme ein Kräutermittel, das keinerlei gentechnische Komponenten enthält.«

»Sunny«, sagte Kerry White, der gerade das Büro betrat. »Ich habe eine neue Flasche, die Sie sich ansehen sollten.« Er reichte Sunny ein Blatt Papier und lehnte sich an die Wand. »Hallo, Lyle!«

Lyle war froh, einen neuen Verbündeten im Krieg gegen Sunnys Plan gefunden zu haben, und deutete auf den Firmenanwalt. »Haben Sie das gehört?«

»Die sekundäre Marketingkampagne?«, fragte Kerry. »Ich finde sie brillant. He, was halten Sie von dem Namen *Rebirth?* Oder vielleicht auch *ReBirth* mit großem Binnen-B?«

»Warum mit einem großen B?«, fragte Lyle.

»Damit wir es als Markennamen eintragen lassen können.« Sunny war schon in das Blatt vertieft, das Kerry ihm gegeben hatte. »Das ist eine juristische Sache.«

»Vergessen Sie das große B!« Lyle schüttelte den Kopf.

»Sie können diesem Marketingplan doch unmöglich zustimmen.«

»Ich habe den Marketingplan entwickelt«, widersprach Kerry. »Ich bin für das Marketing zuständig.«

»Aber es ist eine Lüge!«

»Jede Werbung ist eine Lüge. Die Frauen kaufen unser Make-up, weil sie aussehen wollen wie die Frauen in der Werbung. Dabei vergessen sie, dass diese Frauen perfekte Gene und ein halbes Dutzend Essstörungen haben. Obendrein bearbeiten wir die Bilder mit Photoshop. Die Leute sind Werbelügen gewohnt. Sie erwarten sie sogar. Das hier ist genau das Gleiche.«

»Es ist nicht das Gleiche«, beharrte Lyle. »Anzudeuten, dass die Kundin nach der Anwendung des Produkts aussieht wie ein Supermodel, ist eine Sache. Aber gezielt die Tatsache verschweigen, dass ein Produkt die DNA verändert, das ist ... also, das ist ziemlich krass. Finden Sie nicht auch?«

»Aber das Zeug ist doch ungefährlich, oder?«

»Natürlich ist es ungefährlich, aber darum geht es doch gar nicht ...«

»Dann machen Sie sich deshalb doch keinen Kopf!«

»Er ist nicht wegen der möglichen Gefahren besorgt«, warf Sunny ein. »Er ist sehr uneigennützig und macht sich Sorgen um die wissenschaftliche Anerkennung. Anscheinend gibt es wirklich Leute, die den *Scientific American* lesen.«

Lyle überhörte den Seitenhieb. »Ich mache mir vor allem Sorgen, wie man unsere Produktentwicklung vor einem Bundesgericht erklären könnte. Ich bin kein Anwalt, glaube aber, dass es eher als Geständnis denn als entlastende Erklärung bewertet wird, wenn wir sagen, wir hätten das Produkt absichtlich falsch bezeichnet, um mehr Geld zu verdienen.«

»Wir benennen es ja gar nicht falsch«, widersprach Kerry. »Wir sind nur vorsichtig.«

»Nennt man es heute so, wenn man lügt?«

Sunny wedelte mit dem Papier, das Kerry ihm gegeben hatte. »Hören Sie zu, Lyle! Genau darüber reden wir, und hier ist absolut nichts gelogen. ReBirth *setzt eine biomimetische Kräuterformel ein, um die natürliche Kollagenproduktion des Körpers zu unterstützen, sodass Sie eine wundervolle Haut bekommen, die jünger aussieht und sich gesünder anfühlt.* Verstehen Sie, wie das läuft? Da wird gar nichts Spezifisches behauptet. Es heißt nicht, dass die Haut jünger oder gesünder ist, sondern nur, dass sie jünger *aussieht* und sich gesünder *anfühlt*. Das ist nicht beweisbar, und deshalb ist es auch nicht widerlegbar. Und man kann die Behauptung leicht verteidigen.«

»Was ist mit dem Kollagen?«, fragte Lyle. »Sie sagten doch, das Mittel produziert Kollagen.«

Kerry schüttelte den Kopf und lächelte überlegen. »Nein, wir sagen, es unterstützt den Körper dabei, das Kollagen selbst herzustellen. *Unterstützen* ist das magische Marketingwort. Auch das Frühstück unterstützt den Körper dabei, Kollagen herzustellen. Persönlich und politisch unterstütze ich Ihre Fähigkeit, Kollagen herzustellen. Wenn wir streng bei der Definition bleiben, unterstützen sogar Brandwunden die Fähigkeit, Kollagen herzustellen, weil sie den Körper zwingen, sich selbst zu heilen.«

Sunny beugte sich vor und unterschrieb. »Diese Verpackung ist genehmigt, und jetzt recherchiere ich den Markenschutz für *ReBirth*. Auch wenn der Markenname frei ist, bekommen wir vermutlich nicht die URL dafür. Denken Sie sich also etwas aus, das wir für die Website benutzen können.«

»In Ordnung.« Kerry nahm das Dokument an sich und klopfte Lyle auf den Rücken. »Das ist wirklich ein großartiges Produkt, Lyle. Sie haben sich selbst übertroffen.« Damit ging er hinaus, und Sunny angelte unter dem Tisch nach dem Tennisball.

»Fahren Sie zur Fabrik?«, fragte Sunny.

Lyle nickte. »Ich habe gestern das Rezept und die Probenflasche hingeschickt. Der Testlauf wurde sicher schon vorbereitet, aber ich fahre selbst hin und mache aktenkundig, dass die Tests noch nicht abgeschlossen sind und dass wir es nicht als endgültige Formel betrachten können, solange die Folgeuntersuchungen für 14G noch nicht analysiert und abgesegnet sind.«

»Das Rad des Fortschritts dreht sich«, sagte Sunny. »Wir müssen uns beeilen, um Schritt zu halten.«

»Es wäre mir lieber, das Rad des Fortschritts würde noch ein paar Monate warten«, meinte Lyle.

»Das Rad des Fortschritts wird mit Geld geschmiert«, erklärte Sunny. »Bei diesem Projekt gibt es so viel Geld zu verdienen, dass das Rad so gut geschmiert ist wie noch nie. Es hat praktisch keine Reibung mehr.«

»Die Reibung ermöglicht die Kontrolle«, wandte Lyle ein. »Wir müssen es steuern können.«

»Keine Sorge!«, beruhigte ihn Sunny. »Wir haben zusammen mehr als hundert Produkte auf den Weg gebracht. Dieses Projekt ließe sich im Schlaf erledigen.« Er grinste und warf den Ball. »Was kann schon groß passieren?«

NewYew hatte viele Produktionsstätten, aber die wichtigste Anlage, die ein kleines Testlabor besaß und sich somit für Lyles Zwecke besonders gut eignete, lag im Staat New York. Lyle schaffte den Weg in knapp fünf Stunden.

»Jerry!« Er winkte, um den Vorarbeiter auf sich aufmerksam zu machen. »Jerry!«

Auf der anderen Seite der hellen weißen Fabrik hob ein Mann in einem weißen Plastikkittel den Kopf, lächelte und winkte zurück. Er nickte dem Mitarbeiter zu, der neben ihm stand, drückte ihm ein Klemmbrett in die Hand und trabte zu Lyle herüber.

»Schön, dass Sie mal wieder da sind, Doktor!« Trotz der geringen Entfernung mussten sie schreien. »Ich habe mich schon gefragt, wann Sie kommen.«

Sie blieben an einem Wandregal stehen, aus dem Lyle einen weißen Overall mit durchsichtiger Plastikhaube nahm. »Wie weit sind Sie?«

»Die richtige Produktion hat natürlich noch nicht begonnen«, berichtete Jerry. »Bisher haben wir nur einige Proben. Wir haben das Material für einen größeren Testlauf bestellt, es wird jedoch erst in ein paar Wochen eintreffen.« Zusammen gingen sie weiter, und der Vorarbeiter führte Lyle durch die Fabrik. »Anscheinend haben Sie es damit sehr eilig«, meinte Jerry lächelnd. »Worum geht es denn?«

»Anti-Aging.« Lyle folgte ihm eine weiße Metalltreppe hinauf. »Haben Sie sich auch ganz genau an die Anweisungen gehalten?«

»Aber natürlich.«

»Und die Verhältnisse sind korrekt?«

»Vielleicht sollten Sie das noch etwas anpassen, aber wir haben Ihre erste Formel ganz exakt umgesetzt.«

Lyle runzelte die Stirn. »Was sollten wir denn anpassen?«

Sie blieben an einem sich drehenden Metallbottich mit weißem Kleister stehen. »Ich würde mehr Lezithin dazugeben«, schlug Jerry vor. »Die Konsistenz ist nicht so gut.«

Lyle spähte hinein. »Ist es das?«

»Ja.«

Lyle starrte in den Mischbehälter mit der Lotion. *Ich sollte sofort alles beenden,* dachte er. *Das Produkt ist nicht marktreif, die Marketingkampagne ist unethisch, und die ganze Sache wird falsch angepackt.* Er sah zu, wie die weiße Substanz im

Bottich kreiste und wie sich das Licht in den hell schillernden Flecken spiegelte. *Das sieht nicht richtig aus.* Er zog den rechten Handschuh aus und tauchte die Finger hinein, um etwas Lotion aufzunehmen und zwischen Daumen und Zeigefinger zu verreiben.

»Eigentlich dürfen Sie das nicht mehr tun.« Jerry hob eine kleine Schöpfkelle mit langem Stiel. »Neue Vorschriften, damit die Proben rein bleiben. Sie wurden im letzten Monat eingeführt.«

»Das ist gut«, sagte Lyle. »Das ist gut. Ich sollte öfter hier herauskommen.« Er schloss die Augen und fühlte die Konsistenz. »Sie haben recht, das stimmt nicht.« Lyle spürte es ganz genau. Zu viel Reiskleieöl, nicht genug Lezithin. Das Produkt würde gut funktionieren, aber mit der falschen Konsistenz fühlte es sich schmierig an, und das schreckte die meisten Kunden ab. Die Konsistenz musste perfekt sein, sonst spielte die Funktion überhaupt keine Rolle mehr.

Jerry tauchte die Kelle vorsichtig in die Lotion und träufelte sich etwas davon auf die Hand. »Wir haben versucht, die richtige Viskosität zu erreichen, indem wir die Probe untergemischt haben, die Sie uns aus der Firma geschickt haben. Bei dieser Größenordnung müssen wir aber anders vorgehen.« Er untersuchte die Hautcreme und verrieb sie zwischen den Fingern. »Sehen Sie, was ich meine? Das Zeug ist zu ölig.«

Lyle nickte. Es war zu ölig, und er wusste genau, wie man das Problem lösen konnte. Er wischte sich die Hand ab. »Machen wir uns an die Arbeit!«

Kapitel 5

Mittwoch, 4. April
14:00 Uhr
Hauptsitz von NewYew, Manhattan

254 Tage bis zum Weltuntergang

Susan trug zur Arbeit einen Rock, der nur wenig kürzer war als der Laborkittel. Lyle folgte ihr und kämpfte mühsam gegen die Vorstellung an, der Rock sei völlig verschwunden. Er ging schneller, bis er mit ihr auf gleicher Höhe war.

»Ein kleiner Klecks für jeden Mann, der an dem Test teilnimmt.« Er zog eine Ampulle aus der Hemdtasche. Es war eine schlichte Plastikröhre, die mit der Produktprobe aus der Fabrik gefüllt war. Das Etikett war mit schwarzem Filzstift von Hand beschriftet: *14G.* »Wir fragen sie nach ihren Einschätzungen, machen reichlich Fotos und überreichen ihnen das Geld, wenn sie gehen. Ganz einfach.«

Susan nickte. »Widerspricht es den Regeln, mit einem Geschäftspartner zu fraternisieren?«

Lyle blieb wie angewurzelt stehen. »Was?«

Susan blieb ebenfalls stehen und sah ihn an. »Ich meine, wenn ich zum Beispiel während der Arbeit einen Mann kennenlerne und mit ihm ausgehen will. Könnte ich dann Ärger bekommen?«

Macht sie mich jetzt an? Lyle lächelte. »Nein, ich glaube, das wäre überhaupt kein Problem.«

»Schön«, sagte Susan. »Ich möchte einen Testteilnehmer nach seiner Telefonnummer fragen. Er ist so süß, dass ich die Gelegenheit nicht ungenutzt verstreichen lassen kann.«

Lyle stützte sich mit einer Hand an der Wand ab und ging dann langsam weiter. »Verstehe.« Er betrat den Testraum und blieb einen Augenblick lang schweigend stehen, bis er wieder sprechen konnte. »Willkommen bei der ...« Er hielt inne.

Testperson eins war nicht da. Fünf Männer, ein leerer Stuhl. »Wo ist der sechste Mann abgeblieben?«

»Woher sollen wir das wissen?«, fragte der Dünne. Den Namen wusste Lyle nicht mehr genau. Ronald irgendetwas.

»Aber natürlich, ich ...« Lyle wandte sich an Susan. »Wissen Sie, wo er steckt?«

Sie schüttelte den Kopf. »Das wüsste ich auch gern. Vielleicht auf der Toilette?«

Eine der anderen Testpersonen hob die Hand. »Er war nicht da, als wir aus der Lobby hierhergeführt wurden.«

Lyle runzelte die Stirn. Natürlich waren die Ergebnisse auch mit fünf Personen brauchbar. Es war schließlich nur eine kleine Überprüfung, um das Gewissen zu beruhigen. Allerdings war ihm gewöhnlich erheblich wohler zumute, wenn die Testpersonen nicht auf halber Strecke ausstiegen. Er bat Susan, den Ordner zu halten, und zog die Blätter mit den Personendaten heraus, die die Testpersonen beim letzten Mal ausgefüllt hatten.

»Geben Sie ihnen die Fragebogen, und dann beginnen wir.« Es kostete ihn viel Überwindung, scheinbar unbefangen zu sprechen. Susans beiläufige Ablehnung hatte ihn getroffen wie ein Faustschlag in die Magengrube. »Ich rufe ihn an, vielleicht können wir einen neuen Termin ansetzen.«

Eifrig legte Susan eine Hand auf die Formulare. »Oh, ich kann ihn gern anrufen, wenn Sie wollen.«

Sanft zog Lyle das Formular weg. »Keine Sorge, das mache ich schon.« Damit drehte er sich um, ging hinaus und blätterte die Papiere durch, während er durch den Flur lief.

Jon Ford. Sogar der Name des Mannes war ansprechend. Lyle grollte in sich hinein, setzte sich im Labor an den Schreibtisch und wählte Fords Nummer.

»Hallo«, sagte jemand. »Hier bei Jon.« Es war eine männliche und irgendwie alberne Stimme.

»Sind Sie Jon?«

»Nein, Mann, hier ist Trav. Jon ist krank.«

Mist. »Wirklich?« Lyle schloss die Augen. *Bitte, lass es nicht die Lotion sein!* »Was ist denn los?«

»Eine Grippe oder so. Neulich hat er die ganze Nacht gekotzt und geschissen wie ein Wiesel. Sind Sie ein Kollege?«

Lyle seufzte erleichtert. *Es ist nicht die Haut.* Er dachte nach. *Es kann ja nicht schaden, noch ein paar Fragen zu stellen.* »Nein«, antwortete er. »Kein Kollege. Sagen Sie mal, Trav, wissen Sie, ob Jon auch irgendwelche ... dermatologischen Symptome hat?«

»Mann, sind Sie der Doktor? Ich habe der Schwester doch schon gesagt, dass ich nicht weiß, welche Krankenversicherung er hat.«

»Ja«, antwortete Lyle rasch. »Ich bin ein Doktor, aber es geht nicht um die Versicherung. Ich muss nur wissen, ob er Probleme mit der Haut hatte – einen Ausschlag, eine Schwellung oder sonst eine Reaktion.«

»Nein, Mann, nichts in der Art. Nur Durchfall und so. Soll er irgendetwas einnehmen?«

»Wir melden uns wieder bei Ihnen«, sagte Lyle. »Vielen Dank für Ihre Geduld.« Er legte auf, ohne die Antwort abzuwarten.

Mit der Haut ist alles in Ordnung – also stehen wir gut da. Er öffnete die Akten über 14G und suchte die Aufzeichnungen der bisherigen Tests. Susan konnte den letzten Test allein durchführen, und Lyle hatte es nicht eilig, ihr wieder zu begegnen. Er konnte sich jetzt um den Papierkram kümmern und Susans Ergebnisse einfügen, sobald sie zurückkehrte.

Dreißig Minuten später war sie wieder da. »Ich habe den Test durchgeführt«, sagte sie und rieb sich die Hände. »Die Lotion ist wirklich Spitze – die Versuchspersonen haben sich sehr positiv geäußert. Wahrscheinlich könnten wir ein paar dieser Leute in einem Infomercial einsetzen, wenn wir vorher einen guten Stylisten beauftragen, der sie zurechtmacht. Haben Sie den Hottie angerufen?«

»Wen?«

»Testperson eins, den niedlichen Kerl, der nicht gekommen ist. Haben Sie ihn angerufen?«

»Er ist krank«, erklärte Lyle und konzentrierte sich wieder auf den Bildschirm. »Er hat Grippe.«

»Bäh.« Susan überlegte kurz. »Kann ich seine Nummer haben?«

»Nein, Sie können seine Nummer nicht haben. Er ist eine Testperson.«

»Aber Sie sagten, das sei kein Problem.«

»Ich dachte nicht, dass Sie ...« Er unterbrach sich.

»Ja?«

Er warf Susan einen kurzen Blick zu und wandte sich gleich wieder zum Bildschirm um. Susan riss den Mund auf.

»Oh, Sie dachten, ich meine ...« Sie schlug sich die Hand vor den Mund und wich zurück. »Oh, du meine Güte, das tut mir aber leid! So meinte ich das doch gar nicht.«

»Ja, na ja ...« Lyle betrachtete den Computer. »Ich glaube, wir sind hier fertig.«

»Das habe ich ganz bestimmt nicht so gemeint.«

»Danke, Susan. Ich habe verstanden. Ganz bestimmt nicht.« Er stand auf. »Schreiben Sie den Abschlussbericht für den Test! Fünf der sechs Testpersonen mögen das Produkt, die sechste steht nicht zur Verfügung.« Er hielt inne und zog eine finstere Miene. »Das wird Carl nicht gefallen. Ich muss diesen Kerl finden und auch seine Aussage dokumentieren.«

»Gehen Sie jetzt?«

Wortlos marschierte er hinaus, rief den Aufzug und konnte es nicht erwarten, an die frische Luft zu kommen. Da hatte sich eine einmalige Gelegenheit geboten, Susan seine Gefühle zu offenbaren. Aber er war nicht darauf vorbereitet gewesen und hatte es vermasselt. Sie hatte nicht das geringste Interesse an ihm und hielt ihn obendrein wohl auch für einen schrecklichen Spießer. Der Aufzug machte *Ping,* er trat ein.

Hinter sich hörte er Susans Stimme. »Dieses dumme Missverständnis tut mir wirklich total leid, Lyle! So meinte ich das ganz bestimmt nicht!«

Die Tür schloss sich.

Kapitel 6

Montag, 16. April
9:02 Uhr
Hauptsitz von NewYew, Manhattan

242 Tage bis zum Weltuntergang

»Eine unserer Testpersonen ist gestorben.«

Die Manager starrten Lyle erschrocken an.

»Es geschah gestern Nacht«, fuhr Lyle fort. »Jon Ford – der Mann, von dem ich Ihnen vor einigen Wochen erzählt habe. Er litt an Grippe und Dehydrierung.«

Kerry verdrehte die Augen. »Nicht der schon wieder!«

»Er starb vor etwa zwölf Stunden an einem Schlaganfall«, erklärte Lyle. »Da sollte man schon etwas Taktgefühl zeigen.«

Cynthia hob die Brauen. »Wie schrecklich!« Sie hielt inne. »Wie ging es seiner Haut?«

»Die Haut war in Ordnung«, fauchte Lyle. »Es geht nicht um die Haut, sondern um sein Leben, das jetzt vorbei ist, und um seine letzten Aktivitäten, was die Benutzung unseres Produkts einschließt.«

»Das ist doch lächerlich«, wandte Kerry ein. »Offensichtlich besteht da überhaupt kein Zusammenhang.«

»Nein, offensichtlich besteht kein Zusammenhang«, stimmte Sunny zu. »Für die PR ist so etwas aber überaus wichtig. Danke, Lyle, dass Sie uns darauf aufmerksam gemacht haben. Unsere Konkurrenten müssen nur auf einen toten Mann in unseren Testreihen hinweisen und *Oh! Oh!* rufen. Dann glaubt auf einmal die gesamte Öffentlichkeit, wir hätten ihn umgebracht. Es spielt keine Rolle, wie weit hergeholt der Zusammenhang ist. Wenn er überhaupt irgendwie hergestellt wird, ist der Schaden schon angerichtet.«

Cynthia runzelte die Stirn. »Sie sagen, seine Haut sei in Ordnung gewesen. Keine dermatologischen Symptome?«

»Ja, seine Haut war in Ordnung«, bestätigte Lyle. »Sie war sogar in großartigem Zustand. Ich hoffe jedoch, dass Sie das nicht in Ihre PR-Strategie einbauen. *Versuchsteilnehmer stirbt mit großartiger Haut, Sonderbericht um 22:00 Uhr.«*

»Wie viele Testpersonen waren es?«, fragte Kerry.

Lyle trommelte mit den Fingern auf den Tisch. »Sechs.«

»Nein«, sagte Kerry. »Die volle Zahl. Alle Tests, die Sie je durchgeführt haben.«

Lyle hatte die Zahl im Kopf. »Hundertachtundzwanzig Tests mit Menschen bei jeweils zwei bis zwanzig Anwendungen pro Person.«

»Und der Mann, der gestorben ist, hat die Lotion nur zweimal benutzt?«

Lyle nickte. Ihm war klar, worauf Kerry hinauswollte. »Genau genommen nur einmal. Vor der zweiten Anwendung bekam er die Grippe und erschien nicht mehr.« Er überschlug alles im Kopf. »Wir haben mehr als tausend Anwendungen des Produkts in verschiedenen Entwicklungsphasen protokolliert. Das erlaubt recht zuverlässige Aussagen darüber, wie sicher es ist.«

»Dann sind wir aus dem Schneider«, erklärte Kerry. »Der Mann hat an unserem Test teilgenommen, etwas Schlechtes gegessen und hatte in einem unglaublich ungünstigen Moment einen Schlaganfall. Es geht hier nicht um die Sicherheit des Produkts, sondern um die Kontrolle über die Informationen. Wer weiß von dem Zusammenhang? Wer könnte davon profitieren? Kommt der Fall überhaupt in die Schlagzeilen? Können wir uns vorher die Hände reinwaschen?«

»Der Fall kommt nicht in die Nachrichten«, grollte Carl.

»Die ganze Branche ist ständig in Kämpfe verwickelt«, warf Sunny ein. »Im Bereich Gesundheit und Kosmetik geht jeder mit jedem ins Bett, und wir hegen ständig irgendeinen Groll, haben irgendwelche Streitigkeiten und mehr Keiferei als die Besucher einer Oberschulcafeteria. Wenn etwas durchsickern kann, dann wird es durchsickern. Dann wird es sich ausbreiten wie ein Lauffeuer, weil so viele ein Interesse daran haben.«

»Es könnte nicht schaden, wenn wir ein wenig auf die Bremse treten«, meinte Lyle. »Wir brauchen Zeit, um zweierlei zu bewerkstelligen. Erstens sollten wir Beweise dafür sammeln, dass der Tod der Testperson nicht das Geringste mit uns zu tun hat. Zweitens müssen wir gute Belege dafür finden, dass wir die Sache nach besten Kräften untersucht haben. Falls wir wider Erwarten doch in die Sache hineingezogen werden, können wir immer noch vorbringen, dass wir unsere Pflicht und Schuldigkeit getan haben.«

»Außerdem werden auch alle anderen erfahren, dass wir uns jede erdenkliche Mühe gegeben haben. Und das ist das Wichtigste überhaupt«, fügte Kerry hinzu.

»Dann betrachten wir dies als Tag eins im Notfallmodus.« Sunny sah einen nach dem anderen an. »Wir haben es bereits untersagt, 14G oder *ReBirth* in den internen E-Mails zu erwähnen, damit es keine Spuren gibt, falls man uns jemals eine Täuschung vorwirft. Diese Sperre bleibt in Kraft. Wir kommunizieren nur mündlich und schriftlich, und die Papiere werden vernichtet. Bringen Sie Ihre Alibis in Ordnung und sammeln Sie Dokumente, die Sie absichern. Sie müssen alles erklären können, was Sie im letzten Jahr bearbeitet haben, und es sollte absolut nichts mit Plasmiden in einer Lotion zu tun haben. Das einzige offizielle Firmenprojekt im Bereich der Gentherapie ist Lyles Verbrennungssalbe, die aber noch der FDA vorgelegt werden muss. Um es noch einmal deutlich zu sagen: Diese Salbe hat mit nichts anderem irgendetwas zu tun.«

Es klopfte, und ein Mann schob den Kopf herein. Es war Marcus Eads, der Leiter der Sicherheitsabteilung. »Verzeihung, Mister Montgomery, ich glaube, Sie sollten sich das hier ansehen.«

Jeffrey erhob sich, doch Carl rief ihn zurück. »Er will zu mir, du Depp.« Dann wandte er sich an Marcus. »Geht es um den gestohlenen Ausweis?«

»Ja.« Marcus eilte an den Konferenztisch, um vor Carl eine Reihe von Papieren abzulegen. Lyle sah, dass es ausgedruckte Fotos waren. »Der elektronische Ausweis der Empfangsdame wurde zwischen 2:54 Uhr und 3:17 Uhr viermal eingesetzt.« Er deutete auf die Fotos. »Dieser Mann kam herein, wanderte eine Weile durch die Flure und ging wieder.«

»He«, fragte Lyle, »hatten wir einen Einbruch?«

»Letzte Nacht«, bestätigte Cynthia.

Carl machte eine finstere Miene. »Wenn er für die Kameras so deutlich sichtbar war, warum haben Ihre Leute dann nichts unternommen? Haben die geschlafen?«

Marcus schüttelte den Kopf. »Dieses Bild ist die einzige Aufnahme der Überwachungskameras, auf der er auftaucht. Er weiß genau, wo die Kameras angebracht sind, und ist ihnen ausgewichen wie ein Gespenst.«

Sunny pfiff leise durch die Zähne. »Also hatte er Hilfe von innen.«

»Feuern Sie die Empfangsdame!«, entschied Carl. »Aber vernehmen Sie sie vorher!«

»Bin schon dabei«, antwortete Marcus.

Cynthia stand auf, trat hinter die beiden Männer und betrachtete die Fotos. »Das ist die Tür zum Laborbereich.«

Sie deutete auf das Foto, dann wandte sie sich an Lyle. »Fehlt etwas?«

»Nein«, antwortete Lyle. »Alles ist am Platz. Meine Assistentin hat ein paar ... Ach herrje, die Hautcreme!«

Alle sahen ihn an.

»Als ich heute Morgen kam, fehlten zwei Ampullen mit der Lotion«, erklärte Lyle aufgeregt. »Ich dachte, Susan hätte sie woanders abgestellt, aber sie macht Urlaub in Mexiko. Daran hatte ich gar nicht gedacht.« Er deutete auf das Foto. »Er hat zwei Fläschchen *ReBirth* gestohlen!«

»Finden Sie das Gesicht!«, befahl Carl kalt und wandte sich an den Sicherheitsmann. »Suchen Sie Fingerabdrücke, ein Haar, irgendetwas! Heute Nachmittag will ich den Namen auf meinem Schreibtisch haben und morgen früh den Kopf.« Marcus nickte und ging. Carl wandte sich an die Manager. »Ich kann Ihnen gar nicht sagen, wie viel wir verlieren können, wenn *ReBirth* zu früh auf den Markt kommt. Wir müssen diesen Mann finden und seine Hintermänner vernichten.«

»Er kannte unser Sicherheitssystem und wusste genau, wo die Lotion zu finden war«, sagte Cynthia. »Wieso konnte er überhaupt davon gewusst haben?«

»Wir hatten hundertachtundzwanzig Testpersonen«, überlegte Sunny. »Vielleicht hat eine von ihnen geplaudert.«

»Wäre es nicht einfacher, in die Fabrik einzubrechen?«, fragte Kerry.

»Ja«, bestätigte Lyle. »Aber dort findet man nicht alles. Ein paar Proben und die Formel, wenn man weiß, wo man suchen muss. In meinem Büro gibt es das Rezept, die Forschungsdaten, die Testergebnisse. Das volle Programm. Und jetzt hat dieser Kerl alles mitgenommen.« Er wandte sich an Sunny. »Damit ist unser kleines Täuschungsmanöver hinfällig geworden. Wer die Akten hat, kann zweifelsfrei nachweisen, dass wir die Plasmide absichtlich hinzugefügt haben.«

»Sucht ihn!«, schäumte Carl. »Morgen früh will ich seinen Kopf auf meinem Schreibtisch sehen.«

Kapitel 7

Donnerstag, 26. April
17:45 Uhr
Pathmark Sav-A-Center, Flushing, Queens

232 Tage bis zum Weltuntergang

Lyle sah sich in der Gemüseabteilung nach Rosenkohl um. Er fand ihn, füllte einen Beutel und legte ihn in den Einkaufskorb.

Die ganze Firma befand sich in einer Warteschleife. Man hatte zu große Angst, mit der Lotion weiterzumachen, war aber andererseits zu gierig, um einfach aufzuhören. Solange man nicht wusste, wer die Proben aus welchem Grund gestohlen hatte, wagte keiner, irgendetwas zu unternehmen. Nur Lyle hatte weitergearbeitet und sorgfältig eine wasserdichte Absicherung seiner Rolle als Erfinder der Technologie gebastelt. Er war bereit, der FDA alles vorzulegen, sobald er Carls Zustimmung hatte. Was konnten sie sonst schon tun? Es ging nicht nur um seinen Stolz, es ging ums Prinzip. Um die wissenschaftliche Forschungsarbeit, die er bei der Entwicklung der Formel für die Lotion geleistet hatte. Er hatte einen großen Teil seines Lebens auf die Entwicklung von Produkten verwendet, mit denen man sich jünger und gesünder fühlen sollte. Er hatte die ganze berufliche Laufbahn darauf ausgerichtet, reiche Menschen attraktiver zu machen. Und was hatte ihm das eingebracht? Spielte es denn eine Rolle, wie die Menschen aussahen, wenn sie innerlich noch dieselben waren? Und warum sollte er sich mit falscher Schönheit befassen, wenn jemand wie Susan besser aussah als alle anderen, ohne sich die geringste Mühe zu geben? NewYew machte alles falsch! Hätten sie nur auf Lyle gehört ... hätten sie ihn nur einmal entscheiden lassen, welche Schritte einzuleiten waren ...

Bin ich wirklich von ihrer Erlaubnis abhängig, wenn ich etwas in Gang setzen will?, fragte Lyle sich selbst. *Warum tue ich es nicht einfach?*

Die Plasmide sollten sein großer Erfolg werden, der endgültige Durchbruch in der Welt der echten Wissenschaft. Anschließend konnte er in einem Labor oder vielleicht an einer Universität arbeiten. Er konnte Nachwuchs ausbilden, neue Projekte entwickeln und die Welt wirklich verändern. Er war ein kluger Mann – im letzten Jahr hatte er NewYews gesamtes Lidschattenprogramm neu definiert und eine Rezeptur benutzt, die vorher noch nie jemand eingesetzt hatte. Das Ergebnis waren Farben gewesen, die länger deckten und den Farbton besser hielten als jedes andere Produkt auf dem Markt. Es war eine erstaunliche chemische Errungenschaft. Er hatte sogar ein Papier darüber verfasst, das ihm ein Interview in einem NOVA-Dokumentarfilm beschert hatte. Innerhalb der Branche war er schon relativ bekannt gewesen, aber dann hatten sich erstmals Leute von außerhalb für ihn interessiert. Erstmals hatte er weitläufige Anerkennung gefunden. Und nun war er auf die größte Sache gestoßen, die ihm je gelungen war.

Aber NewYew wollte ihm das wegnehmen. Er wollte ehrlich und wissenschaftlich arbeiten, mit Papieren, Preisen und wenn möglich einem Interview in *Newsweek*. Seine Errungenschaft auf diese Weise in einer Hautcreme zu verstecken und dann vor der Welt geheim zu halten ... das brachte die Wissenschaft nicht weiter. Das half niemandem außer NewYew.

Lyle nahm eine Packung Steaks, drückte auf die Plastikverpackung und beobachtete, wie das Fleisch wieder in die alte Form zurückschnellte. *Das ist es, was die Leute wirklich wollen,* dachte er. *Straffe Haut. Wir wollen gut gefettete Haut und mageres Fett haben. Wir wollen die Haut von Sechsjährigen am Körper von Zwanzigjährigen haben. Wir verlangen nach Haarfarben, die in der Natur nicht vorkommen.* Er warf die Steaks in den Einkaufskorb, und weil er schon einmal dabei war, legte er noch eine Packung Würstchen dazu. Er hatte Hunger. Dann ging er weiter.

Ich sollte schleunigst die Firmenanteile abstoßen und in den Ruhestand gehen, dachte Lyle nicht zum ersten Mal. Er nahm ein Glas Erdnussbutter aus dem Regal. *Sobald wir den Diebstahl aufgeklärt haben, beginnt die weltweite Vermarktung von* ReBirth, *und wir werden alle reich. Dann verkaufe ich die Anteile, richte mir ein eigenes Labor ein und betreibe Grundlagenforschung.*

Lyle stellte sich an der Kasse an. Als die Kassiererin ihn bemerkte, sah sie ihn erleichtert an.

»Oh, wie gut, dass Sie noch einmal hergekommen sind! Hier ist sie.«

»Was?«

Sie überreichte ihm eine Kreditkarte. »Sie müssen besser darauf aufpassen, sonst stiehlt man noch die Identität.«

»Die gehört mir nicht.« Lyle las den Namen: *Christopher Page.* Der Name kam ihm bekannt vor, aber er konnte ihn nicht unterbringen. »Das ist nicht meine.«

»Sie waren doch gerade schon einmal hier«, beharrte die Kassiererin. »Sie haben gerade ...« Verwirrt deutete sie auf seine Einkäufe. »Sie haben Rosenkohl gekauft. Brauchen Sie noch mehr?«

»Verzeihung!«, unterbrach sie ein Mann, der schnaufend zur Kasse geeilt kam. »Ich habe meine Kreditkarte vergessen.« Lyle betrachtete ihn und erschauerte.

Der Fremde sah Lyle erschreckend ähnlich.

Die Kassiererin betrachtete erst den anderen Kunden, dann Lyle, dann wieder den Mann. »Oh je!«, rief sie. »Das ist vielleicht verrückt.«

Die Kleidung unterschied sich natürlich ebenso wie der Haarschnitt, und der Fremde war schwerer als Lyle, aber nicht sehr viel. Die Gesichter waren völlig gleich – die gleiche Nasenform, die gleiche Augenfarbe, die gleichen Gesichtszüge. Die Augen waren sogar gleich geformt und vom gleichen Dunkelgrün. Die des anderen Kunden waren allerdings durchgängig grün, während Lyle im rechten Auge eine Heterochromie hatte – in der grünen Iris gab es eine bernsteinfarbene Stelle. Er sah es jeden Tag im Spiegel, so war es schon seit seiner Geburt.

Es war beunruhigend, das eigene Gesicht zu betrachten, so ähnlich und doch auf gespenstische Weise anders. Sie wirkten nicht wie Zwillinge, vielleicht nicht einmal wie zweieiige, aber man konnte sie ganz sicher für Brüder halten.

Lyle zeigte ihm die Karte. »Ich nehme an, Sie sind Christopher Page.«

»Danke.« Der Mann stutzte und musterte Lyles Gesicht. »Sind Sie ... Doktor Fontanelle?«

Lyle sah sich den Mann genauer an, und auf einmal überkam ihn ein seltsames Gefühl. »Kennen wir uns?«

»Wir kennen uns nicht persönlich«, antwortete Page. »Aber wir sind uns im letzten Monat im Gebäude von NewYew begegnet. Ich habe am Test der Hautcreme teilgenommen.«

»Sind Sie Brüder?«, fragte die Kassiererin.

»Nein, wir sind nicht ...« Lyle hielt inne und starrte Page an. »Es tut mir wirklich leid, aber ich kann mich nicht an Sie erinnern. Haben Sie an dem 14G-Test teilgenommen?«

»Ich habe seitdem eine Menge Gewicht verloren.« Page klatschte sich auf den Bauch. »Das ist super, oder?«

»Wieso können Sie sich nicht an ihn erinnern?«, fragte die Kassiererin. »Er sieht genauso aus wie Sie.«

»Das liegt am Gewicht.« Page strahlte die Kassiererin an. »Sie wissen ja nicht, wie dick ich vorher war. Ich hatte ein Gesicht wie ein Schnitzel. Wenn man das alles abzieht ... ja, ich würde schon sagen, dass wir uns ähnlich sehen, Doktor Fontanelle. Es ist mir eine Ehre. Das ist mir noch gar nicht aufgefallen.«

»Verrückt«, bemerkte die Kassiererin. »Dreißig Dollar und achtundvierzig Cent bitte.«

Abwesend reichte Lyle ihr die Kreditkarte, ohne den Blick von dem unheimlichen Spiegelbild vor ihm zu wenden. Christopher Page, endlich erwachte sein Gedächtnis, war der große Mann mit dem fettigen Gesicht. Er erinnerte sich an den Namen, weil sie besonders daran interessiert gewesen waren, wie die Lotion auf seine fettige Haut reagierte.

Es war erst ein paar Wochen her. So schnell nahm niemand ab. Lyles wissenschaftliche Neugier gewann die Oberhand. »Hatten Sie eine ... Bypassoperation?«, fragte er, ohne weiter nachzudenken. »Einen anderen chirurgischen Eingriff?« Sofort bekam er ein schlechtes Gewissen, weil er eine so direkte Frage stellte.

Christopher lächelte glücklich. Offenbar war er viel zu stolz, um beleidigt zu reagieren. »Nein, ich habe nur trainiert und fünfundzwanzig Kilo abgenommen.«

Die Kassiererin gab Lyle die Kreditkarte und die Tüten und schob ihn behutsam weiter. »Danke für Ihren Einkauf bei Pathmark.«

Lyle folgte Christopher in Richtung Ausgang und starrte ihn an. »Sie haben in drei Wochen fünfzig Pfund abgenommen? Das schafft man nicht allein durch Training.«

»Nun ja, ich arbeite schon eine ganze Weile daran«, erklärte Christopher. »Aber aus irgendeinem Grund hat die

Wirkung jetzt erst eingesetzt. Beim Produkttest habe ich kaum auf den Stuhl gepasst, aber sehen Sie mich jetzt an!«

»Das ist ... großartig.«

»Hier.« Christopher wühlte eifrig in der Gesäßtasche. »Hier ist meine Karte. Ich bin Heizungsinstallateur. Falls Sie mal was brauchen, mache ich Ihnen einen guten Preis.«

»Ja«, antwortete Lyle zögernd. »Danke.« *Wenn er so viel Gewicht verloren hat, müssten die tiefer liegenden Knochen deutlicher hervortreten,* dachte er. *Das Aussehen passt nicht dazu.* »Waren Sie krank?«

»Eigentlich nicht.« Christopher schüttelte den Kopf. »Ich habe gekackt wie ein Weltmeister und getrunken wie ein Verdurstender in der Wüste. Ich sitze jeden Morgen zwanzig Minuten lang auf dem Hometrainer. Das macht durstig.«

Das erregte Lyles Aufmerksamkeit. Wieder betrachtete er das viel zu vertraute Gesicht des Mannes. *Jon Fords Freund hat genau das Gleiche gesagt – starker Durst, dann verstärkter Stuhlgang.* Äußerlich ließ Lyle sich nichts anmerken. »Hatten Sie denn Schmerzen? Oder Atemnot? Ein Taubheitsgefühl auf der linken Seite?«

»Überhaupt nicht.«

Lyle schürzte die Lippen. *Wahrscheinlich hat das alles nichts zu bedeuten. Ich bin nur nervös, weil er mir so ähnlich sieht. Das setzt mir zu.* Er hob die Einkaufstüten hoch. »Ich muss los. Es war schön, Sie kennenzulernen.«

»Sie haben meine Karte!«, rief Christopher ihm nach. »Und sagen Sie mir Bescheid, wenn die Lotion auf den Markt kommt. Das muss ich allen meinen Freunden erzählen.«

Kapitel 8

Freitag, 27. April
9:00 Uhr
Hauptsitz von NewYew, Manhattan

231 Tage bis zum Weltuntergang

Es war Susans erster Arbeitstag nach ihrem zweiwöchigen Urlaub in Mexiko. Aufgeregt stellte Lyle sich vor, wie braun sie wahrscheinlich geworden war. Vielleicht kleidete sie sich immer noch so leger wie am Strand. Er hatte das beste Hemd angezogen und war früh zur Arbeit gefahren. Susan schlenderte eine halbe Stunde später herein, der Körper war unter einem weiten Sweatshirt verborgen, und einige widerspenstige Löckchen hatten sich aus den altmodischen Zöpfen gestohlen.

»Oh nein!«, seufzte sie. Ihre Stimme klang tief und schleppend, als hätte sie eine Erkältung. »Das habe ich nun davon, dass ich alle freien Tage für den Urlaub aufgebraucht habe. Ich hätte gar nicht kommen dürfen.«

»Oh ...«, machte Lyle und rückte mit dem Stuhl eilig von ihr ab. Die Enttäuschung über ihre Bekleidung schob er beiseite und änderte im Handumdrehen die Taktik. *Jetzt kann ich ihr helfen und zeigen, dass ich ein netter Kerl bin.* »Das tut mir aber leid. Kann ich etwas für Sie tun?«

Susan legte den Kopf auf den Schreibtisch. »Töten Sie mich!«

Lyle rückte wieder näher. »Haben Sie in Mexiko etwas Verdorbenes gegessen?«

Susans Stimme wurde durch den Schreibtisch gedämpft. »Keine Ahnung. Ich habe etwas gegessen oder mir eine Infektion eingefangen. Dabei war ich supervorsichtig.«

Als er sie aus der Nähe betrachtete, stellte er fest, dass sie schwerer geworden war – nicht dick, aber sie hatte eindeutig zugenommen. Allerdings sah ihr Körper irgendwie seltsam aus. Der Zuwachs hatte nicht an den erwarteten Stellen stattgefunden.

Das hast du davon, dass du fünfzehn Jahre lang nur Haut angestarrt hast, dachte er schuldbewusst. *Eine Frau hat einen schlechten Tag, und du wirst gemein.*

»Hören Sie«, sagte er, »so übel sehen Sie doch gar nicht aus?«

»Was meinen Sie damit, dass ich nicht übel aussehe?«

»Ich ...« Unsicher hielt er inne. »Ich meine, Sie sehen gar nicht schlecht aus.«

»Wer hat denn behauptet, dass ich schlecht aussehe? Wie wird das zu einem Gesprächsthema, wenn es nicht wahr ist und wenn niemand etwas erwähnt hat?«

»Ich wollte doch nicht ...«

»Ich habe Ihnen schon gesagt, dass mir übel ist, oder? Tut mir leid, dass ich nicht aussehe wie Ihre dummen Make-up-Models bei Ihren dummen Fotosessions! Wenn man krank ist, soll man viel essen, und ich bin krank, ich habe den ganzen Urlaub verschwendet, ich fühle mich wie ein Wal und ...« Plötzlich brach ihre Stimme, und die tiefe, erstickte Tirade wurde von einem hohen Quieken unterbrochen. Dann brach sie in Tränen aus. »Meine Stimme bricht, ich bekomme Pickel und will immer mehr essen!«

Lyle starrte sie an und bewegte unschlüssig und stumm den Mund, während er nach einer Antwort suchte. *Warum geht mein Versuch, Mitgefühl zu zeigen, bloß so schrecklich in die Hose?*

»Ich will einfach nur nach Hause.« Susan legte den Kopf wieder auf den Schreibtisch.

»Ja«, stimmte Lyle sofort zu. »Gehen Sie nach Hause! Genau das sollten Sie tun.«

»Kann ich nicht«, grollte sie. »Ich habe keine freien Tage mehr.«

»Ich verrate es auch niemandem«, versprach Lyle. »Ich rechne es als vollen Tag an. Sie gehen nach Hause, ruhen sich aus und kommen wieder, wenn es Ihnen besser geht.«

Susan drehte den Kopf zur Seite und sah ihn misstrauisch an. »Ehrlich?«

»Ehrlich. Dies ist ein Labor, verdammt ... ich kann hier sowieso keine kranken Mitarbeiter gebrauchen. Hier, wir machen es offiziell.« Er schob den Stuhl wieder vor den Schreibtisch, wühlte in den Papieren und hielt triumphierend einen Zettel hoch. »Wir müssen Vergleichsmaterial besorgen. Eine Packung von jeder Handcreme, die in den Läden zu finden sind. Benutzen Sie die Kreditkarte der Firma! Aber ziehen Sie erst los, wenn es Ihnen besser geht! Ich kann mit dem Test sowieso erst im Mai beginnen, und dies ist der ideale Vorwand für Ihre Abwesenheit.« Er zuckte mit den Achseln. »Erholen Sie sich rasch!«

»Sind Sie sicher?«

»Gehen Sie!« Er hielt ihr den Zettel hin und nickte. »Rufen Sie mich an, wenn es Ihnen am Montag nicht besser geht!«

Susan stand auf und wischte sich die Nase am Ärmel des Sweatshirts ab. »Danke, Lyle.« Sie lächelte schwach. »Ich rufe Sie am Montag an.« Damit nahm sie das Blatt und ging zur Tür, hielt noch einmal inne, drehte sich um und sah ihn an. »Sie sind wirklich nett.«

Sie ging, und Lyle gab sich sehr große Mühe, sein wild pochendes Herz zu bändigen.

Das ist kindisch, sagte er sich. *Ich bin kindisch und dumm. Wo bin ich eigentlich – auf der Oberschule? Ich bin ein Erwachsener und sollte Mädchen nicht anhimmeln wie ein liebeskrankes*

Hundchen. Ich sollte Susan links liegen lassen. Und wenn ich sie mag, dann sollte ich sie einladen. Ja, ich sollte sie einladen. Es gibt absolut keinen Grund, warum ich Susan nicht um ein Date bitten sollte, wie es unter erwachsenen Menschen üblich ist …

… die als Untergebene und Vorgesetzter zusammenarbeiten und die im Abstand von fast zwei Jahrzehnten den Abschluss an der Highschool gemacht haben. Mann, vielleicht war sie noch nicht mal geboren, als ich die Highschool verlassen habe!

Lyle drehte sich zum Computer um und klickte müßig einige Tabellenkalkulationen an, ohne wirklich auf die Daten zu achten. *Ich glaube, sie ist zu angespannt. Vielleicht kann ich nicht mit ihr ausgehen, aber ich sollte ihr irgendwann mal kurz den Nacken massieren, oder? Nichts Aufdringliches, einfach nur so, um die Spannung zu mildern. Ich könnte die Wellnesslotion benutzen, die wir vor ein paar Jahren herausgebracht haben. Das wäre …*

Mitten im Satz, mitten im Gedanken, mitten im Wort hielt Lyle inne.

Susan hatte 14G benutzt.

Er sah es überdeutlich vor sich. Er hatte den Testraum verlassen, um Jon Ford anzurufen, und war draußen geblieben, um irgendetwas zu klären. Susan war vom Test zurückgekehrt und hatte sich die Hände gerieben. »Die Lotion ist wirklich Spitze«, hatte sie dabei gesagt. Also hatte sie die Hautcreme benutzt. Zwei Testpersonen hatten völlig willkürliche, unerklärliche Symptome gezeigt – Übelkeit und Gewichtsverlust. Und jetzt war auch Susan krank. Sie hatte allerdings kein Gewicht verloren, sondern zugenommen. Niemand meldete sich wegen dieser Symptome, weil sie so willkürlich waren. Ein Zusammenhang mit der Lotion schien völlig ausgeschlossen. Gemeinsam betrachtet, ergab sich allerdings ein Bild. Ein bislang noch sinnloses, bedeutungsloses, unerklärliches Bild, aber es war ein Bild.

Welche anderen Folgen waren nicht gemeldet worden?

Lyle öffnete den Aktenschrank und suchte einen ganz bestimmten Ordner – die Verzichtserklärungen aller hundertachtundzwanzig Testpersonen, dazu die vollständigen Kontaktdaten. Er begann ganz oben mit Formel 5A – der ersten, die an Menschen erprobt worden war – und rief an.

Zwei Stunden später hatte er einundzwanzig Frauen angerufen, immer wieder die gleichen Fragen gestellt und die gleichen Antworten bekommen. Es ging ihnen gut, es gefiel ihnen nicht, nach ihrem Gewicht gefragt zu werden, und der Test war so lange her, dass sie sich an keinerlei unerwünschte Reaktionen auf die Creme erinnern konnten. Positiv war, dass die meisten sagten, das Produkt habe ihnen gefallen. Seufzend legte Lyle wieder auf, schnitt eine Grimasse und streckte die Arme weit über den Kopf. *Vielleicht muss ich am anderen Ende beginnen,* überlegte er. *Die letzten Testpersonen fragen, die sich noch gut an die Resultate erinnern können. Aber ist es nicht auch eine Aussage, wenn die Folgen so unauffällig sind, dass man sich nicht daran erinnert?*

Lyle starrte auf den Dokumentenstapel. Noch einhundertsieben Namen zu überprüfen ... Er stählte sich innerlich für die Aufgabe, weil ihm klar war, dass er sich durchwühlen und die Sache erledigen musste. Als er nach dem Stapel griff, klingelte das Telefon. Die Anzeige verriet ihm, dass es die Empfangsdame war. Er nahm ab.

»Hallo?«

»Hallo, Doktor Fontanelle, ich habe hier William England für Sie.«

Lyle legte den Kopf schief, klemmte das Telefon mit der Schulter fest und griff nach den Papieren. *Eine der 14G-Testpersonen.* »In Ordnung, stellen Sie ihn durch!«

»Ich muss Sie warnen, er scheint ziemlich verärgert zu sein.«

»Schon gut, stellen Sie durch!« Es klickte, die Leitung

war einen Moment tot, dann klickte es noch einmal. Er hörte jemanden atmen. »Hallo, Mister England, wie geht es Ihnen?«

»Ich bin wütend«, erklärte der Anrufer knapp und mit zorniger Stimme. »Sind Sie der Mann, der die Tests durchgeführt hat?«

»Ja«, bestätigte Lyle. »Ich bin Lyle Fontanelle.« Er hatte William Englands Formular gefunden und legte es vor sich auf den Schreibtisch: 38 Jahre alt, eine Adresse auf Long Island. »Wo liegt denn das Problem?«

»Ich weiß, dass ich eine Verzichtserklärung unterschrieben habe, als ich an Ihrem kleinen Test teilgenommen habe«, sagte der Mann. »Aber die Erklärung ist völlig wertlos, wenn Sie uns keine umfassenden Informationen über das getestete Produkt geben. Ich habe die Absicht, Sie zu verklagen, falls ich keinen angemessenen Schadensersatz bekomme.«

»Warum? Sagen Sie mir doch erst einmal, was passiert ist!«

»Als ob Sie das nicht wüssten. Sie sagten uns, Sie wollten eine Feuchtigkeitslotion testen, um die Haut geschmeidiger zu machen, und dann haben Sie uns eine Bleichcreme verpasst. Das ist eine Unverschämtheit. Ich bin stolz auf meine Herkunft und meine Hautfarbe und nehme es sehr ernst, wenn ...«

»Warten Sie mal!«, unterbrach ihn Lyle. »Eine Creme, die die Haut bleicht? Ist Ihre Haut heller geworden?«

»Tun Sie nicht so, als wüssten Sie nichts davon!«, schnaubte der Anrufer. »Sie haben die Tests geleitet. Selbst wenn Sie mir aus Versehen einen Hautaufheller verpasst haben, sind Sie dafür verantwortlich. Sie und Ihre Firma.«

Lyle suchte hektisch nach dem Formular und fand endlich die Informationen über den Haupttyp. William England hatte *asiatisch* angekreuzt. »Warten Sie, Mister England, sind Sie Asiate?«

»Natürlich bin ich Asiate.«

»Ich ... ich erinnere mich, dass ein Mann mit asiatischer Haut an dem Test teilgenommen hat, aber ich konnte es nicht mit Ihrem Namen in Verbindung bringen.«

»Ihre rassistischen Mutmaßungen über meinen Namen interessieren mich nicht, Mister Fontanelle. Ich will wissen, was Sie in dieser Sache zu unternehmen gedenken. Mein Gesicht ist weiß. Ich bin jetzt praktisch ein Kaukasier.«

»Wie weiß genau?« Lyle griff nach einem Stift.

»Spielt es eine Rolle, wie weiß ich bin? Bringen Sie das in Ordnung!«

»Aber es gibt eine große Bandbreite bei der kaukasischen Hautfarbe«, wandte Lyle ein. »Meinen Sie jetzt sehr bleich, leicht gebräunt oder rötlich? Wie sieht es denn aus?«

»Eine Art ... Durchschnittsfarbe«, würde ich sagen. »Einfach nur ... weiß.«

Lyle machte sich eifrig Notizen. »Wann hat das begonnen?«

»Ich würde sagen, vor ein oder zwei Wochen. Kurz nach dem Test.«

»Ist das die einzige Veränderung?«

»Veränderung?«

»Gibt es noch andere Symptome? Grippe, Gewichtsverlust, Gewichtszunahme ... sonst etwas?«

»Warum, habe ich jetzt ein Problem? Sollte ich zum Arzt gehen?«

»Kein Problem«, antwortete Lyle rasch. »Hören Sie, rufen Sie mich doch an, wenn Sie sonst noch etwas Seltsames feststellen, ja? Egal, was.«

»Oh, ich rufe ganz bestimmt an! Ich rufe meinen Anwalt an.«

»Das ist nicht nötig. Ich will nur ... ich möchte nur wissen, was mit Ihnen passiert ist. Dann kann ich feststellen, ob es an unserer Creme liegt oder nicht. Ich sehe alle verfügbaren Akten durch, überprüfe alle Ampullen in den Regalen und bestimme, was geschehen ist. Einverstanden? Aber Sie müssen mich anrufen, wenn sich noch etwas verändert.«

William England seufzte. »In Ordnung. Aber ich habe wegen des Anwalts nicht gescherzt. Wenn ich nicht bald eine befriedigende Antwort bekomme, gehe ich an die Öffentlichkeit und verklage Sie.«

»Nur ein paar Tage, Mister England. Länger dürfte es nicht dauern.«

»Gut«, sagte der Mann und legte auf. Lyle legte ebenfalls auf und pfiff durch die Zähne. Das war völlig unverständlich ... Die Teilnehmer des letzten Tests reagierten, aber jeder reagierte anders. Es gab keinen Trend, und es war nicht klar, wohin die Reaktionen führten oder woher sie kamen.

Ich brauche weitere Informationen, überlegte Lyle. *Hätte eine frühere Versuchsperson so stark reagiert, dann wüsste ich davon. Ich muss also mit 14G beginnen. Mit den Männern. Haben Männer eine bestimmte Eigenschaft? Aber nein, auch Susan ist erkrankt. Jeder, der diese Version der Lotion berührt hat ...*

Lyle zuckte zusammen. *Ich habe sie auch berührt. Ich habe sie in der Fabrik berührt, dann noch einmal hier im Büro. Ich habe sie einige Male benutzt. Werde ich jetzt auch krank?*

Muss ich sterben wie Jon Ford?

Lyle wandte sich dem nächsten Blatt zu. Es war ein Mann namens Tony Hicks. *Ich muss sie alle anrufen.*

Er hob ab und wählte.

Kapitel 9

Freitag, 27. April
13:05 Uhr
Hauptsitz von Ibis Cosmetics, Manhattan

231 Tage bis zum Weltuntergang

»Glückwunsch!«

Ira Brady, CEO von Ibis Cosmetics, hob die Ampulle mit der Lotion, als proste er jemandem zu. Es war ein fünfzehn Zentimeter hohes Plastikröhrchen mit einem Durchmesser von zweieinhalb Zentimetern. Auf dem weißen Aufkleber stand mit schwarzem Filzstift: *14G.* »Dank diesem Produkt gestaltet Ibis die Zukunft der Kosmetikindustrie neu.«

Die Manager jubelten. Ira hatte Steaks bestellt, und das Bier floss in Strömen. Weiter hinten im Raum lächelte Ronald in sich hinein und war froh, dass man ihn eingeladen hatte.

»Unser ... nennen wir ihn Subunternehmer ... hat gestern am späten Abend die Informationen geliefert«, fuhr Ira fort. »Wir haben die genaue Beschreibung und die Formel, alle Resultate aus dem Labor und diese Probe der Lotion. Zusammen mit Doktor Decker bin ich alles durchgegangen. Ich kann Ihnen versichern – das Produkt ist tatsächlich so wertvoll, wie wir es uns erhofft hatten.«

Wieder jubelten die Manager. »Reichen Sie es herum!«, rief einer.

Lächelnd warf Ira dem Mann das Fläschchen zu. »Bitte, Gordon, probieren Sie es ruhig aus! Eigentlich müssten wir ein Produkt wie dieses monatelang auf seine Sicherheit hin überprüfen, zumal es experimentelle Zutaten enthält. In diesem Fall waren unsere lieben Kollegen bei NewYew aber so freundlich, den Zeitaufwand und die Kosten für uns zu übernehmen.« Applaus und Gelächter erfüllten den Raum. Ira musste laut rufen, um sich Gehör zu verschaffen. »Wenn wir beim Marketing und auf der juristischen Ebene schnell genug sind, können wir es in vier Monaten in die Regale stellen und NewYew um ... oh, zwei Milliarden Dollar übertrumpfen.«

Der Mann, der rechts neben Ronald saß, reichte ihm die Ampulle mit der Lotion, die ein wenig schmierig war, nachdem so viele vor ihm eine Probe entnommen hatten. Ronald gab sie weiter. Er hatte die Creme schon getestet, und die Flasche war fast leer. Sollten die anderen auch etwas davon abbekommen. *Alle in diesem Raum sollen genau verstehen, wozu ich ihnen verholfen habe.*

Ronalds Telefon summte und vibrierte in der Gürteltasche. Er wischte sich die Hände sorgfältig an einer Serviette ab. Es war ein neues Telefon, das beste Gerät, das er mit dem letzten Scheck von Ibis hatte kaufen können, und er wollte es nicht mit Steaksoße verschmieren. Er zog es hervor und stieß einen erschrockenen Schrei aus.

»Das ist NewYew!«

Sofort ließ das Getöse nach, denn einige der Manager verstummten und sahen ihn an. Ronald stand auf und hob das Telefon über den Kopf. »Mister Brady, das ist NewYew! Sie rufen mich an!«

Jetzt herrschte Totenstille im Raum.

»Gehen Sie dran!«, zischelte Ira. Ronald hielt das Gerät ans Ohr, doch Ira schüttelte den Kopf. »Lautsprecher.«

Ronald nickte, fingerte an den Knöpfen herum und legte das Telefon auf den Tisch. Alle hielten den Atem an. »Hallo?«

»Hallo«, sagte ein Mann am anderen Ende. »Hier ist Lyle Fontanelle von NewYew. Spreche ich mit Ronald Lynch?«

Ronald schluckte und sah die anderen im Raum an. »Ja, hier ist Ronald.«

»Sehr gut. Wie geht es Ihnen, Mister Lynch?«

»Gut. Und Ihnen?«

»Mir geht es gut, vielen Dank«, antwortete Lyle. »Es tut mir leid, Sie belästigen zu müssen, aber ich rufe an, um mich noch einmal nach dem Produkttest zu erkundigen, an dem Sie vor ein paar Wochen teilgenommen haben. Ist Ihnen etwas Seltsames aufgefallen? Oder gab es nach dem Test gesundheitliche Komplikationen?«

»Etwas Seltsames?« Wieder wanderte Ronalds Blick durch den Raum, und er zuckte nervös mit den Achseln. »Ich verstehe nicht, was Sie meinen.«

»Ein verstärkter Appetit oder Durst, unerklärlicher Gewichtsverlust oder Gewichtszunahme, Grippesymptome, Erbrechen, Durchfall oder starke Bauchschmerzen. Dermatologische Effekte wie ein Ausbleichen der Haut oder eine Verfärbung der Haut oder der Haare. Deformation der Knochen oder der Muskelmasse ...«

»Warten Sie mal!«, unterbrach Ronald den Anrufer. »Ist das Ihr Ernst?« Die anderen Männer im Raum hörten mit zunehmender Anspannung zu, als die Liste immer länger wurde. Mit einem Blick, der Steine zerschmettert hätte, starrte Ira auf das Telefon. »Ist mit irgendeiner dieser Beschwerden zu rechnen?«, fragte Ronald.

Lyle seufzte. »Nein. Ich halte es sogar für unwahrscheinlich, aber ...« Er hielt inne. »Sagen wir einfach mal ... ich bin besorgt.«

»Besorgt!«, rief Ronald. »Was meinen Sie mit *besorgt*?«

»Wir haben Grund zu der Annahme, dass das getestete Produkt ... unerklärliche biologische Phänomene verursacht«, antwortete Lyle.

Die anderen Männer im Raum wischten sich hektisch die Hände ab und benutzten dazu Servietten, Jackenärmel oder was immer sie erreichen konnten.

»Mister Lynch«, fragte Lyle, »sind Sie noch da?«

Nur mit Mühe konnte Ronald antworten. »Ich ... mir geht es gut. Keine Nebenwirkungen.«

»Das freut mich zu hören«, sagte Lyle. »Ehrlich, ich will Sie nicht ängstigen, aber falls sich noch etwas ergibt, müssen Sie mich sofort anrufen. Werden Sie das tun?«

»Ähm ...« Ronald war benommen, und ihm schwindelte. »Ja, ich rufe Sie an.«

»Danke für Ihre Unterstützung und alles Gute.« Sobald die Verbindung getrennt war, wurden wütende, ängstliche Stimmen laut.

»Verdammt noch mal!«, rief Decker. »Wir haben alle das Zeug berührt! Womit müssen wir jetzt rechnen?«

»Das weiß ich doch nicht«, entgegnete Ronald.

»Still!«, befahl Ira. Die Männer waren nach wie vor nervös, und Ira rief sie noch einmal energisch zur Ordnung. »Ich bitte Sie um Ruhe!«

Es wurde still in dem Raum.

»Was auch passiert«, erklärte Ira gleichmütig, »Sie melden sich sofort bei mir. Sie reden mit niemandem, weder mit Ihren Frauen noch mit dem Arzt und ganz bestimmt nicht mit NewYew. Ist das klar?«

Die Männer nickten.

»Wir finden heraus, was da los ist«, versprach Ira. Dann hielt er für einen Augenblick inne und ließ den Blick hin und her wandern, während ihm verschiedene Möglichkeiten durch den Kopf gingen. »Wir sorgen dafür, dass uns nichts passiert, und wir finden heraus, was diese Lotion wirklich bewirkt.« Der Reihe nach musterte er alle Anwesenden, seine Augen blitzten vor Entschlossenheit. »Was die Creme auch leisten kann, es wird sich zum Vorteil für uns auswirken. Das verspreche ich Ihnen.«

Kapitel 10

Dienstag, 1. Mai
14:02 Uhr
Bellevue Krankenhaus, Manhattan

227 Tage bis zum Weltuntergang

»Mister Fontanelle?«

Lyle hob den Kopf. Der Mann, der sich im Wartezimmer des Krankenhauses vor ihm aufgebaut hatte, war groß und breitschultrig. Er trug einen pechschwarzen kurzen Bart. An den Wurzeln entdeckte Lyle verräterische graue Spuren. *Ich frage mich, ob er unser Färbemittel benutzt.*

»Hallo«, sagte der Mann. »Ich bin Doktor Allgood. Sind Sie ein Freund von Jon Ford?«

Lyle stand auf und schüttelte dem Mann die Hand. Er hatte die Deckgeschichte eingeübt und war bereit. Es galt, die Verbindung zwischen NewYew und diesem Fall so lange wie möglich geheim zu halten. »Eigentlich sind wir nur Bekannte. Ich lernte Jon kennen, während ich an einem Papier über die Epidemiologie der Grippe arbeitete. Als ich von seinem Tod erfuhr, war ich erschüttert, muss zu meiner Schande aber gestehen, dass wegen des unvermuteten Übergangs von einer Grippe zum Schlaganfall der Wissenschaftler in mir neugierig wurde. Ich hatte gehofft, einen Blick in seine Krankenakte werfen zu dürfen.«

Dr. Allgood seufzte. »Den Wunsch würde ich Ihnen gern erfüllen, denn wir alle waren wegen der Symptome völlig verblüfft und würden gern noch eine weitere Meinung dazu hören. Aber die Krankenakten sind vertraulich, und wir dürfen nicht ...«

»Oh!« Lyle tat so, als wäre ihm der Gedanke gerade erst gekommen. »Natürlich, Sie brauchen eine Genehmigung! Hier habe ich sie.« Er hob ein Klemmbrett mit Jon Fords Verzichtserklärung. Oben verdeckte die Klemme den Namen *NewYew* und das Firmenlogo. Wenn der Arzt sich die Sache genauer ansah, war alles verloren, aber Lyle setzte darauf, dass es nicht so weit kam. Welcher Nichtjurist nahm sich schon die Zeit, ein juristisches Formular zu prüfen? »Er hat die Freigabe unterzeichnet, als ich ihn in mein Forschungsprojekt aufnahm.« Lyle hielt dem Arzt das Formular hin, doch Allgood winkte nur ab.

»Lassen Sie auf dem Weg nach draußen eine Kopie auf dem Schreibtisch liegen! Kommen Sie mit in mein Büro, dann zeige ich Ihnen die Akte.«

Lächelnd folgte Lyle Dr. Allgood durch die Nebengänge des Krankenhauses, während er nervös den Schwestern zunickte, die ihnen gelegentlich begegneten. *Wenn mich nun jemand erkennt? Wenn man mich mit NewYew in Verbindung bringt?*

Was soll dann werden?

»Üblicherweise müssten Sie warten, während wir alles zusammensuchen«, erklärte Dr. Allgood. »Aber Sie haben Glück. Mister Fords Akte liegt gerade auf meinem Schreibtisch.«

»Arbeiten Sie immer noch daran?«

»Wie gesagt, es ist ein verwirrender Fall, und wir haben noch nicht herausgefunden, woran er eigentlich litt. Im Grunde ist das nicht mehr unsere Aufgabe, aber es stört mich, nichts Genaues zu wissen. Verstehen Sie das?«

»Nur zu gut.«

Sie erreichten Dr. Allgoods Büro, einen kleinen Raum, der vom Boden bis zur Decke mit Büchern, Regalen und Aktenschränken vollgestopft war. Es fühlte sich eher nach einer Höhle als nach einem Büro an. Nur der Schreibtisch in der Mitte war relativ leer. »Da haben wir's.« Allgood trat hinter den Schreibtisch und schob Lyle einen Ordner hinüber, in dem fast drei Zentimeter hoch vielfarbige Dokumente und Berichte abgeheftet waren.

»Großartig«, sagte Lyle. Die beiden Männer setzten sich einander gegenüber an den Schreibtisch, und Lyle überflog die erste Seite der Akte – die üblichen Informationen bei der Aufnahme, eine Beschreibung der Symptome und so weiter. Jon Ford war nur wenige Stunden vor dem Schlaganfall von einem gewissen Travis Meyer eingeliefert worden und hatte schon fast im Koma gelegen. Die Symptome passten zu einer schweren Grippe. Er litt an Fieber, heftigen Kopf- und Muskelschmerzen, Lethargie und starkem Flüssigkeitsverlust infolge der laufenden Nase und des Durchfalls. *So weit nichts Neues.* Lyle blätterte um. Auf der nächsten Seite hatte der einweisende Arzt notiert, dass Jon durch den Flüssigkeitsverlust extrem dehydriert war, und eine Infusion empfohlen. Lyle schlug die nächste Seite auf. Dort waren die Ergebnisse des Blutbilds festgehalten. Blutgruppe A positiv, und die Zahl der weißen Blutkörperchen war erhöht, was bei einem Grippepatienten nicht anders zu erwarten war. Abgesehen davon wirkte alles recht gut – Cholesterinwerte und Mineralstoffe waren normal. Es war praktisch alles in Ordnung. Lyle beugte sich vor und sah sich jede Zeile der Analyse genauer an. *Eisen ist gut, Kalium ist gut, rote Blutkörperchen vermindert ... Moment mal.* Der Östrogenwert war unglaublich hoch. Lyle runzelte die Stirn, als er die Zahl betrachtete. *Hohe Östrogenwerte bei einer männlichen Testperson deuten auf einen viel älteren Mann von fünfzig oder sechzig Jahren hin, doch Jon war höchstens fünfundzwanzig. Ist er vorzeitig gealtert? Kann ein Anti-Aging-Produkt das Gegenteil bewirken und den Alterungsprozess beschleunigen?*

»Was haben Sie entdeckt?«, fragte Dr. Allgood.

»Das Östrogen.« Lyle hob den Kopf. »Was hat das zu bedeuten?«

Dr. Allgood lachte humorlos. »Wenn Sie so denken wie wir, dann haben Sie sofort an vorzeitige Alterungsprozesse gedacht. Aber warten Sie, bis Sie den Autopsiebericht sehen.« Er griff in den Ordner, suchte und zog einen Stapel hervor, der mit einer Büroklammer zusammengeheftet war. »Seite vier, irgendwo in der Mitte. Als die Pathologen in der Brust den Y-Einschnitt vorgenommen haben, sind sie auf Brustdrüsen gestoßen.«

Lyle riss den Kopf wieder hoch. »Brustdrüsen? Er hatte Brüste?«

Allgood nickte. »Im Normalfall schneidet man die nicht durch, aber wer konnte das ahnen? Die Brüste waren stark unterentwickelt, und in der Krankengeschichte gibt es keinen Hinweis auf Intersexualität.«

Aufgeregt studierte Lyle den Autopsiebericht. »Machen Sie Witze? Gab es sonst noch etwas Ungewöhnliches?«

»Unreife Eierstöcke, einen halb entwickelten Uterus und eine korrespondierende Schwäche in allen seinen – oder ihren – männlichen primären und sekundären Geschlechtsmerkmalen. Medizinisch gesprochen war er weder Mann noch Frau, höchstens ein halbherziger Versuch für beides.«

Susan ist total auf ihn abgefahren. Lyle konnte nicht anders, als sofort an sie zu denken. Dann schüttelte er den Kopf, um zu sich zu kommen, und betrachtete die Notizen. Immer wieder kam ihm Susans Interesse für Ford in den Sinn. Irgendwie passte alles nicht zusammen.

»Ich habe Jon Ford persönlich erlebt«, erklärte Lyle. »An ihm war nichts Feminines. Er war männlich, sah gut aus und war ... männlich eben.«

Allgood zuckte mit den Achseln. »Der Testosteronwert war ebenso hoch wie der Östrogenwert. Jetzt verstehen Sie sicher, warum wir so verwirrt waren.«

»Darüber hat er mir nie etwas gesagt«, antwortete Lyle.

»Wahrscheinlich war es ihm peinlich. Ist ja auch kein Wunder.«

»Warum hat er sich dann bei Ihnen einer gründlichen Untersuchung unterzogen?«

Allgood kratzte sich am Bart. »Keine Ahnung. Vielleicht ein Hilferuf? Vielleicht wollte er, dass es endlich jemand entdeckt?«

Oder er wusste selbst nichts davon, dachte Lyle. *Weil das schon wieder eine verrückte, unmögliche Nebenwirkung der verdammten Lotion ist.* Lyle starrte auf die Dokumente und dachte fieberhaft nach. Mit dem Daumen blätterte er den Papierstapel durch. »Ist das die komplette Krankenakte?«

»So vollständig, wie man es ohne sehr viel Mühe überhaupt bewerkstelligen kann. Wir haben Berichte über alle Besuche in diesem Krankenhaus. Es ist natürlich möglich, dass er noch woanders war.«

»Gibt es ein früheres Blutbild?«, fragte Lyle. »Eins vom letzten Jahr oder sogar noch älter?«

»Er war im Lauf der Zeit mehrmals als Patient hier. Ich bin sicher, dass irgendwann auch ein Blutbild gemacht wurde.«

»Sind die Ergebnisse irgendwo archiviert?«

Allgood nickte und nahm den Telefonhörer ab. »Sicher. Ich fordere sie an.«

Lyle nahm sich wieder die Akte vor, während Allgood mit einem Assistenten sprach. Der übrige Autopsiebericht war eher unauffällig, allerdings waren anscheinend die Nieren angegriffen gewesen. Erst auf der letzten Seite stieß Lyle auf eine weitere Überraschung.

»Er ist also gar nicht am Schlaganfall gestorben?«

Allgood beendete den Anruf und legte auf. »Nein. Nach dem Schlaganfall haben wir ihn stabilisiert, und ein paar Stunden später haben ihn die Nieren umgebracht.«

»Nierenversagen.« Lyle las die Zeile noch einmal. »Was war mit den Nieren los?«

»Er hatte eine hämolytische Transfusionsreaktion«, erklärte Allgood. »Haben Sie die Zählung der roten Blutkörperchen gesehen?«

»Ja.«

»Irgendetwas hat sie getötet, und das Hämoglobin, das im Kreislauf freigesetzt wurde, hat nach und nach die Nieren zerstört. Wir hätten es sehen sollen, aber viele Symptome überschneiden sich mit der Grippe.«

»Und wenn es keine Grippe war?«, überlegte Lyle. »Vielleicht war es nur ein ausgedehntes Nierenversagen, das wie eine Grippe aussah?«

»Das ist das Problem«, erwiderte Allgood. »Diese Form von Nierenversagen ist sonst nicht ausgedehnt. Die Zerstörung der roten Blutkörperchen geschieht schlagartig und umfassend wie bei einer ungeeigneten Bluttransfusion. Die Antikörper einer Blutgruppe attackieren die roten Blutkörperchen der anderen, und der ganze Körper zerfällt. Das könnte sogar den Schlaganfall erklären, falls genug tote Zellen eine Engstelle im Gehirn verstopft haben.«

»Das war es also?«, fragte Lyle. »Hat er eine Transfusion bekommen?«

»Nicht in unserer Klinik«, erwiderte Allgood. »Auch seine Freunde und Verwandten wissen nichts darüber. Es muss etwas anderes sein. Wir wissen nur nichts Genaues.«

»Es ist also nicht vorstellbar, dass fremdes Blut in seinen Kreislauf gelangt ist?«

»Nicht, dass wir wüssten. Wir konnten nicht einmal Einstichstellen finden, die nicht von uns stammten, und wir wissen, dass wir nichts dergleichen getan haben.«

Lyle seufzte und rieb sich die Augen. »Das passt alles nicht zusammen.«

Allgood lachte trocken und humorlos. »Was Sie nicht sagen.«

Vier Stunden später saß Lyle wieder in der Eingangshalle des Krankenhauses und blickte teilnahmslos auf eine verspiegelte Wand. Er war jede Einzelheit der Krankenakte durchgegangen, hatte alle Beweise gesammelt, die er nur finden konnte, aber nichts hatte zu einem Ergebnis geführt. *Ich brauche nur einen einzigen Hinweis,* dachte er. *Nur einen Hinweis, der alle Symptome miteinander verknüpft – nicht nur bei Jon Ford, sondern auch bei allen anderen. Warum ist William Englands Haut weiß geworden? Warum sind Pedro Trujillos Knochen gewachsen? Warum hat Christopher Page so viel Gewicht verloren?* Wenn es eine Gemeinsamkeit gab, dann hatte er einen Ansatzpunkt. Wenn alle Gewicht verloren hätten oder wenn sich bei allen die Knochen verformt hätten, dann hätte er eine Richtung gehabt, in die er forschen konnte, um das Problem zu identifizieren oder die Ursache vielleicht sogar zu ergründen. Bisher war überhaupt nichts herausgekommen. Keine Trends, keine Hypothese, absolut nichts.

Lyle dachte an Christopher Pages Gesicht im Supermarkt – an sein eigenes Gesicht – und erschauerte, als er sich an den Blick in die eigenen Augen erinnerte, die gleichermaßen vertraut wie fremd gewesen waren. Er betrachtete sein Spiegelbild an der Wand – einen Mann auf einer Bank, müde und ängstlich. Ringsum summte das Krankenhaus vor Geschäftigkeit, niemand beachtete ihn. Wer war er überhaupt? *Wer ist Lyle Fontanelle? Ein Chemiker, ein Produktentwickler. Wäre ich jetzt hier, wenn ich den Job in der Kosmetikbranche nicht angetreten hätte? Wäre ich woanders? Oder wäre ich eine andere Person? Ein ganz anderer Lyle, der ein ganz anderes Leben führt?*

Lyles Spiegelbild stand auf und kam ihm entgegen.

»Heilige ...« Erschrocken fuhr er zurück. Das Spiegelbild

starrte ihn finster an, deutete auf ihn und stürmte auf ihn zu.

»*Sie* haben uns das angetan!«

In den Sekunden vor dem Angriff konnte Lyle gerade noch zweierlei bemerken – erstens, dass sich dort gar kein Spiegel befand, sondern einfach nur eine andere Bank, die neben einer identischen anderen Säule stand.

Zweitens – der andere Lyle sprach mit mexikanischem Akzent.

Kapitel 11

Dienstag, 1. Mai
18:39 Uhr
Bellevue Krankenhaus, Manhattan

227 Tage bis zum Weltuntergang

Der neue Lyle prallte mit erschreckender Wucht gegen den alten, warf ihn zu Boden und versetzte ihm einen so heftigen Schlag, dass er nicht mehr atmen konnte.

»Das ist alles *Ihre* Schuld!«

Lyle keuchte und wollte wegkriechen. Er hatte noch nicht richtig eingeatmet, da traf ihn etwas Hartes an der Schläfe, und er sah nur noch weiße Sternchen. Blind und taub ging er zu Boden. Verzweifelt rang er nach Luft und stöhnte laut. Irgendjemand zog den anderen Lyle von ihm weg, und als er wieder hören konnte, vernahm er abermals die Stimme mit dem mexikanischen Akzent, die eine wütende Tirade ausstieß.

»*Er* hat mir das angetan! Sehen Sie meine Haut? Die Arme? *Er* hat mir das angetan.«

»Bitte beruhigen Sie sich, Sir, und sagen Sie mir, was los ist!«

Lyle sah sich etwa drei Meter entfernt stehen. Zwei Pfleger hielten ihn fest. Die Frisur war anders, aber sehr ähnlich. Die Kleidung hatte eine ähnliche Farbe wie die von Lyle. Aus der Ferne waren sie kaum auseinanderzuhalten.

Das ist Christopher Page, dachte Lyle. *Nein, Page hat keinen mexikanischen Akzent.*

»Ich sehe ganz anders aus als früher«, knurrte der Mann.

»Er hat mir das Aussehen zerstört, die Knochen, die Haut, das ganze Leben!«

»Warten Sie!«, antwortete Lyle und rappelte sich auf. Er starrte den Doppelgänger an. »Wer sind Sie?«

»Sie wissen genau, wer ich bin!«, rief der Mann. »Ich bin Pedro Trujillo. Sie haben mich wie ein Versuchskaninchen missbraucht und Ihr Gift getestet, und dann haben Sie mich angerufen. Tun Sie nicht so, als würden Sie mich nicht kennen!«

»Pedro Trujillo«, sagte Lyle. Als ihn die Erkenntnis traf, wurde ihm fast übel. »Sie können nicht Pedro Trujillo sein. Sie sind fast fünfzehn Zentimeter größer als er. Und Sie sind weiß.«

»Ich weiß, dass ich weiß bin!«, kreischte Pedro.

Ein Pfleger musterte Lyle mit fragendem Blick. »Ist das ein ... ein Verwandter von Ihnen?«

»Nein, er ist ... wir kennen uns rein geschäftlich.« Als Lyle Pedro am gleichen Tag wie die anderen angerufen hatte, war nur von starken Schmerzen in den Beinen die Rede gewesen, doch er hatte weder Lyle noch NewYew einen Vorwurf gemacht. »Pedro«, sagte Lyle, »warum haben Sie mir nicht von der ausgebleichten Haut erzählt?« *Jetzt haben wir zwei Testpersonen mit ähnlichen Symptomen. Die erste Übereinstimmung, die überhaupt zutage tritt. Aber was hat sie zu bedeuten?*

Und warum sieht er mir so ähnlich?

»Die Veränderung der Haut ist neu«, fauchte Pedro. »Aber ich weiß, dass Sie dafür verantwortlich sind. Deshalb haben Sie mich doch angerufen. Sie wollten wissen, ob es schon begonnen hat. Als sich meine Haut veränderte, wusste ich sofort, dass Sie auch etwas mit den Beinen angestellt haben.«

»Was reden Sie da?«, fragte der Pfleger und wandte sich an Lyle. »Wovon spricht er?«

Ich muss die Sache herunterspielen, dachte Lyle. *Ich muss ihn beruhigen und die Beweise unter den Teppich kehren. Bisher hat noch niemand NewYew erwähnt. Wenn er irgendetwas über die Firma sagt, fliegt alles auf.* »Mister Trujillo.« Lyle ging langsam auf den Mann zu. »Ich versichere Ihnen, dass es nur ein Missverständnis ist, und ich möchte Ihnen einen Ausgleich anbieten …« Lyle wollte ihm besänftigend die Hand schütteln, aber dann hielt er inne und starrte Pedro erschrocken an. Aus der Nähe erkannte er, dass die Augen grün waren, und in der rechten Iris befand sich ein kleiner bernsteinfarbener Fleck. Pedro hatte Heterochromie.

Genau wie Lyle.

»Dieser Mann hat mich vergiftet!«, rief Pedro. »Er hat mich verleitet, eine Chemikalie zu nehmen, und mir den Körper zerstört. Ich verlange, dass Sie die Polizei rufen und ihn verhaften lassen.«

»Ihr Auge …«, setzte Lyle an, doch Pedro schrie ihn nieder.

»Rufen Sie die Polizei! Dieser Mann will mich töten! Kein Scherz!«

»Verzeihung«, sagte ein anderer Mann und trat entschlossen dazwischen. Er trug einen teuren Anzug. »Ich bin Doktor Whitaker, der Krankenhausdirektor. Könnten die Herren diese Diskussion bitte in meinem Büro fortsetzen?«

»Das …« Lyle war zu schockiert, um sprechen zu können. *Pedro hat meine Augen – nicht nur die gleiche Farbe, sondern auch die gleiche Abweichung. Wie ist das möglich? Und was hat das zu bedeuten?* »Wir müssen reden«, flehte er Pedro schließlich an. »Wir müssen uns irgendwo zusammensetzen und herausfinden, was los ist …«

»Das ging schnell.« Pedro spähte über Lyles Schulter. »Die Polizei ist da.«

Der Direktor wandte sich an einen Pfleger. »Halten Sie

die beiden fest!« Der Pfleger legte Lyle eine Hand auf den Arm. Der Griff war leicht, aber entschlossen. Unterdessen ging der Direktor den Polizisten entgegen. »Ich bin Doktor Whitaker, der Klinikdirektor. Kann ich Ihnen helfen?«

»Officer Woolf«, erklärte der erste Polizist. »Das ist Officer Luckesen. Wir suchen einen Mann namens Lyle Fontanelle.« Er hielt ein Foto hoch. »Seine Sekretärin sagte, wir könnten ihn möglicherweise hier finden. Haben Sie einen Mann gesehen, auf den die Beschreibung ...« Er brach ab, als sein Blick auf Lyle und dann auf Pedro fiel. Danach wandte er sich wieder an Lyle. »Was ist hier los?«

»Er ist Fontanelle.« Pedro deutete auf Lyle. »Ich weiß nicht, wer Sie gerufen hat, aber vielen Dank, dass Sie gekommen sind!«

»Niemand hat uns gerufen«, antwortete Officer Woolf verwirrt. »Diesen Mann suchen wir schon den ganzen Tag.«

»Ich bin Lyle«, erklärte Lyle und winkte höflich. »Was ist denn los?«

»Sie werden mit einem Raubüberfall in Brooklyn in Verbindung gebracht«, erklärte der zweite Polizist, Officer Luckesen. Er trat vor und ergriff Lyles freien Arm. »Wir müssen Sie mitnehmen und Ihnen einige Fragen stellen.«

»Ich war ... seit einer Ewigkeit nicht mehr in Brooklyn«, antwortete Lyle verwirrt. »Ich war dort ganz bestimmt an keinem Überfall beteiligt. Woanders auch nicht.«

»Er ist verrückt«, behauptete Pedro. »Er ist ein verrückter Wissenschaftler. Sehen Sie nur, was er mir angetan hat!«

Officer Woolf wandte sich an den Direktor. »Was meint er damit?«

»Er hat ...« Der Direktor hielt inne und blickte zwischen Pedro und Lyle hin und her. Schließlich wies er auf Pedro. »Dieser Mann hat den anderen Mann angegriffen. Den

Grund kenne ich nicht. Aber er ist wütend und sagt dauernd ... Sie haben es ja gehört.«

»Anscheinend wurde ein Test durchgeführt«, warf ein Pfleger ein. »Darüber haben sie geredet.«

»Er missbraucht mich als Versuchskaninchen für chemische Waffen!«, rief Pedro.

Inzwischen hatte sich eine kleine Menschenmenge versammelt, die vorsichtshalber auf Distanz blieb, aber aufmerksam zuhörte. Lyle stellte fest, dass der Direktor über den Tumult in der Eingangshalle erbost war. *Er will es nur hinter sich bringen,* dachte Lyle. *Wenn ich ihm einen leichten Ausweg anbiete, kann ich die Sache vielleicht in aller Stille beilegen.*

Lyle winkte den Direktor zu sich und beugte sich vertraulich zu ihm und den Polizisten vor. Er flüsterte, damit Pedro ihn nicht hören konnte. »Ich will wegen des Angriffs keine Anzeige erstatten. Pedro ist ein Verwandter ... Sie sehen ja die Ähnlichkeit. Er ist nicht bei Sinnen. Die Familie vermutet, es könne sich um paranoide Schizophrenie handeln. Ich meine ... Sie haben ja gehört, was er gesagt hat. Ich hätte ihn mit chemischen Waffen größer gemacht.« Unschuldig blickte er den Direktor an. »Ich begleite die Polizisten, um zu sehen, ob es ein Missverständnis wegen der Fingerabdrücke gibt. Vielleicht können Sie inzwischen dafür sorgen, dass der Mann bei Ihnen einen Therapeuten bekommt.«

Officer Woolf kicherte, und Lyle hielt hoffnungsvoll den Atem an. *Es klappt.*

»Wenn Sie Leute größer machen können, sagen Sie mir Bescheid«, erklärte der Polizist. »Dann gehe ich zur NBA, werde Basketballer und habe mit diesen Irren nichts mehr zu tun.« Er wandte sich an den Direktor. »Brauchen Sie Hilfe bei dem ... äh ... Verrückten?«

»Ich glaube, mit dem werden wir fertig«, antwortete der

Direktor leise. Er sah sich rasch zu den Gaffern um. Inzwischen befand er sich auf vertrautem Terrain und konnte einen übererregten Patienten behandeln, statt einen Streit zu schlichten. »Je weniger Unruhe, desto besser.«

»Sagen Sie uns Bescheid, wenn Sie Hilfe brauchen!«, bot Officer Luckesen an. Dann führten die Polizisten Lyle höflich zum Haupteingang. Hinter ihnen stieß Pedro einen triumphierenden Ruf aus.

»Er soll dafür büßen! Ich kann gegen ihn aussagen – das können wir alle! Er ist ein Doktor Frankenstein!«

Lyle folgte den Polizisten zum Streifenwagen und gab sich große Mühe, äußerlich völlig gelassen zu wirken. »Was hat das nun zu bedeuten? Wer wurde ausgeraubt?«

»Es geht um ein Haus in Brooklyn«, erläuterte der Polizist, während er sich auf dem Fahrersitz niederließ. »Ein sehr teures Haus, und es gibt kaum Beweise. Die Ermittler haben schließlich zu einer DNA-Analyse gegriffen, und ich fürchte, dabei ist Ihr Name als exakter Treffer herausgekommen.«

»Ich schwöre Ihnen, dass ich seit einer Ewigkeit nicht mehr in Brooklyn war«, beteuerte Lyle. »Ich weiß auch nicht, wie meine DNA dorthin geraten ist ...« Lyle unterbrach sich und runzelte die Stirn. »Ich weiß nicht einmal, wie meine DNA überhaupt in Ihre Datenbank kommt. Ich wurde nie verhaftet oder verurteilt.«

»Das ist nicht verwunderlich«, erklärte Woolf. »Es ist eine FBI-Datenbank, in der auch viele Daten von Nichtkriminellen gespeichert sind. Mussten Sie sich mal einer gründlichen Überprüfung unterziehen? Beispielsweise für einen Job? Mit einem Blutbild?«

»Ja, bei New...« Lyle schüttelte den Kopf. »Mein derzeitiger Arbeitgeber führt solche Tests bei jeder Neueinstellung durch.«

»Da haben Sie's, denn viele große Firmen verkaufen die

Daten an das FBI. Damit drücken sie die Kosten für die Überprüfung.«

»Verstehe.« Lyle nickte. »Irgendwie unheimlich, wenn man weiß, dass man da archiviert ist.«

»Noch viel unheimlicher ist ein Einbruch in Ihr Haus.«

»Sie müssen mir glauben!« Lyle beugte sich vor. »Ihr Test muss fehlerhaft sein. Sagen Sie, wann ist der Raub passiert?«

»Am vierzehnten April, das war ein Samstag.«

»Wunderbar!«, antwortete Lyle. »Am Samstagabend arbeite ich meistens.«

»Aber sicher doch.«

»Ja«, bekräftigte Lyle. »Fast jede Woche.« Er zermarterte sich das Hirn, ob dies auch für den erwähnten Samstag zutraf. »Wir haben ein elektronisches Sicherheitssystem, das die Ausweise scannt. Das System hat registriert, wann ich gekommen und gegangen bin.«

Die Beamten wechselten einen Blick. »So was lässt sich fälschen und ist außerdem ein beliebtes Alibi.«

»Die Kameras haben mein Gesicht erfasst«, ergänzte Lyle.

»Auch Kamerabilder lassen sich fälschen. Sie brauchen nur jemanden, der so aussieht wie Sie – beispielsweise den Mann im Krankenhaus. Der hält dann für Sie das Gesicht in die Kamera.«

»Aber wenn die Kamera wirklich mich erfasst hat, und der andere Mann hat das Haus ausgeraubt?«, fragte Lyle. »Vielleicht haben Sie jetzt den Falschen geschnappt.«

»So funktionieren DNA-Tests nicht«, erklärte Officer Luckesen. »Sie sind zwar nicht perfekt, aber sie lassen sich viel schwerer fälschen als ein Kamerabild.«

Lyle schnippte mit den Fingern. »Der Wachmann! Samstagnacht ist eine seltsame Zeit, um zu arbeiten, und der Wächter kommt oft zu mir. Dann unterhalten wir uns fünf oder zehn Minuten lang. Er hat oft Langeweile. Er erinnert sich bestimmt an mich.«

Officer Woolf seufzte. »Wir rufen ihn von der Wache aus an und überprüfen Ihre Behauptung. Trotzdem werden Sie auf jeden Fall erkennungsdienstlich behandelt.«

Lyles Telefon klingelte. Er sah die Beamten an. »Darf ich drangehen?«

»Nur zu.«

»Danke.« Er zog es heraus. Es war die Telefonnummer des Krankenhauses. *Wahrscheinlich geht es um Pedro.* Er schaltete ein. »Hallo, hier ist Lyle Fontanelle.«

Auf der anderen Seite dröhnte Dr. Allgoods Stimme. »Es tut mir leid, dass es so lange gedauert hat, aber jetzt habe ich das Blutbild, nach dem Sie gefragt haben.«

»Was?«

»Eine von Jon Fords alten Untersuchungen, die vor drei Jahren durchgeführt wurde. Haben Sie eine Faxnummer, an die ich den Bericht schicken kann?«

Lyle blickte die Polizisten auf dem Vordersitz an. »Ich weiß nicht, ob ich in der nächsten Zeit ein Faxgerät benutzen kann.« Er fischte einen zusammengefalteten Zettel aus der Jackentasche und suchte nach dem Stift. »Ich habe hier einen Durchschlag des anderen Blutbilds. Könnten Sie mir die Resultate vorlesen? Dann schreibe ich sie zum Vergleich direkt daneben.«

»Klar doch«, willigte Allgood ein. »Zeile für Zeile. Es geht los. Name: Jon Ford. Alter: zweiundzwanzig. Blutgruppe: Null. Rote Blutkörperchen ...«

»Warten Sie mal!«, unterbrach Lyle, der das Blatt mehr schlecht als recht auf den Knien ausgebreitet hatte. »Die Blutgruppe ist A positiv.«

»Nein«, widersprach Allgood. »Ich sehe es doch hier im Ausdruck. Es ist Null ...«

»In der Akte steht aber A positiv.«

»Was, zum ...« Lyle hörte Papier rascheln, dann einen leisen Pfiff. »Bei allen Heiligen und Engeln, Sie haben recht! Beim letzten Test kam A positiv heraus.«

»Sind Sie sicher, dass Sie den richtigen Jon Ford haben?«

»Die Patientennummern stimmen überein«, erklärte Allgood. »Adresse und Telefonnummer auch. Es ist sogar die gleiche Versicherungsnummer. Er hat eben nur ... zwei verschiedene Blutgruppen.«

»Wie ist das möglich?«

»Das ist nicht möglich«, antwortete Allgood aufgeregt. »Aber es ist konsistent. A positiv und Null vertragen sich nicht. Falls er genug A positiv im Kreislauf hatte, greifen die Zellen das alte Blut an und verursachen genau die Probleme, über die wir geredet haben. Schlaganfall, Hämolyse, Nierenversagen. Erstaunlich, dass er überhaupt so lange gelebt hat.«

»Aber Sie sagten doch, er habe keine Transfusion bekommen«, erwiderte Lyle. »Sie haben es überprüft.«

»Du meine Güte, nein!«, rief Dr. Allgood. »Eine volle Transfusion hätte ihn binnen Stunden umgebracht. Er war fast einen ganzen Tag bei uns, und davor war er schon eine ganze Weile krank. Nein, eine Reaktion wie bei ihm ist nur denkbar, wenn das fremde Blut sehr langsam über einen langen Zeitraum zugeführt wurde. Sonst bekäme man ganz plötzlich einen Schock, und das ganze Kreislaufsystem bräche zusammen.«

»Ob jemand ihn töten wollte?«, fragte Lyle.

»Wenn, dann wurde es wirklich geschickt angestellt. Wie gesagt, wir konnten keine Einstiche außer unseren eigenen entdecken, und der erste war der für den Bluttest, bei dem A positiv herauskam.« Der Doktor pfiff durch die Zähne. »Es kommt mir so vor, als sei alles innerlich passiert. Als hätte der Körper aus heiterem Himmel beschlossen, die falsche Sorte Blut zu produzieren. Vielleicht war seine DNA durcheinander. Keine Ahnung.«

Lyle keuchte, die Gedanken schossen ihm durch den Kopf wie Gewehrkugeln. *Blutgruppe. DNA. Heterochromie.* »Ich rufe Sie wieder an.« Er beendete das Gespräch, ohne sich zu verabschieden, und starrte ins Leere. *Hautfarbe, Bleichung, Knochendeformationen, Gewichtsverlust.* Als es ihm dämmerte, fuhr er zusammen. *Ich konnte bei den Symptomen der Testpersonen keinen Trend erkennen, weil er nicht in eine einzige Richtung läuft. Vielmehr werden die Werte auf einen zentralen Punkt hin normalisiert.*

Auf mich.

Lyle strich sich über das Gesicht, stierte vor sich hin, strich sich wieder über das Gesicht.

»Alles klar dort hinten?«, fragte Officer Woolf. »Was ist eigentlich los? Wenn ich's richtig verstanden habe, handelt es sich um einen Tötungsversuch ...«

Lyle antwortete nicht, sondern ging im Kopf alles noch einmal durch. *Christopher Page war groß und schwer, also hat er Gewicht verloren, bis er mir entsprach. Pedro Trujillo war klein, also hat er zugenommen und ist gewachsen, bis er mir ähnelte. Dann ist auch noch die Haut ausgebleicht, bis sie meine Tönung hatte. William England hat dunklere Haut, die heller wurde. Tony Hicks hatte eine sehr helle Haut, praktisch weiß, die dunkler wurde. Ich möchte wetten, dass er mir sagt, auch die Haarfarbe habe sich verändert, wenn ich ihn anrufe.*

Sie werden alle so wie ich.

Es musste mit den Plasmiden zu tun haben, so viel war sicher. *Es ist ja ihre Aufgabe, die DNA zu verändern. So dramatisch sollte es nicht werden, aber irgendwie hat es sich dahin entwickelt.* Reglos und mit offenem Mund kauerte Lyle auf seinem Sitz. *Jeder, der mit der Lotion in Berührung kommt, verwandelt sich in mich. Deshalb bin ich der Einzige, der sich nicht verändert. Vielleicht habe ich mich die ganze Zeit verändert, aber ich bin ja ich selbst geblieben und habe es nicht bemerkt. Allerdings ...*

Er hielt inne.

Nur dass meine Blutgruppe nicht A positiv ist. Ich habe Blutgruppe Null negativ und bin deshalb ein Universalspender. Deshalb reagieren die Männer, die sich in mich verwandeln, nicht auf die Veränderung des Bluts, wie es bei Jon Ford geschehen ist. Aber in wen verwandelte sich Ford?

Auf einmal fiel Lyle der Autopsiebericht ein. Halb ausgebildete Eierstöcke und Brustdrüsen, ein hoher Östrogenwert, sogar ein halb entwickelter Uterus. *Susan hat Jon die Lotion aufgetragen. Gleich am ersten Tag des Tests hat sie ihm die Hautcreme auf die Hände gerieben. Sie hatten Hautkontakt. Er verwandelt sich in Susan.*

Aber in wen verwandelt sich Susan?

»He, Mann!« Officer Luckesen schrie ihn fast an. »Wachen Sie auf!« Er schlug gegen das Schutzgitter zwischen den Vordersitzen und den Rücksitzen und riss Lyle jäh aus dem Tagtraum.

»Ich muss telefonieren.«

»Sie müssen meine Frage beantworten«, sagte der Polizist. »Mit wem haben Sie geredet? Und was meinten Sie damit, dass jemand umgebracht werden sollte?«

»Ich habe mich geirrt«, sagte Lyle. »Niemand sollte umgebracht werden. Es war ein Unfall.«

»Auch Unfälle sind Vorkommnisse, über die Sie uns etwas erzählen sollten.«

»Es war eine hämolytische Transfusionsreaktion, nur dass sie sich eine Weile hingezogen hat«, erklärte Lyle. »Deshalb hat es niemand bemerkt. Sein Körper hat sich im Lauf der letzten fünf Wochen im Grunde selbst eine langsame Bluttransfusion verpasst. Verstehen Sie, wie unglaubwürdig das klingt?«

»Mit wem haben Sie geredet?«

»Ich muss viele Leute anrufen«, sagte Lyle. »Wir müssen uns sofort darum kümmern. Wenn Susan nun auch die falsche Blutgruppe bekommt?«

»Wer ist Susan?«

»Lassen Sie mich anrufen!« Lyle hob das Telefon. »Ich muss anrufen und fragen, wie es ihr geht.«

Der Fahrer trat auf die Bremse, dann stiegen die beiden Männer aus und kamen nach hinten. Lyle fand Susans Nummer und drückte auf den Knopf, bevor die Cops bei ihm waren und ihn festhielten.

»Legen Sie das Telefon weg! Fassen Sie das Telefon nicht an!«

»Ich rufe nur eine Freundin an.«

Es klingelte.

»Das ist sie!«, rief Lyle. »Lassen Sie mich nur zwei Minuten mit ihr reden!«

Es klingelte.

»Beruhigen Sie sich!«, rief Woolf. »Sie reden darüber, Menschen zu töten und ihnen Blut zu übertragen. Solange Sie unsere Fragen nicht beantworten, dürfen Sie nicht telefonieren.«

Am anderen Ende klickte es, und eine Frau meldete sich. »Hallo, hier bei Susan.«

»Ist Susan da ... aua!« Ein Polizist hatte ihm einen Schlag in den Unterleib versetzt. Er krümmte sich, soweit es überhaupt möglich war, während ihn zwei Polizisten festhielten.

»Was jetzt?«, fragte Woolf.

Luckesen schüttelte den Kopf. »Keine Ahnung.«

»Tut mir leid«, sagte die Frau am anderen Ende. »Susan ist nicht zu sprechen. Sie liegt im Krankenhaus.«

»Das meinte ich doch«, keuchte Lyle. »Finden Sie heraus, wie es ihr geht!«

Woolf lockerte den Griff, hielt aber mit der Rechten

Lyles Handgelenk fest, während er mit der Linken das Telefon ergriff.

»Hallo, Madam, hier ist Detective Woolf, NYPD. Kennen Sie einen Mann namens Lyle Fontanelle?«

Die Antwort konnte Lyle nicht hören.

»Verstehe. Kennt Ihre Freundin Susan einen Mann namens Lyle Fontanelle?« Pause. »Nein, ich weiß nichts über Susan. Es ...« Er blickte zu Lyle herüber. »Es ist eine seltsame Situation. Wir haben ein verdächtiges Verhalten bemerkt und unterbrochen, als das Telefon schon klingelte. Sagen Sie, Madam, warum ist diese Susan im Krankenhaus?« Wieder gab es eine Pause. Der Polizist riss die Augen weit auf. »Wirklich?« Pause. »Wirklich?« Er zog das Gerät weg, betrachtete es und hielt es wieder ans Ohr. »Ich muss Sie heute Abend oder morgen vielleicht noch einmal anrufen und Ihnen weitere Fragen stellen. Könnten Sie das Telefon griffbereit halten? Danke.« Er beendete das Gespräch und sah Lyle an. »Wer ist Susan?«

»Meine Assistentin«, erklärte Lyle. »Ich bin Vizepräsident für Forschung bei NewYew Incorporated. Leitender Wissenschaftsoffizier. Sie arbeitet bei mir im Labor.«

»Anscheinend brauchen Sie bald eine neue Assistentin.« Woolf wandte sich an seinen Kollegen. »Susan hat Lepra.«

Kapitel 12

Mittwoch, 2. Mai
5:52 Uhr
Zentralgewahrsam, Brooklyn

226 Tage bis zum Weltuntergang

Sunny setzte sich vor der Wache neben Lyle auf die Bank, rieb sich mit einer Hand über die Augen und hielt mit der anderen den Kaffeebecher fest. »Die Sache mit dem Raub habe ich geklärt. Man ist vorläufig davon überzeugt, dass Sie zur Zeit des Verbrechens gearbeitet haben. Die Ermittlungen gehen aber weiter.« Sunny drehte den Kopf hin und her und streckte den Nacken, bis es leise knackte. »Viel besorgter ist man aber ... ich kann es kaum aussprechen ... wegen eines angeblichen Tests von Chemiewaffen.« Er musterte Lyle mit scharfem Blick. »Was, zum Teufel, treiben Sie am Wochenende? Wollen Sie mir etwas sagen?«

»Ja, Ihnen und allen anderen Managern«, bestätigte Lyle. »Können wir gehen?« Er hatte bereits das Krankenhaus angerufen und sich nach Susan erkundigt. Am Oberkörper und im Beckenbereich löste sich die Haut auf, und die ursprüngliche Diagnose hatte auf Lepra gelautet. Lyle wusste es besser. »Wir haben viel zu tun.«

»Ja, wir können gehen«, bestätigte Sunny. »Lassen Sie mir noch eine Minute Zeit für den Kaffee, ja? Ich bin Rechtsberater im Konzern, kein Scheidungsanwalt. Morgens um vier wegen eines Notfalls auf die Polizeiwache gerufen zu werden, gehört eigentlich nicht zu meinem Aufgabenbereich. Und dann auch noch in Brooklyn. Warum mussten Sie sich auch in Brooklyn verhaften lassen?«

Lyle stand auf. »Ich weiß, wer es war.«

»Wer war was?«

»Der Mann, der das Haus ausgeraubt hat, heißt Tony Hicks. Er war eine Testperson für 14G.«

Sunny runzelte die Stirn. »Der letzte Test der Formel? Woher wissen Sie, dass er es war?«

»Weil er eine Strafakte hat«, antwortete Lyle. »Außerdem besitzt er meine DNA.« Lyle entdeckte Sunnys Mercedes und marschierte los. Am Bordstein blieb er stehen und sah sich um. Sunny saß noch vor der Wache. »Sunny, ich brauche Ihre Hilfe. Sie wissen doch, dass die anderen Manager nicht auf mich hören.«

»Wer besitzt Ihre DNA? Und wie ist das möglich?«, wollte Sunny wissen.

»Es liegt an der Formel«, erklärte Lyle. »Am ReBirth.« Lyle senkte die Stimme und sah sich prüfend um. »Wir haben Jon Ford getötet, ist Ihnen das klar? Der Verdacht, es handele sich um Chemiewaffen, liegt gar nicht so fern. Haben Sie eine Ahnung, was ReBirth anrichtet?«

»Möglicherweise.« Endlich bewegte Sunny sich in Richtung Auto. »Aber regen Sie sich erst mal ab und erzählen Sie mir alles!«

Sie stiegen ein, und Lyle sah sich noch einmal nervös auf dem Parkplatz um, bevor er die Tatsache zum ersten Mal laut aussprach. »Der Wirkstoff klont Menschen.«

Sunny runzelte die Stirn. »Sie machen Witze.«

»Das ist mein voller Ernst«, beharrte Lyle. »Irgendwie sind die Plasmide aus der Lotion in die DNA der Testpersonen geraten und verändern sie. Sie überschreiben im Grunde die vorhandenen Informationen, sodass aus deren DNA die meine wird. Dadurch wird jeder ein Klon von mir.«

»Warum gerade Sie?«

»Das weiß ich nicht«, antwortete Lyle. »Offenbar stammen die DNA-Informationen aus einer gemeinsamen Quelle.

Diese Quelle bin wahrscheinlich ich, weil ich die Lotion als Erster berührt habe.«

Sunny ließ den Wagen an. »Sie sind verrückt, Lyle. Sie reden, als sei diese Lotion etwas Lebendiges.«

»In gewisser Weise stimmt das sogar. Sie besitzt selbstreplizierende Bausteine und ist deshalb so lebendig wie ein Virus oder eine Bakterie.«

»Aber nicht intelligent.« Sunny bog auf die Straße ein. »Es ist kein blubberndes Hautcrememonster, das uns alle auffressen wird.«

»Das behaupte ich auch gar nicht«, entgegnete Lyle genervt. »Ich sage nur, dass das Mittel Menschen klont. Im Moment werde ich kopiert. Meiner Zählung nach gibt es momentan sechs Menschen, die meine DNA besitzen und in New York herumlaufen.«

»Wahrscheinlich laufen sie gar nicht«, wandte Sunny ein. »Es ist sechs Uhr morgens.«

»Sie nehmen mich nicht ernst.«

»Ja, weil es so lächerlich ist. Sie können doch nicht erwarten, dass ich Ihnen solchen Schwachsinn abnehme. Lyle, das ist ... das ist unmöglich. Wer geistig gesund ist, kann so etwas nicht glauben.«

»Ich beweise es Ihnen.« Lyle zückte das Handy. »Ich rufe im Krankenhaus an.«

»Mann!« Sunny hielt Lyles Hand fest. »Wir wollen doch nicht gleich ein Krankenhaus anrufen. Die Sache darf auf keinen Fall an die Öffentlichkeit, ob sie nun wahr ist oder nicht.«

»Keine Sorge! Genau deshalb rufe ich an.« Er zog die Hand weg und wählte die Nummer des Bellevue.

»Bellevue Krankenhaus, wie kann ich Ihnen helfen?«

»Verbinden Sie mich bitte mit einem Patienten, der gestern Abend eingeliefert wurde«, sagte Lyle. »Er heißt Pedro Trujillo.«

Kapitel 13

Mittwoch, 2. Mai
8:01 Uhr
Hauptsitz von NewYew, Manhattan

226 Tage bis zum Weltuntergang

»Das glaube ich nicht«, flüsterte Kerry.

Sämtliche Manager hatten sich im Konferenzraum versammelt und starrten mit offenen Mündern auf Lyle und Pedro, die nebeneinanderstanden. Sie waren kaum voneinander zu unterscheiden.

»Das glaube ich nicht«, sagte Kerry noch einmal.

»Ich habe noch nicht herausgefunden, wie es passiert ist, aber ich arbeitete daran«, erklärte Lyle.

»Er sieht also aus wie Sie.« Cynthia machte eine unwirsche Geste. »Das beweist gar nichts. Vielleicht hat er sich verkleidet und will uns um ein paar Millionen Dollar erleichtern, indem er irgendeinen Schaden erfindet.«

»Er ist nicht der Erste, dem ich begegnet bin«, entgegnete Lyle. »Sehen Sie sich außerdem das hier mal an!« Er beugte sich vor und öffnete die Augen, so weit er konnte. »Sehen Sie den Fleck in meinem rechten Auge? Das nennt man partielle Heterochromie. In einer Iris habe ich eine anders gefärbte kleine Stelle. Das ist genetisch bedingt, es ist in meiner DNA verschlüsselt. Und jetzt betrachten Sie Pedros Augen!« Er zog den Mann nach vorn und deutete auf dessen Gesicht. »Er hat genau das Gleiche. Er sieht nicht nur so aus wie ich, sondern ist, genetisch gesprochen, sogar völlig identisch mit mir.«

»Aber wie wollen Sie das beheben?« Pedro entzog sich ihm.

Carl runzelte die Stirn. »Wollen Sie damit sagen, dass die Lotion dafür verantwortlich ist? Ihre Lotion?«

»Es ist schwer zu glauben, aber es trifft zu«, bestätigte Lyle. »Es begann allerdings erst mit 14G, der letzten Formel. Ich vermute ... nein, eigentlich habe ich keine Ahnung. Wir haben ein Retrovirus eingebracht, das die Aktivität der Plasmide regulieren sollte. Was wir jetzt sehen, ist das genaue Gegenteil davon.« Lyle zuckte mit den Achseln. »Mithilfe der ReBirth-Formel soll Kollagen produziert werden, und ich weiß nicht, warum oder wie sich das Mittel stattdessen so verhält. Ich weiß nicht einmal, *was* es bewirkt.«

»Warum das alles passiert ist, interessiert mich nicht«, schaltete sich Pedro ein. »Ich will wissen, was Sie dagegen unternehmen wollen.«

»Natürlich bringen wir alles wieder in Ordnung, so gut wir können«, versprach Sunny. »Aber wir müssen zusammenarbeiten. Für uns alle ist das völliges Neuland ...«

Carl beugte sich vor, und alle hielten inne, um ihn anzusehen. Sogar Pedro verstummte.

»Holen Sie Marcus!«, schnauzte Carl.

Cynthia öffnete die Tür, woraufhin Marcus Eads und zwei Wachleute in Anzügen eintraten. Carl deutete auf Lyle und lächelte warm. »Bringen Sie bitte unseren Freund hier nach oben in meinen privaten Salon! Geben Sie ihm etwas zu essen und behandeln Sie ihn gut!« Die Männer näherten sich, doch Lyle schüttelte den Kopf und wies auf Pedro.

»Ich bin der echte Lyle. Sie meinen ihn.« Auf einmal wurde er unsicher und wandte sich an Carl. »Oder?«

Die Männer wandten sich zu Carl um, der mit gerunzelter Stirn die beiden Lyles musterte und schließlich nickte.

Die Wachleute in den Anzügen führten Pedro in den Flur, nur Marcus blieb im Raum. Cynthia schloss die Tür, und Carl ergriff das Wort. Er sprach sehr leise.

»Behalten Sie ihn vorläufig hier!«, befahl Carl. »Und halten Sie die Sache möglichst geheim. Nichts darf an die Öffentlichkeit dringen, solange wir nicht alles geklärt haben und zu geeigneten Maßnahmen greifen können.«

»Im Bellevue Krankenhaus weiß man Bescheid«, warf Lyle ein.

»Alle Mitarbeiter des Krankenhauses?«

Lyle schnitt eine Grimasse. »Mehrere Pfleger, der Direktor und alle, mit denen Pedro möglicherweise gesprochen hat. Eine Menschenmenge in der Lobby. Ich weiß nicht, ob diese Leute verstanden haben, was wirklich passiert war. Aber wer aufgepasst hatte, bekam einiges mit.«

»Die Polizei von Brooklyn ist ebenfalls im Bilde«, fügte Sunny hinzu. »Aber dort weiß man nicht alles und versteht vermutlich auch nicht, was die Vorfälle zu bedeuten haben.«

»Dabei belassen wir es so lange wie möglich«, entschied Carl. »Wenn die Polizei nichts weiter darüber hört, denkt hoffentlich niemand weiter darüber nach. Jetzt wollen wir ganz offen reden. Mit welchen Folgen müssen wir rechnen? Wie viele Personen sind betroffen?«

Kerry war kreidebleich. »Ich ... ich habe es benutzt. Carrie auch.«

Jeffrey lachte nervös. »Reden Sie jetzt in der dritten Person über sich?« Er wandte sich an Lyle. »Ist das eine Folge?«

»Carrie ist meine Frau«, antwortete Kerry.

»Haben Sie jemanden geheiratet, der so heißt wie Sie?«

»Sie schreibt sich ganz anders.«

»Ich habe die Lotion benutzt«, erklärte Lyle. »Lange vor allen anderen. Wahrscheinlich wurde sie dabei durch meine DNA geprägt. Sechs Testpersonen haben sie ebenfalls benutzt, ein Mann ist gestorben. Meine Assistentin Susan hat sie benutzt und liegt im Krankenhaus.«

»Das kann doch nicht stimmen«, widersprach Kerry. »Es muss eine andere Erklärung geben. Ich meine, ich habe ...« Kerry dachte kurz nach. »Ich habe das Mittel schon vor zwei oder drei Wochen benutzt und sehe Ihnen überhaupt nicht ähnlich.«

Lyle beugte sich vor und betrachtete Kerrys Gesicht. »Sie haben die Heterochromie, und Ihr Haar ist heller geworden.«

»Wirklich?«

»Ich erkenne es auch.« Cynthia trat auf Kerry zu und starrte ihn fasziniert an. »Sie haben schwarzes Haar, aber die Wurzeln sind braun. Das entspricht Lyles Haarfarbe.«

Lyle nahm Kerrys Hände, untersuchte sie genau und blickte ihm wieder ins Gesicht. »Der menschliche Körper tauscht etwa alle drei Wochen die gesamte Haut aus. Es spricht vieles dafür, dass Ihre Haut inzwischen exakt der meinen entspricht.«

»Aber die Farbe stimmt nicht«, wandte Cynthia ein. »Sie ist dunkler als bei Lyle.«

Kerry schluckte nervös. »Ich gehe ins Bräunungsstudio«, flüsterte er und sah Lyle flehend an. »Ich habe letzte Woche begonnen. Meine Frau meinte, ich sähe so blass aus.«

»Dann hat er Ihre Haut und bekommt Ihr Haar«, meinte Sunny. »Aber er sieht Ihnen nicht ähnlich. Pedro könnte Ihr Zwillingsbruder sein. Warum ist es bei Kerry anders?«

»Weil es bei Knochen und Muskeln länger dauert«, erklärte Lyle. »Wenn Sie die Haut verändern, bleibt er trotzdem der Alte. Er sieht erst so aus wie ich, wenn der Körper Zeit hatte, die Muskeln im Gesicht neu aufzubauen und das Knochengerüst darunter zu verändern. Daraus entstehen die Gesichtszüge, die wir wiedererkennen.«

»Wie lange dauert das?«, knurrte Carl.

Lyle zuckte mit den Achseln. »Normalerweise geschieht das überhaupt nicht. Wenn es nicht zu Verletzungen kommt, behalten Sie Ihr Leben lang dieselben Knochenzellen. Sie werden nicht ausgetauscht wie die Hautzellen. Wenn aber irgendetwas Ihrem Körper sagt, er solle sie neu wachsen lassen, wie etwa nach einer Verletzung oder nach Anwendung einer ... verrückten Handcreme, dann kann ein gesunder Erwachsener in etwa sechs Wochen das Knochengewebe neu erzeugen.«

»Pedro hat es in vier Wochen geschafft«, meinte Sunny.

»Der Prozess ist hochaggressiv.« Lyle nickte. »An grippeähnlichen Symptomen und Dehydrierung litten daher auch jene Testpersonen, bei denen größere Veränderungen bis zur Übereinstimmung mit meinem Körper nötig waren. Der Körper verbraucht Wasser und Rohmaterial mit unglaublicher Geschwindigkeit. Das ist ein unangenehmer Prozess.«

Kerry erbleichte noch weiter. »Meine Frau hat die Grippe.«

Lyle zögerte. »Das tut mir sehr leid.«

»Aber sie ist eine Frau«, fuhr Kerry fort. »Das heißt doch, dass es bei ihr ganz anders verläuft, nicht wahr?«

»Hören Sie nicht zu?«, fauchte Lyle. »Ihre Frau hat meine DNA! Sie wird sich in mich verwandeln. Verdammt, sie wird ein Mann!«

Carl fluchte.

»Nein!« Kerry sprang auf. »Sie irren sich. Es muss eine andere Erklärung geben.«

»Brauchen Sie einen Beweis?«, rief Lyle und schritt zu seinem Stuhl. Dort öffnete er die Aktenmappe, zog einen dicken Ordner hervor und legte ihn auf den Tisch. »Das ist der Autopsiebericht von Jon Ford. Er hatte Susan Howells Östrogenwerte, er hatte ihre Eierstöcke, und wenn er noch eine weitere Woche gelebt hätte, dann hätte er die schönsten Brüste von New York gehabt.«

Kerry starrte entsetzt auf die Wand. »Carrie wird ein Mann?«

»Wenigstens muss sie dann nicht den Namen ändern«, warf Jeffrey ein.

»Und tötet das Zeug?«, wollte Carl wissen. »Mit welchen Schäden müssen wir rechnen?«

»Die einzige unmittelbare Gefahr ist die Blutgruppe«, erklärte Lyle. »Ich habe Null negativ und bin damit ein sogenannter Universalspender. Das ist nicht für alle Menschen ideal, aber jeder Mensch kann ohne schwere Konsequenzen Blut bekommen. Jeder, der sich in mich verwandelt, ist vermutlich so weit in Ordnung.«

»Daran ist überhaupt nichts in Ordnung!«, rief Kerry.

»Ich meine ... körperlich«, stammelte Lyle, hielt inne und korrigierte sich. »Ich meine, die Infizierten werden nicht sterben. Ich habe keine genetisch bedingten Krankheiten und keine gefährliche Blutgruppe. Abgesehen von der Heterochromie bin ich der absolute genetische Durchschnitt. Wenn die Lotion aber von einer anderen Person geprägt wird, dann kann ich für nichts garantieren.«

»Kann eine andere Person die Lotion überhaupt prägen?«, fragte Sunny. »Ich meine, wie funktioniert das denn?«

»Ich weiß nicht, wie es funktioniert«, gestand Lyle. »Ich versuche es mir immer noch zusammenzureimen. Jon Ford war der erste Fall, und er verwandelte sich in Susan. Die Creme, die er benutzte, stammte aus einer Probenflasche aus meinem Labor und war völlig unberührt, bis Susan sie für die Testpersonen auf die Tabletts verteilte.«

»Also hat Susan das Mittel geprägt, als sie es austeilte?«

»Das kann nicht sein«, widersprach Cynthia. »Sonst hätten sich die anderen in sie und nicht in Lyle verwandelt.«

»Nachdem sie die Lotion verteilt hatte, tauchte sie den Finger hinein und trug sie auf Jon Fords Hände auf. Sie hat die Lotion zuerst berührt, und das war die einzige Probe, mit der sie in Berührung kam.«

»Das darf sie doch gar nicht«, wandte Sunny ein. »Wir haben Qualitätsvorschriften ...«

»Natürlich ist das verboten«, knurrte Kerry. »Aber wir sind längst über den Punkt hinaus, wo dies eine Rolle spielte.«

»Die anderen Testpersonen zeigten die Symptome erst Wochen später und wurden vermutlich erst bei der Kontrolluntersuchung infiziert.« Lyle runzelte die Stirn. »Sie haben saubere Proben bekommen, die direkt auf die Tabletts verteilt wurden. Wir haben die Lotion nie berührt, deshalb weiß ich nicht ...« Lyle riss die Augen auf. »Die Fabrik! Die Proben kamen aus der Fabrik. Aus dem großen Vorrat, den wir beim letzten Testlauf produziert hatten. Ich war dort, Jerry hat mich herumgeführt, und ich ...« Lyle atmete scharf aus, als hätte er einen Schlag in die Magengrube bekommen. »Ich habe die Produktion berührt. Ich habe den Finger in die Masse gesteckt, um die Viskosität zu prüfen.«

»Das dürfen Sie nicht!«, wiederholte Sunny. »Warum haben wir Qualitätsvorschriften, wenn sich niemand dran hält?«

»Die ganze Produktion ist durch mich geprägt«, ächzte Lyle. »Alles, was dort herausgekommen ist, jede Flasche, die wir abgefüllt haben, hat meine DNA. Wir haben keine Ahnung, wie viele Menschen in der Fabrik damit in Berührung gekommen sind. Jerry war auf jeden Fall einer von ihnen. Direkt nachdem ich die Konsistenz geprüft hatte, probierte er die Lotion ebenfalls.«

»Ich rufe in der Fabrik an.« Marcus zückte das Handy. Die Manager sahen ihm schweigend zu. »Hallo, hier ist

Marcus Eads aus dem Hauptsitz. Kann ich mit Jerry Maldonado sprechen?« Es gab eine Pause. Marcus wandte sich an Cynthia. »Er hat sich krankgemeldet? Eine Grippe? Ja, die greift anscheinend um sich. Sagen Sie mal, haben sich noch andere Angestellte aus der Chemieproduktion angesteckt? Oder gibt es sonst etwas Ungewöhnliches?« Pause. »Könnten Sie mir bitte eine komplette Liste schicken? Vielen Dank.« Er legte auf. »Jerry und drei andere sind krank. Sie halten es für eine ganz gewöhnliche Grippewelle.«

»Das könnte tatsächlich zutreffen«, erklärte Cynthia. »Aber wir müssen Gewissheit haben, wie viele tatsächlich betroffen sind.«

»Ich suche sie alle persönlich auf.« Marcus öffnete die Tür. »Wie soll ich mich verhalten, wenn sie ... Lyle sind?«

»Sorgen Sie dafür, dass sie zu Hause bleiben!«, befahl Carl. »Die Leute dürfen mit niemand sprechen. Gewähren Sie ihnen eine Lohnfortzahlung oder einen Bonus. Was auch immer nötig ist, damit sie sich bedeckt halten. Wir denken uns etwas aus.«

Marcus nickte und ging. Die anderen saßen schweigend da. Lyle rutschte unruhig hin und her, er war erschöpft und hatte Angst.

»Wie es aussieht, müssen wir das Zeug vernichten«, erklärte Cynthia.

»Wie es aussieht, ja«, pflichtete Lyle ihr bei.

»Es ist zu gefährlich«, stimmte Sunny zu. »Eine echte Chemiewaffe. Wahrscheinlich habe ich die Cops in dieser Hinsicht heute Morgen angelogen.«

»Niemand wird es je erfahren«, beteuerte Carl. »Wir vernichten die Lotion und alle Beweise. Kerry, Sie entwickeln einen Plan für die Öffentlichkeitsarbeit. Wir müssen uns nach allen Seiten absichern. Machen Sie sich Gedanken, wie wir die Lecks stopfen können, die eventuell noch entstehen ...«

»Ist noch etwas von der ungeprägten Lotion übrig?«, fragte Kerry unvermittelt.

»Was?«, fragte Lyle zurück. »Wozu brauchen Sie denn noch mehr von diesem Zeug?«

»Um meine Frau zu retten«, erklärte Kerry. »Sie verwandelt sich in einen Mann. Ausgerechnet in Lyle. Nehmen Sie es nicht persönlich, Lyle, aber ...« Er beugte sich vor und flehte die anderen an. »Wenn Sie mir eine winzige Portion der ungeprägten Lotion geben, nur ein kleines bisschen, dann würde ich etwas mit ihrer DNA suchen, eine Haarbürste vielleicht, und die Probe damit prägen. Damit könnte sie sich wieder in sich selbst verwandeln. Ich bitte nicht einmal um Rettung für mich selbst, aber Carrie muss gerettet werden.«

Gespannte Stille herrschte in dem Raum.

Jeffrey lachte leise.

»Halten Sie den Mund, Jeffrey!«, rief Kerry. »Warum sind Sie überhaupt hier, Sie nutzloser Witzbold?«

»Entschuldigung«, meinte Jerry. »Ich habe nur nachgedacht und mich gefragt, ob sie heiß aussieht.«

»Was ist denn das für eine Frage?«

»Ich habe nur nachgedacht«, wiederholte Jerry. »Wenn Sie die Frau verwandeln wollen, dann könnten Sie doch auch einen heißen Feger aus ihr machen, oder?« Er betrachtete die schockierten Gesichter. »Ich meine, betrachten Sie doch mal die Poster an der Wand ... Gesichtsmodels, Bikinimodels, lange Beine, knackige Hintern ... Kommen Sie! Ich bin bestimmt nicht der Einzige, der an so etwas denkt, oder? Diese Frauen sind eine Augenweide, und deshalb wählen wir ihre Fotos aus. Ich denke also, wenn Sie Ihre Gattin schon in eine Frau zurückverwandeln wollen, dann ... warum nehmen Sie dann nicht eine von denen als Vorbild? Vielleicht die Rothaarige am Fenster oder die Asiatin aus der Werbung für die Feuchtigkeitscreme.« Er lachte wieder. »Das sind aber nur meine Gedanken. Hat nichts zu bedeuten. Tut mir leid, dass ich überhaupt etwas gesagt habe.«

Es schien, als hätte sich die Achse der Welt verschoben.

»Interessant«, bemerkte Cynthia.

»Oh nein!« Lyle schüttelte den Kopf. »Nein, nein, nein, nein, nein. Das kommt überhaupt nicht infrage.«

»Das wäre ... ein ultimatives Schönheitsprodukt«, erklärte Sunny.

»Das ist völlig falsch«, widersprach Lyle. »Es ist unmoralisch, es ist illegal ...«

»Im Grunde ist das nichts anderes als eine Schönheits-OP«, hielt Kerry dagegen. »Sie bezahlen Geld und bekommen dafür einen neuen Körper. Das ist nichts anderes als die Nasenkorrektur meiner Frau im letzten Jahr, nur ... nur viel einfacher.«

»Es ist nicht nur eine Nase«, wandte Lyle ein. »Es betrifft den ganzen Körper, die ganze Identität. Wir können doch die Leute nicht bitten, ihre Identität aufzugeben!«

»Wir müssen sie nicht bitten«, widersprach Cynthia. »Sie werden uns anbetteln.«

»Das ist falsch ...«

»Ach, werden Sie erwachsen, Lyle!«, knurrte Cynthia. »Das ist nun mal unser Geschäft. Die Leute wollen gut aussehen, sie wollen schön sein. Sehen Sie sich die Rothaarige an, die Jeffrey meinte! Das Foto ist auf unseren Haarfärbemitteln abgebildet. Nicht nur das Haar, sondern auch das Gesicht. Die Frauen, die diese Tönungen kaufen, wollen nicht nur das Haar. Sie wollen auch die Wangenknochen, die Nase ... sie wollen so aussehen wie die Frau auf der Packung. Das ist die Illusion, die wir mit der Werbung verkaufen – dass ein Produkt nämlich die ganze Person verändert. Niemand greift nur deshalb zu einer Tönung, weil ihm die Haarfarbe gefällt. Niemand geht zum Schönheitschirurgen, weil er sich so mag, wie er ist. Also kommen Sie vom hohen Ross herunter und handeln Sie wie ein Mann, der etwas von seinem Job versteht!«

»Aber ich …«, stammelte Lyle.

»Lyle, Sie sind seit zwanzig Jahren in unserer Branche tätig. Tun Sie also nicht so, als sei das jetzt etwas völlig anderes als alles, was Sie bisher an jedem einzelnen Arbeitstag getan haben.«

Völlig benommen schloss Lyle den Mund. *Das ist nicht wahr.*

Oder doch?

»Wir brauchen nur eine winzige Ampulle mit ReBirth«, flehte Kerry. »Pedro hat sich dank einer winzigen Probe in einen einsachtzig großen Gringo verwandelt, richtig? Also brauchen wir nicht viel, damit es funktioniert. Wir bringen meine Frau und dann alle anderen in Ordnung. Wenn Sie so aussehen wollen wie das Mädchen auf der Schachtel – NewYew kann Ihnen helfen. Wählen Sie Alter und Konfektionsgröße, und wir machen es möglich. Als Beigabe erhalten Sie die perfekte Haarfarbe. Alles in einer Packung!«

»Natürlich müssten unsere Models aus Sicherheitsgründen die Blutgruppe Null negativ haben«, erinnerte Sunny die anderen.

»Tun Sie nicht so, als sei es völlig sicher!«, widersprach Lyle.

»Natürlich sollten sie auch eine makellose Haut haben«, ergänzte Cynthia. »Man muss nicht mehr mit öligen oder flockigen Lotionen und Kombinationsformeln herumpfuschen – verteilen Sie einfach ein wenig Creme auf Ihrer Haut, und sie wird makellos. Einschließlich der genetischen Ebene.«

»Aber dazu brauchen Sie die Erlaubnis der Models«, wandte Lyle ein. »Ich kann mir nicht vorstellen, dass auch nur eine so etwas gestatten würde.«

»Für die entsprechende Summe gestatten sie uns alles, was wir verlangen«, antwortete Cynthia. »Fragen Sie Jeffrey!«

Jeffrey lief rot an.

»Das ist illegal«, beharrte Lyle. Verzweifelt suchte er nach einem Argument, das seine Kollegen aufhalten konnte. »Die FDA würde die Formel nur oberflächlich prüfen, solange es sich um eine Feuchtigkeitscreme handelt. Aber glauben Sie allen Ernstes, man wird erlauben, dass eine Lotion auf einmal Menschen klonen kann? Sind Sie noch bei Sinnen? Wenn wir die erste Werbung veröffentlichen, wird man die Firma NewYew offiziell beschlagnahmen. Wir können uns auch nicht auf den sekundären Marketingplan verlegen, den Sie sich neulich ausgedacht haben. Das Produkt lässt sich nur anbieten, wenn die Käufer über die genaue Wirkungsweise informiert werden. Es ist keine langweilige Technologie, über die niemand etwas erfahren muss. Die Technologie ist der Dreh- und Angelpunkt. Wir dürfen den Käufern nicht verraten, wozu die Lotion in der Lage ist. Wenn wir es doch tun, erwartet uns eine Anklage wegen ... ich weiß nicht. Wegen Kriegsverbrechen oder wegen Bioterrorismus.«

»Dann gehen wir ins Ausland«, erklärte Sunny einfach. »Die Firma, die Produktion, einfach alles. Dann können wir das Mittel importieren. Für den Import von Lotionen gibt es nach den derzeitigen Gesetzen so gut wie keine Beschränkungen. Wir könnten das Land damit überschwemmen.«

»Aber wir dürften es trotzdem nicht verkaufen!«, schrie Lyle. »Sobald wir die Lotion einführen, wird sie beschlagnahmt, und alles fängt von vorn an.«

»Allerdings ginge der Preis durch die Decke«, warf Cynthia ein. »Wir könnten pro Flasche Hunderte, wenn nicht Tausende Dollar verlangen, solange der Verkauf noch legal ist. Überlegen Sie nur, wie die Preise auf dem Schwarzmarkt in die Höhe schnellen würden.«

»Sie wollen Drogen verkaufen«, warnte Lyle.

Cynthias Miene nahm einen grausamen Zug an. »Wir sollten noch viel weiter denken. Unsere Lotion ist nicht nur ein Schönheitsprodukt, es ist *das* Schönheitsprodukt schlechthin. Jeder, der sie anwendet – wirklich jeder – wird aussehen wie ein Model. In diesem Land und möglicherweise weltweit sind kosmetische Operationen die bei Weitem am häufigsten angewandten Formen der Chirurgie. Wir aber erreichen die gleiche Wirkung in zwei Sekunden – ohne Schmerzen, ohne Eingriffe, ohne Komplikationen. Reiben Sie etwas Lotion ein, trinken Sie ein paar Gläser Saft und warten Sie vier Wochen. Dachten Sie, der Markt für die bisherige Formel sei groß? Die neue Version übertrifft alles, was die Konkurrenz aufbieten kann, und macht sie überflüssig. Niemand sieht sich noch veranlasst, irgendetwas anderes zu kaufen. Dank ReBirth liegt uns die Welt zu Füßen.«

Lyle schluckte. »Man kann das Mittel viel zu leicht missbrauchen«, wandte er lahm ein. Ihm gingen die Argumente aus. »Wenn Sie am Morgen die falsche Lotion auftragen, sind Sie plötzlich eine ganz andere Person.«

»Zu jedem Kosmetikprodukt gibt es Sicherheitshinweise«, hielt Sunny dagegen. »Wir formulieren sie in diesem Fall nur etwas ... strenger.«

»Es würde auch bei Männern funktionieren«, warf Kelly ein. »Ich bin schon richtig neugierig, es auszuprobieren – absichtlich, meine ich. Für jede Frau dort draußen, die aussehen will wie Amal Clooney, gibt es einen Mann, der aussehen will wie ihr Gatte George.«

»Was ist mit ...« Lyle schüttelte den Kopf. »Ich kann nicht glauben, dass wir überhaupt darüber reden.«

»Wir brauchen ungeprägte Ware«, mischte sich Carl ein.

»Bisher haben wir nur die Lyle-Lotion, aber niemand will Lyle sein. Nicht einmal Lyle will Lyle sein.«

Cynthia wandte sich an ihn. »Haben Sie noch einen Vorrat davon?«

»Sie bekommen die Lotion nicht.« Lyle richtete sich auf. »Wenn Sie die Welt klonen wollen, müssen Sie damit ohne meine Hilfe auskommen.«

»Was ist denn mit Ihrer kleinen Freundin?«, fragte Cynthia. »Sie liegt im Krankenhaus und verwandelt sich gerade in Sie. Wenn Sie ReBirth vernichten, gibt es keine Rettung für Susan.«

Lyle erbleichte.

»Gibt es noch ungeprägte Lotion?«, wiederholte Cynthia ihre Frage.

Drei Flaschen, dachte Lyle. *Auf meinem Schreibtisch. Aber ich kann sie nicht aus der Hand geben. Was meine Kollegen planen, ist falsch. Es ist nicht nur falsch, es ist gefährlich und illegal. Es ist böse.*

Aber ... Susan.

Lyle blickte Cynthia an. Nein, er starrte sie an und musterte sie genau. Nicht nur das Gesicht, sondern das Bewusstsein dahinter. *Sie ist grauenhaft,* dachte er. *Ein Mensch wie sie sollte niemals Zugang zu so großer Macht haben. Aber so war es schon immer. Die Wissenschaftler erfinden die Zukunft, aber die Buchhalter verwalten sie. Ich darf ihr ReBirth nicht geben. Keiner von ihnen darf es bekommen.*

Aber kann ich diese Typen überhaupt aufhalten? Lyle sah sich um, blickte so beiläufig wie möglich zur Tür und hoffte, dass die anderen nicht auf ihn achteten. Hoffentlich ahnten sie nicht, was er dachte. *Ich könnte weglaufen, aber was dann? Wenn ich mein Büro aufsuche, hindern sie mich am Verlassen des Gebäudes. Falls ich wider Erwarten doch entwische, durchsuchen sie mein Büro und finden die Lotion. Sie bekommen das Mittel so oder so, aber jetzt bieten sie mir eine Möglichkeit, den Job zu behalten. Und Susan zu retten. Ist es nicht besser, wenn ich bleibe? Ist es nicht besser, hier zu sein? Nur so kann ich sie beobachten und die Lage unter Kontrolle halten. Es ist genau wie beim Diebstahl der Lotion. Es ist besser, NewYew zu helfen, sie zuerst herauszubringen, bevor ein unbekannter Krimineller …*

Lyle fluchte. »Der Diebstahl im letzten Monat … wer es auch war, er besitzt jetzt die Technologie.«

Auch die anderen fluchten.

»Was enthielten die gestohlenen Flaschen?«, fragte Cynthia und stand rasch auf. »Waren Sie es, oder war der Inhalt ungeprägt?«

»Ich bin nicht sicher«, antwortete Lyle. »Das müsste ich erst überprüfen.«

»Dann gehen Sie!«, rief Carl. »Stehen Sie nicht hier herum wie ein Volldepp!«

»Wir retten Susan.« Lyle bewegte sich keinen Millimeter. »Was Sie auch vorhaben – was *wir* auch vorhaben –, erst retten wir Susan.«

»Natürlich«, willigte Cynthia ein. »Wir brauchen nur ihre unbeeinflusste eigene DNA.«

»Die können wir uns aus ihrer Wohnung besorgen.« Lyle erhob sich. »Wir bitten die Mitbewohnerin um irgendetwas aus Susans Besitz. Zum Beispiel eine Bürste, wie Kerry es vorgeschlagen hat, oder …«

»Niemand darf etwas erfahren«, ordnete Carl an. »Wir retten Susan, aber wir tun es heimlich.«

Lyle nickte. »Die neutrale Lotion habe ich in meinem Büro.«

Kapitel 14

Donnerstag, 3. Mai
9:30 Uhr
Hauptsitz von NewYew, Manhattan

225 Tage bis zum Weltuntergang

»Gut.« Nickend lobte Carl den Diavortrag. Kerry hatte neue Vermarktungsideen für ReBirth vorgestellt. Carl nickte noch einmal. So euphorisch hatte Lyle ihn noch nie erlebt. »Das gefällt mir. Was gibt es sonst noch?«

»Und das hier wird Ihnen noch mehr gefallen.« Kerry trat an den Computer. Seine Ähnlichkeit mit Lyle wurde von Tag zu Tag stärker. Seine Frau hatte bereits eine neue DNA gefunden, um sich zu verändern, aber Kerry wartete noch ab. Er wollte in aller Ruhe entscheiden, wer er sein wollte.

Nach dem Diebstahl hatten sie die Arbeiten an ReBirth eingestellt. Schließlich waren sie nicht sicher, was die Diebe beabsichtigten und wie die Firma darauf reagieren sollte. Jetzt waren alle derartigen Befürchtungen überholt. Die Markteinführung einer Feuchtigkeitscreme konnten sie verschieben, aber ein DNA-Kopierer war viel zu wichtig, als dass sie irgendein Risiko eingehen wollten. Sie machten weiter, so schnell sie konnten, und hofften, das Produkt am ersten Juli herausbringen zu können. Es stand eine Menge Geld auf dem Spiel, und die Manager drehten durch.

Kerry tippte auf eine Taste des Laptops, das Dia wechselte und zeigte eine Reihe weiterer Abbildungen. Es handelte sich um Beispielfotos für hypothetische Produkte, die jeweils mit einer vollbusigen Frau garniert waren. »Brustvergrößerung«, erklärte Kerry und grinste irre. »Schöne Titten aus der Tube. Wir nehmen eine Reihe von Models mit den üblichen Anforderungen – gute Haut, attraktiv, Blutgruppe Null negativ und so weiter. Wir achten aber darauf, dass alle Oberweiten vertreten sind. Willst du sie größer, kleiner, straffer haben? Was auch immer du dir wünschst, wir kriegen es mit einer einzigen Anwendung hin. Kein chirurgischer Eingriff, kein Stress, keine Werturteile.«

Carl nickte und sah fragend zu Lyle hinüber. »Kann das funktionieren?«

Lyle warf die Hände hoch. »Wir müssten unglaublich vorsichtig sein und uns vergewissern, dass die Models von Natur aus schön sind. Die Lotion kopiert nicht den Körper, sondern die Gene, die den Körper gestalten. Folglich bekommen die Kunden nie genau das, was auf der Schachtel steht. Models mit Brustimplantaten müssen von vornherein ausgeschlossen werden. Das sind jedoch nicht die einzigen Stellen, an denen diese Frauen ihren Körper künstlich verändert haben. Wie sieht es mit Sport aus? Models haben gewöhnlich einen hervorragenden Stoffwechsel, sind bei guter Gesundheit und nehmen nicht viel zu. So weit kann dies unsere DNA-Lotion kopieren. Sie haben aber auch strenge Vorschriften, was Ernährung und Training angeht. Pedro und die anderen sehen aus wie ich, weil mein Körper in keiner Weise verändert wurde. Bei den Models ist das ganz anders. Ihr Aussehen beruht zur Hälfte auf Genen, zur Hälfte auf harter Arbeit. ReBirth kann das nicht einfach so ersetzen.«

»Dann verkaufen wir auch Trainingsgeräte.« Kerry zückte einen Stift und notierte den Punkt. »Wir könnten Fitness-Sets anbieten – etwas ReBirth, ein paar Gewichte und ein Pilatesprogramm in einem Paket. *Ein Übungsprogramm, mit dem Sie den Körper verschönern, und ein Kör-*

per, den das Training so wirkungsvoll wie möglich zur Geltung bringt.«

»Ja, das ist ein Schritt in die richtige Richtung«, stimmte Lyle zu. »Aber es gibt viele andere Möglichkeiten, diese Technologie zum Nutzen der Menschen einzusetzen. Wenn wir den Menschen zu einem gesunden Stoffwechsel verhelfen können, dann können wir auch gleich einen Schritt weitergehen und ihnen ein gesundes Herz oder gesunde Nieren schenken. Suchen wir nach Menschen mit guten Knochen und starkem Kreislauf und prägen wir das Mittel damit. So bekommen die Kunden die Möglichkeit, das Leben insgesamt und nicht nur das Äußere zu verbessern.«

»Verkauf nie ein Heilmittel, wenn du eine Behandlung verkaufen kannst«, warf Cynthia ein. »Eine Zauberlotion, die vor Herzkrankheiten schützt, ist der Hit. Aber was verkaufen wir den Leuten im nächsten fiskalischen Quartal? Wie lassen wir das Geschäft weiter wachsen? Wir brauchen etwas Temporäres, das sich leicht durch etwas anderes ersetzen lässt.«

»Da habe ich genau das, was Sie suchen.« Kerry tippte auf der Tastatur herum, und das nächste Dia zeigte ein wunderschönes Paar auf den Straßen von Paris. Im Hintergrund strahlte der Eiffelturm. »Fantasy-Sets.« Kerry war vor Aufregung kaum zu bremsen. »Mama und Papa Meier aus Kleinkleckersdorf wollen Urlaub machen. Es soll etwas Besonderes werden, vielleicht anlässlich eines Jahrestages. Also verreiben sie die Lotion, und *peng!* Auf einmal sind sie hinreißende junge Leute, die sich wochenlang an der Französischen Riviera vergnügen. Und hier kommt der Hammer! Jedes Fantasy-Kit enthält zwei Flaschen ungeprägte Lotion, die sie vorher prägen, damit sie nach dem schönen Leben im Urlaub die Lotion zu Hause anwenden und wieder sie selbst werden können. Sie bekommen das Beste aus beiden Welten, und wenn sie den nächsten Fantasy-Ausflug unternehmen wollen, kaufen sie ihn wieder bei uns.«

»Ja, das gefällt mir«, lobte Cynthia. »Es wäre sogar noch besser, wenn wir dafür echte Berühmtheiten hätten.«

»Können wir Promis buchen?«, fragte Kerry.

»Nur solche, die nach Aufmerksamkeit gieren«, erklärte Sunny.

»Das sind diejenigen, die keiner haben will«, wandte Jeffrey ein.

Carl blickte Lyle an. »Wird das funktionieren?«

»Biologisch machbar ist es, ja«, antwortete Lyle. »Aber wollen wir wirklich ungeprägte Lotion verkaufen? Das könnte unglaublich schnell außer Kontrolle geraten. Das ist so, als gäbe man einem zurückgebliebenen Kind eine geladene Waffe.«

»Mann!«, staunte Sunny. »Und ich dachte, *wir* überschreiten die Grenzen des guten Geschmacks.«

»Das ist eine alte Science-Fiction-Geschichte«, erklärte Lyle. »Sie wissen doch, was ich meine, oder? Nein? Niemand?«

»Ein paar von uns hatten auf dem College Freundinnen«, sagte Kerry.

»Ein Wissenschaftler entwickelt einen Todesstrahl, und sein Freund will ihn überreden, es niemandem zu verraten. Der Mann beharrt aber darauf, er sei nur Wissenschaftler und nicht für das Handeln anderer verantwortlich. Also gibt der Freund dem geistig behinderten Sohn des Wissenschaftlers eine Pistole, um ihm eine Lektion zu erteilen.«

Sunny runzelte die Stirn. »Welcher Irre gibt einem geistig behinderten Kind eine Handfeuerwaffe?«

»Genau das meine ich«, erklärte Lyle. »Sie können einen Menschen nicht mit großer Macht ausstatten, die er gar nicht versteht, und dann behaupten, es sei nicht Ihre

Schuld, wenn er sie missbraucht. Wenn wir den Menschen Zugang zu ungeprägtem ReBirth gewähren, verleihen wir ihnen eine Machtfülle, die sie gar nicht beherrschen können. Dazu sind meiner Meinung nach nicht einmal wir selbst imstande.«

»Lassen Sie es mich noch einmal klarer ausdrücken«, sagte Cynthia. »Sie halten unsere Kunden also für geistig zurückgeblieben.«

»Ich habe eine Metapher gebraucht.«

»Das spielt keine Rolle«, warf Sunny ein. »Wir sind ja schon dabei. Das normale Verkaufsmodell ist unzuverlässig, genau wie Sie sagten. In Carls Auftrag habe ich daher die ganze Nacht an Alternativen gearbeitet.« Er sah sich um. »Ich springe jetzt in der Tagesordnung ein paar Punkte weiter, aber Carl hat den Plan gebilligt, und deshalb können wir ihn auch gleich verkünden. Wir bauen eigene Kliniken, anfangs nur in der einen oder anderen Großstadt. Das bringt rein zufällig eine Phase begrenzten Nachschubs mit sich, in der wir aufgrund der starken Nachfrage den Preis hochhalten können. Statt das Zeug im Walmart zu kaufen, besuchen Sie ein privates NewYew-Zentrum, vereinbaren einen Termin und lassen sich unter den größtmöglichen Sicherheitsvorkehrungen von einem ausgebildeten Profi behandeln.«

»Für das Ambiente und das Erscheinungsbild der Kliniken beauftragen wir ein neues Designteam«, ergänzte Kerry. »Es soll so vornehm wie möglich aussehen und die Preise rechtfertigen, die wir verlangen werden.«

»Das gefällt mir.« Cynthia wandte sich an Lyle. »Beruhigt Sie das?«

Lyle nickte widerwillig. »Zugegeben, solche Kliniken könnten eine gute Sache sein. Je genauer wir die Substanz im Blick behalten, desto besser.«

Carl nickte weise. »Die Kliniken steigern außerdem unseren Bekanntheitsgrad, und das verstärkt den Werbeeffekt. Sunnys Team kauft bereits Standorte in bester Lage auf.«

Lyle hob die Brauen. »Geht es hier nur um die Frage, ob das alles wissenschaftlich machbar ist? Oder darf ich auch andere Einwände erheben?«

»Bitte, Lyle!«, antwortete Cynthia spöttisch. »Klären Sie uns nur auf, was wir alles falsch machen!«

»Sie müssen von Ihrem hohen Ross herunter«, grollte Carl. »Sie glauben, Sie wüssten alles besser als jeder andere hier im Raum. Sie halten sich selbst für etwas Besseres. Dennoch stecken Sie so tief mit drinnen wie alle anderen. Sie behaupten, wir seien schlechte Menschen, weil wir immer nur an neue Produkte denken, und bisher haben Sie stets widersprochen. Sie könnten uns mühelos anzeigen, denn Sie haben mehr als genug Beweise und könnten uns für den Rest unseres Lebens hinter Gitter schicken. Bisher haben Sie aber noch nichts unternommen. Sie protestieren zwar, aber nicht entschlossen genug, um uns wirklich aufzuhalten. Gerade so laut, dass Ihr Gewissen besänftigt wird, ohne die Belohnung am Ende zu riskieren.«

»Ich bin hier, weil Sie mir versprochen haben, Susan zu helfen«, widersprach Lyle.

»Und Ihr Anteil an dem Plan besteht darin, ohne Susans Wissen oder Einwilligung ihre DNA zu verändern«, gab Sunny zurück. »Das ist der moralisch fragwürdigste Teil des ganzen Projekts.«

»Und der einzige Weg«, beharrte Lyle. »Das heißt aber nicht, dass ich darüber glücklich bin.«

»Natürlich sind Sie glücklich darüber«, widersprach Cynthia. »Denn Sie können für eine andere Person entscheiden.« Ihr Blick wurde kalt. »Weil Sie es immer besser wissen.«

Lyle fühlte sich unwohl. *Das ist falsch,* dachte er und

schloss genervt die Augen. *Aber es ist auch richtig. Oder nicht? Ich will Susan retten. Ich wünschte nur, wir müssten dabei nicht so … invasiv sein.* Er musterte die anderen Manager, die leise über den Diebstahl, ihre Pläne und die erschreckende neue ReBirth-Produktreihe redeten. *Sie sind der Grund,* dachte er. *Wir mischen uns nicht in Susans Leben ein, um sie zu retten, sondern wir tun es, um uns zu schützen. Damit wir unbehelligt aus diesem Fiasko herauskommen, die Produkte verkaufen und Milliarden Dollar verdienen können. Wäre ich nicht so an diese Leute gebunden, könnte ich tatsächlich vielen Menschen helfen und das Produkt für gute Zwecke einsetzen. Verdammt, es überschreibt die Gene! Wir könnten alle genetisch bedingten Krankheiten ausmerzen. Ist ihnen das völlig unwichtig? Wir könnten Helden sein und die Welt retten, aber sie verdienen lediglich einen Haufen Geld. Und wir wissen immer noch nicht, wer sich die Probe unter den Nagel gerissen hat und was der Hehler damit vorhat.*

Unvermittelt hielt Lyle inne und sah sich um.

Keiner weiß, wer die Formel gestohlen hat. Alle sind nervös und warten darauf, dass die Lotion wiederauftaucht. Bis es so weit ist … wissen sie aber rein gar nichts.

Wenn die Probe in die richtigen Hände gerät, etwa in einem Krankenhaus, wo man das Mittel zur Rettung von Menschenleben einsetzt, dann nehmen sie sicher an, dass dies von Anfang an der Plan hinter dem Diebstahl war. Vielleicht sollte ich eine ungeprägte Probe hinausschmuggeln und sie jemandem geben, der sie angemessen einsetzt. Dann überdeckt der ursprüngliche Diebstahl meine Spuren.

Lyle lächelte. *Meine Kollegen wollen heimlich arbeiten? Es ist an der Zeit, dass ich ein ganz eigenes Geheimnis hüte.*

Kapitel 15

Montag, 7. Mai
10:31 Uhr
Bellevue Krankenhaus, Manhattan

221 Tage bis zum Weltuntergang

Susan sah schrecklich aus. Ihr Gesicht war grau und geschwollen. Teile des Körpers waren bandagiert und voller Kanülen oder Sensoren. Die Haut hatte sich verfärbt und schien nicht mehr richtig zu passen – zu eng an manchen Stellen und anderswo erschlafft wie Kleidung, die einem Fremden gehörte. Seit fast vier Tagen war sie bewusstlos. Lyle fühlte den Puls: schwach, aber regelmäßig.

Im Krankenhaus hielt man es immer noch für Lepra, für eine neue zerstörerische Spielart, die auf die herkömmliche Behandlung nicht ansprach. Lyle hatte mit den Ärzten gesprochen und alles in Erfahrung gebracht, was er ihnen entlocken konnte. Man hatte zwar einen Anstieg des Testosteronwerts festgestellt, offenbar aber nichts von dem bevorstehenden Geschlechtswandel bemerkt. Er wandte sich an Sunny und Cynthia. »Sind wir bereit?«

Cynthia nickte entschlossen und holte ein Fläschchen ReBirth hervor. »Wie funktioniert das?«

»Ist es ungeprägt?«

»Aber natürlich.«

»Sind Sie sicher?«, fragte Lyle. »Es nutzt überhaupt nichts, wenn es schon von einer anderen Person geprägt wurde.«

»Es stammt aus den Proben, die wir aus Ihrem Büro geholt haben«, antwortete sie. »Niemand hat die Lotion berührt. Wir haben nicht einmal die Flasche geöffnet.«

Lyle nickte. »Gut. Dann wollen wir es hinter uns bringen.« Er rollte den Beistelltisch von der Wand zu Susan hinüber und zog Einmalhandschuhe an. »Geben Sie es mir!«

Cynthia reichte ihm die Ampulle. Er wischte sie sorgfältig ab und stellte sie auf den Tisch. Dann griff er in die Jackentasche und zog zwei Plastikbeutel hervor – einen großen mit einem Probentablett aus Styropor und einen kleineren, der ein gräuliches Pulver enthielt. Er stellte das Tablett auf den Tisch und unterzog den Beutel mit dem Pulver einer sorgfältigen Prüfung.

»Und das ist Susans Haut?«, fragte Sunny.

»Man nennt es Epithel.« Lyle nickte. »Relativ große Hautstückchen aus einem Fußpflegeset, das unser Team in ihrem Badezimmer gefunden hat.«

»Wie funktioniert das?«, wollte Cynthia noch einmal wissen.

»Wenn ich das wüsste«, antwortete Lyle. »Ich bin ziemlich sicher in Bezug auf die Folgen, wenn wir weitermachen. Aber ich habe nach wie vor keine Ahnung, wie oder warum es geschieht.«

»Sie wollen die Lotion mit Susans DNA impfen, und dann verwandelt sie sich in eine magische Susan-Lotion«, vermutete Cynthia, die Lyles Gesicht beobachtete.

Er lachte trocken. »So sieht es aus. Ich glaube, es liegt an dem Retrovirus.«

»Sie sagten, das Retrovirus solle genau dies verhindern.«

»Ja, und das ist die einzige Erklärung, die mir einfällt. Retroviren sind dazu da, die DNA auszulesen. Deshalb verstehen sie sich darauf, die Plasmide zu regulieren, und deshalb haben wir sie überhaupt hinzugefügt. Sie koppeln sich an einen Strang an, lesen ihn und entscheiden, ob er das tut, was von ihm erwartet wird.« Vorsichtig öffnete er den Beutel und kippte das graue Pulver auf das Probentablett. »Ich glaube, das Retrovirus in ReBirth liest nicht nur die DNA aus, sondern speichert sie sogar und zwingt jede DNA, der es danach begegnet, sich an die Vorlage anzupassen.«

»Kann es das tun?«, fragte Sunny.

Lyle schüttelte den Kopf. »Nein, kann es nicht. Ein Retrovirus übermittelt Informationen, kann sie aber nicht speichern. Das sollte unmöglich sein.« Mit einem Finger, der im Handschuh steckte, stieß er das Pulver an. »Trotzdem funktioniert es. Es ist wiederholbar und vorhersagbar.« Er nahm die Ampulle. »Sind Sie bereit?«

»Fragen Sie nicht! Tun Sie es endlich!«, fauchte Cynthia.

»Schon gut, schon gut«, antwortete Lyle. »Es ist nur ... ich bin ja schon dabei.« Er öffnete den Plastikverschluss. *Das könnte jetzt jeden verändern, der sich in der Nähe aufhält,* dachte er. *Eine so geballte Ladung auf kleinstem Raum ... damit könnten wir die DNA aller Menschen im Krankenhaus überschreiben. Ich muss sehr, sehr vorsichtig sein.* Über dem Tablett drehte er die Ampulle um, drückte leicht und beobachtete mit angehaltenem Atem, wie ein dicker Klecks der cremigen weißen Lotion auf die Hautpartikel tropfte. Er drückte einen erbsengroßen Tropfen heraus, schloss vorsichtig den Deckel und steckte die Flasche wieder in die Tasche.

»Jetzt wird es gefährlich«, murmelte Lyle. Seine beiden Begleiter wichen zurück. »Jetzt liest es Susans DNA und ... und bewirkt damit, was für die Prägung nötig ist. Wenn Sie es berühren, sind Sie in vier Wochen Susan.«

»Ich komme dem Zeug bestimmt nicht zu nahe.« Cynthia wich einen weiteren Schritt zurück, und Sunny folgte ihrem Beispiel. »Sie sind derjenige, der es anwenden muss.«

Lyle betrachtete den Tropfen der Lotion. Ein erschrockener, uralter Teil seines Wesens rechnete damit, dass es sich über den Tisch schlängelte. Natürlich geschah das nicht.

»Wie lange dauert es?«, fragte Cynthia.

Lyle zuckte mit den Achseln. »Keine Ahnung. Aus den bisherigen Erfahrungen wissen wir, dass ein DNA-Kontakt eines Teils der Lotion früher oder später auf die ganze Probe übergreift. Also werden die Informationen offenbar von einem ... von einem Ding zum anderen weitergereicht. Auch dafür ist wahrscheinlich das Retrovirus verantwortlich.« Er streckte den handschuhgeschützten Zeigefinger aus und verrieb die Lotion auf den Hautzellen. »Ist Ihnen klar, wie erschreckend das ist? Wie dumm wir sind?«

»Fangen Sie nicht wieder damit an!«

»Wir wissen nicht, wie es funktioniert«, fuhr Lyle fort. »Aber wir verkaufen es an jeden, der es haben will und der eine Kreditkarte besitzt. In zwei Monaten bekommt man es im ganzen Land in unseren Kliniken – oder sogar auf der ganzen Welt. Und hier stehen wir, die Leute, die es hergestellt haben, und fürchten uns so sehr, dass wir kaum zu atmen wagen.« Er nahm das Tablett mit der anderen Hand, während er weiterrührte, und trat an Susans Bett. »Bereit?«

Sunny und Cynthia nickten.

Lyle nahm die Lotion mit zwei Fingern und rieb sie knapp über dem Brustbein auf Susans nackten Oberkörper. Das war einer der Bereiche, die von der *Krankheit* am stärksten betroffen waren. Er massierte die Stelle ein paar Minuten lang ein, bis die Lotion völlig absorbiert war, und trat zurück.

»Fertig.«

»Gut.« Cynthia deutete auf den roten Gefahrstoffbehälter an der Wand. »Und jetzt, bei allem, was uns heilig ist, entsorgen Sie das! Oder wollen Sie uns umbringen?«

Lyle deutete auf den Plastikbeutel, in dem das Tablett gesteckt hatte, und achtete darauf, nur nichts zu berühren. »Öffnen Sie das für mich!«

Cynthia sah Lyle an, dann reichte sie Sunny den Beutel. »Öffnen Sie das für ihn!«

»Machen Sie Witze? Wenn er mich nun damit berührt?«

»Nun öffnen Sie schon den Beutel!«, fauchte Lyle. Sunny fasste den Beutel weit unter der Öffnung an und hielt ihn auf. Als Lyle das Tablett hineinsteckte, zuckte er zusammen. Er benutzte den sauberen Handschuh, um den kontaminierten auszuziehen, achtete darauf, mit der nackten Haut die Lotion nicht zu berühren, und schob ihn in den Beutel. Dann zog er vorsichtig den sauberen Handschuh aus, verschloss den Beutel und warf alles in den Gefahrgutbehälter.

»Gut gemacht«, sagte Cynthia. »Jetzt zur nächsten Phase. Haben Sie mit Marcus gesprochen?«

»Er ist unterwegs«, antwortete Sunny. »Ein paar haben wir schon.«

»Ein paar wovon?«, wollte Lyle wissen.

»Ein paar lose Fäden.« Cynthia sah auf dem Handy die Nachrichten durch. »Ihr Freund Pedro und alle unsere anderen Sicherheitslecks machen in Übersee Urlaub.«

»Freiwillig?«

»Im Moment schon.«

»Also entführen wir Menschen?«, fragte Lyle. »Wie tief wollen wir noch sinken?«

»Wir können sie nicht zurückverwandeln, wie wir es bei Susan getan haben«, erklärte Sunny. »Im Gegensatz zu ihr wissen sie, dass die Lotion die Ursache ist. Mehrere von ihnen wollten die Firma verklagen. Das könnte NewYew das Genick brechen. Dann würden nicht wir ReBirth kontrollieren, sondern niemand. Oder womöglich sogar Typen wie Pedro.«

»Allmählich glaube ich fast, das wäre die bessere Lösung«, entgegnete Lyle.

»Vorsicht!«, warnte Cynthia und kniff die Augen zusammen. »Da wir mittlerweile die ungeprägte Lotion und die Mittel haben, weitere dieser Produkte herzustellen, sind

Sie erheblich weniger wichtig, als Sie sich einbilden. Zwingen Sie uns nicht, Sie zusammen mit den anderen in Urlaub zu schicken!«

Sie öffneten die Tür und betraten den Flur. Lyle folgte langsam und mit bleiernen Füßen. Er atmete tief und begierig ein.

Das muss ich unterbinden, dachte er und tätschelte die Ampulle in der Tasche. *Ich habe die Lotion und meinen Plan, und jetzt muss ich ihn nur noch ausführen. Ich bringe die Lotion zu einem Arzt und erkläre ihm, wie es funktioniert. Ich muss nur die Probe nach draußen schmuggeln und jemandem übergeben, der sie zum Guten einsetzt. Und ich muss diesen finsteren Geheimplänen die Beine abhacken.*

Aber nicht hier und jetzt. Keine Firma darf die Lotion besitzen, nicht einmal ein Krankenhaus. Ich übergebe sie einer Wohltätigkeitsorganisation, die nicht auf Geld aus ist, und werde alles offenbaren. Man wird die Lotion anwenden, um der Welt zu helfen, statt sich persönlich zu bereichern.

Ich muss nur die geeignete Person finden.

Kapitel 16

Dienstag, 8. Mai
1:04 Uhr
Hell's Kitchen, Manhattan

220 Tage bis zum Weltuntergang

Lyle eilte durch die Dunkelheit und hielt das Fläschchen mit ReBirth fest in beiden Händen. Der Deckel war fest verschlossen, und die Ampulle steckte in einer versiegelten Plastiktüte. Zusätzlich war das Ganze noch einmal in einer weiteren Tüte verstaut. Trotzdem machte er sich Sorgen. Dies war schon tagsüber kein Stadtviertel, das er mochte, ganz zu schweigen von der Nacht. *Ein einziger Fehler,* dachte er. *Ein dummes Missgeschick, ein Überfall oder ein Stolpern auf dem Gehweg, und ich bin erledigt.*

Er wurde langsamer, blieb aber nicht stehen, und überprüfte die Adresse, die er auf ein Stück Papier gekritzelt hatte. Es war nicht mehr weit, nur noch ein Block. In einer Gasse hörte er Schritte, auf der anderen Seite der Straße sprach jemand. Er ging schneller und rannte beinahe.

Wo ist es denn nun?

Da war es schon – eine einfache Ladenfront, bescheiden, aber gut in Schuss, und auf der Scheibe stand in großen Buchstaben der Name *Yemaya Foundation.* Hinten brannte Licht. Lyle lief zur Tür, rüttelte daran und klopfte laut, als sie sich nicht öffnen ließ. Nervös sah er sich um, überall im Schatten schienen Räuber und Mörder zu lauern. Drinnen bewegte sich jemand und kam zur Tür. Lyle schluckte schwer und hielt vor Nervosität den Atem an.

Ein großer Mann öffnete. Er hatte langes Haar, war aber

glatt rasiert und trug ein buntes Dashikihemd. Er sprach mit tiefer, warmer Stimme. »Sind Sie der Mann, der mich angerufen hat?«

»Ja«, bestätigte Lyle, schob ihn zurück und drängelte sich ins Ladeninnere. »Es tut mir leid, dass ich Ihnen meinen Namen nicht nennen konnte, aber ... na ja, das ist eine lange Geschichte.«

»Keine Sorge«, erwiderte der große Mann. »Wir sind alle Brüder.« Er machte eine Geste, schloss die Tür und verriegelte sie. »Kommen Sie mit nach hinten! Ich habe Roibuschtee gemacht, der beruhigt Ihre Nerven.«

»Äh, vielen Dank.« Lyle folgte dem Mann durch den Laden.

Es war erwartungsgemäß schwierig gewesen, eine wohltätige Organisation zu finden, die eine nicht identifizierte medizinische Substanz annehmen wollte, zumal Lyle sich geweigert hatte, seinen Namen zu nennen oder zu erklären, woher die Substanz stammte und was sie zu leisten vermochte. Geheimhaltung war wichtig, und er wollte nicht zu viele Informationen preisgeben, solange er nicht völlig sicher war, dass er die richtige Organisation gefunden hatte.

Nun hoffte er verzweifelt, dass die Yemaya Foundation tatsächlich geeignet war, denn sonst war er am Ende seiner Weisheit.

»Sind Sie Doktor Halley?«, fragte Lyle.

Der Mann nickte. »Diesen Namen benutze ich aber nur für Rechtsgeschäfte. Bitte nennen Sie mich Kuvam!«

»Doktor Kuvam, ich kann Ihnen gar nicht genug danken ...«

Der Mann hielt inne, wandte sich um und schüttelte den Kopf. »Der Doktortitel klingt allzu begrenzend. Guru wäre mir lieber.« Er führte Lyle ins Hinterzimmer, das nicht elektrisch, sondern mit Öllampen beleuchtet war.

An den Wänden hingen bunte Stoffbahnen mit Quasten, Möbel gab es nicht. Kuvam deutete auf den Boden, wo exotische Kissen und handgearbeitete Decken in grellen Orange- und Blautönen lagen. Auf den Decken stand ein kleiner Bunsenbrenner und wärmte einen Tontopf, der darüber aufgehängt war. Lyle wurde blass, als er an die Feuergefahr dachte, und machte einen großen Bogen darum.

»Sie sind doch Arzt, nicht wahr?«, fragte Lyle. Er lächelte nervös und ließ sich vorsichtig auf einem Kissen nieder, als könne er in Flammen aufgehen. Oder als würden gleich Insekten herausschwärmen. Bei näherer Betrachtung stellte er fest, dass Kuvams Haut gebräunt und runzelig war wie bei einem Menschen, der lange in der Wildnis gelebt hatte. »Ich meine, Sie sind approbierter Mediziner, oder?«

»Für die westliche Medizin, ja«, bestätigte Kuvam. »Und für vieles andere auch. In den Bergen Zentralchinas habe ich Akupunktur studiert und fünf Jahre lang im Amazonasdschungel gelebt, um die tiefsten, mächtigsten Geheimnisse der Kräuter zu erforschen. Man nannte mich dort Weißfinger und lehrte mich, mit den Ahnen zu reden.«

»Das ist ... aber schön«, entgegnete Lyle. »Welche Art von Medizin praktizieren Sie eigentlich?«

»Die Yemaya Foundation widmet sich nicht allein dem körperlichen Wohlbefinden, sondern vielmehr der Ganzheit.« Wieder gestikulierte er beim Sprechen und malte mit beiden Händen Kreise und Schlangenlinien in die Luft. »Wahre Ganzheit entsteht nicht aus dem Individuum, sondern aus allem ... aus den Interaktionen in der Gesellschaft, aus dem Zusammenwirken als Zellen im gewaltigen Organismus der Erde. Mein Name, Kuvam, bedeutet *Sonne*. Durch die Sonne gewinnen wir Leben und Kraft, aber erst durch uns gewinnt die Sonne Licht und Macht. Wir nennen es Biolumineszenz – das Leben erschafft das Licht.« Er nahm die tönerne Teekanne und schenkte Lyle eine Schale stark duftenden roten Tee ein. »Ihr Licht ist sehr schwach. Trinken Sie!«

Vorsichtig nahm Lyle die Schale entgegen. *Worauf, um Himmels willen, habe ich mich hier eingelassen?*

Kuvam machte es sich auf den Kissen bequem und setzte ein weises, väterliches Lächeln auf. »Ich sehe, Sie sind nicht überzeugt. Also sage ich Ihnen, dass ich zuerst in Harvard und dann an der John Hopkins University Medizin studiert habe. Als Internist behandelte ich zehn Jahre lang Patienten im Krankenhaus. Dabei heilte ich nicht nur, sondern lehrte auch, auf dass auch andere zu heilen vermochten. An dem Tag, als meine Schulden beglichen waren, brach ich auf und begann ein neues Leben, ein größeres Leben, als Student der ganzen Welt. Die westliche Ausbildung war naturgemäß sehr beschränkt, stellenweise war ich geblendet vom Glauben an die harte Wissenschaft. Wenn dies aber die Referenzen sind, die Ihnen etwas bedeuten, dann will ich mich dazu bekennen.«

Lyle nickte. So ungern er es auch zugab, ein Mann wie Kuvam war möglicherweise der einzige Mensch, dem er die Lotion guten Gewissens überlassen konnte – ein Mann mit fundierter medizinischer Ausbildung, der fähig war, das Potenzial der ReBirth-Formel zu erkennen, zugleich aber offen und freigebig genug, um die Möglichkeiten mit der ganzen Welt zu teilen. Kuvams Ausbildung in westlicher Medizin war ein Pluspunkt, und dass er ihr den Rücken gekehrt hatte, war der zweite. *Der dritte Punkt, der für ihn spricht,* überlegte Lyle, *ist seine überwältigende Lächerlichkeit. Niemand wird ihm glauben, dass er diese Technologie erschaffen hat. Wenn ich endlich die Gelegenheit bekomme, ins Rampenlicht zu treten und ReBirth als meine Schöpfung vorzustellen, wird mir die Welt endlich Anerkennung schenken.* »Danke«, sagte Lyle. »Es tut mir leid, dass ich Sie derart befrage. Aber ich muss mich vergewissern, dass Sie wirklich verstehen, worum es hier geht.«

»Ja«, antwortete Kuvam. »Das hängt wohl ganz davon ab, was es ist.«

»Nun, die Geschichte klingt ziemlich seltsam.« Lyle stellte die Teeschale ab und zog die gut eingepackte Lotion aus der Tasche. »Ich arbeite für eine Firma, die ... na ja, früher oder später erfahren Sie den Namen sowieso. Ganz egal, was ich jetzt unternehme, ob ich Erfolg habe oder nicht, aber im Moment ist es in juristischer Hinsicht für Sie am sichersten, wenn Sie den Namen nicht kennen. So können Sie alles abstreiten. Also, ich arbeite als Wissenschaftler für diese Firma, und vor einigen Monaten erfand ich ... Nein, ich muss zugeben, dass es eher ein Zufall war ... Ja, ich stieß auf eine Technologie, die sich als unglaublich machtvoll erwies. So machtvoll, dass sie die ganze Welt verändern könnte. Allein das medizinische Potenzial ... es verschlägt mir den Atem, es raubt mir den Verstand, aber die Firma will nur Geld damit verdienen und ...« Er blickte Kuvam flehend an. »Ich brauche einen Robin Hood.«

Kuvam nickte. »Sie brauchen einen Menschen, der diese Technologie dem Mann auf der Straße zugutekommen lässt.«

»Ja«, bestätigte Lyle. »Aber das ist noch nicht alles. Anscheinend haben Sie keine Einwände, dass ich sie gestohlen habe. Deshalb schrecken Sie hoffentlich auch nicht zurück, wenn ich Ihnen sage, dass die Technologie selbst illegal ist. Wir haben die Gesetze bereits gebrochen, als wir sie getestet haben, vom Verkauf ganz zu schweigen. Aber sobald das Produkt vorliegt und die Menschen seine Wirkungsweise erkennen, werden sie so dringend danach verlangen, dass keiner nach den Hintergründen fragen wird. Oder die Regierung schließt die Firma, und wir verdienen Milliarden, indem wir das Zeug wie eine illegale Droge verkaufen. Das ist wirklich schrecklich, eröffnet uns jedoch auch eine Möglichkeit, ein kleines Zeitfenster. Sie und ich, wir könnten das Ruder herumreißen. Die Regierung wird ein Produkt wie dieses niemals im Vorfeld genehmigen, und die Firma hat deshalb keine Schritte ergriffen, um es vorsorglich zu schützen. Keine juristischen Schritte, meine ich. Und nun hat eine andere Firma das Mittel gestohlen. Wir wissen aber nicht, um wen es sich handelt. Also ist das Rennen eröffnet, und wer es als Erster auf den Markt wirft, der gewinnt. Jeder möchte beweisen, dass es aus der eigenen Firma stammt, um das Patent und das exklusive Recht zu erhalten, es sündhaft teuer zu verkaufen. Statt Krankheiten zu heilen, wird das Mittel in teuren Einrichtungen eingesetzt, wo sich die Freundinnen der Millionäre die Brüste vergrößern lassen. Die Menschen, die es wirklich brauchen, Arme und Kranke, bekommen keinen Tropfen davon zu sehen. Wenn Sie diese Technologie aber auf spektakuläre Weise öffentlich einführen, dabei Menschenleben retten und zeigen, wie man sie wirklich einsetzen müsste, sofern man auf sein Gewissen hört, dann ist es mit der Exklusivität vorbei. Wenn das Mittel von einer mildtätigen Organisation wie der Ihren kommt, dann gehört es keiner Firma, und jeder kann es an jeden verkaufen.«

Kuvam nippte an seinem Tee. Lyle wartete auf eine Antwort, aber Kuvam sah ihn nur unverwandt an.

»Ich ...«, begann Lyle. »Ich weiß nicht, was Sie ...«

»Sagen Sie mir, welche Wirkung das Mittel hat!«, verlangte Kuvam.

Lyle zuckte mit den Achseln, betrachtete das eingewickelte Fläschchen, das er in den Händen hielt, und lachte. »Ich weiß, es klingt unglaublich, aber ... es überschreibt die DNA.«

Kuvam hob die Brauen.

»Im Augenblick ist es neutral, aber sobald es mit menschlichem Gewebe in Berührung kommt, liest es die DNA aus und wird mit ihr geprägt. Wer die Substanz danach berührt, wird mit der DNA des Erstkontakts infiziert. Das ist die einzige Formulierung, die es richtig beschreibt. Die neue DNA breitet sich von Zelle zu Zelle aus und verändert den genetischen Bauplan des Betreffenden, bis beispielsweise Ihre DNA der meinen entspricht. Sie wären immer noch Sie selbst – Sie würden die eigene Persönlichkeit, die Erinnerungen und so weiter behalten. Aber Sie wären auch ich. In gewisser Weise jedenfalls. Sie wären Sie, aber in einer exakten Kopie meines Körpers.«

Wieder schwieg Kuvam und legte die Stirn in nachdenkliche Falten. Lyle ließ ihm Zeit und hoffte, dass der Mann ihn verstand. *Flippt er aus? Bezichtigt er mich der Lüge? Selbst wenn er mir glaubt – erkennt er das medizinische Potenzial? Oder denkt er sofort an Geld?*

Kuvam nickte bedächtig. »Wenn ich also eine genetische Erkrankung habe und die von jemand anders geprägte Lotion benutze, der nicht daran leidet, würde ich von der Krankheit befreit.«

»Genau.« Lyle war erleichtert, dass Kuvam es so schnell begriffen hatte. »Sie wären nicht mehr Sie selbst, aber Sie wären auch nicht mehr sterbenskrank.«

»Was ist mit der überschüssigen Körpermasse?«

»Die wird abgebaut und als Abfall ausgeschieden«, erklärte Lyle. »Einer unserer ... unfreiwilligen Testkandidaten war eine Frau. Als die Genveränderung einsetzte, stieß der Körper alles ab, was nicht zum neuen Bauplan gehörte. Sie wurde in den Hüften schmaler, verlor die Brüste und so viel Gewebe, dass die Ärzte irrtümlich Lepra diagnostizierten.«

»In diesem Fall müsste das Mittel auch Krebs heilen können«, erklärte Kuvam.

Lyle fuhr auf und starrte ihn an.

»Die Krebszellen werden überschrieben«, fuhr Kuvam fort. »Sie kehren zum ursprünglich gesunden Zustand zurück, und die Tumoren werden als Überreste einer falschen Schablone abgestoßen.«

Aufgeregt beugte Lyle sich vor. »Ja! Ja! Genau das meine ich doch. Eine billige, leicht zugängliche Heilung für Krebs. Ich sagte Ihnen doch, dass das Mittel die Welt verändern kann.«

»Was passiert mit dem Alter?«, fragte Kuvam.

Lyle runzelte die Stirn. »Warum sollte da etwas passieren?«

Kuvam lächelte. »Ich habe mich zwar den natürlichen Heilverfahren verschrieben, lasse aber keineswegs die Erkenntnisse der modernen Wissenschaft links liegen. Viele meiner früheren Kollegen betreiben medizinische Grundlagenforschung.« Er richtete sich auf und beugte sich vor. »Das biologische Alter wird durch die Gene des Körpers bestimmt. In verschiedenen Stadien des Lebens existieren sie in unterschiedlichen Zuständen. In der Kindheit sagt die DNA, Sie sollen wachsen, Nervenverbindungen entwickeln und die Milchzähne verlieren. In der Pubertät ändert die DNA die Ausdrucksweise und macht die Stimme tiefer, Ihnen wächst ein Bart, die Geschlechtsorgane reifen. Mit dreißig verändert sich der Stoffwechsel, und Sie bekommen einen kleinen Schmerbauch. Um die fünfzig verändert sich wieder etwas, noch einmal mit sechzig, und so geht es weiter, bis Sie sterben. Wir glauben, unser Körper altere im Lauf der Zeit, in Wirklichkeit altert der Körper nur, weil die Gene ihm sagen, er solle altern.«

»Das haben Sie nicht im Amazonasdschungel gelernt«, flüsterte Lyle.

Kavam nickte weise.

»Aber das bedeutet …« Lyle lehnte sich zurück, verlor

das Gleichgewicht und wäre fast vom Kissen gerutscht. Nach einem nervösen Blick zum Bunsenbrenner sprach er weiter. »Wenn das Alter genetisch bestimmt wird, dann ...« Er hob die Ampulle, die sich kalt und klein anfühlte. Unbedeutend. »Was wird damit passieren?«, raunte er.

»Es wird uns retten.« Kuvam streckte die Hand aus, um das Fläschchen von Lyle entgegenzunehmen. Zuerst sträubte Lyle sich ein wenig, doch Kuvam zog es mit überraschender Kraft an sich. »Damit können wir nicht nur Krankheiten ausrotten, sondern auch das Alter. Nicht nur das Leiden, sondern den Tod selbst.« Er hielt die Ampulle hoch und betrachtete sie andächtig. »Damit werden wir der Menschheit eine neue, erleuchtete Ära bescheren.«

Lyle starrte die Ampulle an, die Plastiktüte glänzte im Schein der Lampen. *Das war es dann,* dachte er. *Bleibt mir noch etwas anderes übrig?* Der Vorrat des Gurus würde nicht lange reichen, aber das war gar nicht nötig. Er musste nur an die Öffentlichkeit gehen, damit keine Firma Anspruch darauf erheben konnte. Von da an würde der freie Markt den Rest erledigen. *Selbst wenn er damit etwas Verrücktes anstellt, müssen wir es nur zwei, drei Wochen mit ihm aushalten. Dann ist der Schaden angerichtet, und ReBirth ist Allgemeingut.*

Lyle räusperte sich. »Werden Sie es umsetzen? Werden Sie den Menschen mit dem Mittel helfen?«

Kuvam nickte. »Ich nehme die Bürde in aller Demut auf mich, mein Freund.« Er legte den Kopf schief, ohne den Blick von der Ampulle zu wenden. »Wie nennen Sie es?«

»ReBirth«, flüsterte Lyle.

Kuvam lächelte. »Aber natürlich.«

Zweiter Teil
Makeover

Kapitel 17

NACHRICHTENSPRECHER: »Heute Morgen schalten wir zum Regionalen Krebszentrum in Trenton, New Jersey, um die Berichterstattung über einen Fall fortzusetzen, den die Ärzte als medizinische Sensation bezeichnen. Donna Pickett kämpfte in den letzten sieben Jahren erbittert gegen den Brustkrebs und wurde im letzten Monat fast zur Berühmtheit, als sie öffentlich die moderne Medizin ablehnte und sich für ein Naturheilverfahren entschied. Noch kann sie das Bett im Krebszentrum nicht verlassen, doch sie zog einen alternativen Arzt namens Guru Kuvam hinzu und ließ sich von ihm behandeln. Gestern Abend nahm die Geschichte eine überraschende, wenn nicht gar schockierende Wendung, als Donna nicht nur geheilt, sondern anscheinend um Jahrzehnte verjüngt erwachte. Die sechzigjährige Frau ist in vielfacher Hinsicht das verblüffende Ebenbild ihrer achtundzwanzigjährigen Tochter Melissa.«

ARZT: »Ich weiß nicht, was ich sagen soll. Nach sieben Jahren Krebs und Chemotherapie war Donna völlig ausgezehrt, kahlköpfig, ein Schatten ihrer selbst und mit welker Haut. Sie sah aus, als hätte sie auf der Straße oder in der Wüste gelebt. Jetzt aber ... ich weiß nicht, wie ich es erklären soll. Wäre sie nicht in unserem Krankenhaus mit unseren Apparaten verbunden gewesen, hätte ich nicht einmal geglaubt, dass sie es ist. Ich kann es immer noch nicht fassen, weil nicht nur der Krebs verschwunden ist. Vor vier Jahren habe ich persönlich eine Brustamputation durchgeführt, und doch ... sehen Sie sich die Frau an! Die Brüste sind nachgewachsen. Mir kommt es so vor, als sei Donna verschwunden, und Melissas verlorene Zwillingsschwester sei aufgetaucht. Nur dass Melissa keine Schwester hat. Es ist wirklich Donna. Ich ... ich weiß nicht, was ich sagen soll.«

MELISSA: »Ich freue mich so sehr, dass meine Mutter wieder wohlauf ist. Ich bin wirklich überglücklich. Sie scheint ein neues Leben bekommen zu haben und noch einmal von vorn anfangen zu können. Wie soll ich der Yemaya Foundation nur danken, dass sie uns dieses unglaubliche Geschenk gemacht hat?«

NACHRICHTENSPRECHER: »Die Yemaya Foundation und der geheimnisvolle Guru Kuvam sind wahrscheinlich die interessantesten Facetten dieser bizarren Geschichte. Ursprünglich wirkte die gemeinnützige Organisation in einem heruntergekommenen Viertel Manhattans, aber in letzter Zeit verwandelte sie sich in eine regelrechte New-Age-Religion.«

KUVAM: »Was Sie bei Donna Pickett sehen, ist nicht nur eine erneuerte Gesundheit, sondern buchstäblich ein neues Leben. Ganz wörtlich ist ein neuer Körper entstanden, der den alten ersetzt. Dank der Liebe ihrer Tochter, dank eigener Bemühungen, die Selbstheilungskräfte in Gang zu setzen, und durch die Verschmelzung in Geist und Körper wurde Donna wiedergeboren. Sie ist ein Vorbild, das uns zeigt, wie wir alle die höchste menschliche Vollkommenheit erlangen können.« [Kuvam hält ein Fläschchen hoch.] »Dies ist das Geheimnis – eine ganz spezielle Lotion, die nichts weniger bietet als eine Reinkarnation zu Lebzeiten. Dank dieses Mittels haben wir die Möglichkeit, die alte Gestalt abzulegen, neue Kraft zu schöpfen – ja, sogar ein neues Leben zu beginnen – und in unserem unsterblichen Zyklus weiterzuschreiten. Wir müssen dies als Omen verstehen, als Botschaft nicht von den Göttern, sondern vom eigenen Selbst, vom kollektiven Unbewussten, dass der nächster Schritt nicht nur Donna vorbehalten ist, sondern der ganzen Menschheit offensteht. Streifen Sie die Vergangenheit ab und richten Sie den Blick nicht auf die Grenzen, sondern vor allem auf Ihr Potenzial. Heute ist der erste Tag in der Geschichte der neuen Menschheit.«

Kapitel 18

Montag, 11. Juni
8:51 Uhr
Hauptsitz von NewYew, Manhattan

186 Tage bis zum Weltuntergang

»Dieser Dreckskerl.« Cynthia starrte auf den Fernseher. »Dieser bescheuerte, selbstgerechte kleine Drecksack.«

»Ich glaube nicht, dass er der Dieb ist«, meinte Jeffrey. Er musterte die Manager. »Oder doch?«

»Wir müssen ihn aus dem Weg räumen«, verlangte Cynthia. »Wir müssen ihm die Lügen mitsamt den Lippen aus dem Affengesicht reißen und ihm in den Hals stopfen, bis er daran erstickt.«

»Noch ist nicht alles verloren«, wandte Kerry ein, während er sich abwesend den Bizeps massierte. Er hatte wochenlang nach einem neuen Körper gesucht – nach etwas, womit er Lyles unerwünschte DNA ersetzen konnte – und sich schließlich für ein italienisches Unterwäschemodel entschieden. »Ich weiß, es sieht übel aus, aber man kann aus allem eine gute Marketingstrategie machen. Wir müssen sie nur finden.« Kerrys neuer Körper war fast zwei Meter zehn groß, verfügte von Natur aus über einen schnellen Stoffwechsel und hatte eine genetische Anlage für schlanke, schön definierte Muskeln. Seine Frau war inzwischen eine halb schwarzafrikanische, halb koreanische Bodybuilderin mit vollen Lippen und samtiger brauner Haut. Lyle hatte immer noch keine Ahnung, was sie für die DNA bezahlt und wie sie die Models zum Verkauf bewegt hatten. Insgeheim stellte er sich vor, die DNA-Spender seien längst zusammen mit den anderen sogenannten Sicherheitslecks im neuen Hauptsitz der Firma auf São Tomé eingesperrt.

Dort lande ich auch, wenn ich nicht vorsichtig bin, dachte er. *Vielleicht schlitzt mir Cynthia schon vorher den Bauch auf und hängt mich vor dem Bürofenster an die Außenwand.*

»Ein gutes Marketing?«, fragte Cynthia. »Wir haben gerade das Rennen um die Markteinführung verloren. Wir können es nicht patentieren, wir können es nicht exklusiv vermarkten, wir haben rein gar nichts. Finden Sie da mal einen guten Ansatz für Ihr Marketing.«

»Wir können die Situation trotzdem zu unserem Vorteil nutzen«, beharrte Kerry. »Auch wenn dieser Mann die Lotion bekannt macht, wir sind nach wie vor in der besten Position, um die Ware zu liefern. Letztlich tut er uns einen Gefallen.«

Er bewegt sich anders, dachte Lyle, als er Kerry genauer beobachtete. *Es ist derselbe Kerry, er denkt die gleichen alten Gedanken auf die gleiche alte Weise, aber er bewegt sich wie ein anderer Mensch. Andere Muskeln steuern andere Knochen, die sich in ganz anders angelegten Gelenken drehen. Er ist ... geschmeidiger als der alte Kerry. Fließender. Die Veränderung des Körpers hat auch die Wechselwirkung mit der Welt verändert. Wie wird sich das auf sein Gehirn auswirken?*

»Wir müssen ihn finden und feststellen, wie er an unser Produkt gekommen ist. Dann müssen wir dafür sorgen, dass er sein widerliches Verhalten mit jedem Atemzug bereut«, verlangte Cynthia.

»Wir wissen nicht einmal, ob es unser Produkt ist«, wandte Jeffrey ein. »Wahrscheinlich handelt es sich bei dieser angeblich geheilten Dame um eine Fehleinschätzung. Der Krebs ging in Remission, sie hat sich gewaschen, und nun nennt man es ein Wunder.«

»Eine Brustamputation geht nicht in Remission«, widersprach Sunny. »Es handelt sich definitiv um unser Produkt.«

»Jammern Sie nicht länger darüber, was schiefgegangen ist! Erkennen Sie das, was richtig gelaufen ist!« Kerry bog das Kreuz durch. »Wir haben selbst eine Kollegin im Krankenhaus. Warum nutzen wir das nicht zu unserem Vorteil?«

»Weil die Veränderung gekommen und gegangen ist«, erklärte Sunny. »Ja, wir haben Susan geheilt, aber niemand weiß, dass wir es waren, nachdem es heimlich geschah. Sie ist längst entlassen und eine Neuigkeit von gestern. Außerdem haben wir nur eine kranke Frau geheilt. Das bewerkstelligen viele Ärzte am laufenden Band. Dieser Mann aber hat eine Krebspatientin von der Schwelle des Todes zurückgeholt und ihr obendrein einen zwanzig Jahre alten Körper verpasst.«

»Wir haben Susan auch einen zwanzig Jahre alten Körper verpasst«, erinnerte Kerry ihn.

»Neunzehn«, widersprach Lyle. »Die Hautzellen waren älter, als wir dachten.«

»Sie betrachten das von der falschen Seite.« Carls riesiges Gesicht füllte den Wandbildschirm aus. Er war in São Tomé und überwachte die Einrichtung des neuen Hauptsitzes. An der Konferenz nahm er mithilfe einer Webcam teil. »Dieser Guru ist kein Konkurrent, sondern eine kostenlose Werbung. Dank ihm will jeder Krebspatient auf der Welt unser Produkt haben.«

»Ich habe doch gleich gesagt, wir sollen uns auf die Gesundheit konzentrieren«, meinte Lyle.

»Damit hat Lyle wohl recht«, räumte Kerry ein. »Unsere Produkte sind rein kosmetischer Natur, aber dieser Mann rettet Menschenleben. Da können wir nicht mithalten.«

»Ich glaube, Sie haben nicht verstanden, was ich damit sagen wollte«, widersprach Lyle.

»Es kommt jetzt auf die Präsentation an«, fuhr Carl fort. »Wir haben einen Monat Zeit, es hinzukriegen. Ich will, dass die gesamte Werbung bei der Produkteinführung auf den Aspekt *ganzheitliche Gesundheit* zielt. Die Pressemitteilungen sollen umgeschrieben werden und ebenfalls diesen gefühlsduseligen Quark verbreiten.«

»Es ist zu spät, um die Produkte und die Verpackung zu ändern«, wandte Cynthia ein.

»Müssen wir auch nicht«, beruhigte sie Carl. »Die Kunden gehen in die Kliniken, die eigentlich nur Läden sind, und in einem Laden entscheiden sie aus gutem altem Eigeninteresse. Wir sagen ihnen, ein Produkt macht sie schön, und sie kaufen es. Wir verändern nur die Pressemitteilungen und sorgen dafür, dass wir genauso altruistisch dastehen wie dieser Hippie Kuvam.«

»Wir sollten die Werbung sofort schalten«, schlug Kerry vor. »Aus juristischen Gründen wurden die Spots sehr allgemein gehalten, was uns nun zum Vorteil gereicht. Wenn die Leute die Werbung sehen, bringen sie die Krebsheilung mit uns in Verbindung. Das werden wir natürlich nie bestätigen, aber wenn sie das glauben, kann es uns nur nutzen.«

»Wir müssen die Kampagne lediglich um zwei Wochen vorziehen«, sagte Sunny. »Ich bin für den Versuch.«

»Oder ist das zu weit vor der Produkteinführung?«, fragte Cynthia. »Der Verkaufsstart muss Aufsehen erregen.«

»Wir haben jedenfalls noch einen ganzen Monat Zeit, uns etwas Grandioses einfallen zu lassen«, resümierte Sunny. »Ich glaube, wir brauchen etwas so Umwerfendes wie diese Krebspatientin. Wenn möglich sogar noch größer. Wir müssten es zwei Tage vorher ankündigen und den Leuten sagen, dass bei dem geheimnisvollen NewYew-Ereignis Erstaunliches ans Licht kommen wird.«

»Uns bleiben noch vier Wochen.« Cynthia nickte. »Genug Zeit, damit sich die volle Wirkung der Lotion entfaltet. Hat jemand einen Vorschlag?«

»Eine andere Krankheit wäre gut«, überlegte Kerry. »Die Leute sind begeistert von der Krebspatientin.«

»Und die Frau muss scharf sein«, verlangte Jeffrey.

»Attraktivität ist eindeutig eine Hilfe«, stimmte Sunny zu. »Die Sache mit dem Alter ist ebenfalls hilfreich. Dieser Guru Kuvam hat mit seiner Krebspatientin die drei wichtigsten Verkaufsargumente getroffen. Er weiß wirklich, wie man so etwas anpackt.«

»Vielleicht sollten wir gar nicht erst versuchen, die Sache mit der Krebspatientin in einem anderen Kontext nachzuahmen«, meinte Cynthia. »Wir könnten stattdessen einfach die Größenordnung verändern.«

Lyle runzelte die Stirn. »Wie denn? Eine noch ältere Frau mit einer noch schlimmeren Erkrankung, die nach der Anwendung noch jünger und gesünder aussieht?«

»Größer«, erwiderte Kerry. »Guru Kuvam hat eine Frau geheilt. Warum heilen wir nicht das ganze Krebszentrum?«

»Wir bekommen niemals die Erlaubnis aller Patienten«, wandte Sunny ein. »Außerdem brauchen wir bereitwillige DNA-Spender, und auch da müssten die Patienten zustimmen. Uns bleibt nicht genug Zeit, um die benötigte Organisation auch nur halbwegs zu schaffen.«

»Ich hab's.« Jeffrey las etwas auf dem Handy. »Wir vergessen die Sache mit dem scharfen Mädchen, obwohl sicher auch die Mutter heiß ist. Aber hören Sie sich das mal an! Letzten Monat wurden Zwillinge geboren. Zwei kleine Mädchen, eins ist völlig gesund, das andere liegt auf der Intensivstation. Es wurde mit nur einer Niere, einer Lunge, ohne Leber und mit einem halben Herzen geboren. Morgen wollen die Eltern die Lebenserhaltung abstellen lassen ...«

»Sofern wir nicht vorher zur Stelle sind«, ergänzte Kerry und griff den Faden bereitwillig auf. »Wir verwandeln das kranke Mädchen in einen Klon der gesunden Schwester, wir zeigen die beiden kleinen Gesichter auf den Bildschirmen. Das geht den Menschen landauf, landab ans Herz. Eine alte Dame in Jersey heilen, das ist eine Sache. Aber ein niedliches Baby retten, davon lassen sich alle zu Tränen rühren.«

»Vielleicht lehnen die Eltern ab«, warnte Sunny.

»Wir übernehmen die Krankenhauskosten«, schlug Cynthia vor.

»Das wichtigste Argument lautet ganz einfach, dass wir ihrer Tochter das Leben retten wollen.« Lyle warf Cynthia einen schrägen Seitenblick zu. »Das muss normale Menschen doch überzeugen.«

»Ein solches Angebot können sie nicht ablehnen«, stimmte auch Sunny zu. »Die Kinder sind eineiige Zwillinge, also jetzt schon Klone. Wir würden nur ... einen Produktionsfehler beheben.«

»So würde ich das aber nicht verkaufen«, warnte Kerry. »Vielleicht sollte ich das Reden übernehmen.«

»Was immer Sie vorhaben, erledigen Sie es sofort!«, befahl Carl. »Wir haben nicht mehr viel Zeit für die Vorbereitung, und anscheinend tauchen jeden Tag neue Konkurrenten auf.« Er nahm das Telefon ab. »Während Sie daran arbeiten, rufe ich Marcus an und stelle fest, wer Kuvam unser Produkt überlassen hat.« Carl kniff die Augen zusammen. »Und wenn ich ihn erwischt habe, darf Cynthia ihn mit der Kneifzange ganz langsam zu Tode martern.«

Kapitel 19

Samstag, 16. Juni
21:37 Uhr
Hauptsitz von NewYew, Manhattan

181 Tage bis zum Weltuntergang

Lyle legte den Stift beiseite und rieb sich die Augen. Sie tränten und waren vor Überanstrengung gerötet. Für die normalen Aufgaben hatte er keine Zeit mehr. Jetzt war er jeden Tag viele Stunden damit beschäftigt, Gentests und Patientenakten durchzusehen, um Erbkrankheiten zu entdecken. Wenn ReBirth schon auf die Welt losgelassen wurde, dann wollte er wenigstens dafür sorgen, dass sie saubere DNA verkauften.

Es war eine Arbeit, für die Susan die ideale Besetzung gewesen wäre: langwierig, ermüdend, detailorientiert. Genau das, wozu man eine Praktikantin einstellte. Soweit Lyle es sagen konnte, weilte Susan allerdings noch als *Gast* in São Tomé. Er hatte keine Ahnung, was das tatsächlich bedeutete. Es machte ihn verrückt, dass er es nicht wusste, aber er hatte keine Zeit, in dieser Hinsicht etwas zu unternehmen. Bis zur Einführung von ReBirth blieben nur noch drei Wochen, und er hatte noch große Stapel klein gedruckter DNA-Ergebnisse zu sichten. Im Augenblick war es wichtiger, die Bevölkerung vor einer tödlichen Droge zu retten, als ein einzelnes Mädchen aus dem Urlaub zu holen.

Lyle richtete den Blick wieder auf das ausgedruckte Dokument, um die genetischen Daten zu prüfen, doch die Augen tränten ihm schon vor Erschöpfung. Er blinzelte heftig. Er war viel zu müde und hatte sich überanstrengt. Um fünf Uhr am Morgen hatte er begonnen. Das war jetzt sechzehn Stunden her. Er schob den Stuhl zurück, stand auf und rieb sich die Augen. Morgen war auch noch ein Tag.

Von Zweifeln geplagt, ging er zum Aufzug. *Tue ich hier wirklich das Richtige? Nein. Eindeutig nicht. Aber tue ich das Beste, was mir angesichts der Situation überhaupt möglich ist? Ich wollte nicht, dass es so weit kommt, aber ich bin hier und dort einen kleinen Kompromiss eingegangen und habe gelegentlich ein Zugeständnis gemacht, und jetzt füllen wir Hunderttausende von Ampullen mit ReBirth, das wir illegal verkaufen wollen. Susan wurde zusammen mit einem Dutzend anderer Menschen entführt, und wahrscheinlich habe ich zur Gründung einer Sekte beigetragen. Das wollte ich nicht.*

He, ich frage mich, ob der Richter in der Verhandlung solche Erklärungen gelten lässt. »Es tut mir leid, dass ich ein Dutzend Gesetze gebrochen und Millionen Menschen in Gefahr gebracht habe. Das wollte ich wirklich nicht.« Mit einem resignierten Seufzer trat er auf den Gehweg hinaus.

Der Nachthimmel war klar, es war noch warm. Der Zugang zur Untergrundbahn lag nur einen Block entfernt. Lyle blieb am Straßenrand stehen und blickte nachdenklich nach oben. *Was tun Pedro Trujillo und Christopher Page jetzt gerade? Sie sehen aus wie ich, aber ändert sich das nicht? Wenn sie besser essen, härter trainieren oder mehr Sonne abbekommen – sind sie dann gesünder als ich? Sehen sie besser aus? Und erst die Kleidung. Was mir steht und was mir nicht steht, weiß ich gar nicht. Ich habe nicht mehr auf meine Kleidung geachtet, seit mir damals im College dieses Mädchen geholfen hat ... wie hieß sie noch? Paula? Paula war nett. Ich glaube, ich habe sie geliebt, aber sie hat meine Gefühle nicht erwidert. Mit Beziehungen bin ich noch nie gut klargekommen. Das ist eine Fertigkeit, die ich nie gelernt habe ... Aber die anderen Lyles beherrschen sie, zumin-*

dest einige von ihnen. Irgendwo dort draußen gibt es eine Version von mir, die sich besser kleidet, besser aussieht und eine Freundin hat. Wahrscheinlich sogar Frau und Kinder. Auf jeden Fall trifft der Betreffende bessere Entscheidungen.

Wenn ich nicht die beste Version meiner selbst bin, wer ist es dann? Und wer soll ich stattdessen sein?

Auf einmal hielt dicht neben Lyle eine Limousine am Bordstein, und die hintere Tür wurde geöffnet.

»Doktor Fontanelle, bitte leisten Sie uns Gesellschaft!«

Lyle spähte in den dunklen Wagen. Im Innern saßen mehrere Menschen, deren Gesichter jedoch im Schatten blieben. »Wer sind Sie?«

»Ihre Brüder.«

»Ich habe keine Brüder.«

»Brüder im Geist«, sagte eine Stimme von drinnen. Zwei Männer bauten sich hinter Lyle auf. Starke Männer mit grimmiger Miene und eisernem Griff. Sie packten ihn an den Armen, bevor er wusste, wie ihm geschah. Jeder Fluchtversuch kam zu spät, und die Kerle schoben ihn energisch zum Auto.

»Was wollen Sie von mir?« Lyle hielt sich am Türrahmen fest. »Erklären Sie mir, wer Sie sind!«

»Wie gesagt, wir sind Ihre Brüder«, antwortete der Mann. Der geheimnisvolle Sprecher drückte auf den Knopf, der die Innenbeleuchtung einschaltete. Erschrocken keuchte Lyle auf. In der Limousine saßen fünf Menschen, die einander glichen wie ein Ei dem anderen.

Alle waren Lyle.

Lyles eigenes Gesicht schenkte ihm ein kaltes Lächeln. »Steigen Sie ein!«

Er war zu schockiert, um Widerstand zu leisten. Die bulligen Männer schoben ihn hinein, und er fiel auf den Sitz, hielt sich krampfhaft fest und wandte sich um, um voller Entsetzen die Ebenbilder anzustarren.

»Aber ... Sie sind doch alle weg ...«, stammelte Lyle.

Der andere Lyle runzelte die Stirn. »Wissen Sie von uns?«

»Sie sind die ...« Aber nein, die Männer in São Tomé wussten sehr genau, dass Lyle über sie informiert war. Diese Männer hier waren weder Testpersonen noch Fabrikarbeiter. *Wer sonst besitzt die Lotion?*

Die Antwort kam ihm fast ebenso schnell in den Sinn wie die Frage. *Es müssen die Diebe sein.*

Mit einem Knall schlossen die Männer die Tür, und die Limousine fuhr an. Lyle hob gerade rechtzeitig den Kopf, um eine weitere Kopie von sich selbst auf dem Gehweg stehen zu sehen. Der Mann heftete sich eine Zugangskarte an den Gürtel. Lyle sah nach und stellte fest, dass sein Ausweis fehlte – die Entführer hatten ihn abgerissen, als sie ihn ins Auto gestoßen hatten.

»Sie haben die Lotion gestohlen«, stellte er fest.

»Da Ihre Anschuldigung so ungenau bleibt, wissen Sie nicht mehr als das«, antwortete der Anführer-Lyle.

Lyle schüttelte den Kopf.

»Wir haben Sie mit großem Interesse beobachtet. Sie und die anderen Mitarbeiter Ihrer Firma. Als Sie unseren Kontaktmann entführten, fürchteten wir schon, enttarnt worden zu sein. Aber unsere Ängste waren offenbar unbegründet. Für eine Firma, die so viel Macht besitzt, sind Sie erheblich weniger gefährlich als erwartet.«

»Ihr Kontaktmann?«, fragte Lyle. »Was reden Sie da? Wir haben niemanden ...« Er hielt inne. *Doch, wir haben tatsächlich Menschen entführt,* korrigierte er sich selbst. *Jeden, der zufällig mit der Lotion in Berührung kam. Die Testpersonen, die Fabrikarbeiter und Susan. Einer von ihnen war also ein Kontaktmann der Diebe. Aber welcher?*

»Doktor Fontanelle, Sie sind ein ausgezeichneter Wissenschaftler«, erklärte der Anführer-Lyle. »Wie Sie sehen, haben wir alle Ihr Produkt ausprobiert und festgestellt, dass es wahrhaft grandios ist. Für Erfindungen wie diese gibt es Anwendungsmöglichkeiten. Sehr viele sogar. Nur wenige sind legal, aber alle sind überaus wirkungsvoll.«

»Was wollen Sie?«

»Liegt das nicht auf der Hand, Doktor? Wir wollen Igdrocil.«

Lyle musterte seinen Doppelgänger und fragte sich, wenn überhaupt, was seine Miene verriet. Igdrocil war der fiktive Kräuterzusatz, den sich Sunny und Kerry für das Etikett ausgedacht hatten. Das war ihr Kürzel für *der Bestandteil, der die DNA überschreibt.* Es wurde nicht offen ausgesprochen und dokumentiert, und niemand verstand es wirklich, aber Igdrocil war das, was der Lotion ihre Wirkung verlieh.

Leider hatte Lyle keine Ahnung, was es war.

»Sie wollen selbst eine Lotion herstellen«, vermutete Lyle.

Der Mann nickte. »Sie zu sein, ist ein erstaunliches Erlebnis, aber nicht unbedingt die erfreulichste Erfahrung der Welt. Wir konnten nichts weiter tun, als Sie zu ersetzen, was nun auch geschehen ist. Unsere Quellen verraten uns allerdings, dass Sie in der Hierarchie von NewYew derzeit nur wenig Macht und Freiheit genießen. Peinlicherweise hat selbst Jeffrey in der Firmenleitung mehr zu sagen als Sie.«

»Woher wissen Sie das alles?«

»Wir wissen alles, weil wir genauso aussehen wie Sie und weil wir keine Trottel sind.« Der Mann musterte Lyle mit finsterem Blick. Der hatte sein eigenes Gesicht noch nie so erschreckend deutlich wahrgenommen. »Wir können die gleiche Örtlichkeit aufsuchen wie Sie, wir können mit jedem reden, mit dem Sie reden. Kein Wunder, dass wir ganz genau wissen, womit Sie wann und warum beschäftigt sind. Letztendlich verfolgen wir aber größere Pläne und wollen viel bedeutendere Persönlichkeiten nachahmen.«

Lyle schluckte. »Den Präsidenten?«

»Früher oder später, ja. Aber die Macht des Präsidenten ist eher begrenzt. Der Direktor der CIA wäre vielleicht eine bessere Wahl. Oder Senator Moore, der Vertreter der Heimatschutzbehörde. Das sind Männer, die über echte, unmittelbare Macht verfügen und uns helfen können, unsere Stellung für die Zukunft zu zementieren.« Er lächelte. »Ich versichere Ihnen, dass wir das alles sehr, sehr gründlich durchdacht haben.«

Lyles Gedanken überschlugen sich. Er dachte über die schrecklichen Folgen dieses Plans nach, zugleich hatte er aber auch viel dringendere Probleme. Mühsam konzentrierte er sich wieder auf die gegenwärtige Situation – auf die versteinerten Gesichter der fünf Entführer. Ob es ihm gelang, sie irgendwie zu überreden? »Sie haben recht«, bestätigte er. »Ich bin derzeit nur noch ein Aushängeschild. Mir ist nicht klar, was Sie erreichen wollen, wenn Sie mich austauschen.«

»Man behält Sie ja dort, aus welchem Grund auch immer.«

Lyle zuckte mit den Achseln und war selbst von seinem Gefühlsausbruch überrascht. »Die Firma glaubt wohl, mir sei nicht zu trauen, wenn man mich gehen lässt. Außerdem versteht dort niemand die wissenschaftliche Seite.«

»Verstehen Sie sie denn, Doktor Fontanelle?«

Lyle schüttelte den Kopf. »Ich weiß, *was* die Substanz bewirkt, und vermutlich weiß ich auch, *wie* dies geschieht. Allerdings habe ich noch nicht herausgefunden, *warum* sie es tut.« Er sah die Männer der Reihe nach an. »Sie verstehen es auch nicht, oder? Sie haben es mit Sicherheit nicht verstanden, als Sie das Mittel gestohlen haben, sonst hätten Sie sich nicht in mich verwandelt. Ich nehme an, Sie haben es beim ersten Mal versehentlich angewendet…« Unvermittelt hielt er inne und musterte den Anführer-Lyle. »Aber das ist Wochen her, und Sie sehen immer noch so aus wie ich. Sie haben die Formel zusammen mit der Lotion gestohlen und können sie jetzt selbst herstellen.« Wieder sah er sich verwirrt um. »Warum sehen Sie immer noch so aus wie ich?«

Der Anführer-Lyle runzelte die Stirn. »Wir haben eine ältere Formel. 14G.«

»14G ist die endgültige Version«, widersprach Lyle. »Seitdem haben wir nichts mehr verändert. Die aktiven Zutaten sind genau die gleichen, mit denen wir nächsten Monat die Läden bestücken.«

»Das kann nicht sein!«, fauchte der Mann. »Wir haben es hundertmal versucht. Tausendmal. Glauben Sie, wir wollen unser Leben in Ihrer Gestalt verbringen?«

»Haben Sie bei der Herstellung absolut sauber gearbeitet?«, fragte Lyle. »Haben Sie die eigene DNA ferngehalten? Haben Sie die Substanz richtig geprägt?«

»Ja, natürlich!«, rief der Mann. »Das wissen wir alles. Schließlich hören wir Sie schon seit Wochen ab, verdammt noch mal! Wir wissen, wie es funktioniert. Aber es funktioniert nicht.«

»Das ist die Aufgabe meines Doppelgängers, stimmt's? Er soll meine Unterlagen persönlich durchsehen und es herausfinden.«

»Ihr Ersatzmann wird uns ungeprägte Lotion aus der Fabrik beschaffen«, erklärte der böse Lyle. »Das ist eine vorübergehende Maßnahme, aber wir haben Pläne, die keinen Aufschub mehr dulden. Er wird sich auch nach der neuesten Formel umsehen. Wenn Sie allerdings die Wahrheit sagen, wird er nichts finden.«

»Es ist wahr, ich schwöre es Ihnen.«

»Egal«, antwortete der böse Lyle. »Dazu haben wir ja Sie.«

Lyle nickte. Damit hatte er gerechnet, seit sie ihn ins Auto gestoßen hatten. »Ich soll noch mehr für Sie herstellen.«

»Das wäre sicher einfacher, als es bei Bedarf jedes Mal, bei NewYew stehlen zu müssen.«

»Aber ich weiß nicht, wie«, gestand Lyle. »Wenn wir es in der Fabrik herstellen, funktioniert es hervorragend. Wenn es jedoch bei Ihnen nicht klappt, dann verstehe ich sogar noch weniger von der Formel als zuvor ... bevor Sie mich ins Auto gestoßen haben. Es gibt keinen Grund dafür, dass ReBirth das bewirkt, was es offenbar bewirkt.«

»Mir ist es piepegal, warum es funktioniert«, antwortete der böse Lyle. »Ich will nur, *dass* es funktioniert.«

»Das Warum ist der wichtigste Teil überhaupt«, widersprach Lyle. »Ich kann eine Substanz nicht dazu bringen, etwas zu bewirken, wenn ich nicht weiß, warum sie es bewirkt. Genauso gut könnten Sie mich auffordern, einen Motor zu reparieren, obwohl ich nichts von Verbrennungsmotoren oder Elektrizität verstehe.«

»Was, auf Sie übertragen, bedeuten würde, dass wir über Chemie und Gentechnik reden«, grollte der Mann. »Sie wissen alles über Chemie und Gentechnik.«

»Nicht in Bezug auf die Formel«, schränkte Lyle ein. »Der Motor war ein schlechter Vergleich. Sagen wir lieber, Verbrennung und Elektrizität sind die Prinzipien, die funktionieren sollten, aber sie tun es nicht. ReBirth verhält sich so, als würde man die Motorhaube öffnen und sähe statt des Motors einen Felsen oder einen Alligator. Offensichtlich funktioniert es aufgrund irgendwelcher wissenschaftlicher Prinzipien, weil es vorhersagbar ist. Solange ich aber nicht weiß, um welches Prinzip es sich handelt, kann ich es nicht in Ordnung bringen.«

In der Limousine herrschte Schweigen. Die fünf Männer starrten ihn an, und Lyle widerstand dem Drang, sich unter den Blicken zu winden. *Sie schätzen mich ein,* dachte er. *Wie einen Wurm, bevor sie ihn an den Angelhaken hängen.*

Mit ernster Miene wandte sich der Anführer-Lyle wieder an Lyle. »Sie müssen einfach Ihr Bestes geben.«

»Und wenn ich es trotzdem nicht herausfinde?«

Der böse Lyle griff in die Jackentasche und zog eine Pistole hervor. »Niemand wird je erfahren, dass Sie nicht mehr da sind.«

»Nun gut.« Beschwichtigend streckte Lyle die Hand aus. »Ich ... ich brauche mein Labor.«

»Wir haben ein Labor für Sie eingerichtet.«

»Meine Aufzeichnungen und die Geräte ...«, setzte er noch einmal an.

Der böse Lyle schüttelte den Kopf. »Unser Agent holt alles, was Sie brauchen, aus Ihrem Büro.«

Lyle beäugte die Waffe und suchte nach einem Ausweg. Selbst wenn ihm die Flucht gelang, boten ihm Carl und die Manager keinerlei Rettung. Sobald sie erfuhren, dass weitere Kopien von ihm frei herumliefen und böse Pläne schmiedeten, schickten sie ihn zur Schadensbegrenzung nach São Tomé. Fast war ihm das schon gleichgültig. Ja, eigentlich sehnte er sich sogar danach. Damit wären alle Schwierigkeiten und Ängste vorbei. Er verbrächte sein Leben im glückseligen Hausarrest eines tropischen Paradieses, wo er mit Susan am Strand läge ... zusammen mit neun oder zehn anderen Kopien seiner selbst. Nein. So etwas kam nicht infrage, das war nicht die Lösung seiner Probleme. Auch ohne die anderen Lyles konnte er nicht einfach herumsitzen und Däumchen drehen, während seine Technologie – ja, *seine* Technologie – von allen möglichen fehlgeleiteten Gruppierungen angewandt und missbraucht wurde.

Lyle betrachtete die fünf anderen Lyles. »Also gut«, lenkte er ein. »Ich helfe Ihnen, denn ich muss es sowieso herausfinden. Wenn Sie mir tatsächlich die nötige Unterstützung gewähren, dann verkörpern Sie meine größten Hoffnungen, dass ich es schaffe.« Er blickte aus dem Fenster. »Wo befindet sich Ihr Labor?«

»Wir sind schon da«, sagte der Anführer-Lyle. Der Wagen hielt an.

»Hier in Manhattan?« Lyle runzelte die Stirn. »Wir sind doch nur ein paar Blocks weit gefahren.«

Zwei andere Schlägertypen öffneten ihnen die Türen. »Willkommen in Ihrem neuen Heim!«, sagte der böse Lyle. »Sie sind der neue Chefwissenschaftler von Ibis Cosmetics.«

Kapitel 20

Sonntag, 17. Juni
18:22 Uhr
Unbekannter Ort, in einem sehr schönen Haus

180 Tage bis zum Weltuntergang

Susan Howell war eine Gefangene. Es gab kein anderes Wort dafür. Man behandelte sie freundlich, es gab reichlich zu essen, und sie bewohnte ein geradezu luxuriöses Zimmer, aber das hatte nichts zu bedeuten. Egal, wie schön es war – ein Zimmer, das man nicht verlassen konnte, war ein Gefängnis, und der Mensch, der in dem Zimmer hockte, war ein Gefangener.

Durch das Fenster hatte sie schon ausbrechen wollen, doch es war von außen vergittert. Zwischen den Stangen hindurch sah sie eine weite grüne Wiese, die von riesigen Ahornbäumen gesäumt war. Zuckerahorn, wie es schien. Im Hof ihrer Eltern hatten mehrere dieser Bäume gestanden. War sie demnach auf Long Island? Beim Transport hierher war sie ohnmächtig gewesen, und man hatte ihr gesagt, sie sei auf einer tropischen Insel gelandet. Aber auf welcher tropischen Insel gab es Zuckerahorn? Und es roch nach Long Island – Hortensien, Meersalz und Geld. Es war eindeutig Long Island, und zwar recht weit im Osten. Vielleicht die Hamptons. Sie war bei ihren privilegierten Eltern in den Hamptons aufgewachsen. Diese Gegend erkannte sie sofort. Aber warum hielt man sie in den Hamptons gefangen?

Es spielte keine Rolle, was man mit ihr vorhatte, und auch die Gründe waren nebensächlich. Sie war eine Gefangene, und das fand sie unerträglich.

Zu gegebener Zeit würde sie den Kidnappern den Garaus machen.

Eine Stunde nach dem Abendessen öffnete sich die Tür wieder, und einer der Gangster kam herein – ein vierschrötiger großer Mann mit Halbglatze und einem Spiralkabel hinter dem Ohr. Er hieß Larry. Das glaubte sie jedenfalls, denn irgendwo im Haus war noch ein Zwillingsbruder beschäftigt, und sie konnte die beiden nicht auseinanderhalten. Nur ein einziges Mal hatte sie die beiden gleichzeitig gesehen und war überrascht gewesen, dass es zwei von der gleichen Sorte gab. Sie hatte sich nicht zurückhalten können und gefragt, warum sich beide als Firmenvollstrecker verdingt hatten. Die Männer hatten nur finster dreingeschaut und ihr die Antwort verweigert. Demnach war das also ein heikles Thema und machte somit alles nur noch interessanter.

Larry winkte ihr, sie solle in den Flur treten. Überrascht riss sie die Augen auf.

»Darf ich tatsächlich das Zimmer verlassen? Gibt es einen besonderen Anlass?«

»Beeilung, bitte!«

»Sie sind heute so gesprächig.« Susan rutschte vom Bett und ging zur Tür. »Ist es Zeit für den Hofgang? Soll ich draußen Gewichte heben oder mir ein Knasttattoo stechen lassen?«

»Meeting«, antwortete der Vollstrecker. »Hier entlang.« Er wies auf den Flur. Susan unterdrückte ihre Enttäuschung.

Der Gangster führte sie in einen großen Raum, der mit Sofas, Stühlen und Tischchen mit Vasen vollgestellt war. Außerdem drängten sich dort viele Menschen. Einige erkannte Susan sofort – Cynthia Mummer, die CEO von NewYew, den Anwalt Sun-He und den Präsidenten Jeffrey und ... da war noch einmal Cynthia ... und gleich noch einmal ... und ...

»Was, zum Teufel bedeutet das?«, rief Susan laut aus.

»Ah«, sagte eine Cynthia. »Der letzte Gast ist nun auch erschienen. Bitte, Miss Howell, setzen Sie sich doch!«

Schockiert sah Susan sich in dem Raum um und zählte im Kopf die Anwesenden. *Drei, vier, fünf Cynthias, viermal Sun-He, zwei, drei, vier Jeffreys. Die meisten sind so verblüfft wie ich. Was ist hier los?*

Und wo ist Lyle?

»Bitte«, fuhr die Cynthia fort, die schon vorher gesprochen hatte. Sie war nicht so überrascht wie die anderen, sondern ruhig und befehlsgewohnt. »Setzen Sie sich, Miss Howell! Dann erkläre ich Ihnen alles.«

Susan musterte die Frau und überlegte, wie gefährlich es wohl war, ihr ins Gesicht zu schlagen, entschied aber, dass es die Sache nicht wert war. Die fünf Schlägertypen mit den Stiernacken waren vollzählig versammelt und hatten anscheinend ein paar neue Freunde mitgebracht ... *Moment mal.* Sie betrachtete die Verbrecher noch einmal und bemerkte Ähnlichkeiten, die ihr vorher entgangen waren. Larry hatte nicht bloß einen Zwillingsbruder. Sie waren Achtlinge. Was war hier nur los?

Susan öffnete den Mund, schloss ihn wieder und steuerte auf das nächste Sofa zu, wo sich schon eine andere Cynthia Mummer niedergelassen hatte. Susan hielt inne, weil es ihr plötzlich widerstrebte, daneben Platz zu nehmen. *Wer sind diese Leute überhaupt? Was hat das alles zu bedeuten?* Der Gangster, der sie hereingeführt hatte, stieß sie auf das Sofa. Ihr schauderte, als ihr der grässliche Doppelgänger so nahe kam.

»Na klar«, sagte die Cynthia auf dem Sofa. »Sie kriegen die scharfe Version, und ich bekomme nur das hier. Ich kann den eigenen Anblick kaum noch ertragen.«

Susan starrte sie an. »Miss Mummer?«

»Heißt sie so?« Die Cynthia hob die Brauen. »Interessant.

Nein, ich bin Tony. Tony Hicks.« Sie streckte die Hand aus. »Freut mich. Ich hoffe, Sie wissen diesen Körper gut zu nutzen.«

»Also fangen wir an!«, verkündete die echte Cynthia, die mitten im Raum stand. Sie hatte eindeutig das Kommando.

Susan sah sich um und registrierte die Ausgänge – zwei große Fenster, zwei Türen zum Flur, eine Tür nach hinten. Alle wurden von Gangstern bewacht.

»Viele von Ihnen sehen die anderen zum ersten Mal«, erklärte die erste Cynthia. »Vielleicht sind Sie schockiert, aber wahrscheinlich nicht so schockiert wie zu Beginn, als sich Ihr Körper in eine andere Person verwandelte. Ich will Ihnen erklären, was diese Veränderung bedeutet, und möchte Ihnen ein Angebot machen.« Sie hielt eine kleine Plastikflasche hoch. Susan war der Inhalt von ihrer Arbeit im Labor her bekannt. »Wer von Ihnen hat das hier schon einmal gesehen?«

Einige hoben zögernd die Hände, darunter auch Tony/Cynthia neben ihr auf dem Sofa. Susan rührte sich nicht. Sie wollte nicht mitspielen, obwohl sie sofort Lyles neue Anti-Aging-Lotion erkannt hatte.

Tony Hicks … überlegte sie. *Den Namen kenne ich doch. Er war einer der ersten Männer, an denen wir die Lotion getestet haben.*

Geht es etwa darum?

»Dies ist eine Ampulle ReBirth«, erklärte die erste Cynthia. »NewYews neuestes Produkt, und um offen zu sein, ein technologisches Wunder, wie es die Welt noch nicht gesehen hat. Aufgrund verschiedener Umstände – einige waren reiner Zufall, andere auch nicht – wurden Sie alle der Wirkung von ReBirth ausgesetzt. Das Mittel hat Ihre DNA verändert und Sie in eine andere Person verwandelt. Die Ausnahme ist Miss Susan Howell, die rechtzeitig wieder zurückverwandelt wurde, bevor der Prozess abgeschlossen war.«

»Ist das Ihr echter Körper?«, fragte Tony/Cynthia. »Wow!« Sie rückte näher. »Haben Sie ... äh ... nachher noch was vor?«

Susan schnitt eine Grimasse und brachte sich in Sicherheit.

»Am dritten Juli, das ist in wenigen Wochen, wird unsere Firma NewYew das Mittel gleichzeitig auf der ganzen Welt vorstellen«, fuhr die erste Cynthia fort. »Es wird die Schönheitsindustrie revolutionieren, und wie Sie aus persönlicher Erfahrung wissen, wohl auch die ganze Welt. ReBirth ersetzt den Körper eines Menschen durch einen neuen – durch einen jüngeren, gesünderen und attraktiveren Körper. Alter und Krankheiten gehören der Vergangenheit an. ReBirth wird den Weg für eine Welt bahnen, in der Hautfarbe und Äußerlichkeiten keine Barrieren mehr sind, sondern vielmehr ein Mittel des persönlichen Ausdrucks. Stellen Sie sich eine Welt vor, in der biologisch begründete Vorurteile nicht nur fehlen, sondern völlig bedeutungslos sind. Wer von Ihnen möchte dabei helfen, dass dies zur Realität wird?«

Ein Sun-He hob die Hand. »Lassen Sie uns jetzt gehen oder nicht?«

»Sie kommen direkt zur Sache.« Cynthia schenkte ihm ein geübtes Lächeln. »Nehmen wir an, wir lassen Sie gehen. Wohin wollen Sie denn zurückkehren? Zu Ihrer Familie, die Sie vergeblich zu überzeugen versuchen, Sie seien sie selbst und nicht ich? Zurück in den Job, wo Sie nicht beweisen können, dass es wirklich Ihr Arbeitsplatz ist? Sie sind nicht mehr Sie selbst. Wenn wir Sie jetzt gehen lassen, stürzen wir Sie vermutlich in tiefstes Unglück.«

Susan schnaubte vor Wut. »Also sperren Sie uns aus lauter Menschenfreundlichkeit ein? Hören Sie, wir sind nicht dumm. Wir merken, wenn wir verarscht werden, und genau das tun Sie im Augenblick. Habe ich mich klar genug ausgedrückt?«

Cynthia musterte sie mit gerunzelter Stirn, dann hob sie die Brauen und nickte. »Nun gut. Dann wollen wir es ganz einfach ausdrücken. Sie sehen aus wie wir, weil Sie unsere Versicherungspolice sind. ReBirth löst eine Revolution aus, und Revolutionen verlaufen selten friedlich. Viele unserer Manager sind bereits in Übersee, aber einige müssen bleiben und die Produkteinführung überwachen. Dabei besteht durchaus die Gefahr, dass wir verhaftet werden.«

Susan riss den Mund auf. »Also sollen wir an Ihrer Stelle ins Gefängnis wandern?«

»Im Gegenteil«, antwortete Cynthia. »Wenn Sie uns helfen und unseren Plan unterstützen, wird keiner von uns im Gefängnis landen.«

»Warum sollten wir Ihnen helfen?«, fragte Susan. »Sie haben uns entführt und eingesperrt, und Sie ... Sie haben unsere Körper deformiert. Ich bin die Einzige, die noch sie selbst ist, und dafür hasse ich Sie. Ich ahne nicht einmal, was Ihre unfreiwillige Kopie namens Tony empfindet. Wir sollten Sie ins Gefängnis befördern, statt Ihnen zu helfen, nicht verhaftet zu werden.«

»Das sind berechtigte Einwände«, antwortete die erste Cynthia. »Möglicherweise wollen uns einige von Ihnen wirklich schaden, statt uns zu helfen. Aber das liegt nur daran, dass Sie mein Angebot noch nicht kennen.« Sie hob noch einmal die Flasche und schwenkte sie hin und her. »Beginnen wir mit einer völlig reinen Dosis ReBirth. Sie haben gesehen, was das Mittel bewirkt. Es verändert den gesamten Körper innen wie außen in die Person, mit der es geprägt wurde. Helfen Sie uns, und Sie bekommen eine eigene Probe, mit der Sie prägen können, wen immer Sie wollen.«

Voller Interesse beugte sich Tony/Cynthia vor. Susan blickte zur Seite und erkannte, dass auch einige andere Klone aufmerksam zuhörten.

Ein Jeffrey schüttelte allerdings den Kopf. »Machen Sie Witze? Glauben Sie wirklich, Sie könnten uns in denjenigen zurückverwandeln, der wir waren, und so tun, als sei nichts geschehen?«

»Ich rede nicht davon, Sie zurückzuverwandeln«, widersprach die erste Cynthia. »Die Gegenwart von Miss Howell spricht natürlich für die theoretische Möglichkeit. Die traurige Wahrheit lautet allerdings, dass Sie Ihren früheren Körper wahrscheinlich nicht mehr zurückbekommen.«

»Warten Sie!« Endlich durchschaute Susan die Zusammenhänge. »Haben Sie auf diese Weise meine Lepra behandelt? Haben Sie mich in einen Klon meiner selbst verwandelt?«

»Technisch gesprochen trifft das zu«, antwortete die erste Cynthia. »Sie sind sogar ein jüngerer Klon Ihrer selbst. Dieser Körper ist erst neunzehn Jahre alt.«

Tony/Cynthia musterte sie anerkennend und lächelte lüstern. Susan überlief es kalt, und sie zog sich noch tiefer in die Sofaecke zurück.

»Überlegen Sie sich's!« Die erste Cynthia wandte sich wieder an die anderen. »Mit dieser Lotion können Sie sich in jeden verwandeln, der Sie sein wollen. Buchstäblich in jeden. Klein oder groß, schwarz, weiß, männlich, weiblich. Es gibt keine Grenzen. Wollen Sie Basketball für die NBA spielen? Ein Supermodel sein? Alles steht Ihnen offen. Wonach Ihnen der Sinn steht – alles ist möglich.«

»Nein«, widersprach Susan. »Das ist nicht in Ordnung!«

Die erste Cynthia lachte kalt. »Sie sind Lyle viel ähnlicher, als ich dachte. Hat er auf Sie abgefärbt, oder war es umgekehrt?« Sie lächelte humorlos. »Oder war es ein beiderseitiges Hin und Her?«

Tony/Cynthia kicherte anzüglich, und Susan errötete. »So dürfen Sie Menschen nicht behandeln!«, beharrte sie. »Sie dürfen sie nicht verschleppen, in ein Gefängnis stecken und mit den eigenen Körpern bestechen, damit sie Ihnen bei noch übleren Verbrechen behilflich sind.«

»Das ist leicht gesagt«, antwortete Cynthia. »Aber wie ich schon erwähnte, sind Sie die Einzige, die noch den ursprünglichen Körper hat. Was ist mit dem Mann neben Ihnen?« Sie deutete auf Tony/Cynthia, der mit gerunzelter Stirn auf dem Sofa hin und her rutschte.

»Das ist nicht in Ordnung«, sagte Susan zu ihm oder ihr. »Ganz egal, was es Ihnen einbringt, es ist nicht in Ordnung.«

»Entscheiden Sie noch nicht!«, unterbrach sie die erste Cynthia. »Ich mache Ihnen die Sache noch schmackhafter.« Sie griff in die Jackentasche und zog einen Packen Geldscheine hervor. »Zusätzlich zum neuen Körper und zum neuen Leben biete ich jedem von Ihnen eine glatte Million Dollar.«

Ein aufgeregtes Raunen erhob sich. »Das klingt schon besser«, hörte Susan Tony/Cynthia murmeln.

»Eine Million Dollar«, wiederholte die erste Cynthia. »In bar. Sie können gehen, wohin Sie wollen. Sie können tun und lassen, was Sie wollen. Sie können sein, wer immer Sie sein wollen. Als Gegenleistung müssen Sie lediglich noch zwei oder drei Wochen hierbleiben, unsere Mahlzeiten zu sich nehmen und so tun, als seien Sie wir. So einfach ist das.«

Tony/Cynthia hob die Hand. »Ich bin dabei.« Mehrere andere Klone hoben ebenfalls die Hände. »Wir auch.«

»Und was ist mit mir?«, fragte Susan. »Wollen Sie mich in einen von ... Ihnen verwandeln? Und was ist mit Doktor Fontanelle? Mir fällt auf, dass keine Kopien von ihm vertreten sind. Ist er einer von denen, die schon aus dem Land geflüchtet sind?«

Hat er überhaupt versucht, mir zu helfen?

»Er ist noch da«, antwortete Cynthia. »Aber er braucht keinen Schutz. Schließlich ist er derjenige, der die Formel entwickelt hat. Die Regierung wird ihn nicht einsperren, sondern will ihn wahrscheinlich rekrutieren. Aber mit Ihrer Hilfe wird man nichts aus ihm herausbekommen.«

Susan funkelte sie an. »Dann bin ich also eine Geisel.«

»Lyle ist Ihnen tief verbunden, Miss Howell. Er ist hoffnungslos in Sie verknallt. Solange Sie sich in unserem Gewahrsam befinden, wird er niemals gegen uns arbeiten.«

Kapitel 21

Montag, 18. Juni
8:00 Uhr
Hauptsitz von Ibis Cosmetics, Manhattan

179 Tage bis zum Weltuntergang

Ibis hatte Lyle nicht nur ein Labor, sondern auch ein Apartment zur Verfügung gestellt. Es war modern eingerichtet, das meiste war nagelneu. Er hatte ein Bett, eine Küchenzeile, ein Wohnzimmer und ein Bad mit Shampoo, Waschcreme und Feuchtigkeitslotion von Ibis. Die Haut spannte – der pH-Wert stimmte nicht. Das Labor war auf dem neusten Stand, viele Geräte waren noch nicht einmal kalibriert. Außerdem hatte er ein großzügiges Budget, um alle Geräte oder Materialien zu kaufen, die er brauchte – vorausgesetzt natürlich, seine Bestellungen wurden vom Klub der bösen Lyles genehmigt. Der Minikühlschrank war gut mit Limonade und Bier bestückt. Die persönliche Sekretärin des CEO war instruiert, ihm alle gewünschten Lebensmittel zu besorgen. Mit dem Telefon konnte er nur noch sie erreichen. Sogar die Glühbirnen waren neu.

Er hatte alles, was er möglicherweise brauchte, aber nichts, was er wirklich wollte.

Das Wochenende hatte Lyle damit verbracht, die Aufzeichnungen von Ibis durchzusehen und herauszufinden, warum es nicht gelungen war, ReBirth nachzubauen. Ein Mann namens Abraham Decker hatte jede neue Produktionsreihe gewissenhaft dokumentiert. Anscheinend war er der Chefwissenschaftler von Ibis, und er hatte gute Arbeit geleistet. Die Zutaten entsprachen haargenau den Vorgaben, die Messungen waren präzise, und auch die Reihenfolge, in der die Zutaten kombiniert wurden, hatte man exakt eingehalten. Das galt sogar für die inaktiven Beigaben, die überhaupt keinen Einfluss auf die Wirkungsweise des Produkts haben sollten. Die Aufzeichnungen erinnerten an die Überlieferungen eines Cargo-Kults. Peinlich genau hatte man alle erdenklichen bedeutungslosen Rituale vollzogen, weil man hoffte, dass irgendetwas am Ende vielleicht doch noch funktionierte. Es hatte alles nichts gebracht. Jede Produktionsreihe war mit der vorhergehenden identisch – eine wundervolle Feuchtigkeitscreme mit regenerativer Wirkung auf Hautfalten, Verbrennungen und Narben. Aber weit und breit war von DNA-Kopien nichts zu sehen. Die späteren Produktionsreihen gingen mit Veränderungen der Rituale einher, wobei alles sorgfältig dokumentiert wurde. Man hatte es mit leicht abweichenden Mengen oder leicht unterschiedlichen Prozeduren versucht, aber nichts hatte gewirkt. Das Geheimnis hinter alledem, das Igdrocil – das Detail, aufgrund dessen ReBirth funktionierte –, funktionierte einfach nicht.

Wenn ich nur wüsste, was dieses Igdrocil war, dachte Lyle. *Das Retrovirus ist die einzige neue Zutat bei 14G. Die vorherigen Entwicklungsstufen konnten keine DNA kopieren, und die Produktionsreihen danach konnten es. Ich habe immer angenommen, das Virus müsse der Schuldige sein. Aber die Proben von Ibis enthalten das Virus und bewirken gar nichts.* Ibis hatte die Rohstoffe sogar beim gleichen Lieferanten bestellt, bei Rock Canyon Labs, aber auch das hatte nichts gebracht.

Wohl zum hundertsten Mal las Lyle die Dokumentation von Rock Canyon, um sich zu vergewissern, dass sich nichts verändert hatte. Der einzige Zweck des Retrovirus bestand darin, die Funktion der Plasmide zu regulieren – sie konnten auch allein arbeiten, aber wenn sie es übertrieben, schaltete das Retrovirus sie ab. Das war dessen einzige Aufgabe. Also war es nicht sinnvoll, dass das Retrovirus den Kopiervorgang übernahm. Und nun hatte Lyle dank Ibis auch den Beweis dafür, dass dies tatsächlich nicht zutraf. Es musste also etwas anderes sein. Aber was?

Es war 8:10 Uhr. Lyle rief die Sekretärin an, seine einzige Kontaktperson. »Hallo, Mister Sachs«, meldete sie sich. Das war der Codename, den man ihm gegeben hatte, weil man seine Anwesenheit geheim halten wollte. »Wie kann ich Ihnen heute Morgen helfen?«

»Ich muss mit Abraham Decker sprechen.«

»Ich fürchte, er steht im Moment nicht zur Verfügung. Kann ich ihm eine Nachricht zukommen lassen?«

»Wissen Sie, wann er wieder da ist?«

»Ich fürchte, er ist nicht abkömmlich«, wiederholte sie. »Ich notiere aber gern eine Nachricht, und dann ruft Mister Decker Sie so bald wie möglich zurück.«

»Ich weiß nicht, ob Ihnen klar ist, was ich hier mache ...«

»Ich bin völlig im Bilde, Mister Sachs.«

»... aber ohne zutreffende Informationen komme ich nicht weiter. Deckers Papiere sind großartig, aber ich muss mit ihm persönlich sprechen.«

»Ich versichere Ihnen, dass ich die Nachricht so bald wie möglich weiterleite«, antwortete die Vorzimmerdame. »Kann ich sonst noch etwas für Sie tun?«

Lyle knirschte mit den Zähnen und knurrte genervt. Dann sah er sich im Labor um und hoffte, etwas zu entdecken, das er ihr zur Strafe abverlangen konnte. Schließlich schloss er die Augen und seufzte. »Frühstück wäre schön. Frisches Obst und Joghurt. Die gute probiotische Sorte.« Er atmete tief durch. »Und einen Assistenten. Ich habe viel zu tun.«

»Ich gebe die Bitte an Mister Brady weiter. Gibt es sonst noch etwas?«

»Das ist alles, danke.« Er legte auf und ließ resigniert die Schultern hängen, stemmte die Hände in die Hüften und spähte im Labor umher. »Wir haben alle Bestandteile der Lotion untersucht«, überlegte er laut. »Vielleicht ist Igdrocil noch etwas anderes – etwas, das nicht darin enthalten sein sollte und das nicht auf der Zutatenliste steht.« Er nickte. »Wenn ich das herausfinden will, muss ich mein altes Labor so genau wie möglich nachbauen und beobachten, ob mir irgendetwas auffällt.« Er sah sich abermals um und stellte fest, dass er sich an das alte Labor nicht mehr in allen Einzelheiten erinnern konnte. Er runzelte die Stirn und nahm den Hörer wieder ab.

»Hallo, Mister Sachs, kann ich noch etwas für Sie tun?«

»Ich muss mit Ihrem Doppelagenten sprechen«, sagte Lyle. »Mit dem, der jetzt in meinem richtigen Büro bei NewYew arbeitet.«

»Wie ich schon sagte, Mister Sachs, Mister Decker ist im Augenblick nicht abkömmlich.«

Lyle stutzte verblüfft. »Warten Sie mal – meinen Sie damit, Decker ist der Mann, der mich ersetzt hat? Er sitzt jetzt in meinem Büro?«

Die Sekretärin zögerte, das Schweigen dehnte sich unbehaglich. »Es tut mir leid, Sir, ich rufe Sie zurück.« Damit legte sie auf, und Lyle war wieder allein.

Kapitel 22

Montag, 18. Juni
10:52 Uhr
Hauptsitz von NewYew, Manhattan

179 Tage bis zum Weltuntergang

»Es hat einen weiteren Diebstahl gegeben«, berichtete Sunny.

Abraham Decker, der an Lyle Fontanelles Schreibtisch saß, hob den Kopf. *Sieh nicht zum Aktenschrank hinüber! Sieh nicht zum Aktenschrank hinüber!* »Einen Diebstahl? Von ReBirth?«

Sunny nickte. »Und eine neue Salve von Kuvam. Er heilt ein Kind, das an Mukoviszidose leidet. Anscheinend sogar eine ganze Schar von Kindern. Offenbar will er am laufenden Band Sektenanhänger produzieren. Carl hat eine Dringlichkeitssitzung einberufen, aber ich wollte vorher mit Ihnen sprechen.«

Decker versuchte es mit einem Schuss ins Blaue und gab sich selbstsicherer, als ihm zumute war. »Hat man endlich beschlossen, die ReBirth-Formel auch medizinisch anzuwenden?«

»Unter anderem deshalb will ich mit Ihnen reden«, sagte Sunny. »Sie müssen aufhören, sich dauernd gegen alles zu sträuben. Sie müssen aufhören, gegen uns zu kämpfen. Cynthia fordert bereits Ihren Kopf.«

»Aber ich unterstütze doch alles«, beteuerte Decker. Er war erst seit ein paar Stunden bei NewYew, und schon drohte ihm der Verlust seiner Position – allerdings nicht wegen seines eigenen Verhaltens, sondern weil Lyle entsprechende Vorarbeit geleistet hatte. »Ich habe die genetischen Daten gesichtet und alle anderen neuen Produktentwicklungen auf Eis gelegt. Hören Sie, ich bin derjenige, der das Zeug hergestellt hat, Sunny. Ich unterstütze Sie doch.« Er fürchtete schon, übertrieben zu haben, und machte einen kleinen Rückzieher, um dem echten Lyle ähnlicher zu werden. »Ich ... ich schlage nur alternative Wege vor.«

»Aber Sie gehen zu weit«, wandte Sunny ein. »Sie strampeln, kratzen und wehren sich bei jedem erdenklichen Schritt auf dem Weg zum Erfolg. Mit diesem Verhalten gewinnen Sie keine Freunde. Wenn Probleme entstehen, wie etwa dieser neue Diebstahl, halten wir Ausschau nach dem Feind, und immer stehen Sie auf der Liste. Nach Möglichkeit verwende ich mich für Sie, aber ... Sie machen es mir nicht leicht. Nehmen Sie sich etwas zurück!«

»Glauben Sie etwa, ich hätte die Lotion entwendet?«, fragte Decker. Das ging viel zu schnell. Er hatte noch gar nichts gestohlen, und schon geriet er in Verdacht. Das bedeutete, dass man den echten Lyle im Visier hatte. Was hatte der Mann getan, wovon Ibis nichts wusste? »Ich habe Sie nicht hintergangen. Ich habe die ganze Zeit mitgemacht, jedes Mal ...«

»Man vermutet bereits, dass Sie Guru Kuvams Quelle sind«, erklärte Sunny. »Und jetzt, da eine ganze Kiste fehlt ...«

»Eine ganze Kiste?« Decker lief es eiskalt über den Rücken. *Ich habe keine ganze Kiste gestohlen.*

»Ich behaupte nicht, dass Sie den Vorrat gestohlen haben ...«

»Ich habe nichts gestohlen«, beharrte Decker.

»Ich behaupte nicht, dass Sie es waren ...«

»Nein, wirklich!«, wiederholte Decker. »Ich habe nichts gestohlen. War es ungeprägt?«

Sunny nickte. »Dreißig Fläschchen. Tausendachthundert Milliliter.«

Decker schloss die Augen. »Gnädige Mutter! Tausendachthundert Milliliter sind unkontrolliert nach draußen gelangt. Nein, noch schlimmer, sie sind in den Händen von Personen, die hier einbrechen und nach Belieben alles mitnehmen können. Warum haben Sie nicht ...« Er hielt inne und formulierte seine Antwort im Stillen, bevor er laut weitersprach. *Warum haben Sie mir nicht gesagt, dass noch jemand ReBirth stiehlt? Ich dachte, wir seien die Einzigen. Unsere Überwachung gibt keinen Hinweis darauf, dass irgendjemand außer uns von dem Produkt weiß. Was ist hier los?* Er holte tief Luft und sammelte sich. »Was will jemand mit eintausendachthundert Millilitern ungeprägtem ReBirth?«

Sunny schüttelte den Kopf »Ich ... hören Sie, Lyle, ich weiß nicht, wer es war, und ich behaupte nicht, dass Sie es waren ...«

»Doch, das behaupten Sie!« Decker wurde immer nervöser. Das Täuschungsmanöver als Lyle Fontanelles Doppelgänger hatte gerade erst begonnen und löste sich in Wohlgefallen auf, noch bevor er irgendetwas Sinnvolles getan hatte. »Dreimal haben Sie beteuert, dass Sie nicht glauben, ich sei es gewesen. Warum lassen Sie das Thema nicht einfach fallen, wenn Sie mich nicht für den Dieb halten?«

»Hören Sie, Lyle, ich halte gerade für Sie den Kopf hin, ja? Ich bin zu Ihnen gekommen, weil Sie mein Freund sind ... vielmehr waren Sie es. Ich weiß nicht, was Sie da tun, aber es ist dumm. Es ist unbesonnen, gefährlich und dumm. Die meinen es ernst, Lyle. Sie wissen doch, dass sie Susan in ihrer Gewalt haben.«

Decker ließ sich auf einem Stuhl nieder und überwand sich ... nein, ruhig wollte er nicht wirken, weil Lyle nie wirklich gelassen war. Vielmehr … nein, hektisch auch nicht. Nervös, aber unschuldig. »Was haben diese Leute vor?«

»Sie haben überhaupt nichts vor, wenn Sie zu Sinnen kommen. Wir haben nicht mehr viel Zeit, aber ich nehme jetzt an der Morgensitzung teil. Sie haben noch zwei, drei Minuten Zeit, um das Nötige zu tun … Ich verlange nicht, dass Sie etwas tun, aber falls Sie … ich weiß nicht. Marcus und seine Männer treffen in etwa vier Minuten hier ein. Falls Sie …« Er unterbrach sich. »Ich weiß nicht … Wir sehen uns in der Sitzung.« Er öffnete die Tür, hielt noch einmal inne und drehte sich um. »Seien Sie klug, Lyle!«

Dann ging er.

Decker saß reglos am Schreibtisch und überlegte, welche Folgen das Gespräch hatte. *Sie glauben, ich hätte etwas gestohlen. Nun, das trifft zwar zu, aber das, was sie mir unterstellen, habe ich nicht gestohlen. Allerdings spielt das keine Rolle, denn wenn sie herausfinden, was ich tatsächlich gestohlen habe, bin ich so gut wie tot. Hätte Sunny sich nicht eingeschaltet, würde ich tatsächlich nicht mehr leben. Gut zu wissen, dass Lyle hier wenigstens* einen *Freund hat.*

Das macht es viel leichter, sie zu hintergehen.

Decker trat rasch zum Aktenschrank, öffnete die dritte Schublade und zog sie so weit wie möglich heraus. Ganz hinten lag eine Pappschachtel mit zehn kleinen Ampullen ungeprägtem ReBirth, jeweils fünfzehn Milliliter. Die zukünftigen Lieferungen würden kleiner ausfallen, aber zurzeit wurden diese Flaschen zur Produkteinführung hergestellt – zweihundert Prozent mehr Inhalt zum gleichen Preis, aber nur, wenn man sich sofort entschied. *Kaufen Sie jetzt!* Decker schüttelte den Kopf. *Die Größe der Fläschchen ist für sich genommen schon erschreckend. So viel ReBirth sollte sich nicht an ein und derselben Stelle befinden.*

Er lachte nervös. *Jetzt denke ich schon wie Lyle.*

Er setzte sich an den Schreibtisch, zog das Klebeband

und die Papiertücher heran und öffnete die Schachtel. Die Ampullen glitzerten im Licht – dünne Glaszylinder mit kleinen Plastikdeckeln. Er umwickelte sie mit Klebeband, damit sie dicht blieben, packte sie noch einmal in Papiertücher, damit sie nicht klirrten, und blickte zu seinen Socken hinunter. Sollte er es wagen? Er fand es schon besorgniserregend, die Ampullen auf dem Schreibtisch zu haben. Sie aber so dicht am Körper zu tragen, wo ein kleiner Stoß das Glas zerstören konnte ... das war erschreckend. Die Lotion war ungeprägt – angeblich jedenfalls –, aber konnte er da sicher sein? Was würde geschehen, wenn er eine neue Flasche prägte? Würde der Inhalt Lyles oder eher Deckers alte DNA bekommen? Oder gar eine unschöne Kombination aus beidem?

Darauf kam es jetzt nicht mehr an. NewYew hatte Taschenkontrollen eingeführt, damit niemand die Lotion ohne Erlaubnis mitnahm. Wenn er die Fläschchen nach draußen schmuggeln wollte, musste er sie verstecken. Er schob die winzigen Päckchen in die Socken und erschauderte. Ihm brach der kalte Schweiß aus.

Als er das letzte Fläschchen verstaut hatte, erhob er sich und untersuchte die Hosenbeine, ob sie richtig über die Waden fielen. Die Ampullen waren nicht zu sehen. Dann tat er einen Schritt nach vorn und prüfte, wie sich die Hose beim Gehen hob und wie sich die Socken bewegten. Es sah gut aus. *Vielleicht funktioniert es.* Er sah auf die Uhr. *Gerade rechtzeitig.*

Decker zerriss die Pappschachtel und faltete die Stücke zu einer engen Rolle, die er in der Hosentasche versteckte. Falls sie das Büro durchsuchten, sollten sie nicht einmal die Verpackung finden. Er griff nach Lyles Laptop, nahm das Handy an sich und verließ das Büro, um durch den Flur zum Aufzug zu gehen. Von Marcus Eads oder den andern Wachleuten war weit und breit nichts zu sehen. *Und jetzt?,* dachte er. *Jetzt spiele ich mit, und zwar besser, als Lyle je mitspielte. Sunny erwartet Teamgeist von mir. Nun, ich zeigte ihm mehr davon, als er je erwarten konnte. Lyles medizinisches Steckenpferd ist mir völlig egal. Das Thema lasse ich sofort fallen, schwenke auf die Linie der Firma ein und tue genau das, was sie wollen. Ich bin ein viel besserer Lyle als er selbst.*

Der Aufzug kam, fuhr aber nicht aufwärts, sondern abwärts. Als sich die Tür öffnete und Decker den Mann sah, erstarrte er. Es war Lyle, ein anderer Lyle im gleichen Anzug, mit dem gleichen Gesicht und dem gleichen Haarschnitt. Ihre Blicke trafen sich, und einen Moment lang war der andere Lyle so schockiert wie er selbst. Dann schloss sich die Tür, und der Doppelgänger verschwand.

Decker blieb wie angewurzelt stehen. Gleich darauf öffnete sich die Aufzugtür wieder. Die Kabine war leer. Decker lief es kalt über den Rücken.

Wer ist hier sonst noch unterwegs? Das war nicht der richtige Lyle, und von Ibis kommt er auch nicht. Wir haben bei NewYew sonst niemanden eingesetzt. Das Risiko wäre viel zu groß. Die Tür war noch offen, vor ihm die leere Kabine. Fieberhaft und erschrocken dachte Decker nach. *Gibt es bei NewYew noch weitere Lyles? Natürlich nicht. Sie trauen nicht einmal dem, den sie schon haben, und alle versehentlichen Kopien sind in São Tomé eingesperrt. Aber wer war das?*

Als sich die Aufzugtür schloss, dämmerte es ihm. Decker streckte die Hände aus und hielt die Tür auf.

Das war der andere Dieb – derjenige, der die tausendachthundert Milliliter gestohlen hat. Der andere Dieb ist ein Lyle.

Und ich kann ihn nicht auffliegen lassen, ohne mich selbst in Gefahr zu bringen. Einem kopierten Lyle würden sie nicht über den Weg trauen.

Er betrat den Aufzug, drückte auf den Knopf und drehte sich zur Tür um. Sie schloss sich, genau wie sie sich kurz zuvor vor dem anderen Lyle geschlossen hatte. Die gleiche

Stellung, die gleiche Kleidung, sogar die gleiche Haltung. Decker erschauderte.

Déjà-vu.

Kapitel 23

Samstag, 30. Juni
12:15 Uhr
Hauptsitz von Ibis Cosmetics, Manhattan

167 Tage bis zum Weltuntergang

Im Lauf der letzten Woche hatte Lyle siebenundzwanzig Versionen von ReBirth gemischt. Er hatte sich an die eigene Formel gehalten, er hatte die Formel verändert, er hatte sie völlig außer Acht gelassen und sich auf sein Gefühl verlassen. Jedes Mal hatte er eine gute Lotion hergestellt, aber sie kopierte nicht die DNA.

Nachdem er festgestellt hatte, dass das Retrovirus nicht für den Kopiervorgang verantwortlich war, ging die nächstbeste Theorie dahin, dass die funktionierende Lotion mit irgendetwas anderem kontaminiert worden war – möglicherweise in seinem Labor bei NewYew. Deshalb hatte er eine Reihe von Proben gemischt (Nummer drei bis zwölf), ohne die normalen Reinigungsprozeduren einzuhalten. Er wusch sich nicht die Hände, säuberte das Werkzeug und die Becher nicht, ebenso wenig wie er die Zutaten schützte. Am Mittwoch kam von Abraham Decker eine Nachricht mit einer vollständigen Liste aller anderen Chemikalien und Substanzen in seinem Labor, dazu eine Reihe von Fotos, die die Einrichtung zeigten. Lyle wollte persönlich mit Decker sprechen, doch die Ibis-Lyles versicherten ihm, dies sei im Augenblick zu gefährlich. Decker hatte Mühe, die Tarnung aufrechtzuerhalten, und das Versenden der Listen und Fotos hatte die Gefahr der Enttarnung weiter vergrößert. Vielleicht am Wochenende. Lyle gab nach, wartete auf das Wochenende und mischte weitere Proben. Die Nummern dreizehn bis siebenundzwanzig waren unterschiedliche Versuche, bestimmte Kontaminationen aus Deckers Zutatenliste nachzuahmen und herauszufinden, ob eine von ihnen, eine Gruppe oder verschiedene Kombinationen den Zufall wiederholen konnten, der ReBirth erschaffen hatte. Nichts davon funktionierte.

»Ich muss die Lotion in Aktion analysieren«, sagte Lyle laut vor sich hin. Er redete die ganze Zeit mit sich selbst, da ihm kein Gesprächspartner zur Verfügung stand. Die Ibis-Lyles hatten seine Bitte abgelehnt, ihm einen Assistenten zur Seite zu stellen. »Wenn ich unter dem Mikroskop beobachten könnte, wie sie sich auf welche Weise verhält, dann klappt es vielleicht.« Er griff nach dem Telefon, um die Sekretärin anzurufen, hielt aber inne, als er das Türschloss klicken hörte. Jemand kam herein. Er hob den Kopf und sah sich selbst durch die Tür treten. Der andere Lyle trug seinen eigenen beigefarbenen Anzug.

»Hallo, Lyle!«

Wie immer, wenn ihm eine seiner Kopien begegnete, fühlte Lyle sich äußerst unbehaglich. Er legte das Telefon beiseite. »Welcher sind Sie?«, fragte er. »Brady? Der CEO, richtig? Ira Brady?«

»Wir nennen ihn jetzt Primus«, antwortete der andere Lyle. »Unsere echten Namen sind möglicherweise Gefahrenquellen geworden. Es bedarf anderer Methoden, um uns auseinanderzuhalten.«

Lyle runzelte die Stirn. »Dann ist Brady jetzt Lyle Primus? Also sozusagen der erste aller Lyles? Das Original? Sollte ich nicht so heißen?«

Der andere Lyle zuckte mit den Achseln. »Es geht eigentlich eher um die Hierarchie, aber ... na ja, so ist das eben. Tut mir leid.«

Lyle schüttelte den Kopf und stand nicht auf. »Also gut.

Erst einmal bin ich nicht der Einzige meiner Art, und jetzt bin ich nicht einmal mehr der Erste meiner Art.«

»Wenigstens sind Sie immer noch Sie selbst«, entgegnete der andere Lyle. »Wir anderen haben uns jeweils in einen Fremden verwandelt. Jedenfalls von unserem Standpunkt aus betrachtet. Sie müssen doch zugeben, dass das viel schlimmer ist.«

»Das könnte man meinen, aber ich bin da nicht so sicher«, antwortete Lyle. »Mir kommt alles immer noch so verrückt vor, dass es mir schier den Verstand raubt.«

Der andere Lyle kam auf ihn zu und reichte ihm die Hand. »Ich bin übrigens Abraham Decker. Ihr Gegenstück bei Ibis. So habe ich es immer beschrieben, schon vor diesem ... diesem Chaos. Sie waren der leitende Chemiker bei NewYew und einer der besten der Branche, und ich war der leitende Chemiker bei Ibis. Allerdings stand ich immer irgendwie in Ihrem Schatten. Jetzt vertrete ich Sie bei NewYew, und Sie sind für mich bei Ibis. Jedenfalls auf höchst verrückte Art und Weise.«

Lyle betrachtete die Hand seines Gegenübers, und ihm wurde wieder mulmig zumute. »Es tut mir leid. Nehmen Sie es bitte nicht persönlich, Mister Decker, aber ehrlich gesagt kommt es mir seltsam vor, mir selbst die Hand zu geben.«

Decker/Lyle nickte, ließ die Hand sinken und sah sich nach einer Sitzgelegenheit um. »Das kann ich gut verstehen.« Er wählte einen Stuhl am Laborplatz, zog ihn zu sich heran und nahm Platz. »Und bitte, wir müssen uns nicht mit Mister ansprechen. Alle nennen mich ... nein, ich wollte sagen, alle nennen mich Decker, aber jetzt nennen mich alle Lyle. Sogar Primus und die anderen. Das ist Teil der Tarnung.«

»Ich nenne Sie Decker.« Lyle lächelte wehmütig. Ihm war klar, dass der Mann mit ihm über die Lotion reden und die Probleme lösen wollte, mit denen sich Lyle bei Ibis seit Tagen herumschlug. Da Decker schon einmal gekommen war, witterte er die Gelegenheit, auch andere Themen anzusprechen, zum Beispiel NewYew, die Formel und die Welt ganz allgemein. In wenigen Tagen sollte das Produkt vorgestellt werden. Was ging dort draußen wirklich vor? »Konnten Sie endlich NewYew entkommen?«, fragte er. »Werden Sie nicht überwacht?«

»Ich konnte ein gewisses Maß an Vertrauen erwerben«, erklärte Decker/Lyle. »Wahrscheinlich mehr, als Sie seit Monaten genossen haben.«

»Die Firmenleitung hat mir vertraut«, behauptete Lyle, obwohl er einen leisen Zweifel nicht ganz abschütteln konnte.

»Man hält Ihre Praktikantin als Geisel fest«, berichtete Decker/Lyle.

»Susan?«

Decker/Lyle nickte. »Jeder weiß, dass Sie in das Mädchen verliebt sind. Deshalb hält man Susan fest und hofft, dass Sie nicht reden. Cynthia hat es mir während einer äußerst unangenehmen Sitzung erklärt. Sie besitzen Informationen, die die ganze Firma vernichten könnten, und man traut Ihnen nicht, dass Sie den Mund halten. Also benutzt man Susan als ... Versicherungspolice.«

Lyle schüttelte den Kopf. Ja, er hatte angenommen, dass NewYew es damit versuchen würde. Dennoch schockierte es ihn, die Bestätigung dafür so unverblümt präsentiert zu bekommen. Aufgebracht wandte er sich zu Decker/Lyle um. »Sie müssen sich zurückhalten. Sorgen Sie dafür, dass man ihr nichts antut!«

»Sie ist mir eigentlich egal«, gab Decker/Lyle zurück. »Das ist die Ironie dabei. Aber das Vertrauen der Kollegen ist mir wichtig. Nur so habe ich die Möglichkeit, die benötigten Informationen und Freiheiten zu bekommen.«

»Also spielen Sie mit.«

»Ich musste nur aufhören zu meckern.« Decker/Lyle zuckte mit den Achseln. »Außerdem greife ich ihre Vorschläge nicht mehr so an, wie Sie es getan haben, und äußere hier und da eigene Vorstellungen. Sie mögen mich jetzt.«

»Das wird ja immer besser.« Lyle hob beide Hände. »Ich bin nicht der einzige Lyle, ich bin nicht der erste Lyle, und ich bin nicht einmal der beste Lyle.« Er konnte sich lebhaft vorstellen, wie sein Doppelgänger bei den Sitzungen der Direktoren über Jeffreys Witze lachte und über jeden neuen Plan jubelte, der seine Lotion in einen gewaltigen, stetig wachsenden illegalen Profit verwandelte. *Wirkungsvoller als ich, aber viel, viel schlimmer.* »Wenigstens lebe ich nicht mit einer Lüge. Oder verrate jedes Prinzip, für das der echte Lyle jemals eintrat.«

Decker/Lyle runzelte die Stirn. »Meinen Sie den wissenschaftlichen Fortschritt?«

»Ich meine das Retten von Menschenleben.«

»Wie gesagt, ich sorge dafür, dass man Susan nichts antut.«

»Ich rede nicht von Susan, sondern von allen Menschen«, widersprach Lyle. »Allgemein vom Retten von Menschenleben.«

Decker/Lyle schnitt eine Grimasse. »Wann haben Sie sich jemals dafür eingesetzt, Menschenleben zu retten?«

Lyle starrte seinen Gesprächspartner mit offenem Mund an. »Ich ... was meinen Sie damit? Ich bin immer dafür eingetreten, Menschenleben zu retten.«

»Ganz allgemein?«, fragte Decker/Lyle. »Gibt es da eine Wohltätigkeitsorganisation, von der ich nichts weiß? Die Lebensrettungsgesellschaft?«

»Ich wollte immer nur den Menschen helfen«, entgegnete Lyle aufgebracht.

»Na schön«, lenkte Decker/Lyle ein. »Aber ich frage noch einmal – welche Menschen? Ich will nicht gemein werden, Doktor Fontanelle, aber ich habe Ihnen jahrelang nachgeeifert. Zuerst in meinem, jetzt in Ihrem Job. Sie hatten nie mit Wohltätigkeitsorganisationen zu tun. Sie haben der Katastrophenhilfe oder gemeinnützigen Organisationen nie mehr als einen symbolischen Beitrag zukommen lassen. Und dies auch nur dann, wenn es gerade in die jeweilige Marketingstrategie Ihrer Firma passte. Auch wenn Sie nach einem Hurrikan für Haiti oder etwas für die Heilsarmee gespendet haben, können Sie nicht behaupten, das Retten von Menschenleben sei eins Ihrer wichtigsten Prinzipien. Ich habe Ihre Rolle ... sehr genau nachgespielt.«

»Mein Leben ist keine Rolle.«

»Für mich schon.«

Lyle wurde wütend und fuchtelte auf der Suche nach richtigen Worten mit den Armen herum. Er hatte sich immer für einen guten und ehrlichen Menschen gehalten, der den Nachbarn half, der möglichst das Richtige tat und dafür sorgte, dass die Welt besser wurde. Als er jetzt aber damit konfrontiert wurde – ausgerechnet von sich selbst –, fiel ihm einfach nichts ein. »Ich bin kein ...« Er gab den Versuch auf, treffende Beispiele zu finden. »Ich bin ein guter Mensch.«

»Nun, ich behaupte nicht das Gegenteil.«

»Ich habe es immer abgelehnt, dass Menschenleben vernichtet werden.« Lyle unterstrich die Behauptung, indem er mit dem Finger auf sein Gegenüber deutete, als sei das ein überzeugender Beweis. »Niemand kann von mir sagen, ich sei zerstörerisch, blutrünstig oder auch nur achtlos. Ich helfe den Menschen.«

»Den Menschen nicht wehzutun, ist nicht das Gleiche, wie ihnen zu helfen«, wandte Decker/Lyle ein.

»Aber was NewYew vorhat, wird sich schädlich auf die

Menschheit auswirken«, fuhr Lyle fort. »Das sage ich, und dabei helfen Sie ihnen in meinem Namen. Und in meinem …« Er vollführte eine weit ausholende Geste. »… in meinem Körper.«

»An diesem Punkt muss ich Ihnen widersprechen.« Decker/Lyle beugte sich vor. »Sie geben sich zwar keine große Mühe, den Menschen zu helfen, tun aber auch niemandem weh. Die Firma will ein erstaunliches Produkt herausbringen – Ihr Produkt – und wird unverschämt viel Geld verdienen. Das bedeutet aber nicht, dass die Manager zutiefst böse sind. Sie stehlen nichts, sie unterdrücken niemanden, sie täuschen nicht einmal ihre Mitmenschen. Sie sind in vieler Hinsicht besser als Ibis. Ich arbeite zwar getarnt bei ihnen, bin aber trotzdem stolz auf das, was wir tun. Nächste Woche bei der Produkteinführung werden Sie einen wissenschaftlichen Vortrag halten … nun ja, ich werde ihn halten. Im Grunde sind Sie es. In gewisser Weise sind wir es sogar beide.«

»Die lassen mich keinesfalls auf einer öffentlichen Veranstaltung sprechen«, wandte Lyle ein.

»Nicht die alte Version«, sagte Decker/Lyle. »Aber wie Sie schon selbst sagten – ich bin ein besserer Lyle als Sie selbst.«

Wut und Enttäuschung kochten in Lyle hoch. Wut auf NewYew, weil die Firma seine Technologie missbrauchte, auf Ibis, weil man ihn gefangen hielt, auf sich selbst, weil es ihm siebenundzwanzigmal nicht gelungen war, die eigene Entdeckung nachzuvollziehen. Auf diese amoralische, verzerrte Version seiner selbst, die ihm mit ruhiger Stimme das Wort im Mund herumdrehte und ihn als Opportunisten verspottete. Bevor er sich versah, sprang er auf und packte den bösen Lyle am Revers, riss ihn hoch und stieß ihn zu Boden, schlug auf ihn ein, schmetterte ihm die Fäuste ins Gesicht – in das eigene Gesicht. Nur dass ihm das Gesicht nach jedem Schlag nicht mehr ähnelte. Er brachte das Haar durcheinander, riss die Haut auf, bis seinem Opfer das Blut über die Wangen lief. Doch dann schlug der andere Lyle zurück. Die eigene feindliche Faust traf das Gesicht, sein echtes Gesicht. Mit rasendem Puls schlug er sich selbst bewusstlos. Gleich darauf tauchten weitere Hände auf, größere und stärkere Hände. Die Vollstrecker von Ibis zogen die Kontrahenten auseinander. Lyle kam auf die Beine und schob die großen Hände der Vollstrecker beiseite. Als sie sahen, dass er sich nicht weiter prügeln wollte, ließen sie ihn los. Keuchend wischte er sich mit dem Hemdsärmel das Blut aus den Augen. Decker/Lyle stand vor ihm und wischte sich das Blut mit dem Handrücken ab. Auch neben ihm stand ein Vollstrecker. Ein weiterer Lyle, der sich an dem Kampf nicht beteiligt hatte, stand in der Tür.

»Ist der kleine Anfall jetzt beendet?«

»Ich will das nicht mehr«, erklärte Lyle. Auf einmal war ihm nach Weinen zumute. Wieder keuchte er und rang nach Luft. »Ich will das nicht mehr.«

»Sind Sie Primus?«, fragte Decker/Lyle. Der dritte Lyle nickte, worauf Decker/Lyle auf ihn zutrat. »Ich muss mich sauber machen. In drei Stunden unternimmt NewYew eine Tour durch das Manhattan Center und bereitet alles für die Produkteinführung vor. Da kann ich mich nicht blicken lassen, als hätte ich mich gerade geprügelt.«

»Wir finden schon eine Ausrede.« Primus begleitete Decker/Lyle zur Tür. »Vielleicht ein fingierter Raubüberfall ... oder Sie sind eine Treppe hinuntergestürzt.«

»Ich will das nicht mehr«, wiederholte Lyle. »Hört mir denn niemand zu? Ich gebe Ihnen ReBirth nicht, ich will nicht mehr in Ihrem kleinen Labor leben, ich werde nichts mehr für Sie tun. Die Abmachung ist erledigt.«

»Sie sind nicht hier, weil es irgendeine Abmachung gibt«, antwortete Primus. Er führte Decker/Lyle zur Tür und schloss sie hinter ihm. Dann betrachtete er Lyle. »Sie sind hier, weil wir Sie hergebracht haben.«

»Aber Sie können mich nicht zur Mitarbeit zwingen.«

»Das können wir nicht«, stimmte Primus zu. »Aber wir können Ihnen eine Motivationshilfe bieten, damit Sie uns nicht enttäuschen. Zufällig haben Sie gerade einen sehr bedrohlichen Brief an den Präsidenten geschrieben.«

Lyle wurde ganz schwummerig zumute. »Was?«

Primus nickte. »Es war ein sehr detaillierter Brief von der Sorte, um die sich das FBI mit besonderem Eifer kümmert.«

»Man wird erkennen, dass es sich um eine Fälschung handelt.«

»Im Umschlag befinden sich Haarstückchen und Hautzellen. Die Handschrift war schwieriger nachzuahmen, aber es ist überraschend, wie viele Ihrer Bewegungen unsere Hände automatisch ausführen können.« Er hob die Hand und drehte sie langsam hin und her. »Das sind natürlich keine Muskelerinnerungen, sondern es liegt einfach nur an der Struktur der Muskeln, an der Größe der Finger, an den Entfernungen zwischen den Knöcheln. All das beeinflusst die Handschrift, Doktor Fontanelle. Wir werden immer mehr zu Ihnen. Vermutlich haben wir Ihnen auch die Vorliebe für Rosenkohl zu verdanken.«

»Die Vorlieben beim Essen sind nicht genetisch festgelegt«, widersprach Lyle.

»Nicht direkt, nein«, räumte Primus ein. »Aber da wir Ihre Zunge haben, besitzen wir auch die gleiche Verteilung der Geschmacksknospen. Manche sind größer, manche kleiner, gewisse Bereiche der Zunge haben mehr oder weniger davon. Rosenkohl hat irgendetwas an sich, das dieser speziellen Kombination sehr entgegenkommt, nicht wahr? Ein wenig Butter, ein wenig Salz, diese köstliche Bitterkeit tief in den Blättern.«

»Hören Sie auf!«, rief Lyle. »Ich will nichts mehr von gierigen, gewissenlosen Gangstern wissen, die glauben, sie könnten mit meiner Lotion die Welt regieren.«

»Geben Sie uns die Lotion!«, verlangte Primus.

»Kaufen Sie sie doch!«, antwortete Lyle. »In drei Tagen wird das Produkt eingeführt. Das Zeug wird bereits in die Kliniken transportiert. Mischen Sie sich unter das Publikum, und Sie bekommen vielleicht sogar eine Gratisprobe.«

»Es reicht nicht, ReBirth zu *haben*«, widersprach Primus. »Wir müssen in der Lage sein, die Lotion *herzustellen*. Das ist die einzige Möglichkeit, Kontrolle auszuüben, statt von NewYew kontrolliert zu werden. Das ist nicht einfach nur ein Kosmetikprodukt, Doktor Fontanelle. Es ist die beste Spionagewaffe, die je erschaffen wurde. Statt Sie zu verkörpern, könnte ich Senator oder Präsident sein. Meine Freunde und ich könnten die Präsidenten aller Supermächte auf der Erde sein. NewYew verkauft keine ungeprägte Lotion. Man hält das Mittel in den Kliniken unter Verschluss, und wenn wir es nicht selbst herstellen können, müssen wir in die Kliniken eindringen und es uns holen. Wollen Sie Verantwortung für die Toten übernehmen, die es dabei möglicherweise gibt?«

»So funktioniert das nicht mit der Verantwortung«, widersprach Lyle.

»Erzählen Sie das Ihren Schuldgefühlen, wenn in den Nachrichten die ersten Toten gezeigt werden!« Primus' Stimme klang jetzt stahlhart. »Geben Sie uns eine brauchbare Formel!«

Lyle starrte sein Gegenüber an und ging hundert verschiedene Szenarien durch. Keine Version versprach eine optimale Lösung, aber die eine oder andere besaß ein gewisses Potenzial ...

»Also, wie sieht Ihr nächster Schritt aus?«, fragte Primus.

Von hier entkommen, dachte Lyle. *Entkommen, weglaufen und nie wieder etwas damit zu tun haben.* Er atmete gedehnt aus und bückte sich, um einen Stuhl aufzuheben, der während des Kampfs umgekippt war. »Ich muss die Lotion analysieren – die wirksame Lotion –, während sie ihre Arbeit verrichtet. Ich muss beobachten, was sie bewirkt, während sie es bewirkt, und den Grund dafür herausfinden.«

»Was brauchen Sie dazu?«

»Erst einmal einen Abschluss in Gentechnik.« Lyle zuckte mit den Achseln. »Vor allem eine bessere Ausrüstung. Besseres Werkzeug, besser gereinigtes Wasser. Ich möchte das Wasser selbst filtern.«

Primus nickte. »So ist es richtig. Erstellen Sie eine Liste, und wir besorgen Ihnen die Utensilien, sobald wir können.«

»Sobald Sie können«, wiederholte Lyle. Er atmete schwer, war immer noch außer Atem. *Decker ist ihr einziger Chemiker, und er ist zu beschäftigt, um meine Liste zu überprüfen. Sie haben keine Ahnung, was ich vorhabe. Ein paar Tage, bis das Material geliefert wird, und dann noch ein paar Tage, um alles vorzubereiten ...*

Hoffentlich entkomme ich noch rechtzeitig.

Kapitel 24

Montag, 2. Juli
6:17 Uhr
Unbekannter Ort, in einem sehr schönen Haus

165 Tage bis zum Weltuntergang

Nur noch ein Tag. Susan hatte mitgezählt. Noch ein Tag, bis NewYew der ganzen Welt das neueste Produkt vorstellte. Noch ein Tag, bis ReBirth weltweit vertrieben wurde.

Unterdessen diente sie der Firma, der sie vertraut hatte, als Faustpfand, während diese ungehemmt die ganze Nation ausbeutete.

Sie musste dem Unheil Einhalt gebieten, und sie hatte einen neuen Fluchtplan. Natürlich hatte sie es bereits versucht – beinahe jeden Tag –, aber man hatte sie immer daran gehindert, und die Verzweiflung war gewachsen. Die Aufpasser hatten sämtliche Waffen aus dem Raum entfernt, noch dazu alles, was als Waffe benutzt werden konnte. Allerdings war die Definition von Waffe ziemlich dehnbar, und die Wächter hatten etwas übersehen. Die Unterkunft war luxuriös, und das private Badezimmer enthielt alles, was Susan brauchte, um sauber und vorzeigbar zu bleiben: Shampoo, Duschgel, ein vollständiges Make-up-Set – natürlich ausnahmslos Produkte von NewYew. Und nicht zuletzt eine Flasche mit der Lotion. Susan nahm sie, schloss die Badezimmertür und setzte sich aufs Bett. Sie war vollständig angekleidet und fluchtbereit.

»He!« Es war noch früh, aber mindestens ein Larry war wach. Einer passte immer auf. »He, Klotzkopf! Komm mal rein!« *Höflich muss ich jetzt wirklich nicht mehr sein,* dachte sie.

Sie wissen ja längst, dass ich sie hasse. Sie hielt inne, lauschte auf Schritte oder einen Ruf, der ihr antwortete. Nichts geschah. Sie träufelte etwas Lotion auf die Hände und rieb sie aneinander. »Kann mal jemand ...«, fragte sie.

»Ruhe!«, rief eine tiefe Stimme im Flur. Zur Bekräftigung pochte der Sprecher laut an die Tür. »Geh ins Bett, du dummes Huhn!«

»Hier ist eine Ratte im Zimmer!« Susan betrachtete ihre Hände. »Kann mich jemand davon befreien?«

»Eine Ratte?«

»Im Badezimmer«, antwortete Susan. »Sie ist richtig groß. Keine Ahnung, wie sie hereingekommen ist.«

Es gab eine Pause, dann lachte der Mann grob. »Das Badezimmer ist dein Problem. Ich komme doch nicht rein und lasse mich abstechen.«

»Womit denn? Ihr habt mir doch alles weggenommen. Und ich muss wirklich mal pinkeln.«

»Dann bring die Ratte doch selbst um!«, antwortete der Larry. »Mir ist das völlig egal.«

»Wenn ich auf den Boden pinkele, und du musst die Pfütze wegputzen, ist es dir wahrscheinlich nicht mehr egal«, antwortete Susan.

»Schon gut!«, rief der Larry. »Schon gut, ich sehe mir die Ratte an! Aber wenn du irgendwas Dummes vorhast, haue ich dich windelweich.«

»Mein Wort drauf«, beteuerte Susan. »Ich tue dir nichts.«

Das Türschloss klickte, der Knauf drehte sich, und die Tür wurde geöffnet. Der Gangster trug wie immer einen dunklen Anzug, der sich über der Brust und an den Schultern spannte. *Ich verstehe schon, warum sie so viele von dieser Sorte haben wollten,* dachte sie. *Die Oberarme sind wahrscheinlich schwerer als ich insgesamt.* Der Gangster trat vorsichtig ein und beobachtete sie. Susan tröpfelte noch etwas Lotion aus der Flasche, rieb sie auf die Handgelenke und nickte lächelnd in Richtung des Badezimmers. »Dort drin.«

»Ich weiß, wo das Badezimmer ist.« Der Larry schloss die Tür zum Flur hinter sich und sperrte vorsichtshalber ab. Die Schlüssel hingen am Ende eines elastischen Bands und schnellten sofort zur Hüfte zurück, als er losließ. Misstrauisch beäugte er sie, dann marschierte er zum Bad. »Ich muss die Tür schließen, wenn ich da reingehe, damit das Vieh nicht rauskommt. Mach ja keine Dummheiten!«

»Wie denn? Du hast doch abgeschlossen.«

»Mach einfach keine Dummheiten!«

»Hör auf zu trödeln, du Weichei! Es ist nur eine Ratte.«

Er funkelte sie an, zog die Badezimmertür einen Spalt auf und schlüpfte hinein. »Ich sehe nichts!«, rief er.

»Sie versteckt sich irgendwo.« Susan stand auf, ging zur Zimmertür, hielt die Flasche mit der Lotion über den Türknauf, drückte kräftig und ließ einen dicken Klecks der zähflüssigen Creme darauftropfen. Dann verschmierte sie die Lotion ringsum und sorgte dafür, dass sie gut sichtbar war.

»Ich sehe nichts. Nicht mal ein Loch, durch das eine Ratte hereinkommen könnte.«

»Vielleicht durch den Abfluss.«

»Durch den Abfluss kann sie nicht hereinkommen.«

»Nein, Ratten wie du kommen da nicht durch.« Mit der freien Hand quetschte sie noch mehr Lotion auf die Finger. »Armer dummer Larry! Du wirst dein ganzes Leben ein dummer Larry bleiben.«

»Hör mal, du Miststück! Wenn das jetzt ein Spielchen sein soll, damit ich wütend werde und meine Zeit verschwende ...« Er öffnete die Tür, hielt inne und sah sie an. »Was machst du da?«

»Weißt du eigentlich, wie schnell ReBirth wirkt?« Sie

hob die Hand, und die weiße Masse tropfte herab wie bei einem Filmungeheuer.

»Das ...« Er schüttelte den Kopf. »Das ist kein ReBirth.«

Natürlich war es kein ReBirth, aber sie hätte wetten können, dass er es nicht darauf ankommen ließ. »Das haben sie mir gestern Abend gegeben.« Susan betrachtete die Lotion. »Es hat wohl damit zu tun, dass sie es jetzt herausbringen, ich weiß auch nicht ... Sie verraten mir ja nichts.«

Er trat auf sie zu und hielt inne. »Geh mir aus dem Weg!«

»Du hast das schon mal erlebt, nicht wahr? Du hast die Lotion benutzt, stimmt's? So hast du den Hals verloren und dich in Larry Nummer vier verwandelt.« Sie trat vor, und er wich zurück. Sie musste lächeln. »Was ist los, willst du nichts?«

»Aus dem Weg!«, verlangte er noch einmal.

»Es spielt keine Rolle, wohin ich gehe«, sagte sie. »Der Türknauf ist voll davon.« Sie hob die Flasche und zielte auf ihn. »Und ich kann fest genug drücken, um dich quer durch den Raum zu treffen. Das habe ich geübt. Aber mal ehrlich – es wäre doch gar nicht so schlimm, ich zu sein, oder? Wenn schon nichts anderes, hättest du wenigstens üppiges Haar.« Sie hielt inne und riss die Augen auf, als sei ihr plötzlich etwas eingefallen. »Oh, richtig, andererseits verlierst du dann natürlich, äh ... so einiges.« Sie ging weiter auf ihn zu und deutete auf seinen Unterleib. »Wie ich hörte, fällt das Teil einfach ab. Ganz zu schweigen davon, dass du dann deine Tage kriegst. Und das ist sogar noch unangenehmer, als du es dir in deinen schlimmsten Albträumen vorstellst.«

»Bleib weg von mir!«

»Gib mir die Schlüssel!«

»Ich rufe um Hilfe!«

»Noch ein paar Wochen, und du schreist in einer viel höheren Tonlage.« Sie drohte mit der Flasche, und er zuckte zusammen.

Doch gleich darauf schüttelte er den Kopf. »Die Firma hat reichlich Lotion. Sie werden mich zurückverwandeln.«

»Natürlich tun sie das«, stimmte Susan zu. »Sie werden sich überschlagen, den perfekten Vollstrecker wiederherzustellen, der ein neunzehnjähriges Mädchen nicht an der Flucht hindern konnte. Wenn dir die vielen Muskeln nicht helfen, deinen Job ordentlich zu verrichten, warum sollte man sie dir dann zurückgeben?« Sie zielte mit dem Fläschchen auf das Gesicht des Larrys und sah ihm so kalt wie möglich in die Augen. »Schlüssel her!«

Seine Hand schwebte über der Waffe am Gürtel. »Ich bringe dich um.«

»Das wagst du nicht.«

»Wenn du mich damit bespritzt, habe ich nichts zu verlieren. Ich springe über den Stuhl da und prügele dich mit deinen eigenen Beinen zu Tode.«

»Gib mir die Schlüssel! Dann kommt es nicht so weit.«

Der Larry musterte sie, wartete und dachte nach. Dann löste er den Schlüsselbund und warf ihn zu ihr hinüber. Susan fing ihn mit der eingeriebenen klebrigen Hand auf. Alles war so glitschig, dass sie den Schlüssel beinahe fallen ließ.

»Bleib da!«, befahl sie.

Er rührte sich nicht. Sie zog sich bis zur Tür zurück und nestelte mit den Schlüsseln herum, bis sie den richtigen gefunden hatte. »Bleib da!«, verlangte sie noch einmal.

Er verharrte tatsächlich, kochte aber sichtlich vor Wut. Susan blickte kurz zur Tür, gerade lange genug, um den Schlüssel in die richtige Stellung zu bringen, schob ihn ins Schloss und drehte ihn um. Klickend öffnete sich der Riegel.

»Nicht bewegen!«, warnte sie den Larry noch einmal. Sie öffnete die Tür, huschte in den Korridor und zog die Tür hinter sich zu. Vor lauter Angst würde er den Türknauf nicht berühren. Trotzdem schloss sie ab und tropfte auch von außen etwas von der Lotion auf dem Griff.

»Ein Mädchen flieht!«, rief der Gangster, brüllte laut und trommelte gegen die Wand. Susan zuckte zusammen. »Zweiter Stock! Das blonde Mädchen! Haltet sie auf!«

»Ich dachte mir gleich, dass er nicht ruhig bleibt«, murmelte Susan und sah sich rasch um. Sie wusste nicht, wo der Haupteingang lag, denn sie hatte den Raum nur ein einziges Mal verlassen. Plötzlich hörte sie von rechts einen Laut und lief nach links. Hinter der Ecke entdeckte sie lediglich eine Reihe verschlossener Türen.

»Sie ist dort hinten!«, rief jemand. Sie hörte Schritte hinter sich, hob die Flasche mit der Lotion bis in Larrys Gesichtshöhe und verpasste dem Mann, der um die Ecke bog, einen großen Klecks. Mit einem Schrei taumelte er zurück und hob die Hände, um sich die Creme aus den brennenden Augen zu wischen. Sie eilte an ihm vorbei, als er stolperte und stürzte. Am Ende des Flurs erwartete sie ein weiterer Larry mit gezogener Pistole. Susan blieb stehen.

»Hinlegen!«, befahl der Larry.

Der Gangster hinter ihr wälzte sich stöhnend am Boden und wischte sich das Gesicht ab. »Sie hat mir das Zeug direkt in die Augen gespritzt! Ich werde blind!«

»Er wird nicht nur blind.« Susan zielte mit der Flasche. »Ich habe heute Morgen schon zwei genetische Mutanten hinterlassen. Willst du der dritte sein?«

»Das ist kein ReBirth.«

»Willst du das Risiko wirklich eingehen? Hat man euch nichts über mich erzählt?« Susan tastete sich einen Schritt nach vorn. »Ich bin Wissenschaftlerin und war an der Entwicklung der ReBirth-Formel beteiligt. Ich weiß aus erster Hand, wozu das Mittel fähig ist. Aber mit wem rede ich überhaupt? Ihr habt es doch selbst erlebt. Ihr habt es angewendet und gesehen, wie es bei uns benutzt wurde. Mit wie vielen Männern habt ihr angefangen? Und wie viele davon sind jetzt Frauen?«

Nun flackerte sein Blick, und er starrte auf die Lotion und die Flasche in ihren Händen.

»Argh«, machte der Mann am Boden, der jetzt auf Händen und Knien hockte und offenbar Schmerzen hatte. »Jemand soll sie umbringen!«

»Ihr könnt mich erschießen, überwältigen oder mit mir anstellen, was ihr wollt«, erklärte Susan. »Früher oder später müsst ihr mich aber berühren, und ich bin mit dem Zeug bedeckt.« Sie quetschte sich noch einen Klecks auf die Hand und verschmierte ihn im Gesicht und auf den Armen. »Ich will mit allen Mitteln von hier entkommen. Seid ihr entschlossen, mich um jeden Preis aufzuhalten?«

Der Larry zögerte und knirschte mit den Zähnen, während er die Möglichkeiten abwog. Schließlich fluchte er und schüttelte den Kopf. »Was willst du?«

»Bist du verrückt?«, schrie der eingesperrte Larry, der dicht hinter der Tür stand. »Lass sie ja nicht gehen!«

»Du hast sie schon gehen lassen!«, rief der Larry im Flur zurück. »Und zwar aus genau dem gleichen Grund.«

»Ich will niemandem wehtun, wenn ich es vermeiden kann. Aber falls nötig, wünscht ihr euch, ihr hättet noch nie von ReBirth gehört.«

Larry nickte in die Richtung der Flasche, die sie in der Hand hielt. »Wer ist das?«

»Spielt das eine Rolle?«

Er betrachtete sie, schüttelte den Kopf und hob die Schultern. »Was willst du?«

»Lass mich einfach gehen!« Sie deutete auf die verschlossene Tür ihres Zimmers. »Ich habe Larrys Schlüssel und nehme an, dass sie zu einem Wagen passen. Ich lasse euch leben, und ihr könnt eure DNA behalten. Dann sind alle glücklich.«

»Und danach gehst du gleich zur Polizei.«

Susan zuckte mit den Achseln. »Wahrscheinlich. Ihr habt trotzdem reichlich Zeit und könnt verschwinden, bevor es brenzlig wird.«

Der Larry starrte sie noch eine Weile an und zog sich schließlich zurück. »Verzieh dich!«

Der Mann auf dem Boden kreischte vor Wut. »Du kannst sie doch nicht einfach so abhauen lassen!«

»Du hast schon was abbekommen«, grunzte der Larry. »Ich noch nicht. An meiner Stelle würdest du es genauso machen.« Er schüttelte den Kopf. »Dafür werden wir nicht bezahlt.« Er zog sich durch den Flur und dann die Treppe hinunter zurück. Susan folgte ihm vorsichtig. Unten führte er sie zur Vordertür, öffnete und trat zurück, bis er außerhalb ihrer Reichweite war, als sie hinausging. Sie griff nach dem Knauf, um die Tür hinter sich zu schließen, doch er machte eine energische Geste. »Nichts berühren!« Er hielt ihr die Tür auf und ließ sie hinaus.

Susan lief die elegante breite Zufahrt zu den geparkten Autos hinunter, fingerte am Schlüsselbund herum und suchte die Fernbedienung des Wagens. Hinter ihr im Haus waren Stimmen zu hören, doch sie drehte sich nicht um. Von der Lotion waren ihre Finger glitschig, und sie ließ die Schlüssel fallen. Sofort ging sie in die Knie, warf die Flasche mit der Lotion weg, packte den Autoschlüssel mit beiden Händen und drückte auf den Öffnen-Knopf. Ein Wagen gab einen Ton von sich, der aber in einem lauten Krachen aus dem Haus fast unterging. *Schnell jetzt!,* sagte sie sich und stellte sich vor, wie die Männer in dem Haus tobten. Sie drückte immer wieder auf den Knopf und folgte dem Signal zu einem schlanken roten Sportwagen. Sie stieg ein und schrie auf, als hinter ihr ein Schuss knallte. Entschlossen stieß sie den Schlüssel ins Zündschloss, ließ den Motor an und raste die Zufahrt hinunter, als wären alle Feuer der Hölle hinter ihr ausgebrochen.

Kapitel 25

Montag, 2. Juli
23:08 Uhr
Hammerstein Ballroom, Manhattan Center,
Manhattan

165 Tage bis zum Weltuntergang

»Mehr Licht auf den Laufsteg!«, rief Kerry. »Wir wollen die Haut sehen, nicht nur verwaschene Kleckse.« Er war das Unterwäschemodel längst leid geworden und hatte sich für einen neuen Körper entschieden, der allerdings erst zur Hälfte entwickelt war. Das Gesicht wirkte inzwischen leicht exotisch, irgendwo zwischen einem Surfer am Mittelmeer und einem polynesischen Samurai. Decker/Lyle musste zugeben, dass er ziemlich cool aussah. »Kommt schon, Leute!«, fuhr Kerry fort. »Ihr habt doch früher schon mal Modenschauen veranstaltet, oder? Macht es dieses Mal richtig!«

Müde rieb sich Decker/Lyle die Augen. Er saß neben Sunny in dem abgedunkelten Veranstaltungssaal. »Gestern Abend hat mich schon wieder die Polizei angerufen«, sagte er.

Sunny lachte. »Die ehrenwerten Officers Luckesen und Woolf? Suchen sie immer noch den Einbrecher?«

»Und den Verdächtigen bei einem Bankraub«, ergänzte Decker/Lyle. »Er soll auch einen Bankangestellten umgebracht haben.«

»Versehentlich«, erklärte Sunny. »Das hat er uns jedenfalls geschworen, als wir ihn endlich aufgespürt hatten. Jetzt sitzt er in São Tomé, also beruhigen Sie sich. Sie sind der einzige Lyle, den es noch gibt.«

Decker/Lyle schüttelte den Kopf.

»Mehr Rot!«, schrie Kerry, der in einem Lichtkegel stand und die eigenen Hände betrachtete. Er blickte zu einem Mann auf einer Hebebühne hinauf, der schwere Schwarzlichtlampen an einem komplizierten Metallgerüst aufhängte. »Die Haut ist zu blass! Wir brauchen ...« Er hielt inne. »Wir brauchen eine Vicky hier draußen. Um die mache ich mir die meisten Sorgen.«

»Wir können nicht für ein einziges Mädchen den ganzen Beleuchtungsplan ändern!«, rief der andere Mann von der Hebebühne herunter. »Bei der Show wirken fünfzig Mädchen mit.«

»Und die Hälfte davon sind Vickys!«, rief Kerry zurück. Er wandte sich um und suchte nach jemandem, der nicht auf der Bühne stand. »Hannah? Wo ist Hannah?« Dann legte er die Hände wie einen Trichter vor den Mund. »Verdammt, Hannah, Sie sind Bühnenmanager! Warum sind Sie nicht auf der Bühne?«

In den Lautsprechern quietschte es, und dann war eine donnernde Frauenstimme zu hören. »Ich bin in der Regie, Mister White! Was brauchen Sie?«

»Ich brauche eine Vicky!«

»Welche?«

»Welche? Das ist mir völlig egal. Sie sind doch sowieso identisch. Genau darum geht es ja.«

»Ich glaube, sie sind in der Garderobe.«

»Dann schicken Sie eine heraus! Wir machen einen Beleuchtungstest.«

Es gab eine Pause, dann donnerten die Lautsprecher wieder. »Sie brauchen mehr Rot!«

»Ich weiß, dass ich mehr Rot brauche!« Kerry stürmte von der Bühne. »Vicky!«

Sunny runzelte die Stirn. »Solche Vorführungen hasse ich. Wir arbeiten seit einer Ewigkeit daran und sind immer noch nicht bereit.«

»Dabei müssen Sie nicht mal auf die Bühne«, wies ihn Decker/Lyle zurecht. »Ich bin derjenige, der den wissenschaftlichen Vorträg hält.«

Sunny runzelte die Stirn. »Kommt in der Ansprache tatsächlich noch Wissenschaft vor? Ich dachte, Cynthia hat alles gestrichen, was komplizierter klingt als ein Satz wie *Es macht Sie hübsch.*«

»Darauf läuft es hinaus«, erklärte Decker/Lyle. »Ich habe alles dringelassen, was möglich war. Aber Sie kennen sie doch.«

»Wir könnten jemanden wie Mister DNS gebrauchen«, sagte Sunny. »Sie wissen doch, die kleine Cartoonfigur aus *Jurassic Park.* Er würde die Zusammenhänge leicht verständlich erklären.«

Decker/Lyle lachte trocken. »Und dann hebt ein Schwarm Vickys von der Bühne ab und frisst das Publikum.«

Sunnys Telefon klingelte. Er blickte auf das Display. »Das ist Cynthia. Moment.« Er tippte auf den Bildschirm und hielt das Gerät ans Ohr. »Was brauchen Sie?« Pause. »Sie machen Witze. Warten Sie mal, wir suchen einen Fernseher.« Eilig erhob er sich und steckte das Telefon wieder in die Tasche. »Kommen Sie mit, wir sind im Fernsehen!«

Decker/Lyle stand auf und folgte ihm. »Wir sind ständig im Fernsehen.«

»Ich meine nicht die Werbung.« Sunny schlängelte sich zwischen Stühlen und Geräten zum Seitenausgang. »Es geht um dieses Gebäude und diese Veranstaltung. Draußen stehen Demonstranten.«

Decker/Lyle folgte ihm durch verwinkelte Gänge bis zur Tonregie, wo Hannah, die Bühnenmanagerin des Veranstaltungszentrums, zusammen mit einigen Technikern Testaufnahmen abhörte. Sunny ging auf einen schräg stehenden Bildschirm zu und tippte darauf. »Ist der mit der Satellitenschüssel verbunden?«

Hannah drehte sich auf dem Stuhl um und legte einen Schalter um. »Müsste er. Was wollen Sie sehen?«

Flackernd erwachte der Bildschirm zum Leben.

»Lokalnachrichten!«, verlangte Sunny.

Hannah tippte auf einige weitere Knöpfe, ging rasch die Kanäle durch und hielt inne, als das Manhattan Center von außen gezeigt wurde. Auf den Straßen drängten sich die Demonstranten, viele trugen Schilder. Eine junge schwarze Reporterin namens Amber Sykes stand im Vordergrund.

»... angeblich die Mitglieder der religionskritischen Bewegung, die vorhin bereits vor dem Hauptsitz der Yemaya Foundation demonstriert hat.«

Amber trat zur Seite. Während die Kamera ihr folgte, erschien ein Mann. Er war etwas älter, vielleicht Anfang fünfzig, und hatte kurz geschnittenes graubraunes Haar. »Dies ist Reverend Joseph Wade«, erklärte Amber. »Der Anführer der Demonstranten. Reverend Wade, können Sie mir sagen, wogegen Sie hier protestieren?«

»Ich vertrete eine ökumenische christliche Organisation, den Heiligen Kelch«, entgegnete der Mann. »Wir haben uns im letzten Monat gegründet, als der sogenannte Guru Kavam – in Wahrheit nur ein gescheiterter Chirurg namens Brett Halley – seine gefährliche Irrlehre von der weltlichen Erlösung in Umlauf brachte.«

»Und Sie sind jetzt zum Manhattan Center gekommen ...«, gab Amber ihm das nächste Stichwort.

»Was er da propagiert, ist die Einnahme illegaler Drogen«, erklärte der Geistliche, ohne auf die Frage einzugehen. Er sprach jetzt direkt in die Kamera. »Außerdem begeht er unentwegt eine dreiste Blasphemie gegen die heilige Natur unserer gottgegebenen Körper.«

»Das ist ...« Amber hielt inne, weil ihr dazu offenbar nichts mehr einfiel.

»Sie haben die Verbindung hergestellt«, flüsterte Sunny. »Sie protestieren bei unserer Veranstaltung gegen Kuvam. Sie wissen, dass es die gleiche Lotion ist.«

»Sie wissen nicht einmal, dass es eine Lotion ist«, wandte Decker/Lyle ein.

»Aber sie wissen, dass es sich um die gleiche Substanz handelt«, beharrte Sunny. »Kuvam war mit seiner esoterischen Vermarktung zu aggressiv. Die Leute bringen schon seit Wochen unsere neuen Kliniken mit seinen Auftritten in Verbindung, aber diese Gruppe schlägt eine Brücke von uns zu ihm persönlich. Das ist übel. Die Gläubigen werden uns in Grund und Boden verdammen.« Er beugte sich vor und drückte auf den Knopf der Sprechanlage. »Kerry, kommen Sie bitte sofort in die Tonregie! Lassen Sie alles stehen und liegen!«

Die Reporterin bemühte sich immer noch, dem Reverend eine klare Antwort zu entlocken. »Also sind Sie die gleiche Gruppe, die vorhin gegen die Yemaya Foundation protestiert hat?«

»Das sind wir«, bestätigte der Mann. »Kuvams Handlungen und das Verhalten von NewYew sind nicht zu tolerieren.«

»Sie glauben also, dass es zwischen dem Guru Kuvam und der morgigen Produkteinführung von NewYew eine Verbindung gibt?«

Lyle ist derjenige, der sich an Kuvam gewandt hat, dachte Decker/Lyle. *NewYew hat bereits Verdacht geschöpft, aber Ibis hat es bestätigt gefunden. Was wollte er damit erreichen?*

Der Reverend richtete sich auf und blickte unverwandt in die Kamera. »Die Beweise liegen auf der Hand. Die Picketts in New Jersey und die Shaw-Mädchen hier aus New York … das gehört alles zusammen. Sie klonen Menschen und beleidigen damit Gott.«

Sunnys Handy summte. Er fischte es aus der Hosentasche, schnitt eine Grimasse und zeigte Decker/Lyle den Bildschirm. »Schon wieder Cynthia!« Er hob das Gerät ans Ohr. »Ja?« Pause. »Ja, natürlich habe ich das gehört. Und was soll ich Ihrer Ansicht nach tun? Ich kann doch schlecht rausgehen und ihr sagen, dass sie aufhören soll.« Pause. »Nein, er ist noch in den Kulissen ... oh, da ist er!«

Kerry stürzte herein. »Was ist denn so dringend? Wir haben gewaltige Probleme mit den Vicky-Kostümen, und die ganze Sequenz bei fünfzehn-dreißig ist ruiniert, wenn wir das nicht in Ordnung bringen.«

Hannah und die Techniker blätterten in den Ablaufplänen und sahen bei fünfzehn-dreißig nach.

Decker/Lyle machte Kerry auf den Bildschirm aufmerksam. »Das da ist viel schlimmer.«

Kerry betrachtete den Bildschirm, wo der Reverend immer noch sprach. »Ich behaupte nicht, dass sie das kleine Mädchen getötet haben«, erklärte der Mann. »Der Himmel weiß, wie sehr ich hoffe, dass es nicht so ist. Aber das Mädchen, das sie jetzt haben, ist nicht mehr dasjenige von vorher. Vielmehr ist es eine exakte Kopie der Schwester, die irgendwo im Labor gezüchtet wurde. Bei der Krebspatientin ist es genau das Gleiche. Sie ist eine exakte Kopie der Tochter. Das sind keine Menschen, das sind Klone. Künstliche Konstruktionen, die so aussehen und handeln sollen wie wir, bis sie uns eines Tages vollends ersetzen. Das ist keine Erlösung, das ist eine Abscheulichkeit.«

Kerry sah aufmerksam zu. »Demonstranten?«

»Offensichtlich«, bestätigte Decker/Lyle.

»Wenigstens stellen sie es falsch dar«, meinte Kerry. »Was kümmert es uns, wenn sie gegen etwas protestieren, wofür wir gar nicht verantwortlich sind? Das ist kostenlose Werbung, und morgen um diese Zeit werden sie dastehen wie die letzten Trottel.«

»Ja«, sagte Sunny im Hintergrund ins Telefon. »Kerry hat gerade genau das Gleiche gesagt.«

»Sie stellt die falschen Fragen«, murmelte Kerry. »Komm schon, Lady, rede mehr über die Mädchen! Wir haben dem Baby das Leben gerettet.«

Der Reverend sprach immer noch. »Natürlich haben die Klone keine Seelen. Dieser Kuvam – ich weigere mich, ihn als Guru zu bezeichnen – predigt sogar eine ausdrücklich antireligiöse Botschaft. Dies ist wie eine Wiederholung des Turmbaus zu Babel. Sie haben entschieden, auch ohne Gott in den Himmel zu kommen. Ohne irgendetwas zu tun. Er sagt, sie bauen irgendein Imperium auf – mit Drogen oder irgendeiner anderen Substanz. Damit umgehen sie die Gebote, brechen alle Regeln und glauben, die Erlösung selbst bewerkstelligen zu können.«

»Ich weiß, wie albern er wirkt«, zischelte Sunny ins Telefon. »Aber er kann uns trotzdem schaden.«

Decker/Lyle wandte sich an Kerry. »Sagten Sie nicht, diese Art der Berichterstattung sei gut für uns?«

»Die Meldungen über das Klonen waren gut«, antwortete Kerry. »Aber die religiösen Aspekte sind reines Gift. Die einzigen positiven Berichte, die wir im Gegensatz zu Kuvam hatten, kamen aus der konservativen Ecke. Die Kirchen mochten uns, weil wir Babys retten und keine abgedrehten Informationen über eine New-Age-Sekte verbreiten. Jetzt erzählt dieser Kerl der ganzen Welt, wir seien ein Teil der Kuvam-Sekte, und das ist ganz schlecht.«

»So ist die Presse eben«, sagte Sunny ins Telefon. »Aber jede Meldung ist eine gute Meldung, oder? Uns kann's doch egal sein, was Mama und Papa Normalverbraucher heute Abend oder morgen denken. Wir müssen es nur herunterspielen und das Mittel erst einmal an die Trendsetter verkaufen. In einigen Wochen haben wir dann auch die Bauerntölpel auf unserer Seite.«

»Das ist mies, aber ich habe keine Zeit«, erklärte Kerry. »Wir müssen uns um die Show kümmern.«

»Moment mal!«, unterbrach Hannah. Sie musterte ihre Assistenten, dann wieder die drei Manager. »Also gut, ich komme zur Sache und frage ganz unverblümt. Bisher dachten wir, diese Klon-Geschichten in der Show seien nur ein Witz, aber jetzt sagt dieser Kerl in den Nachrichten genau das Gleiche.« Sie kniff die Augen zusammen. »Ist es wahr?«

Sunny sah ihr in die Augen. »Spielt das eine Rolle?«

Sie zuckte mit den Achseln. »Für die Summe, die ihr zahlt, würde ich sogar eine Show für Käpt'n Babykiller und seine Welpen metzelnden Piraten managen.«

Sunny lächelte. »Es entspricht der Wahrheit. Und damit alles weiter so gut läuft und funktioniert, verdoppeln wir Ihr Honorar.«

Hannah salutierte. »Jawoll, Käpt'n!«

Kapitel 26

Dienstag, 3. Juli
11:00 Uhr
Hammerstein Ballroom, Manhattan Center,
Manhattan

164 Tage bis zum Weltuntergang

Das Licht wurde gedämpft, die Zuschauer verstummten. An den Seitenwänden des Theatersaals erwachten von hinten beleuchtete Bildschirme zum Leben. Ein leises, tiefes Brummen versetzte den Boden in Schwingung. Decker/Lyle spürte, wie das Vibrieren durch die Schuhe, die Beine herauf und bis ins Kreuz reichte.

»Jeder will gesund sein.«

Die volle, wohltönende Stimme drang aus den Lautsprechern. Sie war die Verkörperung von Autorität. Für diese Stimme hatten sie eine Menge Geld bezahlt. Sie hatten nicht einfach irgendeinen Sprecher angeheuert, sondern monatelang gesucht, um die perfekte Mischung aus Wärme, Vertrauenswürdigkeit und Zeitgeist zu finden. Diese Veranstaltung sollte der ganzen Welt sagen: *Unser Produkt ist revolutionär, ungeheuer fortschrittlich und genau das, was Sie schon immer haben wollten.* Die Stimme traf von der ersten Silbe an genau den richtigen Ton.

Auf der Leinwand auf der Bühne explodierte das Licht, Formen und Farben wirbelten umeinander, durchdrangen sich, tanzten wild hin und her und lösten sich genau im richtigen Moment auf, um in Nahaufnahme das Gesicht eines Models zu zeigen. Es war eine Vicky mit sinnlichen Lippen, die Haarsträhnen pendelten ihr verspielt über die

Wangen. Die Bildschirme an den Wänden zeigten weiterhin abstrakte Muster, bis sie schlagartig schwarz wurden. Jetzt war es stockdunkel.

»Gut gemacht«, drang Hannahs Stimme blechern und fern aus dem Kopfhörer, den Decker/Lyle sich aufgesetzt hatte. »Klirreffekt bereithalten, Off-Stimme in drei-zwei-eins ... los!«

»Jeder will jung sein.«

»Bild zwei!«, rief Hannah. Wieder explodierten Licht und Geräusche auf der Bühne, die Formen erschienen abermals, wirbelten durcheinander, verdichteten sich zu einer angedeuteten Doppelhelix und gingen in eine rasche Abfolge verschiedener Motive über – ein Mann am Strand mit aufgeknöpftem Hemd und rasiertem Oberkörper, ein Mädchen in engen Jeans, ein Bein über ein Motorrad geschwungen, eine weitere Nahaufnahme von Vicky mit Schlafzimmerblick und halb geöffneten Lippen.

»Klirreffekt!«, befahl Hannah. Das Bild zerbarst, während das Geräusch von brechendem Glas eingespielt wurde. Zum dritten Mal wurde das Licht abgeschaltet.

Decker/Lyle spürte die Energie im Publikum. Noch nicht viel, aber sie wuchs. Die Menschen waren bereit, sich beeindrucken zu lassen, auch wenn Darbietungen wie diese für sie nichts Neues waren.

Ihr habt noch gar nichts gesehen.

»Video auf Leinwand eins bereit, Diashow auf mein Kommando, Off-Stimme in drei-zwei-eins ... los!«

»Jeder möchte schlanker sein. Größer. Kleiner. Glücklicher.« Rings um das Publikum entstanden Bilder, nicht nur auf der Hauptleinwand, sondern auch an den Seiten und schwach projiziert auf dem Boden. Sie zeigten symbolträchtige Darstellungen der Gesundheit, der Jugend, der Schönheit und des Glücks, die geeignet waren, das kollektive Unbewusste anzusprechen. »Wir wollen schönere Körperformen, weichere Lippen, stärkere Muskeln, glatteres Haar. Wir geben jedes Jahr Milliarden Dollar dafür aus, um das zu werden, was wir sein wollen.« Die Bilder wechselten, jetzt waren Diagramme, Kurven und Produkte zu sehen – Dove, L'Oreal, Axe und Botox. Arme, Beine und Brüste mit den schwarz punktierten Linien vor einem Eingriff. Beinahe unauffällig dazwischen die Zeichnung eines Schlächters, der eine Kuh zerlegte. »Wir streben unser Leben lang nach einem Körper, der dem eigenen nicht wirklich entspricht, wir füllen unsere Häuser mit Tuben, Flaschen und Hometrainern. Wir verschaffen uns die Illusion von Veränderung und erreichen doch keine echte Veränderung. Es ist an der Zeit, damit aufzuhören.«

Ein Seitenbildschirm zeigte ein Standbild von ReBirth.

»Es ist an der Zeit, der Tyrannei unserer DNA zu entkommen.«

Ein weiterer Bildschirm zeigte ReBirth, dann noch einer.

»Es ist an der Zeit für das neue Ich.«

Der Reihe nach hielten die Bildschirme inne, das Hochgeschwindigkeitschaos brach ab, und schließlich war überall nur noch die Flasche mit dem Firmenlogo zu sehen.

»Es ist an der Zeit für ... ReBirth™.«

»Jetzt!«, rief Hannah. Die riesige Projektion auf der Bühne, die letzte, die noch eine Bewegung zeigte, hielt nun ebenfalls inne. Eine Flasche ReBirth stand turmhoch vor dem Publikum und wich langsam dem Video einer übergewichtigen amerikanischen Hausfrau. Aus dem kleinen weißen Untertitel in der Ecke ging hervor, dass sie Betty York hieß.

»Immer wieder habe ich es mit dem Abnehmen versucht«, erklärte Betty aus dem Off. Im Video lief sie in der Küche umher und bereitete das Essen für die Familie vor.

»Das habt ihr alle sehr gut gemacht«, sagte Hannah. »Jetzt fahren wir die Seitenbildschirme herunter.« Die von hinten beleuchteten Monitore wurden allmählich dunkler und schließlich völlig schwarz. Im Theater war es mucksmäuschenstill, während vorn das Video lief.

»Ich wollte immer gesünder und glücklicher sein.« Nun wurde die ganze Familie eingeblendet – typischer amerikanischer Mittelwesten, zwei hübsche Jungen und ein blondes Mädchen. Sie aßen aus einem wuchtigen Schmortopf, während Betty in einem Salat herumpickte. »Für meinen Mann wollte ich immer gut aussehen.« Das Video zeigte das Ehepaar. Die beiden lächelten glücklich, die Aufnahmen hoben dezent, aber deutlich das Übergewicht der Frau hervor. »Ich habe es mit Diäten, mit Sport und allem anderen versucht, aber ich werde diesen Körper einfach nicht los.« Das Video zeigte, wie sie mühsam eine Treppe hinaufwatschelte. »Dabei bin ich nicht faul«, erklärte Betty. »Ich habe mir die allergrößte Mühe gegeben und wirklich alle Diäten und Übungen mitgemacht. Unzählige Produkte habe ich ausprobiert. Kann mir denn gar nichts helfen?«

Mitten auf der Treppe hielt Betty bedrückt inne. Das Bild löste sich auf und zeigte die nächste Frau. Sie war schmal, hatte ein kleines dunkles Gesicht und eine riesige Nase. Sie sprach direkt in die Kamera. Der Untertitel verriet den Namen: Katherine Braid.

»Ich weiß, ich bin nicht hübsch«, sagte Katherine. »Das ist in Ordnung, das gebe ich gern zu. Fünf Jahrzehnte Feminismus haben mir eingebläut, dass ich nicht schön sein muss, um etwas wert zu sein, und das glaube ich wirklich. Aber das ändert nichts an dem Spiegelbild, das mir Tag für Tag entgegenblickt. Das ändert nichts daran, wie andere mich sehen. Wissen Sie, was ich sonst noch vom Feminismus gelernt habe? Dass ich alles erreichen kann, was ich erreichen will. Nun ja, ich will hübsch sein, verdammt!« Sie wandte sich ab und spähte in die Ferne. »Ich will hübsch sein.«

Das Video zeigte weitere Frauen, eine nach der anderen, alle durchschnittliche Amerikanerinnen mit durchschnittlichen amerikanischen Problemen. Sie hatten Übergewicht oder waren zu klein, flachbrüstig oder behaart und so weiter. Die letzte Frau – Nummer zehn, Pamela Dillon – war einen Meter siebenundfünfzig groß und stämmig, mit Fesseln, so dick wie Moonboots, die Hüften gerade und männlich. »Früher war ich ein Model«, sagte sie. »Damals als junges Mädchen auf dem College. Aber nach fünfundzwanzig Jahren und drei Kindern ... so ist das Leben. Könnte ich mein Aussehen doch nur ändern!« Sie wischte sich eine Träne aus dem Auge. »Ich wünsche mir meine frühere Figur zurück. Gäbe es doch nur einen Weg, wieder ein Model zu sein!«

Decker/Lyle beugte sich vor und spähte um den Vorhang herum. Wenn der nächste Teil funktionierte wie geplant, würden alle ausflippen.

»Ein klein wenig Licht im Saal!«, verlangte Hannah. »Spot auf das Traummädchen!«

Eine Frau kam auf die Bühne: groß und hinreißend schön, mit langen Beinen, einer vollen Mähne honigblonden Haars und einem Körper, der aussah, als sei er in das enge rote Kleid hineingegossen worden. Sie lächelte und winkte dem Publikum zu. Dem allgemeinen Gemurmel entnahm Decker/Lyle, dass die Zuschauer sie erkannten. Es war Victoria Carver, das Model, das am Anfang der Präsentation auf den Standfotos zu sehen gewesen war. Sie war prachtvoll, und der bisherige Ablauf hatte das Publikum dazu konditioniert, sie auch so wahrzunehmen. Sie verkörperte das Ideal, das alle anderen Frauen anstrebten. Das rote Kleid schimmerte leicht im Scheinwerferlicht. Sie trat mitten auf die Bühne und sprach mit kräftiger Stimme.

»Was sagt ihr zu diesen Frauen? Sind sie nicht bewundernswert und tapfer?«

Die Zuschauer jubelten, sie fraßen ihr aus der Hand. Sie lächelte wissend und klatschte mit ihnen, bis der Applaus erstarb.

»Diese Frauen sind Amerika«, verkündete Vicky. »In einer Branche, die von Models, schlanken Schauspielerinnen und rauen Männern mit harten Muskeln dominiert wird, sind diese zehn Frauen die wahren Kundinnen«, fuhr sie mit blitzenden Augen fort. »Sie sind diejenigen, die unser Make-up und unsere Kleidung kaufen. Sie sind diejenigen, an die wir denken, wenn wir unsere Produkte entwickeln. Wie können wir ihnen helfen? Was können wir tun, um ihren Bedürfnissen entgegenzukommen?« Sie ging einige Schritte vorwärts und schlug wie nebenbei das Publikum in ihren Bann. »Wussten Sie, dass ich dank NewYew die Gelegenheit hatte, alle diese Frauen zu treffen? Und ist Ihnen klar, wie viel sie in einem einzigen Jahr für Gesundheits- und Schönheitsprodukte ausgeben? Es gibt Handcreme, Augencreme, Shampoo, Conditioner, Duschgel, Gesichtspflege, Basissalbe, Lippenstift, Lidschatten, Eyeliner, Rouge, Lipgloss, Lippenwachs und andere Sorten von Körperwachs, ganz zu schweigen von den Hometrainern und Laufbändern, von der Mitgliedschaft im Fitnessstudio und den Korrekturen von Falten und Nase und ... Mir geht der Atem aus!« Das Publikum lachte, sie lächelte und legte eine Kunstpause ein.

Wie viel haben wir für das Mädchen bezahlt?, fragte sich Decker/Lyle. *So ein charismatisches Model habe ich ... noch nie gesehen. Sie ist beinahe so gut wie die Frau, die Ibis im letzten Jahr für die Verkaufsshow angeheuert hat, und die war ... Moment mal.* Er schloss die Augen und hörte zu.

»Worauf läuft das nun hinaus?, werden Sie sich fragen. Worauf läuft es hinaus? Wir haben die Frauen gesehen, und wir haben in der kleinen Diashow die Produkte gesehen. Jetzt sind wir schon so lange hier, aber bisher hat uns noch niemand verraten, was es mit diesem ReBirth eigentlich auf sich hat.«

Erschrocken riss Decker/Lyle den Mund auf. *Das ist tatsächlich die Frau aus der Verkaufsshow! Sie redet genau so wie damals. Die Stimme ist anders, aber der Tonfall und die Betonungen sind gleich.* Er öffnete die Augen und sah sie an. *Ist sie jetzt eine Vicky?*

Die Frau sprach weiter. »Also, was ist ReBirth? Ich will es Ihnen sagen. ReBirth ist die Zukunft. ReBirth ist die Antwort auf alle Probleme dieser Frauen. Wie gesagt, ich habe sie besucht und mit ihnen gesprochen. Und wissen Sie, was ich ihnen gesagt habe? Mit einer einzigen Anwendung von ReBirth kannst du so aussehen wie ich. Haar, Körper, Lippen, alles. Und ich sehe ziemlich gut aus, oder?« Sie hob die Arme und drehte sich um sich selbst, damit alle die Beine, den Rücken, den Oberkörper und den Hintern sehen konnten. Das Publikum applaudierte begeistert.

»Bereit für Kabuki!«, befahl Hannah. »Beleuchtung anpassen für fünfzehn-dreißig auf mein Kommando!«

»Nur ein einziges Produkt«, erklärte die Vicky. »Werfen Sie alle anderen Mittel weg und ersetzen Sie sie durch ein einziges einfaches Produkt. Glauben Sie, das könnte funktionieren?« Vereinzelt erhob sich zögernder Applaus. Vicky strahlte. »Sind Sie nicht sicher? Was sagt die Verrückte da auf der Bühne? Sie haben mich gesehen, aber jetzt wird es Zeit, die anderen vorzustellen. Meine Damen?«

»Los!«, rief Hannah. Rasch fiel der riesige Bühnenvorhang. Die weiße Leinwand versank blitzschnell im Boden, und die Scheinwerfer erfassten zehn weitere Vickys. Alle hatten das gleiche gewellte Haar und die gleichen langen Beine, alle trugen identische rote Kleider. Die Lautsprecher erwachten zum Leben und donnerten *Sweet Emo-*

tion von Aerosmith ins Publikum, während die Frauen perfekt synchronisiert vortraten. Selbst im Theater und nur wenige Schritte vom Publikum entfernt wirkten sie wie ein Spezialeffekt. Dann leiteten die lauten Gitarren die nächste Strophe ein, und die synchrone Reihe löste sich auf und kam in Bewegung. Abwechselnd winkten die Frauen dem Publikum zu, posierten für die Kameras oder tanzten zur Musik. Elf wundervolle Frauen, alle völlig identisch und doch ganz unterschiedlich.

Jetzt kommt es, dachte Decker/Lyle. *Jetzt starren sie schockiert hinauf oder stürmen angewidert die Bühne. Wenn wir Glück haben, applaudieren sie vielleicht ein wenig.*

Was wird es? Wut oder Freude?

Die Zuschauer jubelten unbändig.

Kapitel 27

Dienstag, 3. Juli
11:33 Uhr
Hauptsitz von Ibis Cosmetics, Manhattan

164 Tage bis zum Weltuntergang

Gewissenhaft überprüfte Lyle den Wasserfilter. Das war der Schlüssel. Die Annahme, dass die ReBirth-Proben wegen irgendeiner Kontamination nicht funktionierten, lag nahe, und so sprach vieles dafür, dass er das Wasser selbst filterte. Seine Aufpasser hatten keinerlei Misstrauen geschöpft. Er hatte eine Reihe von Filtern für Pools, Aquarien und andere Einrichtungen hintereinandergeschaltet. Das Wasser, das am Ende herauströpfelte, war das sauberste, das er je gesehen hatte. Natürlich kam es auf das Wasser überhaupt nicht an. Er hatte es nur auf die Filter abgesehen.

Die Wasserfilter bestanden aus ganz unterschiedlichen Materialien, aber eine bestimmte Anforderung – unauffällig verborgen zwischen vielen anderen auf einer längeren Liste – betraf einen Poolfilter von CrystalBlue. Er kannte die Marke aus dem Chemieunterricht auf dem College und atmete erleichtert auf, als ihm die Ibis-Ganoven die Schachtel auf den Schreibtisch legten. Er hatte schon befürchtet, die Firma stelle sie womöglich überhaupt nicht mehr her. Ein Gerät von CrystalBlue steckte in seiner Filterkette, die anderen waren geöffnet, zerlegt und zu seiner letzten großen Hoffnung aufgehäuft: Kaliumpermanganat. Natürlich wurde er mit Kameras überwacht, aber die Wächter verstanden nichts von seinem Betätigungsfeld. Um den Schein zu wahren, hatte er sogar einen Teil der

Chemikalie in eine Probe von ReBirth gegeben, dabei aber peinlich darauf geachtet, dort kein Glyzerin einzubringen.

Glyzerin war dank seiner Beschaffenheit ein verbreiteter Bestandteil von Hautpflegeprodukten, aber Kaliumpermanganat und Glyzerin waren zusammen so leicht entflammbar, dass sie dazu nicht einmal Wärme benötigten. Sie gerieten spontan in Brand, und Wasser beschleunigte die Reaktion. Mit dem gesammelten Vorrat konnte er ein Feuer legen, das zur Evakuierung des ganzen Gebäudes führen würde.

Um 11:34 Uhr am dritten Juli stapelte er alle Bücher und Papiere auf einem einzigen Tisch. Es war der Tag, an dem ReBirth vorgestellt werden sollte, und ihm war klar, dass er den Anfang verpasst hatte. Auf jeden Fall war es zu spät, um alles noch aufzuhalten. Doch er hatte nicht schneller arbeiten können. Das Kaliumpermanganat, das Glyzerin und eine Schachtel voll echtem, authentischem, funktionierendem ReBirth. Man hatte es bei NewYew gestohlen und Lyle gegeben, damit er es in Aktion beobachten konnte. Er musste hier weg, und in ein paar Sekunden ...

Plötzlich wurde die Tür aufgerissen, und zwei riesige Vollstrecker von Ibis stürmten auf die aufeinandergestapelten Bücher und Papiere zu. Da wusste Lyle, dass sie misstrauisch geworden waren. Er warf den größten Teil des Kaliumpermanganats auf die Bücher, achtete darauf, selbst nichts abzubekommen, und schleuderte den Gangstern den letzten Rest ins Gesicht. Einige kostbare Sekunden lang waren sie geblendet. Das Glyzerin war in einem Becherglas gelagert. Er warf es schwungvoll auf den Tisch und verteilte die Kleckse mit den Händen auf den Büchern. Der Stapel wurde dunkel, schwelte und entzündete sich. Die chemisch erzeugte helle Flamme raste über den Tisch und fraß sich gierig in die Bücher. Gleichzeitig gingen die

Gangster auf Lyle los. Er holte aus, und sie entgingen ihm wendig. Kleine Glyzerinkleckse aber flogen von seinen Fingern und trafen ihre Gesichter. Als der große Brand hinter ihm die Sprinkleranlage auslöste, spritzte das Wasser auch auf die Vollstrecker und vermischte sich mit dem Glyzerin und dem Kaliumpermanganat. Die Gesichter der Vollstrecker brannten wie trockener Kienspan, ihre Haut warf Blasen und knisterte wie bei irren Dämonen. Die Männer schlugen sich die Hände auf die Wangen und wichen zurück. Lyle starrte sie erschrocken an und verlor zwei, drei, vier unersetzliche Sekunden, bevor er zu sich kam und die Schachtel mit dem ReBirth ergriff. Die winzigen Ampullen klirrten, als er durch die offene Tür nach draußen und in die von der Sprinkleranlage besprühten Flure rannte. Mühelos mischte er sich unter die Männer und Frauen, die zwischen den Büronischen umherrannten. Einige versuchten vergeblich, die Schreibtische, Dokumente und Computer abzudecken, andere hielten sich Mäntel über die Köpfe und flohen zu den Ausgängen, nachdem sie mitten im Bürogebäude von einem Wolkenbruch überrascht worden waren. Hinter ihnen toste das Feuer und breitete sich begierig im Labor und auf dem Flur aus, fraß sich in die Decke und über den Boden. Hier und dort entdeckte Lyle sich selbst in der Menge – einen in schwarzem und einen in blauem Anzug, einen mit durchnässtem weißem Hemd, das auf der eigenen fremden Brust klebte. Niemand wusste, wer die anderen waren. Als hinter ihnen das Feuer gierig knisterte und die beiden brennenden Vollstrecker kopflos durch die Menge stürzten, kümmerte sich niemand mehr um einen Lyle unter vielen. Er schluckte schwer, eilte zur Treppe und lief nach unten.

Kapitel 28

Dienstag, 3. Juli
11:35 Uhr
Hammerstein Ballroom, Manhattan Center,
Manhattan

164 Tage bis zum Weltuntergang

»Bringen wir es auf den Punkt«, erklärte Decker/Lyle, der gelassen im Rampenlicht stand. »Die Geschichte der Wissenschaft hat sich buchstäblich nur auf ein einziges großes Thema konzentriert – auf die Fähigkeit der Menschheit, ihre Schwächen zu überwinden. Schon sehr früh, in unserer Morgendämmerung, wurde den Menschen schmerzlich bewusst, dass sie keinen Pelz wie die Tiere besaßen. Also erfanden sie Kleidung, um sich zu wärmen und zu schützen. Tiger setzten die Krallen ein, um ihre Beute zu töten. Da die Menschen keine Krallen besaßen, erfanden sie das Messer. Geparden fingen die Beute dank ihrer Schnelligkeit. Die Menschen konnten nicht so schnell laufen und erfanden Speere, Pfeil und Bogen, um die Entfernung zu ihrer Beute rasch zu überbrücken. Im Lauf der Zeit lernten wir auch, die Ungleichheit innerhalb unserer Art zu beheben. Der eine konnte nicht so schnell arbeiten wie der andere, also erfanden wir Werkzeuge. Jemand konnte nicht so gut sehen wie der andere, also erfanden wir Brillen. Heute können wir sogar noch weit größere Ungleichheiten korrigieren und modernste Techniken einsetzen, um ein schwaches Herz zu stärken, einem Lahmen das Gehen zu ermöglichen oder das Opfer eines Schlaganfalls von der Schwelle des Todes zurückzuholen. Alles das tun wir Tag für Tag. Wir tun es, weil wir uns sagen oder weil jemand uns gesagt hat, dass wir es tun sollen, nachdem wir dazu in der Lage sind. Aber wie viele dieser Lösungen sind wirklich dauerhaft?«

Decker/Lyle griff in die Jackentasche, zog eine Brille hervor und hielt sie hoch, damit alle sie sehen konnten. »Sehen Sie sich das hier genau an, denn dies ist die Zukunft! Können Sie es erkennen? Das ist meine alte Brille, die ziemlich dicke Gläser hatte. Auf dem College habe ich sie jeden Tag getragen – so oft, dass die Bügel direkt über den Ohren zwei Furchen hinterlassen haben. Wer von Ihnen kennt das aus eigener Erfahrung?« Zustimmendes Gemurmel erhob sich, und er lächelte. Es war eine wahre Geschichte, die allerdings nicht Lyle, sondern Decker selbst gehörte. Keiner der anderen Manager hatte es bemerkt, oder es war ihnen egal. »Sollen diese alten, hässlichen und unbequemen Dinger wirklich die Zukunft sein? Die Antwort ist einfach: Sie sind überholt. Vor einigen Jahren war ich das alles leid und ließ eine Laseroperation durchführen. Damit wurde ich ein unbequemes äußeres Hilfsmittel los, und mein Sehsinn war wieder in Ordnung. Das, meine Freunde, ist die Zukunft. Vergessen Sie die hohen Absätze, das Make-up, die Haarfärbemittel und alles andere, das vortäuschen soll, Sie hätten den Körper verändert. Von nun an und in der Zukunft suchen wir lieber nach der Ursache und beheben den Fehler direkt an der Wurzel.«

Er griff in die andere Jackentasche, zog ein Fläschchen ReBirth heraus, das natürlich leer war, und hielt es hoch. »ReBirth verändert den Körper auf die gleiche Weise, auf die der Lasereingriff das Auge oder Botox die Haut verändert. Genau genommen ist ReBirth sogar wirkungsvoller als jede andere Methode der physischen Veränderung, weil es in den Kern eingreift, in die DNA. Wenn Sie eine bessere Haut haben wollen, könnten Sie Make-up benutzen, um die Falten zu überdecken. Oder Sie setzen eine Anti-Aging-Lotion ein, um die Haut zu glätten. Vielleicht greifen Sie auch zu Botox oder unterziehen sich einer Schönheitsoperation und lassen die Haut straffen, um Ihre Falten loszuwerden. Andererseits könnten Sie mit einer einzigen Anwendung von ReBirth die Hautfunktion grundlegend verändern. Die Lotion wirkt im Innern der Haut auf der Ebene der Zellen und spricht mit der DNA. *Hallo, DNA, warum versorgst du mich mit so hässlicher, trockener Haut? – Weil ich bin, wie ich bin, antwortet die DNA. Ich kann gar nicht anders. – Nun ja, sagt ReBirth, dann zeige ich dir, wie es richtig gemacht wird.* Dank der ReBirth-Formel verändert sich ein DNA-Strang hier und ein anderer dort, und auf einmal produzieren Ihre Zellen keine trockene, sondern eine völlig makellose Haut. Eine Haut, wie Vicky Carver sie besitzt. Und obendrein bekommen Sie Vicky Carvers Beine, dazu die Augen und das Herz. Wussten Sie, dass Victoria Carver das gesündeste Herz hat, das es je gab? Wir haben sie eigens von einem Arzt untersuchen lassen, um ganz sicher zu sein, und er sagte, sie sei von Natur aus enorm widerstandsfähig gegenüber Herzkrankheiten, Herzanfällen, Herzgeräuschen ... Außerdem schenkt ihr das starke Herz einen stabilen Kreislauf, sodass sie kaum Probleme mit Couperose, Krampfadern, Muskelzittern und Schlaganfällen bekommen dürfte. Und das ist so, weil sie so geboren wurde – dank ihrer DNA. Wenn Sie die Ungleichheiten zwischen Ihrem und dem Körper Victoria Carvers beheben wollen, brauchen Sie Make-up, Lotion, Haartönung, einen persönlichen Fitnesstrainer, maßgeschneiderte Kleidung, teure Schönheitsoperationen und eine Herztransplantation. Das hinterließe allerdings auch vielfältige Narben, sodass Sie immer noch kein makelloses Ebenbild von ihr wären. Oder ... oder Sie nehmen sich dreißig Sekunden Zeit, tragen ein wenig ReBirth auf und haben in etwa einem

Monat genau diesen atemberaubenden Körper. Sehen wir es uns einmal an.«

Decker/Lyle drehte sich um und deutete auf die große Leinwand hinter sich. Es war eine neue, die den gefallenen Vorhang ersetzt hatte. Dort erschienen auf einmal unzählige Gesichter von Frauen, Reihe um Reihe und Spalte um Spalte. »Das ist die ReBirth-Familie, die ständig wächst. Wenn Sie unsere Website besuchen, entdecken Sie genau diese Vielfalt, die alle dreißig Sekunden aktualisiert wird. Hier finden Sie den idealen Körper für Ihre Bedürfnisse. Möchten Sie klein sein? Groß, schmal oder muskulös? Blond, rothaarig, brünett? Alles steht Ihnen zur Verfügung. Jedes Gesicht in dieser Übersicht steht für ein Fläschchen ReBirth, jedes steht Ihnen für eine Prägung, wie wir es nennen, zur Verfügung. Dabei handelt es sich um eine bestimmte Auswahl an genetischen Eigenschaften, die wir in Ihre DNA schreiben. Beginnen wir mit den Grundlagen. Wir nennen es die NewYew-Garantie.« Ein kleiner Textblock in einer Ecke der Darstellung wuchs heran, bis er die ganze Leinwand ausfüllte. Decker/Lyle las es laut vor. »Jede Prägung der ReBirth™-Familie entspricht den höchsten Maßstäben, die an Gesundheit und Schönheit gestellt werden kann – glatte Haut, feste Knochen, starkes Herz, Blutgruppe Null negativ. Warum Null negativ? Weil dies die universelle Spenderblutgruppe ist. Deshalb ist die Prägung für jedermann völlig gefahrlos.« Er wandte sich wieder an das Publikum. »Folglich bekommen Sie, ganz egal, welche Prägung Sie wählen, immer einen völlig gesunden Körper. Es gibt keine Gendefekte, keine Krankheiten, keine starken Allergien, keine irgendwie gearteten Schwächen. Sie bekommen makellose Proportionen, scharfe Augen, glatte Haut und dichtes Haar. Aber das war erst der Anfang. Danach geht der Spaß erst richtig los.«

Decker/Lyle drehte sich um und deutete wieder auf die

Leinwand. Die NewYew-Garantie schrumpfte, zog sich in die Ecke zurück und gab den Blick auf die Übersicht frei. »Was möchten Sie haben? Nehmen wir an, Sie möchten einen Meter siebenundsechzig groß sein und wünschen sich außerdem hohe Wangenknochen, weit auseinanderliegende grüne Augen, eine schlanke Adlernase, schönes dunkles Haar und wollen ... sagen wir mal, Konfektionsgröße sechsunddreißig haben. Kann ReBirth Ihnen helfen?« Ein Gesicht auf der Leinwand wurde heller und größer, bis es die ganze Fläche ausfüllte. »Das ist Monica. Sie erfüllt alle genannten Kriterien. Sagen wir, Sie wollen genau dies, aber lieber mit blauen Augen.« Monicas Gesicht schrumpfte, und das Foto neben ihr wurde größer. »Das ist Laura. Nehmen wir an, Sie wollen genau dies, aber mit Körbchengröße C.« Lauras Gesicht schrumpfte, und ein anderes wuchs heran. »Das ist Kristen. Verstehen Sie, was ich meine? Egal, welchen Körper Sie bevorzugen, ReBirth hat eine Prägung für Sie. Und dies ist nur ein winziger Ausschnitt des gesamten Programms. Sehen Sie es sich noch einmal im Ganzen an.«

Kristens Gesicht schrumpfte, und die volle Auswahl war wieder zu sehen. »Diese Ansicht ist mir die liebste«, fuhr Decker/Lyle fort. »Nämlich das volle Spektrum an Hautfarben. Sie finden genau das, was Ihnen zusagt, und zwar unabhängig von der ethnischen Gruppe, der Sie eigentlich angehören. Von sehr hellhäutigen irischen Typen bis zu bronzefarbenen Mexikanerinnen oder tiefschwarzen Afrikanerinnen haben wir alles im Angebot, und jede einzelne Prägung ist absolut prachtvoll. Stellen Sie sich das einen einzigen Augenblick lang vor! Stellen Sie sich eine Welt vor, in der Sie die Hautfarbe ebenso leicht ändern können wie die Haarfarbe. Das wäre eine Welt ohne Rassismus. Eine Welt, in der niemand mehr die Schmach der Diskriminierung fürchtet, weil dieses Thema völlig bedeutungslos wird. Wenn NewYew auszieht, die Welt zu verändern, gibt es keine halben Sachen.«

Das Publikum jubelte, und Decker/Lyle klatschte mit den Zuschauern in die Hände. *Sie fahren darauf ab,* dachte er. *Es funktioniert perfekt.* Nach einer Weile beruhigte er die Zuschauer wieder. »Es freut mich ungemein, dass Sie den Möglichkeiten, die ReBirth nicht nur uns persönlich, sondern der ganzen Gesellschaft bietet, ebenso aufgeregt entgegensehen wie wir. Diese Darstellung zeigt mehr als siebzig verschiedene Prägungen. Aber jetzt passen Sie auf!« Er deutete auf die Leinwand, und das Bild veränderte sich. Statt der Frauen waren jetzt ebenso viele Männer zu sehen. »Wir haben die gleiche unglaubliche Auswahl auch für Männer im Angebot. Wollen Sie größer sein? Breitschultrig? Hätten Sie gern ein stärkeres Kinn oder einfach nur kräftigere Muskeln? Mehr als siebzig Möglichkeiten warten auf Sie, damit Sie genau *den* Körper bekommen, den Sie haben wollen – und das ist immer noch nicht alles.«

Wieder ein neues Bild mit einer weiteren Aufstellung, diesmal weniger umfangreich und mit größeren Bildern. »Sehen wir uns nun die speziellen ReBirth-Angebote an, auf die ich besonders stolz bin. Es gibt viele Körpertypen, die vielleicht nicht allgemein auf Begeisterung stoßen, aber trotzdem für den richtigen Kunden einen großen Wert haben. Wie wäre es mit einem Körper, der auf Tempo ausgelegt ist, geprägt von der DNA eines Weltklassesprinters? Oder mit einem Körper, der auf Stärke und Ausdauer zielt, vielleicht auch mit einem mit den idealen Formen und der besten Muskelverteilung für einen Schwimmer? Die Höchstleistungen im Sport werden nicht nur durch Anstrengungen, sondern auch durch die Gene bestimmt. Manche von uns sind einfach zu klein, um Basketball zu spielen, oder zu groß zum Turnen, oder wir haben Behinderungen und können überhaupt nicht mithalten. Dank der ReBirth-Formel steht Ihnen nichts mehr im Weg, wenn Sie Ihren Bedürfnissen und Bestrebungen Ausdruck verleihen wollen.«

Decker/Lyle ließ den Blick über das Publikum schweifen. »Es wird Zeit für eine weitere Demonstration. Miss Carver, könnten Sie bitte zu mir kommen?« Eine Vicky betrat die Bühne, und das Publikum applaudierte wieder. Sie winkte und lächelte. »Danke, Victoria. Wie ich schon sagte …«

»Moment!«, wandte sie lächelnd ein. »Ich bin nicht Victoria.«

»Wirklich nicht?« Das war natürlich alles exakt so geplant, aber Decker/Lyle gab sich größte Mühe, den Überraschten zu spielen. »Aber … sind Sie sicher?«

Die Frau lachte. »Absolut. Ich bin Betty York.«

Decker/Lyle riss die Augen auf. »Sie sind Betty York? Die … beleibte Frau aus dem Video?«

»Schon gut, sprechen Sie es ruhig aus!«, antwortete Betty. »Ich war fett.«

»Also wirklich, Sie sehen fantastisch aus.« Decker/Lyle wandte sich wieder an das Publikum. »Sieht sie nicht fantastisch aus?«

Die Menge jubelte, Betty wackelte ein wenig mit den Hüften und zeigte den Zuschauern den neuen Körper.

»Mannomann!«, ächzte Decker/Lyle. Also, Betty, vielleicht können Sie mir helfen. Vorhin habe ich über die Hilfsmittel gesprochen, die man braucht, um so einen Körper zu bekommen. Ich nehme an, Sie haben viele solcher Hilfsmittel benutzt. Trifft das zu?«

»Ich habe jedes Produkt eingesetzt, das ich nur auftreiben konnte«, bestätigte Betty lächelnd. »Ich habe sie sogar alle mitgebracht.«

»Sie haben alles mitgebracht?«, staunte Decker/Lyle. »Das ist aber …« Er blickte zum Publikum und runzelte die Stirn.

»Wirklich ein verrückter Zufall.« Die Leute lachten, und er richtete die Aufmerksamkeit wieder auf Betty. »Wenn das so ist, dann bringen Sie die Sachen doch her, damit wir es uns der Reihe nach ansehen können.«

»Also gut«, willigte Betty ein. »Beginnen wir mit den Hautcremes, Lotionen und Duschgels. Die Grundlagen, damit der Körper für alles andere bereit ist.« Während sie sprach, rollte eine weitere Vicky einen großen Tisch herein, auf dem unzählige Tuben, Döschen und Fläschchen standen.

»Das ist aber eine Menge!«, rief Decker/Lyle.

»Dabei ist das nur für die Haut«, korrigierte ihn Betty. »Vergessen Sie nicht das Shampoo, den Conditioner und vielleicht eine Tönung.« Eine weitere Vicky brachte einen Armvoll Flaschen herbei und stellte alles auf den Tisch. »Und jetzt kommt das Make-up: Basiscreme, Abdeckstifte, Eyeliner, Lidschatten, Mascara, Rouge, Lippenstift, Lipgloss, Zahnweißer, etwas Glimmer für die Wangen. Und natürlich braucht man alles in mehreren Farbkombinationen, damit man sich für verschiedene Gelegenheiten zurechtmachen kann.« Während sie sprach, gingen die Vickys hin und her und bestückten den Tisch mit immer mehr Produkten.

Decker/Lyle wandte sich an das Publikum. »Das sind aber wirklich viele Sachen.«

»Ich bin noch längst nicht fertig«, antwortete Betty. »Ich habe auch eine Reihe von Geräten – Fön, Lockenwickler, eine Waage im Bad. Das sind nur die Gegenstände, die ich zu Hause habe. Im Salon kommen noch ganz andere Hilfsmittel zum Einsatz. Maniküre, Pediküre, Haareschneiden, Strähnchen, Haarentfernung. Ich war im Bräunungsstudio und habe es sogar mit Mikrodermabrasion versucht.« Mittlerweile schoben die Vickys auch größere Apparate auf Rollbrettern herbei – Pediküreстühle, Bräunungsliegen, und schließlich gesellten sich sogar ein Friseur und eine Nageldesignerin dazu.

Decker/Lyle grinste breit. »Haben Sie das alles wirklich von zu Hause mitgebracht?«

Die Zuschauer lachten. Betty machte unbeirrt weiter. »Das ist immer noch nicht alles. Ich habe trainiert. Ich war Mitglied im Fitnessstudio und hatte einen Personal Trainer. Ich habe mir ein Laufband für zu Hause gekauft. Ich habe teure Diätdrinks geschluckt, Energiedrinks als Ersatz für das Essen, ich habe Kalorien gezählt.« Die Vickys setzten die Prozession fort und füllten erst die Tischfläche und schließlich die ganze Bühne mit immer mehr Gerätschaften und Personen. »Ich habe alles versucht«, erklärte Betty. »Und als ich damit nicht die gewünschten Resultate erzielte, habe ich es mit Botox und Schönheitsoperationen versucht. Ich ließ mir den Magen verkleinern. Ich ließ die Cellulite mit dem Laser behandeln. Ich ...« Sie hielt inne und starrte auf den riesigen Stapel, der inzwischen die ganze Bühne ausfüllte. »Meine Güte! Nachdem ich das jetzt alles sehe, wird mir richtig klar, wie viel Zeug das war.«

Decker/Lyle nickte, ließ den Blick über die gewaltige Sammlung wandern und gab dem Publikum Zeit, die Darbietung zu verdauen. »Betty«, sagte er schließlich, »können Sie mir sagen, wie viel Geld Sie für das alles ausgegeben haben?«

»Oh, ich bekomme Angst, wenn ich nur darüber nachdenke!«, wehrte Betty ab.

»Aber Sie kennen die Summe?«

»Und ob.« Sie schnitt eine Grimasse. »Es ist mir echt peinlich.« Sie blickte zum Publikum und lächelte verlegen. »Im letzten Jahr waren es ... rund dreizehntausend Dollar.«

Die Zuschauer stöhnten, und Betty lief rot an. *Wunderbar,* dachte Decker/Lyle. *So etwas kann man nicht spielen.* Der

Geräuschpegel stieg an, als die Zuschauer nach Luft rangen und tuschelten.

Decker/Lyle legte Betty tröstend eine Hand auf die Schulter. »Glauben Sie mir – damit liegen Sie eher im unteren Bereich des nationalen Durchschnitts.«

»Wirklich?«, fragte Betty. Wieder erhob sich vielfaches Getuschel im Zuschauerraum.

Decker/Lyle wandte sich an das Publikum. »Die durchschnittliche amerikanische Frau gibt im Jahr zwischen zwölf- und fünfzehntausend Dollar für Gesundheits- und Kosmetikprodukte aus. Es ist schockierend, alle diese Hilfsmittel an einer Stelle versammelt zu sehen, aber was Sie hier sehen, ist absolut typisch. Fünfzehntausend Dollar im Jahr, nur damit eine Frau so aussehen kann wie eine andere. So.« Er hielt das Fläschchen ReBirth hoch und drehte sich wieder zu Betty herum. »Betty, Sie haben ReBirth angewendet und die Wirkung am eigenen Leib erlebt. War es schwierig?«

»Noch nie im Leben ist mir etwas leichtergefallen.«

»Hat es viel Platz verbraucht?«

»Es ist doch nur eine kleine Flasche«, antwortete sie. »Kleiner als Lipgloss.«

»Verglichen damit ist das nicht schlecht.« Decker/Lyle wies auf den Berg, der sich auf der Bühne angehäuft hatte. »Stimmt's nicht?«

»Nein, wirklich nicht schlecht.«

Decker/Lyle sprach weiter zum Publikum. »Eine einzige Flasche ReBirth hat die gleiche Wirkung wie dieser ganze Haufen. Das Mittel ersetzt ihn komplett und erspart Ihnen viel Zeit, Platz und Geld. Betty, wir haben Ihnen die Probe kostenlos zur Verfügung gestellt. Haben Sie eine Ahnung, was so etwas für den Endkunden kosten könnte?«

»Um alles zu ersetzen?«, fragte Betty. »Fünfzehntausend Dollar?« Decker/Lyle schüttelte den Kopf. »Zehntausend?«

Decker/Lyle schüttelte abermals den Kopf, und Betty hob verunsichert die Schultern.

Decker/Lyle hob die Hand und spreizte die Finger. »Fünftausend Dollar«, sagte er. »Ungefähr ein Drittel dessen, was Sie für alle diese Hilfsmittel bezahlt haben.« Er deutete auf den Stapel hinter ihm. »Fünftausend Dollar für das einfachste, wirkungsvollste Schönheitsprodukt, das man sich nur erträumen kann.« Er reichte Betty das Fläschchen mit ReBirth. »Bitte, Betty! Mehr als das hier brauchen Sie nicht.« Er lächelte, die Sache machte ihm Spaß. »Was fangen Sie jetzt mit den eingesparten zehntausend Dollar an?«

Betty riss die Augen auf. »Ich ...« Sie war sichtlich erschrocken, denn diese Szene hatten sie nicht geprobt. »Zehntausend Dollar? Ich fliege nach Paris! Oder in die Karibik!« Sie richtete sich auf und strahlte. »Ich fliege zum schönsten Strand der Welt und zeige allen diesen Körper!«

Wieder applaudierten die Zuschauer voller Begeisterung.

Kapitel 29

Dienstag, 3. Juli
12:50 Uhr
34th Street, vor dem Manhattan Center

164 Tage bis zum Weltuntergang

Amber Sykes lächelte in die Kamera. »Das war der aktuelle Livebericht von der erstaunlichen Produkteinführung. Vergessen Sie nicht, herunterzukommen und uns in etwa zehn Minuten persönlich zu treffen, wenn NewYew einem Glücklichen hier auf der Straße eine Flasche ReBirth schenkt!« Hinter ihr tobte die Menge. Sie konnte es sich nicht verkneifen und zwinkerte in die Kamera. »Hier ist Amber Sykes von New York One. Zurück zu Ihnen, Alan!«

»Und ... raus«, sagte Sam, der Producer. »Wir sind in zweiundsiebzig Sekunden wieder auf Sendung. Ist das nicht der helle Wahnsinn?«

Der Kameramann ließ die Schultern kreisen. »Das bringt mich noch um.«

»Du machst das gut, Monty«, lobte ihn Amber. »Wer kommt zum nächsten Interview?«

»Reverend Wade«, erwiderte Sam. »Der religiöse Spinner von gestern. Der Sender will einen zweiten Bericht.«

»Auch wenn er religiös ist, muss er noch lange kein Spinner sein«, wies ihn Amber zurecht. »Sei nett zu dem Mann!«

»Ich mag ihn nicht«, gestand Sam. Trotzdem hellte sich seine Miene auf, als er den Geistlichen näher kommen sah. »Willkommen, Mister Wade! Hier herüber, bitte!«

Monty drängelte sich durch, um eine geeignete Stelle

zu finden, möglichst dicht am Bordstein und mit einem guten Blick auf die Demonstranten im Hintergrund. Amber linste noch einmal in den Schminkspiegel, klappte ihn zu und steckte ihn in die Tasche. Sam zählte die letzten Sekunden ab und wies auf Amber.

»Danke, Alan. Wir melden uns wieder von der Produktvorstellung in New York und sprechen mit einem Mann, den wir schon gestern Abend interviewt haben, mit Reverend Joseph Wade. Reverend, gestern Abend haben Sie behauptet, NewYew würde Menschen entführen und sie durch laborgezüchtete Doppelgänger ersetzen. Was können Sie uns nun, nach der Produkteinführung, dazu sagen?«

»Die Einzelheiten stimmten nicht ganz«, räumte der Reverend ein und nickte. »Aber in Bezug auf den wichtigsten Aspekt hatte ich recht. Klonen ist eine Abscheulichkeit vor Gott, eine Sünde. Klonen verspottet Gottes Ebenbild. Der Mensch wurde nach seinem Bild geschaffen, und es zeugt von ungeheurer Überheblichkeit, sich derartig daran zu vergreifen.«

»Ich glaube auch selbst an Gott und möchte Sie etwas fragen«, entgegnete Amber. »Wenn Gottes Bild weit genug gefasst ist, um uns beide einzuschließen – unterschiedliche Menschen, unterschiedliche Hautfarbe, unterschiedliches Geschlecht –, wie kann es dann eine Verspottung des Bilds sein, wenn man einfach nur ein menschliches Gesicht durch ein anderes ersetzt?«

»Es geht nicht darum, wie wir aussehen«, widersprach der Geistliche. »Es geht darum, *warum* wir so aussehen. Gott gab Ihnen Ihren Körper und mir den meinen aus einem bestimmten Grund. Es steht uns nicht zu, in unserer Überheblichkeit ein Gottesgeschenk zu verschmähen.«

»Dann ist es also falsch, das Erscheinungsbild zu verändern?«, fragte Amber. »Ich habe gerade eben Make-up aufgelegt. Bin ich jetzt eine Sünderin?«

»Natürlich nicht«, sagte der Reverend. »Aber das ist etwas ganz anderes …«

»Was ist mit Schönheitsoperationen?«, hakte Amber nach. »Protestieren Sie auch dagegen?«

»Greifen Sie denn zu solchen Mitteln?«

Amber stutzte und vergaß einen Moment lang, den Mund zu schließen.

Der Reverend starrte sie an und bohrte weiter. »Offenbar sind Sie ein großer Fan des Zeugs, und in wenigen Minuten verschenkt man hier eine Probe. Ich bin sicher, dass man Ihnen für die Demonstration vor laufender Kamera einige Tropfen zur Verfügung stellt. Werden Sie sie anwenden?«

Amber schürzte die Lippen und dachte nach. »Mein Gesicht … ist mein Lebensunterhalt«, antwortete sie. »Eine Reporterin ist eine Figur der Öffentlichkeit. Ich muss aussehen wie ich selbst, weil ich sonst keinen Job mehr habe.«

»Aber mit einem neuen Gesicht könnten Sie sich einen neuen Job suchen«, konterte der Mann. »Wahrscheinlich sogar einen besseren. Als Sie mit dem College fertig waren und Reporterin werden wollten, wie oft wurden Sie da abgelehnt, weil Sie zu jung, zu klein oder nicht hübsch genug waren?«

Amber schluckte. »Das ist unfair.«

»Aber genau darüber reden wir doch«, erklärte er grimmig. »Wir quantifizieren die Schönheit. Wir erzählen den Leuten, sie seien nicht gut genug, wie sie sind. Haben Sie nicht selbst den ganzen Morgen über dieses Zeug beworben? Also sagen Sie mir – werden Sie es nehmen oder nicht?«

Aus den Augenwinkeln sah Amber, wie Sam die flache Hand quer vor dem Hals vorbeizog. *Abbrechen. Sofort beenden und nichts wie raus.*

»Ich … ich bin stolz auf die Person, die ich …«

»Sie sind die leicht ersetzbare Reporterin eines unwichtigen Senders«, fiel ihr der Reverend ins Wort. »Das kann doch nicht der Grund sein, warum Sie diesen Beruf ergreifen wollten. Sie haben doch sicher höhere Ziele. Wie weit könnten Sie Ihrer Meinung nach kommen, wenn Sie aussähen wie Victoria Carver?«

»Ich ...«

»Wie viel höher könnten Sie aufsteigen, wenn Sie weiß wären?«

»Das war's.« Sam drängte sich an Monty vorbei und schob sich zwischen Amber und den Reverend. »Es ist vorbei. Es gibt kein Interview mehr, und Sie sollten sich schämen, Sir. Sie sollten sich einfach nur schämen ...«

»Moment!«, rief jemand. Ein blondes Mädchen drängte sich durch die Menschenmenge. »Warten Sie!«, keuchte das Mädchen außer Atem. »Ich muss etwas sagen. Sind Sie noch auf Sendung?«

»Nicht mehr lange«, knurrte Sam und deutete auf die Kamera. »Monty, schalte ab!«

»Ehrlich«, sagte das Mädchen. »Das ist die Meldung des Tages.« Amber vermutete, dass das Mädchen gerade die Highschool verlassen hatte und höchstens neunzehn war. Schlank und blond. »Ich habe Informationen über NewYew, die die Welt erfahren muss.« Sie sah nach hinten und rückte ein wenig nach rechts. »Achten Sie auf die Tür im Hintergrund! In etwa dreißig Sekunden werden uns die Wachleute von NewYew verscheuchen.«

»Wir sind noch auf Sendung«, staunte Sam und hielt den Finger an den Ohrhörer. »Sie haben es einfach laufen lassen und sagen, sie wollen noch mehr von dem Mob mitbekommen.«

»Dann liefern wir ihnen noch mehr.« Das Mädchen blickte in die Kamera. »Sind Sie bereit?«

»Alles klar.«

Das Mädchen fasste sich und blickte unverwandt in die Kamera. »Ich bin Susan Howell«, begann sie. »Ich habe bei NewYew gearbeitet und bei den frühen Versuchsreihen mitgeholfen, ReBirth zu testen. Versehentlich wurde ich mit einer Probe der Lotion infiziert, die mein Boss Lyle Fontanelle berührt hatte. Als ich mich allmählich in ihn verwandelte ...«

»Moment mal!« Amber schaltete sich ein. Sie blickte in die Kamera und strich sich das Haar glatt. »Sagten Sie gerade, dass NewYew Sie in einen Mann verwandelt hat?«, fragte sie.

»Ja«, bestätigte Susan. »Ich musste im Krankenhaus bleiben, bis sie weitere Lotion geholt hatten und mich wieder in mich selbst zurückverwandelten.«

Die Leute murrten. Niemand hatte ihnen gesagt, dass die Lotion auch das Geschlecht verändern konnte. Amber hatte nicht das Geringste darüber gehört. *Es leuchtet ein, aber ...*

»In den letzten vier Wochen war ich in einem Haus auf Long Island eingesperrt«, fuhr Susan fort. »Nummer drei-fünf-vier-acht-null Red Hosta Lane. Mir gelang die Flucht, aber dort gibt es noch mehr als zwölf weitere Gefangene, die auf ihre Befreiung warten. Und die Manager müssen sofort verhaftet werden.«

Jetzt erhob sich lautes Geschrei, und ein zorniger Tumult einander widersprechender Stimmen griff um sich. Einige schrien etwas über die Entführung, andere über die Lotion, und die meisten brüllten Susan nieder, nannten sie eine Lügnerin und bedachten sie mit anderen hässlichen Schimpfwörtern. Amber hatte Mühe, im Blickfeld der Kamera zu bleiben. Die Menge drängelte, und der Reverend stachelte sie weiter an, indem er einen Sprechgesang anstimmte. »Gott schuf Mann und Frau!«

»NewYew führt illegale Experimente durch!«, rief Susan.

»Sie entführen und foltern Unschuldige, sie sind kriminell und hinterhältig. Man muss sie aufhalten! Es ...«

Mit lautem Knall flogen die Türen des Veranstaltungszentrums auf, und eine Horde von Sicherheitsleuten in schwarzen Anzügen stürmte auf die Menge zu. Susan fluchte, ließ das Mikrofon fallen und huschte geduckt an Monty vorbei, um zwischen den Umstehenden unterzutauchen. Verzweifelt stießen die Wachleute die Leute hin und her, um Susan zu erreichen. »Sie verteilen kostenlose Proben!«, rief plötzlich jemand. Susan verschwand, als die Menschen wie eine Woge nach vorn stürmten.

Kapitel 30

Dienstag, 3. Juli
13:09 Uhr
Midtown, Manhattan

164 Tage bis zum Weltuntergang

Kein Problem, dachte Lyle. *Niemand weiß, wie ich aussehe.*

Wenigstens noch nicht.

Er presste die Schachtel fest an die Brust und beobachtete nervös die Passanten auf der Straße. Das brennende Gebäude lag inzwischen mehrere Blocks hinter ihm, in der Ferne heulten Sirenen, und Lautsprecherdurchsagen wiesen die Gaffer an, sich zurückzuziehen. Die Menschen, denen er auf der Straße begegnete, redeten entweder über den Brand oder über ReBirth. Anscheinend wusste die ganze Stadt davon, sowohl von den Wundergeschichten, die man sich über die Wirkung erzählte, als auch von den Ausschreitungen, die vor dem Firmensitz ausgebrochen waren. Lyle kümmerte sich nicht um das Gerede. Über die Einzelheiten konnte er sich später noch informieren. Jetzt hatte er etwas Wichtigeres zu tun. Er hatte einen Armvoll der wertvollsten, gefährlichsten Substanz auf der Welt und lief, ganz auf sich selbst gestellt, durch das geschäftige Herz von New York City.

New York ist viel angenehmer, als die Leute immer behaupten, redete er sich ein. *Niemand stiehlt mir die Ampullen. Das habe ich schon einmal getan, es war sogar spät am Abend, und mir ist nichts passiert. Niemand hat mich getötet, überfallen oder mich auch nur schräg von der Seite angesehen. Mir stößt schon nichts zu.* Vorsichtig bahnte er sich einen Weg durch die Menge und bemühte sich, niemanden zu berühren. *Ob angenehm oder nicht, sie könnten mich trotzdem versehentlich anrempeln oder sich an mir vorbeidrängen. Wer weiß, was dann passieren würde? Hier habe ich fast einen Dreiviertelliter von dem Zeug. Sechzehn kleine Flaschen und eine größere. Wenn ich etwas verschütte, wäre Manhattan erheblich weniger vielfältig.*

Ringsum hörte er die Fußgänger über ReBirth tuscheln. »Hast du schon gehört?« – »Hast du's gesehen?« – »Weißt du, wie es wirkt?«

Nur noch vier Blocks. Lyle blieb an der Ecke stehen und wartete auf Grün. Er hatte nur begrenzten Zugang zum Internet gehabt – nur zum Lesen und ohne die Möglichkeit, eine Nachricht zu verschicken. Allerdings hatte er die Zeit genutzt, um sich über andere Fälle zu informieren, bei denen ReBirth möglicherweise helfen konnte. Ein Schülerlotse in der Bronx hatte bei einem Autounfall ein Bein verloren. Konnte dank der ReBirth-Formel sein Bein nachwachsen? Bei einer Frau waren die Brüste nachgewachsen, also lag ein Bein im Bereich des Möglichen. Die Substanz verwandelte den Körper in ein Idealbild seiner selbst, ganz egal, wie er vorher ausgesehen hatte. Wie schaffte sie das? Je länger er sie untersuchte, desto bewusster wurde ihm, wie aggressiv sie war. In gewisser Weise war es eine erschreckende Vorstellung, was geschehen konnte, wenn ...

Jemand prallte gegen seinen Ellbogen, und die Schachtel fiel zu Boden. Vor Schreck setzte Lyles Herzschlag aus.

Die Schachtel platzte auf, überschlug sich und verstreute den Inhalt auf dem Gehweg, ein Dutzend winzige Flaschen und eine etwas größere Ampulle. Vor Schreck gelähmt, sah Lyle zu, dann sank er auf die Knie und sammelte eilig alles wieder ein. *Schon gut,* dachte er nervös. *Niemand wird mir etwas stehlen. New York ist viel angenehmer, als man allgemein glaubt ...*

»Moment, ich helfe Ihnen«, sagte eine freundliche Stimme. Schon hatte sich eine Frau gebückt und griff nach einem Fläschchen. Er sprang zu ihr hinüber und hob es vor ihr auf. Beinahe wäre er dabei auf die größere Flasche getreten. Sie rutschte auf die Straße, und Lyle unterdrückte einen Fluch.

»Nein!«, wehrte er ab. »Schon gut, das kann ich selbst einsammeln. Bitte helfen Sie mir nicht!«

»Oh, kein Problem!« Die Frau griff nach einem anderen Fläschchen. »Wenn ich etwas fallen lasse, freue ich mich immer über Hilfe.«

»Nein, wirklich!« Schon bückte sich ein weiterer Passant, um ihm zu helfen. Der Mann nahm eine Ampulle mit der Lotion, schob sie in die Pappschachtel und lächelte Lyle an.

»Alles in Ordnung, Sir?«

»Ja«, zischelte Lyle mit zusammengebissenen Zähnen. Er hockte auf den Knien und sammelte die Ampullen ein, bevor jemand entdeckte, worum es sich handelte. »Mir geht es gut, vielen Dank. Bitte gehen Sie einfach weiter!« Händewedelnd verscheuchte er die beiden. »Kümmern Sie sich nicht um mich! Ich komme schon zurecht.«

»Warten Sie mal!«, rief die Frau, während sie die Ampulle anstarrte. »Ist das ... ist das etwa das Zeug aus dem Fernsehen? Das Zeug, um das es bei dem Aufstand ging?«

»Die Klonlotion?«, fragte der Mann. Er richtete sich auf und hielt ein Fläschchen hoch. »Ja, das ist ReBirth.« Mit gerunzelter Stirn wandte er sich an Lyle. »Woher haben Sie das?« Er richtete den Blick auf den Boden. »Sie haben da einen Wert von ungefähr achtzigtausend Dollar.«

Lyle schloss die Augen. *Jetzt bin ich im Eimer.* Sofort sammelte sich eine Menschenmenge.

»Achtzigtausend Dollar?«

»Ist das das Zeug aus den Nachrichten?«

»Wie viel Geld, sagten Sie?«

Achtzigtausend Dollar Endverkaufspreis, dachte Lyle und machte sich auf den Ansturm gefasst. *Wer weiß, wie viel es auf dem Schwarzmarkt wert ist?* Er beäugte die Umstehenden, öffnete die Hand und wollte eins der Fläschchen einpacken ...

Blitzschnell stürzte die Menge herab, ein Erdrutsch aus Händen und Füßen, sie griffen und grabschten, traten sich auf die Hände und rangen um die winzigen Ampullen. Lyle gab die letzten Exemplare auf und stürzte sich auf die Pappschachtel, um die Verluste in Grenzen zu halten und zu fliehen, doch im gleichen Augenblick griff ein anderer Mann danach. Lyle zerrte vergeblich und wollte den Mann wegdrängen. »Weg da!«, rief er. »Sie verstehen das nicht!« Niemand hörte zu. Der Mann entriss Lyle die Schachtel und trat triumphierend zur Seite, nur um von zwei Frauen niedergeschlagen zu werden. Eine von ihnen war diejenige, die Lyle anfangs noch geholfen hatte. Ein weiterer Passant stürzte sich ins Getümmel. Überwältigt von dem Tumult, wich Lyle zurück. Die Ampel sprang um.

Der Verkehrsfluss veränderte sich, die Autos strömten an dem Tumult vorbei. Zu spät erinnerte Lyle sich an die große Flasche, die auf der Straße gelandet war. Sie war nicht für den Verkauf etikettiert, und deshalb hatten die Passanten sie nicht erkannt. Er stürzte darauf zu, sah einen Lastwagen auf der Spur herandonnern und verschwand gerade rechtzeitig hinter einer Reklametafel. Der Lastwagen walzte über die Flasche. Lyle hörte ein Knacken, und plötzlich bekam die Menge einen Schauer der weißen Lotion ab – sie landete auf Händen, in Gesichtern, in den Haaren. Fein zerstäubt benetzte sie alle und schmierte von einem auf den anderen ab, während sie sich balgten. Als der Erste aufschrie, war es schon zu spät.

»Ich habe etwas abbekommen!«

»Woher kommt das?«

»Ich will mich nicht in Sie verwandeln!«

So schnell, wie sich die Menschentraube gebildet hatte, löste sie sich wieder auf. Schreiend stoben die Menschen auseinander. Eine mit der Lotion bedeckte Frau rannte auf ihn zu, er sprang auf die Straße, um ihr zu entgehen, und wurde um ein Haar von einem weiteren Fahrzeug erfasst. Auf den Straßen griff die Angst um sich, die bespritzten Opfer kreischten und schluchzten, rannten blindlings umher, stolperten und flehten andere um Hilfe an. Einige rannten davon, andere hielten inne, um zu helfen. Sie wussten nicht, was geschehen war, und kamen selbst mit der Lotion in Berührung. Wieder andere stürmten mitten ins Getümmel, um sich die noch unzerbrochenen Fläschchen zu schnappen, die auf dem Boden verstreut lagen, und der Kampf flammte von Neuem auf. Niemand wusste, was vor sich ging, wie die Lotion wirkte oder wie die Folgen zu verhindern waren.

Lyle wusste es genau. Er rannte weg.

Kapitel 31

Mittwoch, 4. Juli
Überall

163 Tage bis zum Weltuntergang

NACHRICHTENSPRECHERIN: »Guten Abend. Ich bin Lisa Maxwell, hier sind die Nachrichten auf Kanal sechs in Milwaukee. Unser erster Bericht dreht sich um Brett Osborne, den frisch berufenen Manager der örtlichen ReBirth-Klinik. Nach einem Streit mit seiner Ehefrau Diane wurde er heute Abend verhaftet. Osborne nahm im Büro eine Lieferung der sogenannten Klonlotion in Empfang, öffnete sie vorzeitig und wendete sie ohne deren Einwilligung bei seiner Frau an. Als die Nachbarn Schreie und mehrmaliges lautes Krachen hörten, alarmierten sie die Polizei. Wir schalten jetzt live zu unserem Reporter Carlos Lancaster am Ort des Geschehens. Carlos, können Sie uns noch weitere Informationen über die Ereignisse geben?«

CARLOS: »Ja, Lisa. Ich stehe hier vor dem Haus der Osbornes, und wie Sie sehen können, ist die Polizei noch anwesend. Die Angelegenheit scheint erheblich komplizierter zu sein als zunächst vermutet. Wir haben hier zwei Männer bei uns, die bereit sind, mit uns zu reden. Officer Schwartz ist der leitende Beamte am Tatort, und Aaron Greer ist der zuständige Staatsanwalt. Man hat tatsächlich einen Staatsanwalt hinzugezogen, der die Polizei berät, weil das Ereignis wirklich bizarr ist. Officer Schwartz, können Sie mir den Fall erklären? Anscheinend war es doch ein ganz gewöhnlicher häuslicher Streit. Warum so viel Aufhebens?«

OFFICER SCHWARTZ: »Die ersten Beamten, die eintrafen, hörten Rufe, Beschimpfungen und andere laute Äußerungen. Sie klopften und fanden das Haus in einem Zustand der Unordnung vor. Mehrere Gegenstände waren zerbrochen, aber anscheinend war niemand verletzt. Das einzige Verbrechen, das hier überhaupt begangen wurde, war die unerlaubte Anwendung der Lotion.«

CARLOS: »Im Allgemeinen ist es kein Verbrechen, seine Ehefrau mit einer Lotion einzureiben.«

OFFICER SCHWARTZ: »Im Allgemeinen nicht, aber aufgrund der Eigenschaften dieser speziellen Lotion ... Es scheint so, als sei dies illegal, obwohl wir noch nicht genau wissen, in welchem Sinn.«

CARLOS: »Was sagen Sie, Mister Greer? Wie schätzen Sie die Situation ein?«

STAATSANWALT: »Zunächst einmal wissen wir nicht, ob das Mittel überhaupt eine folgenreiche Wirkung hat. Die ReBirth-Lotion scheint etwas völlig Lächerliches zu sein, und man kann unmöglich daran glauben. Und doch hat NewYew offenbar Millionen, wenn nicht Milliarden Dollar für die Entwicklung und den Vertrieb des Produkts aufgewendet. Ich kann mir nicht vorstellen, dass eine Firma so viel investiert, wenn es sich nur um einen Schwindel handelt.«

CARLOS: »Wenn die Lotion also Miss Osbornes DNA gar nicht verändert, war es nur viel Lärm um nichts, oder?«

STAATSANWALT: »Es ist immer noch ein häuslicher Streit, und möglicherweise bekommen die beiden eine Geldbuße wegen Ruhestörung. Aber Sie haben recht – falls die Lotion überhaupt nicht wirkt, ist eine Geldbuße bereits das Schlimmste, was passieren kann.«

CARLOS: »Und falls sie wirkt?«

STAATSANWALT: »Falls sie wirkt ... betreten wir juristisches Neuland, denn mit so etwas hat sich bisher noch keiner beschäftigt. Wir haben einfach nicht die passenden juristischen Werkzeuge, die bei einem solchen Verbrechen greifen könnten. Der Täter wäre eventuell wegen Körperverletzung anzuklagen. Aber trifft es das wirklich, wenn jemand ohne Erlaubnis eine Person in eine andere verwandelt? So etwas hat es bisher noch nie gegeben. Derartige Vorfälle wurden bisher nur in den Vorschriften auf ... auf dem Raumschiff Enterprise erwähnt.«

CARLOS: »Unglaublich. Das ist sicher einer der seltsamsten Einsätze, den Sie je erlebt haben. Wenigstens bisher.« [Dreht sich zur Kamera um.] »Lisa, wir halten Sie auf dem Laufenden, sobald sich etwas Neues ergibt. Doch sowohl Officer Schwartz als auch Mister Greer bitten mich zu betonen, wie gefährlich die Lotion sein kann – und dies vor allem, wenn sie unsachgemäß oder ohne Einwilligung angewendet wird. Morgen geht sie in den Verkauf, also eine Bitte an alle: Seien Sie vorsichtig, sonst könnten diese Herren auch bei Ihnen anklopfen.«

MEG CARSON: »Willkommen bei der Morning Show, die wir heute live vom Times Square ausstrahlen. Ich bin Meg Carson, und draußen vor dem Fenster sehen Sie die aufgeregten Zuschauer, die sich auf unseren nächsten Gast freuen.

Begrüßen Sie eine der umstrittensten Persönlichkeiten Amerikas, den Mann, der sich Guru Kuvam nennt. Zusammen mit ihm im Studio sind Donna und Melissa Pickett, die behaupten, Kuvam habe Donna vom Krebs geheilt. Mister Kuvam ...«

KUVAM: »Bitte nennen Sie mich Guru!«

CARSON: »Äh ... nun gut. Guru Kuvam, als dies alles vor etwas mehr als einem Monat an die Öffentlichkeit drang, konnten wir uns überzeugen, dass Donna auf einmal wie die Zwillingsschwester ihrer Tochter Melissa wirkte. Wenn ich die beiden Frauen hier im Studio zusammen betrachte, dann muss ich sagen, dass die Ähnlichkeit unmöglich zu übersehen ist.«

[Donna und Melissa lächeln und sie sind kaum auseinanderzuhalten.]

CARSON: »Als Sie damit an die Öffentlichkeit gingen, wussten wir alle nicht, was wir davon halten sollten. Nach den Ereignissen der letzten Tage fragen wir uns nun natürlich, ob Ihre sogenannte naturheilkundliche Behandlung nicht einfach nur eine Dosis ReBirth war.«

KUVAM: »Das ist richtig, Megan, es wäre aber falsch, die naturheilkundliche Herkunft von ReBirth zu bestreiten. Die Naturheilkunde ist eine medizinische Disziplin, die den ganzen Körper heilen will, indem sie das Beste im Körper zum Vorschein bringt und es ihm erlaubt, sich selbst zu heilen. Donnas bisherige Krebsbehandlungen ignorierten diesen Zusammenhang und konzentrierten sich auf kleine Teile des Körpers. Man wollte den Krebs mit brutaler Gewalt vernichten. Ich indessen habe den ganzen

Körper behandelt und verändert, ich habe ihn gereinigt. Sie hat diese Kraft genutzt, um sich selbst zu heilen.«

CARSON: »Finden Sie das nicht ein wenig invasiv? Ich meine, es ist ja eigentlich gar nicht mehr ihr Körper, oder? Es ist Melissas Körper.«

KUVAM: »Es ist Melissas genetischer Code, aber Donnas Körper. Sie sind so wenig ein und dieselbe Person wie eineiige Zwillinge. Sagen wir lieber, sie sind zwei unterschiedliche Menschen, die aus einem gemeinsamen Ursprung entstanden sind. Das gilt genauso für die Gesamtheit aller Menschen.«

CARSON: »Vielleicht können Sie mir dann folgende Frage beantworten. Woher haben Sie mehr als einen Monat vor der Einführung eine Probe von ReBirth bekommen? Hat man sie Ihnen gegeben? Ist dies ein Teil der Öffentlichkeitsarbeit von NewYew?«

KUVAM: »Man hat es mir nicht gegeben, und ich habe es nicht gestohlen. Sagen wir lieber, das Universum legte mir ReBirth in die Hände. Die Welt, die Medien und die Firmen, die die Substanz kontrollieren – sie alle sind oberflächlich und nur an Äußerlichkeiten interessiert. Sie wollen Geld verdienen oder Schönheit und Macht gewinnen. Das sollen sie meinetwegen tun, aber der wahren, lebendigen Natur des Menschen ist dies alles gleichgültig. NewYew hat uns ein kommerzielles Produkt gegeben, aber das Universum hat uns durch NewYew das Leben geschenkt. So wird uns nun die Unsterblichkeit geschenkt. Erkennen Sie das Potenzial, Megan? Sehen Sie, wie das Universum die Arme ausbreitet, um Sie zu umfangen? Es sollte keinen Anlass zur Sorge mehr geben. Keine Angst vor Krankheiten, weil dank der ReBirth-Formel alle Krankheiten zu heilen sind. Keine Angst vor Hass, weil ReBirth alle Unterschiede aufhebt. Wir sind jetzt ein Volk, geeint und ewig, und nichts und niemand auf der Welt kann ...«

[Ein lauter Knall, Guru Kuvams Kopf fliegt zurück, auf der Stirn entsteht ein großer roter Fleck. Hinter ihm zerbirst die Glasscheibe, und im Studio hört man auf einmal den Verkehrslärm und kreischende Menschen. Die Frauen ducken sich hinter Sofas, Kameramänner und Bühnenarbeiter rennen in Deckung. Eine zweite Salve fegt durch das Studio. Ein Mann springt vor die Kamera und fuchtelt wild mit einem Sturmgewehr herum.]

AMOKLÄUFER: »Der Ketzer ist gefallen, und mit ihm gehen seine Abscheulichkeiten zugrunde!« [Außerhalb des Bildschirms wird abermals geschossen, der Amokläufer stürzt, dann stürmen Polizisten und Wachleute herbei. Der Amokläufer stößt keuchend noch einige letzte Worte hervor.] »Freudig gebe ich mein Leben. Meine Erlösung wird wahrhaftig sein.«

NACHRICHTENSPRECHER: »Wir schalten live zur mitternächtlichen Einweihung der ReBirth-Klinik in Santa Monica, wo die vierundzwanzigjährige Sängerin und Filmschauspielerin Cristina Francis angegriffen wurde. Quellen aus Francis' Umfeld lassen verlauten, sie sei neben Hunderten anderer neugieriger Zuschauer anlässlich der Eröffnung angereist. Aus der Menge der ersten ReBirth-Kunden kam ein Mann mit einer Probe der ungeprägten Lotion auf sie zu und schmierte sie ein, um die Substanz mit der DNA der Sängerin zu prägen. Ich stehe hier neben Ben Thompson, einem der vielen Augenzeugen. Können Sie uns erzählen, was dann geschah?«

THOMPSON: »Wir wollten ihn festhalten. Alle waren dabei, die ganzen Leute, aber er hatte ja die Lotion an den Händen, und so konnten wir ihn nicht packen, ohne uns selbst einzuschmieren, verstehen Sie? Und Cristina Francis ist ja eigentlich super und so, aber ich wollte mich nicht in sie verwandeln. Meine Freundin könnte das vielleicht mal machen, aber ich nicht, denn dann würde ich von den Leuten angegriffen, die meine DNA haben wollen. Deshalb sagte ich zu meiner Freundin, sie soll ihn packen, aber sie hatte Angst, und die anderen wollten ihn auch nicht berühren, also konnte er entkommen.«

NACHRICHTENSPRECHER: »Danke. Viele Blogger und Denker haben vor solchen Angriffen gewarnt, seit ReBirth gestern auf den Markt kam. Sie meinten, die sogenannten Kopierazzis könnten den Berühmtheiten auflauern, aber nicht, um Fotos aufzunehmen, sondern um die DNA zu rauben. Niemand rechnete damit, dass es so schnell passieren würde. Dies könnte ein schlechtes Omen für die Zukunft sein. Zurück ins Studio.«

Kapitel 32

Mittwoch, 11. Juli
13:23 Uhr
Hauptsitz von NewYew, Konferenzraum des Aufsichtsrats, Manhattan

156 Tage bis zum Weltuntergang

»Die Schlinge zieht sich zu«, erklärte Sunny. »Mein Kontaktmann bei der FDA sagt, sie arbeiten mit dem FBI und dem Militär zusammen und planen etwas Großes – eine Razzia in unserer Fabrik, Beschlagnahmung unserer Akten und so weiter. Wir haben höchstens noch bis Freitag Zeit. Ich glaube, wir sollten sofort verschwinden.«

Decker/Lyle sah sich im Konferenzraum um. Sein Magen flatterte vor Nervosität. Er war geblieben und hatte geholfen, damit die Produkteinführung ein riesiger Erfolg wurde. Als Susan draußen aufgetaucht war, hatte er sie nicht beachtet und bei den Kumpanen von NewYew ausgeharrt. Sie vertrauten ihm mittlerweile tatsächlich. Es war Zeit, dass er herausfand, wie die nächste Phase aussehen sollte.

Zugleich hatte er Schuldgefühle. Die Manager von NewYew hatten ihn in gewisser Weise sogar besser behandelt als die Vorgesetzten bei Ibis. Er verdiente mehr Geld als je zuvor und hatte seiner Ansicht nach mit Sunny eine echte Freundschaft aufgebaut. Sein Leben als Lyle Fontanelle funktionierte bestens. Was sollte ihn davon abhalten, dauerhaft in diese Rolle zu schlüpfen? Er konnte Ibis, Abraham Decker und allem anderen Lebewohl sagen und für immer Lyle bleiben. Es war verlockend. Decker/Lyle war hin- und hergerissen.

Das war seit einiger Zeit ein nur allzu vertrautes Gefühl.

»Man lässt uns nicht aus dem Land«, wandte Jeffrey ein.

»Deshalb benutzen wir meine private Jacht«, bot Cynthia an. »Vorausgesetzt, es macht Ihnen nichts aus, mehrere Wochen auf See zu verbringen. Wir könnten São Tomé erreichen, ohne einen Grenzposten zu passieren, unser Gesicht kontrollieren zu lassen oder einen Pass vorzeigen zu müssen.«

Decker/Lyle lächelte. »Sie haben wirklich an alles gedacht.« *Zum Teufel mit Ibis,* dachte er. *Das will ich – gute Freunde, sorglos auf einer Tropeninsel leben und mehr Geld haben, als ich je ausgeben kann. Ibis beginge für diese Informationen einen Mord, aber was kümmert es mich?* Er lachte. *Auf ins neue Leben!*

Die Manager erhoben sich und schoben die Stühle zum letzten Mal an den Konferenztisch. Sunny hielt ihnen die Tür auf, als sie zum Aufzug gingen, Kerry drückte auf den Rufknopf.

»Ich bin eifersüchtig«, gestand er. Kerry blieb im Land. Die Firma brauchte jemanden vor Ort, und er hatte das Gesicht so oft verändert, dass er nicht mehr zu erkennen war. Er konnte insgeheim organisieren, ohne von der Bundespolizei bemerkt zu werden.

Decker/Lyle lächelte. »Wir bemühen uns, es mit dem Vergnügen nicht zu übertreiben.«

»Oh, ich komme schon auf meine Kosten!«, lachte Kerry. »Ich bin ein frischgebackener Milliardär im schönsten Land der Welt. Machen Sie sich meinetwegen keine Sorgen! Nur auf Ihren Strand muss ich verzichten.«

»Man kann nicht alles haben«, meinte Sunny.

»Aber man muss es auf jeden Fall versuchen«, warf Jeffrey ein.

Das Signal ertönte, die Aufzugtür öffnete sich, und sie stiegen ein. Jeffrey wollte die Kabine zum Parkdeck schicken, doch Kerry kam ihm zuvor und drückte auf den Knopf für den vierunddreißigsten Stock. »Ich hätte fast das Bargeld vergessen«, sagte er. »Wir haben etwas abgehoben, das Sie auf das Boot mitnehmen können. Drei Aktentaschen voll.«

»Brauchen Sie noch zwei hilfreiche Hände?«, fragte Sunny.

»Wie, noch zwei Hände? Kann ReBirth so etwas wirklich bewirken?«, fragte Jeffrey.

»Halten Sie den Mund, Jeffrey!«, schnauzte Cynthia. »Nein, Sunny, Sie müssen auf dem Weg nach unten noch ein paar Papiere unterschreiben.« Die Tür öffnete sich im vierunddreißigsten Stock. »Lyle kann ihm helfen.«

»Klar«, sagte Lyle. Er und Kerry stiegen aus, holten die Aktentaschen und warteten auf den nächsten Aufzug. Als sie im Parkdeck ankamen, saßen die anderen schon in der Limousine, die im Leerlauf vor der Tür stand. Kerry reichte seine beiden Aktentaschen hinein und hielt Decker/Lyle die Tür auf, damit dieser einsteigen konnte.

»Viel Spaß!« Kerry schloss die Tür.

Die Limousine fuhr an, und Jeffrey riss die Alufolie von einer Champagnerflasche ab. »Endlich!«, rief er. »Lasst uns feiern!« Er zog den Korken heraus, und die anderen Manager jubelten, während sie herumrutschten und sich wanden, um den Schaumflocken zu entgehen. Jeffrey schenkte ein und hätte beinahe ein Glas verfehlt, als die Limousine das Parkdeck verließ, auf die Straße einbog und beschleunigte.

Cynthia wandte sich an Decker/Lyle. »Wo ist denn nun dieses Boot?«

Decker/Lyle lächelte verwirrt. »Ich dachte, es gehört Ihnen.«

»Ich ... ja. Natürlich. Ich habe mich nur gefragt, ob Sie es bewegt haben.« Sie lächelte zurück, es war eine eigenartige Mischung aus Verlegenheit und ... *fühlt sie sich irgendwie ertappt?* Lyle blickte die anderen an und fing einen missbilligenden Blick von Jeffrey ein. *Seit wann wagt Jeffrey Cynthia so anzusehen?*

»Warum sollte ich das Boot bewegen?«, fragte er.

»Das ist ihr nur so rausgerutscht«, schaltete sich Sunny ein. »Lassen Sie es ihr durchgehen, es wird nicht noch einmal passieren.«

Decker/Lyle hob überrascht den Kopf. »Moment mal, was?« *Warum verhalten sie sich so komisch?*

»Ich meine, das ist für uns alle neu. Wir haben diese Rollen zwar wochenlang einstudiert, aber ...«

In Lyles Kopf schrillten Alarmglocken. *Sie verhalten sich nicht wie sie selbst, weil sie nicht sie selbst sind.* »Ihr seid Kopien.«

Die anderen Manager lächelten leicht und wechselten Blicke, als hätte er gerade den Himmel beschuldigt, blau zu sein. »Ja ... sicher«, bestätigte Cynthia. »Sie etwa nicht?«

Decker/Lyle antwortete nicht. Fieberhaft dachte er über die Konsequenzen nach. Sie waren alle Kopien. Was hatte das zu bedeuten?

Der falsche Jeffrey riss die Augen weit auf. »Er ist echt. Sie haben uns den echten Lyle ins Auto gesetzt.«

»Warum sollten sie uns den echten Lyle unterjubeln?«, stammelte der falsche Sunny. »Sie ... wir ... wollten doch auf die Bahamas, oder?«

Die falsche Cynthia erbleichte. »Mir sagten sie, es gehe nach Buenos Aires.«

Der falsche Sunny drängte sich zur Tür, doch der Griff war blockiert.

Decker/Lyle sah sich über die Schulter um und betrachtete die belebte Straße von Manhattan hinter ihnen. *Fährt da nicht eine andere Limousine in die andere Richtung?* Er war nicht sicher. Aufgeregt drehte er sich wieder um. *Was ist hier los?*

Das Geld, dachte er. *Sie geben uns kein Geld, wenn sie ...* Er zog eine Aktentasche auf den Schoß und öffnete sie. Sie war voller Zeitungen.

»Oh verd...«

Die Limousine explodierte.

Kapitel 33

Donnerstag, 12. Juli
1:13 Uhr
Im Haus von Delia Tyson, Flushing, Queens

155 Tage bis zum Weltuntergang

Lyle war tot, was der echte Lyle als große Erleichterung empfand. Die letzten anderthalb Wochen hatte er in der Angst verbracht, irgendjemand könne ihn aufspüren – Ibis, NewYew oder die Cops. Anscheinend waren alle hinter ihm her. Aber dann waren alle Manager von NewYew durch eine Autobombe gestorben, und auf einmal war Lyle frei.

Bis wenige Stunden später ein weiterer Lyle im East River entdeckt wurde. Und wenn es zwei Lyles gab, behauptete die Presse, dann konnte es auch noch mehr geben. Der Erfinder der menschlichen Klone hatte doch sicherlich mehr als eine Kopie seiner selbst angefertigt. Also war er wieder auf der Flucht.

Tot oder nicht, Lyle hatte große Angst, sich nach draußen zu wagen, und versteckte sich im Haus seiner Großmutter, wo er die Zeit vor dem Fernseher, am Computer oder am Telefon verbrachte und gelegentlich sogar alle drei gleichzeitig benutzte. Er verfolgte die Nachrichten, die immer neue Meldungen über ReBirth brachten. Es war das meistverkaufte Produkt auf dem Markt. Es war das Hauptthema in jeder Talkshow, ob spät am Abend oder tagsüber. Die Polizei warnte vor dem Gebrauch. Religiöse Gruppen prangerten es als Sünde oder als Erlösung an, je nachdem, mit wem man gerade sprach. Die Menschen setzten es falsch ein, verwendeten zu viel oder benutzten es auf eine Weise, die Lyle sich nie hätte träumen lassen. Es gab einen blühenden Schwarzmarkt für die DNA von Prominenten, und keiner, vom Filmstar bis zum politischen Anführer, traute sich noch unter die Leute.

Das kann ich ihnen nicht vorwerfen, dachte Lyle. *Ich selbst habe das Haus ja auch seit länger als einer Woche nicht mehr verlassen.*

Lyles Großmutter war eine tatterige alte Dame von beinahe einhundert Jahren, die zwanzig Stunden am Tag schlief und sich die restlichen vier Stunden so gut wie gar nicht um Lyle kümmerte. Sie redete mit niemandem außer ihrer Haushaltshilfe und dem Nachbarsjungen, der für sie einkaufte. Wenn die beiden kamen, versteckte sich Lyle in einem kleinen Werkzeugschuppen im Hinterhof und betete, dass sich die Großmutter nicht ausgerechnet in diesem Moment an ihn erinnerte und ihren Besuchern gegenüber eine unpassende Bemerkung machte.

Jetzt war es Nacht, und er wagte es nicht, den Fernseher einzuschalten, weil er fürchtete, jemand könnte das Haus beobachten und bemerken, dass er sich hier aufhielt. Vorausgesetzt, das Haus wurde überhaupt beobachtet. Er hatte nie jemanden gesehen, aber wenn die Behörden so klug waren, die Wohnungen der Angehörigen zu überwachen, konnte er auch annehmen, dass sie klug genug waren, dabei unauffällig vorzugehen. Er tappte in die Küche, öffnete den Schrank und schloss ihn wieder, weil er leer war. Es wurde Zeit, einen Zettel zu schreiben, damit der Nachbarsjunge wieder einkaufen ging.

An der Hintertür gab es ein Geräusch. Lyle zuckte zusammen. *Ein Einbrecher. Oder ein Lyle von Ibis. Vielleicht auch nur der Wind, der einen Zweig gegen das Fenster drückt.* Dann hörte er es wieder, ein lautes Klicken oder Klopfen. Nicht freundlich wie von einem Nachbarn, sondern energisch und mechanisch. Eindeutig, dort war jemand. Er suchte auf der Anrichte nach einer Waffe, entdeckte im Dunklen einen Messergriff und packte entschlossen zu. *Ein Killer,* dachte er. *Von Ibis oder der Regierung oder vielleicht sogar von NewYew. Das würde ich ihnen durchaus zutrauen. Vielleicht meint diese christliche Gruppe, die mich mit Kuvam in Verbindung gebracht hat, sie müsste mich ausschalten. Es gibt viel zu viele Leute, die mich umbringen wollen.*

Vorsichtig bewegte er sich in Richtung der Hintertür, hielt das Messer vor sich und sah zu, wie sich der Türknauf langsam drehte. Nun hob er die Waffe mit zitternder Hand. Klickend sprang das Schloss auf, und Cynthia trat ein. Sie trug eine lockere schwarze Hose und einen schwarzen Rollkragenpullover. Im Licht der Sterne schimmerte das Einbrecherwerkzeug.

Lyle starrte sie erschrocken an. *Seit wann weiß Cynthia, wie man Schlösser knackt?*

Sie sah sich um, fuhr erschrocken zurück, als sie ihn entdeckte, und taumelte. »Meine Güte, ein Mann ... mit einer Suppenkelle?« Sie hielt inne und fasste sich. Ein großer Mann, der ebenfalls völlig schwarz gekleidet war, trat ein und zielte mit einer Pistole auf Lyles Herz. Lyle stieß einen entsetzten Schrei aus und ließ die Waffe fallen, die klappernd auf den Bodenfliesen landete. Ein kurzer Blick im Licht, das durch die Tür hereinfiel, verriet ihm, dass es tatsächlich eine Suppenkelle war.

»Ist das der Mann?«, fragte der große Kerl, und Cynthia nickte. »Ja, das Gesicht habe ich hundertmal gesehen«, flüsterte sie. »Allerdings ist er ziemlich verwahrlost. Meine Güte, Sie könnten wenigstens ab und zu mal duschen!«

»Cynthia?«, fragte Lyle.

Der große Mann trat vorsichtig über die Schwelle, schob sich an Lyle vorbei und spähte mit erhobener Waffe in alle Flure und Zimmer. »Ist hier sonst noch jemand?«

»Nein«, antwortete Lyle. »Wer ... wer sind Sie? Cynthia, warum sind Sie wie ein Einbrecher gekleidet?«

»Weil er ein Einbrecher ist«, sagte eine andere Frau. Ironisch lächelnd kam Susan herein. »Das ist Tony Hicks, der an unserem Produkttest teilgenommen hat. Entschuldigen Sie den Einbruch, wir wussten nicht, dass Sie noch wach sind. Oder dass Sie überhaupt noch leben.«

»Ich ...«, stammelte Lyle. »Was?«

Susan kam näher, klopfte ihm auf die Schulter und schob sich an ihm vorbei. Cynthia – oder Tony – folgte ihr und blickte noch einmal misstrauisch nach draußen, bevor er die Tür schloss.

»Anscheinend ist uns niemand gefolgt«, sagte er/sie. »Haben Sie etwas zu essen?«

»Alles sauber.« Der große Mann kehrte aus dem Wohnzimmer zurück und steckte die Pistole ins Gürtelholster. »Außer einer hundert Jahre alten Dame ist niemand im Haus, und die wacht vorläufig nicht auf. Möglicherweise haben sie ihn gründlich verwanzt, aber das bezweifle ich. Wenn sie uns gehört hätten, dann hätten sie schon etwas unternommen.«

»Also, jetzt mal der Reihe nach!«, schaltete sich Lyle ein. »Hören Sie auf und erzählen Sie mir genau, was hier los ist! Susan kenne ich, und falls das wirklich Tony ist, dann ... ich verstehe einfach nicht, was das soll.« Er wandte sich an den großen Mann. »Wer sind Sie? Wer sind Sie wirklich?«

»Das ist Larry.« Susan zog einen Küchenstuhl zu sich heran und setzte sich. Tony/Cynthia durchsuchte den Kühlschrank. Mit einer Hand hielt er den Lichtschalter fest, in der anderen hatte er eine kleine Taschenlampe. »Larry war einer unserer Wächter im Gefängnis von NewYew in den Hamptons. Nun ja, genau genommen waren die meisten Wächter Larrys, aber der hier ist das Original.«

Larry tippte sich an den nicht existierenden Hut. »Schön, Sie kennenzulernen.«

»Reden Sie jetzt über das Haus, das in den Nachrichten erwähnt wurde?«, fragte Lyle. »Die Polizei hat es überprüft, aber dort war nichts.«

»Wir haben uns direkt nach Susans Flucht verzogen.« Larry lehnte sich an die Wand.

Lyle riss die Augen auf. »Dann ist es wirklich passiert? Ich wusste, dass NewYew irgendetwas mit Ihnen angestellt hatte. Aber ich dachte, Sie seien bei den anderen in São Tomé ...«

»Niemand war je in São Tomé.« Tony/Cynthia gab die Suche im Kühlschrank auf und versuchte es mit den Schränken. »Abgesehen von Carl. Er war nie persönlich bei uns. Alle, die mit der Lotion infiziert wurden – die Testpersonen, die Fabrikarbeiter, einfach alle –, hat man geschnappt und in Cynthia Mummers Haus in den Hamptons versteckt. Also, eigentlich wäre es ja mein Haus, falls ich es mit sechs anderen Cynthias teilen wollte. Haben Sie nichts zu essen?«

»Höchstens noch ein paar Konserven«, antwortete Lyle und deutete auf einen hohen Eckschrank. »Aber wie ... warum sind Sie Cynthia? Das verstehe ich nicht. Sie müssten ich sein.«

Unvermittelt drehte sich Tony/Cynthia zu ihm um und blendete ihn mit der kleinen Taschenlampe. »Was meinen Sie damit – wir sollten Sie sein? Haben Sie das etwa absichtlich gemacht?«

»Nein!«, wehrte Lyle ab, blinzelte und hob beschwichtigend die Hände. »Nein, natürlich war das keine Absicht. Wir wussten nicht einmal, was die Lotion bewirken kann, bis wir es bei Ihnen erlebten. Aber nach allem, was wir seitdem gelernt haben, hätten Sie sich in mich und nicht in Cynthia verwandeln müssen.«

»Ruhig, Tony!« Susan wandte sich an Lyle. »Er wurde tatsächlich in Sie verwandelt, aber als NewYew ihn schnappte, verwandelten sie ihn in Cynthia und ein paar andere in Jeffrey Montgomerys und ... und in den Asiaten, diesen Anwalt.«

»Sunny?«

»Genau. Sie hatten vier oder fünf von jeder Sorte und boten uns jeweils eine Million Dollar, damit wir ihnen helfen, nicht im Gefängnis zu landen.«

»Wie denn?«

Susan zuckte mit den Achseln. »Das wissen wir nicht, aber die Autobombe war vermutlich ein Teil des Plans. Was es auch gewesen sein mag, es ist immer noch im Gang. Ich glaube, Tony hier ist der einzige andere, der weggelaufen ist.«

Lyle betrachtete die Frau, die ruhelos die Küche durchsuchte. Eine Dose Spaghetti hatte sie gefunden, doch sie öffnete unverdrossen eine Schublade nach der anderen.

»Wo ist der verdammte Dosenöffner?«

»Warum sind Sie geflohen?«, fragte Lyle.

Tony/Cynthia runzelte die Stirn. »Was meinen Sie damit?«

»Man hat Ihnen eine Million geboten. Das hätte jeder sofort genommen. Warum sind Sie geflohen?«

»Ich wollte es ja nehmen«, sagte er/sie. »Aber dann bekam ich die Menopause zu spüren.« Er öffnete eine weitere Schublade und spähte hinein. »Ich dachte, die alte Schachtel soll bekommen, was sie verdient hat.«

Susan nickte ernst. »Als das Haus evakuiert wurde, saßen Larry und Tony zusammen im Auto und konnten sich während der Fahrt in einen anderen Unterschlupf unterhalten.«

»Wie sich herausstellte, waren wir alle von NewYew schwer enttäuscht«, erklärte Larry. »Wir sind absichtlich falsch abgebogen und verschwunden. Einige Male sind wir am Firmensitz vorbeigefahren, um die Lage zu erkunden, und haben Pläne geschmiedet. Dann sind wir auf Susan gestoßen, die genau das Gleiche gemacht hat. Wir haben uns unterhalten, und sie beharrte darauf, dass Sie der Schlüssel seien, um die Leute zu erledigen.«

»Wir waren an allen Orten, an denen Sie sich meiner Ansicht nach verstecken konnten«, ergänzte Susan. »Ich bin froh, dass wir Sie gefunden haben.«

Lyle starrte immer noch Larry an. »Dann haben Sie für die Firma gearbeitet?«

»Ich war bei einem sogenannten privaten Wachdienst«, antwortete Larry. »Wir haben für Cynthia immer mal wieder verschiedene Aufträge erledigt, zu denen sie nicht offen stehen konnte. Mich haben sie geklont, weil ... nun ja, sehen Sie mich an!« Er breitete die Arme aus und erhob sich. Er war deutlich über einen Meter achtzig groß und hatte den Körperbau eines Bären. »Ich war immer der Mann, mit dem sich niemand anlegen wollte. Jetzt will sich niemand mit den Kopien anlegen.«

Lyle nickte und musste sich eingestehen, dass der Mann recht hatte. Er deutete auf die Küchenzeile. »Der Dosenöffner ist in der Schublade unter der Mikrowelle.«

Tony/Cynthia wackelte mit der Dose und lächelte. »Danke, Mann.«

Susan beugte sich vor. »Larry war eine große Hilfe, und Tony hat eine recht große Bandbreite von Fähigkeiten. Ich hätte nicht gedacht, dass man trotz der Überwachungsanlagen bis hier herausgelangen kann. Aber er hat es geschafft.«

»Dann werde ich wirklich überwacht?«, fragte Lyle. »Ich war nicht sicher.«

»Sie sind überall«, bestätigte Larry.

»Hinter diesen Grundstücken verläuft ein alter Bewässerungsgraben«, ergänzte Tony und deutete mit den Händen die Breite an. »Fünfzig oder sechzig Zentimeter breit, voller Unkraut und Müll. So etwas gibt es in vielen Vierteln. Sie wurden schon vor hundert Jahren angelegt, und die Genies, die das Haus überwachen, haben offenbar keine Ahnung.«

Susan klopfte mit der Faust auf den Tisch und forderte Lyles Aufmerksamkeit ein. »Wir sind ein gutes Team«, sagte sie. »Aber Sie, Lyle, Sie sind der Schlüssel. Sie müssen uns helfen, die Leute zu erledigen.«

»NewYew erledigen?«, staunte Lyle. »Die ganze Firma?«

»Die Manager sind untergetaucht«, berichtete Susan. »Aber die Firma und ReBirth selbst sind noch aktiv. Jeder in diesem Auto war eine Kopie, aber von Ihnen hatten sie keine hergestellt. Sie glaubten, den echten Lyle umgebracht zu haben. Schließlich war ihnen klar, dass nur Sie ihnen ernsthaft gefährlich werden können. Sie besitzen das gesamte Wissen und sind der wichtigste Zeuge, Sie haben den Schlüssel zu den Leichen im Keller. Sie können NewYew zerstören, Sie können ReBirth zerstören, Sie ...«

»Nein«, antwortete Lyle. »Ich will ReBirth nicht zerstören.«

»Was?«, fragte Susan. Ungläubig hob sie die Brauen. »Ist das Ihr Ernst? Nach allem, was man Ihnen und uns angetan hat?«

»Die Firma gern«, erwiderte Lyle. »Die Firma ist das fleischgewordene Böse, aber die Lotion selbst ist etwas Gutes. Ich meine, zumindest theoretisch. Man kann sie für gute Zwecke einsetzen.«

»Ich bin jetzt eine Frau«, widersprach Tony/Cynthia. »Ich weiß nicht mal, wie ich mich nach dem Pinkeln abwischen muss. Was ist daran gut?«

»Auf Sie trifft das offenbar nicht zu«, räumte Lyle ein. »Aber es gibt andere Menschen – die Zwillinge und die

Krebspatientin. Oder dieser Junge in Hoboken mit Mukoviszidose, dem wir den Körper des gesunden Bruders geschenkt haben. Noch drei Wochen, und der Körper ist völlig geheilt.«

»Das war Guru Kuvams Projekt.« Susan runzelte die Stirn. »Hatten Sie mit ihm zu tun?«

»Ich habe ihm die Lotion gegeben.«

Susan warf die Hände hoch. »Kommen Sie schon, Lyle, auf wie viele verschiedene Weisen wollten Sie den Weltuntergang vorantreiben? Haben Sie in der ganzen Zeit überhaupt etwas Sinnvolles getan?«

»Susan, wir schenken den Menschen das Leben. Wir können nicht einfach aufhören.«

»Doch, wir können«, gab sie entschieden zurück. »Das Zeug ist böse. Sie wissen nicht, wie es sich anfühlt, wenn es bei Ihnen wirkt.«

»Doch, das weiß ich«, antwortete Lyle. »Wussten Sie das nicht? Ich habe es auch abbekommen.«

Susan kniff die Augen zusammen. »Sie?«

»Ich bin ein Klon meiner selbst.« Er starrte sie an, erhob sich und zog das T-Shirt hoch. »Sehen Sie den Bauch? Vor einigen Jahren wurden Blinddarm und Galle entfernt. Von den endoskopischen Eingriffen blieben fünf kleine Narben zurück. Hier, hier, hier, hier und dort. Sehen Sie etwas?«

»Nur die Flusen im Bauchnabel«, meinte Tony/Cynthia.

Susan nickte mit finsterer Miene. »Die Narben sind verschwunden.« Sie sah ihn an. »Bei mir ist eine Narbe am Ellbogen verschwunden, die von einer Verletzung beim Tennis herrührte. Was hat das zu bedeuten?«

»Es bedeutet, dass ReBirth uns neu aufbaut«, erklärte Lyle. »Nicht nur ein einziges Mal, sondern unentwegt. Wahrscheinlich haben Sie oft Durst und sind ständig am Verhungern, richtig?«

Tony/Cynthia betrachtete die Dose mit den Nudeln und stellte sie leise hinter sich auf die Anrichte.

»Der Körper wird auf aggressive Weise umgebaut«, fuhr Lyle fort. »Immer und immer wieder, bis alles entfernt ist, was nicht der Vorgabe entspricht.«

»Soll es so etwas bewirken?«, fragte Larry.

»Es sollte überhaupt nichts bewirken«, entgegnete Lyle. »Es ist eine Feuchtigkeitscreme, verdammt. Eine Handlotion. Nichts von alledem ist nachvollziehbar. Wissen Sie, warum es noch keine neuen Produzenten gibt?«

»Es gibt einen Schwarzmarkt«, antwortete Susan.

»Das ist nur jemand, der die Lotion von NewYew neu verpackt«, entgegnete Lyle. »Ich rede über eine echte Neuproduktion. Jemand entdeckt die Formel oder betreibt Reverse-Engineering und stellt das Zeug selbst her. Das passiert sehr schnell, wenn etwas völlig Neues auf dem Markt erscheint. Bei ReBirth hat das noch niemand versucht, weil es unmöglich ist. Es funktioniert nicht, wenn ein anderer es herstellt. Es funktioniert nur bei uns.«

»Der Kerl ist verrückt«, murmelte Tony/Cynthia.

»Die Nachahmer hatten noch nicht genügend Zeit«, wandte Susan ein und bedachte Lyle mit wütenden Blicken. »Es ist erst seit wenigen Tagen auf dem Markt.«

»Es wurde schon vor Monaten gestohlen«, erinnerte Lyle seine ehemalige Assistentin. »Ibis hat mich sogar entführt, und ich selbst habe Wochen mit Herstellungsversuchen verbracht. Es ist mir nicht gelungen. Dort habe ich das gesagt, was ich jetzt auch Ihnen sage: ReBirth folgt keinen irgendwie erkennbaren sinnvollen Regeln. Und es ist weitaus aggressiver als vermutet.«

Susan stand auf und ging in der Küche hin und her. »Es spielt keine Rolle, wie es funktioniert. Wir müssen es einfach nur zerstören.«

»Und wie?«, hielt Lyle dagegen. »Wollen wir jede existierende Ampulle vernichten? Jeden töten, der schon infiziert ist?«

»Wir werden niemanden töten«, gab Susan aufgebracht zurück. »Sie müssen einfach nur Ihre Aussage machen, die Firma erledigen und …«

»Jetzt sind Sie die Verrückte«, fiel Lyle ihr ins Wort. »Sie werden die Substanz nicht mehr los. Sie ist dort draußen, sie ist überall und wird nie mehr verschwinden.«

»Und was dann? Sollen wir uns in einem Loch verkriechen und so tun, als sei nichts geschehen?«

Lyle machte eine Geste, die das ganze dunkle Haus einschloss. »Ja, genau dazu habe ich mich entschlossen.«

Tony/Cynthia baute sich vor ihm auf, stemmte die Hände in die Hüften und warf Lyle einen Blick zu, der beinahe, aber nicht ganz dem Furcht einflößenden Ausdruck entsprach, den die echte Cynthia zeigte, wenn sie wütend war. »Hören Sie mal, Kumpel! Wir sind gekommen, weil NewYew etwas Falsches tut, und wir wollen die Firma davon abhalten. Ihre Aussage kann das bewirken, und deshalb lassen wir Sie nicht einfach hier herumsitzen und Däumchen drehen.«

»Vielleicht können Sie auch etwas aushandeln«, meinte Larry. »Liefern Sie der Polizei die anderen Manager, und Sie bleiben frei.«

»Am wichtigsten ist die Frage, ob Sie sich selbst stellen oder ob wir es für Sie tun«, warf Susan ein.

Lyle kniff die Augen zusammen, und plötzlich wurde ihm eiskalt. »Was meinen Sie damit – ich soll mich selbst stellen?«

Larry schob sich von der Seite in sein Gesichtsfeld. »Sie wissen doch ganz genau, was wir meinen.«

Lyle schluckte schwer. »Schön, dann geben Sie mir etwas Zeit, damit ich mich anziehen kann.« Susan nickte, und Lyle tappte den Flur entlang zu seinem Zimmer. *War es das dann? Ich soll mich selbst der Polizei ausliefern, oder sie tun es? Ich will nicht ins Gefängnis. Sofern ich überhaupt ins Gefängnis komme. ReBirth ist zu wichtig, und die Regierung wird sich genauso verhalten wie Ibis. Man steckt mich irgendwo in ein Labor und zwingt mich, noch mehr davon herzustellen. Aber wer weiß, wofür es dann missbraucht wird?*

Er drehte die Dusche auf und sah die alten Sachen seines Großvaters durch. Mehr hatte er nicht zum Anziehen.

Aber …

Aber Susan ist zu mir gekommen. Sie hat ein Problem, sie braucht Hilfe, und sie ist zu mir gekommen. Andererseits … Er wusste, dass er sich keine Hoffnungen machen konnte und dass sich zwischen ihnen nie etwas ergeben würde. Und doch … *Sie ist zu mir gekommen. Sie hatte einen Grund, der absolut nicht persönlich war, aber … veränderte sie sich?*

Änderten sich die Menschen überhaupt?

Lyle blickte aus dem rückwärtigen Fenster und suchte den kleinen Bewässerungsgraben, den Tony/Cynthia erwähnt hatte. Er hatte nicht einmal von seinem Vorhandensein gewusst. Aber jetzt, da er genauer hinsah, entdeckte er einen kleinen freien Raum zwischen dem Zaun der Großmutter und dem der Nachbarn. Was hatte er in den letzten Jahren sonst noch alles gesehen, aber nie wirklich wahrgenommen?

Das Gefängnis, dachte er. *Staatliche Gefangenschaft. Was brachte es noch, NewYew anzugreifen, nachdem ReBirth frei zugänglich war? Wenn der Schaden schon angerichtet war, welchen Sinn hatte da noch eine Bestrafung der Firma? Und wer war er, dass er sich zum Vollstrecker der Strafmaßnahme aufschwang?*

Er blickte zur Dusche und hörte das Wasser rauschen. Ein Geräuschvorhang, der alles andere überdeckte. Von den drei Eindringlingen hörte er im Augenblick nichts mehr. Er schloss für einen Augenblick die Augen und stellte sich vor, sie seien weg, alle anderen seien weg, er sei von allem erlöst und frei. Er müsste nicht zur Polizei oder ins Gefängnis gehen. Er hörte keinen Laut.

Und sie konnten ihn nicht hören.

Noch einmal blickte er zur Dusche, dann wieder zum Fenster. *Was will ich? Weder ins Gefängnis noch der Regierung helfen, ReBirth herzustellen, um damit irgendwelche finsteren Ziele zu erreichen. Ich weiß, was ich nicht will. Aber was will ich? Die Menschen müssen mir zuhören. Sie dürfen nicht länger nur an sich selbst denken. Sie müssen mir zuhören, wenn ich ihnen erkläre, auf wie viele verschiedenen Arten ReBirth nützlich und hilfreich sein kann. Wie man damit die Welt retten kann. Vielleicht bekomme ich eine Gelegenheit, im Gefängnis aktiv zu werden, wenngleich meine Chancen draußen viel größer sind. Kuvam ist tot – aber vielleicht kann ich vortreten und den Menschen auf die gleiche Weise helfen, wie es Kuvam getan hat.*

Blitzschnell entschloss er sich und zog rasch die uralte Kleidung seines Großvaters an. Dann schlüpfte er in Großvaters Schuhe, öffnete das Fenster, warf die Tasche hinaus und sprang hinterher. An den Rosen blieb er hängen. Er packte die Tasche und rannte zum hinteren Zaun, blickte noch einmal zum Haus zurück und sah sich im Dunklen nach dem Bewässerungskanal um, einem schmalen gemauerten Graben hinter den Büschen, wo schon seit Jahren kein Wasser mehr geflossen war. Noch einmal drehte er sich zum Haus um, lief zum Graben und verschwand in der Dunkelheit.

Kapitel 34

Donnerstag, 12. Juli
9:22 Uhr
Presseraum, Kapitol, Washington, DC

155 Tage bis zum Weltuntergang

»Danke, dass Sie gekommen sind«, begann der Sprecher. »Ich bin Senator Eric Moore und vertrete die Heimatschutzbehörde. Schweren Herzens muss ich Ihnen heute eine wichtige Ankündigung machen. Dazu entschließen wir uns gewiss nicht leichtfertig, aber uns bleibt nichts anderes übrig. Bitte erlauben Sie mir, mit einigen Pressemeldungen den Rahmen abzustecken, in dem wir uns hier bewegen.«

Er öffnete eine dünne Ledermappe und las vor. »Am Donnerstag, dem fünften Juli, kehrte der wegen Vergewaltigung verurteilte Clay Burgener, der seine Strafe abgesessen hatte, von der Arbeit nach Hause zurück, griff nach dem Türknauf und stellte fest, dass dieser mit einer schmierigen weißen Substanz bedeckt war. Die forensische Untersuchung ergab, dass es sich bei der Substanz um geprägte ReBirth-Handlotion handelte. Nur zwei Blocks entfernt wurde ein früheres Opfer von Burgener aufgegriffen und gestand, die Lotion angebracht zu haben. Offenbar hoffte die Frau, sie könne Burgener in eine attraktive Frau verwandeln, damit dieser ebenfalls vergewaltigt und die gleiche Hölle erleben würde, in die er so viele Frauen gestürzt hatte. Die Frau wird bald vor Gericht gestellt, während Burgener im Krankenhaus genau beobachtet wird. Erste Anzeichen einer erhöhten Östrogenproduktion waren bereits festzustellen.«

Die Versammelten schwiegen und warteten angespannt und nervös. Sie hatten die Geschichte bereits gehört und warteten auf die Ankündigung, die folgen sollte. Moore ließ den Blick ruhig über die Zuhörer schweifen und blätterte um.

»Am siebten Juli gegen acht Uhr dreißig am Morgen traf Brian Yancy vor der Highschool in Casper, Wyoming, ein. Er trug einen schwarzen Trenchcoat und war schwer bewaffnet – nicht mit Feuerwaffen, sondern mit ReBirth. Im Verlauf der nächsten halben Stunde besprühte er siebenunddreißig Mitschüler mit der Lotion und infizierte sie mit der eigenen DNA. Als die mit Schutzanzügen ausgerüstete Polizei eintraf und den Jugendlichen unter Kontrolle brachte, sagte er aus, er sei es leid, ständig als Außenseiter zu gelten. Mit seiner Aktion wollte er den anderen Schülern zeigen, wie es sich anfühlte, in seiner Haut zu stecken.«

Unbehaglich schweigend saßen die Zuschauer vor Moore und warteten. Gleich darauf blätterte er um. »Hier ein weiterer Vorfall. Am späten Abend dieses Tages wurden die Codwells in Bamberg, South Carolina, von Männern in traditionellen Ku-Klux-Klan-Kutten angegriffen. Tyler Codwell, seine Frau Marylou und die beiden Kinder wurden auf eine Wiese gezerrt, mit Pressengarn gefesselt und großzügig mit ReBirth eingesprüht. In einem anonymen Brief an die Lokalzeitung stand – ich zitiere: *Gott hat uns das Mittel gegeben, seine Erde zu säubern.* Ähnliche Vorfälle wurden am neunten und zehnten Juli aus dem ganzen Land berichtet, wobei die Opfer Mexikaner, Araber und in einem Fall auch Weiße waren.«

Moore schloss die Mappe, starrte sie noch einen Augenblick lang an und hob den Kopf. »ReBirth wurde als große Verheißung eingeführt, aber Tag für Tag und Meldung um Meldung zeigte der Abschaum unserer Gesellschaft, was er wirklich damit vorhat. Heute Morgen hat die FDA die ReBirth-Formel neu klassifiziert. Die Substanz gilt ab sofort nicht mehr als Kräuterlotion, sondern als biologische Waffe.« Die Menge raunte vor Aufregung. Moore hob die Stimme. »Mit sofortiger Wirkung wird jeder, der ReBirth besitzt oder auf irgendeine Weise anwendet, als Terrorist und Bedrohung der nationalen Sicherheit betrachtet. Sämtliche Vorräte, die sich noch im Besitz von Geschäften oder Lieferanten befinden, werden beschlagnahmt. Alle Produktionsstätten werden geschlossen und für unbestimmte Zeit gesperrt. Die Herstellerin des Produkts, die Kosmetikfirma NewYew, wird mit sofortiger Wirkung geschlossen. Die noch auffindbaren Manager werden verhaftet, die Firmenakten für das Verfahren vor einem Bundesgericht konfisziert. Die US-Regierung lässt nicht zu, dass die Bürger eingesprüht und mit diesem oder einem anderen schädlichen biologischen Wirkstoff verändert werden. Das ist alles.«

Nun brach im Presseraum ein Höllenlärm los. Die Journalisten sprangen auf, hoben die Hände und schrien Moore ihre Fragen entgegen. Mit erhobener Hand bat er um Schweigen, als ganz hinten ein Mann in den Gang trat.

»Wie können Sie so etwas veranlassen?«, fragte der Mann. »ReBirth wurde missbraucht, aber es ist immer noch der größte medizinische Durchbruch in der Geschichte der Menschheit. Mit diesem Mittel können wir Krebs heilen. Wir können ewig leben. Sie schlagen die Tür in unsere Zukunft zu.«

Moore beäugte den Mann. *Mit dem stimmt etwas nicht,* dachte er. *Das war keine Frage, die ein Journalist stellen würde.* Der Mann trug einen braunen Hut und hatte langes Haar, das ihm ins Gesicht fiel. Moore blickte zur Bühnenseite, wo ein Wachmann stand, und nickte fast unmerklich in

Richtung des Verdächtigen. Der Wächter zog sich sofort zurück und sprach ins Handgelenkmikrofon. Moore blickte wieder zu dem Mann im Publikum hinüber.

»Wir schränken den Zugang zu ReBirth in gleicher Weise ein wie bei jeder Technologie, von der vergleichbare Gefahren ausgehen«, erklärte Moore. »Röntgenstrahlen sind ein wertvolles Hilfsmittel für Ärzte und Zahnärzte, aber das heißt nicht, dass jeder damit herumspielen darf. Es muss Regeln geben, sonst versinkt die Welt im Chaos.«

»Vielleicht lösten Sie mit dieser Ankündigung das Chaos erst aus«, argumentierte der Mann. Er trat vor und näherte sich der Bühne. Moores innere Alarmglocken schrillten laut. Aus dem Nichts tauchte ein Trupp schwarz gekleideter Sicherheitsleute auf, die den Mann umringten. Sie hatten die Waffen nicht gezogen und warteten in gespannter Haltung. Der Mann blieb stehen und lächelte beruhigend.

»Fürchten Sie etwa, dass ich Sie angreifen will?« Er schüttelte den Kopf, nahm den Hut und die Perücke ab und zeigte allen sein weiches braunes Haar.

Den kenne ich, dachte Moore. *Nur der Name fällt mir nicht ein ...*

»Ich bin nicht gekommen, um jemandem den Tod zu bringen«, fuhr der Mann fort. »Ich bringe das Leben, denn ich bin das Leben. Die fleisch- und körpergewordene Energie des Universums.« Er nahm die Brille ab. Moore lag der Name auf der Zunge. »ReBirth hat mich gerettet«, erklärte der Mann. »Es wird uns alle retten.« Als es ihm dämmerte, hatte Moore das Gefühl, von einem Lastwagen überrollt worden zu sein.

»Kuvam«, flüsterte er.

Der Guru ließ das Kostüm fallen, hob die Arme und drehte sich langsam, damit alle Anwesenden und die Kameras ihn sehen konnten.

»Seht mich an!«, rief er. »Ich bin Lazarus, auferstanden von den Toten. Ich bin Siddharta, Elija und der Phönix, der sich aus der Asche erhebt. Ich bin die Sonne, die untergeht, und die Sonne, die wieder aufgeht. Ich bin der neue Tag.«

Kapitel 35

Donnerstag, 12. Juli
9:51 Uhr
Ein unbekannter Unterschlupf, Brooklyn

155 Tage bis zum Weltuntergang

»Sie kassieren alles ein.« Susan kochte vor Wut. »Haben Sie gehört, was er im Fernsehen gesagt hat? Sie wollen die Lotion nicht zerstören, sondern beschlagnahmen. Sie horten das Zeug!«

»Wenigstens holen sie es von den Straßen herunter«, wandte Larry ein. »Das ist doch etwas Gutes, oder?«

»Das ist schrecklich«, widersprach Tony/Cynthia. »Ich muss aus diesem Körper heraus.«

»Es nutzt nichts, wenn sie es von den Straßen holen und nur anderswo einlagern«, meinte Susan. »Es muss zerstört werden, und dazu wird es nicht kommen, wenn die mächtigste Regierung der Welt es in einem Depot lagert. Können Sie sich vorstellen, was die CIA oder die NSA damit anrichten kann? Das ist kein Kosmetikprodukt oder eine biologische Waffe, das ist das beste Spionagewerkzeug, das je erfunden wurde. Die Mächtigen können alle ersetzen, die sich gegen sie wenden. Jedes ausländische Staatsoberhaupt könnte ausgetauscht werden.« Mit voller Wucht trat sie gegen das Tischchen, auf dem das Frühstück stand. Es flog durch den ganzen Raum. »Was denken die Typen sich nur dabei? Was ich da höre, macht mich verdammt wütend!«

»Wut löst keine Probleme«, wandte Larry ein. »Wütend sein und handeln, das löst Probleme.«

»Sie haben recht«, stimmte Susan zu. »Wir müssen handeln. Wir müssen protestieren. NewYew hat jetzt größere Probleme, als uns umbringen zu wollen. Wir gehen an die Öffentlichkeit. Wir blockieren die Treppe vor der City Hall ...«

»Das meinte ich nicht«, widersprach Larry. »Dort haben sich schon genug Aktivisten versammelt, denen niemand zuhört. Drei Stimmen mehr ändern da nichts mehr. Wir sollten nicht länger nur rufen, sondern für echte Aufmerksamkeit sorgen.«

»Also gut«, sagte Susan. »Ich höre zu. Was schwebt Ihnen vor?«

»Morgen werden die Abfüllanlagen zerstört«, erklärte Larry. »Sie wissen, wo sich die Anlagen befinden. Gibt es eine Anlage, die wir treffen können?«

»Treffen?«, fragte Susan.

»Treffen«, bestätigte Larry. »Darauf schießen. In die Luft jagen. Gibt es eine Fabrikanlage, die wir vor den Regierungsleuten erreichen können, um den Vorrat an ReBirth zu zerstören, bevor er abgeholt wird?«

»Oh«, machte Tony/Cynthia. »Von einer Blockade auf der Treppe bis dorthin, das ist ein riesiger Schritt.«

»Nun ja ...« Susan nickte und hätte sich gern eingeredet, dass dieser Plan die perfekte Lösung war. Natürlich musste etwas getan werden ... aber eine Fabrik in die Luft jagen? »Das ist ... wie Tree Spiking«, sagte sie.

»Genau«, bestätigte Larry.

»Dabei schaden wir niemandem«, ergänzte sie. »Wir ... wir schaffen nur eine Situation, in der sie sich selbst schaden, wenn sie falsch handeln und eine Ladung ReBirth mitnehmen.«

»Genau«, bekräftigte Larry. »Ich kenne Leute, die etwas von Sprengstoff verstehen ...«

»Was für Leute?«, wollte Susan wissen. »Terroristen? Ich arbeite nicht mit Terroristen zusammen.«

»Susan!«, widersprach Larry. »Wir wollen ein Gebäude in die Luft jagen.«

Susan nickte wieder und blickte zu Tony/Cynthia hinüber.

»Also«, fuhr Tony/Cynthia fort, »wir meinen es ernst. Oder etwa nicht?«

»Nun gut«, stimmte Susan zu. »Nehmen Sie Kontakt zu den Leuten auf! Wir packen es an.«

Kapitel 36

Freitag, 13. Juli
11:02 Uhr
Fabrik von NewYew, Staat New York

154 Tage bis zum Weltuntergang

Die Produktionsanlage befand sich in einem flachen Tal im Staat New York, wo es außer Bäumen nicht viel zu sehen gab. Susan schwenkte das Fernglas und beobachtete die Männer im Fabrikhof, die Fass um Fass mit ReBirth auf Lastwagen luden. Amerikanische Soldaten, bewaffnet und sehr aufmerksam. Sie drückte auf den Sprechknopf des Handfunkgeräts. »Ich habe kein gutes Gefühl dabei.«

Larrys Stimme drang blechern und leise aus dem Gerät. »Was finden Sie schlimmer, Soldaten anzugreifen oder der Regierung zigtausend Liter ungeprägtes ReBirth zu überlassen?«

Susan schnitt eine Grimasse und drückte wieder auf den Knopf. »Das ist Hochverrat.«

»Was ist schlimmer?«, kam die prompte Antwort. »Hochverrat oder der Regierung zigtausend Liter ungeprägtes ReBirth zu überlassen?«

»Schön«, lenkte Susan ein. »Aber könnten wir dabei bitte Menschenleben schonen?«

»Das wäre erheblich einfacher gewesen, wenn wir bereits gestern Abend hier eingetroffen wären«, warf Tony/Cynthia mithilfe des dritten Funkgeräts ein. Er und Larry warteten auf der anderen Seite des Fabrikgeländes und versteckten sich zusammen mit fünf von Larrys Kontaktleuten hinter einem kleinen Hügel. »Wir hätten die ganze

Fabrik in die Luft jagen können, bevor die Soldaten überhaupt eingetroffen wären.«

»Das tut mir wirklich leid«, antwortete Larry. »Vielleicht hätten wir es Ihnen ermöglichen sollen, binnen acht Stunden eine terroristische Zelle zu mobilisieren und zu bewaffnen.«

»Es waren vierundzwanzig Stunden«, widersprach Tony/Cynthia.

»Ja, und ich musste noch zwei höchst illegale explosive Vorrichtungen kaufen und zusammenbauen«, antwortete Larry. »Ich entschuldige mich dafür, dass das Erreichen wichtiger Ziele in der realen Welt tatsächlich Zeit erfordert.«

»Hören Sie mit der Streiterei auf!«, schaltete sich Susan ein. »Wie lange brauchen wir noch?«

»Drei Minuten«, antwortete Larry. »Haben Sie das Telefon, um Bombe eins zu zünden?«

»Ja.« Mit der freien Hand tastete Susan nach dem kleinen Klapphandy mit dem Prepaidguthaben, das nicht mit ihnen in Verbindung gebracht werden konnte. »Was jage ich damit in die Luft?«

»Den Generator am hinteren Zaun«, erklärte Larry. »Einer meiner Leute hat die Ladung gerade gelegt.«

Susan griff wieder zum Fernglas und beobachtete den Generator. Er befand sich hundert Meter von den Lastwagen entfernt. Wieder drückte sie auf den Sprechknopf. »Wie stark wird die Explosion? Von dort aus können wir doch die Lotion nicht treffen.«

»Wollen wir auch nicht«, antwortete Larry. »Das ist nur die Ablenkung. Sie jagen den Generator in die Luft, die Soldaten sehen nach, und wir tauchen hinter ihnen auf. Dann überzeugen wir sie nachdrücklich und liebevoll, die Waffen zu strecken. Anschließend jagen wir die Lastwagen mit Bombe zwei in die Luft.«

»Heißt *nachdrücklich und liebevoll*, dass wir auf sie schießen?«, fragte Susan. »Es soll wirklich niemand zu Schaden kommen.«

»Deshalb sprengen Sie den Generator«, erwiderte Tony/Cynthia. »Dort hält sich niemand in der Nähe auf.«

»Aber was ist mit Ihnen?«, hakte Susan nach. »Und mit den meistgesuchten Sprengstoffexperten Amerikas in Ihrer Begleitung?«

»Wenn Sie nicht zum Handeln bereit sind, sagen Sie es lieber gleich«, erklärte Larry. »Unser Plan duldet keine Halbheiten. Entweder ist ein Angriff auf die eigene Regierung zu rechtfertigen, und dann können früher oder später einige Soldaten im Weg sein. Oder wir verschwinden gleich wieder. Einen Mittelweg gibt es nicht.«

Susan schüttelte den Kopf und beobachtete die Soldaten durch das Fernglas. War sie wirklich bereit? Die Männer hatten Angehörige. Namen.

Aber wenn sie diese Mengen an ReBirth abtransportierten, dann verloren möglicherweise Unschuldige ihre Namen, ihre Gesichter und alles andere.

Susan öffnete das Klapphandy und hielt den Finger über den Knopf. »Ich bin bereit. Ich ... Aber schonen Sie möglichst die Menschen, die sich in der Nähe aufhalten.«

»Bombe zwei ist bereit«, verkündete Larry. »Statusmeldung von allen.«

»Bereit«, sagte Tony/Cynthia.

»Bereit«, sagte Susan.

»Meine Männer sind ebenfalls bereit«, erklärte Larry. »Geben Sie uns einen Countdown und jagen Sie den Generator in die Luft!«

»In Ordnung«, bestätigte Susan. »Dann verraten wir jetzt unser Land. Drei, zwei, eins.« Sie drückte auf den Knopf und hörte zu, wie das Telefon leise piepste.

Es gab keine Explosion.

»Nach dem Countdown müssen Sie auf den Knopf drücken«, erinnerte Larry sie.

»Das habe ich getan.«

»Sie verschließen bereits die Lastwagen«, warnte Tony/Cynthia. »Wir müssen etwas tun.«

»Rufen Sie noch einmal die Bombe an!«, schlug Larry vor. »Vielleicht geht der Ruf nicht durch.«

»Das habe ich schon zweimal getan.« Susan tippte wie wild auf der Tastatur des Klapphandys herum. »Ich bekomme keine Verbindung. Was haben Sie bloß für einen Provider gewählt? Ausgerechnet an der Stelle, wo wir das Handy wirklich brauchen, hat es kein Netz!«

»Schreien Sie nicht so herum!«, herrschte Larry sie an. »Die Soldaten hören uns gleich.«

»Sie haben einen Lastwagen angelassen«, berichtete Tony/Cynthia. »Sie hauen damit ab!«

»Macht was!«, verlangte Susan.

»Was denn?«, fragte Larry.

»Ich weiß nicht!«, rief Susan. »Irgendetwas eben ...«

Sie hörte einen Schuss und hob erschrocken den Kopf.

Einige Sekunden später schien auf dem ganzen Fabrikgelände geschossen zu werden. Susan legte Funkgerät und Handy weg und griff nach dem Fernglas. Ihr Herz raste, ihre Hände fühlten sich taub an. Von ihrem Standort zwischen den Bäumen aus hatte sie einen guten Überblick über den Hof. Larry und seine Männer hatten eine Schießerei mit den Soldaten begonnen. Einige Uniformierte waren bereits zu Boden gestürzt, und die Kameraden schleppten sie in Deckung.

Ein Lastwagen setzte sich in Bewegung, dann ein weiterer. *Sie hauen ab,* dachte Susan. Larrys Team wurde durch das Gegenfeuer niedergehalten, und die Soldaten hatten offenbar keine Mühe, mindestens drei, wenn nicht sogar alle vier Lastwagen auf die Straße zu steuern. *Ich muss etwas tun.* Susan schnitt eine Grimasse, stieß einen stummen Schrei aus und rannte los.

Der Fabrikhof war ein Chaos aus Fahrzeugen, Toten und Schutt. Susan hatte nicht mitgezählt, wie viele Soldaten gefallen waren, aber es konnten nicht viele sein. Die meisten waren noch auf den Beinen und schossen. Ein unsichtbarer Schütze feuerte eine Salve auf die Windschutzscheibe eines Lastwagens ab, aber er wich aus. Der Angriff bremste den Transporter ein wenig aus, aber aufhalten konnte er ihn nicht. Susan klopfte auf das Handy in der Hosentasche und rannte in die andere Richtung, zum Generator und zur defekten Bombe hinüber. Sie war nicht groß, aber die einzige Waffe, die sie noch hatte.

Der Klotz C4 steckte in dem Spalt zwischen den beiden Brennstofftanks des großen Gasgenerators. Sie verstand nicht viel von Bomben, überprüfte aber alle Verbindungen mit den Fingern. Alles schien in Ordnung zu sein. Die Stifte steckten tief im C4, die Zündkapsel war angeschlossen, das Handy war mit dem Zünder verbunden ... und ausgeschaltet. Mit einem wüsten Fluch an die Adresse des Trottels, der die Bombe gelegt hatte, griff sie nach dem Handy, um es einzuschalten – und hielt inne. Der Ruf war nicht durchgekommen, aber das Handy würde eine Benachrichtigung für den verpassten Anruf empfangen, sobald es wieder im Netz war. Und sogar dieses kleine Signal würde die Explosion auslösen. Sie starrte auf das Telefon, während ihr Finger über dem Einschaltknopf schwebte. Nun gab es keine Möglichkeit mehr, die Bombe aus der Ferne zu zünden.

Wir haben damit angefangen, dachte sie. *Jetzt können wir nicht einfach aufhören.* Sie richtete sich auf, ergriff die Bombe und rannte los.

Vierzig Meter entfernt tobte das Feuergefecht, und die Soldaten hatten sich hinter einer Wagenburg aus schwarzen Geländefahrzeugen verschanzt. Die Lastwagen hielten noch auf die Hauptstraße zu, doch die meisten Soldaten hockten in dem schützenden Kreis und deckten die abfahrenden Trucks. *Solange sie sich nicht umdrehen und mich entdecken …*

Eine Kugel pfiff an Susans Ohr vorbei. Sie zog den Kopf ein und rannte weiter. *Sie haben mich bemerkt.* Dreißig Meter. Wieder ein Schuss in ihre Richtung, dann ein zweiter. Sie ging das Risiko ein, drückte auf den Einschaltknopf des Handys und hielt ihn fest, während das Gerät langsam hochfuhr. Noch zwei Schüsse. Zwanzig Meter. Ein weiterer Schuss. Das Display des Handys leuchtete auf, der Strom erreichte die Schaltungen. Susan biss die Zähne zusammen und betete, dass ihr noch ein paar Sekunden blieben, bevor das Gerät in der Lage war, irgendein Signal zu empfangen. Noch zwei Schüsse, ein Stechen im Bein. Sie stolperte, verlor das Gleichgewicht und schleuderte noch im Sturz die Bombe über einen schwarzen Geländewagen hinweg. Auf der Hälfte der Flugbahn zirpte das Handy und spielte eine flotte Melodie ab, dann sank es in den Ring der Gegner, und die Bombe explodierte.

Susan prallte schwer auf den Boden und presste die Hände an den Kopf. Der Knall raubte ihr fast das Gehör, und die Explosionshitze versengte ihr die Haut. Die Geländewagen schirmten sie vor der größten Wucht ab. Dennoch rang sie nach Luft und taumelte unter der Druckwelle, die auf sie zugerast war. Es dröhnte ihr in den Ohren, die Welt war gespenstisch stumm, und vor ihren Augen verschwamm alles. Mühsam rappelte sie sich auf und schleppte sich weiter. Die angegriffenen Soldaten standen unter Schock wie sie selbst, lebten aber vielleicht noch. Sie stolperte über einen gestürzten Mann und nahm ihm das Gewehr ab. Humpelnd umrundete sie die zerstörten Geländewagen und entdeckte einen Soldaten, der nach der Waffe griff. Sie schoss im Gehen und fegte alles hinweg, was sich bewegte, dann lud sie nach. *Peng-klack-peng-klack.* Die ersten drei Lastwagen hatten das Tor fast erreicht und beschleunigten. Dank ihrer Bombe konnte sich Larrys Team allerdings frei bewegen. Sie sprangen aus dem Graben heraus und deckten die Lastwagen mit einem Kugelhagel ein. Der erste Truck bog scharf nach rechts ab und wäre fast mit dem zweiten zusammengestoßen, doch dieser beschleunigte stark und übernahm die Führung. Larry sprang vor den dritten Wagen und zerstörte den Motor mit einer Salve, dann fuhr der vierte Laster von hinten auf, geriet ins Schleudern und schwankte gefährlich. Der zweite Lastwagen donnerte durch den Kugelhagel und durchbrach das Tor, um auf die Straße einzubiegen, als der vierte vollends außer Kontrolle geriet und umkippte. Die Fässer rutschten herunter, eine Flut von ReBirth ergoss sich in die Umgebung, als die Behälter aufschlugen und zerbarsten. Susan schoss auf den fliehenden Lastwagen, doch er war zu weit entfernt. Gleich darauf verschwand er hinter einer Biegung.

Keuchend näherte sich Susan dem letzten noch aufrecht stehenden Lastwagen und wich dabei der Lache mit der Lotion vorsichtig aus. Larry und seine Männer trieben die Überlebenden zusammen. Sie ging auf den Mann zu, den sie für den Anführer hielt. Er kniete auf dem Boden, die Daumen hinter dem Kopf mit Kabelbindern gefesselt, und musterte sie hasserfüllt.

»Dieses Zeug können Sie nie verkaufen«, knurrte er. »Das ist Müll. Was brauchbar war, wurde längst abtransportiert.«

»Wir haben hier zwei Wagenladungen ReBirth«, sagte Susan. »Sogar drei, falls man die Lotion auf dem Boden bergen kann. Ist es ungeprägt?«

Der Mann lachte und schüttelte den Kopf »Sie wissen

nicht einmal, welche Partie das ist? Es ist nicht ungeprägt, es ist kein Supermodel, kein Sportler. Nicht einmal eine berühmte Persönlichkeit.« Wieder lachte er wild und verzweifelt. »Es ist die erste Partie – der Unfall.«

»Er lügt«, behauptete Larry.

»Natürlich lügt er!«, rief Susan. Sie ging weiter auf ihn zu. »Sie hätten nicht so erbittert gekämpft, wenn das alles nutzlos wäre.«

»Wir sollten es zerstören«, erklärte der Mann. »Ist Ihnen klar, was passiert, wenn ...« Er verstummte und presste die Lippen aufeinander.

»Was soll passieren?«, fragte Susan. »Was weiß ich nicht?«

»Ich sage gar nichts mehr.«

Klack. Susan zielte auf sein Gesicht.

»Sie sind viel härter, als ich dachte«, bemerkte Tony/ Cynthia.

»Hören Sie!« Susan trat noch dichter an den Knienden heran. »Ich stecke bis zum Hals mit drin. Heute habe ich so viele Menschen getötet, dass es auf einen mehr oder weniger nicht mehr ankommt. Verraten Sie mir einfach, warum Sie Ihr Leben riskiert haben, um vier Wagenladungen mit nutzloser Lotion zu zerstören! Sonst bewege ich meinen Zauberfinger und blase Ihnen den Kopf von den Schultern.«

Der Mann starrte sie mit kalten, harten Augen an. »Sie haben für vier Wagenladungen Lyle Fontanelle gekämpft und gemordet.«

Susan runzelte die Stirn. »Das ist alles mit Lyle geprägt?«

»Das ist der Unfall. Er hat die Partie geprägt, bevor er wusste, dass es funktioniert.«

»Jaaa!«, rief Tony, rannte zu der Pfütze und tauchte die Finger hinein. »Ich bin wieder ein Mann!«

»Wollen Sie wirklich Lyle sein?«, fragte Larry. »Er ist ein gesuchter Verbrecher.«

»Mir ist es egal, wer ich bin.« Tony griff sich in den Schritt. »Hauptsache, ich bekomme den kleinen Tony zurück.«

»Wenn diese Lotion freigesetzt wird ...« Susan hielt inne. »Möglicherweise ist Tony dann der Einzige auf der Welt, der sich freut, Lyle zu sein.« Wieder verstummte sie kurz und dachte angestrengt nach. »Der Schwarzmarkt für ReBirth wächst, ob die Regierung nun eingreift oder nicht. Aber wenn der Markt plötzlich mit einer Lotion überflutet wird, die niemand will, und niemand erkennt den Unterschied ...«

»Dann wird niemand mehr der Lotion vertrauen«, schloss Larry. »Die Menschen wenden sie nicht länger an, weil sie sich nicht in Lyle verwandeln wollen.«

»Lektion gelernt, Problem gelöst«, sagte Susan. »Es werden ein paar zusätzliche Lyles herumlaufen, aber niemand wird jemals wieder ReBirth benutzen. Die Leute werden jede Ampulle vernichten, die ihnen in die Hände fällt.«

»Sie sind wahnsinnig«, sagte der Soldat. »Sie können doch nicht ...«

Peng.

Klick.

Dritter Teil
Der Mann auf der Straße

Kapitel 37

Freitag, 17. August
23:22 Uhr
Irgendwo in Atlantic City

119 Tage bis zum Weltuntergang

»Suchst du ein kleines Abenteuer?«

Mit gesenktem Kopf ging Lyle weiter. Verhalten rief ihm das Mädchen hinterher, wandte sich dann aber gleich dem nächsten potenziellen Kunden zu, nachdem Lyle sie nicht beachtet hatte. Aus einer Gasse drangen die Geräusche eines Handgemenges zu ihm herüber, und er hörte einen gedämpften Schlag. Er zog die Kapuze tiefer über die Augen und ging weiter.

Jeder Dollar, den er besaß, steckte in den Schuhen und der Unterwäsche. In der Tasche hatte er nur eine kleine Rolle mit Geldscheinen, die er im Notfall den Räubern überlassen konnte, um nicht verprügelt zu werden. Es waren nur ein paar Dollar, und er sah sowieso recht ärmlich aus. Wenn sie ahnten, dass er fast fünftausend Dollar am Körper versteckt hatte, wäre er ein toter Mann.

Falls jemand herausfand, wer er wirklich war, wäre er natürlich ebenfalls so gut wie tot. Das Verfahren gegen NewYew war vorbei, die Firma war schuldig gesprochen und aufgelöst worden. Die Tochterfirmen – sofern sie legal operierten und weiterarbeiten durften – waren in alle Winde zerstreut und von gierigen Konkurrenten geschluckt worden. Jeder Mitarbeiter, den die Behörden gefasst hatten, war für die Beteiligung an der Verbreitung von ReBirth angemessen bestraft worden. Schließlich galt die Substanz als stärkste Biowaffe, die je entwickelt worden war. Die Regierung gierte natürlich nach mehr. Man wollte, dass er die Lotion weiterhin herstellte, aber er lehnte jede Zusammenarbeit ab. Er wollte den Menschen helfen, die ReBirth wirklich brauchten. Die letzten Reste des Mittels, das er bei Ibis mitgenommen hatte, waren längst verbraucht. In Hinterhäusern hatte er mehrere Krebspatienten geheilt, und nun benötigte er Nachschub. Das bedeutete, dass er Örtlichkeiten aufsuchen musste, wo ReBirth noch verkauft wurde: Parkplätze, Unterführungen und illegale Kosmetikstudios. Dort konnte er Fragen stellen und herausfinden, woher die Schwarzhändler ihre Lieferungen bezogen. Wenn er noch ungeprägtes ReBirth auftreiben konnte, ließ sich damit viel Gutes tun ...

Langsam fuhr ein Auto vorbei. Lyle wandte sich ab und tat so, als telefoniere er, um der Straße den Rücken zu kehren, bis der Wagen vorbei war. Das Versteckspiel mit der Polizei hatte ihn an einige dunkle Orte geführt, wo sich äußerst gefährliche Menschen aufhielten.

»Suchst du ein kleines Abenteuer?«

Das war schon die Nächste, kaum einen halben Block von der anderen entfernt. Lyle warf ihr einen Blick zu, lehnte murmelnd ab, blieb aber unvermittelt stehen, als er das Gesicht sah. Das Mädchen lachte.

»Genau.« Sie breitete die Arme aus. »Victoria Carver. Hast du es mal mit einem Filmstar getrieben, Baby?«

»Woher hast du das?«

»Von Gott und meiner Mama.«

Lyle trat näher an sie heran. »Das ist ReBirth«, flüsterte er. »Woher hast du die Dosis? Woher hast du die DNA?«

»Junge, du verdirbst mir das Geschäft«, zischelte die Dirne. »Die Männer tun lieber so, als wäre ich die echte Vicky, verstehst du?«

»Schön«, lenkte Lyle ein. »Du bist Vicky Carver. Aber ...«

Er stöhnte vor Hilflosigkeit. Was half es, irgendwo einen kleinen Verkäufer aufzutreiben? »Schon gut.« Er fischte die Geldscheinrolle aus der Tasche und drückte sie dem Mädchen in die Hand. »Tut mir leid.«

Verblüfft starrte sie das Geld an und fluchte, als er sich entfernte. »Fünf Dollar, ja? Denkst du, ich bin obdachlos?« Lyle rückte die Kapuze zurecht und ging weiter.

»Suchst du ReBirth?« Es war eine tiefe Stimme. Als Lyle den Kopf drehte, sah er, dass der Sprecher schmal und groß war, fast zwei Meter zehn. Im schwachen Licht der Laternen bekam das Gesicht scharfe Konturen. »Ich habe gehört, wie du mit der Dame gesprochen hast.«

»Vielleicht«, antwortete Lyle. Er schluckte und fragte sich, ob dieser Dealer ihm endlich die benötigten Informationen liefern konnte. Etwas verspätet sah er sich auf der Straße um und rechnete schon damit, dass hinter einem Busch ein Polizist hervorsprang. »Was hast du anzubieten?«, fragte er.

»Ich behaupte nicht, dass ich etwas habe«, grollte der Mann mit der Bassstimme. »ReBirth ist illegal, das weißt du so gut wie ich.«

»Warum redest du dann darüber?«

»Weil ich vielleicht jemanden kenne«, erklärte der Mann. »Es kommt allerdings darauf an, was du haben willst.«

Lyle nagte an der Oberlippe. »Das Original«, sagte er. »Nicht diese falschen Stars dort vorn, sondern das echte Zeug von NewYew. Hat dein Mann etwas davon anzubieten?«

»Kann sein«, antwortete der Dealer. Er sprach freundlich, zugleich aber auch hochprofessionell. »Was willst du ausgeben?«

Lyle wählte die Worte mit Bedacht und hoffte, damit auch etwaige Diebe zu täuschen, die ihn belauschten. »Ich habe es nicht bei mir, aber sagen wir ... eintausend.«

Der Mann lachte. »Was glaubst du, wie viel ReBirth du für tausend Dollar bekommst?«

»Reicht das nicht?« Anscheinend waren die Preise gestiegen.

»Wenn du eine Quelle auftreibst, wo das genug ist, dann sag mir Bescheid. Dann kaufe ich dort auch ein.«

»Wer schleppt schon mehr als tausend Dollar mit sich herum?«, fragte Lyle. »Besonders auf einer Straße wie dieser.«

»Kluge Leute«, erwiderte der Mann mit tiefer, selbstsicherer Stimme. »Leute, die ein gutes Produkt kaufen wollen. Wenn du billig an ein Produkt kommen willst, das deine DNA verändert, bist du hier falsch. Siehst du den Jungen mit dem roten Hut dort drüben? Er verkauft dir einen Tropfen ReBirth für hundert Dollar. Aber du bekommst nur das, was du bezahlst. Mit ihm und allen, die so sind wie er, spielst du russisches Roulette. Du bekommst irgendein Gesicht und irgendeinen Körper. Vielleicht eine Frau, vielleicht auch gar nichts. Hundert Dollar für einen Tropfen L'Oréal. Wahrscheinlich wirst du am Ende doch nur Joe.«

»Wer ist Joe?«

»Joe Durchschnittsmann. Irgendein unbekannter Kerl, der in der letzten Zeit überall auftaucht. Ich verstehe nicht, warum sie die Lotion mit ihm geprägt haben, aber von der Sorte sind gerade schrecklich viele auf dem Markt.«

Beunruhigt runzelte Lyle die Stirn. Er konnte sich an niemanden auf der Liste der Vorlagen erinnern, den er als durchschnittlich bezeichnet hätte. Darum wollte er sich allerdings später kümmern. Jetzt nahm er seinen ganzen Mut zusammen und sah den Verkäufer offen an. »Ich kann bis zu fünf bieten, aber dafür will ich das echte Zeug haben – die ungeprägte Substanz.«

Der Mann schüttelte den Kopf. »Für fünf bekommst du

nichts Ungeprägtes, aber du bekommst ein hübsches Gesicht. Vielleicht etwas Lateinamerikanisches oder Asiatisches mit gutem Knochenbau.«

»Lateinamerikanisch?«

»Wenn du dich mit der Hautfarbe abheben willst, musst du etwas mehr zahlen. Mindestens acht für einen Weißen, um die sieben, wenn du für eine Freundin einkaufst oder wenn du dich selbst umdrehen willst. Ich beurteile so was nicht.«

Lyle sah sich noch einmal auf der Straße um und wandte sich dann wieder an den Mann. »Woher kommt es?«

»Du klingst wie ein dummer Frageautomat.«

»Die Regierungsleute haben ReBirth beschlagnahmt«, beharrte Lyle. »Sie besitzen alles ... jedenfalls vermute ich das. Woher bekommt dein Freund das Zeug, das er verkauft?«

»Ich habe keine Zeit, herumzulungern und über Sachen zu faseln, von denen ich nichts weiß.«

»Natürlich weißt du Bescheid.« Lyle senkte die Stimme und beugte sich vor. »Wir tun nur beide so, als wüsstest du nichts, also bitte ... Zier dich nicht länger und sag es mir!«

»Die Unterhaltung ist beendet.« Der Mann richtete sich zu voller Größe auf, bis er Lyle überragte, drehte sich um und entfernte sich ohne ein weiteres Wort. Lyle verfluchte sich selbst, weil er zu heftig nachgebohrt hatte. *Ich muss herausfinden, woher sie es bekommen,* dachte er. *Besonders das neue Zeug, diesen Joe Durchschnittsmann.* Je länger er darüber nachdachte, desto überzeugter war er, diesen Joe Durchschnittsmann genau zu kennen. *Wenn ich es nun selbst bin? Wenn die Lyle-Lotion irgendwie verbreitet wurde und überall immer mehr Lyles auftauchen?* Wieder sah er sich auf der Straße um und bemerkte Victoria Carver. Wie hatte sie sich die teure Schwarzmarkt-DNA leisten können? Kurz entschlossen kehrte er zu ihr zurück. Sie stand im Lichtkegel einer Straßenlaterne und trug einen viel zu kurzen Rock und eine Jacke, die er als teuer eingeschätzt hätte, wenn er keinen Vergleich mit den Kosten für das Gesicht gezogen hätte. Sie sah ihn kommen, wandte sich ab und winkte einem vorbeifahrenden Auto.

»Ich hab's mir überlegt«, sagte er.

»Zu spät.«

»Ich will nicht ...« Er suchte nach den richtigen Worten. Im Umgang mit Prostituierten hatte er keinerlei Erfahrung. »Ich brauche nur Informationen, aber ich bezahle für deine Zeit.« Sie zog sich zurück. »Ich bezahle das Doppelte.« Sie blieb stehen und drehte sich langsam um.

»Was für Informationen?«

»Können wir uns irgendwo ungestört unterhalten?«

Sie dachte kurz nach und nickte. »Ja, komm mit!« Sie ging los, ohne sich zu vergewissern, ob er ihr folgte. Er beeilte sich, sie einzuholen, und hatte Angst, aus irgendeinem finsteren Winkel beobachtet zu werden. Ab wann wurde sein Verhalten illegal? War es schon verboten, mit einer Prostituierten über die Straße zu gehen? Er wollte sie nach den Preisen fragen. Ihm war nicht einmal bekannt, welche Summe er gerade verdoppelt hatte, er war aber zu ängstlich, um sich in aller Öffentlichkeit zu erkundigen. Die Frau führte ihn in ein billiges Motel, das gar nicht so weit von dem anderen billigen Motel entfernt war, in dem er selbst lebte. Am Empfang blieb sie stehen. Der Mann, der dort wachte, war grau und vom Alter gezeichnet. Er sah sie an, warf Lyle einen desinteressierten Blick zu und reichte ihr den Schlüssel. Lyle wandte sich ab und verfluchte sich selbst, weil er dem Mann sein Gesicht gezeigt hatte. Er folgte dem falschen Filmstar zu einem Zimmer im Erdgeschoss in einer dunklen Ecke des Parkplatzes.

Sobald sich die Tür geschlossen hatte, ergriff Lyle sofort

das Wort. »Wie viel bekommst du überhaupt? Ich muss das Geld erst noch holen.«

Die Frau verdrehte die Augen. »Hast du es nicht bei dir?«

»Schon«, antwortete Lyle. »Aber ...« Er wollte ihr nicht verraten, wo er es versteckte, und ihr auch den Betrag nicht zeigen. »Einen Moment! Ich muss erst auf die Toilette. Sag mir einfach, wie viel es ist!«

Sie starrte ihn unverwandt an. »Vierhundert Dollar.«

»Vierhundert Dollar?«

»Du hast gesagt, du zahlst das Doppelte.« Die Frau deutete auf ihren Körper. »Der ist nicht billig.«

»Nun gut«, willigte Lyle ein. »Ich ... ich bin gleich wieder da.« Er schlüpfte in das schmutzige Bad, schloss hinter sich ab und zog behutsam den rechten Schuh aus. Unter der orthopädischen Einlage befand sich ein dünner Stapel mit Hundertern. Er zählte vier davon ab. *Das ist zu viel,* dachte er. *Davon könnte ich wochenlang leben, und sie weiß vielleicht überhaupt nichts, aber ich ...* Plötzlich erinnerte er sich an die Verachtung, mit der sie ihn bedacht hatte, und stellte sich ihre Wut vor, wenn er nur ihre Zeit verschwendete. Wahrscheinlich musste sie auch das Zimmer bezahlen, und der Mann am Empfang sah nicht so aus, als sei er mit einem Anteil von null Dollar zufrieden. *Nun habe ich sie schon hergelotst,* dachte er. *Dann kann ich sie auch fragen.* Er schob die Einlegesohle in den Schuh zurück, zog ihn an und spülte, um den Schein zu wahren. Dann schloss er auf. Das Mädchen stand noch an der Tür und hatte nicht einmal die Jacke abgelegt.

»Du hast dir nicht die Hände gewaschen.«

»Ich ... ich habe gar nichts gemacht, ich habe nur das Geld geholt.«

»Du hast gespült.«

»Hör mal, hier sind vierhundert Dollar.« Er überreichte

ihr die Scheine. Sie nahm das Geld, zählte nach und stopfte es in die Handtasche.

»Ich könnte jetzt gehen«, sagte sie und deutete auf die Tür. »Niemand zahlt vorher.«

»Nenn es eine Geste professioneller Höflichkeit!« Lyle war es leid, mit ihr zu streiten. »Ich will nicht so tun, als wüsste ich nicht über die Realität der Prostitution Bescheid, also spreche ich es einfach aus. Du hast einen ... einen Zuhälter oder einen Manager, der die DNA bezahlt hat. Ist das der Mann am Empfang?«

»Einen Manager?«

»Wie viel hat es gekostet?«, fragte er. »Normales ReBirth und die Models, die NewYew vor der Schließung im Angebot hatte, werden jetzt auf der Straße für fünftausend bis achttausend Dollar verkauft. Wie viel hast du oder dein Manager für Victoria Carver bezahlt?«

»Bist du bescheuert?«

»Beantworte bitte meine Frage!«

Die Frau seufzte und setzte sich. »Wir hätten das auch in einem Restaurant erledigen können. Da hätte ich wenigstens was essen können.«

»In der Öffentlichkeit möchte ich das nicht besprechen.«

Sie zuckte mit den Achseln. »Mein Manager, der nicht der Typ am Empfang ist, hat für diesen Körper zwanzigtausend bezahlt. Das ist billiger als viele andere, weil Victoria recht verbreitet ist. Die meisten Victorias gibt es an der Westküste, hier im Osten sind sie seltener. Also ...« Sie machte eine unbestimmte Geste, als sei damit alles erklärt.

Lyle runzelte die Stirn. Er fand den Preis schockierend hoch. »Das kannst du doch mit zweihundert Dollar die Stunde unmöglich wieder hereinholen.«

»Ich werde meistens fest gebucht«, erklärte sie. »Gut bezahlte Callgirl-Einsätze, teure Hotels und so weiter. Das hier sind Überstunden, das geht in meine eigene Tasche und nicht auf sein Konto.« Sie zückte eine Schachtel Zigaretten.

»Du, das ist schlecht für die Gesundheit.« Sofort kam er sich dumm vor. Rauchen war vermutlich die am wenigsten gefährliche Tätigkeit, der sie nachging.

»Was zeigt, dass du keine Ahnung hast.« Die Frau zündete sich eine Zigarette an. »ReBirth heilt die Lungen schneller, als ich sie schädigen kann, und nachdem du mich vom Essen abhältst …« Sie nahm einen Zug.

»Du hast recht.« Lyle nickte. Daran hatte er nicht gedacht. Vermutlich war jeder Klon auch gegen die Folgen des Passivrauchens gefeit. Deshalb achtete er nicht auf die bläulichen Wolken und kam zur Sache. »Also, Victoria Carvers DNA kostet zwanzigtausend pro Anwendung. Gibt es andere Frauen, die noch teurere DNA haben?«

»Es kommt nicht auf die DNA an, sondern darauf, was du damit anfängst.«

»Gibt es denn noch andere?«

Sie nickte. »Mein Manager hat noch mehr Mädchen, ja. Cristina Francis und Hermione Granger und so weiter, die kommen bei den Nerds gut an. Er meint, wenn er eine Prinzessin Leia kriegen könnte, wäre er bald Millionär. Aber der Zug ist abgefahren, stimmt's?« Sie nahm einen langen Zug aus der Zigarette und stieß eine Rauchwolke aus.

Lyle nickte. »Weißt du, wie viel die anderen Mädchen kosten?«

»Stündlich oder die ganze Nacht?«

»Ich meinte die DNA.«

Sie tippte die Asche in den Aschenbecher des Motels, der nach den letzten Bewohnern nicht gereinigt worden war, wie Lyle bemerkte. Vielleicht sogar schon länger nicht mehr. »Warum interessiert dich das alles? Bist du es leid, Joe zu sein? Willst du was Neues versuchen?«

Lyle sah sie an. »Joe?«

»Joe Durchschnittsmann«, antwortete sie. »Meinst du, ich erkenne dich nicht? Vor drei Tagen hatte ich einen Kunden mit demselben Gesicht und der gleichen komischen Farbabweichung im Auge. Entweder leidest du an Gedächtnisschwund, oder du hast einen Zwillingsbruder. Oder eine schlechte Lotion hat dich in den Typen verwandelt, der du bist. Vielleicht ist das der Grund ... du hast schlechtes ReBirth erwischt und willst dich an den Verkäufern rächen.«

Lyle hob die Hand und hätte beinahe das Auge mit der Heterochromie berührt. Auf halbem Weg hielt er inne. »Wie viele dieser Durchschnittsmänner hast du gesehen?«

»Nur zwei«, antwortete die Frau. »Aber ich habe so einiges gehört. Da ist eine schlechte Lotion auf den Markt gekommen. Die Leute glauben, sie verwandeln sich in Enrique, den furchtlosen Feuerwehrmann, und werden stattdessen nur zu Joe.«

»Und du bist gleich darauf gekommen, dass ich einer von denen bin.«

Lächelnd hob sie die Zigarette. »Du hast verstanden, als ich sagte, dass mein Körper sich schneller wieder erholt, als der Rauch ihn schädigen kann. Und du hast das Passivrauchen nicht erwähnt.« Sie nahm einen weiteren Zug und stieß den Rauch wieder aus. »Zu einem Anti-Tabak-Aktivisten passt das überhaupt nicht, aber dafür sehr gut zu einem ReBirth-Klon.«

Lyle nickte. »Du durchschaust mich schnell.«

»Ich bin auch schon eine Weile im Geschäft.«

Aber du bist doch erst Mitte zwanzig, dachte Lyle. Er betrachtete die junge Frau, bis ihm bewusst wurde, dass sie viel älter sein konnte, auch wenn ihr Körper noch so jung war. »Wie lange?«, fragte er.

Die Prostituierte kniff die Augen zusammen und lächelte schief. »Willst du's wirklich wissen?«

»Schon gut, ich bin ein Doktor.«

»Das habe ich schon mal gehört.«

Lyle lief puterrot an.

Das Mädchen lehnte sich zurück und legte die Arme auf die Lehnen des Sessels, als hätte sie die Situation ganz und gar im Griff. »Sagen wir mal, ich war lange genug im Geschäft, um auszusteigen und wieder einzusteigen, als mir jemand einen nagelneuen fünfundzwanzig Jahre alten Körper schenken wollte.«

Lyle starrte sie an und lachte trocken. »Da kann ich dir wirklich keinen Vorwurf machen.«

»Solange es so bleibt, macht es Spaß.« Sie drückte hier und dort auf die Rundungen und zupfte die Kleidung zurecht. »Ich war schon mal fünfundzwanzig«, fuhr sie fort. »Nichts hält ewig.«

»Das schon«, antwortete Lyle leise. »Wie die Lungen und alles andere repariert der Körper jeden Schaden, und dazu zählt auch das Alter. Du wirst ewig fünfundzwanzig bleiben.«

Sie hob die Brauen. »Ist das dein Ernst?«

Lyle nickte.

Sie warf ihm einen nachdenklichen Blick zu und musterte ihn, als sähe sie ihn zum ersten Mal. »Woher weißt du das?«

»Wie gesagt, ich bin ein Doktor. In gewisser Weise.«

»Wer bist du?«

Er dachte darüber nach und fragte sich wie so oft in den letzten Monaten, wer er wirklich war. »Ich bin niemand«, wehrte er ab. »Nur ein Gesicht in der Menge.« Er hielt inne und sah sie offen an. »Weißt du, wo ich den Verkäufer finde, der deinen Manager versorgt?«

»Ja«, sagte das Mädchen und schnippte die Asche ab. »Ja, ich glaube, da kann ich dir helfen.«

Kapitel 38

Mittwoch, 22. August
20:00 Uhr
Die Amber Sykes Show

114 Tage bis zum Weltuntergang

»Guten Abend, alle miteinander!«

Das Publikum jubelte, und Amber Sykes winkte begeistert zurück.

»Willkommen bei der Show!«, fuhr sie fort. Das Publikum jubelte weiter, weil die großen Tafeln außerhalb des Fernsehbildes es verlangten, und verstummte langsam, als die Tafeln verblassten. »Heute haben wir wieder interessante Gäste für Sie eingeladen. Wir beginnen mit einem Mann, von dem wirklich jeder etwas erfahren will. Begrüßen Sie die umstrittenste Person in Amerika oder vielleicht auf der ganzen Welt. Guten Abend, Guru Kuvam!«

Die Menge jubelte. Nicht jeder konnte einen Gast wie Kuvam buchen, aber Amber war nicht irgendjemand. In Rekordzeit war sie von der kleinen Reporterin zur Talkshowmoderatorin avanciert, was sie hauptsächlich der Berichterstattung über die Einführung von ReBirth zu verdanken hatte. Kuvam war sogar von sich aus an sie herangetreten, um als Gast eingeladen zu werden. Amber trat zur Bühnenseite und schüttelte dem Guru die Hand, als er eintrat – ein großer Mann, schlaksig, aber stark und wie immer auffällig gekleidet. Heute war es ein bunter mexikanischer Sarape aus dicker Wolle. Darunter trug er ein lockeres Hemd und lässige Hosen, auf Schmuck hatte er völlig verzichtet. Die Füße steckten in Sandalen. Er umarmte Amber und küsste sie auf die Stirn. Geistesgegenwärtig münzte die Gastgeberin den Schreckmoment um und entlockte dem Publikum ein Lachen. Sie führte den Mann zu den Sofas mitten auf der Bühne, wo er im Yogastil im Schneidersitz auf dem mittleren Sofakissen Platz nahm. Amber setzte sich auf die andere Seite.

»Willkommen in der Show!« Sie deutete auf die untergeschlagenen Beine. »Machen Sie es sich doch bequem!«

»Der Lotussitz hilft, damit die Energie ungehindert durch den Wesenskern fließt.«

»Das ... das sagt mir meine Yogalehrerin auch immer«, antwortete Amber. »Können wir gleich mit der großen Frage beginnen?«

Er lächelte wissend. »Das will sicher jeder hören.«

»Sie sind tot.«

Das Publikum lachte. Natürlich hatten sie die Berichte gehört – es war schließlich Wochen her –, doch Amber war keine Nachrichtensprecherin, und dies war kein normales Interview. Ihre Offenheit und der Eindruck, sie gerate rasch ein wenig aus der Fassung, machten ihre Show einzigartig. Sie spielte die Rolle gut, und die Produzenten waren allesamt begeistert.

»Es gibt keinen Tod«, erwiderte Kuvam. »Man schoss auf mich, ich ging und kehrte zurück.«

»Also gibt es den Tod, aber Ihrer hat nicht sehr lange gedauert«, hakte Amber nach.

»Wird der Tod nicht durch seine Dauerhaftigkeit definiert?«, fragte Kuvam. »Er ist ein Ende ... das Bewusstsein und die Gedanken hören auf, genau wie der Stoffwechsel. Aber das hat sich geändert. Inzwischen hat auch das Ende ein Ende, und es bleibt nichts übrig außer allem – außer dem Leben und dem Licht.«

Amber zögerte kurz, bevor sie weitersprach, und warf einen raschen Blick ins Publikum. »Ich nehme aber an, dass es letzten Endes doch nur ReBirth ist, oder? Vermutlich ist dies die zweithäufigste Frage, die Ihnen jeweils gestellt wird.«

»In der Tat, eine Wiedergeburt.«

»Ich meinte die Lotion«, sagte Amber. »Nicht ... nicht das metaphysische Konzept. Sie sind nicht der ursprüngliche Kuvam, sondern ein Freund oder ein Jünger, und Sie haben seine DNA übernommen und sich in eine Kopie von ihm verwandelt. Trifft das zu?«

»Noch einmal!«, rief Kuvam. »Genau das sagte ich doch. Sie sprechen von ReBirth, dem Produkt, als wäre es irgendetwas anderes als die spirituelle Wiedergeburt eines menschlichen Geistes. Das Leben, das durch die ganze Menschheit strömt, ist ein einziges Ganzes. Ich bin Kuvam, ich war Kuvam, ich war immer Kuvam. Der Körper, den ich bewohne, ist nur eine einzige Facette dessen, was ich bin, und dessen, was wir genau betrachtet alle sind. Ein einziger Organismus, der nicht nur die Menschen, sondern auch das ganze übrige Leben einschließt. Das ewige Leben.«

»Aber das ewige Leben als jemand anders«, wandte Amber ein. »Wer Sie auch waren, bevor Sie Kuvam wurden, derjenige sind Sie nicht mehr. Stimmt das nicht? So etwas will nicht jeder.«

»Wollen Sie sterben?«

Das Internet griff diese Bemerkung fast sofort auf. Noch vor der nächsten Werbeunterbrechung war es ein Meme. *Kuvam bedroht X – fügen Sie hier Ihren liebsten Filmstar, eine bekannte Persönlichkeit oder ein Tier ein.* Amber hingegen stutzte nur einen Sekundenbruchteil lang, bevor sie antwortete.

»Vorläufig nicht.«

»Aber irgendwann? Wollen Sie irgendwann sterben? Wählen Sie den Tod?«

»Meine Anwälte werden wahrscheinlich ausflippen«, erwiderte Amber sichtlich erschüttert. »Also, um das jetzt sofort zu klären und festzuhalten – drohen Sie gerade, mich umzubringen?«

»Es gibt keine Bedrohung außer dem Mangel an Dauerhaftigkeit«, erklärte Kuvam. »Und Ihr verzweifeltes Bedürfnis, an der Identität festzuhalten, die Sie nicht halten können. Menschen altern. Die Haut wird schlaff. Die Muskeln und das Gehirn verfallen. Sie werden nie mehr der Mensch sein, der Sie jetzt in diesem Augenblick sind. Dennoch entscheiden Sie sich kühn, lieber zu sterben, als dies aufzugeben.«

»Das ist …« Amber war sprachlos, das Manöver des Gurus hatte sie aus der Bahn geworfen. Die Producer schüttelten die Köpfe und schlugen ihr über den Kopfhörer Gegenangriffe vor, was sie nur noch weiter verwirrte.

»Wer sind wir?«, fragte Kuvam. Jetzt sprach er nicht mehr mit Amber, sondern mit dem Publikum und hielt das Gesicht in die Kamera, die Millionen Häuser, Computer und Smartphones auf der ganzen Welt mit Bildern versorgte. »Wissen Sie, wer Sie sind? Wissen Sie, was Sie zu dem macht, der Sie sind? Wir sind wie das Schiff des Theseus, wir werden in einem unendlichen Zyklus zerstört und geheilt. Ist Ihr Körper dauerhaft? Kein Molekül und keine Zelle entsprechen mehr dem, was Sie bei der Geburt mitbekommen haben. Sind Sie immer noch dieselbe Person? Ja, wegen des Bewusstseins, antworten Sie vielleicht. Aber ist das Bewusstsein dauerhaft? Die Erinnerungen branden hoch und schwinden wie Ebbe und Flut. Ihr Bewusstsein hat mehr verloren, als es je wiedergewinnen kann. Ja, wegen meiner Seele, antworten Sie als Nächstes. Wegen dieses ätherischen Ankers, der sich nie verändert und niemals stirbt. Gottes Seriennummer, damit Sie an der Pforte des Himmels wiedererkannt werden. Ist das wirklich alles, was Sie sind? Spielt es eine Rolle, wenn Sie weniger sind? Und wenn Sie mehr sind, was ist dieses Mehr? Sie sind nicht Ihre Kleidung, das Auto, das Bankkonto, Ihre Jugend. Der Körper altert, das Gesicht verwelkt, Freunde gehen. Von Ihnen bleibt nichts außer den Erinnerungen der anderen, und selbst die verschwinden wie Nebelschleier in der Flamme. Woran halten Sie fest? Warum widersetzen Sie sich dem Unausweichlichen? Die Erde lässt Ihnen keine Wahl, als in Vergessenheit zu geraten, und wir, die ganze Menschheit, füllen diese Leere mit schalen Träumen. Die Formel hat alles verändert. Sie bietet uns die wahre Unsterblichkeit – nicht die spirituelle Unsterblichkeit und auch nicht das Leben nach dem Tod, sondern die wortwörtliche Fortsetzung des körperlichen, greifbaren Lebens. Das ist die große Revolution der Seele, das ist eine einzigartige Gelegenheit, die Ketten abzuschütteln und aus dem Kokon auszubrechen, uns aus dem Staub des irdischen Daseins zu erheben und mehr zu werden, als wir je waren ...«

»Zeit für eine Werbeunterbrechung«, meldete sich Amber, sobald der Bühnenmanager Kuvams Mikrofon abgeschaltet hatte. Ihre Stimme bebte. »Bleiben Sie dran! Mein nächster Gast wird Sie wirklich in Erstaunen versetzen. Es handelt sich um eine Anwältin, die sich mithilfe von ReBirth in einen Mann verwandelt und sich bei der alten Firma um einen Job beworben hat. Jetzt verdient sie doppelt so viel wie vorher.« Sie lächelte verloren in die Kamera. »Gleich geht es weiter bei Amber Sykes.«

Kapitel 39

Samstag, 25. August
22:08 Uhr
Irgendwo in New Jersey

111 Tage bis zum Weltuntergang

Lyle zählte das Geld in der Tasche – zwei Dollar und vierundachtzig Cent. Mehr war vom wöchentlichen Essensbudget nicht übrig, und damit musste er noch den morgigen Tag überstehen. Die Sonntage waren einfacher, weil die Kirchen an diesem Tag oft Suppenküchen öffneten. Seit einer Woche besuchte er die täglichen Suppenküchen nicht mehr, denn eine der Helferinnen hatte ihn allzu genau gemustert. Ob sie ihn erkannt hatte? Hatte sie ihn der Polizei gemeldet? Oder war alles nur ein Missverständnis? Sah Lyle Gespenster? Letzten Endes spielte es keine Rolle. Er konnte es sich nicht erlauben, paranoid zu werden. Er war der meistgesuchte Mann in Amerika.

Aber er hatte den ganzen Tag noch nichts gegessen, während er sich bemühte, das Netzwerk der Zwischenhändler zu durchschauen. Jetzt war es spät, und er war am Verhungern. Er fand eine Burgerbraterei – keine Kette, sondern ein eigenständiges Unternehmen – und trat ein.

Das Restaurant war lang und schmal, von der Tür aus führte ein enger Gang an der Theke vorbei zum hinteren Bereich, wo mehrere abgenutzte Tische standen. An den Wänden klebten Sticker und Flyer lokaler Bands, Klubs und Kirchen. An der Kasse saß eine stämmige Frau, die das pechschwarze Haar mit einem Haarnetz gebändigt hatte. Die Arme waren von der Hitze gerötet und vernarbt, nachdem sie ihr Leben lang fettige Burger auf dem heißen Grill gewendet hatte. Lyle war beruhigt. Ein Mensch mit Narben war ein reales, authentisches Original. ReBirth löschte Narben genauso wie alles andere.

In dem Lokal hielten sich zwei weitere Gäste auf, die jeweils für sich allein weiter hinten saßen und wortlos aßen. Lyle blieb an der Wand, so weit wie möglich von der Theke entfernt, ohne Misstrauen zu erregen, und studierte die Speisekarte. Burger, Fritten und griechische Spezialitäten. Er konnte sich praktisch keins der Gerichte leisten.

»Lassen Sie sich ruhig Zeit, mein Bester! Ich bleibe hier sitzen wie ein Pilz.« Die Frau war sicher über vierzig, aber die Stimme klang älter, fast gebrochen.

Er fand ein gegrilltes Käsesandwich für zwei Dollar. Mit Schinken wären es sogar drei gewesen, aber das kam nicht infrage. Also trat er an die Theke und bestellte die Version mit Käse.

»Ist das alles?«

»Das ist alles.«

»Kein Schinken?«

»Nein.«

»Fritten und eine Cola?«

»Nein, danke.«

Sie musterte ihn von oben bis unten und folgerte offenbar sehr schnell, dass er sich nicht mehr leisten konnte. Das Gesicht betrachtete sie besonders lange, worauf Lyle sich zur Wand umdrehte, die verschiedenen Poster betrachtete und so tat, als interessiere er sich ganz besonders für einen bevorstehenden Ausverkauf.

Neben dem Flyer mit den Sonderangeboten entdeckte er ein Poster der Yemaya Foundation mit der Adresse, wo er Kuvam getroffen hatte. Das schien inzwischen Jahre her zu sein. Tatsächlich waren es nur wenige Monate. *Es hat sich so viel verändert.* Das Poster warb anscheinend nicht für Kuvams Klinik oder die multikulturelle Arbeit, auf die sich die Yemaya Foundation bisher konzentriert hatte, sondern kündigte irgendein Treffen an. Lyle runzelte die Stirn und beugte sich vor.

Erfahre die Erlösung zu Füßen von Guru Kuvam. Setze dem Tod und dem Leiden ein Ende und nimm das Licht des Universums in dich auf. Alles ist eins. Jeden Abend um 18:00 Uhr.

»Gegrillter Käse.«

Lyle drehte sich um und holte das Geld aus der Tasche. »Zwei Dollar?«

»Zwei zehn mit Steuer.« Sie stellte den Teller auf die Theke, einen fettigen Stapel halb verkohlter Toastscheiben, aus dessen Mitte der Käse hervorquoll wie aus einer Wunde. Sie nahm das Geld und verstaute es in der Kasse. »Kenne ich Sie nicht?«

Lyle zuckte zusammen. *Der Bart wächst, das Haar ist länger geworden. Sie kann mich unmöglich erkennen.* »Ich glaube nicht. Ich bin hier nur zu Besuch.« *Der Bart ist noch nicht dicht genug, das muss der Grund sein. Es war dumm, das Lokal zu betreten.*

»Ja«, sagte sie. »Sie sind der Mann aus den Nachrichten.« Lyle drehte sich um und wollte hinausrennen, doch in diesem Augenblick öffnete sich die Tür, und ein großer Mann zwängte sich herein. Mit seiner Leibesfülle blockierte er den schmalen Gang. Die Wirtin schien ihn zu kennen, denn sie sprach ihn aufgeregt an. »Doug, sieh dir mal den Mann an! Das ist der Typ, von dem ich dir erzählt habe.«

Der große Mann musterte sie fragend, als könne er sich nicht an die Unterhaltung erinnern, und wandte sich zu

Lyle um. Dann riss er die Augen weit auf. »Ich werd nicht mehr! Ted, bist du's?«

Lyle öffnete den Mund. Er hatte keine Ahnung, wer Ted war, überlegte aber, ob es ratsam war, sich vorerst für die angebotene, statt für die eigene Identität zu entscheiden. Die Wirtin kam ihm zuvor.

»Das ist nicht Ted«, erklärte sie. »Aber er sieht genauso aus ... wie der Mann aus den Nachrichten, nicht wahr? Der Kerl mit der Lotion.« Sie sah Lyle an, als warte sie auf eine Bestätigung.

»Ich bin nicht der Mann mit der Lotion«, behauptete Lyle eilig.

»Wen wollten Sie denn haben?«, fragte ihn die Wirtin. »Ted ... das ist mein Mann. Ted wollte einen brasilianischen Jungen haben. Ich glaube, er heißt Ronaldo.« Sie warf dem vierschrötigen Neuankömmling einen anzüglichen Blick zu. »Zwanzig Jahre alt, glaube ich. Ein Körper wie dieser Mann in den Filmen, in den Superheldfilmen, Sie wissen schon. Köstlich.« Sie wandte sich wieder an Lyle. »Aber der Junge hat ein gesundes Herz, was? Das ist das Wichtigste. Besser als Teds Herz jedenfalls. Wir können uns keinen Herzanfall mehr leisten. Wir mussten schon eine Hypothek aufnehmen, um die Arztrechnungen nach dem ersten Infarkt zu bezahlen. Haben Sie auch Ärger damit? Herzanfälle und so?«

Lyle war nicht ganz sicher, ob er ihr folgen konnte, und schüttelte vorsichtshalber den Kopf. »Nein.«

»Da haben Sie Glück«, erklärte die Frau. »Die sind besonders schlimm. Ted ist fast gestorben, wir haben eine Hypothek auf dem Haus, und dann sagt der Arzt, er kriegt wahrscheinlich noch einen. Wo sollen wir jetzt die Hypothek hernehmen? Also betrachten wir es von allen Seiten und denken, fünftausend Dollar für Ronaldo, das ist erheblich billiger als fünfzigtausend für einen weiteren Herzanfall.

Fünfzigtausend, falls wir Glück haben. Also verkaufen wir das Auto und suchen einen Dealer, und auf einmal ist Ted dieser Kerl. Der Mann aus den Nachrichten.«

»Sie haben ReBirth angewendet«, sagte Lyle rasch, als er endlich begriffen hatte, worum es ging. Die Wirtin betrachtete ihn mit finsterem Blick, und er hielt den Mund.

»Niemand benutzt ReBirth«, sagte sie laut. »Das ist verboten.« Dann beugte sie sich zu Lyle und dem großen Mann an der Tür vor. »Er hat ReBirth so wenig benutzt wie Sie, und jetzt ist er draußen, weil er mit dem Gesicht eines Verbrechers keinen Job bekommt. Dieser Lotiontyp, Mister Fontanelle oder so, wissen Sie, wie viele Gesetze der gebrochen hat? Er ist der Staatsfeind Nummer eins, und jetzt hat mein Ted auch noch sein Gesicht.« Ihr Blick wurde weicher, und sie schob ihm das gegrillte Käsesandwich hinüber. »Ich habe versehentlich Schinken draufgelegt, obwohl Sie es nicht bestellt haben. Wenn Sie Jude sind oder Muslim, dann mache ich Ihnen ein neues.«

Lyle starrte das Sandwich an. Die Geschichte der Frau hatte ihn berührt und zugleich erschreckt, und die unerwartet freundliche Geste überwältigte ihn. Er nahm das Sandwich. Die dröhnende Stimme des großen Mannes übertönte seinen gemurmelten Dank.

»Lassen Sie mich mal sehen!«, sagte der große Mann, den die Wirtin Doug genannt hatte. Er packte Lyle an den Schultern, drehte ihn zu sich um und musterte ihn genau. »Ja, diesen Typ habe ich schon mal gesehen. Hat Ted den gleichen bekommen?«

»Genau den«, bekräftigte die Frau.

»Wie viele haben Sie denn gesehen?«, fragte Lyle. Die Freundlichkeit der Wirtin machte ihn kühn.

»Fünf oder sechs«, erklärte Doug. »Im Hafen werden Sie angeheuert, falls Sie Arbeit suchen. Es ist ja nicht Ihre Schuld, dass Sie das Gesicht eines Verbrechers haben.«

Lyle schwieg und biss vom Sandwich ab.

Woher kommen so viele Lyles? Die Lotion von NewYew war nicht mit seiner DNA geprägt, dafür hatten sie gesorgt. Und soweit er es sagen konnte, hatte auch niemand sonst etwas gestohlen. Ganz sicher hatte man ihn nicht auf der Straße überfallen wie viele Berühmtheiten. Wer hatte die Lotion auf welchem Weg bekommen?

Und warum?

Er wandte sich an die Wirtin. »Ich würde gern die Leute aufspüren, die dafür verantwortlich sind«, sagte er. »Für mich und für Ted und für alle anderen. Ich weiß, dass Sie kein ReBirth gekauft haben.« Er wählte die Worte sehr vorsichtig. »Aber falls Sie zufällig eine Bezugsquelle kennen, vielleicht jemanden, mit dem Ted vor Kurzem gesprochen hat …« Er ließ den Satz unvollendet, weil er nicht wusste, wie er es ausdrücken sollte, ohne es offen auszusprechen. Die Frau starrte ihn lange an, dann deutete sie hinter ihm auf die Wand.

»Geben Sie mir einen Zettel!«

Lyle nahm die Werbung der Yemaya Foundation ab und reichte ihr den Flyer. Sie kritzelte etwas auf die Rückseite und faltete ihn zusammen. »Machen Sie bloß keine Dummheiten!«

»Bestimmt nicht«, versprach Lyle. Er steckte den Zettel in die Tasche, nahm das Sandwich mit gegrilltem Käse und ging hinaus.

Kapitel 40

Donnerstag, 6. September
23:04 Uhr
Central Park, Manhattan

99 Tage bis zum Weltuntergang

Der Hinweis der Frau aus dem Imbiss führte Lyle zu einem Dealer, der ihn zu einem weiteren Dealer führte. Letzterer mochte Lyles Fragen nicht und zog eine Waffe. Lyle rannte weg, und der Dealer verfolgte ihn. Hinter der nächsten Ecke schoss der Gangster und tötete den Falschen. Lyle versteckte sich voller Angst, bis ihm bewusst wurde, dass der Tote auf dem Gehweg das gleiche Gesicht hatte wie er selbst. Es war ein anderer Lyle, und der Dealer hatte ihn verwechselt. Nachdem der Gangster verschwunden war, brauchte Lyle noch eine ganze Weile, bis er sich beruhigt hatte. Am folgenden Abend kehrte er zurück und beobachtete den Dealer, um herauszufinden, wer ihm die Ware besorgte. Das führte Lyle zu einem kleinen Zwischenhändler. Dieser kaufte bei einem größeren Zwischenhändler ein, und schließlich stieß Lyle auf einen Mann namens Stephen Nelson.

Stephen Nelson streifte fast jeden Tag durch den Central Park. Manchmal kaufte er einen Hotdog, manchmal schwatzte und lachte er mit den anderen Männern, die wie er Anzüge trugen. Ein Hotdog auf der Straße war für einen offenbar wohlhabenden Manager, der sonst in den Hinterzimmern der besten asiatischen Fusion Restaurants speiste, eine ungewöhnliche Wahl. Nach einigen Tagen erkannte Lyle ein Muster hinter Nelsons Verhalten. An den Tagen, an denen er einen Hotdog aß, hatte Nelson eine Aktentasche dabei. Keine Aktentasche, kein Hotdog. Einige Tage später entdeckte Lyle das fehlende Puzzleteil. Jedes Mal, wenn Nelson einen Hotdog kaufte, stellte sich derselbe Fremde mit einer identischen Aktentasche an. Nelson ging zum Stand, stellte die Tasche auf den Boden, kaufte den Hotdog ...

... und ging mit der Aktentasche des anderen Mannes weg.

Lyle wollte sich den Mann näher ansehen und suchte in der Hosentasche nach Kleingeld. Sie enthielt gerade so viel, dass er sich ebenfalls etwas kaufen konnte. Es war wieder einmal das letzte verbliebene Essensgeld für die laufende Woche. Er näherte sich dem Karren und verlangte mit erhobenem Zeigefinger einen Hotdog. Während der Verkäufer den Imbiss zubereitete, betrachtete Lyle den Mann mit der Aktentasche genauer. Mit einer Mischung aus Furcht und Erregung stellte er fest, dass er die ethnische Herkunft des Fremden nicht bestimmen konnte. Ein anderer hätte sich nichts dabei gedacht, doch Lyle hatte sein ganzes Leben damit verbracht, Kosmetika in verschiedenen Tönungen äußerst fein auf die Hautfarben abzustimmen. Er war Experte im Einschätzen der Hautfarbe, der Augenform und der Proportionen eines Gesichts. Das war sein Job, den er perfekt beherrschte. Dieser Mann hatte dunkle Haut, irgendwo in der Mitte des afrikanischen Spektrums, aber Gesichtszüge, die eher auf den Nahen Osten schließen ließen, und eine deutlich erkennbare persische Nase. Das Haar war der Farbe, der Struktur und dem Wuchs nach asiatisch, die hellblauen Augen passten überhaupt nicht zu der Gesamterscheinung. Er sah gut aus, war aber absolut nicht einzuordnen.

Es war höchst ungewöhnlich, dass Lyle auf einen Menschen traf, dessen ethnischen Hintergrund er nicht sofort bestimmen konnte. Dafür gab es nur zwei Möglichkeiten.

Entweder hatte der Mann ausgesprochen abenteuerlustige Vorfahren gehabt. Oder, viel wahrscheinlicher, besaß sein Körper mehrere Gensätze, die gerade um die Vorherrschaft rangen. Die Frage, wer da wohl so freizügig mit verschiedenen Prägungen von ReBirth experimentierte, war schnell beantwortet.

»Kerry.«

Abrupt hob der Mann den Kopf, der Hotdog verharrte im geöffneten Mund.

»Kerry White«, wiederholte Lyle. Er hatte den Mann gar nicht ansprechen wollen, war aber viel zu erschrocken und konnte sich nicht zurückhalten. »Sie sind es, nicht wahr?«

Der Mann spannte sich an und schien weglaufen zu wollen. Dann aber beäugte er Lyle aus der Nähe, und in seinen Augen dämmerte das Erkennen. »Lyle? Der echte Lyle? Sind Sie es wirklich?«

»Was tun Sie hier?«

»Kommen Sie! Hier kann man sich nicht so gut unterhalten.« Kerry griff in die Tasche und zückte eine Rolle mit Geldscheinen. Lyle konnte nicht erkennen, wie viel es war, doch außenherum war mindestens ein Hunderter gewickelt. Kerry reichte dem Hotdogverkäufer das ganze Geld. »Wenn Sie verraten, was Sie gerade gehört oder gesehen haben, sollten Sie blitzschnell Weltmeister im Versteckspielen werden.« Er lächelte fröhlich und klopfte Lyle auf die Schulter. »Folgen Sie mir!« Er nahm die Aktentasche und ging los. »Zuerst einmal müssen wir die Identitäten bestätigen. Wer kam als Erster mit dem Vorschlag, ReBirth kommerziell einzusetzen?«

Lyle nickte. Das war genau die richtige Frage, weil niemand außerhalb der Firmenleitung die Antwort wissen konnte. Es war viel zu peinlich, und sie hatten nie mit Außenstehenden darüber gesprochen. »Jeffrey.«

Kerry lächelte und klopfte ihm noch einmal auf die Schulter. »Schön, Sie zu sehen, Mann! Wo haben Sie gesteckt?«

»Was tun Sie hier?«, fragte Lyle noch einmal. »Das war eine Übergabe, oder? Stephen Nelson verkauft ReBirth, und Sie haben ihm gerade die Lotion gegeben und das Geld in Empfang genommen.«

»Wie es aussieht, müssen wir den Ablauf ändern«, sagte Kerry. »Oder das schwache Glied in der Kette beseitigen, das Sie hergeführt hat.«

»Ich habe die Verkäufer auf dem Schwarzmarkt überwacht«, erklärte Lyle. »Einfach war das nicht.«

»Aber es hat funktioniert«, erwiderte Kerry. »Jemand hat Namen genannt.«

»Zwei Jemande sogar«, erwiderte Lyle. »Danach wollten sie mich töten. Das darf man nicht vergessen.«

»Sie haben es versucht und sind gescheitert? Wie schwierig kann es denn sein, Sie zu erledigen? Sie sind wie ein ... ein obdachloser wehrloser Trottel. Nehmen Sie es nicht persönlich!«

Lyle bedachte sein Gegenüber mit einem finsteren Blick. »Schon gut. Zur Verteidigung meiner Verfolger muss ich sagen, dass sie tatsächlich einen Lyle getötet haben, allerdings den falschen.«

»Das Problem wird jeden Tag größer«, antwortete Kerry. Er schritt den Weg zum Westrand des Parks entlang und betrat die Straße. Dort wandten sie sich nach Norden.

»Wissen Sie, woher die Lyle-Lotion kommt?«

Kerry schüttelte den Kopf. »Wenn Sie den Schwarzmarkt beobachten, weiß ich wahrscheinlich sogar weniger als Sie. Vor etwa einem Monat sind sie aus irgendeinem Grund überall aufgetaucht. Ich versichere Ihnen, dass wir das Zeug nicht anbieten, aber viele Händler haben es nebenbei eingekauft.«

Lyle musterte ihn. »Anscheinend bereitet Ihnen das keine großen Sorgen.«

»Doch, ich mache mir Sorgen um die Zukunft«, erwiderte Kerry. »Irgendwann bekommen wir möglicherweise Probleme damit, aber derzeit hat es kaum Einfluss auf unseren Profit. Wir hoffen, dass sich die Leute von unserem Produkt nicht abschrecken lassen, sondern steigendes Interesse daran zeigen. Wir werden ein Programm für geprüfte Verkäufer einrichten, bei denen der Käufer wirklich das bekommt, was er haben will. Die Straßendealer zu kontrollieren, ist allerdings schwerer, als einen Sack Flöhe zu hüten.«

»Damit kommen Sie nicht durch«, meinte Lyle. »Kennen Sie eigentlich die Gewinnspannen der Straßenhändler für meine DNA? Das torpediert Ihr gesamtes Geschäftsmodell. Ein Straßenhändler verdient mit einem Schuss wildem Lyle Fontanelle mehr als mit vier Verkäufen von ReBirth aus einer geprüften Quelle. Wer das Zeug auch liefert, er verschenkt es im Grunde, und die Dealer verkaufen es für den gleichen absurd hohen Preis, den Sie für Ihre Produkte bekommen. Wenn die Dealer nicht das echte Mittel verkaufen müssen, um die Preise hochzuhalten, fliegen Sie im Handumdrehen aus dem Markt.«

»Das liegt daran, dass die Menschen das Geld lieben, Lyle. Das ist ein Aspekt, den Sie noch nie verstanden haben.«

»Ja, das trifft auf die Dealer zu«, räumte Lyle ein. »Aber was ist mit dem Lieferanten? Irgendwo arbeitet jemand Tag und Nacht, um die Lyle-Lotion zu verkaufen, und verdient dabei so gut wie kein Geld. In einer Welt, die angeblich vom Geld getrieben wird, ist das erschreckend.«

Kerry blieb auf dem Gehweg stehen, dachte nach und nagte an der Unterlippe. »Sie haben recht«, sagte er schließlich. »Das ist sehr seltsam.«

Lyle schüttelte den Kopf. »*Seltsam* beschreibt es nicht einmal annähernd.«

Kerry ging weiter. »Egal. Wir finden schon eine Möglichkeit, damit zurechtzukommen.«

»Sie nehmen mich nicht ernst«, beklagte sich Lyle. »Das tun Sie nie. Lassen Sie mich mit Sunny reden!«

»Ich bin der Einzige, der noch da ist«, erwiderte Kerry.

Lyle riss die Augen auf. »Dann sind sie bei der Explosion der Autobombe tatsächlich gestorben? Sunny, Cynthia und alle anderen?«

»Was? Nein, natürlich nicht. Sie leben in São Tomé, wie wir es geplant hatten.«

»Aber ich bin nicht dort«, entgegnete Lyle vorwurfsvoll. »War meine Rettung überhaupt jemals ein Teil des Plans? Oder war ich von Anfang an nur Kanonenfutter?«

Kerry legte ihm eine Hand auf die Schulter und führte ihn in ein Wohnhaus. Der Türsteher runzelte die Stirn, als er Lyle in der schmutzigen Kleidung und mit dem ungepflegten Bart sah, doch Kerry verscheuchte den Mann mit einer Geste. »Natürlich wollten wir Sie retten, Lyle. Wir glaubten doch nie, dass Sie der getötete Lyle waren! Natürlich wussten wir, dass er ein Double war, aber er brannte so sehr darauf, uns zu Diensten zu sein, dass wir ihn bis zum großen Tag behielten. Bei der Präsentation hat er übrigens wirklich hervorragend gearbeitet.« Sie betraten einen Aufzug. Kerry drückte auf den Knopf für das oberste Stockwerk, wo sich die Suiten befanden. Lyle hatte nicht die leiseste Ahnung, was eine Wohnung in dieser Lage kostete. Die Tür glitt zu, und Kerry wandte sich zu ihm um. »Also, es gibt keine kostenlose Lotion, nicht einmal für einen früheren Anteilseigner. Aber wenn ich sonst etwas für Sie tun kann ... Brauchen Sie Geld? Sie scheinen einen kleinen Zuschuss gebrauchen zu können. Das ist verständlich, nachdem Sie ein gesuchter Verbrecher sind.«

»Genau wie Sie.«

»Kerry White ist ein gesuchter Verbrecher«, antwortete Kerry verschlagen. »Ich bin Armando del Castillo, und der wird überhaupt nicht gesucht – oder höchstens wegen seines wunderbaren Körpers.«

»Ich will Ihr Geld nicht.« Lyle war selbst überrascht, wie erbost er auf das Angebot reagierte. »Sie sind ein Drogendealer. Das kann ich nicht unterstützen.«

»Und Sie sind der größte Drogendesigner aller Zeiten«, gab Kerry zurück. »Lassen Sie sich dafür wenigstens belohnen. Ich kann Ihnen ... hunderttausend geben?«

Der Aufzug hielt im obersten Stockwerk und entließ sie in eine kleine, aber luxuriöse Lobby. Statt eines Flurs, der zu vielen kleinen Apartments führte, gab es hier nur zwei verzierte Türen, die jeweils zu einem privaten Penthouse gehörten. Lyle pfiff durch die Zähne. »Hübsche Bleibe.«

Kerry zuckte mit den Achseln. »Wenn ich die zweite Wohnung kaufe, wird es noch viel hübscher. Ein Rockstar als Nachbar ist genauso laut, wie es die Vorurteile behaupten.« Er öffnete die Tür, und nun standen sie in einem riesigen Apartment, das förmlich nach Geld stank. Der Hauptraum war voll verglast, und man hatte einen Überblick über den Central Park. Lyle trat ans Fenster und sah ehrfürchtig hinunter. »Was kostet so eine Wohnung?«

»Erheblich weniger, als der Ausblick vermuten lässt«, meinte Kerry. »Warten Sie bis heute Abend, wenn die Lichter der Stadt angehen und sich hier mehr jugendliche Tennisspielerinnen tummeln, als Sie irgendwo sonst je in einem Raum gesehen haben. Einfach himmlisch.«

»Geben Sie etwa Partys?«

»Warum, um Himmels willen, sollte ich in einer Wohnung wie dieser keine Partys geben?«

Verwirrt wechselte Lyle das Thema. »Was ist mit Carrie?«

»Ich sagte Ihnen doch, ich bin jetzt Armando.«

»Nein, ich meine Ihre Frau Carrie.«

»Oh.« Kerry runzelte die Stirn und dachte angestrengt nach. »Kann sein, dass sie noch auftaucht. Haben Sie Interesse?«

»Ist das Ihr Ernst?«, fragte Lyle. »Erst war die Rettung Ihrer Frau von allerhöchster Wichtigkeit für Sie, und nun wissen Sie nicht einmal, wo sie sich aufhält?«

»Im Leben verändert sich so manches ...«, entgegnete Kerry schwach. Er brach ab, als sich die Eingangstür wieder öffnete und Cynthia hereinkam. Sie telefonierte angeregt über ein Bluetooth-Headset.

»... Hinterlegungen sind vollzogen, und Kerry ist wieder da, also können wir jetzt die neuen Zahlungen in Empfang nehmen. Ich ...« Sie blieb wie angewurzelt stehen und starrte Lyle an. »Er hat einen Lyle mitgebracht.«

»Nicht irgendeinen«, berichtigte Kerry sie, während er sich aus einer Dekantierkaraffe einen Drink einschenkte. »*Den* Lyle.«

»*Den* Lyle?«, fragte Cynthia. Sie hielt kurz inne und hörte zu, was ihr Headset übertrug. »Das dachte ich auch«, erklärte sie. »Anscheinend haben wir den Falschen in die Luft gejagt.«

Kerry verdrehte die Augen.

Blitzschnell kamen Lyle zwei Gedanken: Erstens – eigentlich sollte Cynthia in São Tomé sein. Kerry hatte behauptet, sie sei dort, und wenn er in dieser Hinsicht gelogen hatte, dann hatte er vielleicht auch in anderer Hinsicht nicht die Wahrheit gesagt. Lyle war einfach zu vertrauensselig und praktisch darauf konditioniert, sich auf die Informationen der Manager von NewYew zu verlassen. Selbst nach so vielen Monaten hatte ihre Macht über ihn nicht nachgelassen. So wenig wie seine naive Leichtgläubigkeit. In Gedanken versetzte er sich einen Tritt in den Hintern und fragte sich, worauf er sich hier eingelassen hatte.

Der zweite Gedanke folgte dem ersten ohne Übergang. Lyle wusste ganz genau, worauf er sich eingelassen hatte, und dass es höllisch schwer würde, der derzeitigen Situation wieder zu entkommen. Cynthia war davon ausgegangen, dass man ihn in die Luft gejagt hatte. Kerry hatte gelogen, denn sie hatten den Schwindler nicht absichtlich getötet. Sie hatten die ganze Zeit versucht, den echten Lyle zu töten.

Jetzt war er mit zwei seiner Verfolger allein, dreißig Stockwerke hoch über dem Ausgang, und konnte sich ausmalen, wie viele Larrys in den Hinterzimmern des Penthouse lauerten.

Schon setzte sich Kerry in Bewegung, senkte den Kopf, holte mit beiden Armen aus und griff mit dem straffen Modelkörper an. So groß der Raum auch war, Kerry konnte ihn binnen weniger Sekunden erwischen. Lyle stolperte rückwärts, prallte gegen ein Designersofa, wäre auf dem polierten Boden fast ausgerutscht und tastete in der Jackentasche herum. Als Kerry nur noch zwei Schritte entfernt war, fand Lyle die Waffe, zog sie heraus und schoss. Mit einem ersticken Schrei ging Kerry zu Boden.

»Jetzt hat er auf Kerry geschossen«, berichtete Cynthia dem Headset. »Ich rufe zurück.«

Lyle sah sich mit großen Augen um, doch Cynthia war schon durch die Tür gehuscht und in der Lobby verschwunden. Hinter ihr fiel die Tür zu. Kerry lag fluchend am Boden und hielt sich die Schulter. »Sie haben auf mich geschossen!«

»Sie haben mich angegriffen!«

»Aber nicht mit einer Waffe! Woher, zum Teufel, haben Sie das Ding?«

»Alle obdachlosen wehrlosen Trottel haben Waffen«,

knurrte Lyle. Er schob die Pistole wieder in die Jackentasche, schnappte sich eine kleine Decke vom Sofa – eigentlich war es eher ein Schal – und wickelte ihn dem strampelnden Mann um die Schulter. »Wenn Sie so zappeln, kann ich keinen lebenswichtigen Körperteil getroffen haben. Halten Sie still! Dank ReBirth wird in zwei Wochen alles abheilen.«

»Das Tuch hat viertausend Dollar gekostet«, grunzte Kerry mit schmerzverzerrtem Gesicht und biss die Zähne zusammen.

»Dann hören Sie auf, es vollzubluten!«, zischte Lyle. Er zog den Knoten fest und entlockte Kerry weitere schmerzliche Flüche. Dann stand er auf. »Gibt es hier einen zweiten Ausgang?«

»Das Fenster«, fauchte Kerry.

»Schön.« Lyle lief in Richtung Küche. »Sie sind wirklich sehr hilfsbereit.« Er machte eine rasche Runde durch das Penthouse – mit gezogener Waffe und vorsichtig, falls in irgendeiner Ecke noch jemand lauerte. Dabei stellte er fest, dass sich sonst niemand in der Wohnung aufhielt. Weitere Ausgänge gab es auch nicht. Dann lief er noch einmal umher und suchte nach dem Lager mit ReBirth, vergeblich.

»Wir bewahren die Lotion nicht hier auf!«, rief Kerry. »Halten Sie uns für Volldeppen?«

Lyle kehrte ins Wohnzimmer zurück, sah sich noch einmal um und bemerkte die Aktentasche, die Kerry bei der Übergabe im Park benutzt hatte. Vielleicht fand sich dort etwas Interessantes. Er legte die Mappe auf die Lehne eines Sofas und wollte sie öffnen. Sie war verschlossen.

»Ich dachte, Sie wollen unser schmutziges Geld nicht haben«, erinnerte ihn Kerry. Er lag noch fast an der gleichen Stelle am Boden wie vorher. Durch die Lücke zwischen einem Sofa und einem Sessel konnte Lyle ihn beobachten.

»Ich wollte nicht, dass Sie mir das Geld *geben*«, erklärte Lyle ihm. Er nahm die Aktentasche und ging zur Tür. »Jetzt beraube ich Sie. Das ist etwas anderes.«

»Wieso ist das Stehlen von Geld besser, als es sich mit ReBirth zu verdienen?«

»Halten Sie den Mund!«, herrschte ihn Lyle an. Er wollte nach dem Türknauf greifen, da fiel ihm auf, dass er keine Hand frei hatte. Was sollte er weglegen – das Geld oder die Waffe? Wie viele Larrys warteten draußen vor der Tür, unten am Aufzug oder in der Lobby? Er starrte auf die Tür, drehte sich schließlich um und trat ans Fenster. Die Flucht über die Feuerleiter war kein idealer Ausweg, aber etwas Besseres fiel ihm nicht ein.

»Lyle?«, rief Kerry mit schwacher Stimme.

»Ja?«

»Danke, dass Sie die Wohnung nicht demoliert haben! Das Mobiliar ist kaum zu ersetzen.«

»Gern geschehen«, antwortete Lyle. »Grüßen Sie Carrie von mir!« Er öffnete das Fenster, trat auf den metallenen Laufsteg und machte sich an den Abstieg.

Kapitel 41

Freitag, 14. September
9:10 Uhr
Das Pentagon, Washington, D.C.

91 Tage bis zum Weltuntergang

Ira Brady, einst der CEO von Ibis Cosmetics, saß hinten im Konferenzraum und sah zu, wie nach und nach die Generäle, Analytiker und Politiker eintrafen – alle, die wichtig genug waren, um zu der Besprechung eingeladen zu werden. Ein Mann blieb stehen und schüttelte ihm die Hand. Er stand lächelnd auf.

»General Blauwitz«, sagte Ira. »Wie schön, Sie zu sehen!«

»Ebenso, Senator Moore.« Blauwitz klopfte ihm vertraulich auf den Rücken, als sei Ira der echte Senator Moore. Soweit es die anderen Anwesenden sagen konnten, war er das tatsächlich. Seit vier Wochen war er bereits als Moore unterwegs.

Es wurde still im Raum, und Blauwitz begann sofort mit der Präsentation. Das Licht ging aus, der Projektor wurde eingeschaltet. »Danke, dass Sie gekommen sind!«, sagte der General. »Die Sitzung wurde einberufen, damit wir über die Situation in São Tomé und unsere Möglichkeiten beraten, die dortige Einrichtung von NewYew in Besitz zu nehmen.«

»In Besitz zu nehmen ...«, wiederholte eine Frau in Militäruniform. Ira kannte sie als General Clark. »Das ist ein schrecklich diplomatisches Wort für *erobern.*«

»Die Fabrik in São Tomé ist die einzige auf der Welt, die noch ReBirth produzieren kann«, fuhr Blauwitz fort. »Nennen Sie es, wie Sie wollen, aber wir müssen diese Fabrik so schnell wie möglich unter unsere Kontrolle bringen. Die ReBirth-Formel ist das mächtigste Spionagewerkzeug, das jemals von Menschen ersonnen wurde.«

Ira/Moore lächelte in sich hinein.

General Blauwitz zeigte das erste Bild der Präsentation. »Dies ist das erste Hindernis auf dem Weg. Den Namen kennen wir nicht, wohl aber das Gesicht.« Das Bild zeigte einen großen Afrikaner, der das Gesicht zu einer finsteren Miene verzogen hatte. Er trug eine grüne Militäruniform und ein rotes Barett und hielt eine offenbar häufig benutzte AK-47 in der Hand. Im Hintergrund waren ähnlich uniformierte Männer zu sehen. Die Offiziere und Politiker beugten sich vor und überlegten offenbar, ob es sich bei den anderen Soldaten um Kopien des ersten handelte oder ob ihre Unfähigkeit, sie auseinanderzuhalten, auf einen latenten Rassismus hinwies, von dem sie selbst noch nichts wussten. Blauwitz lieferte die Erklärung sofort nach. »Wir nennen ihn momentan Lagbaja, das muss reichen. NewYew stellt inzwischen in der Fabrik auf São Tomé Lagbajas her ...«

»Verzeihung«, unterbrach Alexis Miller, ein Offizier von mittlerem Rang. »Was meinen Sie damit, dass NewYew einen Mann herstellt? ReBirth kann doch keine Menschen von Grund auf neu konstruieren, oder?«

»Ich hätte vielleicht eher von einem großen Kopierwerk sprechen sollen«, antwortete Blauwitz. »NewYew hat die schrecklichsten Vertreter der sogenannten Kinderarmeen ausfindig gemacht und eine Methode entdeckt, alles noch viel schlimmer zu machen. Man rekrutiert Kinder, doch statt sie einfach nur zu bewaffnen, behandelt man sie mit ReBirth und verwandelt sie in Lagbajas – einsfünfundneunzig groß, knapp hundert Kilo schwer. Durch die Satellitenaufklärung und die vor Ort eingesetzten Agenten erfuhren wir, dass inzwischen wahrscheinlich rund fünftausend Kopien existieren.«

»Widerwärtig!«, knurrte Miller.

»Es geht hier nicht um moralische Fragen«, widersprach Blauwitz. »Viel wichtiger ist die Einsicht, dass fünftausend Lagbajas ein großes Hindernis für eine erfolgreiche Invasion darstellen. Im Grunde hält NewYew die Insel besetzt.«

»Das gefällt mir gar nicht«, meinte Miller.

»Sie sind nicht hier, um etwas zu mögen oder nicht zu mögen«, entgegnete General Clark. »Sie sind hier, um uns Lösungsvorschläge zu unterbreiten.«

»Uns geht das ReBirth aus«, erklärte Blauwitz, und ringsum wurde es still. »Die Lotion, die wir in der Fabrik von NewYew beschlagnahmt haben, würde noch Jahre reichen, sofern uns der Sinn nach attraktiven Models mit stabilem Kreislauf steht. Falls wir aber etwas interessantere Pläne haben, falls wir beispielsweise ungeprägte Lotion verwenden wollen, was die primäre politische Anwendung darstellt, bleibt uns nur noch wenig. Wir haben keine Möglichkeit, mehr davon zu produzieren. Alle unsere Versuche, die Formel nachzubilden, schlugen fehl.«

»Also brauchen Sie mehr als nur die Fabrik«, sagte Miller. »Sie brauchen auch die Fachleute, die sie betreiben.«

»Wir brauchen Igdrocil«, bestätigte Blauwitz. »Das ist die einzige Zutat, die wir bisher nicht identifizieren konnten.«

»Weil sie im Rezept gar nicht auftaucht«, warf Ira/Moore ein. Er hatte bereits alles nur irgendwie Denkbare versucht, um die Lotion zu reproduzieren. Jetzt wollte er die US-Regierung einspannen, um das Problem für ihn zu lösen. »Igdrocil erscheint in der Zutatenliste, aber nicht im Rezept. Viele unserer Analytiker vermuten, dass es sich dabei um ein Artefakt des Herstellungsprozesses handelt und um keine echte Substanz.«

»Senator Moore«, sagte General Clark. »Sie teilten mir mit, dass Sie uns einen Plan vorstellen können.«

»In der Tat.« Ira/Moore stand auf. »Wenn Sie erlauben, General?«

»Unbedingt«, willigte Blauwitz sofort ein.

Ira/Moore ging zum Projektor, trennte Blauwitz' Laptop und verband den eigenen damit. »Zuerst möchte ich Ihnen Jessica vorstellen.« Er tippte auf das Touchpad des Notebooks, und das erste Dia erschien. Eine Cheerleaderin, vielleicht neunzehn Jahre alt, die begeistert lachend mit den Pompons posierte. Sie trug hellblonde Zöpfe. »Jessica ist das jüngste ReBirth-Model von NewYew. Sie wurde mit einem schlanken, muskulösen Körper vermarktet und soll Kunden ansprechen, die sich für Gymnastik und ähnliche Sportarten interessieren. Sie ist einen Meter zweiundfünfzig groß und wiegt dreiundvierzig Kilo. Außerdem – noch wichtiger – haben wir knapp vierundzwanzig Liter mit ihrer DNA. Wenn wir diese DNA als Waffe einsetzen, lässt sich die Lagbaja-Armee von NewYew in eine Jessica-Truppe verwandeln. Sie stimmen mir sicher zu, dass unsere Invasion unter solchen Umständen erheblich einfacher würde.«

»Wie wollen Sie die Substanz als Waffe einsetzen?«, fragte Blauwitz.

»Indem wir sie in den Wasservorrat kippen«, erklärte Ira/Moore. »Tests beweisen, dass auch eine starke Verdünnung die Wirkung der Lotion nicht beeinträchtigt.«

»Dann wird sich ganz São Tomé in eine Cheerleadertruppe verwandeln«, warf Ira/Moore ein. »Vom Standpunkt der Menschenrechte aus ist das nicht unbedingt die ideale Lösung, aber wir reden ohnehin darüber, ein neutrales fremdes Land zu besetzen. Also sind wir in diesem Fall sowieso nicht die Guten.«

»Denken wir dabei überhaupt an die Rassenfrage?«, warf Miller ein. »Der größte Teil der Bevölkerung und offenbar sämtliche Lagbajas sind schwarz, und Sie wollen ihnen eine weiße Hautfarbe verpassen.«

»NewYew war äußerst gründlich.« Ira/Moore zeigte das nächste Bild. Nun war eine Frau mit identischer Figur, aber dunkler Hautfarbe zu sehen. »Das ist Sally.«

»Die Hautfarbe spielt hier keine Rolle«, erklärte General Clark. »Die Lagbajas sind ausgebildete Soldaten, und daran wird sich nichts ändern, wenn wir sie in Sallys oder Jessicas verwandeln. Die ReBirth-Models sind körperlich fit, gesund und genetisch auf sportliche Aktivitäten ausgerichtet. Das macht sie höchst geeignet für den Dienst in der Armee. Meine Tochter war Cheerleader. Ich bin ziemlich sicher, dass diese Mädchen mit einem Gewehr umgehen können.«

General Blauwitz runzelte die Stirn. »Haben Sie mal gesehen, wie ein dreiundvierzig Kilo schweres Mädchen ein Sturmgewehr abfeuert?«

»Sie haben ja recht«, schaltete sich Ira/Moore wieder ein. »Wir brauchen eine Methode, sie buchstäblich lahmzulegen. Etwas, das sie so sehr behindert, dass sie nichts mehr tun können, wenn sie es bemerken.« Er sah sich um. Die anderen nickten und sahen ihn erwartungsvoll an. Hätte er den endgültigen Plan gleich zu Beginn der Konferenz angeboten, dann hätten sie nie eingewilligt. Nun aber, verlockt durch die Möglichkeiten der genetischen Kriegsführung, waren sie bereit. Nachdem Ira/Moore den Vorschlag in Umlauf gebracht hatte, wollten sie erfahren, wozu ReBirth tatsächlich in der Lage war.

Er tippte auf das Touchpad. »Erlauben Sie mir, Ihnen Toby vorzustellen, den Soldaten der Zukunft. Toby ist sechs Jahre alt, von Geburt an blind und leidet an Leukämie im Endstadium. Nachdem diese Erkrankung durch die Chromosomen gesteuert wird, lässt sich die Leukämie mithilfe von ReBirth auf jedes Ziel in der Invasionszone übertragen.

Da der Körper so klein ist, gehen die ersten Phasen der Transformation mit einem großen Masseverlust einher, was die grippeähnlichen Symptome, die ReBirth auslöst, extrem verstärkt. Unsere Simulationen sagen voraus, dass die gesamte Einwohnerschaft innerhalb von etwa zehn Tagen mit einer einzigen Dosis im Wasservorrat ausgeschaltet wird. Wir marschieren ein und übernehmen die Insel. Sobald es keinen Widerstand mehr gibt, verwandeln wir die Leute in jene zurück, die sie gern sein wollen. Das wird die müheloseste Invasion aller Zeiten.«

»So stelle ich mir das vor!«, rief Blauwitz begeistert.

»Das kann doch nicht Ihr Ernst sein«, wandte Miller ein. »Aus gutem Grund sind biologische Waffen verboten. Sie sind unethisch und unmenschlich, und was Sie hier vorstellen, ist besonders zerstörerisch und unethisch gegenüber mindestens zwanzig verschiedenen Minderheiten. Wir wären die schnurrbartzwirbelnden Parias der ganzen Welt.«

»Nun ja, die Wirkung biologischer Waffen ist nicht umkehrbar«, wandte Ira/Moore ein. »Die von ReBirth dagegen schon. Die Leute liegen etwa eine Woche schwach am Boden und können sich nicht bewegen. Danach aber sind sie wieder normal und haben den Körper, den sie sich selbst ausgesucht haben.«

»Einige würden den Prozess nicht überleben«, bekräftigte Miller.

»Es ist ein Krieg«, beharrte Ira/Moore. »Einige von ihnen werden sowieso sterben, ganz egal, wie wir handeln. Bei dieser Vorgehensweise wären es relativ wenige, und sie sterben nicht durch Gewalt. Wer nicht stirbt, wird vier Wochen später absolut gesund sein und keinerlei dauerhafte Nachwirkungen mehr haben.«

»Ist denn das Umschreiben der DNA keine dauerhafte Nachwirkung?«

»Ihre DNA wurde bereits überschrieben, als sie Lagbajas wurden«, widersprach Blauwitz. »Mann, wir können sie danach wieder in Lagbajas verwandeln, wenn sie das wirklich wollen. Hinterher spielt das keine Rolle mehr.«

»Wie finden wir heraus, wen wir treffen wollen?«, fragte Clark. »Wenn wir die Leute in dieser Anlage verhaften, wird niemand mehr eine erkennbare Identität haben. Nehmen wir einfach die am besten gekleideten Tobys fest und hoffen, sie seien die Manager?«

»Festnahmen sind nicht unser wichtigstes Anliegen«, entgegnete Ira/Moore. »Wir sind an der Formel interessiert und suchen nach einer Möglichkeit, noch mehr von diesem Mittel herzustellen.«

»Theoretisch gefällt mir der Plan«, sagte General Clark. »Aber ohne ungeprägte Lotion können wir ihn nicht ausführen.«

»Auf dem Schwarzmarkt gibt es noch eine Menge ungeprägte Lotion«, stellte Ira/Moore fest. »Das Budget müsste das doch hergeben, oder? Das käme billiger, als Soldaten zu schicken.«

»Warum planen wir dann überhaupt eine Invasion?«, fragte Miller. »Wenn die ungeprägte Lotion auf dem Schwarzmarkt erhältlich ist, können wir das ganze grässliche Szenario von vornherein vergessen.«

»Wir führen eine Invasion durch, weil die Sicherstellung von ReBirth nur das halbe Ziel ist«, erklärte General Clark. »Die andere Hälfte bezieht sich darauf, dass es außer uns niemand haben darf. Alles, was Senator Moore für den Einsatz in São Tomé vorschlägt, könnte auch eine feindliche Nation in Bezug auf uns planen. ReBirth-Formel ist die mächtigste Waffe seit Erfindung der Atombombe. Sogar noch mächtiger, denn ReBirth kann ein Volk vernichten, während die Infrastruktur intakt bleibt. Stellen Sie sich Länder wie Russland, China oder Iran vor, die die gesamte

Bevölkerung Amerikas in den Krebspatienten Toby verwandeln könnten. Nach dem Einsatz von ReBirth wollen wir die Einwohner von São Tomé retten, während eine feindliche Macht nicht so gnädig mit uns umginge. Zwei Wochen, und wir sind so krank, dass wir uns nicht mehr bewegen können. Vier Wochen, und wir sind tot. Jeder Landstrich, die ganze Technologie, das Geld und die Bodenschätze liegen ungeschützt herum und warten nur darauf, dass eine feindliche Macht einmarschiert und alles übernimmt. Die Invasoren leben in unseren Häusern und fahren unsere Autos. Wenn Sie die Notwendigkeit infrage stellen, dass die amerikanische Regierung der einzige Besitzer dieser Technologie sein sollte, dann sind Sie ein hirnloser Esel und ungeeignet für diesen Job.« Die Stimme der Generalin war kalt wie Eis, während ihre Blicke ihre Umgebung wie mit Laserstrahlen zu zerschneiden schienen. Sie starrte Miller noch einige Sekunden lang an und wandte sich dann an Blauwitz. »Nehmen Sie das in Angriff! Binnen vier Tagen muss Tobys DNA jede menschliche Zelle auf der Insel angreifen, und eine Woche später sind wir die uneingeschränkten Herrscher von São Tomé. Die Sitzung ist geschlossen.«

Kapitel 42

Samstag, 15. September
19:30 Uhr
Yemaya Foundation, Hell's Kitchen, Manhattan

90 Tage bis zum Weltuntergang

Schulter an Schulter mit mehreren Dutzend Kopien seiner selbst stand Lyle eingeengt ganz hinten im Raum. So unbehaglich hatte er sich im ganzen Leben noch nicht gefühlt. Überall waren Lyles, fast zweihundert Menschen hatten sein Gesicht, sein Haar, seine Größe und sein Gewicht. Nur die Kleidung unterschied sich. Auch die Gesichtszüge waren leicht verändert. ReBirth produzierte keine echten Duplikate, sondern lediglich so etwas wie eineiige Zwillinge, die über die gleiche DNA verfügten. Das aber verstärkte nur die gespenstische Atmosphäre in dem Raum. Lyle war sterbenselend zumute. Wenn alle einander so ähnlich waren, wurden kleine Unterschiede auf einmal sehr wichtig. Lyle sah sich um, bis er jemanden mit einer etwas spitzeren Nase oder einem schmaleren Mund bemerkte. Außerdem erforschte er, wie die unterschiedliche Kleidung und der Haarschnitt das Gesicht veränderten. Der Reihe nach studierte er immer wieder die anderen Gesichter, bis er es nicht mehr aushielt. Nach der übelkeiterregenden Gleichförmigkeit war es eine Erlösung, endlich Guru Kuvam ansehen zu können.

»Ihr seid keine Verbrecher«, erklärte Kuvam. »Ihr habt das Blut und die Knochen eines Kriminellen, aber das hat jedes Kind eines schlechten Vaters, und wir werfen keinem Kind die Taten des Vaters vor.«

Schön, dachte Lyle. *Wieder eine Ansprache darüber, dass wir alle unschuldig sind, weil wir nicht der echte Lyle sind. Das hilft mir wirklich sehr.*

Kuvam hielt fast jeden Abend eine Versammlung ab, es sei denn, er trat im Fernsehen auf oder predigte in Krankenhäusern und Gefängnissen den neuen Weg, den er das Licht des Lebens nannte. Lyle hatte mit allen Pseudo-Lyles gesprochen, denen er begegnet war. Er wollte herausfinden, wer ihnen die fehlerhafte Lotion verkauft hatte, und die Quelle entdecken. Viele hatten diese Gruppentreffen erwähnt – eine Selbsthilfeorganisation für Lyles, denen Kuvam als Therapeut diente.

»Was die Welt nicht erkennt«, erklärte Kuvam, »ist die Tatsache, dass wir alle miteinander verbunden sind. Alle Lebewesen sind durch ein unauflösliches Geflecht von Kräften miteinander verknüpft. Das gilt nicht nur für Lebewesen, sondern auch für Felsen und Bäume. Die Natur und sogar der Weltraum sind Teil des Ganzen. Was sind menschliche Wesen schon außer Chemikalien? Wasser, Salz und Kohlenstoff, Eisen im Blut, dazu die Energie der Sonne, die über das Chlorophyll der Pflanzen als Nahrung in den Körper gelangt. Diese Energie ist nicht das Einzige, was von den Sternen kommt. Alle Mineralstoffe in den Zellen stammen aus der Tiefe der Erde, und die Erde selbst wurde aus Materiepartikeln geformt, die ferne Sterne und Supernovae vor Milliarden Jahren ausgestoßen haben. Wir sind uralte Wesen und bestehen aus dem Stoff, aus dem die Sterne sind. Wir sind die strahlenden Kinder des Universums.«

Während der Guru sprach, schritt er auf der kleinen Bühne hin und her. Bei ihrem ersten Treffen hatte der Guru keine nervösen Angewohnheiten wie diese gezeigt. Lyle fragte sich, wer der Mann, der sich mit Kuvams Gesicht und Körper überschrieben hatte, vorher gewesen war.

»Und wenn alle in einem Netz aus Licht und Sternen, aus Blut und Leben miteinander verbunden sind«, fuhr der Guru fort, »dann sind wir alle eins. Ich bin der Gleiche wie ihr, und ihr seid ich. Wir alle sind der reichste Mann der Welt und das ärmste Kind in der Gosse. Wir sind unterschiedliche Gesichter eines einzigen, allumfassenden Wesens und unterschiedliche Manifestationen der ursprünglichen Kraft des Lichts und des Lebens. Und wenn wir alle eins sind, welche Rolle spielt es dann, ob Sie so aussehen wie ich, wie Lyle oder wie sonst irgendjemand?« Unter den Zuschauern erhob sich zustimmendes Gemurmel. Lyle war überrascht, dass nicht alle Anwesenden Kuvams New-Age-Geschwafel einfach überhörten. »Sie waren schon immer Sie selbst, und Sie werden immer Sie selbst sein«, fuhr Kuvam fort. »Aber Sie waren auch schon immer Lyle. Es spielt keine Rolle, wie Sie aussehen, denn das ändert nichts daran, wer Sie sind. Sie sind wir, und das werden Sie immer sein.« Wieder war zustimmendes Gemurmel zu hören. »Sie sind nicht weniger als zuvor, sondern Sie sind größer. Sie haben Wissen gewonnen. Wissen ist das Licht, und das Licht ist Leben. Und wenn alles Licht und Leben ist, dann haben Sie alles gewonnen.«

Nun jubelte die Menge dem Guru zu. Mit leichter Verspätung stellte Lyle fest, dass es sich um keine Selbsthilfegruppe, sondern um eine Sekte handelte. Er runzelte die Stirn und fragte sich, wie so viele Menschen auf eine derartig lächerliche Geschichte hereinfallen konnten. Vielleicht ging die Lylewerdung – unaufmerksame, unbedeutende Menschen wurden getäuscht und kauften etwas Falsches – zwangsläufig damit einher, dass viele leichtgläubige Opfer zusammenfanden.

Je länger er seine Doppelgänger betrachtete, desto öfter erkannte er die verzweifelte Hoffnung in den Gesichtern, und desto deutlicher wurde ihm bewusst, dass sie keine

Duplikate und auch keine Niemande waren. Es waren Menschen, die aus dem früheren Leben gerissen worden waren. Gesicht, Identität, Persönlichkeit, alles war dahin. Sie nickten, lächelten und bekundeten ihre Zustimmung, weil Guru Kuvam der erste und vielleicht auch der einzige Mensch war, der ihnen sagte, dass sie in Ordnung waren, dass sie keine Freaks und keine Verbrecher waren. Die Welt hasste die Lyles, aber hier waren sie die Könige.

»Heute habe ich einen besonderen Gast«, erklärte Kuvam. Lyle war verlegen, als ihm ein Gedanke durch den Kopf schoss. *Meint er mich?* Doch Kuvam deutete auf einen Mann, der neben der Bühne stand, nun mit freundlichem Lächeln zu dem Guru hinaufstieg und sich an die Menge wandte. »Das ist Tracy Erickson, ein Vertreter der ACLU«, erklärte Kuvam.

Es gab donnernden Applaus, dann sprach Tracy mit fester, bewegter Stimme. »Danke, Guru, für diese Gelegenheit. Wie schon gesagt, ich bin Tracy und arbeite als Rechtsberater für die American Civil Liberties Union. Sie kennen uns, wir sind die Verrückten, die immer jemanden verklagen, weil er Kannibalen oder Neonazis unterdrückt oder etwas in der Richtung.« Einige Zuhörer lachten, aber die meisten waren verwirrt, weil sich die Atmosphäre der Versammlung so schnell verändert hatte. Lyle nahm an, dass viele von ihnen, genau wie er selbst, keine Ahnung hatten, wohin Tracys Rede führen sollte. »Wir bearbeiten jedes Jahr Tausende von Fällen«, erklärte Tracy. »Wir schützen die Bürgerrechte jedes Menschen im Land, aber natürlich kommen nur die umstrittenen Fälle in die Schlagzeilen. Wir nehmen die umstrittenen Fälle an, weil irgendjemand es tun muss. Denn jeder, gleichgültig, wer er ist und was er getan hat, sollte wie ein menschliches Wesen behandelt werden. Wahrscheinlich haben Sie in den letzten Wochen in dieser Hinsicht einige Erfahrungen gesammelt. Sie haben schlechtes ReBirth bekommen und sich in Lyle verwandelt. Und nun verlieren Sie auf einmal den Job, die Krankenversicherung, vielleicht sogar die Familie, das Bankkonto oder das Auto. Alle Orte, die Sie früher aufgesucht haben, alles, was Sie getan haben, ist außer Reichweite geraten, weil Sie das falsche Gesicht haben. Sie können sich nicht einmal beschweren, weil die Substanz, die Ihnen das Gesicht gegeben hat, eine biologische Waffe ist. Sie könnten als Terrorist bezeichnet werden, nur weil Sie dieses Gesicht haben. Tatsächlich wurden schon viele Lyles verhaftet, aber inzwischen gibt es eine so große Zahl von Ihnen, dass sich die Cops nicht mehr darum kümmern. Tausende Lyles, vielleicht sogar Zehntausende sind im Land unterwegs, und es kommen jeden Tag Hunderte dazu.«

Nun wurde die Menge wütend – aber nicht auf Tracy, sondern auf die Realität, die er ihnen ins Gedächtnis rief. Dank Kuvam hatten sie sich für eine Weile besser gefühlt, aber am Ende des Gruppentreffens kehrten sie doch wieder in die Welt zurück, die sie hassten. Genau wie Lyle hatten viele von ihnen nicht einmal mehr ein Haus, in das sie sich zurückziehen konnten.

»An dieser Stelle kommen wir ins Spiel«, erklärte Tracy. »Niemand setzt sich für Sie ein, und Sie sind kein Einzelkämpfer. Aber wir sind für Sie da. Die ACLU setzt sich für die Lyle-Rechte ein. Wir starten eine Kampagne. Heute sammeln wir Spenden, und gleich am Montagmorgen treffen wir uns mit Lobbyisten und Interessengruppen in Washington und halten vertrauliche Treffen mit einigen alten Freunden in der Regierung ab. Im ganzen Land wird es zudem öffentliche Veranstaltungen geben, um das Bewusstsein für Ihre Lage und das Mitgefühl der Menschen zu wecken. In den nächsten Wochen werden wir im ganzen Land Werbung schalten, auch im Fernsehen und im

Web, um auf das Unrecht aufmerksam zu machen, das den Lyles jeden Tag widerfährt.« Tracy grinste, und Lyle ahnte, dass er sich dem Höhepunkt der Ansprache näherte. »Jetzt kommt das Beste! Solche Kampagnen stoßen oft auf Widerstand. Das liegt in der Natur der Sache. Die Menschen können Verletzungen der Bürgerrechte erst erkennen, wenn sie selbst betroffen sind. Der Zusammenhang mit kriminellen Aktivitäten ist in diesem Fall eine weitere Hürde, die alles noch schwieriger macht. Aber Sie haben einen Faktor auf Ihrer Seite, der Ihren Fall grundsätzlich von allen anderen unterscheidet – es ist das Volumen. Es gibt so viele von Ihnen, und die Zahl wächst mit jedem Tag, dass jeder an Sie denkt und jeder von Ihnen spricht. Das verschafft uns einen großen Vorteil. Zehntausende Menschen werden allein aufgrund ihrer DNA diskriminiert. Erkennen Sie, was Sie sind? Sie sind eine ethnische Minderheit. Ihre Mitmenschen geben Ihnen keine Jobs und gewähren Ihnen keine Darlehen. Sie weigern sich, Ihnen in Geschäften etwas zu verkaufen. In Restaurants werden Sie nicht bedient. Nicht etwa aufgrund Ihres Verhaltens, sondern nur aufgrund Ihres Aussehens. Das ist offener Rassismus, und damit bekommen Sie die ganze Welt auf Ihre Seite. Am Montag werden wir Gesetze vorschlagen – mit dem Ziel, die Lyle Fontanelles offiziell als Minorität anzuerkennen, und zwar mit allen Rechten, die dies mit sich bringt.«

Kapitel 43

Sonntag, 16. September
9:31 Uhr
New York

89 Tage bis zum Weltuntergang

Larry, Susan und Tony/Lyle saßen an einem kleinen Tisch im Motel. Sie trugen gelbe Schutzanzüge und verteilten Tröpfchen der Lyle-Lotion in durchsichtige Gelkapseln. Auf der Kommode strahlte ein Fernseher sein schwaches blaues Licht ab, in dem die Schutzanzüge einen ungesunden Grünstich bekamen.

»Hier ist Giancarlo Finetti für BBC World am Schauplatz eines der spektakulärsten Raubüberfälle in der Geschichte Europas. Nach dieser Tat ist die christliche Welt bis ins Mark erschüttert.«

»Drehen Sie ein bisschen lauter!«, verlangte Susan. »Das will ich hören.« Larry streckte die Hand mit dem dicken Gummihandschuh zum Fernseher aus, dann machte er sich wieder an die Arbeit, während der Bericht begann.

Um vier Uhr vierundzwanzig brach heute am frühen Morgen eine Bande schwarz gekleideter Angreifer in den Turiner Dom ein und stahl das Turiner Grabtuch, in dem Jesus Christus beigesetzt sein soll und das angeblich ein Abbild seines Gesichts trägt. Knapp eine Stunde später veröffentlichte ein Unbekannter auf YouTube das folgende Video und übernahm die Verantwortung für den Raub.

Nun wurde das Internetvideo mit dem Abspielsymbol und dem Fortschrittsbalken am unteren Rand eingeblendet. Mitten im Bild stand ein nur als dunkle Silhouette sichtbarer Mann mit unkenntlichem Gesicht in einem weiß verputzten Raum. Er sprach Englisch mit südamerikanischem Akzent.

»Ich bin ein Vertreter der ökumenischen christlichen Organisation, die sich *Heiliger Kelch* nennt, und möchte mich im Auftrag meiner Schwestern und Brüder für das Verbrechen entschuldigen, das wir begangen haben. *Du sollst nicht stehlen,* sagte uns der Herr, doch wir haben gestohlen. Dafür bitten wir ihn um Vergebung, wenn er in seiner ganzen Pracht zurückkehrt.« Der Schattenmann hielt das Grabtuch ins Licht eines kleinen Scheinwerfers. Nur die Fingerspitzen blauer Gummihandschuhe waren am Rand zu sehen. »Das Turiner Grabtuch trägt einen kleinen Tropfen Blut, der nach dem Tod unseres Herrn Jesus Christus im Stoff zurückblieb. In diesem Augenblick analysieren unsere Wissenschaftler das Blut, um die volle DNA-Sequenz zu rekonstruieren. Wenn sie ihre Arbeit beendet haben, werden wir mit dieser DNA neutrales ReBirth prägen.«

Susan stöhnte laut auf. »Ach, du heilige Sch...«

»Bitte keine Gotteslästerung!«, warnte Tony/Lyle.

»Still!«, zischte Larry. Sein anfängliches Desinteresse war verschwunden, und er starrte gebannt in den Fernseher.

Der Schattenmann legte das Grabtuch beiseite und nahm eine Bibel in die Hand. »Die Schrift sagt uns: *Aber ich weiß, dass mein Erlöser lebt; und als der Letzte wird er über dem Staube sich erheben.* Aber die Schrift sagt uns auch: *Bereitet den Weg des Herrn, macht seine Steige richtig!* Kann der Herr ohne unsere Hilfe zurückkehren? Der Herr ist allmächtig. Aber der Weg, dem er folgt, ist gewunden und lang, und jede neue Biegung verzögert seine Ankunft. Es ist unsere Aufgabe, ihm einen geraden Weg zu ebnen, ihm den Weg zu bereiten und seinen Schritt zu beschleunigen. *Denn es wird geschehen, dass des Menschen Sohn komme in der Herrlichkeit seines Vaters mit seinen Engeln; und alsdann wird er einem jeglichen vergelten nach seinen Werken.* Der Schattenmann klappte die Bibel zu. »Mache dich keiner Versäumnisse schuldig, wenn dein Gott wieder auf der Erde wandelt, denn er wird kommen mit Feuer und Schwefel, um die Ungerechten zu erschlagen. Amen.«

Damit endete das Video, und der Reporter kam wieder ins Bild. »Die Echtheit des Turiner Grabtuchs ist seit seiner Entdeckung höchst umstritten«, erklärte er. »Es gibt keinerlei Garantie dafür, dass der *Heilige Kelch* tatsächlich einen Mann erzeugen kann, der Jesus Christus genetisch ähnlich ist. Möglicherweise ist diese Frage allerdings auch nebensächlich. Die christliche Theologie hat weltweit eins der schrecklichsten Szenarien für die Apokalypse entworfen, und wenn diese oder eine andere Sekte das Szenario in die Wirklichkeit umsetzt, sind die Folgen für unsere Welt unabsehbar. Giancarlo Finetti, BBC World.«

»Warum sind die Menschen nur so dumm?«, fragte Susan. Sie starrte noch eine Weile auf den Fernseher und warf dann die Spritze mit der Lotion nach dem Bildschirm. »Warum kapiert es denn niemand?«

»Mich interessiert eigentlich nur, wer uns da schlagen will«, meinte Tony/Lyle.

Larry runzelte die Stirn. »Wer soll wen schlagen?«

»Die Christen«, erklärte Tony/Lyle. »Ich wurde als irischer Katholik geboren und erzogen. Ich bin ein stolzes Kind des Höllenfeuers und der schlimmsten Verdammung, die sich ein Mensch nur vorstellen kann. Aber dieser Kerl behauptet, wir hätten lediglich *eine* der schlimmsten Apokalypsen. Nach allem, was ich in der Sonntagsschule aushalten musste, haben wir trotzdem nur eine der schlimmsten? Wer will uns da denn schlagen?«

»Wahrscheinlich die nordischen Völker«, überlegte Larry. »In der christlichen Apokalypse verbrennen alle bösen Menschen, und die Guten werden gerettet. Außerdem ist

Gott am Ende noch am Leben. Beim Ragnarök tötet jeder jeden – Menschen, Trolle, Riesen, Drachen, einfach alle. Im Nahkampf und ganz persönlich.« Er tat so, als wolle er einen Gegner erstechen. »Sogar die Götter kriegen Dolche in die Rippen. Am Ende bleiben nur zwei Leute übrig, die eine neue Welt begründen.«

Susan hörte nicht zu, sondern konzentrierte sich auf das Fernsehen.

»Warten Sie!«, rief Tony/Lyle. »Das ist Ihr Ende der Welt? Der Garten Eden? Das ist so ziemlich das schlimmste Science-Fiction-Klischee, von dem ich je gehört habe.«

»Nein, es war keineswegs ein Klischee, als die alten nordischen Völker ihre Kultur danach ausgerichtet haben.«

»Sie haben ihre Kultur auf das Saufen und das Verprügeln ausgerichtet«, widersprach Tony/Lyle.

»Ich frage mich, warum sich diese Religion nicht weiter ausgebreitet hat«, überlegte Larry. »Es ist übrigens auch nicht exakt ein Garten Eden. Die beiden Leute sind zwar da, aber man kann nicht unbedingt sagen, dass sie leben. Sie ... sie setzen einfach nur eine neue Welt in Gang.«

»Sind sie tot?«

»Das ist die Geschichte nach Ragnarök, haben Sie nicht zugehört?«

»Wie können sie eine neue Welt in Gang setzen, wenn sie tot sind?«

»Das weiß ich nicht.«

»Sie lösen einen heiligen Krieg aus«, murmelte Susan. Betroffen starrte sie ins Leere. »Wir wollten sie davon abhalten, die Lotion zu benutzen, und sie setzen sie nur noch intensiver ein.« Sie hob die Spritze auf, betrachtete sie und warf sie wütend quer durch den Raum, gefolgt von der Gelkapsel, die sie gerade gefüllt hatte. Mit einer heftigen Armbewegung fegte sie den Tisch leer, zerschmetterte die Flaschen und Ampullen und schleuderte alles zu Boden.

»Mann!« Tony/Lyle fuhr erschrocken auf, als ein Haufen Material auf seinem Schoß landete.

»Vorsicht!«, rief Larry im gleichen Augenblick, ließ das Werkzeug fallen und sprang auf. Er zögerte kurz, dann packte er Susan an den Schultern und zog sie vom Tisch weg. Als sie sich sträubte, verstärkte er den Griff.

»Lassen Sie mich los!«

»Ruhig!«, beschwichtigte sie Larry. »Immer mit der Ruhe, wir sind hier unter Freunden!«

»Nichts als Zeitverschwendung!«, rief sie. »Diese dämlichen Spritzen und die Gelkapseln, und nichts funktioniert.«

»Zehntausende Lyles«, hielt Larry dagegen. »Wollen Sie wirklich behaupten, dass es nicht funktioniert?«

»Oh, wir erzeugen viele Lyles«, räumte Susan ein. »Aber es gelingt uns nicht, den Markt zu destabilisieren. Wir wollen die Menschen von der Gefahr von ReBirth überzeugen, treiben aber nur den Preis in die Höhe. Es wird Zeit für einen neuen Plan.«

»Einverstanden«, stimmte Tony/Lyle zu. »Obwohl ich nicht weiß, wie der aussehen soll.« Er nahm den Helm seines Schutzanzugs ab. »Hauptsache, wir werden diese verdammten Anzüge los.«

»Vorsicht!«, warnte Larry. »Sie sind mit der Lotion bespritzt.«

»Und?«, fragte Tony/Lyle. »Ich bin schon Lyle. Was soll mir noch Schlimmeres passieren?«

Larry zuckte mit den Achseln, und Susan sammelte die Utensilien vom Boden auf. »Es geht hier nicht um die Menge«, erklärte sie. »Präzision ist viel wichtiger. Wir verwandeln nicht jeden in Lyle, sondern die Schlüsselpersonen in ... irgendjemanden. Ich weiß noch nicht, in wen, aber wenn wir die richtigen Leute mit der richtigen DNA treffen, kommt die Botschaft dort draußen an.«

»Die Welt ist schon voller Genterroristen«, widersprach Larry. »Alle Politiker im Land tragen Schutzanzüge, wo immer sie auftreten. Wen können wir da noch treffen?«

»Darüber denke ich gerade nach«, sagte Susan. »Erst einmal müssen wir neue Mitstreiter rekrutieren. Aus der Protestbewegung am College kenne ich noch etliche Mitstreiter. Aktivisten, Rebellen und so weiter. Sie werden uns helfen.«

»Und was ist mit dem ganzen Zeug hier?«, fragte Tony/Lyle. »Wir haben noch literweise Vorrat von der Lotion, die uns schon eine Verhaftung beschert, wenn wir sie nur scharf ansehen. Ich will das Zeug nicht mit herumschleppen oder irgendwo als Beweismittel gegen uns liegen lassen.«

»Dann spülen wir eben alles ins Klo«, schlug Susan vor. »Wir zerstören die Flaschen, verbrennen den Teppich und kippen die Lotion weg.« Sie sprach leise, aber sehr entschlossen. »Und dann verändern wir die Welt.«

Kapitel 44

Mittwoch, 26. September
6:27 Uhr
Krankenhaus Ayra de Menezes, São Tomé

79 Tage bis zum Weltuntergang

Carl Montgomery hatte die Seuche. Binnen weniger Tage war sie über die Insel hinweggefegt und hatte alle – sogar die Einheimischen, die eigentlich immun sein sollten – so sehr geschwächt, dass sich kaum noch jemand bewegen konnte. Die Erwachsenen traf es am schlimmsten. In fast ununterbrochenem Strom mussten sie ständig Darm und Blase entleeren. Mehrere Menschen waren schon an Dehydrierung gestorben, aber das waren nur Diener gewesen. Carl und sein Sohn bekamen die beste Pflege, die man für Geld kaufen konnte. Trotzdem waren auch sie schwer krank. Sogar die Ärzte waren erkrankt.

»Wir müssen in ein richtiges Krankenhaus«, sagte Jeffrey. Die Stimme klang schwach und war quer durch den Raum kaum zu verstehen. »Wir müssen nach Lissabon.«

Carl nahm seine ganze Kraft zusammen, um ihm zu widersprechen. »Ich habe keinen Palast auf einer Insel ohne Auslieferungsabkommen gebaut, um mich dann selbst auszuliefern.«

»Wir werden sterben«, flüsterte Jeffrey.

»Ich sterbe nicht«, knurrte Carl und richtete sich mühsam zum Sitzen auf. Grimmig umklammerte er das Bettgeländer und lächelte böse. *Meiner Kraft hast du nichts entgegenzusetzen,* sagte er in Gedanken zu der Seuche. *Du kannst alle auf der Insel töten, ich aber bleibe.*

»Ist das der Pfleger?«, fragte Jeffrey.

»Ich bin es, du Trottel«, antwortete Carl. Er hatte sich als Kopie des Sohns neu erschaffen und war jung und gesund, aber nachdem die Seuche über sie gekommen war, saß er doch wieder im Rollstuhl. Egal. Er war vorher körperlich schwach gewesen und hatte trotzdem eine Firma aufgebaut, die inzwischen praktisch die Welt regierte. Also konnte er auch diese Anfechtung überstehen. Er fand die Steuerung des Rollstuhls und fuhr zur Tür hinaus und auf den Flur. Dabei prallte er gegen ein niedriges Hindernis mitten im Flur. Als er ein Stöhnen hörte, begriff er, dass es ein anderer Patient war, vielleicht auch ein Pfleger, der zu krank war, um sich zu bewegen. »Aus dem Weg!«, schnauzte er. »Ich habe zu tun.«

Auch die Augen versagten, aber er konnte immerhin noch sehen, dass im Flur viele Leichen lagen. Bleiche Körper, die ursprünglich braun gewesen waren. Er rollte zum nächsten Toten, betrachtete ihn genauer und erkannte einen privaten Pfleger. Nun ja, beinahe jedenfalls. Der Körper schrumpfte, und die Haut verfärbte sich. Sie war mit Flecken übersät und wirkte stellenweise fast rosa. Um welche Seuche handelte es sich hier?

Plötzlich wurde es ihm bewusst, und er brüllte vor Wut laut auf. Das war keine Seuche.

Es war ReBirth.

Jemand hatte die gesamte Insel infiziert – Carls Insel – und alle Bewohner mithilfe der Formel in schwache Menschlein verwandelt, die sich kaum noch rühren konnten. Wer immer dahintersteckte, würde bald mit einer Invasion beginnen. Anders war die Situation nicht zu erklären. Aber Carl würde die Übeltäter ausfindig machen und sie bitter büßen lassen.

In wen verwandelte er sich nun? In einen kleinen Menschen, das wusste er, weil die Erwachsenen schrumpften.

In einen schwachen Menschen, auch das war klar. Die versagenden Augen wiesen darauf hin, dass der Betreffende obendrein blind war. Aber in der DNA steckte noch etwas anderes, verborgen hinter allem anderen. Eine Krankheit war es – etwas Vernichtendes, das tief in den Genen schlummerte und lauerte. Zelle um Zelle fraß sich die Seuche in den Organismus hinein. Carl musste rechtzeitig die Fabrik erreichen und neue DNA bekommen, bevor alles zusammenbrach.

Vor dem Aufzug wartete er. Aus der glänzenden Metalltür starrte ihm sein Ebenbild entgegen. Dieses Gesicht hatte er schon einmal irgendwo gesehen ... verwandelte er sich in eine Person, die er kannte? Die Tür öffnete sich, und das Bild verschwand. Carl fuhr in den Lift, rang nach Luft und schob mit der Gummistoßstange des Rollstuhls einen gestürzten Menschen zur Seite. Die Aufzugkabine war verspiegelt, und als die Tür zuglitt, betrachtete er wieder sein Ebenbild, das ihn auf allen Seiten umgab, tausendmal wiederholt in der Unendlichkeit der parallelen Spiegel.

Die Haarsträhnen eines alten Mannes klebten auf einem kranken runden Kopf. Eingesunkene Augen, hinter den Ohren klemmten Sauerstoffschläuche, die zur Nase führten. Dieses Gesicht oder Hunderte davon hatte er jahrelang im Büro bei NewYew gesehen. Ein kahlköpfiges kleines Kind.

»Ich habe Krebs«, erkannte er.

Die Tür ging auf, und er wollte rückwärts hinausfahren, doch es war etwas im Weg und ließ sich von dem Elektromotor nicht wegschieben. Vor dem Aufzug lagen noch mehr Tote, oft zu zweit übereinander, als wären alle in die Richtung des Aufzugs gekrochen, um dort Hilfe zu finden. Er schob den Steuerhebel so weit wie möglich nach vorn, doch der Rollstuhl bewegte sich nicht. Dann starrte er die Spiegelwände im Aufzug an, und der krebskranke kleine Junge starrte zurück. Carl schrie wütend auf, aber mehr als ein heiseres, ohnmächtiges Flüstern kam nicht heraus. Eine unendliche Reihe sterbender Spiegelbilder kreischte stumm zurück.

Er zog sich nach vorn, rutschte vom Rollstuhl und war entschlossen, zum Gelände von NewYew zu kriechen, falls ihm nichts anderes übrig blieb. Mit einem schmerzhaften Ruck riss der Infusionsschlauch aus der Haut, und als Carl zu Boden sank, löste sich auch der Sauerstoffschlauch vom Tank. Keuchend lag er da, der Sehsinn ließ nach, der Krebs fraß ihn bei lebendigem Leib. Die Arme schienen hohl zu sein, als er sie ausstreckte und über die Beine einer gestürzten Kopie seiner selbst kriechen wollte. Alles verschwamm ihm vor den Augen, in den Ohren rauschte es wie in einer Muschel. Er schleppte sich einige Armlängen weiter. Der Schließmuskel versagte, flüssige Exkremente tropften ihm an den Beinen hinunter und durchnässten den Krankenhauskittel. Wieder kroch er einige Zentimeter weiter.

Dann würgte er, rang nach Luft und griff nach der Tür.

Kapitel 45

Freitag, 28. September
15:45 Uhr
Das Pentagon, Washington, D. C.

77 Tage bis zum Weltuntergang

»Sie haben es nicht«, konstatierte General Blauwitz. Ein Standbild seines Gesichts füllte den Wandbildschirm, die Stimme tönte blechern durch den Raum. »Sie haben Fabrikanlagen, sie haben andere Arten der Lotion, aber keine ungeprägte.«

General Clark runzelte die Stirn. »Haben Sie auch wirklich überall nachgesehen?«

»Seien Sie nicht so herablassend!«

»Das kann doch nicht sein«, erklärte Ira/Moore. »Warum stellen sie keine ungeprägte Lotion her? Und sei es nur, um sie zu lagern?«

»Offensichtlich gibt es irgendwo ungeprägtes Material«, erklärte Blauwitz. »Wir suchen danach, aber ich versichere Ihnen – auf dieser Insel wurde kein ungeprägtes ReBirth produziert. Ich glaube, man wusste nicht einmal, wie man es herstellt. Wo wir mit großen Vorräten ungeprägter Substanz gerechnet hatten, fanden wir nur riesige Mengen unbrauchbares ReBirth. Es war identisch mit dem Zeug, das bei unserem Versuch entstand, die Herstellung selbst zu übernehmen.«

»Immer noch kein Igdrocil«, murmelte Ira/Moore. Er pochte wütend auf den Tisch. »Wenn sie es nicht haben, wer hat es dann?«

»Ich kann nicht dafür garantieren, dass auf der Insel

überhaupt noch ein Mensch lebt«, fuhr Blauwitz fort. »Diese Toby-Lotion spielt dem Verdauungssystem übel mit. Anscheinend hat sich rasend schnell eine Grippe ausgebreitet, dazu kam allgemeine Dehydrierung. Und bevor die Einwohner überhaupt Leukämie bekommen konnten, brach die Malaria aus. Ich kann es gar nicht drastisch genug ausdrücken. Die Insel sieht aus, als hätte gerade ein Weltuntergang stattgefunden.«

»Für die Bewohner trifft das zweifellos zu«, entgegnete Miller.

»Ich rette, wen ich retten kann«, berichtete Blauwitz. »Aber im Grunde kann ich nur aufräumen, bevor irgendjemand Wind davon bekommt. Niemand darf erfahren, was hier geschehen ist. Ich melde mich später wieder.« Er trennte die Verbindung.

General Clark wandte sich an die Anwesenden. »Herzlichen Glückwunsch! Wir haben eine schlimme Situation noch schlimmer gemacht.«

»Hat die Lotion schneller gewirkt als sonst?«, fragte Miller. »Was ist da passiert?«

»Wir haben uns zu sehr auf die direkte Wirkung der Lotion konzentriert und die Nebenwirkungen vernachlässigt«, erklärte Ira/Moore. »Auf der Insel gab es nicht genug Nahrungsmittel und Wasser, um dem beschleunigten Stoffwechsel der Bevölkerung gerecht zu werden.«

»Mir klingt das immer noch so, als würden wir die Katastrophe herunterspielen«, meinte Clark.

»Nun kennen wir die Folgen, wenn ReBirth in größerem Maßstab eingesetzt wird«, überlegte Miller. »Unser Spionagewerkzeug hat sich soeben in eine Massenvernichtungswaffe verwandelt.«

»Wir brauchen Lyle«, warf General Clark ein. »Keine Kopie, sondern den echten Lyle. Er ist der Einzige, der ReBirth herstellen kann.«

»Falls er überhaupt noch lebt«, meinte Miller.

»Er lebt mit Sicherheit noch«, behauptete Ira/Moore. »Dennoch versteht er ReBirth oder Igdrocil nicht besser als wir alle hier.«

»Sind Sie sicher?«, fragte Clark.

Für uns konnte er es nicht herstellen, dachte Ira/Moore. *Vielleicht war das aber nur ein Trick. Er spielte auf Zeit, bis er unser Gebäude niederbrennen konnte.* Seufzend hob er beide Hände. »Nein, ich bin nicht sicher. Aber wie sollen wir ihn ausfindig machen? Er hat die beste Verkleidung auf der Welt. Nach neuesten Schätzungen gibt es allein an der Ostküste mehr als siebentausend Lyles, und im ganzen Land sind es über zwanzigtausend. In Arizona leben mindestens dreitausend. Möglicherweise haben viele Mexikaner die Lotion angewendet, um über die Grenze zu gelangen. Und da sie sich nicht voneinander unterscheiden, nimmt es niemals ein Ende, selbst wenn wir alle Lyles aufgreifen und verhören. Dann befragen wir vielleicht ein und dieselbe Person gleich mehrere Male.«

»Wir könnten sie irgendwie ... kennzeichnen«, schlug Clark vor.

»Das sind keine Bären im Nationalpark«, widersprach Miller. »Außerdem setzt sich die ACLU für die Lyles ein. Egal, wie wir gegen sie vorgehen, man wird uns in Zukunft noch genauer auf die Finger sehen.«

»Jetzt mal im Ernst!« Ira/Moore grinste breit. »Warum können wir sie nicht kennzeichnen?«

»Das war ein Scherz«, sagte Clark.

»Die Lyles sind doch Verbrecher, oder?« Begeistert von seinem Vorschlag beugte sich Ira/Moore vor. »Laut der Definition, die wir verbreiten, ist jeder ein Terrorist, der ReBirth ohne Genehmigung der Regierung anwendet. Deshalb nehme ich an dieser Sitzung teil – ich vertrete die Heimatschutzbehörde. Und sobald der Heimatschutz im

Spiel ist, kann uns die ACLU den Schuh aufblasen. Bisher haben wir im Zusammenhang mit ReBirth höchstens eine Handvoll Fälle wegen des Besitzes biologischer Waffen verfolgt, und dann auch nur die Dealer. Aber streng genommen können wir jeden Lyle verfolgen. Meiner Ansicht nach sollten wir nicht lange fackeln und sie zusammentreiben. Jeder Einzelne von ihnen hat gegen das Gesetz verstoßen, also können wir sie auch verhaften.«

»Sie sagten gerade, es seien mehr als zwanzigtausend«, wandte Miller ein. »So viele Menschen können wir gar nicht unterbringen. Ganz sicher nicht in einem der Gefängnisse, die von dieser Regierung sowieso unterfinanziert sind.«

»Dann bauen wir eben Lager«, konterte Ira/Moore. »Das mag extrem klingen, aber warum eigentlich nicht? Wir haben die gesetzliche Macht, und wir haben die juristische Begründung. Jeder einzelne Lyle dort draußen hat eine biologische Waffe in Umlauf und zum Einsatz gebracht. Genau genommen ist es illegal, Lyle Fontanelle zu sein. Wir müssen die Typen, die gegen die Bestimmungen verstoßen haben, nur noch verhaften. Dann verhören wir alle, bis wir den Richtigen finden.«

»Das gefällt mir nicht«, wandte General Clark ein.

»Was auf São Tomé passiert ist, kann sich hier wiederholen«, beharrte Ira/Moore. »Al-Qaida, Nordkorea oder wer immer ReBirth in die Finger kriegt, verwandelt uns in ein Land voll blinder Krebspatienten, die an Dehydrierung und an einer Seuche sterben und auf den Straßen von den Hunden zerfleischt werden. Sind Sie bereit, alles in Ihrer Kraft Stehende zu tun, um das zu verhindern?«

Ein allgemeines Schweigen breitete sich aus. Schließlich nickte General Clark. »Richten Sie die Lager ein und lassen Sie öffentlich nichts verlauten! Gehen Sie dabei diplomatisch vor! Wenn die Menschen erfahren, dass wir Gefangenenlager bauen, lösen wir einen Bürgerkrieg aus.

Nennen Sie es … eine Amnestie. Eine Gelegenheit für nichtterroristische ReBirth-Benutzer, sich von dem Verdacht der Kriminalität zu befreien und Hilfe zu erhalten.«

»Hilfe?«, fragte Miller.

»Ja, im Idealfall durchaus«, bestätigte Clark. »Sobald wir alle Lyles versammelt haben, findet sich vielleicht eine Lösung, wie sie ihre alte Identität zurückgewinnen können. Unser wichtigstes Anliegen aber ist die Suche nach dem echten Doktor Fontanelle.« Clark seufzte, schüttelte den Kopf und sank auf dem Stuhl in sich zusammen. »Das wird die Hölle.«

Kapitel 46

Mittwoch, 3. Oktober
8:15 Uhr
Port Chester, New York

72 Tage bis zum Weltuntergang

Einer der Lyles im Bahnhof hatte das Downsyndrom.

Lyle starrte ihn an, er konnte nicht anders. Dieses Gesicht hatte er in verschiedenen Variationen schon tausend- oder gar zehntausendmal gesehen. Kein einziges war eine exakte Kopie, aber sie waren einander auf erschreckende Weise unglaublich ähnlich. Zehntausend eineiige Zwillinge, die sich in Nuancen unterschieden und dennoch mehr oder weniger identisch waren. Einem Ausreißer mit so stark abweichenden Merkmalen zu begegnen, war ein ebenso großer Schock wie der Anblick des ersten Lyle-Klons vor vielen Monaten. Der Klon mit dem Downsyndrom war in Begleitung einer Frau. Lyle musste sich beherrschen, um nicht auf ihn zuzulaufen und ihn mit Fragen zu bombardieren.

Fasziniert oder nicht, Lyle litt immer noch unter Verfolgungswahn. Auf dem Bahnsteig sah er sich gründlich um, ob ihn jemand beobachtete. Die Regierung suchte jetzt aktiv nach den Lyles und trieb sie in *Amnestiezentren* zusammen. Deshalb verkleidete er sich, um in Freiheit zu bleiben: die Haare gefärbt, ein falscher Schnurrbart, Hut und Handschuhe, sogar ein behelfsmäßiger Fettanzug, der einen Bauch imitierte. Lauter Einzelheiten, die nicht dem Profil entsprachen und ihn von den Tausenden anderen Lyles unterschieden, die nachwuchsen wie Pilze im Wald.

In diesem Augenblick standen mindestens fünf Lyles auf dem Bahnsteig. Wahrscheinlich wollten sie nach Manhattan, um sich zu melden. *Was wird mit ihnen geschehen?*, fragte er sich. *Soll ich einfach mitkommen und das Versteckspiel aufgeben? Was werden sie mit mir anstellen, wenn sie mich als echten Lyle identifizieren? Werden sie mich töten oder ins Gefängnis werfen? Werden sie mich zwingen, weiteres ReBirth herzustellen?*

Vielleicht ist es ihnen sogar egal. Dieser Gedanke erschreckte Lyle noch mehr als alles andere.

Zuerst hatte er sich nur vor Ibis und der Polizei in Sicherheit gebracht. Und vor allen anderen, die ihn aufgreifen wollten. Dann hatte er als selbst ernannter Robin Hood im Untergrund gelebt und todkranke Menschen mit ReBirth versorgt. Aber das war sowieso nur Augenwischerei gewesen. Er hatte vielleicht fünf oder sechs Menschen geholfen, er besaß keinerlei Vorräte, und seine Bemühungen um Nachschub hatten in Sackgassen geführt. Mittlerweile versteckte er sich nur noch. Denn alten Wegen zu folgen, schien ihm einfacher, als neue zu beschreiten.

Aber jetzt ...

Der Doppelgänger mit dem Downsyndrom stellte alles auf den Kopf. Monatelang hatte Lyle geforscht, um die Wirkungsweise von ReBirth zu entschlüsseln, und dies war die heißeste Spur, die er bisher entdeckt hatte – eine Anomalie. Ein Grenzfall, bei dem der Prozess nicht so ablief wie bei allen anderen. Wenn er herausfand, warum ReBirth bei diesem Mann nicht wirkte, fand er vielleicht zugleich heraus, wann und warum es richtig wirkte.

Lyle hatte den Bahnsteig genau abgesucht und ließ vorsichtshalber noch einmal den Blick über die Umgebung schweifen. Anscheinend lauerte niemand im Hinterhalt, um ihn anzuspringen und zu packen. Er löste sich von der Säule und näherte sich dem Paar. *Das Downsyndrom ist eine genetisch bedingte Erkrankung,* dachte er. Nun erwachte die wissenschaftliche Neugierde. *Vielleicht reagiert ReBirth darauf anders? Bisher hat es alle genetischen Erkrankungen geheilt. Warum nicht diese?*

Er blieb vor dem Paar stehen. »Verzeihung?«

Der kranke Lyle starrte ihn kurz an, lächelte breit und streckte die Hand aus. Lyle schlug ein.

»Kann ich Ihnen helfen?«, fragte die Frau. Sie gab sich kurz angebunden und kalt, die Stimme klang angespannt, die Augen waren blutunterlaufen. Lyle stellte sich vor, dass sie in der letzten Zeit viele Sorgen gehabt und viel geweint hatte, und das konnte er durchaus verstehen. Daher sprach er leise und so freundlich wie nur irgend möglich.

»Entschuldigen Sie, dass ich Sie behellige, aber ich bin ein Doktor, und mir ist die Downsyndrom-Erkrankung aufgefallen. Bitte, wenn ich das fragen darf – hatten Sie das Downsyndrom schon vor der Anwendung von ReBirth?«

»Darüber möchten wir nicht sprechen«, erklärte die Frau.

»Nein, ich hatte es nicht«, antwortete der Mann. Er lispelte leicht. »Es begann vor fünf Wochen. Eine schlechte Dosis.«

»Eine schlechte Dosis«, überlegte Lyle und betrachtete den anderen Lyle. Das Gesicht war das gleiche, wies aber die klassischen Kennzeichen des Downsyndroms auf. Mandelförmige Augen, eine etwas abgeflachte Nase, die Ohren kleiner als normal. Die Augen zeigten interessanterweise die typische Heterochromie, einen helleren Fleck in der dunklen Iris, der aber hier in ein Dutzend oder mehr kleinere Flecken zerfiel. Lyle wusste nicht, wie so etwas möglich war. Er forschte in den Erinnerungen nach allem, was er über das Downsyndrom wusste, doch in dieser Hinsicht war er alles andere als ein Experte.

»Wir wollen zum Amnestiezentrum«, sagte die Frau. »Glauben Sie, man kann ihn dort zurückverwandeln?«

»Haben Sie eine andere Lotion ausprobiert?«, fragte Lyle. »Von einer anderen Quelle?«

»Natürlich«, antwortete die Frau. »Wir haben alles versucht, aber es geht nicht weg.«

Lyle runzelte die Stirn. »Das verstehe ich nicht. Wie oft hat er es denn benutzt?«

»Vor oder nach dem Downsyndrom?«

Lyle zuckte zusammen. »Hat er denn vor der schlechten noch andere Versionen von ReBirth benutzt?«

»Ich war Schauspieler«, warf der Mann ein.

Die Frau nickte. »Er hat sich für verschiedene Rollen verändert. Die vierte Dosis war Lyle Fontanelle, also haben wir es ein fünftes Mal versucht und eine Rückverwandlung erwartet. Stattdessen bekamen wir einen Lyle mit Downsyndrom. Das hätte ich nicht für möglich gehalten.« Sie riss die Augen auf und flehte Lyle an. »Bitte versprechen Sie mir, ihm zu helfen!«

Lyles Gedanken rasten. Fünf Gaben ReBirth in drei Monaten ... und wer konnte sagen, wie viele noch danach? Das Mittel hatte seine Wirkung nicht einmal entfalten können, bevor bereits die nächste Dosis erfolgte. Kerry hatte etwas Ähnliches getan, aber ...

»Liegt es vielleicht daran, dass wir Lyle auf Lyle gesetzt haben?«, fragte sie.

»Das halte ich nicht für die Ursache«, antwortete Lyle. Er hatte sich selbst mindestens einmal mit der eigenen DNA überschrieben, und ihm war nichts passiert. Aber die Rädchen im Kopf drehten sich, und er entwickelte eine Theorie über die Hintergründe. Das würde die Frau allerdings kaum beruhigen. »Ich glaube auch nicht, dass die Substanz nicht in Ordnung war.«

Die Frau wirkte noch nervöser und presste verzweifelt die Lippen zusammen. »Was ist denn sonst passiert?«

Das Downsyndrom ist eine Erkrankung der Chromosomen,

dachte Lyle. *Jeder Mensch sollte sechsundvierzig Chromosomen in dreiundzwanzig Paaren haben, aber ein Mensch mit Downsyndrom hat an der Position einundzwanzig drei statt zwei Chromosomen.* Wenn im Körper dieses Mannes sechs verschiedene Genome um die Vorherrschaft kämpften, musste früher oder später etwas schiefgehen. Die Signale überlagerten oder vermengten sich, vielleicht attackierten sich die Lotionen sogar gegenseitig. Die Plasmide in der Lotion sollten sich entfalten und die Funktionsweise der Wirts-DNA nachahmen, um Teile ihrer selbst in die Wirts-DNA zu schreiben. Wenn aber eine Gabe ReBirth auf eine andere traf, die erst zur Hälfte mit der Arbeit fertig war, und dabei nicht nur den genetischen Code des Wirts, sondern auch das konkurrierende ReBirth umprogrammierte ... Lyle schluckte schwer. *In einem solchen Fall kann niemand sagen, wohin sich alles entwickeln wird.*

»Was ist passiert?«, fragte die Frau noch einmal.

Lyle musterte sie sprachlos. Es gab Dutzende von genetischen Krankheiten und viele Möglichkeiten, dass die Chromosomen aus dem Ruder liefen. Inversionen, Einfügungen, Verlagerungen. Die Liste war lang. *Wenn mithilfe der ReBirth-Formel so etwas bewirkt werden kann und nur halb so aggressiv ist, wie es scheint, dann könnte dies das Ende ...*

... es könnte das Ende des menschlichen Genpools sein.

»Bitte, Sir«, schluchzte die Frau. »Sagen Sie mir, was ich für ihn tun kann!«

Lyle hob den Kopf und kehrte erschrocken in die reale Welt zurück. »Fahren Sie nicht zum Amnestiezentrum!«

»Aber dort kann man ihm helfen ...«

»Dort hilft ihm niemand«, erwiderte Lyle. »Das ist ein Trick.« Er zog an dem falschen Schnurrbart und riss ihn mit einem schmerzhaften Ruck ab. »Ich bin genau wie Sie, und ich will Ihnen helfen. Wenn Sie mit Ihrem Mann zum Amnestiezentrum fahren, wird er Monate oder Jahre in einem behelfsmäßigen Gefangenenlager verbringen. In seinem Zustand wird er dort vermutlich sterben.« Lyle suchte in der Hosentasche nach Bargeld, nach einem Teil der hunderttausend Dollar, die er Kerry gestohlen hatte. Er reichte ihr einen Packen Tausender. »Wenn Sie meinen Rat hören wollen, dann gehen Sie zum Bahnsteig auf der anderen Seite und fahren mit dem ersten Zug weg, der dort hält. Entfernen Sie sich so weit wie möglich von den Ballungszentren. Mieten Sie ein Zimmer auf einer Insel oder in einer abgelegenen Gegend! Verschwinden Sie, verstecken Sie sich und warten Sie ab!«

Die Frau starrte das Geld an.

»Was sollen wir abwarten?«

Wenn der Fall eintritt, den ich befürchte ... Lyle schüttelte den Kopf. »Das Ende der Welt.«

Kapitel 47

Sonntag, 14. Oktober
20:03 Uhr
Flushing, Queens

61 Tage bis zum Weltuntergang

Als Lyle zum Haus seiner Großmutter zurückkehrte, entdeckte er, dass er schon dort war. Er trug ein rosafarbenes Nachthemd mit Blumenmuster und lag tot im Bett der alten Frau.

»Oma?«

Im Haar des toten Lyle steckten noch die Chemikalien der letzten Dauerwelle – dünne schneeweiße Locken. Über der Kopfhaut war mehr als ein halber Zentimeter kräftiges braunes Haar nachgewachsen. Es roch nach Tod und Exkrementen. Der große Nährstoffbedarf der Transformation war für den alten Körper anscheinend zu viel gewesen.

Lyle bedeckte den Leichnam mit einem frischen Laken aus dem Schrank und zog sich ins Wohnzimmer zurück, um über die nächsten Schritte nachzudenken. Er konnte anonym anrufen, aber wen? Die Infrastruktur des Landes fiel auseinander. Strom gab es noch, und Wasser und Gas kamen noch durch die Rohrleitungen in die Häuser, aber die Gesellschaft, die bisher dank dieser Güter existiert hatte, löste sich auf. Im Land gab es Millionen ReBirth-Opfer, und ein erheblicher Prozentsatz davon, namentlich in New York, waren Lyles. Das Militär suchte auf den Straßen nach allen, die auffindbar waren. Inzwischen waren weitere Downsyndromfälle bekannt geworden. Auch Leukämie und andere Krebsarten hatten sich durch die Lotion spontan ausgebreitet. So gut wie niemand wagte es noch, die Substanz anzuwenden, und doch tauchten jeden Tag neue Klone auf, und fast alle waren Lyles. Niemand wusste, woher sie kamen.

Die politische Situation war nicht besser. Die Hälfte aller Nationen auf der Welt hatte sich abgeschottet, weil man fürchtete, ein anderes Land könne die Anführer austauschen, die Religion bedrohen oder einen verzweifelten Angriff nach dem Vorbild von São Tomé durchführen, um sich begehrter Ressourcen zu bemächtigen. In kleinerem Maßstab verhielten sich die Bürger ganz ähnlich, verschanzten sich in Schutzanzügen oder selbst gebauten Vorrichtungen, horteten Lebensmittel und Waffen. Lyle konnte wegen der verstorbenen Großmutter zwar ein Bestattungsunternehmen anrufen, aber wer würde sich dort melden? Wer kümmerte sich noch um eine tote alte Frau? Es ging zu Ende.

Er suchte im Haus nach Lebensmitteln, fand aber kaum etwas Brauchbares. Die sterbende Großmutter hatte während der Verwandlung fast alle Vorräte aufgegessen, einschließlich einer Dose mit Wasserkastanien, die sie früher immer verabscheut hatte. Lyle trank sich an der Spüle satt, wusch danach sorgfältig ab – so hätte es sich die Großmutter gewünscht – und suchte im Schuppen nach einer Schaufel. Wenn kein Bestatter verfügbar war, musste er sie eben selbst begraben.

Er brauchte länger als eine Stunde, um ein Loch auszuheben, und dann noch einmal zwei Stunden, bis es tief genug für ein Begräbnis war. Gegen Mitternacht trug er ihren Körper – oder seinen eigenen, der jedoch schmutzig, zerbrechlich und klapprig war, nur noch ein Haufen alter Knochen – in den kleinen Hinterhof des Hauses, in dem sie ihr ganzes Leben verbracht hatte. Er bettete sie sacht in die

Erde, sprach ein stummes Gebet und bedeckte sie mit feuchtem Lehm. Er hatte noch nie einen Menschen begraben – und sich selbst natürlich erst recht nicht. Während er die Beine, den Oberkörper und das Gesicht zuschüttete, lief ihm ein morbider Schauer über den Rücken. Das eigene Gesicht, hager und abgemagert, in einem Grab. Er füllte das Loch, stampfte die Erde fest und umgab die leichte Erhebung mit Steinen, die er im Garten gesammelt hatte. Ein Grabmal gab es nicht, aber er entdeckte ein Bild von ihr und dem Großvater auf dem Kaminsims und stellte es auf den Hügel.

Anschließend duschte Lyle und zog sich um. Inzwischen war es ein Uhr morgens. Schon vor Wochen hatte er beschlossen, kein Lyle mehr zu sein, nachdem die Regierung alle Lyles wegsperrte. Trotzdem hatte er gezaudert und sich hartnäckig geweigert, die letzten Überbleibsel seiner alten Identität aufzugeben. Sentimentale Gründe gab es nicht, denn eigentlich war er ja nicht gern er selbst, und in den letzten Monaten hatte er sich selbst hassen gelernt. Womöglich sogar im Lauf der letzten Jahre, wenn er ehrlich war. Und das lag nicht nur daran, dass er sich überall selbst sah – in den Meldungen der Nachrichten, auf den Fahndungsfotos, in den Gesichtern der Passanten auf der Straße. Vielmehr peinigte ihn das Wissen, dass er diese Katastrophe verursacht hatte. Anfangs hatte er noch geglaubt, er könne das Schlimmste verhindern, aber im Rückblick wurde ihm klar, dass er eigentlich nur gejammert und sich selbst bemitleidet hatte. Er hatte seit Jahren nichts anderes getan. Nein, er hielt sicher nicht an der eigenen DNA fest, weil er gern er selbst war.

In gewisser Weise hatte er sich an die alte Identität geklammert, weil er keine andere hatte. Er hatte den Führerschein und die anderen Ausweise weggeworfen, um sich vor den Gesetzeshütern zu schützen. Jeden Hinweis auf den echten Lyle Fontanelle hatte er vernichtet. Nun blieb nur noch das Gesicht, das er mit Hunderttausend anderen teilte. Das war kein starker Beweis seiner Einzigartigkeit, aber es war echt. In einer Welt, in der sich so viele Menschen verloren hatten, war er der Alte geblieben, wenn auch beschädigt und kriminalisiert. Aber daraus hatte er immer ein gewisses Maß an Kraft geschöpft.

Allerdings war sein Beharren auf dem alten Ich eine sinnlose Geste, die ihn obendrein zunehmend in Gefahr brachte. Millionen Menschen hatten den Sprung gewagt und sich verändert, warum also sollte er es nicht auch tun? Die Entschlossenheit war abgebröckelt, und an diesem Abend, nachdem er den eigenen Körper in ein flaches Grab gelegt hatte, war sie gebrochen. Es wurde Zeit, ein neues Leben zu beginnen.

Wochenlang hatte er sich schon nicht mehr um den Schwarzmarkt gekümmert, wusste aber, wo sich die Dealer früher herumgetrieben hatten, und kannte die Treffpunkte, wo ein potenzieller Kunde ReBirth kaufen konnte. Er zählte sein Geld – den größten Teil von Larrys Hunderttausend hatte er noch nicht ausgegeben. Das meiste davon versteckte er mithilfe einer Fußkette, die er eigens zu diesem Zweck anlegte. Wenn er eine lange Hose trug, war von außen nichts zu erkennen. Den Rest verstaute er in verschiedenen Taschen, hinter dem Gürtel und in den Schuhen. Gut verteilt, damit ihm ein Räuber keine Summe wegnahm, die ihn in Gefahr brachte. Dann suchte er in den Kommoden und Nachtschränkchen der Großmutter nach Schmuck. Wenn er ReBirth kaufen wollte, musste er mit irgendetwas bezahlen.

Schließlich schlenderte er durch die dunklen Straßen und spitzte die Ohren, ob Autos vorbeikamen, im Besonderen natürlich die Lyle-Transporter der Armee. Währenddessen sah er sich aufmerksam nach Dealern um und näherte sich schließlich einem möglichen Anbieter. Es war ein mehr als zwei Meter großer Riese, dem er schon einmal begegnet war, obwohl er nicht sagen konnte, ob es tatsächlich derselbe Mann war. Wie zufällig näherte er sich dem Mann und bemerkte mit geübtem Blick die drei Schläger im Hintergrund.

»Sie sind spät unterwegs«, sagte der Mann mit tiefer, sonorer Stimme.

»Ich suche etwas«, begann Lyle den verbalen Tanz voller Codewörter und Andeutungen, den man beim Kauf von Drogen nun einmal vollführen musste. »Ich frage mich, ob Sie mir einen Hinweis geben können.«

»Ich kenne mich in vielerlei Hinsicht recht gut aus«, antwortete der Mann. »Und da ich gerade nichts anderes vorhabe, warum nicht?«

»Ein Freund von mir ist Sportler«, sagte Lyle. »Ein netter Kerl, guter Knochenbau. Vielleicht wissen Sie, wo er wohnt.«

»Vielleicht«, sagte der Mann. »Aber vielleicht ist der Mann, den ich kenne, gar nicht der Mann, den Sie kennen. Wie viel verdient er denn im Jahr?«

Lyle bemühte sich, ruhig und professionell zu bleiben. »Hunderttausend.«

Der Mann lächelte. »Ich bin ziemlich sicher, dass ich den Mann kenne. Aber es ist gefährlich, sich um diese Zeit auf der Straße aufzuhalten. Soll ich Sie hinbringen?«

Lyle nickte. So war es schon einmal abgelaufen. Sobald der Händler wusste, dass man es ernst meinte, verlagerte sich der Deal in ein Auto. Dort konnten die Verhandlungen nicht abgehört werden, und wenn etwas schiefging, war man beweglich. »Klar.«

Der Mann richtete sich groß auf, und gleich darauf hielt ein schwarzes Auto mit dunkel getönten Scheiben am Bordstein. Die Strahlen der Straßenlaternen wellten sich auf dem Fahrzeug wie Wasser. Der große Mann stieg ein,

Lyle nahm die Tür auf der anderen Seite. Sobald die Türen geschlossen waren, fuhr der Wagen langsam durch das Viertel, und der große Mann kam direkt zur Sache.

»Haben Sie ein bestimmtes Modell im Auge? Oder nehmen Sie mit irgendetwas vorlieb, das ich gerade auf Lager habe?«

»Irgendetwas, nur keinen Lyle«, antwortete Lyle.

»Wenn Sie nur einen Nicht-Lyle wollen, kann ich Ihnen viele berühmte ...«

»Ich will keine Berühmtheit«, fiel Lyle ihm ins Wort. »Niemanden, der erkannt wird. Ich will nur ... anders sein. Ich will im Hintergrundrauschen verschwinden.«

»Sie und alle anderen Lyles in Amerika«, sagte der Händler. »Früher waren die Berühmtheiten teuer, jetzt sind sie billig.«

»Was kann ich denn für hunderttausend bekommen?«

»Das billige Zeug.«

Lyle blieb der Mund offen stehen. »Sie machen Witze.«

»Wie dringend wollen Sie kein Lyle mehr sein?« Während Lyle noch verzweifelt nach einer Antwort suchte, die seine Verhandlungsposition nicht hoffnungslos schwächte, deutete der Dealer mit einem langen, schlanken Finger auf ihn. »Genau. Und jetzt bedenken Sie, dass es hunderttausend von Ihnen gibt, die genauso verzweifelt sind wie Sie. Für das, was ich noch habe, kann ich jeden Preis verlangen. Ich kann Sie wegschicken und finde noch vor dem Morgengrauen einen anderen Käufer.«

Lyle schnitt eine Grimasse. »Welche berühmten Leute haben Sie denn?«

»Spielt das Geschlecht eine Rolle?«

Die Antwort verschlug Lyle die Sprache. Er starrte den Mann an und suchte schon wieder nach der passenden Antwort. Schließlich nickte er. »Ja.«

»Also doch nicht ganz so verzweifelt. Die Preisliste ist

jetzt genau umgekehrt, weil heute jeder anonym sein will. Für fünfzig könnte ich Ihnen einen Tom Cruise geben, aber für die vollen hunderttausend könnten wir die weniger bekannten Leute nehmen: Serien aus dem Tagesprogramm, ein paar Darsteller aus *Dancing With The Stars*«.

Lyle nickte. »Was kostet ein Kerl, der ... ich weiß nicht ... nur ein paar Pilotfilme gedreht hat? Oder der in *CSI* gestorben ist?«

Der Dealer schnaubte. »So viel Geld haben Sie nicht.«

»Dann empfehlen Sie mir etwas!«, verlangte Lyle. »Sie kennen die Ware besser als ich.«

Der Dealer zog ein kleines Notizbuch aus der Tasche der Sitzlehne und überflog im schwachen Licht einer vorbeiziehenden Straßenlaterne die Liste. »Wie wäre es mit einem ehemaligen Model? Er hat in ein paar Serien mitgespielt und hatte einen hinreißenden Auftritt als Wachmann in einer Episode von *Neunzig-zwanzig-zehn.*«

»Wie heißt er?«

»Dan Wells.«

»Von dem habe ich noch nie gehört.«

»Die meisten anderen Leute auch nicht.«

Lyle runzelte die Stirn. »Aber er hat doch in mehreren Serien mitgespielt, oder? Ist er berühmt?«

»Er ist berühmt, aber der Durchschnittsamerikaner erkennt ihn in einer Menschenmenge nicht auf Anhieb. Vor allem wenn Sie ein wenig zunehmen und sich die Haare anders schneiden lassen.« Der Dealer beugte sich vor. »Hören Sie zu, Mann! Ich kann Ihnen keinen völlig Unbekannten anbieten. Dazu ist die Lotion nicht da. Wenn er nicht so berühmt wäre, dass die Leute er sein wollen, dann hätte ich seine DNA gar nicht erst bekommen. Wenn Sie doppelt so viel Geld hätten, wie Sie angeblich haben und mir nicht nur aus irgendeinem Grund die Zeit stehlen, dann könnten wir über *Jubelnder Mann, dritte Folge,* aus der Massenszene eines Lifetime-Films reden. Ansonsten habe ich nur Dan Wells.«

Lyle dachte darüber nach. Ein ehemaliges Model war körperlich in guter Verfassung, wahrscheinlich gebräunt und gut gekleidet. Wenn Lyle dessen DNA nahm und sich völlig gehen ließ, konnte man ihn praktisch nicht mehr erkennen. Das hoffte er jedenfalls. Aber es ging ihm nicht nur um den Ruhm. »Woher weiß ich, dass es kein Lyle wird?«

Der Dealer riss die Augen auf, als hätte Lyle ihn beleidigt. »Würde ich Lyles verkaufen, dann könnte ich nicht im Geschäft bleiben.«

»Jeder verkauft Lyles«, wandte Lyle ein. »Sogar Leute, die glauben, sie hätten gar keine vorrätig. Haben Sie das Mittel getestet? Haben Sie irgendeine Qualitätssicherung?«

»Sie haben mein Wort als Geschäftsmann.«

»Wir konnten nicht mal auf einer verlassenen Straße darüber reden«, erklärte Lyle. »Sie müssen mir schon verzeihen, dass ich einem Drogendealer nicht jedes Wort glaube.«

»Dann wollen wir offen sein«, entgegnete der Dealer. »Ich bin ein Krimineller, der eine biologische Waffe an andere Kriminelle verkauft. Wenn Sie mit Ihrem Produkt nicht zufrieden sind, dann seien Sie ein Mann und erschießen Sie mich.«

Lyle starrte den Riesen an. »Zugegeben, das ist ein zwingendes Argument.«

»Sind wir uns einig?«

Lyle zögerte nicht lange. »Ja.«

An der nächsten dunklen Ecke hielt der Wagen sanft an, und der Dealer zog unter dem Vordersitz eine Aktentasche hervor. »Haben Sie das Geld?«

Lyle griff an die Fußgelenkkette und holte einen dicken Packen verschwitzter Scheine hervor. »Tut mir leid, dass sie so ... feucht sind.«

»Geld ist Geld«, entgegnete der Dealer. Er öffnete die Aktentasche und nahm einen Plastikbeutel mit einer einzelnen Gelkapsel heraus, die einen einzigen Tropfen der weißen Lotion enthielt. Der Aufkleber auf dem Beutel war mit *Dan Wells* beschriftet. Lyle gab ihm das Geld, der Dealer reichte Lyle den Beutel, und gleich darauf stand Lyle allein an der Straßenecke und starrte auf die Ware. Das Geld fuhr weg und bog an der nächsten Ampel ab, um auf Nimmerwiedersehen zu verschwinden. Lyle betrachtete den Beutel.

»Jetzt oder nie.«

Er öffnete ihn, nahm die Kapsel heraus und warf die leere Plastiktüte in den Rinnstein. Die Gelkapsel lag warm in der Hand und klebte leicht, weil die Feuchtigkeit der Hände das Gel langsam auflöste. Er musste die Hülle nur zerquetschen oder drücken, er konnte die Kapsel sogar verschlucken, und er wäre nie wieder Lyle. Mehr als diesen winzigen Tropfen brauchte es nicht.

Absichtlich hatte er ReBirth noch nie benutzt. Er hatte es in die Welt entlassen und bei Susan eingesetzt, aber noch nie bei sich selbst. War er wirklich dazu bereit? Wieder dachte er an den Lyle mit dem Downsyndrom, dessen Chromosomen von konkurrierenden ReBirth-Gaben zerstört worden waren. Würde es ihm genauso ergehen? Oder sogar schlimmer? Die öffentliche Hinrichtung wäre sicherlich besser als eine genetisch bedingte Krebserkrankung.

Er wollte nur noch, dass es vorbei war. Nicht mehr weglaufen, keine Ängste mehr ausstehen. Nicht mehr Lyle Fontanelle sein. Mit einem kräftigen Druck zerquetschte er die Kapsel und verrieb die Lotion zwischen Daumen und Zeigefinger.

Kapitel 48

Mittwoch, 31. Oktober
23:39 Uhr
Brooklyn

44 Tage bis zum Weltuntergang

Drei Wochen später war Lyle immer noch er selbst. Die Lotion hatte entweder Lyle-DNA enthalten, oder sie war ungeprägt gewesen. Wie es schien, konnte er sich selbst nicht entkommen. Außerdem war er inzwischen pleite.

Die Lyle-Lager waren berüchtigt: erbärmliche Zustände, Demütigungen, Hunger und Durst. Die Sekundärlager waren noch schlimmer. Sobald die Behörden geklärt hatten, wer man war, schickten sie einen zur Zwangsarbeit, wo man ständig kurz vor dem Verhungern war. Durch die Arbeit sollten sich die Gefangenen eigentlich das Essen verdienen, aber es gelang der Regierung nicht, sie gut genug zu versorgen. Im Land gab es nicht mehr viele Ressourcen und zu viele Lyles.

Die neuesten Zahlen hatte er vorher im abendlichen Fernsehen erfahren. Während er darauf wartete, dass die Nacht anbrach, damit er sich etwas zu essen besorgen konnte, bekam er das Ende einer Nachrichtensendung mit. *Allein in den USA gibt es jetzt neunhunderttausend Lyles,* hieß es dort. *In Amerika leben nun mehr Lyles als Menschen von den Pazifikinseln, was die Personen mit teilweise hawaiischer Abstammung einschließt. Es gibt mehr Lyles als Navajos, und die Experten sagen voraus, dass im Lauf der nächsten Woche die Million überschritten wird, sofern die Zahl mit der bisherigen Rate weiter ansteigt. In der Woche danach könnten es schon zwei und um Thanks-*

giving drei Millionen sein. Das wären dann mehr, als alle amerikanischen Ureinwohner zusammen zählen.

Sobald der Verkehr etwas nachließ, hielt Lyle Ausschau. Ihm blieben ein paar Sekunden, um über die Straße zu spurten, und er ergriff sofort die Gelegenheit. In dieser Gegend fuhren viele *Lyle-Transporter* mit flachen Ladeflächen umher und sammelten die Klone ein, um sie in die Lager zu karren. Es war fast unmöglich, ihnen zu entgehen. Er hatte den knappen Proviant so weit wie möglich gestreckt, versteckte sich in einer alten Drogenhöhle, die jetzt eher eine Absteige für flüchtige Lyles war, und wagte sich im Schutz von Halloween wieder hinaus. Er trug eine kleine Gummimaske, die Ronald Reagan darstellte, und hoffte, es damit wenigstens bis zum Laden und zurück zu schaffen, ohne erwischt zu werden. Die Maske war eine gute Tarnung, engte aber das Gesichtsfeld ein und erschwerte das Wegrennen. Er sah sich auf der Straße um, bevor er zur anderen Seite lief. In dem Zigarettenladen gegenüber arbeitete ein alter Äthiopier, der keine Fragen stellte. Lyle spielte mit dem Gedanken, das restliche Geld auf einmal auszugeben und einzulagern, was der alte Mann gerade vorrätig hatte. Das Angebot des Ladens änderte sich von Tag zu Tag. Lyle konnte noch einige Tage durchhalten, und dann ... er wusste es nicht.

Als Nächstes kam er auf den Gedanken, den Laden auszurauben, aber das fand er grausam und falsch. *So bin ich nicht,* dachte er. *So tief bin ich noch nicht gesunken.*

Hinter ihm ertönte eine Sirene, und das Einsatzlicht flackerte. Ohne groß nachzudenken, rannte er los.

»Nein, nein!«, murmelte er. »Nehmt mich bitte nicht gefangen!« Geduckt sprintete er in eine Gasse und sprang über einen liegenden Körper – ob bewusstlos oder tot, konnte er nicht sagen. Er hoffte, am Ende der Sackgasse über den Zaun klettern zu können, bevor die Polizei die

Verfolgung aufnahm. Besonders fit war er noch nie gewesen, aber nachdem er monatelang auf der Straße gelebt hatte, war er schlank und drahtig, und dies war nicht der erste Zaun, den er überstieg. Die Cops waren dicht hinter ihm, doch er überwand den Zaun, sprang hinunter, rannte auf die Straße ...

... und einem bewaffneten Soldaten geradewegs in die Arme.

»Stehen bleiben!«, rief der Soldat. Lyle hatte kaum Zeit, sich zu orientieren, bevor fünf Soldaten ihn umzingelten und mit den Gewehren auf seinen Oberkörper zielten. »Sir, nehmen Sie die Maske ab!«

»Tut mir leid«, stammelte Lyle. Er wich zurück. »Ich wollte niemanden angreifen! Ich bin nur gerannt ...«

»Sir, nehmen Sie die Maske ab! Andernfalls tun wir das für Sie.«

»Präsident Reagan«, sagte jemand hinter Lyle. Schnaufend trafen die beiden Cops, die ihn gehetzt hatten, bei den Soldaten ein. Sie kamen ihm bekannt vor, doch er konnte sie nicht unterbringen.

»Bitte halten Sie sich zurück!«, sagte der Anführer der Soldaten. »Wir haben den Mann.«

»Wir hatten ihn zuerst.«

»So sah es aber nicht aus.«

»Leute, wir stehen doch alle auf der gleichen Seite«, sagte einer der Cops. Lyle sah das Namensschild des Mannes – Luckesen – und erinnerte sich. Luckesen und Woolf, die Polizisten, die ihn wegen des angeblichen Raubs verhaftet hatten. *Das kommt mir vor, als sei es Jahre her, aber wann war es? Im März? Oder im April?* Lyle ließ den Kopf sinken, weil er nicht erkannt werden wollte, und lachte gleich darauf über die lächerliche Vorstellung. Er weinte auch und blinzelte die Tränen weg. *Sie sehen jeden Tag ein Dutzend oder mehr Lyles,* dachte er. *Sie können mich nicht von den anderen unterscheiden und wissen nicht, dass ich der echte bin.*

Die Cops und die Soldaten trugen die Standardrüstung für den Einsatz in der Stadt – lange Hosen, die in den Stiefeln steckten, lange Ärmel, mit denen Stulpenhandschuhe fest verbunden waren, und Helme mit durchsichtigen Visieren. Nirgends ungeschützte Haut. Die Soldaten waren außerdem mit dicken Panzerwesten und Suspensorien ausgestattet. Lyle erinnerte sich, dass er vor Monaten die gleiche Aufmachung in einem Bericht über Soldaten in Afrika und Afghanistan gesehen hatte. Eine Besatzungsarmee, die man zurückgerufen hatte, damit sie New York besetzte. Es war zu viel. Die Tränen strömten jetzt ungehemmt.

»Vielleicht ist er gar kein Lyle«, sagte ein Soldat. »Er hat doch nichts angestellt.«

»Natürlich hat er etwas angestellt«, antwortete Officer Woolf. »Er ist weggerannt. Immerhin besteht die Möglichkeit, dass er gar nicht Ronald Reagan ist. Also sollten wir ihm die Maske abnehmen. Falls er ein Lyle ist, gehört er Ihnen. Sonst nehmen wir ihn mit zur Wache und überlegen uns, was er angestellt hat.«

»Und dann geben wir ihm einen aus und gratulieren ihm dazu, dass er kein Lyle ist«, fügte Officer Luckesen hinzu.

Lyle nahm die Maske ab und blinzelte, als es schlagartig heller wurde.

»Das überrascht mich nicht«, sagte Woolf. »Viel Spaß mit ihm!«

»Los, auf die Ladefläche!«, befahl ein Soldat und winkte mit dem Gewehr in die entsprechende Richtung. Der Wagen war ein normaler Militärlaster, auf dem ein behelfsmäßiger Käfig aus Holz, Metall und Hühnerdraht stand. Lyle blieb hinter dem Wagen stehen und betrachtete die fünf anderen Lyles, die mit traurigen, verzweifelten Mienen in den Ecken hockten und frierend die Arme um sich geschlungen hatten. *Ich könnte ihnen sagen, wer ich bin,* dachte er. *Ich könnte ihnen sagen, dass ich das Original bin. Ich könnte es ihnen beweisen, und dann käme ich in ein echtes Gefängnis, statt in dieses Loch.* Sofort verwarf er den Gedanken wieder. Der echte Lyle Fontanelle war die Ursache der allgemeinen Katastrophe. Der verrückte Wissenschaftler, der die Welt zerstört hatte. Er musste seine Häscher davon überzeugen, dass er ein anderer war.

»Brauchen Sie Hilfe, um auf den Lastwagen zu steigen, Sir?« Die Frage des Soldaten war höflich und sachlich, klang jedoch wie ein gut eingeübtes Knurren. Er fragte nur, weil er fragen musste. Seine Hilfe wäre sicher nicht angenehm.

»Mir geht es gut.« Lyle stieg hinauf. »Das schaffe ich schon.« Er lief zum hinteren Ende des Käfigs und setzte sich zu den anderen. »Tja«, sagte er, während er sich überlegte, was ein Lyle wohl einem anderen zu sagen hatte. »Wie lange seid ihr schon Lyles?«

»Seit fünf Wochen«, antwortete einer. Die anderen nannten ebenfalls den Zeitrahmen, der von zehn bis zwei Wochen reichte. Der Erste sah ihn an. »Und du?«

»Viel zu lange.« Er holte tief Luft und spielte mit der Maske in den Händen. Er musste die Lagerleitung überzeugen, dass er genau wie alle anderen ein unschuldiges Opfer war, das sich versehentlich mit dem Gesicht eines Kriegsverbrechers infiziert hatte. Dazu bedurfte es diverser Einzelheiten, und die mussten glaubhaft klingen. Er nickte. »Bei mir sind es auch fünf Wochen«, sagte er und probierte, ob die Geschichte gut ankam. Er hob den Kopf. »Wie ist es bei euch passiert?«

Nacheinander erzählten sie ihre Geschichten. Lyle hörte aufmerksam zu und suchte nach Informationen, die er nutzen konnte, um in der Menge unterzutauchen. Einer hatte sich ReBirth auf dem Schwarzmarkt beschafft, weil er seine Freundin beeindrucken wollte. Ein anderer hatte etwas für seine Freundin gekauft und sie versehentlich beide infiziert. »Ich dachte, wir könnten wie Lesben zusammenleben, aber dann waren wir beide Männer, und ich habe mich von ihr getrennt.« Zwei Lyles auf dem Lastwagen waren ursprünglich Frauen gewesen. Eine hatte die Lotion benutzt, um sich vor einem gewalttätigen Mann in Sicherheit zu bringen, und sich gedacht, ein Leben als Lyle sei immer noch besser als das Leben eines Opfers. Die andere hatte nur die Körpergröße korrigieren wollen.

»Ich habe es überhaupt nicht eingesetzt«, erklärte der letzte Lyle. Er war derjenige, der behauptete, erst seit zwei Wochen ein Lyle zu sein, und die Umwandlung sei noch nicht völlig abgeschlossen. Offenbar hatte er schon vorher Lyle recht ähnlich gesehen – gleiche Größe und Hautfarbe, gleiches Geschlecht. Inzwischen aber war er leicht als Lyle zu erkennen. *Oder wir sind alle inzwischen wirklich gut darin, Lyles zu erkennen.*

»Ist das wirklich wahr?«, fragte der erste Lyle. »Du hast es nie benutzt, bist kein Verbrecher und meinst, sie müssen dich gehen lassen? Du weißt, dass daraus nichts wird.«

»Ich habe es nie benutzt!«, beharrte der fünfte Lyle und zuckte hilflos mit den Achseln. »Es ist verboten ... nehmt es nicht persönlich! Aber aus diesem Grund habe ich es nie angefasst. Eines Tages begann die Verwandlung.«

»So funktioniert das nicht«, widersprach der zweite Lyle, der mit der verwandelten Freundin. »Wahrscheinlich hast du es irgendwo abbekommen, ohne es zu merken. So war es auch bei mir.«

»Oder jemand hat es ins Wasser getan«, behauptete Lyle drei. »Ihr habt doch gehört, was in São Tomé passiert ist.«

»Die Bilder waren Fälschungen.«

»Das verbreiten nur die linken Medien.«

»Oh, da haben wir ja einen echten Verrückten unter uns.«

»Wartet mal!«, sagte der echte Lyle. »Vielleicht war es wirklich im Wasser. Im letzten Monat hat die Zahl der Lyles extrem zugenommen, aber die Verfügbarkeit auf dem Schwarzmarkt ist zurückgegangen. Woher kommt das Zeug dann? Und fast alle neuen Lyles tauchen hier in New York City auf. Also gibt es einen Faktor, der nur hier wirkt. Warum sollte es nicht das Wasser sein?«

»Wer sollte die Lyle-Lotion ins Wasser kippen?«, fragte Lyle fünf.

»Weiße Rassisten«, fauchte Lyle drei. »Sie wollen jeden in New York City in einen Weißen verwandeln. Sie haben schon eine große Zahl von Schwarzen, Asiaten, Latinos, Indianern und so weiter ausgerottet. Sie wollen die ganze Stadt weiß machen.«

»Vielleicht haben sie es getan, um irgendwie an die Macht zu kommen«, überlegte Lyle eins. »Ich meine, es ist doch illegal, ein Lyle zu sein, oder? Wenn sie aber alle in Lyles verwandeln, dann sind wir alle Verbrecher, und sie können jeden ins Gefängnis stecken. Bald sitzt das ganze Land im Knast, und sie kontrollieren alles.«

»Vielleicht waren es Lyle-Aktivisten«, warf Lyle vier leise ein. »Sie wollen die Lyles so stark vermehren, dass ihnen niemand mehr etwas antut.«

»Das ist dumm«, antwortete Lyle drei.

»Und wenn es ein Unfall war?«, fragte der echte Lyle.

Die anderen hoben die Brauen und musterten ihn verwundert. »Was?«

»Vielleicht hat jemand eine ganze Tonne Lyle-Lotion gestohlen«, fuhr der echte Lyle fort. »Zum Beispiel das Zeug, das verschwand, als die Regierung die Fabrik von NewYew besetzen wollte. Die Diebe hätten es gern auf dem Schwarzmarkt vertickt, wussten aber nicht, dass alles nur Lyle war. Als es ihnen dämmerte, haben sie alles weggeworfen. Durchs Klo gespült, in eine Talsperre gekippt ... was weiß ich. Sie dachten vielleicht, sie werden es damit los, haben aber versehentlich das Trinkwasser verseucht.«

Schweigend dachten Lyles Mitgefangene nach. »Das ist die schrecklichste Theorie, die ich bisher gehört habe«, flüsterte Lyle vier nach einer ganzen Weile.

»Ich weiß.« Lyle schlang die Arme um den Körper, um sich zu wärmen. »Ich weiß.«

Kapitel 49

Donnerstag, 1. November
1:15 Uhr
New York

43 Tage bis zum Weltuntergang

Der Lastwagen brachte sie zu einem nahe gelegenen Arrestraum. Genau wie fast drei Dutzend Kopien verbrachte der echte Lyle die Nacht auf einer Pritsche in der Halle eines Fitnessstudios in Brooklyn. Die Soldaten verteilten Overalls als Ersatz für die alte Kleidung, und sofort verlor Lyle zwischen den vielen Ebenbildern die Übersicht. Alle waren gleich, sogar in seiner Wahrnehmung. Er beschloss, sich abzusondern. Die meisten Lyles hatten anscheinend die gleiche Entscheidung getroffen. Am nächsten Morgen kam eine weitere Wagenladung hinzu, bis es insgesamt etwa hundert Lyles waren. Zusammen wurden sie wieder auf die Transporter mit den Käfigen geladen und in den Staat New York gebracht. Auf dem Highway war es kälter als in der Stadt. Die Soldaten verteilten Decken, der Vorrat reichte aber nicht für alle. Lyle kämpfte nicht und ging leer aus. Er kauerte mitten im Gedränge, wo ihn der Fahrtwind nicht erreichte, und versuchte, sich warm zu halten.

Zu seiner Überraschung stellte er fest, dass sie zur alten Fabrik von NewYew fuhren, die man in ein Lyle-Lager umgewandelt hatte. Er kicherte humorlos in sich hinein, als ihm die Ironie des Schicksals bewusst wurde. Die Wächter verhielten sich kalt und stoisch, fast gesichtslos hinter ihren Plastikvisieren. Die Lastwagen setzten nacheinander bis zum Eingang zurück und entließen die Lyles in das weite, offene Gelände des Lagers. Lyle saß auf dem zweiten Lastwagen. Er wartete geduldig, bis er an der Reihe war, atmete ruhig und bemühte sich, die Nerven nicht zu verlieren. Während die Kopien der Reihe nach ausstiegen, rief sich Lyle die Lügen ins Gedächtnis, die er sich ausgedacht hatte. Er schlurfte auf der Ladefläche nach hinten und überblickte die Menge.

Zehntausend Lyles waren dort versammelt.

»Weiter!«, befahl ein Wächter. Lyle sprang vom Wagen. Die riesige Anzahl der Lyles verschlug ihm die Sprache. Die neu eingetroffenen Klone mussten sich in einer langen Reihe aufstellen. Lyle fand seinen Platz und schleppte sich weiter, während die Kopien registriert wurden. Er hatte Filme über Gefängnisse gesehen und rechnete damit, dass die Neuankömmlinge mit Gejohle begrüßt wurden, doch die Stimmung war gedrückt und nüchtern. Gelangweilt. Zehntausend Lyles im Lager sahen jeden Tag die gleichen Gesichter, wohin sie auch blickten. Hundert Neuankömmlinge waren kaum noch von Belang.

Die Schlange teilte sich in fünf kleinere Reihen auf, die jeweils von einem Aufseher abgearbeitet wurden. Bald stand Lyle vor einer großen Frau, die mit einem Laptop zwischen verschiedenen Kisten saß. »Name?«

»William Shears«, sagte Lyle sofort.

»Adresse?«

»Obdachlos.«

Die Frau hob den Kopf. Ihre Missbilligung für einen Mann, der auf eine einfache Frage keine klare Antwort gab, war unübersehbar. »Wir brauchen eine Adresse. Das Amnestieprogramm zielt darauf ab, Ihre wahre Identität herauszufinden. Nennen Sie mir Ihre letzte Adresse! Sobald Ihre Nummer aufgerufen wurde, versuchen wir, Sie in Ihr altes Leben zurückzuführen.«

Also katalogisiert man uns, dachte Lyle. *Was passiert wohl, wenn man herausfindet, wer ich wirklich bin?*

»Sir?«, drängte ihn die Frau.

»Vier-sieben-sieben-null Ring Street, Star City, Iowa.« Bei der Überprüfung fände man sicher sofort heraus, dass die Adresse nicht stimmte. In der Zwischenzeit konnte er aber kurz darüber nachdenken, wie er sich in Zukunft verstecken wollte.

»Danke«, sagte die Frau. »Sie werden in der Reihenfolge Ihrer Ankunft behandelt und befragt.« Sie drückte auf eine Taste des Laptops, worauf ein kleiner Drucker ein Plastiketikett mit der Nummer 11874 auswarf. Sie klemmte das Etikett an ein Armband und legte es ihm an. »Nicht verlieren!«

»Ist das ein Identifizierungscode oder eine Nummer für die Warteschlange?«

»Beides.«

»Meine Güte!« Lyle betrachtete die Zahl. »Wie weit sind Sie denn inzwischen?«

»Vierhundertdreiundsechzig.«

»Meine Güte!«, stieß Lyle noch einmal hervor. *Es wird anscheinend einfacher als gedacht, hier drinnen unterzutauchen.* Er ließ den Blick über das schmutzige Lager schweifen. »Wie läuft es mit dem Proviant?«

»Einmal am Tag gibt es eine Armeeration.« Sie musterte ihn scharf. »Sehen Sie zu, dass es reicht, und stellen Sie sich früh genug an!«

»Verstanden.«

Die Frau blickte schon an ihm vorbei. »Der Nächste!«

»War das alles?«, fragte Lyle.

Die Frau funkelte ihn an. »Was wollen Sie denn noch?«

Lyle blickte über das Lager hinweg und war so tief in Gedanken versunken, dass er nicht gleich antwortete. »Ich weiß auch nicht ... Aber wie ... wie halten Sie uns auseinander?«

»Fragen Sie mich was Leichteres! Der Nächste!«

Lyle entfernte sich von dem Tisch, und die Wächter schoben ihn durch das Tor. Er starrte auf das Meer von Lyles und überschlug die Zahl, aber die Menge war zu groß.

Oder, sagte er sich, *sie hat genau die richtige Größe.* Noch einmal betrachtete er die Nummer auf dem Armband: 11874. Wenn er sich richtig verhielt, wurde er möglicherweise überhaupt nicht behandelt. Er näherte sich einem Lyle, der neben der Fabrikmauer stand, und lehnte sich neben ihm an.

»Wir waren jetzt so ungefähr hundert«, sagte er. »Wie oft kommen die Lastwagen?«

»Jeden Tag.«

»Immer mit der gleichen Anzahl?«

Der Mann nickte. »Mehr oder weniger.«

Lyle betrachtete die Menge. »Und wie viele werden befragt?«

»An einem guten Tag? Fünfzig. Meistens nicht einmal die Hälfte.«

Lyle nickte wieder und zupfte am Armband. »Kann man das verlieren?«

Der Lyle an der Mauer schüttelte den Kopf. »Das willst du gar nicht verlieren. Es ist die einzige Fahrkarte, um hier rauszukommen. Und jeder, der nach dir eintrifft, ist scharf auf die niedrigere Nummer.«

»Oder man tauscht etwas dafür ein«, überlegte Lyle. »Vielleicht einen Teil der Ration, um hundert Nummern nach vorn zu gelangen. Das wäre sicher leicht auszuhandeln.«

Der Lyle an der Wand runzelte die Stirn. »Bist du verrückt? Wenn du erwischt wirst, bleibst du ewig hier.«

»Möglicherweise ist genau das der springende Punkt«, antwortete Lyle.

Kapitel 50

Freitag, 23. November
1:23 Uhr
Ein verlassenes Lagerhaus in New Jersey

21 Tage bis zum Weltuntergang

»Glückwunsch«, sagte Larry. »Sie haben die erbärmlichste Armee ausgehoben, die die Welt je gesehen hat.« Die ganze Truppe der Revolutionäre hatte sich für eine Ankündigung versammelt – gebatikte Kiffer, verrunzelte Hippies, tätowierte Veganer-Goths mit mehr Piercings als Haut. Vierundsiebzig vergessene, wütende Menschen, die hervorragend zusammenpassten.

Larry hasste sie alle.

»Finden Sie sich damit ab!« Susan lehnte sich an den Lieferwagen. »Diese Bewegung ist größer als die Menschen, die daran beteiligt sind.«

»Nur mal für das Protokoll«, sagte Larry. »Es gefällt mir auch nicht, von einer Bewegung zu sprechen. Das klingt, als würden wir Gerechtigkeit kacken.«

»Moment mal!«, schaltete sich Tony/Lyle ein. »Ist das nicht der Grund dafür, dass wir es eine Bewegung nennen? Jetzt bin ich aber enttäuscht.«

»Wir brauchen Revolutionäre, keine ... Hippies«, antwortete Larry.

»Diese Leute sind beides«, erklärte Susan. »Sie wissen, dass sie in den Krieg ziehen, und sind zu allem bereit.«

»Es sind Baumknutscher«, meinte Tony/Lyle.

Susan schüttelte den Kopf. »Die sind eher für Tree Spiking als für Knutscherei zu haben.«

»Schön«, sagte Larry. »Wir ziehen die Revolution durch, und dann weg mit ihnen! Nur ein Volltrottel tut sich mit diesen Kaffeehauskommunisten zusammen, um so etwas wie eine Regierung zu bilden.«

»Auch in der neuen Welt wird es Kaffeehauskommunisten geben«, behauptete Susan. »Gewöhnen Sie sich daran!«

»Mir egal, solange sie im Kaffeehaus bleiben und sich nicht in die Politik einmischen.«

»Sie selbst sind ja auch kein Politiker«, wandte Tony/Lyle ein. »Sie sind ein angeheuerter Killer. Wer sagt denn, dass Sie überhaupt wichtige Entscheidungen treffen dürfen?«

»Will ich auch gar nicht«, entgegnete Larry. »Ich meine nur, dass sie Vollpfosten sind. Und sie sind Sozialisten, aber das kommt aufs Gleiche heraus.«

»Früher haben wir uns nie gestritten«, maulte Tony/Lyle mit gespielter Enttäuschung. »Ich glaube, als Frau konnten Sie mich besser leiden.«

»Ich glaube, am besten konnte ich Sie als Gefangenen leiden«, sagte Larry.

»Wir wollen anfangen!« Susan trat vor die Versammlung und bat mit lauter Stimme um Gehör. »Leute«, rief sie, »hört mal her!« Ringsum wurde es still. »Es wird Zeit für die nächste Phase. Wir haben die Revolution vorbereitet und die Grundlagen gelegt. Jetzt muss es beginnen. Wir wollen die Veränderung!«

Zustimmende Rufe erhoben sich.

Susan zählte die Punkte an den Fingern ab. »Wir wollen eine andere Regierung. Die Politik muss sich ändern. Die Zukunftsvisionen müssen sich ändern. Die Haltung der Regierung muss eine andere werden. Aber noch wichtiger als alles andere – ReBirth muss sich ändern. Wir wollen, dass es ganz und gar verschwindet. Wir wollen, dass es bis auf den letzten Tropfen zerstört wird.«

Die Menge murmelte zustimmend. Susan schritt hin

und her und schürte den Zorn ihrer Zuhörer. »Kuvam nennt dies eine Welt ohne Angst, aber ich habe immer noch Angst. Er nennt dies eine Welt ohne Tod, aber jeden Tag sterben Menschen. Wisst ihr, wie ich das nenne? Eine Welt ohne Sinn. Eine Welt ohne Logik. Es gibt jetzt fünf Millionen Lyles auf der Welt, und niemand weiß, woher sie kommen. Es gibt beinahe dreißig Millionen andere Opfer in Tausenden Varianten und nach Tausenden Vorlagen. Niemand weiß, ob er nicht eines Morgens als ein anderer aufwacht – als Lyle, als Victoria Carver, als halb toter Junge mit Krebs, weil eine korrupte Bande die Regierung übernehmen will.«

Nun jubelte die Menge noch lauter. Wenn Larry und die Hippies eine Gemeinsamkeit hatten, dann war es ein leidenschaftliches Misstrauen gegenüber der Regierung.

»Heute will ich euch die nächste Phase unseres Plans vorstellen. Wir wollten ihnen Angst einjagen und zeigen, wie schrecklich eine Welt mit ReBirth tatsächlich sein kann, aber anscheinend haben sie keine Angst. Sie glauben, nichts könne sie erschüttern. Sie glauben, die ReBirth-Fabriken, die Schutzanzüge und die Elfenbeintürme würden ihnen Sicherheit schenken. Aber wir werden es ihnen zeigen. Holt ihn her!«

Larry und Tony/Lyle öffneten den Lieferwagen und klappten eine Kiste auf, die auf der Ladefläche stand. Sie führten den Gast zum Podium.

»Ihr alle habt ungeprägte Lotion gesammelt«, sagte Susan zu den Revolutionären. »Ihr habt sie auf der Straße gestohlen, der Regierung entwendet und in allen Winkeln des Landes danach gesucht. Mittlerweile haben wir genug, um die Welt das Fürchten zu lehren. Wir werden die Brücke nach Manhattan überqueren, bei den UN einbrechen und jeden Anführer dieser Welt in den Kerl hier verwandeln.«

Larry holte ihn auf die Bühne. Der Ehrengast setzte ein breites, lüsternes Grinsen auf und johlte begeistert.

»Das ist Mister Bubbles«, sagte Susan. »Er ist ein Schimpanse.«

Kapitel 51

Montag, 26. November
17:48 Uhr
Lyle-Lager 6, Staat New York

18 Tage bis zum Weltuntergang

Seit dreieinhalb Wochen hatte es Lyle geschafft, nicht entdeckt zu werden. Er war sicher, dass er seinen Aufenthalt beliebig lange ausdehnen konnte, wenn er es darauf anlegte. Natürlich kannte er sich in der Fabrik gut aus und konnte sich geschickter bewegen als die anderen Lyles, aber das war bei Weitem nicht alles. Es fiel ihm so leicht, sich zu verstecken, weil er der einzige Lyle war, der im Lager bleiben wollte. Die anderen drängten auf Entlassung. Sie kauften und verkauften die Plätze in der Warteschlange und versuchten die Wächter zu überzeugen, dass sie nicht hierhergehörten, dass sie anderswo sein mussten, dass sie ein richtiges Leben und eine ganz andere Identität hatten, in die sie, bitte, bitte, möglichst bald zurückkehren wollten. In einer solchen Menge konnte sich Lyle ewig verstecken. Tag für Tag verkaufte er seinen Platz in der Warteschlange und rückte im Austausch für ein Stück Brot oder eine Ration Bohnen weiter nach hinten. Er wollte nichts, und das Lager verlangte nichts von ihm.

Auf einer gewissen Ebene setzte ihm das zu.

Es war nicht so, dass er nicht nach draußen wollte. Das Lager war nicht der Ort seiner Träume, aber für einen Mann, dem die Todesstrafe drohte, immer noch eine willkommene Alternative. Was ihn verwunderte, war allerdings der Mangel an Ehrgeiz. Vor wenigen Monaten war er ein wichtiger Mann gewesen – der Chefwissenschaftler eines der größten Gesundheits- und Kosmetikkonzerne der Welt. Er hatte etwas erreicht und etwas bewirkt. Er hatte etwas erschaffen, geträumt und gelebt. Jetzt lungerte er in einer verfallenen Fabrik herum, spielte auf Zeit und wartete ... worauf eigentlich? Darauf, dass die Wächter es leid waren und aufgaben? Dass die Regierung die Politik änderte? Dass die Welt in einer nuklearen Apokalypse unterging? Wie konnte er überhaupt glauben, die Katastrophe finde jemals ein Ende?

Vielleicht nie, überlegte er, und genau das war der Punkt. Die Vorstellung, dass es immer so blieb, gefiel ihm. Wann war er dieser Mann geworden, der so bereitwillig herumsaß und wartete, während sich die Welt weiterdrehte? Vielleicht war er schon immer so gewesen. Er dachte daran, was er früher getan hatte. An das Leben, das er früher als normal betrachtet hatte. Morgens aufwachen, mit der Bahn zur Arbeit fahren, mit Susan reden, eine Besprechung mit Cynthia überstehen, mit dem Zug nach Hause fahren, *Star Trek* sehen, irgendetwas Salzarmes essen. Vielleicht Hühnchen mit Rosenkohl.

Rosenkohl. Die Ibis-Lyles hatten behauptet, diese Vorliebe von ihm geerbt zu haben. Der genetische Code, der den Aufbau der Zunge beeinflusste, schien genau diesen Geschmack nahezulegen. Lyle saß auf einem Laufgang über dem Fabrikboden und beobachtete die Lyles, die unter ihm umherschlenderten. Hunderte hier drinnen, Tausende draußen. Jeden Tag kamen neue, jeder eine in Winzigkeiten abweichende Variante des einzigartigen Lyle, für den er sich immer gehalten hatte. Mochten sie alle Rosenkohl? Sahen sie alle gern *Star Trek*? Führten sie alle ein stilles, anspruchsloses Leben, erregten sie nie Aufsehen, folgten sie jahrelang der immer gleichen Routine? Lyle war nie ehrgeizig gewesen, das wurde ihm jetzt bewusst. Er war

Wissenschaftler geworden, weil er dafür begabt war, weil es ihm leichtfiel. In die Kosmetikbranche war er gegangen, weil sich gleich nach dem Studium die Gelegenheit geboten hatte. Nachdem er die Darlehen abbezahlt und genügend Erfahrung gesammelt hatte, war es ihm nicht mehr in den Sinn gekommen, sich etwas anderes zu suchen. Er machte nie den Mund auf, er veränderte sich nicht.

»Wie viele von euch haben wirklich ein eigenes Leben gelebt?«, rief er hinunter. Neunhundert identische Gesichter blickten zu ihm hoch. Einige entdeckten ihn sofort, andere suchten verwirrt nach der Quelle des Rufs. »Für wie viele von euch lohnt sich die Rückkehr in ein reales Leben? In ein Leben, das anders ist als hier, das nicht nur in einem anderen Gebäude stattfindet, in dem ihr nicht nur ein anderes Gesicht habt? Ein Leben, in dem ihr nicht nur herumrennt und so tut, als sei es irgendwie wichtig?«

Einige hatten ihn entdeckt, einige beobachteten einen anderen Lyle auf dem Laufgang. Lyle erhob sich und verspürte plötzlich heißen Zorn auf dieses erbarmungslose Nichts, das sein ganzes Leben bestimmt hatte. »Wie viele von euch haben noch nie eine Entscheidung getroffen? Ihr sitzt am Schreibtisch in einem Büroabteil oder im Zimmer eines Wohnheims, in eurem grässlichen Job an der schmuddeligen Theke und klatscht Käse auf das Sandwich, das irgendein Gast bestellt hat. Missfällt euch das Leben, das ihr hier führen müsst? Das andere sagte euch doch auch nicht zu. Der einzige Unterschied besteht darin, dass die Scheuklappen weg sind und die Wahrheit direkt vor euch liegt. Ihr könnt nicht mehr so tun, als wärt ihr einzigartig, weil ihr keine einzigartigen Gesichter mehr habt. Ihr seid alle gleich, das ist nun ganz offensichtlich. Ihr seid ich, wir sind alle er ... oder auch der da oder der da. Keiner hat noch irgendeine Bedeutung. Wollt ihr in euer altes Leben zurückkehren? Wie viele von euch haben in ihrem alten Leben denn etwas wirklich Sinnvolles geschaffen?«

Einige Lyles riefen ärgerlich zurück, andere redeten miteinander, wieder andere ließen die Köpfe hängen oder verkrochen sich in einer Ecke. Lyle schrie weiter. »Wie viele? Wie viele?« Auf einmal zeigten hundert identische Finger nach oben, aber nicht auf Lyle, sondern links neben ihn. Gerade rechtzeitig wandte er sich um und konnte sich selbst beobachten, wie er über das Geländer des Laufgangs kletterte und in die Tiefe sprang. Er überschlug sich, bis er dreißig Meter weiter unten auf den Boden prallte. Hundert Lyles schrien auf und rannten davon.

Es war nicht der erste Selbstmord, den er an diesem Tag erlebte.

»Achtung!«, dröhnte es aus den Lautsprechern, und es wurde still in der Halle. »Hiermit wird bekannt gegeben, dass die Terroristin Susan Howell gefasst und des Hochverrats für schuldig befunden wurde. In einer Stunde wird sie vor dem südlichen Zaun öffentlich hingerichtet. Ende der Durchsage.«

Lyle spähte nach Süden, als könne er mit seinen Blicken die Wand durchdringen und den Zaun und Susans Hinrichtung sehen. *Susan.* Warum sollte Susan getötet werden? Warum gerade heute? Es gab keinen Grund dafür.

Es sei denn, er sollte enttarnt werden.

Lyle blickte nach unten, wo ein anderer Lyle ganz ohne Hilfsmittel die Blutlache zu entfernen versuchte, die der Selbstmörder hinterlassen hatte. Aus Angst vor einer Revolte mieden die Soldaten die Halle. Über den Laufgang näherte sich Lyle der Treppe und folgte dem langsamen Strom der anderen Lyles, die nach Süden strebten, um der Hinrichtung beizuwohnen. Ob es ein Trick war oder nicht, Lyle drängte sich möglichst weit nach vorn. Auf diese Weise hoffte er, Näheres in Erfahrung zu bringen.

Dicht vor dem südlichen Zaun hatten die Soldaten eine Plattform errichtet. Auf dem Hof drängten sich bereits hundert neugierige Lyles. Er schaffte es, sich bis nach vorn durchzuzwängen. Bei jedem Lyle, den er zufällig berührte, fragte er sich, ob er schon einmal mit ihm gesprochen, eine Mahlzeit geteilt oder die Nummer der Warteschlange mit ihm getauscht hatte. Vielleicht waren es sogar Menschen, die er draußen gekannt hatte – Nachbarn aus Queens, Mitreisende im Vorortzug, Kollegen aus dem Labor.

Hatte man die echte Susan gefasst? Oder war es ein ReBirth-Klon? Man hatte Susans DNA, und sie war tatsächlich als Terroristin zu betrachten. Sie aber in aller Öffentlichkeit hinzurichten, war nur sinnvoll, wenn man Lyle aus der Deckung locken wollte. Allerdings wusste keiner, in welchem Lager sich der echte Lyle aufhielt. Im ganzen Land gab es Lager. Waren eigens falsche Susans hergestellt worden, um seiner habhaft zu werden?

Neben der Plattform stand ein von bewaffneten Soldaten bewachter Lastwagen. Was hatte er geladen?

Die Segeltuchplane wurde von innen hochgeworfen, ein Offizier sprang herab, und ihm folgte ... Lyle verrenkte sich den Hals, um alles genau zu beobachten. Eine junge Frau. Blond. Susans Größe und Figur. Ihm stockte der Atem. Die Frau stieg von der Ladefläche und hob die Hände, um sich das Haar aus dem Gesicht zu streichen – beide Hände, denn sie trug Handschellen. Als sie den Kopf hob, sah Lyle wieder einmal, wie schön sie war. Wie jung, wie traurig, müde und erschöpft. Die Lyles dahinter gerieten in Bewegung, trampelten hin und her und reckten die Hälse. Manche pfiffen, viele schrien und verlangten Susans Freilassung. Andere forderten ihren Tod oder äußerten hundert andere Maßnahmen, die im allgemeinen Lärm untergingen.

Der Offizier – ein General, wie Lyle sah, obwohl er das Namensschild nicht erkennen konnte – folgte Susan auf die Plattform. Sie wehrte sich nicht. *Die echte Susan würde sich wehren,* dachte Lyle. Aber nicht einmal dessen war er sich sicher. Um Himmels willen, man wollte Susan töten! Vielleicht war sie seelisch gebrochen ... Der General führte die Gefangene zum Rand der Plattform. Eine Augenbinde bekam sie nicht. Dann kehrte er zum Rand des Podests zurück, wo sich ein halbes Dutzend Soldaten vor ihm aufbauten. Sie hielten die Waffen bereit.

»Fertig!«

Die Soldaten hoben die Waffen. Verzweifelt starrte Lyle zu Susan hinüber und fragte sich, was er tun sollte. *Wenn ich mich zu erkennen gebe, bin ich der Nächste.*

»Zielen!«

Die Gewehre wurden ausgerichtet, sechs schwarze Läufe visierten Susans Herz an. Sie schwankte, und die tapfere Maske wich der Angst. Lyle schrie auf.

»Ich bin es!«, brüllte er. Dieser Ausruf konnte nur von ihm kommen, denn keiner der anderen wusste, wer Susan war. Keiner durchschaute die Zusammenhänge, keiner erkannte die Falle. Und keiner wusste, dass Susan nur zu retten war, wenn die Falle zuschnappte. »Ich bin der echte Lyle Fontanelle!«, schrie Lyle und umklammerte den Zaun.

Sofort war ein Soldat bei ihm und packte ihn am Arm. Dutzende weitere folgten, zielten auf die Menge und befahlen den Lyles, sich zurückzuziehen. Als die Soldaten vom Zaun zum Tor einen Weg freigeräumt hatten, stürzte ein Trupp auf ihn zu und nahm ihn in die Mitte. Mit grimmiger Miene trat ihm der General entgegen. *Blauwitz* stand auf dem Namensschild.

»Wer machte als Erster den Vorschlag, die ReBirth-Formel kommerziell anzuwenden?«, fragte General Blauwitz.

Dies war genau die Frage, mit der Kerry ihn im Park identifiziert hatte. Nur die Manager von NewYew kannten die Antwort, und nur so war der echte Lyle zu entlarven. Die Frage wies aber auch klar darauf hin, dass NewYew hinter allem steckte, so seltsam es auch anmuten mochte. Lyle wandte sich zum Lastwagen und danach zu Susan um, die noch immer in der Schusslinie auf der Plattform stand. Lyle suchte den Blick des Generals.

»Jeffrey«, sagte er.

Daraufhin legte ihm der General Handschellen an und sicherte das andere Ende am eigenen Arm. Jetzt konnte er nicht mehr in der Menge verschwinden. »Wir haben ihn!«, rief Blauwitz. »Ihr könnt hier aufräumen!«

Gesichert von der bewaffneten Eskorte, zog der General Lyle zum Tor. Draußen ließen die Soldaten die Waffen sinken, und Susan atmete erleichtert auf. Ein Soldat löste ihr die Handschellen, und sie lächelte.

»Ist sie echt?«, fragte Lyle.

»Ob sie die echte Susan Howell ist?«, fragte Blauwitz. »Das hätte ich mir wirklich sehr gewünscht.«

Sie führten ihn zu einem schwarzen Geländewagen und schlossen hinter ihm das Tor. Zehntausend Lyles kreischten und flehten, ebenfalls hinausgelassen zu werden. Blauwitz löste die Handschellen und öffnete die Tür. Unbeholfen stieg Lyle in den Wagen.

»Gehören Sie jetzt zu denen?«, fragte Lyle. Die Tür schloss sich, und sie waren allein.

Cynthias Augen blitzten. »Man wollte Sie finden, und ich wusste, wie es funktionieren würde. Ich habe Sie gegen einen Posten im Ausschuss eingetauscht.«

»Im Lyle-Hinrichtungsausschuss?«

»Hinrichten?«, fragte Cynthia. »Lyle, Sie sind derzeit der wichtigste Mensch auf dem Planeten. Sie müssen die Welt retten.« Sie schnitt eine Grimasse und lehnte sich an die

Tür. »Aber erst müssen Sie duschen. Sie riechen, als hätte jemand auf dem Klo einen Wrestler ermordet.«

General Blauwitz öffnete die Tür und stieg ebenfalls ein. »Alle bereit? Dann fahren wir jetzt zu den UN.«

Vierter Teil
Wiedergeburt

Kapitel 52

Dienstag, 27. November
6:13 Uhr
Cynthia Mummers Apartment, Upper West Side, Manhattan

17 Tage bis zum Weltuntergang

Lyle wusste, wie die Lotion funktionierte.

Der Lyle mit dem Downsyndrom war der erste Hinweis gewesen. Das letzte Teil des Puzzles, welches das Bild vervollständigte, hatten ihm jedoch die Papiere geliefert, die Cynthia ihm gegeben hatte. Unzählige Kisten mit Zeitungen, Ausdrucken von Internetmeldungen, Aufzeichnungen von Nachrichtensendungen und sogar vertraulichen Regierungsberichten. Der Schlüssel hatte sich in den Berichten über die Produktionsprozeduren bei NewYew befunden. Die einzigen Partien, die funktionierten und Menschen klonen konnten, waren diejenigen, bei denen ungeprägtes ReBirth hinzugemischt worden war. Genau wie bei der ersten Partie ganz am Anfang. Damals hatte Jerry Lyles Probe untergemischt, um die Konsistenz zu verbessern. Alles war von der winzigen Flasche ausgegangen, die Lyle im Labor selbst hergestellt hatte. Es war eine zufällige Mutation der RNA.

Er wusste jetzt, wie es funktionierte, aber das spielte keine Rolle mehr. Die Welt zerbrach, und die Tatsache, dass er den Grund kannte, änderte nichts daran.

Die Lotion selbst war nicht weiter verbreitet, als es bei vielen problematischen Drogen der Fall war. Möglicherweise konnte man ReBirth wegen der drastischen Wirkung besser wahrnehmen, aber es war nicht häufiger anzutreffen als Kokain, Marihuana oder Meth. Die große Zahl von Lyles im Raum New York waren eine Ausnahme von der Regel. Anscheinend war die Regierung zu der gleichen Schlussfolgerung gelangt wie Lyle – das Trinkwasser enthielt ReBirth. Alle, die dazu fähig waren, hatte man zum Verlassen der Gegend aufgefordert.

Der Gebrauch von ReBirth in der Zivilgesellschaft hatte schon böse Folgen gehabt. Aber wie alle Meldungen übereinstimmend erklärten, war die Gefahr um vieles größer, wenn die Regierungen der Lotion habhaft wurden. Die verschiedenen religiösen Auswüchse, namentlich das göttliche Klonexperiment des Heiligen Kelchs und der darauf folgende Neue Kreuzzug, waren schon schlimm genug gewesen. Lateinamerika brannte noch, eine Zone der Verwüstung erstreckte sich von Argentinien bis in den Südwesten der USA. Im Nahen Osten waren verschiedene Länder entweder im Chaos versunken oder standen unter faschistischer Herrschaft. Selbst in China, wo Religion offiziell keine Rolle spielte, hatte es mehrere begrenzte Aufstände gegeben.

Erheblich schlimmer waren die Nachwirkungen der Invasion von São Tomé. Vorher hatten die Weltregierungen die ReBirth-Formel als Waffe für sich beansprucht. Danach fürchteten sie sich davor wie vor einer Seuche. Die einzige Möglichkeit, São Tomés Schicksal zu entgehen, bestand darin, ReBirth zu zerstören oder der alleinige Besitzer zu sein. Aus Angst, andere könnten sich des Mittels bemächtigen, waren alle viel zu eifersüchtig, um die erste Möglichkeit in Betracht zu ziehen. Die Mächtigen waren plötzlich so abhängig von ReBirth wie Junkies von ihrem Stoff. Sie mussten es haben, weil ihre Länder sonst von jenen zerstört wurden, die es besaßen.

Um 6:13 Uhr stiegen Lyle, Cynthia und die militärische

Eskorte in Geländewagen und fuhren durch die Stadt. Lyle war schockiert, dass sich viele Gegenden inzwischen in Ödland verwandelt hatten. Rings um *saubere* Zonen hatte man primitive Zäune errichtet, Obdachlose kauerten vor brennenden Mülltonnen. In Nebenstraßen und Parks entstanden Barackenstädte, und er hielt es für ein schlechtes Zeichen, dass die Polizei sie nicht längst geräumt hatte. Das Gesetz galt nichts mehr, und die Menschheit würde wahrscheinlich nicht mehr lange überleben.

Der UN-Hauptsitz, letzte Bastion einer untergehenden Weltregierung, wurde von Wächtern und Stacheldraht gesichert. Am Tor hielt der kleine Konvoi an, man zeigte zahlreiche Ausweisdokumente vor und tauschte eine lange Reihe komplizierter Passwörter aus, bevor die Sperren endlich geöffnet wurden. Dann fuhren sie in eine unterirdische Garage mit weiteren Soldaten, bei denen sie sich abermals dem Überprüfungsritual unterziehen mussten. Als die Wächter zufrieden waren und ihnen womöglich sogar über den Weg trauten, öffneten sie den Zugang zum Aufzug. Mit zunehmender Unruhe folgte Lyle den Begleitern. Unter dem Arm klemmte immer noch eine ganze Schachtel voll ungelesener Berichte.

»Hier werden wir in den nächsten Tagen wohnen«, erklärte Cynthia. »Wir haben darum gebeten, nach Washington ausgeflogen zu werden, wo es sicherer ist. Aber derzeit kann man uns nichts Geeigneteres anbieten.«

»Je eher Sie das Problem lösen, desto besser«, fügte Blauwitz hinzu.

»Ich weiß nicht, was Sie von mir erwarten«, antwortete Lyle.

»Wissen Sie denn, wie die Lotion funktioniert?«, fragte Cynthia.

»Ich glaube schon«, erwiderte Lyle. »Ich habe noch keine Tests durchgeführt, aber ich glaube, die Theorie habe ich ausgearbeitet. Das bedeutet aber nicht, dass ich etwas für Sie tun kann. Sie benötigen ein Team von Wissenschaftlern. Ausgebildete Genetiker. Ich bin nur ein ...« Er hob die freie Hand und wandte sich an General Blauwitz. »Ich habe mich mit der Entwicklung von Lippenstiften und anderen Schönheitsmitteln beschäftigt. Wenn Sie einen Lidschatten brauchen, der zu den Augen passt, bin ich Ihr Mann. Aber die Welt retten? Haben Sie denn keinen weiteren Ausweichplan?«

Blauwitz musterte ihn grimmig. »Sie *sind* bereits der Ausweichplan.«

»Das habe ich schon mal gehört«, bemerkte Lyle. »Sie sind nicht die Ersten, die mich entführen und das Beste hoffen.«

Die Aufzugtür öffnete sich, und ein großer älterer Mann begrüßte sie lächelnd. »Doktor Fontanelle, es freut mich, Sie wiederzusehen. Ich bin Eric Moore und vertrete die Heimatschutzbehörde.«

»Beinahe so etwas wie der Vorsitzende unseres kleinen Weltrettungsausschusses«, ergänzte Cynthia.

Lyle hantierte mit der schweren Schachtel voller Papiere herum, um die ausgestreckte Hand des Mannes zu ergreifen. »Es tut mir leid, Sir, ich glaube nicht, dass wir uns schon einmal begegnet sind.«

»Ich habe mich verändert, und hier bin ich höchstens der Primus inter Pares.« Moore lächelte beinahe hinterhältig.

Lyle starrte den Mann an. Das Wort *Primus* weckte halb verschüttete Erinnerungen, die er nicht ganz zu fassen bekam.

»Nach Ihrer Entführung durch Ibis behaupteten Sie, nicht helfen zu können«, fuhr Moore fort. »Man hielt Sie wochenlang fest, und Sie verursachten lediglich eine Menge Kosten und steckten das Labor in Brand. Unsere Theorie lautet, dass Sie sich weigerten, der Firma zu helfen, und stattdessen die ganze Zeit sorgfältig Ihre Flucht planten. Können Sie das bestätigen?«

»Woher wissen Sie, dass ich entführt wurde?«, stammelte Lyle. »Heiliger Himmel ... Primus!«

»Was?«, fragte Cynthia.

»Nichts«, antwortete Ira/Moore. »So schockierend es klingen mag, aber alle unsere wohldurchdachten Pläne sind offenbar im Eimer. Aber Sie, Lyle ... wir müssen daran glauben, dass Sie mehr wissen, als Sie durchblicken lassen. Wir setzen die größten Hoffnungen in Sie. Die ganze Welt baut auf Sie.«

Lyle fühlte sich so verwirrt, dass ihm übel wurde. Wussten die anderen denn nicht, dass Moore ein ReBirth-Klon war? Oder war ihnen das am Ende gleichgültig? Er fragte sich, ob er den Mann bloßstellen sollte, bis ihm bewusst wurde, dass er seine Behauptung nicht beweisen konnte. Außerdem spielte das im Angesicht des Weltuntergangs wahrscheinlich sowieso keine Rolle mehr. Hilflos zuckte er mit den Achseln und seufzte. »Ich sage Ihnen, was ich weiß. Aber ich kann nicht beurteilen, inwieweit es hilft.«

»Unsinn, Sie sind ein Genie!«, behauptete Cynthia. »Der einzige Wissenschaftler im Gebäude, der auf dem Titelblatt von *Scientific American* war.«

Lyle warf ihr einen Seitenblick zu. »Wollen Sie damit sagen, dass es hier noch andere Wissenschaftler gibt?«

»Nein, aber andere Titelblattschönheiten«, erklärte Cynthia.

»Ich sage allen, dass Sie hier sind«, schaltete sich Senator Moore ein. »Wir rufen Sie, wenn wir so weit sind.«

Cynthia führte Lyle durch einen Flur. Mit der Schachtel unter dem Arm stolperte er hinter ihr her. »Er hätte Sie nicht so unter Druck setzen dürfen«, fauchte sie. Nachdem sie nun allein waren, zeigte sie ihren Unwillen, der der

Situation gar nicht angemessen schien. Offenbar nahm sie alles sehr persönlich. Lyle fragte sich, inwieweit ihre derzeitige Macht und ihre Freiheit davon abhingen, was er in den bevorstehenden Besprechungen anzubieten hatte. Würde sie sich rächen, wenn er es vermasselte? Bei dem Gedanken fühlte er sich unwohl. Er beeilte sich und schloss zu ihr auf.

»Erwartet man irgendeine Präsentation von mir?«, fragte Lyle. »Ich habe nichts vorbereitet ...«

»Sie kommen gerade aus dem Gefängnis«, antwortete Cynthia. »Niemand erwartet PowerPoint-Präsentationen oder Merkblätter. Vermutlich will man von Ihnen alles über die Lotion erfahren. Danach werden wahrscheinlich Fragen gestellt, die unweigerlich zum Thema möglicher Lösungen führen. Treten Sie so klug und selbstbewusst auf wie möglich. Ich weiß, das fällt Ihnen schwer. Aber bemühen Sie sich, und wir kommen alle mit heiler Haut davon.«

»Seien Sie ehrlich!«, flüsterte Lyle und hoffte, dass sie nicht belauscht wurden. »Sie wissen so gut wie ich, dass es keine Heilung gibt. Es gibt keine Zauberkur. Wenn die ReBirth-Formel Ihre DNA verändert, dann wird das nur mit einer weiteren Gabe von ReBirth aufgehoben. Allerdings haben wir erlebt, wohin das führt. Was wollen wir jetzt noch erreichen? Was können wir schon tun?«

»Stellen Sie es sich wie eine feindliche Übernahme vor«, antwortete Cynthia. »Die Menschheit ist die Firma, und ReBirth will uns aufkaufen, die Manager rausschmeißen und uns als Erweiterung seiner selbst vereinnahmen.«

»Also lautet die Frage, wie wir eine biologische Übernahme überleben«, entgegnete Lyle. »Wir müssen eine Handlotion davon überzeugen, dass wir zu wertvoll sind, um gefeuert zu werden.«

»Wir kaufen so viele Aktien, dass uns die Übernahme

reich macht«, erklärte Cynthia. »Immerhin sind wir jetzt hier. Ich komme aus dem Versteck und Sie aus dem Gefangenenlager, und die Hoffnung der ganzen Welt ruht auf unseren Schultern. Ich würde sagen, bisher schlagen wir uns ziemlich gut.«

Lyle runzelte die Stirn. »Um bei der Metapher zu bleiben – wie wollen Sie Ihren Aktienbesitz zu Geld machen?«

Cynthia hob die Brauen. »Was habe ich davon, wenn ich Ihnen alles anvertraue?« Sie blieb vor einer Tür stehen und öffnete sie. Dahinter gähnte eine verschlafene, aber gut gekleidete Empfangsdame an ihrem Schreibtisch. »Lyle, das ist Lilly. Oje, ich bringe die beiden Namen jetzt schon durcheinander!«

Die Frau erhob sich. Reflexartig schätzte Lyle ihr Äußeres ein: Afroamerikanerin, attraktiv, schönes Haar, das sie allerdings in der letzten Zeit ein wenig vernachlässigt hatte. Gute Haut, besonders in den Mund- und Augenwinkeln, was für ein Make-up-Model wichtig war. Hübsche Hände, aber nicht klassisch genug für eine Nagellack-Werbung. Eine schlanke, nicht übertrieben weibliche Figur. Das Schönste an ihr war das junge, offene Gesicht mit den blitzenden Augen und dem strahlenden Lächeln, das nicht einmal verflog, wenn sie ein Gähnen unterdrückte.

Überrascht wandte er sich an Cynthia. »Ich dachte, die Bemerkung über die Titelschönheit war ein Witz.«

Lilly verdrehte die Augen. »Ich habe nicht mal Make-up aufgelegt.«

»Lyle hat bei NewYew die meisten unserer Models angeheuert«, erklärte Cynthia. »Geben Sie ihm eine Minute, dann hat er alles herausgefunden.«

Lyle hob die Schultern, betrachtete Lilly ein weiteres Mal und fragte sich, was er übersehen hatte. Sie zupfte an einer Locke. »Damals war mein Haar noch glatt.«

»Natural Blue Black.« Lyle schnippte mit den Fingern

und hätte beinahe die Schachtel mit den Dokumenten fallen gelassen. »Nummer dreihundertachtundzwanzig B.«

»Beeindruckend«, bemerkte Lilly. »Ich kann mich nicht mal an die Farbe erinnern, erst recht nicht an die Artikelnummer.«

»Lyle hat lauter solche dummen kleinen Fakten im Kopf«, erklärte Cynthia. Sie eilte an der Frau vorbei zu dem großen Büro dahinter. »Haben Sie Botschafter Larracilla meine Nachricht geschickt?«

»Das haben Sie mich schon einmal gefragt«, antwortete Lilly und schenkte Lyle ein kleines Lächeln. »Und ich habe Ihnen bereits gesagt, dass ich es erledigt habe. Er hat allerdings noch nicht geantwortet.« Lyle war verblüfft über ihre Aufsässigkeit. Cynthia war keine Frau, mit der man so umzugehen pflegte.

»Dieses Mal mitgezählt, habe ich Sie sogar schon dreimal gefragt!«, rief Cynthia aus dem anderen Raum herüber. Die Stimme klang so sarkastisch, wie Lyle es erwartet hatte. »Ich möchte noch einmal betonen, wie wichtig die Nachricht ist.«

»Wenn ich dieses Mal mitzähle, habe ich sogar viermal geantwortet«, gab Lilly zurück. »Also nehme ich die Sache vielleicht sogar wichtiger als Sie.«

Vor Erstaunen fiel Lyle fast der Unterkiefer herunter.

Mit eisiger Miene kam Cynthia zurück. »Wollen Sie damit sagen, ich hätte Sie mitten in der Nacht wecken sollen, um Sie daran zu erinnern?«

»Sie haben mich mitten in der Nacht geweckt, um mich zu erinnern.«

Cynthia funkelte die junge Frau noch einmal an und kehrte dann in das Büro zurück. »Da Sie offenbar so viel Zeit haben, können Sie Botschafter Hitudeki die gleiche Nachricht übermitteln. Ändern Sie bitte alle Bezugnahmen auf das Land. Ich glaube nicht, dass Japan sich durch unsere Angebote an Mexiko überzeugen lässt.« Damit schloss Cynthia die Tür, und Lilly ließ sich lachend am Schreibtisch nieder.

»Ich habe meinen Ohren nicht getraut, als Sie das gesagt haben«, gestand Lyle.

»Was genau meinen Sie?«

»Alles.« Er legte die Schachtel mit den Papieren auf einen Stuhl an der Wand und setzte sich schräg gegenüber von Lilly daneben. »So redet niemand mit Cynthia. Das ist so gefährlich, als gerate man in eine Kettensäge.«

»Sie bellt nur und beißt nicht.« Lilly tippte eifrig auf der Tastatur. »Früher war das vielleicht anders, aber ich bin eine der wenigen Verbündeten, die sie noch hat. Wenn Sie sich vorgestellt haben, die Vereinten Nationen seien ein Musterbeispiel für Frieden und Kooperation, dann haben Sie sich gewaltig geirrt. Hier geht es zu wie in Carrie Whites Umkleideraum. Je schlimmer es draußen wird, desto enger rückt man hier drinnen zusammen. Trotzdem wird Cynthia ausgeschlossen, denn letztendlich ist es ein Dummejungenklub. Ich bin praktisch ihre einzige Freundin.«

Lyle hob die Brauen. »So gehen Sie mit Ihren Freundinnen um?«

Lilly schnitt eine Grimasse. »Der Ausdruck *Freundin* war vielleicht übertrieben. Sie ist immer noch eine Gorgo, aber sie ... sie ist eine Gorgo, die mich nicht fressen darf.«

»Gorgonen fressen keine Menschen«, widersprach Lyle. »Aber keine Sorge, ich verstehe schon, was Sie meinen.« Er betrachtete die Schachtel mit den Papieren, seufzte innerlich und legte sie einfach auf den Boden. »Zum Teufel damit!«, stöhnte er. »Ich könnte tausend Berichte lesen und wüsste immer noch nicht, wie ich etwas verändern soll.« Er wandte sich an Lilly. »Cynthias derzeitige Position ist sehr viel interessanter. Waren Sie schon hier, als Cynthia kam?«

»Nein, sie hat mich geholt«, erklärte Lilly.

Lyle beugte sich vor. »Also ganz konkret Sie?«

»Den Grund kenne ich nicht.« Lilly sah ihn offen und arglos an. »Abgesehen von der Arbeit als Model und als Kellnerin war ich im Büro und habe als Empfangsdame gearbeitet. Vielleicht hat sie in den Akten nachgesehen und hielt mich für geeignet. Keine Ahnung.«

Lyle schüttelte den Kopf. »Die Akten von NewYew wurden bei der Auflösung der Firma als Beweismittel sichergestellt, und Cynthia hatte sicher nicht zufällig eine Personalakte griffbereit herumliegen. Selbst wenn sie irgendwo verschlüsselte Kopien gespeichert hatte, bleibt die Frage, warum sie sich die Mühe macht, in den Akten nachzusehen, nur um eine Sekretärin einzustellen. Das sollte jetzt keine Beleidigung sein.«

»Warum sollte mich das beleidigen?«

»Keine Ahnung«, gestand Lyle. »Ich wollte nur höflich sein.« Er legte die Finger beider Hände wie ein Spitzdach zusammen und dachte nach. »Wenn sie Zugang zu den Akten von NewYew hatte, dann ging es um mehr. Es muss irgendwie mit ReBirth zu tun haben. Aber was hat sie in dem Teil der Akten zu suchen, in dem die Namen früherer Models aufgeführt werden? Dort gibt es nichts Wichtiges. Noch einmal – nehmen Sie es bitte nicht persönlich!«

»Entschuldigen Sie sich immer nach jedem Satz, wenn Sie mit jemandem sprechen?«

»Cynthia.«

Lilly lachte. »Das erklärt alles. Trotzdem war das jetzt leicht beleidigend, auch wenn ich verstehe, was Sie meinten.«

Lyle starrte sie an und fragte sich, ob er sie außer auf dem Verpackungsfoto schon einmal irgendwo gesehen hatte. »Wie lautet Ihr Nachname?«

»Washington«, antwortete sie. »Warum?«

»Lilly Washington.« Lyle starrte ins Leere und dachte über den Namen nach. »Wie oft haben Sie dieses Gebäude verlassen, seit Sie eingestellt wurden?«

»Warum sollte das irgendwie von Bedeutung sein?«

»Ich glaube, ich habe Sie auf unserer Liste möglicher ReBirth-Models gesehen«, erklärte Lyle. »Und ich glaube, Sie wurden abgelehnt. Dürfen Sie nach draußen gehen?«

»Ich bin keine Gefangene ...«

»Waren Sie in der letzten Zeit mal draußen?«

Lilly überlegte kurz und schüttelte den Kopf. »Nicht mehr seit meiner Einstellung. Die meisten Gesandten und Mitarbeiter leben jetzt hier.«

»Haben Sie mal versucht, nach draußen zu gehen?«

Lilly hielt inne und wurde schlagartig ernst. »Nein. Wir bekommen alles, was wir brauchen, und draußen ist es gefährlich. Es spielt fast keine Rolle, wie viel ich bei dem Job verdiene. Hier gibt es schließlich noch fließendes warmes Wasser. Manchmal wird aber vergessen, das richtige Essen zu bringen ...«

»Lillian Washington.« Lyle schnippte mit den Fingern. »Die Großmutter hatte Brustkrebs, im fünften Schuljahr wurden die Mandeln entfernt, und Sie laufen noch über die Versicherung Ihrer Eltern. Sie haben Zöliakie.«

Misstrauisch kniff Lilly die Augen zusammen. »Stalken Sie mich?«

Lyle lachte nervös. »Das höre ich öfter. Nein, ich bin kein Stalker. Ich habe nur ein gutes Gedächtnis. Sie haben gerade gesagt, dass man manchmal vergisst, das richtige Essen zu bringen. Damit meinten Sie glutenfreies Essen. Sie wurden aus dem ReBirth-Programm ausgeschlossen, weil Sie einen Gendefekt haben, Sie leiden an Zöliakie. Sie können Gluten aus Weizenmehl nicht richtig verarbeiten.«

»Genau genommen gilt das für jede Art von Gluten, aber meistens ist Weizen der Übeltäter.«

»Wahrscheinlich wurden deshalb schon vor der Diagnose der Erkrankung die Mandeln herausgenommen. Man wusste damals nicht, warum Sie so oft krank wurden.«

»Woher wissen Sie das alles?«

Lyle lachte müde. »Seit einiger Zeit bin ich Experte für genetisch bedingte Erkrankungen. Keine Sorge, ich kenne nur Ihre Krankenakte!«

»Das ist immer noch eine Menge.«

»Meine Theorie sieht so aus«, erklärte Lyle und beugte sich wieder vor. »Cynthia suchte nicht nur irgendeine Assistentin. Sie wollte eine Frau haben, der sie trauen konnte – eine Frau, bei der sie sicher sein konnte, dass sie das Original war und keine Spionin von ... ich weiß nicht, von wem. Egal. Sie sagten ja selbst, dass man sich in diesem Gebäude nicht über den Weg traut. Also ging Cynthia unsere Liste mit abgewiesenen Models durch und suchte eine Bewerberin mit einer so schwerwiegenden genetischen Erkrankung, dass niemand diesen Menschen kopieren wollte. Dennoch sollte die Einschränkung bei der alltäglichen Arbeit nicht stören. Dann zog sie eine zweite Liste hinzu und suchte aus dieser Untergruppe eine Frau mit Erfahrung als Sekretärin. Wenn man diese Bedingungen formuliert, bleibt nur Lilly Washington übrig. Cynthia hat sich vergewissert, dass Sie immer noch Sie selbst sind, nicht verändert durch die Lotion, und schon waren Sie angeheuert.«

Lilly starrte ihn mit leicht geöffnetem Mund an. »Ich ...« Sie schüttelte den Kopf. »Und ich dachte, sie hat mich genommen, weil ich sechzig Wörter pro Minute tippe.«

»Tut mir leid.«

»Aber was bedeutet das?«, fragte sie. »Nehmen wir an, es trifft zu. Was sagt uns das? Dass Cynthia unter Verfolgungswahn leidet?«

»Dem widerspricht sowieso niemand«, erklärte Lyle. »Aber es hat auch noch nie jemand behauptet, sie sei dumm.

Nicht einmal diejenigen, die sie hassen. Wenn sie sich mit so viel Aufwand schützt, dann lässt sich daraus schließen, dass ihre Position hier ... ebenso meine und auch Ihre ... viel schwieriger ist als angenommen.«

Lilly lachte. Es war ein völlig humorloses Geräusch. »Willkommen beim Ende der Welt! Wenn Sie eine Person finden, deren Position nicht schwierig ist, schenke ich Ihnen ein Pony.«

Lyle lachte ebenfalls, und in diesem Augenblick sah er sie in neuem Licht. Er ging auf die Neckerei ein. »Können Sie sich von dem Gehalt, das Cynthia Ihnen zahlt, ein Pony leisten?«

»Dann eben eine Zigarre.«

»Ich rauche nicht.«

Lilly lächelte. »Ich breche meine Ersparnisse an und kaufe ein Pony, das an Ihrer Stelle raucht.«

Jetzt lächelte auch Lyle.

In diesem Moment öffnete sich die Außentür, und mit forschem Schritt betrat Ira/Moore den Raum. »Kommen Sie, Doktor! Es wird Zeit, zur Generalversammlung zu sprechen.«

Kapitel 53

Dienstag, 27. November
7:32 Uhr
UN-Hauptsitz, Manhattan

17 Tage bis zum Weltuntergang

»Die Generalversammlung der Vereinten Nationen tritt zu einer Sitzung zusammen.«

Nervös saß Lyle zwischen Cynthia und Ira/Moore und fühlte sich von dem riesigen hohen Raum eingeschüchtert. Die Wände waren rund, und vom hinteren Teil bis ganz nach vorn standen mehr Pulte, Tische und Sessel, als er zählen konnte. Fast alle waren unbesetzt. In den Wänden gab es vier Fensterreihen übereinander, hinter denen bei regulären Sitzungen vermutlich die Übersetzer oder Beobachter Platz nahmen. An diesem Tag waren die meisten Fenster dunkel. Die Wände waren nach innen geneigt. Lyle hatte das Gefühl, dass sie drohend über ihm hingen. Ganz vorn befand sich der Platz für den Redner, dahinter stand eine breite Regierungsbank auf einem Podium. Hinter diesem wiederum erhob sich wie ein Monolith eine goldene Wand. Obwohl der Raum fast leer war, fühlte Lyle sich klein und hilflos.

»Japan weist darauf hin, dass im Augenblick nur noch zwanzig Mitglieder vertreten sind«, erklärte der japanische Botschafter. »Resolutionen, über die wir heute abstimmen, können demnach kaum verabschiedet werden.«

»Die Vereinigte Republik Tansania ist es leid, sich Japans Wehklagen darüber anhören zu müssen.«

»Es ist ein bedeutsames Anliegen«, widersprach Japan.

»Schon wieder!«, warf Estland ein.

»Alle Mitgliedsnationen wurden eingeladen«, erklärte der Mann am Rednerpult. »Das Nichterscheinen muss als Stimmenthaltung aufgefasst werden, genau wie dies grundsätzlich bei allen Abstimmungen vorgesehen ist.« Er sprach mit amerikanischem Akzent. Lyle kannte ihn irgendwie aus den Nachrichten, nur der Name fiel ihm nicht ein. Daher beugte er sich zu Cynthia hinüber.

»Wer ist das?«

»Tschad.«

»Er sieht nicht afrikanisch aus.«

»Er kommt vom amerikanischen State Department und heißt so.«

»Oh.« Lyle sank auf den Sitz seines Stuhls.

»Japan hat recht«, erklärte Libyen. »Eine oder zwei Enthaltungen sind etwas ganz anderes als hundertdreiundsiebzig.«

»Was schlagen Sie stattdessen vor?«, fragte Mexiko. »Sollen wir einfach herumsitzen und die Hände in den Schoß legen, während ringsum die Welt zerfällt? Wir haben sie eingeladen, und sie sind nicht gekommen. Versuchen wir doch, trotzdem zu handeln!«

»Estland hört diesem Streit schon so lange zu, dass es für ein ganzes Menschenleben reicht. Der Wissenschaftler ist hier, und ich bin der Meinung, dass wir ihn anhören sollten. Wenn er etwas Bedeutendes zu sagen hat, dann ist das mehr, als seit Wochen in diesem Raum zu hören war.«

»Samoa stimmt dem zu, wenngleich auf etwas höflichere Art und Weise.«

»Schön«, sagte Tschad. »Die Generalversammlung begrüßt Doktor Lyle Fontanelle und bittet ihn ans Rednerpult.« Er trat zur Seite, und Ira/Moore knuffte Lyle, damit er sich erhob. Lyle ging langsam nach vorn. Seine Schritte hallten laut von den Wänden wider. Mit Applaus hatte er nicht gerechnet, aber das Schweigen erdrückte ihn. Als er am Rednerpult ankam, war sein Mund völlig ausgetrocknet.

Im Scheinwerferlicht war es schwierig, die Versammelten zu erkennen, zumal sie sich in dem riesigen Rund verteilt hatten. »Guten Morgen«, begann er. »Meine Damen und Herren von den ... Vereinten Nationen? Von der Generalversammlung? Wie darf ich Sie nennen?« Aus Richtung Estland war Gemurmel zu hören. Er fragte sich, was man dort über ihn sprach, und hatte das Gefühl, dass etwas in ihm zerbrach. Er war es leid, Angst zu haben, er war es leid, herumgestoßen zu werden, er war es leid, von den Menschen verspottet zu werden, die ihn gerufen hatten, damit er ihnen half. Vor zwölf Stunden war er Stück für Stück in einem Gefangenenlager gestorben, und nun stand er am Rednerpult im Plenarsaal der Vereinten Nationen. Seine Aktien, um in Cynthias Bild zu bleiben, waren stark gestiegen. Wenn er über Macht verfügte, und sei es nur für eine Minute, dann wollte er sie nutzen.

Lyle spähte in die unbeleuchteten Tiefen des Saals. »Entschuldigen Sie, könnten Sie bitte nach vorn kommen? Hierher, wo ich Sie alle sehe? Ich habe das Gefühl, zu einem leeren Saal zu sprechen.«

»Sie sprechen tatsächlich zu einem leeren Saal«, erklärte Estland.

»Sie auch.« Lyle deutete auf den Delegierten aus Estland. »Kommen Sie doch bitte alle nach vorn! Seien Sie so freundlich! Wenn dies die letzte Versammlung vernünftiger Menschen ist, dann sollten wir uns auch so verhalten.«

»So läuft es hier allerdings nicht ab«, wandte Japan ein. »Es gibt Verhaltensregeln, die Sie nicht verstehen können, und das ist natürlich auch nicht zu erwarten ...«

»Diese Verhaltensregeln will ich auch gar nicht verstehen«, entgegnete Lyle. »Sie haben sich die ganze Zeit an

Ihre Regeln gehalten, und jetzt sehen Sie, wohin das geführt hat.« Er deutete auf den weiten, leeren Raum. »Ich glaube, Ihre Regeln sind einfach nur dumm.« Er warf einen verstohlenen Blick zu Cynthia hinüber und sah, wie sie mit puterrotem Gesicht vor Zorn förmlich kochte. Wenigstens hielt sie den Mund. *Du hast hier keine Macht,* dachte er, an ihre Adresse gerichtet. *Wenn selbst deine Sekretärin keine Angst vor dir hat, lasse ich mich auch nicht einschüchtern.*

Die Delegierten hatten sich nicht gerührt. Wieder ergriff Lyle das Wort. »Kommen Sie schon, Sie schaffen das! Kommen Sie her! Bringen Sie Ihre Namensschildchen mit, wenn Sie sich sonst nackt fühlen!« Der mexikanische Delegierte stand auf und kam nach vorn. Er grinste amüsiert, weil Lyle nachdrücklich mit der Form gebrochen hatte. »Gut«, sagte Lyle. »Das wäre schon mal einer. Mexiko bekommt den ersten Preis. Irgendjemand soll ihm einen Schokoriegel überreichen. Wer ist der Nächste? He, sehen Sie mal, was ich jetzt mache! Ich ziehe den Stecker aus dem Mikrofon und rede über die ReBirth-Formel. Der Vertreter von Mexiko ist der Einzige, der mich hören kann.« Als er den Worten Taten folgen ließ, kamen weitere Delegierte nach vorn. Bald drängten sich die meisten anwesenden Versammlungsmitglieder in den ersten Reihen, zwanzig Vertreter und ungefähr doppelt so viele Mitarbeiter. Cynthia kochte nicht mehr vor Zorn, sondern hatte das übliche Gesicht aufgesetzt, hinter dem sie eiskalte Berechnungen anstellte. Er hatte sie beeindruckt. Lyle riss den Blick von ihr los und musterte die Anwesenden. Die alte Angst erwachte wieder in ihm.

»Meine Güte!«, rief Lyle. »Wenn Sie alle hier zusammenkommen, dann sind es doch ziemlich viele.«

»Wir haben uns umgesetzt«, antwortete Bangladesch. »Jetzt hören Sie auf, unsere Zeit zu verschwenden, und reden Sie!«

»Gut«, willigte Lyle ein. »Was möchten Sie wissen?«

Kenia runzelte die Stirn. »Haben Sie keine Präsentation vorbereitet?«

»Gestern um diese Zeit habe ich noch Zigaretten gegen Gefängniskost getauscht«, erklärte Lyle. »Anscheinend weiß ich mehr über die Formel als jeder andere auf der Welt, aber nein, ich habe keine Präsentation vorbereitet. Stellen Sie mir Ihre Fragen!«

»Wie sind Sie auf die Formel gekommen?«, wollte Deutschland wissen.

»Das war Zufall«, erwiderte Lyle. Einige Delegierte wirkten schockiert, aber Lyle nahm darauf inzwischen keinerlei Rücksicht mehr. »Viele vorbereitende Studien zielten darauf ab, Verbrennungen mithilfe der Gentherapie zu heilen. Ich wollte diese Technologie mit einer Anti-Aging-Creme kombinieren, mit einem Faltenentferner.«

Kenia bedachte Lyle mit finsteren Blicken. »Sie haben die Welt mit einem Faltenentferner zerstört?«

»Nicht ich persönlich, nein.«

»Aber wie funktioniert das?«, fragte Tansania. »Wie hat es sich von einem Faltenentferner in ... in das verwandelt, was es inzwischen geworden ist?«

»Es lag am Retrovirus«, erläuterte Lyle und warf Cynthia einen raschen Blick zu. »Daran dachte ich gleich am Anfang, und ich hatte recht. Aber erst nach Monaten fand ich heraus, was genau dabei passierte. Die Technologie setzt ein Plasmid ein, um das durch Hitze degenerierte Protein ...« Er runzelte die Stirn und hielt mitten im Satz inne. »Wie viele unter Ihnen sind Wissenschaftler?« Der Delegierte aus Libyen hob die Hand. Er war der Einzige. »Nun gut«, sagte Lyle. »Dann versuche ich, den Sachverhalt in die Alltagssprache zu übertragen. Wissen Sie alle, was DNA ist?« Sie nickten. »Wissen Sie, wie die DNA funktioniert?« Nun kamen die positiven Antworten etwas spärlicher. Lyle sah sich um und suchte nach einem Hilfsmittel, mit dessen Hilfe er alles erklären konnte. Eine Mitarbeiterin von den Philippinen trug einen Sweater mit Reißverschluss, und er lächelte sie freundlich an. »Verzeihung, Madam, dürfte ich mir Ihren Sweater ausborgen? Danke. Sie bekommen ihn gleich zurück.« Er trat weiter vor, stellte sich vor das Rednerpult und zog den Reißverschluss zu.

»Ein DNA-Strang ist wie ein Reißverschluss«, erklärte er. »Die vielen Krampen, die kleine Höcker aus Metall haben, könnte man als Bauplan für die Entstehung neuer Zellen auffassen. Stellen Sie sich vor, jeder kleine Höcker repräsentierte einen anderen Befehl. Dieser hier sagt Ihrem Körper, wie er Haut wachsen lässt, hier ist die Hautfarbe festgelegt, hier die Art der Haut und so weiter. Ich erkläre das jetzt sehr stark vereinfacht, aber Sie verstehen sicher, was ich meine. Normalerweise ist ein DNA-Strang geschlossen wie der Reißverschluss des Pullovers. Wenn Ihr Körper die Baupläne lesen und neue Anweisungen abholen will, muss er ihn öffnen.« Er zog den Reißverschluss halb auf. »Wenn er ein Stück weit geöffnet ist, schaltet sich ein sehr ähnlicher Strang namens RNA ein, verbindet sich mit einem kleinen Abschnitt der DNA und kopiert sie. Dann nimmt er das mit, was er gelernt hat, und sagt den Zellen, was sie tun sollen. Das ist ein sehr stabiler Prozess, weil DNA und RNA gründliche Fehlerkorrekturen einsetzen und dafür sorgen, dass die Anweisungen unterwegs nicht verfälscht werden. Die Lotion, die ich geschaffen habe, nutzt einen kleinen Strang eigenständiger DNA, den wir als Plasmid bezeichnen. Er enthält gerade genug Anweisungen, um zu sagen: *He, Hautzellen, produziert mehr Kollagen!* Ihre RNA liest dies und glaubt, das sei eine körpereigene Anweisung, und daraufhin wird mehr Kollagen produziert. So funktioniert es bei Brandwunden, und so werden auch Falten entfernt. Dieser ganze Prozess mit dem Plasmid wird durch ein Retrovirus beaufsichtigt, das dafür sorgt, dass nichts aus dem Ruder läuft. Ein Retrovirus ist der RNA ähnlich, funktioniert aber andersherum. Statt den Reißverschluss zu öffnen, schließt es ihn. Das wird gleich noch wichtig, vergessen Sie das bitte nicht! Wenn alles richtig abläuft, überwacht das Retrovirus den gesamten Transfer der Informationen und sorgt dafür, dass das Plasmid nichts Dummes anstellt wie zum Beispiel die Verletzung der Zellen oder die ständige Vermehrung unbrauchbarer Zellen, was nur eine andere Bezeichnung für Krebs wäre. Das Retrovirus sollte in diesem Szenario unser bester Freund sein, aber das ist die große Ironie dabei. Weil es schließt statt öffnet, umgeht es alle Fehlerkorrekturen, denen die RNA normalerweise unterworfen ist. Dadurch wird es extrem anfällig für Mutationen, und genau das ist bei Re-Birth passiert.«

Libyen meldete sich zu Wort. »Es kann doch nicht so weit mutieren, dass es Menschen klont!«

»Nein, das kann es nicht«, räumte Lyle ein. »Und das hat uns auch so lange verwirrt. Was es aber tun kann und was es auch getan hat – es hat durch die Mutation die Arbeitsrichtung verändert. Es wirkt falsch herum. Statt die Instruktionen für das Plasmid in den menschlichen Wirt zu schreiben, schrieb es den menschlichen Wirt in das Plasmid. Noch schlimmer – es konnte irgendwie die menschlichen Anweisungen komprimieren, bis sie vollständig in einem Plasmid gespeichert wurden.«

»Das sind zwei sehr spezifische Mutationen in einem einzigen Retrovirus«, wandte Libyen ein. »Die Wahrscheinlichkeit dafür ist ... ich kann es nicht einmal berechnen. Äußerst gering.«

»Richtig«, bestätigte Lyle. »Aber es war nur eine einzige Mutation notwendig. Ein mutiertes Retrovirus, das die DNA kopiert, hätte nicht viel anrichten können. Wir hätten es nicht einmal bemerkt. Aber ein mutiertes Retrovirus, das aggressiv jeden anderen genetischen Kommunikator umschrieb, mit dem es in Berührung kam, erzeugte eine Kaskade, bis die ganze Partie der Lotion verändert war. Und diese Partie veränderte wiederum alle anderen Partien, mit denen sie in Berührung kam. Stellen Sie sich eine Zombie-Apokalypse auf molekularer Ebene vor. Das erste Retrovirus fand ein Opfer, dem es sagte: *He, du solltest besser dies hier tun!* Dann fanden die beiden zwei weitere, die vier fanden vier weitere. Und sobald wir eine neue Partie gemischt hatten, fügten wir weitere Retroviren hinzu, die ebenfalls umgeschrieben wurden. Deshalb konnte niemand außerhalb unserer Fabrik die Lotion reproduzieren. Die anderen Wissenschaftler nahmen frische Zutaten statt der Mutation. In unserer Fabrik starteten wir jede neue Partie mit einer Probe aus der letzten. Das war eine Abkürzung, um Beschaffenheit und Konsistenz richtig einzustellen. Auf diese Weise wurde die gesamte neu produzierte Lotion infiziert.«

»Wenn wir eine Probe mit ungeprägtem ReBirth hätten, könnten wir also eine neue Lotion herstellen«, meinte Frankreich.

»Das könnten wir.« Lyle hielt inne, blickte über die Delegierten hinweg und war überrascht, dass sie nicht sofort aufsprangen. »Seltsam! Ist dies nicht der Moment, in dem Sie alle nach Hause eilen, die Vorräte ergänzen und einander gegenseitig aus Bunkern anstarren sollten?«

»Die zwanzig Nationen, die in dieser Versammlung noch aktiv sind, haben so etwas weit hinter sich gelassen«, erklärte Sambia. »Uns ist bewusst, dass die Welt an einem Scheideweg steht. Zusammenarbeit ist der einzige Weg zu einem erreichbaren Ziel.«

»Was aber nicht heißen soll, dass wir keine neue Lotion herstellen«, warf Israel ein. »Wir tun es eben alle zusammen.«

»Welchen Nutzwert hätte die neue Lotion denn für Sie?«, fragte Lyle. »Mir ist bekannt, dass Sie alle das Gebäude schon eine Weile nicht mehr verlassen haben. Aber haben Sie mal aus dem Fenster gesehen? Dort draußen geht die Welt unter. Manhattan ist praktisch ein Slum, und der Rest der Welt ist vermutlich noch schlechter dran. Wissen Sie, wie ich endlich den Code dieses Retrovirus geknackt habe? Ich habe einen ReBirth-Benutzer mit dem Downsyndrom entdeckt. Eine Dosis ReBirth hat seine Gene falsch wachsen lassen und ihn mit mehr Chromosomen ausgestattet, als er eigentlich haben sollte.« Lyle hielt den Pullover hoch. »Stellen Sie sich vor, die DNA ist geöffnet, und das Retrovirus klinkt sich fröhlich ein und baut das ganze Ding nach. Währenddessen taucht ein neues Retrovirus auf und baut sie beide um. So ist es passiert. Dieses Retrovirus ist äußerst aggressiv. Praktisch die gesamte DNA-Transkription im Körper eines infizierten Menschen wird von ReBirth statt von den natürlichen Prozessen gesteuert. Das bedeutet, dass es kein Korrektursystem mehr gibt. Unsere biologischen Prozesse laufen völlig unreguliert ab. Weltweit steigen die Erkrankungen am Downsyndrom, am Turner-Syndrom und am Klinefelter-Syndrom. Die Zahl der Krebserkrankungen nimmt enorm zu. Vor einem Monat habe ich mit einem Arzt gesprochen, der mir erzählte, er behandele zwei neue Fälle des Wolf-Hirschheim-Syndroms, die spontan bei Erwachsenen entstanden seien. Nennen Sie mir irgendeine durch Chromosomen erzeugte Störung, und ich wette hundert Dollar, dass im Umkreis von einem Kilometer irgendjemand daran leidet.«

»Aber wir müssen uns doch der Realität der Situation stellen …«, meinte China. Lyle unterbrach den Vertreter, bevor er weitersprechen konnte.

»Genau das sage ich doch«, erklärte Lyle. »Sie müssen sich der Realität stellen. Diese Besprechung kann sich nicht darum drehen, Macht zu konsolidieren ... oder was immer Sie hier zu tun gedenken.«

»Wir müssen uns der Realität der Situation stellen«, wiederholte China sanft. »Die Welt geht nicht unter, sondern ist vielerorts bereits untergegangen. Der Kaskadeneffekt, den Sie beim Retrovirus erkannt haben, wiederholt sich in der menschlichen Gesellschaft. Jeden Tag sieht man die Wirkung von ReBirth an immer neuen Orten. Die hundertdreiundsiebzig Nationen, die hier heute nicht vertreten sind, haben sich in ein Wettrüsten gestürzt, das hektischer verläuft als im Kalten Krieg. Nicht einmal die Stärksten unter uns sind darauf vorbereitet. Erst vor zwei Stunden bekam ich eine Meldung, dass Russland meinem Land den Krieg erklärt hat und über die Grenze vordringt, um unsere Bergwerke und Öllager einzunehmen. Es ist nur eine Frage der Zeit, bis in Alaska und Kanada das Gleiche geschieht. Der Eindruck globaler Stabilität, den wir bisher hatten, zerfällt schneller, als wir es verfolgen können. Glauben Sie, wir sind hier, weil wir etwas beizusteuern haben? Dass wir Wunder wirken und den Planeten wieder in Ordnung bringen können? Wir sind hier, weil wir nichts anderes mehr haben und keine Hoffnung verspüren, irgendetwas lasse sich daran noch ändern.«

Darauf herrschte betretenes Schweigen. »Samoa stimmt dem zu, allerdings mit etwas optimistischerem Unterton«, sagte eine Stimme im Hintergrund.

»Also, warum sind wir überhaupt hier?«, fragte Lyle. »Wenn nichts mehr eine Rolle spielt, wenn wir nichts ausrichten können, warum treffen wir uns dann überhaupt? Warum rufen Sie mich, damit ich Ihnen alles erkläre? Glauben Sie, es gibt ein Heilmittel für ReBirth? Das gibt es nicht. So funktioniert es nicht. Nichts kann die Wirkung aufheben außer noch mehr ReBirth, und ich habe schon erklärt, warum das wirklich keine gute Lösung wäre. Was bleibt uns noch? Was wollen Sie tun? Warum wollen Sie ReBirth haben?«

»Wir könnten Russland damit treffen«, schlug Nepal vor. »Wenn Russland mit China fertig ist, wird früher oder später auch mein Land angegriffen.«

»Wenn wir Russland mit ReBirth angreifen, widerfährt uns das Gleiche«, warnte Mexiko. »Einige von uns haben während des Kalten Krieges gut aufgepasst.«

»Als einzige Nation, die jemals mit Atomwaffen angegriffen wurde, erinnere ich alle daran, wie schlecht diese Strategie funktioniert«, gab Japan zu bedenken.

»ReBirth zu sammeln, hat auch eine regenerative Wirkung«, meinte Sambia. »Wenn ein Aggressor mit ReBirth angreift, dann können wir die eigenen Vorräte benutzen und die Bevölkerung heilen, bevor Schlimmeres passiert. Diese Fähigkeiten besitzen Atomwaffen nicht.«

»In der Praxis gelingt das nicht«, warf Deutschland ein. »Ein Angriff, der so schnell geschieht wie in São Tomé, zerstört auch die Infrastruktur, die benötigt würde, um die Lotion als Verteidigungsmaßnahme einzusetzen. Vergessen Sie den Auslöser des Angriffs auf São Tomé nicht! Dort gab es große Mengen von ReBirth, die eine feindliche Nation gern gehabt hätte. Nein, eine *freundliche* Nation hätte sie gern gehabt und wurde über Nacht zum Feind. Nehmen Sie es nicht persönlich, Tschad!«

»Halten Sie den Mund!«

»Wir können doch eine gute Waffe nicht außer Acht lassen, nur weil ihr Einsatz die Menschen wütend macht«, ereiferte sich Bangladesch.

»Genau das sollten wir tun«, erwiderte Mexiko. »Im Ernst, war ich wirklich der Einzige, der im Kalten Krieg aufgepasst hat?«

»Der Kalte Krieg hätte kein Ende gefunden, wenn Amerika die Atomwaffen nicht weiterentwickelt hätte«, gab

Tschad zu bedenken. »Vielmehr hätte Russland uns vernichtet.«

»Die Sowjetunion«, korrigierte Russland. »Aber es stimmt – genau das wäre passiert.«

»Der Streit kann noch stundenlang so weitergehen«, tadelten die Philippinen. »Die meisten von uns haben noch nicht einmal gefrühstückt. Ich schlage vor, wir pausieren für eine Stunde, lassen uns die eine oder andere gute Lösung einfallen und beginnen noch einmal von vorn.«

Kapitel 54

Freitag, 30. November
6:23 Uhr
UN-Hauptsitz, Manhattan

14 Tage bis zum Weltuntergang

Drei Tage waren vergangen, und es gab immer noch keine brauchbaren Lösungen.

Lyle hatte sich angewöhnt, zeitig mit Cynthia zu frühstücken. Vor allem deshalb, weil auch Lilly dabei war, und so bekam er Gelegenheit, Cynthia ohne genau berechnete äußere Fassade zu beobachten. In gewisser Weise kam sie ihm inzwischen menschlicher vor. Zugleich fühlte er sich in ihrer Gegenwart aber auch äußerst unwohl. Ohne Make-up, ohne sorgfältig hergerichtete Frisur und ohne dezente Röcke, maßgeschneiderte Jacken, Stifte, Papiere, Computer und Telefone, ohne jene Ausstattung, die sie zu der Frau machte, die sie darstellte, wirkte sie auf verstörende Weise irreal. Genau wie Tausende von Nicht-Lyles und andere Re-Birth-Klone, die sich in winzigen Details voneinander unterschieden. Die Gelegenheit, sie besser kennenzulernen, erwies sich letztendlich doch nur als ein Ausschnitt verdrehter, verbogener Realität.

An diesem Morgen trug sie Sweatpants und war noch nicht richtig wach. »Der Kaffee schmeckt grauenhaft«, grollte sie.

»Wenn er so schlecht ist, dann trinken Sie ihn nicht.« Lilly hob den Styroporbecher, der allerdings keinen Kaffee, sondern Grapefruitsaft enthielt. Sie hasste Kaffee, was allerdings nichts mit ihrer Zöliakie zu tun hatte. Sie verabscheute schon den Geruch und hatte noch nie Kaffee probiert. Lyle mochte den Geruch und den Geschmack, verzichtete aber aus Rücksichtnahme darauf. Ihm wurde bewusst, dass er oft zu extremer Anpassung neigte.

»Reden Sie nicht mit mir!«, knurrte Cynthia. »Ich kann nicht angemessen zurückschlagen, solange ich nicht mindestens eine Tasse getrunken habe.« Sie versuchte es noch einmal und schnitt eine Grimasse. »Das schmeckt wie dünner Schlamm!«

Lilly lachte. »Wäre dicker Schlamm besser?«

»Es wäre besser, wenn Sie in der Gosse sterben«, erwiderte Cynthia.

Lilly riss die Augen auf und wandte sich an Lyle. »Das war neu.«

»Sie hat den Becher fast ausgetrunken und kann jetzt angemessen zurückschlagen«, bemerkte Lyle.

»Der dünne Schlamm hat nekromantische Eigenschaften«, meinte Lilly.

»Der dünne Schlamm hat mir genügend Klarheit für die Erkenntnis geschenkt, dass die Generalversammlung zu rein gar nichts führt«, erklärte Cynthia. »Gestern hat der Mob die Tore gestürmt, und drinnen dreht man sich immer noch im Kreis. Man wird sich noch streiten, wenn das Gebäude ringsum niederbrennt.«

»Was haben Sie dann vor?«, fragte Lyle. »Vorausgesetzt, Sie haben etwas vor.«

»Ich habe etliche Pläne«, erwiderte sie. »Um mich für einen von ihnen zu entscheiden, brauche ich mindestens noch einen Kaffee.«

»Ihnen ist doch bewusst, dass Kaffee eigentlich gar kein Stimulans ist, oder?«, meinte Lilly.

Cynthia grunzte. »Das sagt jemand, der noch nie einen Schluck getrunken hat.«

»Genau das meine ich ja«, beharrte Lilly. »Der Energieschub, den Sie vom Kaffee bekommen, ist einfach nur eine Suchtreaktion, weil die Entzugssymptome aufgehoben werden. Der Körper braucht ihn, also fühlen Sie sich mies. Dann trinken Sie Kaffee, und es geht aufwärts, obwohl der Energiegewinn gleich null ist. Mithilfe des Koffeins kehren Sie lediglich in den Zustand zurück, in dem Sie sich sowieso auch ohne Kaffee befänden.«

»Das ist einfach nur albern«, befand Cynthia.

»Wenn Sie nach dem Genuss eines Sandwichs schon mal im Krankenhaus gelandet sind, kennen Sie die Wirkung von gewissen Lebensmitteln im Körper und richten sich danach«, erläuterte Lilly und wandte sich mit hochgezogenen Augenbrauen an Lyle. »Sie sind Wissenschaftler. Sagen Sie es ihr!«

Lyle wählte seine Worte sehr sorgfältig. »Kaffee ist tatsächlich ein Suchtmittel, und ihre derzeitigen Gefühle beruhen größtenteils auf der Aufhebung des Entzugs.«

Mit triumphierender Geste wies Lilly auf Cynthia. »Ha!«

»Größtenteils, aber nicht ganz«, wandte Cynthia ein. Das Blitzen in den Augen verriet Lyle, dass sie viel wacher war, als er angenommen hatte.

»Aber ebenso eindeutig ist es auch ein Stimulans«, fuhr er fort und schenkte Lilly einen verlegenen Blick. »Es ist sogar das bekannteste und am stärksten verbreitete Stimulans überhaupt. Tut mir leid.«

»Aber das will uns doch nur die Pharma-Mafia einreden!«, protestierte Lilly.

Lyle runzelte die Stirn. »Pharma-Mafia?«

»Nun gut, dann die Großkonzerne«, lenkte Lilly ein. »Die großen Produzenten. Koffein ist für Sie als Stimulans wertvoll, ob es nun falsch ist oder nicht. Für die Verkäufer indessen ist es wertvoll, weil es eine nicht regulierte suchterzeugende Substanz ist. Machen Sie ein Kind von Energydrinks abhängig, geben Sie ihm das Gefühl, ohne diese Getränke nicht richtig zu funktionieren, und schon haben Sie einen lebenslangen Kunden.«

»Bestellen Sie bei nächster Gelegenheit unbedingt einen Aluminiumhut!«, erwiderte Cynthia. »Ich fürchte, wir haben nicht genug Folie hier, um Ihnen einen zu basteln.«

»Da gibt es nicht unbedingt einen Kausalzusammenhang«, widersprach Lyle ganz spontan. Eigentlich wollte er nicht mit ihr streiten, aber er hatte nicht mit einer halb informierten wissenschaftlichen Diskussion gerechnet. Lilly sah ihn herausfordernd an, worauf er widerstrebend seinen Gedankengang erläuterte. »Sie sagen, Sie wachen schnell auf, weil Sie kein Koffein zu sich nehmen. Es könnte aber ebenso gut sein, dass Sie kein Koffein zu sich nehmen, weil Sie von Natur aus schnell wach werden.«

»Erstaunlich!«, rief Cynthia und musterte Lyle mit einem Ausdruck, der tatsächlich an Respekt grenzte. »Zu sehen, wie er der Generalversammlung trotzt, war eine Sache. Einer Frau, die er mag, jedoch zu sagen, dass sie sich in einem Punkt irrt? Ich bin beeindruckt, Fontanelle.«

Lilly hob die Brauen. »Eine Frau, die er mag?«

Lyle mochte sie, wenngleich nicht so wie Susan. *Vielleicht ist das auch gut so,* dachte er. Susan war jung und schön, aber sie war auch ... nun ja, er wusste nicht genau, was sie sonst noch war. Eine politische Aktivistin, eine Chemikerin und eine Assistentin. Er hatte sich in die Vorstellung von ihr verliebt, wusste aber fast nichts über die Frau selbst.

Lilly dagegen war eine Freundin geworden.

»Was soll ich dazu sagen?«, murmelte Lyle. »Ich verbringe den ganzen Tag mit zwei Frauen, und eine von ihnen ist ...« Beinahe hätte er *Cynthia* gesagt, aber das wäre zu grausam gewesen. Zumal sie ihm gerade ein Kompliment gemacht hatte. »Ein Model«, sagte er stattdessen und zuckte sogleich zusammen. Lilly war schön, gewiss, aber er mochte sie aus ganz anderen Gründen.

»Nun ja«, stellte Lilly fest und wirkte viel förmlicher als gerade eben noch. »So ist das also.«

Lyle hatte das Gefühl, ihr einen Schlag in die Magengrube versetzt zu haben. Gleichwohl wusste er nicht, wie er seine Worte zurücknehmen sollte.

Cynthia wechselte das Thema. »Auf dem Landweg gibt es kein Entkommen. Im Hafen von Chelsea liegt meine Jacht, ich weiß aber nicht, wie wir es durch die Stadt bis dorthin schaffen sollen. Wir müssen uns darauf verlassen, dass Washington eingreift und uns abholt. Aber sie brauchen zu lange.«

»Wir sind hier bei den Vereinten Nationen«, gab Lilly zu bedenken. »Man wird uns doch nicht einfach vergessen.«

»Hoffentlich.« Cynthia war noch mit dem Kaffee beschäftigt und blickte gedankenverloren ins Leere. »Wenn und falls sie kommen, würde ich nicht unbedingt darauf zählen, dass sie eine junge Empfangsdame mitnehmen. Nur die wirklich wichtigen Leute dürfen mit.«

»Dann sorgen wir eben dafür, dass wir wichtig sind.« Lyle stand auf und streckte sich. »Ich dusche, und dann beobachte ich noch ein paar Jahre lang die Generalversammlung.«

»Viel Glück!«, wünschte ihm Lilly. »Hoffentlich ist die Schlange vor der Dusche nicht zu lang.«

»Und waschen Sie sich das Rückgrat, wenn Sie schon mal dabei sind!«, riet ihm Cynthia. »Bisher hatten Sie noch keins, und eine andere Haltung ist anfangs sicher etwas gewöhnungsbedürftig.«

Nachdenklich verließ Lyle den Frühstücksraum. Er hätte sich selbst nie als rückgratlos eingeschätzt, aber in den letzten Monaten hatte sich die Perspektive verändert, und er konnte nicht mehr bestreiten, dass er ein Feigling gewesen war. Er war Konfrontationen ausgewichen, hatte Vorschlägen zugestimmt, die er nicht billigte, nur um einen

Streit zu vermeiden. Er hatte den schrecklichen Plan unterstützt, ReBirth zu verkaufen, nur um ... *Weil es der Weg des geringsten Widerstands war,* gestand er sich ein. Aber er hatte sich geändert, und erst Cynthia hatte ihn darauf aufmerksam gemacht.

Klar, dachte er. *Perfektes Timing. Ich bekomme ein Rückgrat, und in zwei Monaten ist das sowieso alles egal.*

Bei diesem Gedanken runzelte er die Stirn – nicht über den Gedanken selbst, sondern über die konkrete Zeitbestimmung. *Zwei Monate? Kann ich das wirklich so genau sagen?*

Wenn die Welt wirklich untergeht, wenn unsere schlimmsten Befürchtungen wahr werden – wie wird sich das äußern? Eine Atombombe? Eine öffentliche Erklärung? Götter, Engel, Feuer und Bimsstein, und die Erde wird zuunterst und zuoberst gekehrt? Oder wachen wir einfach auf, und es ist vorbei?

Und wenn die Welt untergeht, was tritt dann an ihre Stelle?

Kapitel 55

Montag, 3. Dezember
14:32 Uhr
UN-Hauptsitz, Manhattan

11 Tage bis zum Weltuntergang

»Bisher haben wir nicht berücksichtigt, dass womöglich alle unsere Lösungsvorschläge erfolglos sind«, sagte Mexiko. »ReBirth ist im Umlauf und wird es bleiben. Keiner entkommt ihm. Jeder Plan, den wir bisher entwickelt haben, lässt diese Tatsache außer Acht oder beruht auf einer Verteidigung gegen ReBirth. Vielleicht ist es an der Zeit, uns mit den Tatsachen abzufinden.«

Lyle gab sich Mühe, nicht die Augen zu verdrehen. Er war jetzt seit fast einer Woche im UN-Hauptsitz, hatte hundert unzulängliche Theorien zerstört und tausend unzulängliche Pläne gehört, auf die sich die Vertreter nicht einigen konnten. Am Samstag hatte schon wieder ein Mob den Zaun gestürmt. Diesmal war tatsächlich ein Terrorist auf die andere Seite gelangt und von einem Wächter mit einem Kopfschuss getötet worden. Der Mob hatte ebenfalls geschossen, und die Wachleute waren zurückgewichen. Am Ende hatten nur Tränengas und Scharfschützen die Angreifer vertreiben können.

Lyle hatte genug von der Unentschlossenheit der Versammlung. Aber ... was sollte eigentlich entschieden werden? Wie ließ sich für ein unlösbares Problem eine Lösung finden? Andererseits konnten sie nicht einfach aufgeben. Der chinesisch-russische Krieg tobte weiter. Allein in Südostasien drohte der Ausbruch von fünf weiteren Kriegen, und in Südamerika bildeten sich so schnell neue Nationen und Bündnisse, dass das amerikanische Außenministerium längst die Übersicht verloren hatte. Die Welt versank im Chaos, und falls es überhaupt einen Ausweg gab, dann waren diese zwanzig Menschen vermutlich am besten geeignet, ihn zu finden. Sie konnten nicht aufgeben, und sie konnten nicht gewinnen. Lyle saß in einer politischen Hölle fest.

»Wir haben bereits darüber gesprochen, die Existenz der Lotion einfach hinzunehmen«, wandte Tansania ein. »Letzte Woche haben wir zwei volle Tage damit verbracht, uns damit abzufinden, und jedes Szenario, das sich daraus ergab, war eine Katastrophe. Drehen wir uns jetzt im Kreis?«

»Wir drehen uns schon die ganze Zeit im Kreis«, bestätigte Estland.

»Wir haben nur darüber gesprochen, die Lotion als Waffe anzuerkennen«, widersprach Mexiko. »Ich rede davon, die Realität hinzunehmen, mit der ReBirth uns konfrontiert. Wir alle trinken Wasser aus Flaschen, weil die öffentliche Wasserversorgung mit ReBirth kontaminiert ist. In Manhattan und im gesamten Staat New York verwandeln sich die Menschen in Doktor Fontanelle oder in andere Personen, ob sie die Lotion nun benutzt haben oder nicht. Aus Tibet, Russland, Brasilien, Indien, Australien und heute auch aus Mexiko City erreichen uns ähnliche Berichte.«

»Das erklärt Ihr plötzliches Interesse«, meinte Bangladesch. »Einige von uns wollen schon seit Tagen genau darüber reden.«

»Dann lassen Sie uns darüber reden«, verlangte Frankreich. »Das Wasser enthält ReBirth, das ist die Realität. Was tun wir dagegen? Lässt es sich herausfiltern?«

Zwanzig Gesandte fuhren zu Lyle herum, der hilflos

den Kopf schüttelte. »Glauben Sie wirklich, Sie seien die Ersten, denen so etwas einfällt? Wenn die Lotion nicht absichtlich ins Trinkwasser geriet, was ich bezweifle, dann geschah es mit großer Wahrscheinlichkeit durch gewöhnliche Spülbecken, Abflussrohre und Toiletten, die direkt zu den normalen Aufbereitungsanlagen führen – und die konnten offensichtlich nichts ausrichten. Vielleicht sollte man die Filterprozesse verbessern sowie Hitze, Chemikalien und andere Hilfsmittel einsetzen. Allerdings vermute ich, dass man in diesen Anlagen bereits alles nur Mögliche versucht, sofern es sich auf Menschen nicht schädlich auswirkt. Nein, meiner Meinung nach gibt es keine Möglichkeit, die Substanz aus der Wasserversorgung zu entfernen.«

»Wenn wir es nicht aus dem Wasser filtern können, dann könnte es doch vielleicht im Körper abgetötet werden«, schlugen die Philippinen vor. »Es ist doch ein Virus, nicht wahr? Warum wenden wir kein Antibiotikum an?«

»Antibiotika wirken nur gegen Bakterien«, widersprach Lyle.

Die Philippinen funkelten böse. »Ich meine natürlich das Gegenstück, das einem Antibiotikum für Viren entspricht.«

»Das nennt man *viel Ruhe und Hühnersuppe*«, spottete Lyle. »Es gibt kein Gegenstück für Antibiotika, das in der gleichen Weise auf Viren wirkt. Vielleicht könnte ein Impfstoff helfen, aber die Entwicklung würde Jahre dauern, und es gibt keine Garantie dafür, dass es überhaupt machbar ist. Wenn man sieht, wie mithilfe der ReBirth-Formel alles in sich selbst verwandelt wird, könnte ein Impfstoff das Retrovirus sogar noch stärken, statt es zu töten.«

»Aber es könnte doch klappen«, beharrte Deutschland. »Wir wissen es erst, wenn wir es versucht haben.«

»Könnte man die Substanz aus dem Wasser entfernen, dann wäre es schon geschehen«, warf China ein. »Könnte man es im Körper angreifen, dann hätte das Immunsystem irgendeines Menschen bereits das Klonen unterbunden. Nichts dergleichen ist geschehen. Wir brauchen etwas Konkretes, und zwar sofort.«

»Wir haben noch nicht über die Zukunft gesprochen«, schaltete sich Indien ein.

»Das liegt daran, dass wir gar nicht wissen, ob wir überhaupt eine Zukunft haben«, kommentierte Israel.

»Doktor Fontanelle«, fuhr Indien fort, erhob sich und redete Lyle förmlich an. Zum ersten Mal stand einer der Anwesenden auf, und sofort wandten sich alle dem Sprecher zu. »Die Gerüchte beschäftigen uns schon seit Monaten, und nun möchte ich mich vergewissern. Werden Sie dank der Formel unsterblich?«

Es wurde still im Saal. Lyle schluckte nervös.

»Nur wenn Sie mehrere Gaben einsetzen«, erklärte Bangladesch. »Jede Dosis setzt Sie auf ein bestimmtes Alter zurück, aber von da an altern Sie wieder. Mit einer zweiten Dosis kehren Sie in diesen Zustand zurück.«

»Die Gefahr eines Machtmissbrauchs liegt nahe«, ergänzte Sambia.

»Was glauben Sie, warum hier so gestritten wird?«, gab Japan zurück.

»Ich fürchte, die Beschreibung trifft nicht genau zu.« Lyle atmete scharf ein und knirschte mit den Zähnen. »Genau genommen brauchen Sie nichts weiter als eine erste Anwendung. Das biologische Alter, wie wir es verstehen, ist ein Ausdruck der DNA in verschiedenen Stadien ihrer Existenz. In der Kindheit konstruieren die Gene den Körper ganz anders als bei einem Jugendlichen und einem Erwachsenen. Da ReBirth dauerhaft die Gene auf einen Zielzustand zurücksetzt, altern Sie praktisch nicht mehr. Natürlich sind Sie gegen einen gewaltsamen Tod und Verletzungen nicht gefeit. Wer die Substanz aber wenigstens einmal benutzt hat, altert nicht mehr und stirbt auch nicht an natürlichen Ursachen.«

Mit ernster Miene nahm der indische Delegierte wieder Platz.

»Ich hatte gehofft, dieser Aspekt sei nur ein Gerücht gewesen«, bemerkte Japan.

»Wir können im Moment nur hoffen, dass es sich um eine fehlerhafte Extrapolation handelt«, erwiderte Lyle. »Die Zeit wird es zeigen. Aber wenn alles so funktioniert, wie wir es glauben – und bisher war dies ohne Abweichungen der Fall –, dann müssen wir mit der Unsterblichkeit eines beträchtlichen Teils der Weltbevölkerung rechnen.«

»Das ändert alles«, verkündete Mexiko.

»Genau genommen ist es das Gegenteil einer Veränderung, aber ich verstehe, was Sie meinen«, antwortete Tansania.

»Führen Sie diesen Gedanken zu seiner logischen Schlussfolgerung!«, verlangte Deutschland. »Wo liegt die aktuelle Schätzung? Bei fünfzig Millionen Anwendern von ReBirth auf der ganzen Welt? Oder sind es schon sechzig?«

»Wenn man zufällige Vorkommnisse und solche ohne Einverständnis mitzählt, dürften es bald hundert sein«, erklärte Kenia.

»Das ist nicht so schlimm«, meinte Nepal. »Ich meine, im Vergleich zu der gesamten Weltbevölkerung. Wir sind jetzt mehr als sieben Milliarden. Das ist weniger als ein Zehntelprozent.«

»Mindestens zwanzig Millionen davon sind ich«, fügte Lyle hinzu. »Dies nur für den Fall, dass jemand die großen Zahlen mit einem menschlichen Gesicht versehen will.«

»Haha«, machte Estland trocken.

»Ein Zehntelprozent, da klingen hundert Millionen auf einmal belanglos«, räumte Mexiko ein. »Aber wir müssen berücksichtigen, dass ReBirth immer noch verfügbar ist und weiterhin Menschen infiziert. Es wird wohl auch nicht mehr verschwinden. Bisher sind es hundert Millionen in nur fünf Monaten geworden. Das liegt über der weltweiten Geburtenrate und lässt die Todesfälle außer Betracht. Wenn sich das alle fünf Monate wiederholt ... oder wenn es alle fünf Monate nur der halbe Wert ist, dann bekommen wir ein Überbevölkerungsproblem, wie wir es uns nie vorgestellt haben. Im Lauf von rund fünfunddreißig Jahren ist die ganze Weltbevölkerung infiziert, die Geburtenrate wird ein Übriges tun, und die Formel sorgt dafür, dass keiner von ihnen wieder verschwindet.«

»Welche Möglichkeiten haben wir, diesem Szenario Einhalt zu gebieten?«, fragte Japan. »Wir haben schon darüber gesprochen, ReBirth aus dem Wasser zu entfernen, was aber nicht funktioniert. Vielleicht könnten wir die Menschen vom Wasser fernhalten und die betroffenen Gebiete evakuieren.«

»Dann müssten wir die gesamte Weltbevölkerung in einem Fußballstadion einsperren«, wandte Indien ein. »Das schafft ebenfalls ein Überbevölkerungsproblem, nur unter einem anderen Blickwinkel.«

»Wir könnten die Geburtenrate reduzieren«, schlug Sambia vor. »Um das zu erreichen, fallen mir jedoch nicht allzu viele humane Methoden ein.«

»Dann reden wir über die inhumanen Methoden«, meinte Estland. »Wir könnten die Unsterblichen töten.«

»Mein Land beteiligt sich an keinem institutionalisierten Mord«, erklärte China.

»Das hat Sie vor fünfzig Jahren nicht gestört«, widersprach Deutschland.

»Das müssen gerade Sie sagen«, empörte sich Israel.

»Niemand wird irgendjemanden töten«, entschied Tansania. »Wir spielen das nicht einmal gedanklich durch.«

»Seien Sie nicht so naiv!«, widersprach Mexiko. »Bisher

sind Sie von dem Neuen Kreuzzug noch nicht betroffen. In Lateinamerika indes herrscht schon seit Wochen Krieg, und die meisten Länder werden bald folgen.«

»Wollen Sie damit andeuten, dass die Zahlen ganz von selbst schrumpfen?«, fragte Kenia. »Ich möchte die Zukunft unserer Welt nicht an die Hoffnung knüpfen, dass wir uns schneller umbringen, als wir Nachwuchs zeugen.«

»Wird ReBirth wirklich jeden Menschen erreichen?«, fragte Frankreich. »Die Wasserversorgung einiger Großstädte ist damit infiziert, aber das betrifft doch nicht die ganze Welt. Es gibt immer noch viele normale sterbliche Menschen.«

»Können wir das Problem wirklich lösen, indem wir den Menschen die Unsterblichkeit verweigern?«, fragte Samoa. »Wir sind nicht dumm – wir wissen, dass sich daraus sofort ein Klassenkampf entwickeln würde. Die Reichen würden sich das ewige Leben kaufen, und die Armen müssten sterben, damit die Welt nicht überfüllt wird. Mit dieser Zukunftsaussicht sollte sich keiner von uns wohlfühlen.«

»Also sind wir verpflichtet, die weltweite Unsterblichkeit anzuerkennen?«, fragte Mexiko. »Mit einem Kastensystem fühle ich mich so unwohl wie Sie. Eine Welt, in der niemand stirbt, ist jedoch eine Welt, in der es bald keinen Platz und keine Ressourcen mehr gibt. Wir würden so eng aufeinanderhocken, dass uns die Nahrung ausginge. Es sei denn, wir würden zu Kannibalen. Und die Armen aufzuessen, ist meiner Ansicht nach schlimmer als jede Form der Unterdrückung.«

»Lächerlich!«, polterte Tschad. »Wir sollten über Lösungen reden, nicht über ... über unsterbliche Menschenfresser.«

»Wir sprechen über die Realität«, erinnerte ihn Frankreich. »Das ist nicht angenehm, aber auch nicht lächerlich.

Angesichts der Natur von ReBirth wird genau das geschehen. In diese Richtung bewegt sich unsere Welt. Und da das Problem so extrem ist, müssen auch die Lösungen extrem sein. Möglicherweise haben wir einen Punkt erreicht, an dem Unterdrückung oder gar Hinrichtungen – sosehr ich beides verabscheue – die einzigen moralisch tragbaren Entscheidungen sind, die wir noch treffen können.«

»Also akzeptieren wir die Lotion«, sagte Estland. »Sambia hat nach einer humanen Weise gefragt, die Geburtenrate zu senken, und die haben wir. Es ist ReBirth.«

»ReBirth ändert nichts an der Fortpflanzungsfähigkeit«, widersprach Lyle.

»Nicht von sich aus«, räumte Estland ein. »Aber was geschieht, wenn wir allen Menschen das gleiche Geschlecht geben?«

Totenstille herrschte im Saal.

»Das ist albern«, befand Deutschland.

»Wirklich?«, fragte Estland.

»Ja«, schaltete sich Tansania ein. »Sie reden davon, die Menschheit auszulöschen.«

»Auslöschen?«, fragte Sambia. »Die Menschheit ist unsterblich geworden. Das ist doch das Problem. Wenn wir uns alle in unsterbliche Männer verwandeln, in einen idealen Übermenschen, dann genießen wir den Vorzug der Unsterblichkeit und bleiben von der schrecklichen Überbevölkerung verschont.«

»Das ist ein utopisches Ideal«, wandte Bangladesch ein. »Ideale Supermenschen, die ewig leben und genug Zeit haben, um sich in die Probleme zu vertiefen und sie zu lösen, befreit von der Notwendigkeit, in jeder Generation die Lektionen der Geschichte von Neuem zu lernen ...«

»Ich halte das für keine erstrebenswerte Utopie«, hielt Indien dagegen.

Nepal runzelte die Stirn. »Warum nicht?«

»Weil ich nicht schwul bin«, sagte Indien. »Und wenn ich eine Million Jahre lebe, will ich irgendwann mal wieder Sex haben.«

Entsetzt hob Estland beide Hände. »Ehrlich? Ist das Ihre einzige Sorge? Wir reden über den Untergang der Menschheit und die Möglichkeit, stattdessen ein utopisches Ideal zu verwirklichen. Sie hingegen haben nichts anderes als Sex im Kopf.«

»Das ist nicht alles, woran ich denke, aber vermutlich bin ich nicht der Einzige, der gelegentlich daran denkt«, widersprach Indien. »Wir sind Erwachsene. Sie wollen doch Menschen retten, und Menschen haben nun mal Sex. In der Welt, die Sie vorschlagen, gäbe es nur noch schwulen Sex. Wohin Sie auch blicken, überall Männer, Männer und nochmals Männer.«

»Was ist so falsch am Schwulsein?«, fragte Tschad.

»Das können Sie für sich selbst entscheiden«, entgegnete Frankreich. »Aber das ist nicht für jeden das Richtige. Indien hat völlig recht, denn genau darüber reden wir. Wir sollen alle, Sie und ich und alle anderen auf der ganzen Welt, in schwule Männer verwandelt werden. Ich persönlich möchte damit nichts zu tun haben.«

»Dann liegt die Lösung auf der Hand«, meinte China.

»Haben Sie einen anderen Plan?«, erkundigte sich Lyle.

»Wir verwandeln alle in Frauen«, schlug China vor.

Wieder herrschte Schweigen.

»Eine ganze Welt voller Lesben«, staunte Mexiko.

»Unsterbliche Lesben«, bekräftigte Japan.

»Wie wir es auch anfangen, die Vorteile liegen auf der Hand«, führten die Philippinen den Gedanken weiter. »Wir beseitigen alle Vorurteile, weil alle gleich sind. Es gibt keinen Rassismus, kein Klassensystem und keinerlei Unterdrückung mehr, weil alle gleich sind.«

Diese Bemerkung erinnerte Lyle an das Gefangenenlager und die zehntausend Lyles. Das erfüllte ihn nicht unbedingt mit großer Zuversicht.

»Wir Lateinamerikaner haben öfter die Miss Universum gestellt als jedes andere Land«, verkündete Mexiko. »Deshalb sollten wir die erste Wahl haben.«

»So sollten wir darüber nicht entscheiden«, wandte Lyle ein.

»Die Lateinamerikaner gewinnen nur, weil die Preisrichter voreingenommen sind«, widersprach Indien. »Unsere Models und Schauspielerinnen sind in weit mehr Ländern berühmt.«

»Nicht so berühmt wie unsere«, warf Tschad ein.

»Zu blass!«, wehrte Tansania ab. »Die schönsten Frauen sind die Afrikanerinnen.«

»Oder die Afroamerikanerinnen«, griff Tschad das Stichwort auf. »Amerika hat alles zu bieten.«

»Die schönsten Frauen stammen aus Asien«, behauptete Japan.

»Amerika ... gibt sich dem Argument geschlagen«, sagte Tschad. »Nehmen wir doch eine dieser koreanischen Mädchengruppen! Diese Popstars.«

»Was Sie da reden, ist bodenloser Unsinn!«, explodierte Lyle. »Die Welt geht unter, direkt dort draußen vor Ihrer Tür, und Sie diskutieren über Supermodels! Es gibt tausend verschiedene Pläne zur Rettung der Welt, und Sie einigen sich auf eine Welt, in der es nur noch lesbischen Sex gibt?«

»Wir lösen das vernichtende Problem der Überbevölkerung und leiten ein goldenes Zeitalter ein«, widersprach Frankreich. »Unsterbliche Supermodel-Lesben sind ein notwendiger Nebeneffekt, und ... Meine Güte, klingt das schrecklich, wenn ich es so ausdrücke!«

»Sie sind widerlich«, stellte Lyle fest.

»Wir sind Realisten«, brüstete sich Tansania. »Sie haben

die Sitzungen verfolgt und wissen, wie es läuft und dass es einfach keine Lösung gibt. Die Welt ist entschlossen, sich selbst zu zerfleischen, und wir haben weder die Macht noch den Einfluss oder die Ressourcen, um den Weltuntergang zu verhindern. Dieser Plan korrigiert nicht die Gegenwart, weil die nicht mehr zu retten ist, aber er rettet die Zukunft.«

»Wie wollen Sie das überhaupt durchführen?«, fragte Lyle. »Nehmen Sie sich einfach die DNA eines armen Mädchens und überschwemmen die Welt damit? Wenn Sie jeden in Russland in Victoria Carver verwandeln, wird China von Victorias erobert. Menschen werden von Victoria Carver getötet und unterdrückt, und die Tatsache, dass die anderen ebenfalls Victoria Carvers sind, macht keine Utopie daraus.«

»Nicht sofort«, räumte Estland ein. »Man muss dem Ganzen ein wenig Zeit lassen. Die Apokalypse wird schrecklich sein, aber irgendwann ist sie schließlich beendet. Die Unterschiede, die den Weltuntergang ausgelöst haben, sind vergessen, weil alle Überlebende gleich sind. Die Welt wird sich stabilisieren.«

»Das ist keine ideale Lösung, aber wir finden sowieso keine ideale Lösung«, stimmte Japan zu.

»Also geben Sie auf«, sagte Lyle. »Das kann ich nicht glauben.«

»Manchmal können die Sanitäter nicht alle Opfer retten«, gab Mexiko zu bedenken. »Aber es ist keine Kapitulation, wenn man einen Toten als Toten bezeichnet.«

»Wir sind noch nicht tot!«, rief Lyle.

»Was sollen wir tun?«, fragte Tansania. »Wir sind keine Götter. Wie wollen wir den Krieg beenden? Welche politischen Instrumente haben wir denn? Wie sollen wir ihn gewinnen? Mit welchen Streitkräften? Unsere einzige Waffe ist diejenige, die Sie geschaffen haben, Doktor Fontanelle, und wir wollen sie einsetzen, um etwas aufzubauen, statt zu zerstören.«

Lyle kochte förmlich vor Wut. »Sie benutzen sie, um eine jugendliche Fantasie auf Kosten von sieben Milliarden Menschen auszuleben!«

»Dann machen Sie einen besseren Vorschlag!«, rief Samoa und richtete sich zu voller Größe auf. Angesichts dieses Auftritts ließ sich Lyle auf seinen Stuhl sinken. »Jeder hier hat Lösungen vorgeschlagen, sogar meine Mitarbeiter haben sich beteiligt. Sie aber erklären nacheinander jeden Plan für unmöglich. Sie warten auf die ideale Lösung, aber die gibt es nicht. Keine unserer Überlegungen findet bei jedem Menschen Zustimmung, löst sämtliche Probleme oder befriedigt die Bedürfnisse aller. Es gibt nichts Positives mehr. Wir entscheiden uns für das geringste aus einer riesigen Anzahl von Übeln. Wenn unsere Entscheidung Sie schockiert, dann liegt es daran, dass selbst das geringste Übel noch ungeheuerlich ist. Vergessen Sie die Mädchen, vergessen Sie die Einzelheiten! Vergessen Sie alles andere! Diese Zukunftsperspektive ist alles, was wir haben. Eröffnen Sie uns eine bessere, oder lassen Sie uns in Ruhe!«

Lyle sah sich um. Ihm zitterten die Hände, die Handflächen wurden feucht. Dann ließ er den Blick über die Versammlung schweifen, über den Saal, über die hohe Decke, die dunklen Ecken und die vielen leeren Sitzreihen, die sich vor ihm erstreckten.

»Ich dachte, die Welt werde in einigen Monaten untergehen«, sagte Lyle leise. »Vielleicht war ich zu optimistisch.«

Er stand auf, wandte sich um und verließ den Saal.

Kapitel 56

Mittwoch, 5. Dezember
2:14 Uhr
Hof der Byrnes, Irland

9 Tage bis zum Weltuntergang

Irgendjemand schrie.

Mit weit aufgerissenen Augen und schwer atmend schreckte Alan Byrne auf. Vor dem Fenster heulte ein finsterer Wind und bohrte eiskalte Tentakel durch die Spalten über dem Fensterbrett. An der Wand bebten und zitterten die Schatten. Durch den windzerzausten Baum schien schwach der bleiche Mond. Er betrachtete seine Frau, die ruhig neben ihm lag. Er legte ihr eine Hand auf die Schulter, schüttelte sie aber nicht, sondern fühlte nur. Sie war warm. Er beugte sich über sie und hörte das leise Seufzen ihres Atems. Den Schrei hatte nicht sie ausgestoßen.

Wieder heulte der Wind. Alan blickte zum Fenster und zog sich die Decke enger um die Schultern. *Es war nur der Wind,* dachte er. *Eine Bö hat laut geheult.* Dann hörte er es wieder – einen schrillen Schrei, kurz und verzweifelt, voller Angst und Schrecken. Und eindeutig menschlich.

Alan warf die Decke zurück und setzte sich auf die Bettkante. Schaudernd schob er die Beine in die dicke Wollhose. Sie war so kalt wie der Raum. Hoffentlich wurde sie bald warm. Dazu zog er ein schweres Flanellhemd und den dicksten Wintermantel an. Als er den Schrei noch einmal hörte, lief er fluchend los, steckte die Füße in die Arbeitsschuhe und rannte nach draußen, ohne die Schnürsenkel zuzubinden. Der Wind biss ihm in die Wangen und fuhr ihm schneidend durch das kurze Haar. Brendan stand schon im Hof und spähte in die Dunkelheit.

»Du hast es auch gehört«, sagte Alan.

»Das war die Banshee«, stöhnte Brendan. »Der Tod kommt und will jemanden holen.«

Alan schüttelte den Kopf. »Du weißt doch, dass das nur alte Geschichten sind.«

»Und du weißt, dass sie wahr sind.«

Alan antwortete nicht. Brendan war sehr abergläubisch. Er heftete Kleeblätter an die Türrahmen und weichte Efeublätter in Wasser ein. Für so etwas hatte Alan keine Zeit, nachdem der Hof und die Familie fast pleite waren. Er spähte in die Nacht hinaus. »Hast du gehört, woher der Schrei kam?«

»Von Norden.« Brendan streckte den Arm aus. »Von den Scheunen.«

»Jemand scheucht die Tiere auf.«

»Oder wird von ihnen totgetrampelt.« Brendan ging los, allerdings nicht nach Norden, sondern nach Nordosten. Alan sputete sich und folgte ihm.

»Wohin willst du?«

»In die Scheune.«

Alan zog eine finstere Miene. »Die Scheune ist dort. Du gehst direkt zum Bewässerungsgraben.«

»Ja, er ist voller Wasser«, erklärte Brendan. »Wer fließendes Wasser überquert, schüttelt die bösen Geister ab.«

»Du bist ein verdammter Narr!«, schimpfte Alan. Da ertönte wieder der Schrei, diesmal lang anhaltend und klagend. Alan schauderte trotz des dicken Mantels. Jetzt hatte er genauer hingehört, und der Schrei klang anders, als er anfangs angenommen hatte. Fremdartiger und dunkler. Es war nicht der Schrei eines Menschen, der verletzt war oder starb, und die Pausen zwischen den Schreien sprachen nicht von Verzweiflung. Nein, irgendjemand, vermutlich eine Frau, stieß aus einem Grund, den er beim besten Willen nicht nachvollziehen konnte, laute und schreckliche Schreie aus. Trauer womöglich ... oder auch Angst. Verlust der Hoffnung oder eine Totenklage.

Vielleicht war es wirklich eine Banshee.

»Also über den Graben.« Alan schaltete die Taschenlampe ein. »Aber beeil dich! Cassie soll es nicht hören.« Wenn man die Todesfee nicht hörte, war es nicht der eigene Tod, über den sie klagte.

Sie überquerten den Hof, traten durch das Tor und schlossen hinter sich ab. Dann tappten sie durch Schlamm und Schnee über das Feld zum Graben. Der wackelnde Strahl der Taschenlampe zeigte ihnen die Spuren. Jemand war hier entlanggelaufen und zurückgekehrt.

»Warst du das?«, fragte Alan.

»Ja«, bestätigte Brendan. »Ich habe den Schieber geöffnet, damit das Wasser läuft.«

Das beruhigte Alan ein wenig. Wieder schrie die Dunkelheit, als sie den halben Weg über den Graben hinter sich hatten. Alan hielt sich am Geländer fest. Dabei rutschte ihm die Taschenlampe aus der Hand und versank glucksend im Wasser. Der Lichtkegel waberte wie ein Geist, dann flackerte die Lampe und ging aus.

»Die zweite Scheune«, sagte Brendan. »Bei den Schweinen.«

»Wir hätten nicht über den Graben gehen sollen«, meinte Alan. »Es nützt doch nichts, einen Geist abzuschütteln, wenn man auf der anderen Seite gleich den nächsten trifft.«

»Vielleicht sind es sowieso mehrere«, gab Brendan zu bedenken.

»Vielleicht haben wir auch die Zeit verschwendet und die Taschenlampe verloren, nur um uns der Scheune von hinten zu nähern.«

Sie schlichen weiter und lauschten im Dunklen auf Geräusche. Die Schweine quiekten, weil irgendetwas sie aufgeschreckt hatte. Alan hörte das Knacken und die Stöße, als sie gegen die Bretter des Verschlags prallten.

»Bald trampeln sie sich gegenseitig tot«, befürchtete Brendan.

»Dann müssen wir uns beeilen!«, drängte Alan. Mit schnelleren Schritten umrundeten sie die Scheune. Drinnen stieß jemand einen wortlosen Schrei aus, die Schweine quiekten lauter, trampelten und bissen sich wohl schon. Alan rannte die letzten Schritte zur Tür und riss sie auf. Im Koben tobten die Tiere, dicke Schatten eilten umher, taumelten und flohen wild vor allem und nichts. Als Alan das Licht einschaltete, zerbarsten die Birnen mit einem grellen Blitz und einem lauten Knall. Funken rieselten herab. Ein einziges Bild hatte sich in Alans weit aufgerissene Augen eingebrannt – behaarte rosafarbene Körper, blutverschmierte Schnauzen und weit aufgerissene weiße Augen.

»Mach Licht!«, rief Alan. »Hier ist jemand! Such die Lampe!« Brendan drängte sich an ihm vorbei durch die Tür und tastete auf der Werkbank herum, um die zweite Taschenlampe zu suchen. Er fand sie und ließ den Strahl über den Koben wandern. Schwein auf Schwein, Schnauzen, Füße und Schwänze. Wieder ertönte der Schrei, und die Schweine quiekten, als hätten sie ein Gespenst gesehen. Alan rannte zum Koben, stieg aber nicht hinein. Er wagte es nicht, sich durch dieses Meer beißender, trampelnder Tiere zu drängen. Unter seinen Händen bebten die Bretter. Die Schreie ertönten jetzt schneller nacheinander, immer noch wortlos und voll grässlicher Angst, furchtbar menschlich zwischen dem Getöse der Tiere. *Es weiß, dass wir hier sind*, dachte Alan. Er musste sich beherrschen, um nicht kehrtzumachen und wegzulaufen. Der schmale Strahl der Taschenlampe wanderte hin und her, suchte das

Chaos nach der Quelle der Schreie ab. Als er über ein menschliches Gesicht glitt, schrie nun auch Alan entsetzt auf und wich zurück. Es blieb ihm vor den Augen stehen wie das Nachbild eines Blitzes – bleich im hellen Strahl der Lampe, die Augen vor Entsetzen weit aufgerissen, der Mund offen und kreischend, die Nase platt, dick und eher an ein Tier erinnernd. Ja, eine Schnauze.

Brendan bekreuzigte sich fluchend und richtete den Strahl langsam, beinahe widerstrebend, wieder auf das kreischende Gesicht. Es war menschlich und doch nicht menschlich, es war ein Schwein und doch kein richtiges Schwein. Breit und missgestaltet saß es da auf Keulen, die nicht zu einem Schwein passten. Borstiges schwarzes Haar spross in einem Gesicht, das menschlich war und doch völlig fremd. Links flappte ein Schweineohr, rechts lag ein menschliches Ohr dicht an wie ein Stück zerquetschter Rotkohl. In dem Maul saßen menschliche Zähne und die Hauer eines Ebers, aus der Schnauze tropfte Schleim, die blauen Augen starrten trostlos und entsetzt. Es hob das Vorderbein, neben einem deformierten Schweinefuß tasteten hilflos zwei menschliche Finger. Ringsum tobten die Schweine, von den nicht abreißenden grässlichen Schreien des Wesens in Panik versetzt.

Das Schreien einer menschlichen Kehle im Körper eines Monsters.

Kapitel 57

Montag, 10. Dezember
12:44 Uhr
UN-Hauptsitz, Manhattan

4 Tage bis zum Weltuntergang

Lyle stand am Fenster und beobachtete den Mob. Soldaten umringten schützend das Gebäude, standen allerdings in einiger Entfernung vom Zaun, nachdem die Aufrührer möglicherweise Waffen besaßen. Mit einem Megafon verlangte General Blauwitz, dass sich die Menge zerstreute. Als Antwort übertönten ihn Sprechgesänge, mit denen Lebensmittel, Wasser und Gerechtigkeit verlangt wurden.

»Der da hat beide Geschlechter.« Lyle wies auf einen schreienden nackten Menschen, der ganz vorn stand. Es war schrecklich kalt, doch er schrie und sang mit den anderen. Dabei präsentierte er den nackten Körper wie ein vernichtendes Beweisstück. Drinnen, unmittelbar neben Lyle, drehten sich mehrere Menschen um und wollten sehen, auf wen die Gestalt deutete.

»Ich wusste gar nicht, dass Sie auch eine transsexuelle Variante hatten«, sagte Lilly.

»Hatten wir nicht«, erwiderte Cynthia. »Das ist jemand, der sich mitten in der Umwandlung befindet.«

»Oder jemand, der an dieser Stelle hängen geblieben ist«, ergänzte Lyle. »Widerstreitende Genome, die sich fortwährend gegenseitig überschreiben. Es könnte sogar sein, dass die sekundären Geschlechtsmerkmale immer wieder erscheinen und verschwinden.«

»Einige sehen aus wie Zombies«, meinte Ira/Moore. »Aber das Mittel kann doch keine Toten erwecken, oder?«

»Wahrscheinlich sind sie einfach nur krank«, überlegte Lyle. »Wenn es in der Stadt keine ausreichende Nahrung gibt, liefern die Körper nicht genügend Material für den Umbau. Dann verkümmern Körperteile, oder es kommt zu Deformationen. Das sind die Probleme, die wir von unterernährten Menschen kennen, nur dass sich hier alles innerhalb von vier Wochen abspielt.« Er zuckte zusammen, als er die hageren, missgestalteten Menschen betrachtete, die halb blind umhertappten. Einige waren vermutlich sogar tatsächlich blind. Aus den Nachrichten wussten sie, dass es in anderen Gegenden des Landes nicht ganz so schlimm war, aber es war alles in allem wirklich übel. Auch wenn das Militär half, es gab einfach nicht genug Helfer, um die Vorräte dorthin zu transportieren, wo sie gebraucht wurden. Außerdem war es zu wenig für alle.

Tschad kam herein und drängelte sich zum Fenster, um lange nach draußen zu blicken, bevor er das Wort ergriff. »Blauwitz und seine Männer haben die unteren Stockwerke verbarrikadiert. Im dritten Stock sind die Treppen dicht und die Aufzüge gesperrt. Auch die Fenster im Erdgeschoss werden gesichert, aber das hält die Angreifer nicht lange auf. Wir können sie nicht ewig aus dem Gebäude fernhalten.«

»Wann brechen wir auf?«, fragte Cynthia.

»Die Hubschrauber müssten im Lauf einer Stunde eintreffen«, erwiderte Tschad. »Mit der ersten Welle fliegen die Delegierten, dann die anderen Politiker, dann die Frauen, dann die Männer. Dort oben kann kein großer Helikopter landen, deshalb brauchen die Piloten mindestens vier oder fünf Staffeln, und Sie dürfen nicht viel mitnehmen.«

»Ich habe sowieso nichts«, erklärte Lilly.

»Wohin bringt man uns?« Lyle bemühte sich, die Situation positiv zu sehen. Nach der Prioritätenliste, die Tschad vorgetragen hatte, war Lyle für den letzten Hubschrauber vorgesehen. Das war sicher kein Todesurteil, erhöhte aber die Gefahr beträchtlich, dass bis dahin doch noch etwas schiefging.

»Nach Virginia«, erklärte Tschad. »Dort ist der einzige Seehafen, den wir noch weitgehend kontrollieren. Auch die Flughäfen gehören uns noch. Wir können die Delegierten nach Hause bringen – soweit ihr Zuhause noch existiert. Wir anderen müssen uns ... in Bunkern verkriechen.« Er hielt inne. »Wir sitzen es aus.«

»Virginia eignet sich dafür am besten«, bekräftigte Ira/Moore. »Dort wimmelt es vor Militär.«

»Hält sich der Präsident auch dort auf?«, fragte Lilly, woraufhin Tschad humorlos lachte.

»Wir haben schon seit Wochen keinen Präsidenten mehr. Es gibt glaubwürdige Informationen, dass er ausgetauscht wurde.« Tschad zuckte zusammen, weil er sich verplappert hatte. »Oh, das war streng geheim!«

»Was ist mit denen, die die Beweise für seinen Austausch vorgelegt haben?«, fragte Ira/Moore. »Können wir sicher sein, dass nicht vielmehr *sie* ausgetauscht wurden?«

»Damit beginnt eine lange, nach unten weisende Spirale von Mutmaßungen«, antwortete Tschad. »Die kurze Antwort lautet – wir tun unser Bestes.«

»Die kurze Antwort flößt mir kein sonderlich großes Vertrauen ein«, entgegnete Cynthia. Sie wandte sich an Tschad. »Ich will mit der ersten Staffel fliegen.«

»Sie sind für die dritte vorgesehen.«

»Dann machen Sie mich zur Delegierten«, verlangte Cynthia. »Lyle und mich. Können Sie es sich leisten, uns zu verlieren?«

»Was haben Sie denn zu bieten?«, fragte Tschad nach.

»Sie haben uns Informationen geliefert, die sich als wertlos erweisen. Wir sind der Lösung nicht näher als vor Ihrer Ankunft.«

»Aber wir haben Ihnen gezeigt, wie man mehr daraus machen kann«, beharrte Cynthia. »Wir haben Ihnen ganz neue Wege eröffnet.«

»Er war es«, berichtigte Tschad sie. »Sie hingegen haben uns nur geholfen, ihn ausfindig zu machen. Lyle fliegt mit der ersten Staffel, Sie folgen mit der dritten.« Tschad blickte wieder nach draußen. »Die Meute hat den Zaun überwunden, bevor die Hubschrauber eintreffen. Das wird stressig.« Er drehte sich um und ging hinaus. Im Gehen rief er noch eine letzte Anweisung. »Alle versammeln sich im obersten Stockwerk. Seien Sie pünktlich dort! Wir warten nicht.«

Cynthia sah ihm mit einem Blick nach, der Stahl zum Schmelzen hätte bringen können. »Ich will seinen Kopf«, knurrte sie. »Die dritte Staffel. Warum wirft er mich nicht gleich den Wölfen zum Fraß vor?«

»Ich bin auch in der dritten Staffel«, gab Lilly zu bedenken.

»Es wird keine dritte Staffel geben«, klärte Cynthia sie auf. »Sie evakuieren die Delegierten, retten den Senator und das State Department. Uns lassen sie vor die Hunde gehen.«

Lilly blickte aus dem Fenster. Der Mob warf jetzt Steine. »Wirklich?«

»Wir schaffen es alle«, behauptete Ira/Moore.

Cynthia lächelte höhnisch. »Was Sie nicht sagen.«

»Wir sollten den Leuten unseren Proviant geben«, schlug Lyle vor.

»Was?« Die anderen starrten ihn verwirrt an. Lyle war nicht einmal sicher, wer die Frage gestellt hatte.

»Den Aufrührern«, wiederholte er. »Wir sollten ihnen

alles geben, was wir noch haben. Wir sind in einer Stunde sowieso weg, oder etwa nicht?«

»Haben Sie gerade nicht zugehört?«, fragte Cynthia.

»Man wird uns alle retten«, widersprach Lyle. »Wir werden mitgenommen, sind dann in Sicherheit und brauchen die Lebensmittel nicht mehr. Da wir sie sowieso nicht mitnehmen können, sollten wir sie verschenken. Das könnte der Mob zumindest als Geste des guten Willens verstehen.«

»Und wer soll es dem Pöbel geben?«, fragte Ira/Moore. »Sie? Wollen Sie wirklich zum Zaun gehen und hoffen, Sie werden nicht gesteinigt?«

»Die Hälfte von ihnen sind Lyles«, erklärte Lyle. »Ich bin praktisch einer von ihnen.«

»Es sei denn, sie kommen darauf, dass der Lyle innerhalb des Zauns der Echte ist, der uns das Chaos eingebrockt hat«, widersprach Ira/Moore. »Dann zerreißen sie die Gitterstäbe mit den Zähnen, nur um Sie zu erwischen.«

»Es ist sowieso zu spät«, stellte Lilly fest. Sie blickten wieder aus dem Fenster. Drei Aufständische waren bereits über den Zaun geklettert, wurden aber von den Soldaten aus dem Haus heraus niedergeschossen. Weitere rückten nach, kletterten an den Stäben hoch und sprangen in den Garten. Wer auf sie schoss, brachte zwangsläufig Tausende andere hinter ihnen in Gefahr. Die Soldaten zögerten. Mehr brauchten die Aufständischen nicht. Sie rissen die Riegel auf, sprengten die Ketten und öffneten die Tore. Der Mob strömte herein.

»Nach oben!«, rief Ira/Moore. »Alle nach oben!« Er wartete nicht ab, ob ihm die anderen folgten, sondern rannte zum Gang. Cynthia packte Lyle fest am Arm und zerrte ihn hinter sich her. Lilly folgte ihnen.

Lyle schüttelte Cynthias Hand ab, als sie den Aufzug erreichten. Ira/Moore drückte schon wie wild auf den Knopf.

»Angeblich sind die Aufzüge gesperrt«, erinnerte ihn Lilly.

»Ich höre die Maschinen laufen«, wandte Ira/Moore ein.

»Sie haben wohl nur die unteren Stockwerke gesperrt«, überlegte Lyle.

»Ich höre die Motoren laufen«, wiederholte Ira/Moore. »Die Kabinen bewegen sich. Nur Geduld!«

»Wir sollten die Treppe nehmen«, schlug Lilly vor.

»Das sind neununddreißig Stockwerke«, widersprach Cynthia. »Wir sind im fünften. Das schaffen wir nicht rechtzeitig.«

»Sind Sie jemals tatsächlich eine Treppe hochgelaufen?«, fragte Lilly. »Das dauert ganz sicher keine zwei Minuten pro Stockwerk.«

»Der Aufzug wird schon kommen«, versicherte ihnen Ira/Moore. Je länger sie warteten, desto nervöser wurde Lyle. Er trampelte von einem Fuß auf den anderen, blickte zur Tür des Treppenhauses und lauschte, ob der Mob schon kam. Im Gebäude herrschte eine fast gespenstische Stille.

Cynthia verschränkte die Arme vor der Brust und löste sie wieder. Alle paar Sekunden drückte sie auf den Aufwärtsknopf. Ira/Moore legte das Ohr an die Metalltür. Lilly nestelte am Ärmel und verdrehte ihn schließlich so stark, dass Lyle fürchtete, seine Hand könne blau anlaufen.

Lyle öffnete die Tür zum Treppenhaus.

»Er kommt«, beharrte Ira/Moore.

»Still!«, raunte Lyle. »Da ist etwas.« Er schob den Kopf ins Treppenhaus und lauschte mit angehaltenem Atem, ob er Stimmen hörte. Oder Schritte. *Da sind sie.* »Irgendjemand ist im Treppenhaus«, berichtete er.

Lilly erbleichte. »Tschad sagte doch, die unteren Stockwerke seien abgeriegelt.«

»Schlösser kann man leicht knacken«, gab Lyle zu bedenken.

»Wahrscheinlich nur die Leute aus den anderen Stockwerken«, vermutete Cynthia. »Sie warten nicht länger auf die Aufzüge und laufen weg.«

»Wahrscheinlich«, stimmte Lyle zu. »Das heißt aber nicht, dass sie auf unserer Seite stehen.«

Die vier Menschen wechselten Blicke. Lilly zog die Pumps aus. »Versuchen wir's zu Fuß!«

Sie rannten durch die Tür, stiegen die Treppe hinauf und hielten sich am Geländer fest, während sie in Spiralen nach oben eilten. Inzwischen waren noch andere Schritte und Stimmen zu hören, doch sie konnten nicht unterscheiden, ob sie von oben oder von unten kamen. Zehnter, fünfzehnter, achtzehnter Stock. Sie wurden langsamer. Lilly legte eine Pause ein, doch Lyle drängte sie weiter, obwohl er selbst schon nach Atem rang. Ira/Moore rannte weiter, ohne auf sie zu warten, immer weiter hinauf. Cynthia hing an Lyle wie eine Klette.

»Ich muss mich ausruhen«, stöhnte Lyle.

»Sie können sich oben ausruhen«, zischelte Cynthia.

Zwanzigster Stock. Fünfundzwanzigster. Dreißigster. Sogar Lilly, die besser in Form war als alle anderen, hatte kaum noch Kraft. Schnaufend hielt sie inne. Diesmal blieb auch Lyle stehen. Cynthia hinter ihnen keuchte laut und knirschte mit den Zähnen.

»Acht Stufen pro Treppe«, hechelte Lyle. »Zwei Treppen pro Stockwerk. Noch hundertvierundvierzig.«

»Hundertsechzig«, widersprach Lilly. »Wir müssen aufs Dach, nicht nur ins oberste Stockwerk.«

»Was wir jetzt hören, ist eindeutig unter uns«, sagte Cynthia. »Sie kommen näher.«

Auch Lyle hörte es. Es klang tatsächlich nahe, gefährlich nahe. Er sah sich nach einer Waffe um, konnte aber nichts entdecken. Sie schleppten sich noch einmal sechzehn Stufen hinauf. Zweiunddreißig. Hundertzwölf. Als sie oben ankamen, starrten sie auf eine wahre Mauer aus Gewehrläufen, die alle auf Lyle gerichtet waren. Als die Soldaten die Frauen erkannten, ließen sie die Waffen sinken.

»Ich sagte doch, dass sie kommen«, erklärte Ira/Moore. Die Soldaten schoben sie auf das Dach, wo ein eisiger Wind wehte. Fast hundert Menschen kauerten dort beisammen – Delegierte, Mitarbeiter und Hauspersonal. Alle warteten auf die Hubschrauber. Keiner von ihnen trug einen Mantel.

»Über Funk können wir niemanden erreichen«, berichtete Tschad. »Es dürfte noch zwanzig Minuten dauern.«

»Haben Sie etwas von General Blauwitz gehört?«, fragte Cynthia.

»Nicht mehr, seit der Zaun verloren ging«, antwortete Tansania. »Entweder wurde er gefangen genommen oder hat zu viel zu tun, um sich zu melden.«

»Oder er ist tot«, ergänzte Estland.

Das Dach war beengt und auch ohne die vielen Menschen überfüllt – größtenteils mit Satellitenschüsseln, Funkantennen und Gerüsten. Ringsum war eine Abschirmung angebracht, die eine Mauer imitierte. Lyle war froh, dass niemand hinunterfallen konnte. Er nahm an, dass die Hubschrauber auf dem Maschinenhaus der Aufzüge landen würden, das sich in der Mitte des Dachs erhob. Er wusste nicht, wie stabil es war, aber dies war die einzige Stelle mit halbwegs ausreichendem Platz.

»Das wird ja immer besser«, stöhnte Cynthia. »Können wir etwas sehen?«

»In der Luft ist nichts zu entdecken«, berichtete Tschad. »Auf dem UN-Gelände und den Straßen davor tummeln sich die Aufständischen.«

»Schicken Sie die Frauen wieder hinein!«, schlug Mexiko vor. »Die Soldaten sollen sich ein Stockwerk weiter unten einrichten. So haben es wenigstens einige von uns warm.« Man positionierte die Wächter neu und schob die Frauen wieder ins Treppenhaus, wo sie sich in dem beengten Bereich drängten. Lilly warf Lyle einen letzten Blick zu, bevor sie verschwand.

Beinahe hätte er ihr seinen Platz im ersten Hubschrauber angeboten.

Beinahe.

Cynthia hielt sich eisern an Lyles Arm fest und widerstand allem Drängen, sie solle nach drinnen gehen, mit einem Blick, der noch eisiger war als die Luft. Schließlich ließ man sie in Ruhe, und alle beobachteten wieder den Himmel und warteten auf die Hubschrauber.

Die Uhren zeigten die volle Stunde, die wieder verstrich.

»Lassen wir ihnen noch etwas Zeit!«, meinte Tschad. »Es war schon ein logistisches Wunder, sie überhaupt hierherzulotsen. Es wäre sicher zu viel verlangt, dass sie auch noch pünktlich eintreffen.«

Weitere zwanzig Minuten vergingen. Ira/Moore hielt alle von den Rändern des Dachs ab, weil er fürchtete, von unten könne sie jemand entdecken und nach oben kommen. »Vielleicht wissen sie nicht, wo wir sind«, überlegte er.

»Vielleicht halten die Türen stand«, hoffte Tansania. »Oder der General hält sie in Schach.«

Noch einmal zwanzig Minuten, dann war es schon eine Stunde.

»Bald wird es dunkel«, warnte Libyen. »Die Nacht hier draußen überleben wir nicht.«

»Aber dies ist die Stelle, die am leichtesten zu verteidigen ist«, protestierte Japan, obwohl er vor Kälte zitterte.

»Wir sagen den Wächtern, sie sollen das oberste Stockwerk räumen«, entschied Tschad. »Wir versperren die Zugänge, so gut wir es können, und stellen hier oben eine Wache auf, damit wir die Hubschrauber nicht verpassen.«

»Ich möchte wetten, Sie sind froh, dass Sie die Lebensmittel nicht verschenkt haben«, meinte Cynthia.

Lyle zuckte mit den Achseln. »Wir haben sie nicht mit heraufgenommen.«

»Vielleicht brauchen wir sie später noch«, erwiderte sie. »Wenn uns morgen um diese Zeit niemand abgeholt hat, müssen wir nach unten und sie holen.«

»Die Hubschrauber werden kommen«, beharrte Lyle. Dabei war er alles andere als sicher.

»Dies ist unsere letzte Rückzugsmöglichkeit«, sagte Cynthia. »Ganz egal, auf welche Weise, aber wir müssen weg von hier. Und Hauptsache, genügend hohe Tiere begleiten uns, damit wir in Virginia etwas erreichen.«

»Wollen Sie die Leute retten? Oder brauchen Sie sie als Geiseln?«

»Nennen Sie es, wie Sie wollen.« Cynthia deutete zum East River hinab. »Im Hafen dort unten liegen lauter Boote, und dieses Gebäude steht dicht daneben. Wenn wir zum Hinterausgang schleichen und am Wasser bleiben, können wir fliehen, wohin wir wollen. Dann haben wir nichts mehr mit den Aufständischen, mit ReBirth und allem anderen zu tun.«

Plötzlich waren unter ihnen Schüsse zu hören. Die Frauen, die im Treppenhaus gekauert hatten, stolperten erschrocken wieder nach oben. Einige waren mit Klecksen einer dicken weißen Handcreme bedeckt.

Kapitel 58

Montag, 10. Dezember
17:08 Uhr
UN-Hauptsitz, Manhattan

4 Tage bis zum Weltuntergang

Die Menschen auf dem Dach rannten schreiend durcheinander, und in dem begrenzten Bereich herrschte ein tödliches Gewimmel. Mindestens ein Mann wurde niedergetrampelt. Es gab nur eine Richtung, in die die Verzweifelten fliehen konnten – hinter das Maschinenhaus. Lyle wurde mitgeschwemmt, bemühte sich, auf den Beinen zu bleiben und sah sich verzweifelt nach Lilly um. War sie verletzt? Hatte sie etwas von der Lotion abbekommen, mit der die unsichtbaren Angreifer warfen? War es ReBirth oder nur irgendeine Salbe, um Angst und Schrecken zu verbreiten? Eine verirrte Kugel schlug dicht vor ihm ein, prallte ab und streifte einen Mann im Anzug. Lyle blieb sofort stehen, wurde von hinten angerempelt und ging zu Boden.

Ein Fuß landete auf Lyles Rücken, ein anderer auf dem ausgestreckten Arm. Er rollte sich zusammen und spürte zwei weitere Tritte im Rumpf, während er den Kopf mit den Armen zu schützen versuchte. Als ein hoher Absatz mitten auf dem Wadenmuskel landete, schrie er auf. Die Frau stolperte und stürzte. Eine Salve knatterte. Die Schüsse klangen nicht mehr gedämpft, also hatte der Kampf inzwischen das Dach erreicht. Er rollte sich zur Seite und fiel von einem Vorsprung herunter. Das Herz sprang ihm bis in die Kehle, als er sich vorstellte, neununddreißig Stockwerke tief bis auf die Straße zu stürzen. Es ging aber nicht einmal einen halben Meter abwärts. Er war in eine flache Rinne gefallen, die rings um das Gebäude verlief. Dort kauerte er in der Dunkelheit und hoffte, dass ihn die Angreifer nicht entdeckten.

»Holt sie hierherauf!«, sagte jemand. Lyle konnte nicht anders, er hob den Kopf und sah sich um.

Es war Susan, die eine schwarze Kampfweste trug. In mehreren Holstern steckten Waffen, in jeder Hand hielt sie eine Spritzflasche mit der Lotion. Hinter ihr waren mehrere ähnlich gekleidete Leute zu sehen – es war keine wütende Meute, sondern eine gut bewaffnete paramilitärische Truppe. Sie schoben zwei gefesselte Gefangene auf die Treppe. Die Gesichter konnte Lyle nicht erkennen, aber sie trugen normale Polizeiuniformen. Offenbar gehörten sie nicht zum UN-Hauptsitz, sondern kamen irgendwo von draußen. *Warum bringt man sie hierherauf?,* fragte er sich.

Und wessen DNA befindet sich in den Flaschen?

Einer der Rebellen bemerkte ihn und wollte ihm eine ordentliche Ladung ReBirth ins Gesicht spritzen. Lyle drehte sich weg und rappelte sich auf, streifte die kontaminierte Anzugjacke ab und rannte los. Er war sicher, dass er die Substanz nicht auf die Haut bekommen hatte. Am anderen Ende des Dachs herrschte das blanke Chaos. Dort drängten sich viel zu viele kreischende, rangelnde Menschen in eine viel zu kleine Ecke. Die Menge hatte das Maschinenhaus umrundet und wogte auf der anderen Seite wieder zurück nach vorn. Eine Rebellengruppe hielt sie mit den Waffen und der Lotion auf. Lyle spürte, wie ihn eine Hand wie ein Schraubstock packte, die Fingernägel bohrten sich tief in seine Haut. Als er sich umdrehte, war es jedoch nicht Cynthia, sondern Lilly, die vor Angst die Augen weit aufgerissen hatte.

»Wir werden alle sterben«, keuchte sie.

»Ich glaube, es könnte sogar noch schlimmer kommen«, antwortete Lyle.

Die Revolutionäre stiegen die Treppe bis aufs Dach des Maschinenhauses hoch. Susan stellte sich ganz vorn auf und bespritzte die Menge aus beiden Flaschen. Die Menschen standen viel zu dicht und konnten nicht ausweichen oder sich ducken. Lyle und Lilly zogen die Köpfe ein, um dem ReBirth zu entgehen. Ira/Moore bekam eine Ladung aufs Ohr, schrie wie ein Kind und versuchte verzweifelt, sie abzuwischen. Da so viel Lotion die Menge getroffen hatte, kontaminierten sich die Opfer gegenseitig und quiekten wie Schweine im Schlachthaus.

»Ihr seid die einzigen Anführer, die es auf der Welt noch gibt«, sagte Susan. »Wenn irgendjemand die Warnung verbreiten kann, dann seid ihr es.«

»Unsere Heimatländer haben uns vergessen!«, rief Tansania und bekam zum Lohn eine Portion ReBirth ins Gesicht.

»Die Länder der Welt sind überzeugt, dass die ReBirth-Formel alle Probleme lösen kann«, fuhr Susan fort. »Überbringen Sie ihnen meine Botschaft. Dazu haben Sie vier Wochen Zeit. ReBirth ist nicht die Antwort, sondern das Problem.«

»Glauben Sie, das wüssten wir nicht?«

Wieder ein Spritzer Lotion.

»Sogar hier, da alles zu Ende geht, haben Sie darüber geredet, die Lotion noch einmal einzusetzen«, erklärte Susan. »Sie weiter zu verwenden, um eine Welt zu retten, die nur gerettet werden kann, wenn Sie damit aufhören, sie kaputtzumachen.« Jedes Wort wurde von einem weiteren Spritzer der weißen Lotion begleitet. »Bringt sie hoch!«

Die Revolutionäre schleppten die gefesselten Gefangenen auf das Maschinenhaus, das nun als Bühne diente. Erst jetzt konnte Lyle die beiden genau betrachten. Es waren die Cops, denen er schon mehrmals begegnet war, die Officer Woolf und Luckesen. Die Uniformen sahen aus, als seien sie mehrere Wochen lang getragen worden. Anscheinend waren auch sie mit ReBirth infiziert, denn die Gesichter waren dunkler geworden, die Stirnen schräger und die Augenbrauen stärker betont. Auch die Haltung stimmte nicht. Sie wirkte beinahe affenähnlich, und fast überall auf der sichtbaren Haut sprossen Haare. Erst mit einiger Verspätung erkannte Lyle, in wen sie sich verwandelten, und die Erkenntnis raubte ihm jegliche Kraft. Er hielt sich an Lillys Schulter fest wie ein Kind am Rand eines unendlich tiefen Pools.

»Affen«, sagte er laut und hob den Kopf. »Sie verwandeln uns in Affen.«

Susan streckte eine Hand mit der Lotion aus und war bereit, ihm eine Ladung Schimpansen-DNA ins Gesicht zu spritzen, wie sie es bei den anderen getan hatte, hielt aber im letzten Moment inne. »Wie lange sind Sie schon ein Lyle?«

»Seit zweiundvierzig Jahren«, antwortete er leise. »Ich bin es, Susan.«

Ihre Miene zeigte eine eigenartige Mischung aus Freude und Zorn. »Sie haben uns das eingebrockt.«

»Das waren wir beide, und Sie wissen, dass wir es nicht wollten«, antwortete er.

Auf dem Dach knallten Schüsse, und der Lärm riss sie jäh aus dem kurzen Tagtraum oder was immer sie zum Innehalten veranlasst hatte. Nun bekam ihr Gesicht einen harten, grausamen Ausdruck, den Lyle noch nie gesehen hatte. »Machen Sie mir keine Vorwürfe!«

»Machen Sie sich selbst keine Vorwürfe!«, entgegnete Lyle.

Wieder hob sie die Flasche mit der Lotion, doch in diesem Augenblick sprühte rote Gischt aus ihrem Oberkörper, sie brach auf dem Dach zusammen und stürzte vom Maschinenhaus herab, mitten in die erschreckte Menschenmenge. Die Plastikflasche platzte beim Aufprall und verteilte den Inhalt wie eine ReBirth-Granate.

Irgendjemand schoss, es war eine ganze Salve, und alle schrien, rempelten sich an, stießen sich beiseite und wollten entkommen, wollten sich vor der Lotion in Sicherheit bringen und sie mit der Kleidung der anderen abwischen, dem einzigen Stoff, den sie zu fassen bekamen. Lyle und Lilly drängten sich bis ganz an den Rand der Menge und bemühten sich, der Lotion zu entgehen.

Am anderen Ende des Dachs schossen die Revolutionäre. Dort kamen gerade die UN-Soldaten hoch. Sie hatten sich von unten durchgekämpft und griffen die Aufständischen von hinten an. Lyle glaubte, General Blauwitz zu erkennen, war aber viel zu sehr damit beschäftigt, dem gewalttätigen Mob zu entgehen, um sich gründlich umzusehen.

»Hier entlang!« Lilly zog ihn zur Westseite des Maschinenhauses, wo ein schmaler Laufgang an der Dachkante entlanglief. Susans Leiche und der Kreis von ReBirth, der sie umgab, hatte eine kleine Lichtung geschlagen. Cynthia hockte bereits dort und zog etwas aus der Handtasche. An der Ecke standen zwei Revolutionäre, beschossen die Soldaten auf der anderen Seite und achteten nicht auf die panische Menschenmenge hinter ihnen.

Lyle starrte Susan an. Er war zu schockiert, um überhaupt etwas zu fühlen.

»Dort gibt es eine Zugangsluke zum Fahrstuhlschacht«, sagte Lilly. »Beim Heraufkommen habe ich sie gesehen.«

»Zwischen der Luke und uns wird geschossen«, warnte Lyle, der sich nur langsam von seinem Schock erholte. »Dort kommen wir nicht durch.«

»Dann müssen sie eben dran glauben.« Cynthia zog eine kleine Pistole aus der Tasche, entsicherte sie und schoss die beiden Revolutionäre nieder. »So.«

Lyle hielt sich an der Mauer fest. »Ich glaube, ich falle wieder in den Schock.«

»Haben Sie immer eine Waffe dabei?«, erkundigte sich Lilly.

»Sie etwa nicht?«, fragte Cynthia zurück.

»Wenn wir gehen wollen, dann sollten wir das jetzt tun«, sagte Lyle und rannte um die Ecke, ohne auf die Schießerei zu achten. Er fand die Zugangsluke und öffnete sie mit einem Tritt. Die Klappe stürzte in den bodenlos schwarzen Schacht.

»Wir brauchen einige Delegierte, sonst bringt das überhaupt nichts!«, rief Cynthia und sah sich nach einer ebenso wichtigen wie rettungswürdigen Person um. »Die sind in Virginia unsere Eintrittskarten in den sicheren Bereich.« Mehrere Berater und Sekretäre drängten in ihre Richtung und wollten ebenfalls durch die Luke fliehen. Mit erhobener Pistole hielt Cynthia sie auf Abstand. Lyle blickte zum anderen Ende des Dachs, wo Soldaten, Revolutionäre und Menschen in Anzügen verbissen miteinander kämpften. Aus dem Treppenhaus stürmte eine neue Welle von Revolutionären herauf und drängte die Soldaten zurück. Auf einmal standen General Blauwitz und der mexikanische Delegierte dicht vor Lyle. Beide waren mit Sturmgewehren bewaffnet.

»Das Gebäude ist verloren!«, rief Blauwitz. Dann bemerkte er die Luke. »Sammeln Sie möglichst viele Delegierte und suchen Sie den Keller auf! Von dort aus führen Tunnel in die Stadt.«

»Bin schon dabei.« Lyle nickte Cynthia zu, die bereits die wichtigsten Personen ausgewählt hatte. Es waren die Vertreter aus Samoa, China und Indien. Lyle hockte sich vor die Luke und zuckte zusammen, als über ihm eine verirrte Kugel in die Wand einschlug. Er winkte Lilly. »Ladys first.«

»Da haben Sie verdammt recht.« Cynthia schob sich an Lilly vorbei und kletterte in das Loch. »Wenn einer von euch Mistkerlen in ReBirth getreten hat, dann will ich es nicht an die Hände bekommen.« Sie stieg nach unten, und nachdem nun niemand die Menge noch in Schach hielt, drängten sich alle auf dem engen Laufgang heran und wollten möglichst schnell durch die Luke entkommen. Viele von ihnen waren mit der Lotion bedeckt. Lyle half Lilly hinein, dann folgte er ihr und bewegte sich rückwärts bis zu den kalten Sprossen der Wartungsleiter. Er klammerte sich an die Stangen und bemühte sich, nicht nach unten zu blicken, kletterte Sprosse um Sprosse und dachte nicht an den neununddreißig Stockwerke tiefen Abgrund unter ihm.

China kam als Nächster, danach ein Mann, den Lyle in der Dunkelheit nicht erkennen konnte. Hoffentlich ein weiterer Delegierter. Er stieg weiter hinab, Sprosse um Sprosse, und erinnerte sich, wie mühsam es gewesen war, so viele Stockwerke hochzusteigen. Er wünschte sich, die Entscheidungsschlacht hätte in einer niedrigeren Etage stattgefunden. Als er fast drei Stockwerke überwunden hatte, sah er nach oben und entdeckte eine lange Menschenreihe auf der Leiter und ganz oben ein vom bleichen Mondlicht erhelltes Quadrat. Plötzlich erhoben sich Rufe, dann schrie jemand laut auf, und ein Körper stürzte an ihm vorbei. Er konnte nicht erkennen, ob es ein Mann oder eine Frau war. Nicht weit unter ihm prallte die Person gegen etwas anderes, und Lilly kreischte erschrocken auf. Er traute sich, kurz nach unten zu blicken, und hoffte, dass Lilly nicht von der Leiter gerissen worden war. Stattdessen sah er, dass sie und Cynthia auf dem Dach einer Aufzugkabine standen. Der Gestürzte war auf der Dachluke gelandet, die sie zu öffnen versuchten.

Eilig stieg Lyle die letzten Sprossen hinunter und half

den beiden Frauen, den Toten zur Seite zu schieben. Dabei war er sehr vorsichtig, weil der Körper möglicherweise mit Schimpansenlotion verschmiert war. Es handelte sich um einen Mann im Anzug, und als sie die Klappe geöffnet hatten, fiel genügend Licht heraus, um den Toten zu erkennen. Es war der Gesandte aus Estland.

»Botschafter Rebane«, sagte Cynthia, »Sie sind im Weg.« In den Streben zwischen diesem und dem benachbarten Schacht klaffte eine Lücke, durch die sie den Leichnam stieß. Er verschwand in der Schwärze. Inzwischen hatte sie der chinesische Delegierte erreicht, und der indische folgte dicht dahinter. »Dies müsste der fünfunddreißigste Stock sein«, erklärte Cynthia. »Los jetzt!« Lyle und China hielten sie an den Armen fest und halfen ihr in die Kabine hinunter, dann folgte Lilly. Der Delegierte aus Mexiko traf als Nächster ein. Lyle und Russland zwängten Indien durch die Öffnung. Hinter ihnen erreichte Samoa den Fuß der Leiter.

»Wer ist der Nächste?«, fragte Lyle.

»Der General hinter mir«, erklärte Samoa. »Wer danach kommt, weiß ich nicht. Der Assistent eines Delegierten, aber ich erkenne die Sprache nicht.«

»Sagen Sie dem General, er soll springen!«, rief Cynthia. »Ich bin ziemlich sicher, dass das Ding funktioniert.«

»Das kann nicht ihr Ernst sein.« Mexiko hielt sich an einem Kabel fest.

»Springen Sie, General!«, rief Lyle. »Sie meint es immer ernst.« Mehrere Schreie antworteten ihm, dann lösten sich zwei schwarze Umrisse von der Leiter und stürzten herab. Der General fiel nur einen Meter tief, der Mann über ihm aus größerer Höhe. Als er landete, brach er sich mit hörbarem Knacken das Fußgelenk. Auch die dritte Person sprang von der Leiter ab, war aber einen Augenblick zu spät. Cynthia hatte bereits auf den Knopf gedrückt, und der Aufzug fuhr nach unten, während der Nachzügler noch stürzte. Er fiel schneller, als der Aufzug sank, und schlug fünf Stockwerke später mit einem übelkeiterregenden Knirschen auf. Dabei brach das Dach der Kabine. Lyle und Samoa rutschten durch die plötzlich entstehenden Öffnungen nach unten und verfingen sich mit den Füßen und Beinen in verbogenem Metall.

Der Aufzug hielt an, die Türen öffneten sich und lagen sofort unter Beschuss. Lyle war immer noch eingeklemmt und wollte den Fuß befreien, ohne sich an den Metallkanten zu schneiden. Sehen konnte er überhaupt nichts. Er hörte einige rasche Schüsse, die möglicherweise aus Cynthias Waffe kamen. General Blauwitz und der mexikanische Delegierte nutzten die Gelegenheit, um durch die Luke nach unten zu springen und mit den Sturmgewehren das Feuer zu erwidern. Lyle kämpfte unterdessen mit dem Metall und spürte, wie die Hose aufriss und ihm ein scharfer Dorn über die Haut kratzte. Der chinesische Delegierte half ihm und unterstützte anschließend Samoa. Neben ihnen lag der Mann mit dem gebrochenen Fußgelenk und stöhnte leise in einer Sprache, die niemand verstand. Als Lyle durch die Luke spähte, sah er überall in der Aufzugkabine Blutspritzer, konnte aber nicht erkennen, wer verwundet war. Die Schüsse entfernten sich und verlagerten sich in einen Flur. Cynthia rief zu Lyle hinauf, er solle sich beeilen. Endlich konnte er in die Kabine klettern, wo er den indischen Delegierten zusammengesunken in einer Ecke vorfand.

»Sie haben ihn erwischt, sobald die Tür aufging«, erklärte Cynthia. Lyle sah sich nervös um. Ein Stück entfernt stand Lilly im Gang. Sie hatte eine Maschinenpistole erbeutet und suchte mit weit aufgerissenen, verängstigten Augen nach den Feinden. Er wollte auf sie zugehen, doch Cynthia hielt ihn auf. »Wer, zum Teufel, ist das?« Lyle drehte sich um. Der Delegierte aus Samoa ließ den verletzten Assistenten durch die Luke herab.

»Das weiß ich nicht«, erwiderte Samoa. »Aber nehmen Sie ihn!«

»Auf keinen Fall!«, fauchte Cynthia. »Er ist nicht wichtig genug und darf uns nicht aufhalten.«

»Ich lasse ihn nicht im Stich«, widersprach Samoa. »Und ich bin wichtig genug, um uns aufzuhalten.« Cynthia rührte sich nicht, also nahm Lyle den reglosen Mann in Empfang und hielt ihn fest, während Samoa nach ihm herunterkam. Samoa warf sich den Bewusstlosen mit einem Rettungsgriff wie ein Feuerwehrmann über die Schulter und betrat den Flur. Lilly starrte Lyle mit weit aufgerissenen Augen an. Anscheinend war sie überhaupt nicht in der Lage, die Waffe wirkungsvoll einzusetzen, wollte andererseits aber auch nicht aufgeben. Sie befanden sich in einem Wartungsgang unter dem Gebäude, und an der nächsten Ecke stießen sie auf Blauwitz und Mexiko.

Der General zählte kurz durch. »Mehr sind wir nicht?«

»Indien hat es nicht geschafft«, berichtete Lyle. »Auf der Leiter sind möglicherweise noch weitere Personen unterwegs, aber weit hinter uns.«

»Alle anderen Delegierten wurden von der Affenlotion getroffen«, erklärte Cynthia. »Es wäre völlig sinnlos, auf sie zu warten.« Sie bedachte Samoa mit einem scharfen Blick. »Sonst war niemand einer Rettung würdig.«

»Von Ihnen wurde niemand getroffen?«, fragte der General.

Lyle schüttelte den Kopf. »Ich glaube nicht.« Rasch überprüften sie sich gegenseitig, konnten aber nichts entdecken.

»Es gibt Tunnel, die in die Stadt führen«, erläuterte Blauwitz. »Früher oder später müssen wir wieder an die Oberfläche, aber den Mob in diesem Gebäude können wir umgehen.«

»Und dann treffen wir gleich auf den nächsten«, warf Cynthia ein. »Wir müssen zum Hintereingang hinaus und zum Fluss. Dort finden wir sicher ein Boot, mit dem wir fliehen können.«

»Dort hinten ist der FDR Drive«, warnte Russland. »Auf der anderen Seite des Flusses liegen Boote, aber auf dieser Seite ist mehrere Blocks weit kein einziges zu finden.«

»Ich glaube nicht, dass wir bei diesem Wetter durch den Fluss schwimmen können«, meinte Samoa.

»Sicher nicht mit Ihrem Ballast auf der Schulter«, spottete Cynthia.

»Boote – das ist eine gute Lösung«, meldete sich China zu Wort. »Aber nicht auf dem East River. Der nächste Bootshafen liegt an der UN-Schule. Das sind mindestens vierzehn Blocks, und wenn wir dort nichts finden, müssen wir wieder ganz hinunter zur Brooklyn Bridge.«

»Wenn wir so weit laufen, können wir uns auch gleich auf die andere Seite der Insel begeben«, überlegte Mexiko. »Auf dem Hudson gibt es jede Menge Boote.«

»Die Chelsea Piers«, ergänzte Lyle. »Dort hat Cynthia ein Boot.« Er war stolz, sich daran zu erinnern. Ihre triumphierende Miene indes weckte den Verdacht, dass sie ihn manipuliert hatte, damit er den Plan vorschlug, den sie sowieso schon ausgeheckt hatte.

»Es heißt *Mummer's Hoard* und ist groß genug für uns alle«, verkündete sie stolz. »Es ist betankt und jederzeit zum Auslaufen bereit.«

»Also gehen wir durch die Tunnel«, entschied Blauwitz. Sie folgten ihm durch das Gewirr der Gänge. Der UN-Komplex war erheblich größer, als Lyle angenommen hatte. Wahrscheinlich auch viel größer, als die Delegierten es bisher geahnt hatten. Hin und wieder hörten sie in der Ferne

Rufe, Geschrei oder Schüsse. Je weiter sie jedoch liefen, desto schwächer wurden die Geräusche. Nachdem sie eine Reihe verschlossener Metalltüren passiert hatten, wurde es ringsum völlig still. Schließlich führte Blauwitz sein Gefolge eine lange Treppe hinauf und durch eine weitere abgeschlossene Tür. In der 42nd Street, Nähe Second Avenue, kehrten sie schließlich auf die Oberfläche zurück. Lyle blickte zum Fluss zurück und stellte fest, dass der UN-Hauptsitz brannte.

»Bleiben Sie immer in Deckung!«, warnte der General. »Wir dürfen kein Aufsehen erregen.«

»Dann sollten wir den halb toten Mann zurücklassen«, schlug Cynthia vor.

»Vielleicht hält ihn die Gegenseite für einen wirklich toten Mann und bekommt es mit der Angst zu tun.« Lillys Stimme bebte, doch ihr Blick war hart und entschlossen.

Rasch gingen sie weiter und bemühten sich, zielstrebig und entschlossen zu wirken. Es war kurz vor neunzehn Uhr – noch nicht spät, aber der Dezemberhimmel über ihnen war bereits pechschwarz. Da in großen Teilen der Stadt der Strom ausgefallen war, erhoben sich die Gebäude wie riesige dunkle Monolithe und verdeckten die Sterne. Lyle hatte sich wie eine Ratte in einem finsteren Labyrinth gefühlt, als sie durch die engen Tunnel geeilt waren und gehofft hatten, nicht von echten Ratten angefallen zu werden.

Nun führte Blauwitz sie einen Block weiter bis zur Third Avenue, womit sie sich endgültig von der Meute entfernten. Schließlich bog er auf der langen Straße nach Süden ab. Ein Krankenhaus an der 32nd Street verfügte offenbar über Notstrom, und davor hatte sich eine Menschenmenge versammelt. Also bogen sie auf die 33rd Street ab, um der Zusammenrottung auszuweichen. Hin und wieder begegneten ihnen andere Schatten in der Dunkelheit, die sich genauso verstohlen fortbewegten wie sie selbst. Auf der Fourth wandten sie sich wieder nach Süden, und der General beschleunigte seine Schritte.

»Gleich dort unten gibt es einen Stützpunkt«, erklärte er und spähte in die Finsternis. »Vielleicht bekommen wir Hilfe – und wenn wir Glück haben, sogar ein Fahrzeug. Zumindest können wir mit Verstärkung rechnen.«

»Auf der Jacht ist kein Platz für so viele Menschen«, wandte Cynthia ein. »Wir müssen die Delegierten in Sicherheit bringen und können keine Meuterei verzweifelter Soldaten riskieren.«

»Amerikanische Soldaten meutern nicht«, widersprach der General. Als sie sich dem Gebäude näherten, erwies es sich jedoch als dunkel und verlassen. Die Türen waren mit Ketten gesichert, die Fenster verrammelt. »Das verstehe ich nicht.« Blauwitz rüttelte an der Klinke zum Eingang. »Das Haus sollte doch besetzt sein.«

»Hier können wir uns wenigstens ein wenig ausruhen«, schlug Lilly vor. »Wir sind jetzt zwanzig Blocks gelaufen, und ich trage nicht einmal Schuhe.«

»Dann besorgen Sie sich welche!«, entgegnete Cynthia. »Ich will nicht sterben, nur weil Sie nicht ordentlich gehen können.«

»Hören Sie!« Mexiko hob einen Finger, und mit angehaltenem Atem hielten sie inne. Dann hörte es auch Lyle – wieder eine riesige Menschenmenge, gar nicht weit entfernt, die irgendetwas skandierte.

»Nur zwei Blocks entfernt«, stellte der General fest.

»Im Madison Square Park«, ergänzte China und zuckte mit den Achseln. »Vielleicht stehen sie am *Shake Shack* Schlange.«

»Oder sie ermorden das Neunundsechzigste Regiment«, überlegte der General. Er wandte sich nach Westen. »Weiter!«

»Sind Sie verrückt?«, fragte Cynthia. »Wir können doch nicht auf den Mob zugehen!«

»Möglicherweise schwebt dort jemand in Gefahr«, antwortete der General.

»Genau das meine ich doch.«

»Die Meute sucht nicht nach uns, also können wir wenigstens einen Blick darauf werfen!«, rief Blauwitz über die Schulter zurück. »Ich lasse nicht zu, dass sie Soldaten angreifen.«

Eilig folgten ihm alle. Lilly fiel immer weiter zurück, weil sie sich die nackten Füße wund gelaufen hatte. Jetzt sahen sie auch das Licht. In einer Parkanlage brannten riesige Feuer, die gewaltige tanzende Schatten auf die umliegenden Gebäude warfen. Die Sprechchöre wurden lauter, doch bisher waren die Rufe noch nicht zu verstehen. Dann hob ein einzelner Mann ein Megafon und stieß wilde, aufpeitschende Parolen aus. Auch ihn konnte Lyle nicht verstehen. »Weiß jemand, was er sagt?«

»Es klingt wie *die Bombe*«, meinte Samoa.

»Nein, die Leute rufen *Kuvam*«, erklärte Lilly. »Im Park wird eine Sektenversammlung abgehalten.«

Auf halbem Wege zur Madison Avenue hielt der General inne und hörte genau hin. Gleich danach kehrte er um und führte sie zur Fifth zurück. »Wir umgehen die Versammlung«, entschied er. »Wenn es Kuvams Anhänger sind, müssen wir nicht mit Gewaltausbrüchen rechnen. Aber besser lassen wir es nicht darauf ankommen.« Sie eilten wieder nach Süden bis zur 25th Street. Von dort aus hatten sie einen guten Blick auf die versammelte Menschenmenge. Lyle keuchte erschrocken auf. Vor ihnen lag der Madison Square Park an einer riesigen Kreuzung zwischen zwei normalen Straßen und dem schräg verlaufenden Broadway. Die Sektenanhänger hatten das Gelände in einen einzigen Freilufttempel verwandelt. Überall brannten Feuer, in den benachbarten Gebäuden wurden Laternen und Banner geschwenkt. Und überall waren Lyles zu sehen. Es mussten Tausende sein, die dort standen, sich verneigten, auf Zäunen hockten, sich an Fensterbänken festhielten und skandierten. Sie alle sangen immer wieder die gleichen Worte – »Kuvam«, »ReBirth« und »Alles ist Licht«. Die Flammen tauchten die Gebäude in orangefarbenes Licht, und Kuvam selbst – wiedergeboren wie der Phönix aus der Asche – stand auf einem Bus und predigte das Evangelium des ewigen Lebens.

»Wir umgehen sie von außen!«, verlangte Cynthia mit erhobener Stimme.

»Dort halten sich keine Soldaten auf«, erwiderte Blauwitz. »Weder mittendrin noch am Rand oder sonst irgendwo. Jedenfalls keine uniformierten Soldaten.«

»Mir war gar nicht klar, dass es so viele sind«, staunte Samoa. »Ich meine, ich wusste es, aber ... ich konnte es mir nicht vorstellen.«

»Wir umgehen sie von außen«, wiederholte Cynthia. Es klang gleichermaßen stählern wie entsetzt. »Noch vier Straßen oder acht. So weit, wie es eben nötig ist, um sie nie mehr zu sehen. Dort hinunter, dann um die Ecke und zum Fluss.« Sie entfernte sich schon, und die anderen folgten ihr. Nur Lyle blieb wie angewurzelt stehen und starrte auf die singenden Klone. Es war ... er wusste es auch nicht. Da spürte er eine Hand auf dem Arm. Lilly suchte mit weit aufgerissenen Augen seinen Blick.

»Was ist?«, fragte sie leise.

»Ich denke mir ...« Er ließ den Satz unvollendet und drehte sich wieder zu der Menge um. Tausende, vielleicht Zehntausende bewegten sich im Rhythmus ihrer Lieder. »Sie sind glücklich. Sie haben etwas gefunden, wofür sie brennen, und sind bereit, ihr altes Leben dafür aufzugeben.«

»Wollen Sie sich ihnen anschließen?«

Er sah sie wieder an und schüttelte den Kopf. »Nein, bestimmt nicht. Das ist ja das Verrückte. Sie sind alle ich, sie sind glücklich, und ich ... ich mache nicht mit. Es wäre schön, wenn ich mich überwinden könnte ... wenn mir etwas im Leben wichtig wäre. Aber so etwas ist mir noch nicht begegnet. Und wenn sie sind wie ich, dann ...« Er brach ab und sah wieder zu der Versammlung hinüber.

»Kommen Sie!« Sie drehte sich um, ging los und zog ihn sanft mit sich. Er folgte ihr in die Dunkelheit.

Kapitel 59

Dienstag, 11. Dezember
12:21 Uhr
Hudson River

3 Tage bis zum Weltuntergang

Weit entfernt von beiden Ufern wiegte sich die *Mummer's Hoard* sacht im Wasser. Die Flüchtlinge hatten sich in Decken gehüllt, betrachteten die sterbende Stadt und überlegten, wohin sie sich wenden sollten. Am Ufer erhoben sich pechschwarze Gebäude, hier und da erhellt von Scheinwerfern, die aus privaten Generatoren gespeist wurden, und orangefarbenen Flammen. Am Himmel standen unzählige Sterne.

»Wir können nicht nach Virginia«, erklärte Mexiko. »Vielmehr können wir es versuchen, werden dort aber niemanden antreffen.«

»Nur weil sie uns nicht abholen, müssen Sie nicht gleich annehmen, dass dort niemand mehr ist«, wandte Russland ein. »Vielleicht konnten sie die Hubschrauber nicht schicken – oder man hat sie geschickt, aber sie sind zu spät angekommen. Wir wissen es nicht.«

»Wir sollten uns nach Washington durchschlagen«, überlegte Lilly. »Mit dem Boot ist das doch zu schaffen, nicht wahr? Dort gibt es den Potomac River und eine Bucht.«

»Der Weg ist zu weit und zu gefährlich«, widersprach Blauwitz. »Und sobald wir in die Chesapeake Bay einbiegen, können wir uns in tausend verschiedenen Abzweigungen verirren. Wir finden nie den richtigen Seitenarm, und wenn wir falsch herauskommen, stoßen wir möglicherweise auf weitere Aufrührer. Am besten steuern wir Norfolk an. Der Ort liegt an der Küste, und wenn überhaupt ein bedeutender Militärstützpunkt überlebt hat, dann ist es jener.«

»Warum hat man uns dann nicht abgeholt?«, wollte China wissen. »Zu einer Militärmacht, die ihre Politiker im Stich lässt, will ich erst gar nicht Zuflucht nehmen.«

»Wenn wir die Wahl zwischen Militär und Pöbel haben, dann wähle ich das Militär«, meinte Samoa.

»Und wenn beides nicht empfehlenswert ist?«, fragte Lilly.

»Dann lasse ich alles hinter mir und fahre an der Küste entlang bis nach Florida«, überlegte Samoa. »Anschließend weiter zu den Bahamas, den Caicosinseln oder zu den Westindischen Inseln. An irgendeinen Ort, der von den Schwierigkeiten verschont geblieben ist. Dort würde ich abwarten, bis alles vorbei ist.«

»Auch auf den Inseln kommt es zu Aufständen«, widersprach China. »Genau wie überall sonst.«

Mexiko musterte China mit strengem Blick. »Wenn Ihnen weder die Inseln noch Virginia gefallen, wohin wollen Sie dann?«

Hilflos hob China die Schultern. »Keine Ahnung. Nach Hause. Ich weiß, dort ist es auch nicht besser, aber ... ich wäre wenigstens zu Hause.«

»Das Ziel, dem wir uns zuwenden sollten, ist weder militärisch noch politisch«, wandte Lyle ein. »Es ist wissenschaftlich. Wir brauchen vor allem sauberes Wasser und unkontaminierten Proviant. Im Idealfall eine Quelle für beides, die nicht versiegt.« Er zitterte in der kalten Nachtluft. »Und eine Unterkunft.«

»Das ist leicht gesagt«, antwortete Blauwitz. »Wo sollen wir so etwas finden? Die sicherste Zuflucht, die ich mir vorstellen könnte, wäre der Bunker eines verrückten Preppers in der Wüste von Arizona. Aber wie sollen wir den mit einer Jacht von hier aus erreichen?«

Plötzlich lächelte Lyle und wies mit dem Finger auf Blauwitz. »Einen Bunker! Genau den brauchen wir jetzt, und da fällt mir etwas ein!«

»Haben Sie in New Jersey etwa einen verrückten Prepperfreund?«, fragte Cynthia.

»Das tiermedizinische Forschungszentrum auf Plum Island«, erklärte Lyle. »Das ist ein Hochsicherheitslabor an der Ostspitze von Long Island. Die Einrichtung wird von der Regierung betrieben, und man leidet dort an ausgeprägtem Verfolgungswahn. Alles ist hermetisch abgeriegelt, und die Insel lebt autark. Es gibt sogar eine eigene Wasseraufbereitung.«

Mexiko schüttelte den Kopf. »Sie erklärten uns doch, dass die Wasseraufbereitung das Retrovirus nicht herausfiltern kann.«

»Richtig«, bestätigte Lyle. »Aber was es dort gibt, ist besser als eine Wasseraufbereitung – ein geschlossenes System. Das Wasser auf der Insel wird verbraucht, gereinigt und abermals verbraucht. Von außen gelangt kein Wasser in den Kreislauf. Solange wir nichts Dummes anstellen und die Leitungen kontaminieren, kann nichts passieren.«

»Das klingt großartig«, stimmte Samoa zu.

»Die Insel ist natürlich für Außenstehende gesperrt, aber der General verschafft uns sicher den Zutritt.«

»Die Ostspitze von Long Island ist sogar noch weiter von Virginia entfernt«, beschwerte sich Cynthia.

»Darauf kommt es jetzt auch nicht mehr an«, konterte Mexiko.

»Dort gibt es Benzin«, fuhr Lyle fort. »Wir können auftanken, und wenn es eine Möglichkeit gibt, den noch amtierenden Politikern dieser Welt eine Nachricht zu schicken, dann bieten sich dort die technischen Mittel dazu.«

»Das gefällt mir.« Samoa lächelte listig. »Keine tropische Insel, aber wir müssen nehmen, was wir bekommen.«

»Vermutlich ist das eine so gut wie das andere«, meinte China.

»Am besten, wir fahren südlich um Manhattan herum und dann den East River hinauf in den Long Island Sound«, schlug Blauwitz vor. »Weit ist es nicht, aber es wird ein paar Stunden dauern, und es ist ja schon nach Mitternacht. Ich kann uns durch die kleinen Kanäle steuern, während Sie alle schlafen, aber sobald wir auf dem offenen Meer sind, muss Cynthia übernehmen.«

Cynthia schnitt eine Grimasse. »Wer eine Jacht besitzt, der besitzt auch Skipper. Ich habe keine Ahnung vom Segeln.«

»Ich glaube, *besitzt* ist nicht ganz das richtige Wort«, wandte Lyle ein.

»Ich kann segeln«, meldete sich Lilly zu Wort. Die anderen musterten sie überrascht, worauf sie mit den Achseln zuckte. »Ich habe mal Fotos für Henri Lloyd gemacht, und der Typ, dem das Boot gehörte, wollte angeben.«

Cynthia stand auf und ging zu der Treppe, die zu den Kabinen führte. »Ich schlafe mich erst mal aus. Wecken Sie mich, wenn wir da sind oder wenn uns Mutantenpiraten entern wollen! Je nachdem, was zuerst passiert.« Damit verschwand sie unter Deck, und die anderen wechselten betretene Blicke.

»Ich halte hier Wache.« Mexiko nickte in Richtung seines Gewehrs. »Falls uns Mutanten entern, will ich bereit sein.«

»Uns wird schon nichts passieren«, beruhigte ihn Blauwitz. »Alle anderen, die auf Booten fliehen, haben das Gleiche vor wie wir – sie wollen sich so weit wie möglich vom

Katastrophenort entfernen. Wir können nur hoffen, dass sie sich für die entgegengesetzte Richtung entscheiden.«

Lyle folgte Lilly ins Cockpit, wo sie versuchsweise mit der Steuerung hantierte, um sich auf ihre neue Aufgabe vorzubereiten. Die Jacht hatte ein Segel, das noch verstaut war, einen Hilfsmotor und GPS. Sie startete den Motor, während Lyle nervös in die Dunkelheit spähte und lauschte, ob der Lärm irgendjemanden angelockt hatte. Ringsherum war weit und breit nichts zu sehen.

»Die Segel brauchen wir nicht«, erklärte Lilly. »So ist es auch einfacher.« Draußen kauerten die Delegierten eng aneinander und versuchten sich gegenseitig zu wärmen. Dabei sahen sie sich ständig um, ob von irgendwo Gefahr drohte. Als der General kam und die erste Wache am Steuerruder übernahm, folgten Lyle und Lilly dem Beispiel der anderen und wickelten sich zusammen in eine Decke, um die Körperwärme zu halten. Lyle lächelte verlegen.

»So gehe ich sonst nicht mit Firmensekretärinnen um.«

»Halten Sie den Mund und nehmen Sie mich in die Arme!« Lilly rückte näher an Lyle heran. »Ich habe es lieber warm als förmlich.«

Lyle zog sie an sich, und dann betrachteten sie die sterbende Stadt, die vor ihnen vorbeiglitt. »Ich hätte nicht gedacht, dass es so endet.«

»Wer sagt denn, dass es vorbei ist?«

»Die Beweise sieht man überall.« Lyle hielt inne und schüttelte den Kopf. »Entschuldigung. Ich sollte nicht so pessimistisch sein. Die Welt ist erst am Ende, wenn wir sie aufgeben.«

»Nur damit Sie es wissen … Als Sie zur UN kamen, erwartete ich einen verrückten Wissenschaftler, der die ganze Welt zugrunde gerichtet hatte. Da hatte ich mich gründlich geirrt.«

»Wissenschaftler treten meist ganz anders auf, als sie

der landläufigen Vorstellung entsprechen«, erwiderte Lyle. »In dieser Hinsicht sind sie genau wie Serienkiller.« Er schürzte die Lippen. »Tut mir leid, das war ein schlechter Scherz.«

Schweigend betrachtete Lilly die dunkle Stadt. »Fühlen Sie sich verantwortlich?«, fragte sie nach einer Weile.

Lyle runzelte die Stirn. »Natürlich geht es mir nicht gut damit ...«

»Ich habe nicht gefragt, wie es Ihnen damit geht. Ich wollte wissen, ob Sie sich verantwortlich fühlen.«

»Das ist eine sehr schwierige Frage.«

»Solche Fragen sind immer die besten.«

Lyle dachte nach, doch ihm fiel nichts ein.

Das Boot fuhr an Jersey City vorbei, umrundete die Battery und passierte Brooklyn, fuhr unter den Brücken hindurch und am brennenden UN-Hauptsitz vorbei. Lilly ruhte an seiner Schulter und schlief. Lyle sah stumm zu, wie sein altes Leben in der Dunkelheit verschwand: Roosevelt Island, Rikers Island, das Haus in Flushing. Alle Örtlichkeiten, die definierten, wer er war, woher er kam und welche Rolle er seiner Ansicht nach zu spielen hatte. Alle Örtlichkeiten, die als Platzhalter für seine Bedeutung gestanden hatten. Das Boot verließ den Fluss und fuhr nach Norden in die weiten Buchten, dann vorüber an den Parks und Landzungen, die links und rechts eine Weile sichtbar wurden und schließlich im Nichts verschwanden. Als er das nächste Mal den Kopf hob, hatte sich der General an ihn geschmiegt, und Lilly steuerte das Boot. Er brauchte eine ganze Weile, um den Eindruck abzuschütteln, sie hätten sich wechselseitig ineinander verwandelt.

Das Boot fuhr jetzt langsamer und wiegte sich merklich auf den Wellen. Wahrscheinlich hatte ihn die Bewegung geweckt. »Wie lange habe ich geschlafen?«

»Einige Stunden.« Lilly deutete nach vorn. »Ich glaube, dort ist es.«

»Hat uns das GPS bis hierhergeführt?«

»Genau«, bestätigte sie. »Aber jetzt spielt es verrückt.«

»Dann sind wir richtig«, erklärte Lyle. »Die Regierung mag es nicht, wenn Satelliten in die Geheimlabore spähen.« Er schüttelte den General, bis dieser erwachte. Dann traten sie ans Fenster, um die weitere Anlage zu betrachten. Plum Island besaß einen kleinen Hafen mit großen Schildern und Bojen, die der Öffentlichkeit den Zutritt untersagten. Als sie sich näherten, befahl ihnen eine Megafonstimme, auf der Stelle zu verschwinden. General Blauwitz stritt sich fast zehn Minuten lang mit dem Wachsoldaten und erklärte, wer er war. Trotzdem endete es damit, dass Blauwitz nicht auf die Warnungen hörte und das Boot einfach in den Hafen steuerte. Der Wächter schoss nicht, empfing sie aber mit geladenem Gewehr.

»Der Zutritt ist für alle Unbefugten verboten!«

»Es gibt vieles, was Unbefugten verboten ist, aber nicht mir«, erwiderte Blauwitz. »Wir haben einen Verwundeten und drei UN-Delegierte an Bord. Mein Rang ist höher als der jedes Offiziers auf dieser Insel, die ich jetzt als Zuflucht beanspruche.«

»Dies ist eine Forschungseinrichtung, die sich mit Seuchen und ansteckenden Tierkrankheiten beschäftigt«, beharrte der Soldat. »Sie kontaminieren die Insel und ziehen sich womöglich noch schlimmere Infektionen zu.«

»Dann erklären Sie uns, inwieweit wir uns vorsehen müssen, und wir halten uns daran.«

»Die ganze Insel ist Sperrgebiet.«

»Nun, das mag für andere gelten, aber nicht für uns. Wir bleiben hier, und Sie unterstehen ab sofort meinem Kommando.« Blauwitz sprang auf die Mole. »Doktor Fontanelle, vertäuen Sie das Boot, während der Sergeant uns die Quartiere zuweist!«

Der Soldat wollte weiter protestieren, doch Blauwitz ließ sich nicht beirren. Cynthia schaltete sich in die Auseinandersetzung ein und entpuppte sich als erschreckende Naturgewalt, der der völlig unvorbereitete Wächter nichts entgegenzusetzen hatte. Schließlich folgten ihm die Flüchtlinge in ein Gebäude. Samoa schleppte den Assistenten mit dem gebrochenen Fußgelenk wieder über der Schulter mit sich. Sie kauerten sich um den Heizlüfter, während der Soldat die Vorgesetzten anrief.

»Haben Sie hier tatsächlich noch ein funktionierendes Telefon?«, fragte Cynthia. »Rufen Sie Washington an, sofort!«

»Ich rufe einen Offizier auf der anderen Seite der Insel an«, erklärte der Soldat. »Draußen können wir schon seit Stunden niemanden mehr erreichen.« Der Angerufene auf der Gegenseite meldete sich, und der Soldat konzentrierte sich wieder auf das Telefon. Während des Gesprächs nickte er unaufhörlich eifrig. »Das habe ich ihnen auch schon gesagt«, sagte er mehrmals hintereinander. Schließlich entriss ihm Blauwitz das Telefon, brüllte eine Minute hinein und legte auf.

»Wir werden abgeholt. Dies hier ist nur der Hafen. Die Einrichtung selbst befindet sich ein paar Minuten entfernt.«

»Sie bekommen Ärger«, warnte der Wächter. »Genau wie ich.«

»Falls sich hier noch jemand aufhält, der uns Ärger machen kann, wäre das die beste Neuigkeit seit Tagen«, antwortete Lyle.

Im Fenster blinkten zwei Scheinwerfer, und gleich darauf folgte ein zweites Paar. Der erste Fahrer blieb im Wagen sitzen und ließ den Motor laufen, wahrscheinlich um es warm zu haben. Dem zweiten Auto entstieg eine Frau mit dickem Parka und Wollmütze. Sie rannte durch die Kälte zum Wachhäuschen herüber.

»Sie sind das also, aha.« Sie betrachtete den verletzten Assistenten, der in eine Decke eingewickelt war und offensichtlich litt. »Er braucht einen Doktor.«

General Blauwitz stand auf und reichte ihr die Hand. »Vermutlich haben Sie einen Doktor, oder?«

»Viele sogar«, antwortete sie, »aber keine Ärzte und keine richtige Krankenstation.«

»Ich fürchte, hier haben wir den besten Zufluchtsort gefunden, den es weit und breit überhaupt noch gibt«, entgegnete Blauwitz.

»Den Eindruck habe ich auch«, stimmte die Frau zu. Sie senkte die Stimme und bedachte die erschöpften Flüchtlinge mit unverkennbarer Sorge. »Ist es wirklich so schlimm, wie wir vermuten?«

»Noch viel schlimmer«, antwortete Cynthia. »New York City ist verloren, und wir können keinerlei Kontakt mehr aufnehmen. Die letzten Regierungsmitglieder, die es überhaupt noch gibt, sind weder bereit noch fähig zum Handeln. Wir sind hergekommen, weil Ihr Labor möglicherweise über die einzige Quelle mit unkontaminiertem Wasser verfügt.«

Die Frau runzelte die Stirn. »Kontaminiert? Womit denn?«

»Mit mir.« Lyle reichte ihr die Hand. »Ich bin Lyle Fontanelle.«

»Das Original?«

»Ich fürchte ja.«

»Doktor Kendra Shorey«, stellte sich die Frau vor. »Leitende Wissenschaftlerin im Forschungszentrum. Kommen Sie bitte mit!« Sie stiegen in die beiden Lastwagen, und Lyle klemmte sich auf dem Beifahrersitz zwischen Cynthia und Dr. Shorey. Der Motor war die ganze Zeit gelaufen, und nach der kalten Luft im Hof war es in der Kabine fast zu heiß. Dr. Shorey legte den Gang ein, und sie polterten über die unbeleuchtete Straße.

Lyle deutete auf den hellen Schein, der im Norden hinter den Bäumen gerade noch erkennbar war. »Ist das dort das Labor?«

»Richtig«, bestätigte Dr. Shorey. »Aber dort haben Sie keinen Zugang. Die Wohnquartiere befinden sich im Westen an einem anderen Strand.«

»Gibt es noch weitere Flüchtlinge?«, fragte Cynthia.

Die Wissenschaftlerin schüttelte den Kopf. »Während einer weltweiten Seuche machen die Menschen einen großen Bogen um Einrichtungen, in denen ansteckende Krankheiten erforscht werden.«

»Das war Doktor Fontanelles Vorschlag«, sagte Cynthia.

»Das war ein guter Einfall«, erwiderte Dr. Shorey. »Wir jubeln zwar nicht über Ihren Besuch, aber unbestreitbar ist dies derzeit der sicherste Ort an der ganzen Ostküste.«

Von warmer Zufriedenheit erfüllt, betrachtete Lyle die Bäume, die von den Scheinwerfern angestrahlt wurden. Nach einer Weile erreichten sie eine große Lichtung. Die kleinen Lichter auf der anderen Seite wuchsen zu den Fenstern von Gebäuden heran, einfachen Wohnhäusern, hinter denen größere Behausungen lagen, die an Kasernen erinnerten.

»Früher war dies ein Armeestützpunkt«, erklärte Dr. Shorey. »Hier können erheblich mehr Menschen untergebracht werden als die wenigen, die derzeit Dienst tun.« Sie parkte das Auto vor einer u-förmigen Baracke, und der zweite Wagen hielt dicht dahinter. »Ich schließe auf und versuche, die Heizung in Gang zu bringen. Wenn ich mich nicht täusche, wird das Gebäude noch versorgt.«

Sie führte die Besucher ins Haus und eilte suchend

durch die Gänge. Leise hallte ihre Stimme von den Wänden wider, während sie mit sich selbst sprach. Lyle atmete tief durch, und die feuchte Luft stand ihm als Wolke vor dem Gesicht. Er folgte Lilly in den nächsten Raum. Anscheinend hatte man die leere Baracke als Lager genutzt, denn überall standen Kisten mit Konserven, Wasserflaschen, Sprudel, alte Computer, daneben mehrere verstaubte Aktenschränke. Die anderen Flüchtlinge folgten Lyle und wanderten durch das Gebäude auf der Suche nach Betten, Decken und Proviant.

Als sie wieder allein waren, wandte sich Lyle an Lilly. Es überraschte ihn, wie sehr er sich nach ihrer Nähe sehnte. Er nahm sich eine Flasche Cola – nicht gefroren, was sehr für die Isolierung des Gebäudes sprach – und trat auf sie zu. »Lillian Washington, darf ich Sie auf einen Drink einladen?«

Ihr Gesicht konnte er im Zwielicht nicht erkennen, aber auch sie kam einen Schritt näher. »Danke, das würde mich sehr freuen.«

»Darf ich Ihnen das Getränk anbieten, das ich gerade hier habe?« Er betrachtete den Aufdruck. »Diätcola.«

Sie legte den Kopf schief. Jetzt erkannte er, dass sie eine Grimasse schnitt. »Gibt es denn nichts anderes?«

Lyle wurde ernst. »Oh, richtig, Koffein.« Er drehte sich zum Proviantlager um. »Vielleicht gibt es auch etwas Koffeinfreies, aber ich kann die Etiketten kaum erkennen.«

»Ich mache mir eher Sorgen um die Lebensmittelfarbe«, erklärte Lilly. »Viele Hersteller produzieren Karamellfarbe aus Getreideprotein. Selbst wenn der Inhalt laut Aufschrift glutenfrei ist, trinke ich lieber überhaupt kein Cola.« Sie lächelte traurig. »Tut mir leid, Ihnen den Spaß zu verderben.«

»Schon gut. Mir war nicht klar, wie sehr Sie aufpassen müssen, nichts Gesundheitsschädliches zu sich zu nehmen.«

»Die Etiketten sind nur bis zu einem bestimmten Punkt zuverlässig«, fuhr Lilly fort. »Viele Bestandteile werden auf der Zutatenliste überhaupt nicht erwähnt. Wann haben Sie das letzte Mal Fluor als Inhaltsstoff auf einer Colaflasche entdeckt?«

»Was hat denn Fluor in einer Flasche Cola zu suchen?«

»Wir setzen dem Trinkwasser Fluor zu«, antwortete sie. »Dann benutzen wir das Wasser für vieles andere. Mit Sprudel, Saft, Hotdogs und allen möglichen Produkten gelangt es sogar in die Gebiete, in denen das Wasser kein Fluor enthält ...«

In höchster Panik verließ Lyle den Lagerraum und stürmte durch das dunkle Haus. »Nichts trinken!«, rief er »Wo sind Sie? Nichts essen oder trinken!« Er hörte Stimmen, mehrere Rufe, die ihm antworteten, und holte die anderen an einer Kellertreppe ein. Dr. Shorey wollte gerade hinuntersteigen, als Lyle, atemlos nach dem Sprint durch die Gänge, bei ihnen eintraf. »Nichts trinken!«

»Was soll das?«, fragte Cynthia. »Sie haben doch selbst gesagt, hier könne uns nichts passieren.«

»Wir haben ein geschlossenes Wasseraufbereitungssystem«, ergänzte Dr. Shorey. »Sowohl hier als auch im Labor. Alles andere wird in verschlossenen Behältern geliefert. Da ist nichts kontaminiert.«

»Die Dosen sind das Problem«, erwiderte Lyle. »Alles, was in einer kontaminierten Gegend hergestellt wurde, könnte das ReBirth-Retrovirus enthalten. Wir dürfen nichts zu uns nehmen, was in den letzten fünf Monaten abgepackt wurde.«

Kapitel 60

Donnerstag, 13. Dezember
15:53 Uhr
Tiermedizinisches Forschungszentrum, Plum Island

1 Tag bis zum Weltuntergang

»Ich glaube, ich habe jemanden erwischt!«, rief Blauwitz.

Lyle hob den Kopf, und auch die anderen blickten auf. Nebeneinandersitzend erinnerten sie an eine Population aufmerksamer Erdhörnchen. Mithilfe von Laptops, Handys und Funkgeräten versuchten sie seit zwei Tagen, Kontakt zur Außenwelt aufzunehmen. In einer Ecke lag der Mann mit dem gebrochenen Fuß in unruhigem Schlaf, abgefüllt mit Schmerzmitteln und Antibiotika. Die anderen ließen alles stehen und liegen und eilten an die Seite des Generals.

»Wen haben Sie erreicht?«, fragte Dr. Shorey.

»Lassen Sie mich mit ihm reden!«, verlangte Cynthia.

»Ruhe!«, fauchte Blauwitz. »Ich kann nichts hören.« Er hielt das Telefon dicht ans Ohr und presste die freie Hand auf die andere Seite des Kopfs. Alle hielten den Atem an und warteten gespannt. »Hallo!«, rief er. »Kann mich jemand hören? Ich höre Sie, verstehen Sie mich auch?« Dann seufzte er erleichtert. »Oh, Gott sei Dank.«

Voller Freude schlugen sich die Flüchtlinge auf die Schultern und verkniffen sich laute Jubelrufe.

»Hier ist Glenn Blauwitz, ich bin General bei der Army der Vereinigten Staaten. Wer ist dort?« Es gab eine Pause. »Hallo! Sind Sie noch da? Hallo!« Knurrend warf er das Telefon auf den Tisch. »Er war da! Er konnte mich hören!«

Entmutigt seufzten alle und nahmen die eigenen vergeblichen Kontaktversuche wieder auf. Der General rieb sich mit den Handflächen über die Augen. Lyle schüttelte den Kopf. Einen erfolgreicheren Versuch als Blauwitz' kurzes Telefonat hatten sie bisher nicht zustande gebracht – die erste echte Kommunikation in zwei Richtungen. Lyle knurrte der Magen. Er dachte an den riesigen Stapel an Proviant, den sie im hinteren Raum eingeschlossen hatten, weil sie Angst vor dem Verzehr hatten. Was vor dem Juli verpackt worden war, galt als ungefährlich. Die Lotion existierte allerdings schon seit März, und aus Furcht vor Fehldrucken auf den Etiketten hatten sie schließlich das ganze letzte Jahr aussortiert. Sie verfügten über Wasser, das in einem geschlossenen Kreislauf blieb und immer wieder gereinigt wurde, aber die Versorgung mit Nahrungsmitteln war erbärmlich.

»Das war nur ein kleiner Junge«, murmelte Blauwitz. »Wahrscheinlich konnte er das Handy nicht einmal richtig bedienen.«

»Dann kennen Sie aber nicht viele Kinder – die sind meist von klein auf äußerst findig«, tadelte Lilly.

»Hätten Sie mich doch mit ihm reden lassen!«, ereiferte sich Cynthia. »Sie waren zu autoritär. *Ich bin General bei der Army der Vereinigten Staaten.* Was sollte sich der Junge denn dabei denken? Dass Sie seine Hilfe brauchen? Er dachte, Sie wollten ihm eine Standpauke halten, und hat die Verbindung sofort unterbrochen.«

»Hätten Sie mit ihm gesprochen, dann hätte er wohl genauso schnell aufgelegt«, meinte Lyle. »Lilly soll mit den Angerufenen reden. Sie ist freundlich und offen. Sie werden sich überschlagen, um ihr zu helfen.«

»Kein schlechter Vorschlag.« Der General hob die Stimme, damit ihn alle hören konnten. »Der Nächste, der eine Verbindung bekommt, reicht das Telefon an Lilly weiter!«

»Was soll sie denn sagen?«, fragte Mexiko. Lyle hatte immer noch Schwierigkeiten, sich den Namen des Mannes zu merken.

»Ich bitte den Anrufer um Hilfe«, antwortete Lilly. »Ich erkläre ihm, wo wir sind und dass wir Hunger haben ...«

»Wir dürfen unseren Aufenthaltsort doch nicht preisgeben!«, rief Cynthia dazwischen. »Was ist, wenn die Leute herkommen?«

»Aber wir wollen doch, dass jemand herkommt«, widersprach Lyle.

»Wir wissen nichts über die Kontaktpersonen. Es könnten Banditen sein, die unsere Vorräte stehlen wollen«, warnte Cynthia.

Lilly runzelte die Stirn. »Wer reagiert auf einen Notruf, um Hilfesuchende zu bestehlen?«

»Ich«, erklärte Cynthia.

»Wenn Sie nicht um Hilfe bitten wollen, warum versuchen Sie es dann überhaupt?«, fragte Dr. Shorey. »Fühlen Sie sich einfach nur einsam und suchen Gesellschaft?«

»Wir brauchen keine Angst vor einem Angriff zu haben«, entgegnete der General. »Wir verfügen über fünf bewaffnete Soldaten, und Botschafter Larracilla kann hervorragend mit einem Sturmgewehr umgehen.«

»Wir suchen den Kontakt nach draußen, um uns über die allgemeine Lage zu informieren«, erläuterte Cynthia. »Ja, wir verfügen über eine gute Abwehr und über genügend viele Boote, um beweglich zu bleiben. Wenn wir wissen, wer sich dort draußen herumtreibt, schlagen wir zu.«

»Diesen Teil des Plans erwähne ich aber nicht am Telefon«, erklärte Lilly.

»Wir sind keine Piraten«, ergänzte Lyle.

»Da hat er recht«, stimmte China zu. »Wir überfallen keine anderen Flüchtlinge. Wahrscheinlich können wir uns alles Benötigte besorgen, indem wir nach Long

Island übersetzen und uns in den verlassenen Häusern umsehen.«

»Das meinte ich nicht«, antwortete Lyle.

»Wenn wir den Proviant klug rationieren, reicht er für eine weitere Woche«, sagte der General. »Sogar länger, wenn wir sparsam damit umgehen. Falls wir in einer Woche noch keinen Kontakt mit der Außenwelt aufgenommen haben, können wir immer noch über Beschaffungseinsätze nachdenken.«

»Je früher, desto besser«, mischte sich Samoa ein. »Es ist doch sinnlos, bis zur letzten Minute zu warten.«

»Das ist durchaus sinnvoll, wenn wir das Gesetz nicht brechen wollen«, warf Dr. Shorey ein.

»Glauben Sie, es gibt noch Gesetze?«, fragte Cynthia. »Sie gutgläubiges Schätzchen.«

»Wir reden über einige Tage, müssen vielleicht aber wochenlang durchhalten«, erinnerte China die anderen. »Womöglich dauert es sogar Monate. Wir sollten uns auf den schlimmsten Fall vorbereiten.«

»Der schlimmste Fall ist doch bereits eingetreten – es gibt zu viele Lyles auf der Welt«, stellte Dr. Shorey klar. »Eine vorübergehende Instabilität, gefolgt von sehr spezifischer Werbung für Bekleidung. Haben Sie Geduld, bis sich die Aufstände totgelaufen haben! Dann wird die Regierung die Ordnung wiederherstellen.«

»Das wäre dann die russische Regierung«, erwiderte Cynthia. »Sie haben anscheinend nicht verstanden, wie schwierig unsere Situation tatsächlich ist.«

»Ich glaube, das hat keiner von Ihnen in Gänze verstanden«, sagte Lyle. »Die Wissenschaftler auf Plum Island haben die Ereignisse dort draußen nicht mitbekommen, Sie aber wissen halbwegs Bescheid. ReBirth ist im Wasser und in der Nahrung enthalten und verändert das menschliche Genom auf schrecklich unvorhersehbare Weise. Die Menschen haben zusätzliche oder zu wenige Chromosomen und oftmals zwei Geschlechter. Meine Güte, sogar Affen-DNA kommt vor! Vorher wussten wir nicht einmal, ob Re-Birth sich überhaupt auf nicht menschliche DNA auswirkt, und nun stellen wir fest, dass es sich überall auswirkt. Es dringt in alle Bereiche vor. Wie es aussieht, ist es im Grundwasser enthalten und Teil der gesamten Biosphäre. Haben Sie auch nur den Hauch einer Ahnung, was das bedeutet? Es wird die ganze biologische Population des Planeten verändern und hat inzwischen einen Punkt erreicht, an dem fast jede Veränderung eine Verschlechterung der Funktionen darstellt.« Er deutete auf den chinesischen Botschafter. »Er meint, im schlimmsten Fall müssten wir ein paar Monate hier verbringen. Das ist hoffnungsloser, naiver Optimismus. Wir müssen Jahre hier ausharren, und das ist noch die günstigste Perspektive. Die Krebserkrankungen greifen immer weiter um sich. Im schlimmsten Fall haben Sie so viel widerstreitende DNA in den Zellen, dass Sie als androgyner Eichhörnchenschimpanse mit kognitiver Störung ewig leben.« Er machte eine umfassende Geste. »Wir haben eine geschlossene Wasserversorgung, und damit sind wir vermutlich die am besten abgesicherten Menschen auf dem Planeten. Dies bedeutet aber auch, dass wir uns nicht hinauswagen können.« Er schüttelte den Kopf. »Vielleicht nie mehr.«

»Sie sagten, das Retrovirus mutiert sehr schnell«, meinte Mexiko. »Es wird doch sicher irgendwann aufhören.«

»Jeder, der mutiert, wird von Milliarden anderen rekonstruiert«, hielt Lyle dagegen. »Es wird nicht verschwinden.«

Dr. Shorey wandte sich an Cynthia. »Hat er mit seinen Äußerungen recht?«

»Er regt sich immer so auf.« Cynthia musterte Lyle mit kaltem Blick. »Aber vermutlich hat er recht. Erfahrungsgemäß liegt er immer richtig.«

Lilly runzelte die Stirn. »Warum sind Sie so böse auf ihn?«

»Sie ist nicht böse, sie führt etwas im Schilde.« Lyle erwiderte Cynthias Blick. »Und das ist viel erschreckender, als es gerade klang.«

»Das ist kein Ausnahmezustand, über den Sie da reden«, sagte Samoa. »Es ist ... das Armageddon.«

»Und folglich warten wir nicht ab, bis sich irgendein Ausnahmezustand wieder gelegt hat«, fuhr China fort. »Wir begründen eine neue Zivilisation.«

»Das ist leicht überspitzt ausgedrückt, aber ...«, widersprach Mexiko. China ließ ihn nicht ausreden.

»Wirklich?«, fragte der Diplomat. »Es kann Jahre dauern. Wir sind die letzten nicht kontaminierten Menschen auf dem Planeten. Wir sollten uns nicht darauf konzentrieren, Lebensmittel zu rauben, sondern wir sollten weitere Menschen zu uns holen. Sollen wir den Planeten mit ... wie viele haben wir hier? ... mit drei Frauen neu bevölkern?« Er sah sich um. »Wie viele Frauen leben eigentlich auf dieser Insel?«

»Mir missfällt die Richtung, in die sich das Gespräch bewegt«, empörte sich Lilly.

»Ja, wir müssten die Menschen rasch herholen«, schlug General Blauwitz vor. »Bevor sie kontaminiert werden ... und wir müssen uns vergewissern, dass sie sauber sind.«

»Die Küste von Connecticut wäre besser als Long Island«, schlug Cynthia vor. »Dort können wir Arbeiter anheuern, die über andere Fähigkeiten verfügen, als einfach nur schwanger zu werden.«

Dr. Shorey runzelte die Stirn. »Reden Sie etwa davon, Frauen zu verschleppen? Sollen wir zu Wikingern werden?«

»Ich bin keine Zuchtsau«, verkündete Cynthia angewidert. »Wenn wir etwas in Angriff nehmen, dann richtig.«

»Nein, das tun wir nicht!«, widersprach Dr. Shorey.

»Wir sollten uns beruhigen und vernünftig über alles nachdenken«, mahnte Lyle. »Es tut mir leid, dass ich Ihnen Angst eingejagt habe. Ich habe selbst große Angst. Es tut mir wirklich leid. Der Plan des Generals ist immer noch der beste. Jedenfalls vorläufig. Wir bleiben hier und versuchen weiterhin, Kontakt mit der Außenwelt aufzunehmen. Es wäre zu hoffen, dass es noch eine Regierung gibt, wenn sich der Staub gelegt hat. Möglicherweise brauchen wir Proviant, aber keine Frauen.« Er schnitt eine Grimasse und warf Lilly einen Seitenblick zu. »Abgesehen davon, dass Frauen vom Standpunkt der Gleichberechtigung aus natürlich immer und überall gebraucht werden. Sie wissen schon, wie ich das meine. Die Zukunft wird schwierig. Vielleicht nicht so düster, wie ich es beschrieben habe. Damit können wir uns aber befassen, wenn es so weit ist. Im Augenblick mangelt es uns an Lebensmitteln, der Strom fällt aus, sobald die Treibstoffleitungen nichts mehr liefern, und nicht zuletzt haben wir einen libyschen Diplomaten mit einem Beinbruch und einer heftigen Infektion. Lösen wir doch erst diese Probleme!«

»Das sind alles wichtige Ziele«, stimmte der General zu. »Aber tatsächlich dürfen wir die Versuche nicht einstellen, mit der Außenwelt in Verbindung zu treten. Wenn wir damit Glück haben, könnten unsere Probleme in kürzester Zeit gelöst werden.«

»Wir teilen uns in Teams auf«, schlug Mexiko vor. »Lilly und der General bleiben an den Telefonen. Wir anderen widmen uns den übrigen Aufgaben. Wenn wir Lösungen finden, können wir uns noch weiter aufteilen.«

»Der Kranke braucht am dringendsten Hilfe«, erklärte Lyle. »Doktor Shoreys Medikamente haben geholfen, aber das reicht nicht. Wir benötigen einen Mediziner oder einen Sanitäter, oder ... ich weiß nicht.« Er verdrehte die Augen.

»Es fällt mir schwer, es auszusprechen ... aber was wir wirklich brauchen, ist ungeprägtes ReBirth, um den Mann in einen Klon seiner selbst zu verwandeln. Dabei heilt auch das Fußgelenk, und er wird gänzlich wiederhergestellt.«

»Wir verfügen über etwas ReBirth«, erwähnte Dr. Shorey wie nebenbei. Alle, die das Wort hörten, stöhnten laut auf, hielten schlagartig inne und starrten sie an. Sie nickte nachdrücklich. »Wir sind das geheime Epidemielabor von Homeland Security. Natürlich hat man uns eine Probe geschickt.«

»Die müssen wir sofort zerstören«, verlangte Lilly. »Nein!«, riefen alle anderen im Chor.

»Vielleicht brauchen wir es noch«, argumentierte Blauwitz.

»Wir könnten es wirklich gut gebrauchen«, meinte Cynthia.

»Ja, damit helfen wir dem Verletzten«, bestätigte Lyle. »Die einzige wirklich positive Nutzanwendung des Mittels ist die medizinische. Das habe ich immer wieder bei NewYew erklärt, und das erkläre ich Ihnen jetzt. Aufgrund der begrenzten Möglichkeiten, die wir haben, können wir den Kranken nur retten, wenn wir ihn in einen Klon seiner selbst verwandeln.«

»Wie viel ReBirth haben Sie auf Lager?«, wollte China wissen. »Wir könnten uns doch alle in Klone unser selbst verwandeln.« Beifall heischend sah er sich um. »Das ist die beste präventive Maßnahme, die wir ergreifen können, damit alle gesund bleiben. Es sei denn, Ihnen gefällt die Vorstellung, an einem gebrochenen Fuß zu sterben.«

»Wir haben kaum noch Vorräte«, erinnerte ihn Lyle. »Wenn jeder den erhöhten Nahrungsbedarf aufweist, der durch ReBirth ausgelöst wird, können wir uns nicht mehr lange ernähren.«

»Sie sind bereits ein ReBirth-Klon«, erinnerte ihn Dr. Shorey. »Heißt das, Sie nehmen mehr zu sich als wir?«

»Es heißt auch, dass er ewig lebt, während wir alle altern und sterben müssen«, antwortete Cynthia.

Lyle schüttelte den Kopf. »Sie tun so, als sei ich selbst Teil eines finsteren Plans.«

»Haben Sie löblichere Absichten?«

»Zumindest keine finsteren Pläne«, beteuerte Lyle. »Ich ... eigentlich habe ich überhaupt keine Pläne. Ich sage Ihnen nur, dass mehrere Klone einen höheren Nahrungsbedarf haben, als uns derzeit zur Verfügung steht.«

»Wenn wir auf dieser Insel Ackerland bestellen wollen, müssen wir mit erheblicher Verletzungsgefahr rechnen«, meinte Mexiko. »Körper, die sich beständig regenerieren, wären in dem Fall eine große Hilfe.«

Beinahe hätte Lyle laut gelacht. »Die Notwendigkeit der Selbstversorgung benutzen Sie jetzt also als Argument dafür, noch mehr zu verbrauchen?«

»Derzeit lebt doch eine erhebliche Anzahl von Menschen auf dieser Insel«, gab Samoa zu bedenken. »Haben wir überhaupt genug ReBirth für alle?«

»Ja, wir wären in der Lage, weitere Mengen herzustellen«, antwortete Cynthia. »Mittlerweile verfügen wir über die entsprechenden Kenntnisse.«

»Uns fehlt es aber an Ingredienzien«, widersprach Blauwitz. »Und bisher hat noch keiner von uns einen überzeugenden Plan vorgelegt, der einen Ausflug aufs Festland rechtfertigen würde. Erst dann könnten wir das Benötigte beschaffen.«

»Unsterblichkeit wäre die Lösung«, warf Russland ein.

»Unsterblichkeit mit der Möglichkeit, sich als Erwachsener genetisch bedingte Krankheiten zuzuziehen«, ergänzte Lyle.

Cynthia schüttelte den Kopf. »Die Wahrscheinlichkeit, dass dies bei einer einzigen Dosis passiert, ist unendlich klein.«

»Eine weitere Dosis könnten wir von überallher bekommen«, meinte Lilly.

Dr. Shorey schüttelte den Kopf. »Wir brauchen eine genetische Erfassung von uns allen im derzeitigen Körper. Wenn wir später Schwierigkeiten bekommen und mit Schimpansen-DNA kontaminiert werden ... oder ein anderer Albtraum wird Wirklichkeit ... dann verwandeln wir uns wieder zurück.«

»Nicht jeder ist mit seinem Körper zufrieden«, widersprach Cynthia. »Ich bin fast sechzig. Wenn ich mich neu erfinde, dann hätte ich mich gern wesentlich jünger.«

»Nehmen Sie doch Lilly!«, schlug China vor.

»Zum Teufel, nein!«, erboste sich Lilly.

»Lilly braucht auch einen neuen Körper«, erklärte Cynthia. »Wenn wir auf der Insel Ackerbau betreiben, vernichtet sie jedes Pflänzchen im Keim.«

»Ich fühle mich gut, so wie ich bin«, gab Lilly kühl zur Antwort.

Cynthia warf ihr einen vernichtenden Blick zu. »Ja, weil Sie dumm sind.«

»Wenn wir eine genetische Bandbreite brauchen, sollten wir umso dringender die Küste von Connecticut aufsuchen«, hob China von Neuem an. »Wir wollen die Menschen dort ja nicht überfallen, sondern sie sollen sich uns aus freien Stücken anschließen. Menschen, die wissen, wie man eine Farm betreibt und wie man defekte Geräte repariert. Oh, und Maschinen brauchen wir natürlich auch.«

»Andere Plünderer könnten uns angreifen«, wandte Samoa ein.

»Wir sind keine Plünderer«, entgegnete China. »Wir wollen nur überleben.«

»Bei einer so gefährlichen Mission wäre es umso wichtiger, unsere DNA zu konservieren, bevor wir aufbrechen«, gab Mexiko zu bedenken. »ReBirth-Klone erholen sich von allen Beeinträchtigungen, sogar von Schussverletzungen.«

»Das ist eine sehr gefährliche Betrachtungsweise«, warnte Lyle.

Blauwitz wandte sich an Dr. Shorey. »Wie viel ReBirth haben Sie?«

»Die Regierung hat uns vierunddreißig Gramm geschickt …«

»Das ist eine Menge«, stellte Samoa fest. »Damit könnten wir alle besprochenen Pläne und noch viel mehr in die Tat umsetzen.«

»Lassen Sie mich doch aussprechen!«, fuhr Dr. Shorey fort. Ihre Miene sprach Bände. »Man hat uns vierunddreißig Gramm geschickt, aber das meiste haben wir bei Tests zerstört. Ich bin mir nicht ganz sicher und müsste die Ampullen zählen, aber es sind wohl noch zwei Gramm übrig. Vielleicht zweieinhalb.«

»Haben Sie es denn nicht alles aufbewahrt?«, fragte China und schüttelte den Kopf.

»Warum sollten wir alles aufbewahren?«, fragte Dr. Shorey. »Man stellte uns in Aussicht, weiteres ReBirth herzustellen.«

»Zwei Gramm, das ist so gut wie nichts«, konstatierte Lyle. »Wir können den Verletzten retten, aber zu mehr reicht es nicht.«

»Vergessen Sie den Verletzten!«, schaltete sich Cynthia ein. »Wir verfügen nur über diese Dosis, und die will ich für keinen Mann verschwenden, der sich nicht einmal mit uns verständigen kann.«

»Also lassen wir ihn einfach sterben?«, fragte Lilly. »Wollen Sie Ihre neue Zivilisation auf einem Toten begründen?«

»Wozu brauchen wir eine neue Zivilisation, wenn die Menschen unsterblich sind?«, erkundigte sich Mexiko.

»Zählt Ethik zu den erneuerbaren Ressourcen?«, fragte Lilly. »Wenn wir Verletzte sterben lassen, weil sie uns unbequem sind, ist es bald vorbei mit unseren Ansprüchen an uns selbst.«

»Wir lassen ihn nicht sterben«, ereiferte sich Cynthia. »Wir bringen einfach nur seinen Fuß nicht wieder in Ordnung. Mit den verfügbaren Antibiotika kann er überleben.«

»Zu diesem Zeitpunkt spricht vieles dagegen«, wandte Dr. Shorey ein.

»Stellen Sie sich die Situation folgendermaßen vor!« Lyle erinnerte sich an die Zeit bei NewYew, als er die Manager überzeugt hatte, indem er an ihr Eigeninteresse appellierte. »Wenn wir ReBirth nicht einsetzen, der Verletzte aber doch überlebt, wird er uns hassen. Er wird monatelang unnötig leiden und kann vielleicht nie wieder richtig gehen. Mit ihm haben wir eine Person hier auf der Insel, die unbedingt und mit allen Mitteln ReBirth bekommen und sich heilen will.«

»Das ist kein Problem, wenn er nicht überlebt«, meinte Cynthia.

»Wir retten ihn.« Samoa richtete sich zu beeindruckender Größe auf. »Mit seinem Tod will ich mein Gewissen nicht belasten.«

»Dann nehmen wir es doch sofort in Angriff!«, entschied General Blauwitz und zögerte nur kurz. »Ich begleite Doktor Shorey ins Labor und achte darauf, dass das ReBirth unterwegs unversehrt bleibt.«

Dr. Shorey zog eine finstere Miene. »Also misstrauen Sie mir?«

»Allein am Ende der Welt, mit einem Elixier, das Sie unsterblich macht?«, fragte Cynthia. »Da würde ich niemandem trauen. Und Sie wären dumm, wenn Sie Ihren Mitmenschen vertrauen würden.«

Kapitel 61

Donnerstag, 13. Dezember
16:08 Uhr
Tiermedizinisches Forschungszentrum, Plum Island

1 Tag bis zum Ende der Welt

Entsetzt machte Lyle sich klar, dass er von Waffen umgeben war und wie leicht jeder Zugriff darauf hatte. Mexikos Sturmgewehr lag auf einem Tisch, höchstens anderthalb Meter von ihm und dem General entfernt. Die Waffe des Generals lag etwas weiter weg, dafür aber näher bei China. Cynthias Pistole steckte vermutlich in der Handtasche, die sie gerade an sich zog. Lilly hatte ihre Maschinenpistole höchstwahrscheinlich in Griffnähe, auch wenn Lyle sie im Moment nicht sah. Oder hatte sie einer der Wissenschaftler an sich genommen? Die Bewohner der Insel wirkten ebenso angespannt wie die UN-Mitarbeiter.

Wenn es zum Kampf kommt, werden die Wissenschaftler für Doktor Shorey Partei ergreifen, überlegte Lyle. *Auf der Insel gibt es vier Soldaten, die an der Küste patrouillieren. Werden auch sie sich auf Doktor Shoreys Seite schlagen? Oder ordnen sie sich vielmehr dem General unter? Vielleicht ist ja auch alles vorbei, bevor sie überhaupt hier eintreffen.*

»Ich komme mit.« China warf dem General einen scharfen Blick zu. »Um dabei zu helfen, dass die Substanz sicher hier ankommt.«

»Und wer sichert Sie ab?«, fragte Mexiko. »Wir sollten uns alle darum kümmern.«

»Kommt nicht infrage«, widersprach Dr. Shorey. »Dies ist kein normales Lager, sondern ein aktives Labor zur Untersuchung extrem ansteckender Krankheiten. Wir arbeiten auf einer Insel, weil die zu erforschenden Krankheiten so gefährlich sind. Es ist verboten, irgendwelche Proben auf dem Festland zu lagern oder zu transportieren. Wenn wir das Labor mit mehreren Personen betreten, könnte die Sicherheit von uns allen gefährdet sein und uns töten. Dazu reicht es, einen Fuß an die falsche Stelle zu setzen.« Sie hielt inne. »Doktor Broadus hält sich derzeit im Labor auf. Ich rufe ihn an, und er bringt uns die Probe.«

»Wenn Sie ihn warnen, benutzt er ReBirth, bevor wir dort sein können«, wandte Samoa ein.

»Lassen Sie mich mitkommen!«, forderte der General noch einmal. »Mir können Sie vertrauen. Ich bin ein vereidigter Diener des amerikanischen Volks.«

»Einige hier sind keine Amerikaner«, wandte China ein.

Tiefes Schweigen senkte sich über die Anwesenden. Lyle beobachtete, wie die Blicke aller umherschweiften, wie sie sich gegenseitig belauerten und die Entfernung zu den Waffen, zur Tür und zu den Autos vor der Tür einschätzten. Wie würde er sich verhalten, wenn der bisherige Frieden gebrochen wurde? Vielleicht konnte er das Gewehr des Generals erreichen, aber dazu musste er mit ziemlicher Sicherheit gegen China oder den General kämpfen. Mexikos Waffe war näher, aber Mexikos Hand ruhte dicht daneben. Vielleicht konnte er sich Cynthias Handtasche bemächtigen. Aber was dann? Damit würde er sich für besser bewaffnete Gegner zum Ziel machen. Er blickte zu Lilly hinüber, die offenbar ebenso große Angst hatte wie er selbst.

Komm schon, Lyle!, sagte er sich. *Du hast jetzt ein Rückgrat. Zeig, wer du bist!*

Lilly suchte seinen Blick, und nun entdeckte er hinter der Furcht in ihren Augen noch etwas anderes. Entschlossenheit. Sie sah ihn einen Moment lang unverwandt an, während er sich das Hirn nach einem Ausweg zermarterte. Doch als Cynthia das Wort ergriff, erschraken beide.

»Schickt Lyle!«

Der General zog eine finstere Miene. »Was?«

»Er ist schon ein Klon«, erklärte Cynthia. »Er wird die Lotion nicht für sich selbst benutzen und will den Libyer unbedingt retten. Er soll ReBirth holen und wird die Substanz unversehrt herbringen.«

Lyle runzelte die Stirn. Cynthias unerwartete Unterstützung machte ihm noch mehr Sorgen als das Misstrauen der anderen. *Warum stärkt sie mir den Rücken? Worauf will sie hinaus?*

»Er könnte uns aus anderen Gründen hintergehen«, meinte China.

»Ich würde sagen, wir schicken Lilly«, schlug der General vor. »Sie leidet an einer chronischen Krankheit. Auch sie wird sich nicht klonen.«

»Sie leidet an einer Krankheit, mit der sie zu leben weiß«, hielt China dagegen. »Sie könnte sich durchaus klonen, damit sie ewig jung bleibt.«

»Dann Cynthia«, sagte Samoa. »Sie ist weder jung noch gesund. Bei ihr ist die Wahrscheinlichkeit, dass sie sich selbst klont, noch geringer. Außerdem hat sie Lyle unterstützt, statt selbst zu gehen. Das ist selbstlos.«

Was ist daran selbstlos?, hätte Lyle beinahe gefragt. *Sie hat mich nur unterstützt, weil sie wusste, dass du dann genau diesen Vorschlag machst.* Ihm war allerdings bewusst, dass er besser kein Misstrauen weckte, weil es dann auf ihn selbst zurückfiel. Schließlich war er ja derjenige, den sie unterstützt hatte. Als er sie kopfschüttelnd ansah, reagierte sie mit triumphierendem Lächeln. *Und schon wieder hat sie uns hereingelegt.*

»Schickt sie beide!«, schlug Mexiko vor. »Lyle und Cynthia.«

»Damit sie zusammenarbeiten?«, widersprach China. »Sie sind diejenigen, die die ReBirth-Formel entwickelt haben. Sie kennen sich schon seit Jahren.«

»Und hassen sich«, ergänzte Mexiko. »Jeder, der sie eine Zeit lang beobachtet, erkennt das. Sehen Sie nur den Blick, den er ihr zuwirft! Die beiden werden sich nicht gegen uns verbünden. Sollte einer auf eigene Faust etwas unternehmen, weiß es der andere zu verhindern.«

Schweigend dachten alle über Mexikos Vorschlag nach. Wieder warf Lyle Lilly einen Blick zu und fragte sich, was passieren würde – was Cynthia im Schilde führte und wer ihre Machenschaften überleben würde. Unerschüttert erwiderte Lilly seinen Blick. Was immer geschehen mochte, sie würde sich den Herausforderungen stellen.

Auch ich muss bereit sein.

»Einverstanden«, sagte Samoa. »Schickt sie beide!«

»Ich bin gleichfalls einverstanden.« Der General wandte sich an Lyle und Cynthia. »Sie begleiten Doktor Shorey, holen die Probe und bringen Sie her. Und sorgen Sie dafür, dass sie unbeschadet hier ankommt. Wir heilen den Kranken und passen alle zusammen auf die verbliebenen Reste auf. Währenddessen überlegen wir uns, was damit geschehen soll.«

Lyle nickte ernst und beobachtete, wie Dr. Shorey zur Tür ging und Cynthia ihr mit der Tasche in der Hand folgte. Offensichtlich verfolgte sie einen Plan. Er brauchte selbst einen Plan, doch ihm blieb nur eine kurze Autofahrt, um sich etwas auszudenken. Und so eilten sie durch das Licht des späten Nachmittags und zwängten sich in Dr. Shoreys Lastwagen. Es war noch hell, aber der Abend nahte, und Lyle rieb sich die eiskalten Hände. Während sie schweigend zum Labor fuhren, dachte er fieberhaft nach.

Die beiden Frauen wirkten so besorgt und nachdenklich wie er selbst. Dr. Shorey schien äußerst nervös zu sein.

Was hat Cynthia vor?, fragte sich Lyle. *Sie giert nach Macht. Wie kann ihr die Probe ReBirth diese Macht verschaffen? Unsterblichkeit könnte ein wichtiger Trumpf sein, aber das wird erst in einigen Jahren interessant. Wenn wir feststellen, dass wir mehrere Generationen lang auf der Insel festsitzen, wäre eine unsterbliche Matriarchin unweigerlich die Herrscherin. Aber sie will nicht ewig sie selbst sein, es sei denn, auch das war eine gezielte Fehlinformation. Wird sie versuchen, Doktor Shoreys DNA zu stehlen? Will sie warten, bis wir wieder im Quartier sind, und die DNA einer anderen Frau stehlen?*

Oder sogar meine?

Lyle betrachtete Cynthias Handtasche. Die Besitzerin hielt sie fest in der Hand und versteckte vermutlich ihre Pistole darin. Hatte sie eine Gelegenheit zum Nachladen gehabt, seit sie das UN-Gebäude verlassen hatten? Würde sie versuchen, die Waffe einzusetzen? Die Unsterblichkeit half ihr nicht viel weiter, wenn sie es darauf ankommen ließ und die Lotion einfach stahl. Sobald die anderen davon erfuhren, würden sie Cynthia in das stabilste behelfsmäßige Gefängnis stecken, das sich in aller Eile errichten ließ. Oder sie töteten sie auf der Stelle. Es war kein Problem, einen Menschen so schwer zu verletzen, dass auch die durch ReBirth beschleunigte Heilfähigkeit nicht mehr half. Ein abgeschlagener Kopf konnte auch mithilfe der ReBirth-Formel nicht regeneriert werden. Nein, was immer Cynthia versuchen wollte, war raffiniert und hinterhältig.

Hinter den Bäumen kam das Labor in Sicht, ein zweistöckiger Komplex mit einer geschwungenen Front aus rotem Backstein. Dahinter zweigten mehrere Gebäudeflügel und Höfe ab. In der Ferne erhoben sich drei Treibstofftanks wie hohe Türme. In der Nähe befand sich die geschlossene Wasseraufbereitung, die die Insel so unerwartet in einen Garten Eden verwandelt hatte. Vor dem

Gebäude stand ein einsamer Jeep. *Einer der Wächter?*, fragte sich Lyle. *Oder werden die Fahrzeuge von allen benutzt, und dies ist der Wagen, den Doktor Broadus heute fährt?*

»Ich habe angeordnet, dass die Wächter das Labor besonders scharf im Auge behalten.« Dr. Shorey stellte den Jeep ab und öffnete die Fahrertür. »Anscheinend war das keine ganz unnütze Anweisung.«

»Wir haben nichts Verbotenes vor.« Cynthia stieg hinter der Wissenschaftlerin aus. »Wir wollen nur die Lotion holen und den anderen bringen, wie wir es verabredet haben.«

»Sie meinten doch selbst, wir sollten niemandem trauen.«

»Ich bin hier, weil ich die einzige vertrauenswürdige Person bin«, erwiderte Cynthia. »Natürlich will ich die Lotion haben. Allerdings unter bestimmten Bedingungen, die im Augenblick noch nicht gegeben sind. Es liegt in meinem eigenen Interesse, die Lotion so lange wie möglich in einwandfreiem Zustand zu erhalten.«

»Wollen Sie wirklich den Körper eines anderen Menschen stehlen?«, fragte Dr. Shorey.

»Nur die Baupläne«, entgegnete Cynthia. »Das Original ist mir gleichgültig.«

Dr. Shorey stieß einen Seufzer aus und führte sie zum Eingang. *Sie mag Cynthia nicht,* dachte Lyle, *aber im Augenblick vertraut sie ihr halbwegs. Gehört das auch zu Cynthias Plan? Etwas zu versprechen und das Versprechen zu halten, bis die anderen Flüchtlinge nicht mehr aufpassen? Aber was hat sie dann vor?*

In einem abgeschirmten Empfangsbereich erwartete sie einer der vier Wachsoldaten der Insel. Lyle ging jedoch nicht davon aus, dass er der einzige Soldat im ganzen Gebäude war. Dr. Shorey zeigte ihm den Ausweis und füllte mehrere Formulare für die Besucher aus. Allerdings erklärte sie dem Soldaten nicht, was sie eigentlich vorhatten. *Vielleicht traut sie uns jetzt mehr als vorher,* dachte Lyle. *Zumindest fordert sie den Wächter nicht auf, uns auf der Stelle zu verhaften. Das ist ein gutes Zeichen.*

Es könnte aber sein, dass sie auch dem Wächter misstraut, überlegte Lyle weiter. *Das wäre ein sehr schlechtes Zeichen. Wenn sie befürchtet, der Mann mit der Waffe könne sich zu einer überstürzten Aktion hinreißen lassen, dann hat sie ihre eigenen Leute doch nicht so gut im Griff wie vermutet. Dann hätten wir noch eine weitere Fraktion auf dieser sowieso schon gefährlichen Insel.*

Lyle schnitt eine Grimasse und schüttelte den Kopf. *Ich leide schon unter Verfolgungswahn. Sie hält nicht den Mund, weil das Teil irgendeines verrückten Plans ist, sondern weil wir eine ansteckende Substanz aus dem Gebäude holen wollen. Und das verstößt vermutlich gegen alle Vorschriften, die es hier gibt. Natürlich gibt sie eine solche Information nicht preis.*

Der Wächter ließ sie durch, und Dr. Shorey führte sie in eine Rüstkammer, wo sie durchsichtige gelbe Plastikkleidung anzogen, Hauben mit elastischen Bändern über das Haar streiften und kleine Masken auf Gesicht und Mund setzten. Lyle genoss den kleinen Triumph, schneller zu sein als Cynthia. Schließlich hatte er schon einmal in einem Hochsicherheitslabor gearbeitet. Bevor sie weitergingen, hielt ihn Dr. Shorey allerdings auf und zog ihm das Elastikband über die Ohren.

»Es darf auch nichts in Ihren Gehörgang geraten.«

Lyle runzelte die Stirn. »Ist so etwas denkbar?«,

»Im Augenblick liegt die Schwelle für den schlimmsten Fall bei *recht unwahrscheinlich*. Falls wir bis zu *denkbar* kommen sollten, sind Sie längst tot.«

Lyle erbleichte. »In dem Fall hätte ich auch gern einen Augenschutz.«

Dr. Shorey holte drei durchsichtige Schutzbrillen und

verteilte zwei davon. Zuletzt zogen sie Plastikhandschuhe und Stiefel an, und Dr. Shorey öffnete die Tür, hinter der sich ein langer Flur erstreckte. »Der Boden ist polarisiert«, erklärte sie und übernahm die Führung. »Er zieht alle Teilchen herunter, die noch an den Füßen und Beinen haften, und die Wände bewirken das Gleiche bei den Oberkörpern. Auf dem Weg nach draußen müssen wir durch einen ähnlichen Korridor, außerdem durch ein chemisches Bad und eine Dusche. Ich empfehle Ihnen, alle Vorsichtsmaßnahmen sehr ernst zu nehmen.«

Lyle merkte, dass er den Atem angehalten hatte. Aber natürlich konnte er nicht die ganze Zeit, die er in dem Gebäude verbrachte, auf das Atmen verzichten. Gewiss, ReBirth stellte eine Gefahr dar, offenbar jedoch bei Weitem nicht die größte.

Ist das Cynthias Plan?, fragte er sich. *Riskiert sie es wirklich, noch etwas anderes mitzunehmen? So machthungrig ist doch niemand.* Er bemerkte, dass sie die Handtasche nicht bei sich hatte, sondern sie offenbar im Umkleideraum zurückgelassen hatte. *Hat sie trotzdem die Waffe eingesteckt?*

Sie verließen den sterilisierenden Gang und betraten das Gebäude dahinter. Wieder durchschritten sie mehrere Flure und stiegen zwei Treppen in ein unterirdisches Lager hinunter. Dr. Shorey blieb vor der Tür stehen. »Vermutlich kann ich Sie nicht überreden, lieber hier draußen zu warten.«

»Wir haben den anderen versprochen, dass wir zusammen gehen«, erklärte Cynthia. Lyle nickte zustimmend, obwohl sein Magen rebellierte. Dr. Shorey seufzte und öffnete die luftdichte Tür. Ein Schwall kalter Luft wehte aus dem dunklen Raum, bevor ein Bewegungsmelder eine Reihe heller Leuchtstoffröhren einschaltete. Sie folgten Dr. Shorey nach drinnen. Die Wissenschaftlerin führte sie an niedrigen Metallschränken vorbei. Lyle wusste, dass sich hinter jeder Tür ein extrem ansteckender Erreger befand, gut verpackt, versiegelt und gepolstert und vor allen nur denkbaren Katastrophen geschützt. Abgesehen natürlich von der Katastrophe, die sie absichtlich erzeugen wollten. Dr. Shorey öffnete die Schublade, auf der *ReBirth* stand, und griff nach der kleinen Flasche mit der Probe.

Cynthia hielt ihre Hand fest.

Lyle trat vor und wollte das Schlimmste verhindern, doch die beiden Frauen blieben wie angewurzelt stehen. Dr. Shorey sah Cynthia an. »Was haben Sie vor, Miss Mummer?«

»Und was haben *Sie* vor?«

Dr. Shorey kniff die Augen zusammen. »Ich bringe die Probe zu den anderen, wie wir es besprochen haben.«

»Und danach?«

Niemand rührte sich, die Frauen blinzelten nicht einmal. Lyle blickte zwischen ihnen hin und her und fragte sich, ob er eingreifen sollte. War Cynthia bewaffnet? Kam jetzt ihr großer Schachzug? Besaß sie Informationen, die der Wissenschaftlerin nicht bekannt waren?

»Es gibt nur noch zwei Möglichkeiten«, fuhr Cynthia fort. »Erstens könnte es ein Albtraum sein, aus dem wir gerade aufwachen. Die Welt, aus der wir geflohen sind, funktioniert weiter und ist stark angeschlagen, kann aber irgendwie repariert werden. Wir kehren dorthin zurück, unterstellen uns der Regierung und finden eine Nische in den neuen Machtstrukturen, die die alten ersetzen. Dieses Szenario halte ich für unwahrscheinlich, aber ich bin vorsichtig und schließe es nicht völlig aus.«

»Vorsichtig oder paranoid?«

»Das wäre der günstigste Fall«, fuhr Cynthia fort. »Falls es ein Zeichen von Paranoia ist, für den günstigsten Fall zu planen, dann haben wir viel größere Schwierigkeiten, als ich es mir eingestehen wollte.«

Dr. Shorey schwieg.

»Die zweite Möglichkeit ist folgende«, erklärte Cynthia. »Derzufolge hatte Lyle recht mit seiner Weltuntergangspredigt. Demnach sitzen wir nämlich für den Rest unseres Lebens auf der Insel fest. Die besprochenen Maßnahmen, mit denen wir die Situation zu meistern gedenken, sind nicht extrem oder lächerlich, sondern lebensnotwendig. Wir gründen eine neue Kolonie, meiden jeden Kontakt zur Außenwelt und leben autark. Es wird Generationen dauern, bis wir überhaupt an ein Verlassen der Insel denken können. Die Machtstrukturen in unserer Gemeinschaft werden kleiner sein als im ersten Fall. Es wird sie aber geben, sie werden uns unmittelbar beeinflussen, und wir können viel höher aufsteigen. Und wissen Sie, wer die Machtstrukturen kontrollieren wird?«

Die Wissenschaftlerin war nicht mehr wütend. Cynthias kühle Schilderung hatte ihre Wirkung nicht verfehlt. Sie nickte. »Die Macht hat derjenige inne, der die Formel kontrolliert.«

Cynthia nickte ebenfalls. »Und was ist mit der ersten Möglichkeit? Wer kontrolliert dort die Machtstrukturen?«

Die Wissenschaftlerin brauchte einen Augenblick, bevor sie antworten konnte. Beim Ausatmen produzierte sie weiße Wölkchen. »Derjenige, der die Lotion kontrolliert.«

»Genau«, stimmte Cynthia zu. »Und jetzt kommt die wichtigste Frage, über die Sie sorgfältig nachdenken sollten. Wer kontrolliert die Lotion?«

»Erwarten Sie eine ehrliche Antwort?«, fragte Dr. Shorey. »Derjenige, der eine Waffe hat.«

Cynthia hob die zweite Hand, in der sie die kleine Pistole hielt. Sie zielte auf niemanden, sondern zeigte sie nur den anderen. Lyle wich zurück. »Die reinste Form der Macht«, erklärte Cynthia. »Und ein Zehntel des Gesetzes. Was sind die anderen neun Zehntel?«

»Sie müssen mich nicht wie ein Kind behandeln«, murrte die Wissenschaftlerin.

»Ich will Sie wie eine Verbündete behandeln«, erwiderte Cynthia. »Aber vorher müssen Sie mir etwas geben. Ich werde es nicht benutzen, ich werde es nicht stehlen, ich werde überhaupt nichts damit anfangen, was unsere Gruppe nicht gemeinsam beschließt. Aber ich werde es behalten, und das ist, wie wir gerade erörtert haben, das Einzige, worauf es wirklich ankommt.«

Die Wissenschaftlerin blickte von Cynthia zur Waffe und zog langsam die Hand zurück. Lächelnd nahm Cynthia das Fläschchen mit der Lotion an sich. »Danke, Doktor Shorey. Ich hoffe, dies ist der Beginn einer langen, fruchtbaren Zusammenarbeit.«

Kapitel 62

Donnerstag, 13. Dezember
22:34 Uhr
Tiermedizinisches Forschungszentrum, Plum Island

1 Tag bis zum Weltuntergang

Der kranke Mann war bewusstlos und wurde vom Fieber gepeinigt. Das gebrochene Fußgelenk war geschwollen und dunkel verfärbt. Cynthia hielt das Fläschchen mit der Probe vorsichtig fest. Der Deckel war geöffnet, und die Flüchtlinge sahen besorgt und stumm zu, wie Lyle ein Wattestäbchen eintauchte, die Haut des Mannes damit berührte und wartete. Im Innern des dicken weißen Tropfens lasen jetzt eine Million Retroviren die DNA aus, kopierten sie und verteilten sie wie eine Seuche auf die Nachbarn, bis eine stetig anschwellende Kaskade in Gang gesetzt wurde. Eine winzige unsichtbare Flut. Kurz danach berührte Lyle noch einmal die Haut des Schwerverletzten, verschmierte die Lotion und rieb sie tief ins Gewebe ein. In diesem Moment wurde der Kranke ein gefallener Gott – ewig, unsterblich, unveränderlich und verdammt. Lyle wischte ihn mit einem dicken Gummihandschuh sauber und stopfte Handschuh und Wattestäbchen in eine Sondermülltüte aus dem Labor. Cynthia verschloss die Ampulle und steckte sie wieder ein.

»Erledigt«, erklärte der General. »Jetzt machen wir uns wieder an die Arbeit.«

»Arbeiten Sie nur, wenn Sie wollen«, antwortete Lyle. »Ich gehe schlafen.« Er verließ den Raum und suchte rasch sein Quartier auf. Cynthia rief ihm etwas nach, doch er hörte nicht hin. Er wollte nichts von ihr wissen, er wollte sie nicht sehen, er wollte niemanden sehen.

Warum habe ich sie nicht aufgehalten?, dachte er. *Deshalb war ich doch dabei. Ich sollte sie daran hindern, die Lotion zu missbrauchen.*

Aber sie missbraucht sie nicht, sie bewahrt sie nur auf.

Oder ist ReBirth wirklich so mächtig, dass sein Besitz schon ausreicht?

Früher einmal hatte er den Managern gesagt, NewYew sei unverantwortlich und im Begriff, etwas Übles zu tun. Das könne nur damit verglichen werden, einem geistig behinderten Kind eine Pistole zu geben. Er hatte sich geirrt. Hier war er der Geistesgestörte, der Narr, der Schwachkopf, der Trottel mit dem Gehirnschaden, der eine Technologie entdeckt hatte, die er nicht verstand, die er falsch eingeschätzt und damit den Weltuntergang heraufbeschworen hatte. Jetzt war niemand mehr da außer den Aasfressern. Cynthia, der General und alle anderen schnappten nach der Leiche und zerfetzten sie, bis nichts mehr außer Haut, Knochen und Maden übrig war.

Er schlug die Tür hinter sich zu, blieb mitten im Zimmer stehen und atmete schwer. Er musste nachdenken. Es musste doch irgendeine positive Lösung geben!

Es klopfte an der Tür und er sah Lilly, die die Tür öffnete und durch den Spalt spähte. Er seufzte, fühlte sich leer und niedergeschlagen. Sie öffnete die Tür etwas weiter.

»Möchten Sie reden?«, fragte sie.

»Nein«, antwortete er, hielt sie aber auf, als sie gehen wollte. »Kommen Sie trotzdem herein! Ich ... ich weiß nicht, was ich will.« Erschöpft rieb er sich die Augen und lachte humorlos. »Ich möchte in der Zeit zurückspringen und alles ungeschehen machen. Die Forschungsergebnisse vernichten, das Labor niederbrennen ... was immer Abhilfe schaffen würde.«

»Meine Mutter sagte immer, man kann die Vergangenheit nicht mehr ändern«, antwortete Lilly. »Aber man kann daraus lernen.«

»Ihre Mutter hatte gut reden«, erwiderte Lyle. »Was hat sie denn Schreckliches getan? Hat sie jemanden getötet?«

»Meinen Vater«, erklärte Lilly. »Das Gericht entschied auf Notwehr.«

Lyle riss sich zusammen und schloss den Mund. »Das tut mir leid. Ich meine ... wie gut, dass sie nicht verurteilt wurde. Oje ... ich komme mir vor wie ein Trottel ...« Er schnitt eine Grimasse und zog einen Stuhl heran. »Wollen Sie sich setzen?«

»Schon gut!«, lachte sie. »Das ist alles schon lange her. Ich habe es verarbeitet, habe daraus gelernt und bin weitergezogen.«

»Trotzdem, setzen Sie sich!« Lyle nahm sich auch selbst einen Stuhl. »Ich fühle mich so, als hätte man mich ... ich weiß auch nicht ... neun Monate lang am Seil hinter einem Auto hergeschleift.« Wieder lachte er traurig und leise. »Vielmehr seit zweiundvierzig Jahren.«

Sie trat ganz ins Zimmer und holte hinter dem Rücken zwei Flaschen aus dem Vorratslager hervor – eine ein Jahr alte Cola und eine Flasche Quellwasser, das mindestens doppelt so alt war. Sie reichte ihm die Cola und setzte sich. »Eigentlich verschreibe ich immer Eiscreme gegen Depressionen, aber der Vorrat ist begrenzt.«

»Die anderen werden richtig sauer sein, weil wir das trinken.« Trotzdem nahm Lyle die Flasche entgegen.

»Wir bringen alles zurück.« Lilly tat den Einwand mit einem verschmitzten Lächeln ab. »Wir haben doch das beste Wasseraufbereitungssystem der Welt, nicht wahr? Trinken Sie aus, gehen Sie auf die Toilette, warten Sie ein paar Tage, und schon ist es wieder in der Leitung, und wir können die Flasche auffüllen.«

Lyle lachte – aber dieses Mal nicht niedergeschlagen, sondern belustigt. Es war seit Tagen das erste Mal, dass er wirklich lachen konnte. »Ich glaube, da fehlt dann aber die Kohlensäure.«

»Glauben Sie das nur?«

»Na ja, man kann nie ganz sicher sein.«

»Das macht mir Sorgen.« Lilly schraubte den Verschluss ab und trank einen Schluck aus der Flasche. »Wir sind jetzt ... wie viele eigentlich? Zwanzig Menschen auf der Insel?« Sie tat übertrieben ernst und deutete auf ihn. »Ich fürchte um die Zukunft der Menschheit, wenn fünf Prozent des überlebenden Genpools Kohlendioxid im Urin haben. Sie haben Geheimnisse vor mir.«

Lyle lachte wieder und öffnete die eigene Flasche. Der Inhalt war lauwarm, aber die Kohlensäure kribbelte in der Kehle, und der Geschmack und das Gefühl waren nach so viel Chaos auf fast schockierende Weise beruhigend. »Nein.« Er schluckte und schüttelte den Kopf. »Ich habe gar keine Geheimnisse mehr. Ich bin Lyle Fontanelle und bin Ihnen mindestens zehnmal begegnet, bevor wir uns kennengelernt haben.«

»Höchstens fünfmal«, berichtigte ihn Lilly. Sie hielt inne und richtete den Blick fest auf den Boden, bevor sie weitersprach. »Keiner von ihnen war auch nur annähernd so interessant.«

Lyle stutzte, die Flasche halb gehoben. *Hat sie das jetzt wirklich gesagt?* Er wollte nicht dumm oder allzu aufdringlich erscheinen und hob die Flasche wieder an den Mund. Währenddessen fragte er sich, was sie gemeint hatte und was sie empfand. Als er sich traute sie wieder anzusehen, trafen sich ihre Blicke. Verlegen wischte er sich den Mund mit dem Handrücken ab und starrte auf die Flasche, weil ihm das leichterfiel, als Lilly anzusehen.

Dann beugte er sich vor, spielte mit der Flasche in den

Händen und betrachtete lieber ihre Füße als ihr Gesicht. »Ich habe das Gefühl, Sie kaum zu kennen.«

»Sie kennen mich auch nicht.«

»Dann erzählen Sie mir etwas von sich!« Er hob den Kopf, sah ihr in die Augen und wandte sich diesmal nicht ab. Sie lächelte, aber nicht nur mit dem Mund oder den Augen, sondern mit dem ganzen Gesicht. Sie war schöner als je zuvor, denn jedes Schrittchen auf dem Weg zur Verständigung zeigte ihm, dass sie freundlicher, klüger und witziger war, als er es sich je vorgestellt hatte. Aber sie war ihm immer noch ein Geheimnis. »Ich will alles wissen.«

Sie breitete die Arme aus, als wolle sie die ganze Welt umfangen. »Wir haben viel Zeit.« Dann trank sie noch einen Schluck Wasser und winkte einladend. »Legen Sie los! Wie lautet die erste Frage?«

»Was bedeutet Ihnen Ihre Krankheit?«

»Es bedeutet, dass ich keine Pizza essen kann.«

»Ich meine es ernst«, beharrte Lyle. »Sie haben eine genetische Erkrankung, die Ihre Gesundheit, die Ernährung, das soziale Leben und die ganze Existenz beeinträchtigt. Sie müssen jeden Tag kämpfen. ReBirth hätte das Problem auf der Stelle gelöst. Ein paar Tausend Dollar, vier Monate mit Nahrungsergänzungsmitteln, und Sie hätten sich nie mehr Sorgen um Ihre Gesundheit machen müssen. Sie könnten Pizza, Hamburger, Kuchen und Müsliriegel essen. Sie könnten Cola trinken und völlig normal leben. Trotzdem haben Sie es nicht getan.«

»Ich mag es, ich selbst zu sein.«

»Das bezweifle ich nicht«, antwortete Lyle. »Ich glaube, jeder mag Sie. Aber niemand gibt sich so große Mühe, mit einer heilbaren Krankheit zurechtzukommen, solange die Krankheit kein integraler Bestandteil der Persönlichkeit ist ... oder zumindest davon, was die Menschen für ihre Persönlichkeit halten. Oder was sie sein wollen. Ich glaube,

Sie mögen sich nicht trotz der Zöliakie, sondern gerade deshalb.«

Lilly betrachtete die Wasserflasche, ließ sie leicht kreisen und beobachtete die Flüssigkeit, die darin umherwirbelte. »Das ist ... ein wenig persönlicher, als ich mir die Unterhaltung vorgestellt hätte.«

Langsam trank sie einen weiteren großen Schluck und ließ sich Zeit, bevor sie weitersprach. »Ich glaube, das Problem ist ... dass ich nicht hinreißend bin.«

»Doch, das sind Sie.«

»Lyle, ich bin ein professionelles Model. Ich kenne den Unterschied zwischen hübsch und hinreißend, und ich bin hübsch. In anderen Kreisen würde man sogar sagen, dass ich sehr hübsch bin. Das sage ich aber nicht gern, weil das so anmaßend klingt. Aber bei einer Fotosession mit ein paar Supermodels muss ich mich immer ganz hinten anstellen. Besonders weil ich nur das schwarze Mädchen bin, das man noch braucht, um den demografischen Verhältnissen gerecht zu werden.«

Lyle bekam Schuldgefühle. Er hatte viel zu oft an Diskussionen über die demografisch adäquate Auswahl von Models teilgenommen.

»Eine Zeit lang, während der ersten Monate in der Branche, war die Zöliakie meine Ausrede«, fuhr sie fort. »Ich bin nicht so hübsch, habe keinen so makellosen Körper wie die anderen. Ich kann nicht so trainieren wie sie, weil ich krank bin. Dadurch war ich anders, und weil ich anders war, fühlte ich mich besser. Aber es dauerte nicht lange, bis sich die Vorstellung *Ich fühle mich besser als du* in die Überzeugung *Ich bin besser als du* verwandelte. Die Zöliakie war mein Trostpreis. Mein heimlicher kleiner Triumph, dass die anderen wegen der Figur kein Brot aßen, dass ich aber niemals Brot aß, weil ich sonst gestorben wäre. Die anderen hielten sich an strenge Diätvorschriften, ich aber musste noch strenger sein, weil mein Leben auf dem Spiel stand. Die anderen waren hübscher als ich, standen bei Gruppenfotos im Vordergrund und waren in den Zeitschriften viel öfter zu sehen als ich. Immer nur eine Handbreit vom Krankenhaus entfernt, war ich dagegen eine Märtyrerin. Mit diesem Bewusstsein bekämpfte ich meine Unsicherheit und war einzigartig.«

Lyle schüttelte den Kopf. »Das kann ich nicht glauben.«

»Sie glauben nicht, dass ich so oberflächlich bin?« Sie runzelte die Stirn. »Oder *wollen* Sie nicht glauben, dass ich so bin?«

Lyle lächelte und betrachtete die Colaflasche. »Eine Frau, die so selbstkritisch ist wie Sie, kann gar nicht oberflächlich sein. Umgekehrt macht mich das zum oberflächlichsten Menschen der Welt.« Er lachte trocken. »Vielleicht sogar ganz wörtlich.«

Lillys Humor schien wieder zu erwachen. »Wie kann sich ein Mann, der sich zehntausendmal selbst begegnet ist, seiner selbst nicht bewusst sein?«

Lyle deutete auf den vorderen Teil der Baracke. »Als Cynthia meinte, Sie könnten sich einen neuen Körper zulegen, hätten Sie ihr fast einen Kinnhaken verpasst. Übrigens bedauere ich fast, dass Sie es nicht getan haben.« Er seufzte nachdenklich. »Diese ... diese grimmige Abwehr, die Bereitschaft, sich Ihrer Krankheit zu stellen ... Die Zöliakie ist nicht einfach nur eine Besonderheit, die Sie über die anderen Models erhebt.« Er suchte ihren Blick. »Ich glaube, durch die Krankheit wurden Sie zu der Frau, die Sie sind. Sie haben sich geweigert, sich von ihr deformieren zu lassen. Sie sind kein Opfer, Sie sind keine Patientin, Sie sind keine Aussteigerin und kein Sozialfall, sondern eine glückliche, erfolgreiche Frau. Aber nicht, weil Sie so geboren wurden, sondern weil Sie ganz persönlich alle Schwierigkeiten überwunden haben, die Ihnen in den Weg gestellt wurden. Sie mögen Ihr Leben, weil Sie den Berg bestiegen haben und nun auf dem Gipfel stehen. Von hier aus können Sie weiter sehen und größer sein, als Sie es sich jemals erträumt haben.«

Lilly starrte ihn unverwandt an. »Etwas Romantischeres hat noch nie ein Mann zu mir gesagt.«

Lyle betrachtete sie, wie sie müde, zerzaust und wunderschön im schwachen Licht innehielt. Er stand auf, und sie kam auf ihn zu. Er nahm sie in die Arme, küsste sie innig und begierig, und sie erwiderte seine Leidenschaft. Sie schob ihn zwei Schritte zum Bett zurück, bis ihre Beine gegen die Kante stießen. Nur zu gern hätte er sich zurückfallen lassen und sie mitgezogen, um sich selbst, alle Probleme und die ganze Welt in einem Augenblick körperlicher Vollkommenheit zu vergessen. Erregt und gierig schmiegte sie sich an ihn, doch es war falsch, von ihrer wie von seiner Seite. Innerlich fühlte er sich zerstört, als wäre er schon tot. Wie verdorbenes Fleisch. Er schob sie auf Armeslänge weg und rang nach Luft.

Sie sah ihn verwirrt an. »Was ist los?«

»Ich kann einfach nicht abschalten«, erklärte er.

»Manchmal müssen wir aber abschalten, und sei es nur für einige Minute.«

»Wir stehen am Ende der Welt, sitzen auf einer Insel fest, sind in einem Gebäude und allein in einem Zimmer – wollen wir jetzt wirklich die Augen vor allem verschließen? Vor allem, was verloren ist, vor allen, die tot sind und ...« Er schüttelte den Kopf, fasste sie an den Schultern und verfluchte sich, dass er sie nicht einfach küsste. »Ich will mit dir zusammen sein, ich will dich, aber es soll kein Eingeständnis sein ... Es soll keine Abschiedsparty für die menschliche Zivilisation sein. Kannst du das verstehen?«

»Du willst das Leben feiern, statt dich vor dem Tod zu verstecken.«

Er seufzte erleichtert. »Ja, das trifft es ganz genau.« »Bist du ... Verstehst du das?« Er wollte sie, aber es musste stimmen. »Ich beziehe nicht oft Stellung, aber in diesem Fall stehe ich zu mir, und es ist mir sehr wichtig.«

»Dann ist es gut.« Lilly holte tief Luft. »Ja, ich weiß, wie du dich fühlst.« Sie senkte den Blick, seufzte und hob den Kopf, um ihn noch einmal zu küssen. Dieser Kuss dauerte länger als der vorherige, war inniger und leidenschaftlicher. Lyle schmolz dahin und war fast bereit, seine Haltung aufzugeben und sie aufs Bett zu werfen. Dann aber zog sie sich zurück. »Wenn wir schon warten müssen, dann will ich nicht hier warten.« Sie fuhr sich durchs Haar und eilte zur Tür. »Ich bin in meiner Koje.«

Sie schloss die Tür hinter sich, und Lyle starrte ins Leere. *Was war das gerade?*, fragte er sich. Er setzte sich, blickte gedankenverloren in die Ferne und trank einen großen Schluck Cola. Das Getränk schmeckte süß und sauer zugleich, und er bedauerte, dass es kein Schnaps war.

Der Beginn einer neuen Welt, dachte er. *Nicht nur das Ende der alten. Es muss noch etwas kommen. Ich dachte, die Welt gehe unter, aber das trifft nicht zu. Bei allen ihren erstaunlichen Qualitäten ist dies die erstaunlichste – Lilly hat mich überzeugt, dass die Welt noch nicht untergeht. Wir können eine neue erschaffen.*

Ich weiß nur nicht, ob uns das hier gelingt.

Cynthia war eine große Bedrohung, denn sie war wild entschlossen, um jeden Preis an der Macht zu bleiben. Und sie war nicht die Einzige. Der General war auf seine Weise ebenso machthungrig, auch wenn er es nicht so offen zeigte. Allerdings war er der Mann, der São Tomé zerstört hatte. Er hatte keine weitreichenden Pläne wie Cynthia, aber seine Pläne verfolgte er mit tödlicher Entschlossenheit. Die drei Delegierten waren ebenso nutzlos wie verrückt. Ihre Lösungen, sofern sie ausnahmsweise einmal Vorschläge machten, waren ungeheuerlich, vernichtend und mörderisch. Alle drei hatten den Wunsch geäußert, die Menschheit in sieben Milliarden Kopien derselben Person zu verwandeln. Dies wäre das größte Verbrechen gegen die Menschlichkeit gewesen, das Lyle sich überhaupt vorzustellen vermochte. Wie lange würde es dauern, bis sie etwas noch viel Schlimmeres ausheckten?

Am schlimmsten war Dr. Shorey – nicht die Frau, die sie war, sondern die, zu der sie wurde. Lyle hatte sie im Labor, auf der Rückfahrt im Lastwagen und während der Behandlung des Verletzten beobachtet. Sie hatte versprochen, Cynthia genau zu überwachen, und in gewisser Weise hatte sie das auch getan. Sie hatte sich vor allem auf Cynthias Hände konzentriert. Noch genauer gesagt, auf die Lotion. Lyle hatte sogar bemerkt, wie sie Cynthias Tasche angestarrt hatte. Sie war besessen von der ReBirth-Probe und konnte an nichts anderes mehr denken. So vorsichtig sie auch vorgegangen waren, sie hatten aus den Tiefen des Labors eine weitere Seuche mitgebracht: Dr. Shorey war mit Misstrauen und Gier infiziert worden und würde die Wissenschaftler, die Soldaten und alle anderen mit diesen Eigenschaften anstecken. Selbst jetzt, in der Stille des Wohnquartiers, glaubte Lyle sie zu hören – kleine Fraktionen, die tuschelten und Intrigen ersannen, nächste Schritte planten und Ansprüche auf den prachtvollen Thron eines windumtosten Felsens von kaum einem Kilometer Durchmesser formulierten.

»Wir müssen weg von hier«, flüsterte Lyle. »Ich weiß nicht, wohin, aber hier können wir nicht bleiben.«

Das Problem war nur, dass es keinen besseren Zufluchtsort als Plum Island gab. Die Insel verfügte über moderne Annehmlichkeiten, ein Proviantlager und eine unersetzliche, saubere Wasserversorgung. Solange nichts Schlimmes passierte, ließ sich das Wasser generationenlang aufbereiten, und niemand musste sich Sorgen wegen der tödlichen Substanz machen, die den Planeten heimsuchte. Die einzige Alternative bestand darin, einen Ort zu finden, den die Lotion nicht kontaminiert hatte. Aber wo sollte der sein? Der Stoff war überall. Deshalb waren sie ja zur Insel übergesetzt.

»Die Inseln«, flüsterte Lyle. Auf einmal raste sein Herz vor Erregung. *Der Delegierte aus Samoa wollte zu den Inseln flüchten. Auf die Bahamas, die Bermudas oder in die Karibik. Auf eine unberührte kleine Insel, für die sich niemand interessiert. Nur Lilly und ich allein am Strand. Wir könnten angeln, Kokosnüsse und Bananen ernten oder was immer wir finden. Die meisten Nahrungsmittel dort enthalten nicht einmal Gluten, und sie würde nicht krank. Das wäre eine Perspektive, dort könnten wir überleben. Wir nehmen uns Cynthias Boot und verschwinden für immer.*

Aber nur einer von uns würde ewig leben.

Lyle stand auf, schritt im Raum umher und überprüfte die Variablen, um einen Ausweg zu finden. *Wir könnten fliehen und nach Süden segeln. Wir könnten die Insel erreichen, aber nur ich bin unsterblich. Ich bleibe sechzig Jahre bei Lilly, sehe zu, wie sie altert und stirbt, und verbringe die nächsten tausend Jahre allein. Zehntausend Jahre. Das schaffe ich nicht. Was nutzt mir das Paradies, wenn es mit Tod und Leere endet, vielleicht sogar mit Selbstmord?*

Die Antwort, das wusste Lyle, fand er in Cynthias Behausung, in ihrer Tasche, in einer winzigen gläsernen Ampulle. Es wäre ganz einfach – Lilly musste es nicht einmal sofort erfahren. Die Wasserflasche stand sogar noch vor ihm. Am Hals und im restlichen Wasser in der Flasche befand sich Lillys DNA. *Ich muss nur einen Tropfen Lotion hineinträufeln, nur einen winzigen Tropfen, dann nimmt es ihren DNA-Code auf. Dann kann sie es trinken und wird ein Klon ihrer selbst. Sie bleibt für immer jung, gesund und schön. Wir können ewig zusammen sein.*

Ich brauche nur einen einzigen Tropfen.

Kapitel 63

Freitag, 14. Dezember
12:18 Uhr
Tiermedizinisches Forschungszentrum, Plum Island

Das Ende der Welt

Lyle öffnete die Tür. Der Flur war leer und dunkel. Vorsichtig und leise schlich er durch den Korridor, achtete auf die Schatten in den Ecken und Durchgängen und lauschte auf andere menschliche Lebenszeichen. In dem Gebäude war es still wie in einem Grab. Langsam näherte sich Lyle der Unterkunft von Cynthia und beherrschte seine Ungeduld. Wenn er eindringen konnte, während sie schlief, wenn er nehmen konnte, was er wollte, ohne sie zu wecken und ohne dass es jemand erfuhr, konnten er und Lilly im Schutz der Nacht entkommen. Er würde sie wecken und mit ihr fliehen.

Er legte eine Hand auf den Türknauf, der kalt und von den häufigen Berührungen ganz rau war. Langsam und behutsam drehte er ihn um, überprüfte, ob die Tür abgeschlossen war. Sie war offen. Er drehte den Knopf weiter herum, der Mechanismus arbeitete, der Riegel kratzte im Gehäuse. Das fast unhörbare Schleifen kreischte ihm in den Ohren wie ein herandonnernder Güterzug. Er drehte weiter, die Tür war frei, er stieß sie vorsichtig auf und hielt den Atem an, während er auf das Quietschen rostiger Scharniere wartete. Geräuschlos und leicht öffnete sich die Tür, niemand wurde aufgeschreckt.

Das Zimmer war leer.

Lyle runzelte die Stirn. Er huschte hinein, schloss die Tür und suchte im Kleiderschrank. Ihm sank der Mut, als ihm bewusst wurde, dass Cynthia fort war. Sie war verschwunden – oder man hatte sie verschleppt. Eilig kehrte Lyle in den Flur zurück und sah sich mit wildem Herzklopfen um. Irgendjemand hatte sich Cynthia geschnappt! Irgendeine Fraktion hatte bereits gehandelt, und die Lotion war verschwunden. Er rannte in den vorderen Raum und blickte nach draußen. Alle Fahrzeuge standen noch dort. Dann sah er im Lager nach, im Bad, in den leeren Schlafräumen. Er überprüfte die Küche und sah in einer Ecke einen schlanken Schatten, fast wie ein Skelett, am rissigen Küchentisch sitzen.

»Lyle«, sagte Cynthia. »Ich hätte nie gedacht, dass Sie der Erste sind.«

»Der Erste?«

Sie schaltete das Licht an. Lyle blinzelte in dem grellen Schein. Als er wieder sehen konnte, entdeckte er die Ampulle auf dem Tisch. Ein Glasröhrchen, das dicht neben Cynthias Hand stand. Daneben lag, schwarz und glänzend, die Pistole.

»Der Erste, der sich der Lotion bemächtigen will«, sagte Cynthia. »Ich wusste, dass es jemand versuchen würde. Vielleicht sogar einer nach dem anderen. Ich versichere Ihnen, Sie werden heute Nacht nicht der Letzte sein, aber es überrascht mich, dass Sie der Erste sind.«

Lyle fand einen zweiten Schalter und knipste das Licht wieder aus. »Leise!«, flüsterte er. »Wahrscheinlich sind schon alle wach.«

»Wie edelmütig von Ihnen!« Lyle hörte, wie Cynthias Waffe über den abgenutzten Kunststoff schabte. »Sie schützen mich vor den Plänen der anderen. Wie sieht Ihr eigener Plan aus, Lyle? Ist er ebenso edelmütig?«

Sie wusste es schon, also sah Lyle keinen Grund, länger zu warten. Langsam ging er auf sie zu und dachte unentwegt an die Waffe. »Ich will Lilly retten.«

»Wie enttäuschend«, entgegnete Cynthia. »Ich hatte auf etwas Originelleres gehofft, aber anscheinend haben Sie nur zwei Seinszustände. *ReBirth darf niemals und unter keinen Umständen angewendet werden* und *Ich muss ReBirth anwenden, um das Mädchen zu retten, auf das ich gerade scharf bin.* Das hat bei Susan leider nicht so gut geklappt, wie?«

»Ich muss zugeben, dass ich ein selbstsüchtiges Motiv habe«, erwiderte Lyle. »Ich werde ewig leben und möchte Lilly bei mir haben. Ich brauche nur einen winzigen Tropfen – niemand muss etwas davon erfahren.« Er schüttelte die Wasserflasche und hörte den Inhalt schwappen. »Ich habe ihren Speichel, das ist eine brauchbare DNA-Probe.«

»Wir könnten uns ein anderes Szenario einfallen lassen«, ergänzte Cynthia, als wäre sie von Anfang an eingeweiht gewesen. »Wir könnten behaupten, es sei schon vor dem Untergang geschehen, vielleicht im UN-Gebäude. Oder wir tun so, als sei überhaupt nichts passiert.« Im Zwielicht der Außenbeleuchtung sah Lyle ihr humorloses Lächeln, und es lief ihm kalt über den Rücken. Gleichgültig, was er tat oder sagte, immer hatte er das Gefühl, ihrem Drehbuch zu folgen.

Wie hatte sie nur so schnell von Überraschung zur Selbstbeherrschung wechseln können? Tat sie nur so? War sie wirklich so gerissen?

Oder war sie einfach nur böse?

»Sie hätte dann immer noch Zöliakie«, gab Cynthia zu bedenken.

»Zöliakie veranlasst den Körper, sich selbst zu schädigen, sobald er mit Gluten in Berührung kommt«, widersprach Lyle. »Mithilfe der ReBirth-Formel wird der Schaden behoben. Lilly wird sich selbst zerstören und gleichzeitig wieder heilen. Sie wird immer noch krank, wenn sie etwas Falsches isst, aber sie wird nicht daran sterben.« Er räusperte sich. »Cynthia, Sie und ich werden das Geheimnis hüten. Niemand wird etwas erfahren. Solange sie sich nicht verletzt, wird Lilly es nicht einmal erfahren.«

»Warten Sie mal ... Lilly weiß nichts davon?«, fragte Cynthia.

»Ich ... ich dachte, das sei klar.«

»Nein, das war keineswegs klar«, gab Cynthia höhnisch zurück. »Aber ...« Sie nickte. »Ich verstehe schon, warum Sie so dachten. Schließlich sind Sie ja der großartige Lyle Fontanelle.«

»Ich bin überhaupt nicht großartig.«

»Sie waren immer der kluge Wissenschaftler, der Selbstgerechte. Mehr strebten Sie nie an, oder? Sie wollten immer für andere entscheiden. Sie wollten uns nicht nur vorschreiben, wie wir die Produkte einsetzen sollten, sondern auch den moralisch korrekten Weg aufzeigen, den wir dabei einzuschlagen hatten. Die richtige Art und Weise, die Firma zu führen, die ReBirth-Formel anzuwenden und die Welt zu retten. Sogar bei der UN behandelten Sie alle anderen wie dumme Kinder, weil Sie immer recht hatten. Wenn die ganze Welt endlich ihre Streitereien einstellen und auf Sie hören würde, dann wären Ihrer Meinung nach alle Probleme schlagartig gelöst.«

Sie starrte ihn an, er starrte schweigend zurück.

»Sie hatten noch nie ein Rückgrat, Lyle, aber das war nicht das größte Problem. Und jetzt, da Sie endlich Ihren Standpunkt vertreten, ist Ihr größtes Problem größer denn je. Sie wollen für alle anderen die Entscheidungen treffen. Mit dem einzigen Unterschied, dass Sie inzwischen auch mutig genug sind, um Ihre Sache durchzuziehen.«

»Ich will ihr das Leben retten«, erklärte Lyle.

»Und was wird Lilly über Sie denken, wenn sie es herausfindet? Sobald sie sich in den Finger schneidet, sich ein Bein bricht oder bemerkt, dass sie nicht altert – was wird sie über Sie denken, wenn das Geheimnis schließlich gelüftet wird? Die anderen werden Ihnen nicht mehr vertrauen, aber Lilly – meine Güte! Lilly wird Sie hassen. Sie wird in Ihnen das Monster sehen, das sie besudelt hat, das die größte Entscheidung ihres Lebens getroffen hat, ohne sie um Erlaubnis zu bitten. Sie wussten genau, was sie für sich selbst wollte, und haben es ihr bis in alle Ewigkeit genommen.«

»Vielleicht findet sie sich damit ab.« Lyle hätte Cynthia gern ebenso überzeugt wie sich selbst. »Die Ewigkeit ist eine lange Zeit.«

»Warum warten Sie nicht, bis sie selbst den Wunsch nach Unsterblichkeit äußert?«

»Weil es ...«

Er unterbrach sich, doch es war zu spät.

»Was?« Cynthias höhnischer Unterton war verschwunden und eiskalter Analyse gewichen. Blitzschnell setzte sie die Teilchen zusammen.

Lyle wagte nicht zu antworten.

Cynthia brachte es auf den Punkt. »Sie wollen sich absetzen.«

»Nein.«

»Sie wollen sich absetzen«, wiederholte sie. »Und es muss heute sein, weil Sie danach nicht mehr hier sein werden.«

»Geben Sie mir die Lotion!«, knurrte Lyle.

»Niemals.«

Er starrte sie an und fühlte sich angesichts der Waffe völlig hilflos.

Cynthia starrte zurück, und nach einer Weile lächelte sie grausam und kalt. »Verstehen Sie jetzt, was ich mit der Macht meinte? Tun Sie, was ich Ihnen sage! Unterstützen Sie mich bei unseren Besprechungen, und Sie erhalten irgendwann das Gewünschte. Falls Sie sich gegen mich stellen, informiere ich alle über Ihren nächtlichen Versuch, mich zu berauben. Ich erzähle es auch Lilly.« Sie breitete die Arme weit aus, als wolle sie die ganze Insel umfangen. »Ich habe ReBirth, und das bedeutet, dass ich ...«

Lyle hechtete so schnell auf Cynthia zu, dass sie die Waffe nicht rechtzeitig heben konnte. Er hielt ihren Arm mitten in der Bewegung fest, sie drückte ab, und der Schuss verfehlte ihn. Er stieß sie zurück, sie fiel vom Stuhl und hielt sich noch im Stürzen an der Tischkante fest. Der Tisch kippte um. Lyles Herz setzte aus, als die gläserne Ampulle mit ReBirth in einem schrecklichen Bogen durch die Luft flog und auf dem Boden zerschellte.

Das Klirren kam ihm lauter vor als der Schuss.

Cynthia kreischte.

In aller Eile schraubte Lyle den Verschluss von der Wasserflasche und tauchte den Hals in den hellen weißen Fleck auf dem Boden. Etwas Wasser rann heraus und vermischte sich mit der Lotion. Er achtete nicht darauf, sondern schraubte den Deckel wieder fest. Noch einmal schoss Cynthia auf ihn. Er floh.

»Hilfe!«, schrie Cynthia. Der Ruf hallte laut im Flur. »Lyle hat mich überfallen! Er stiehlt die Lotion!« Sofort flogen mehrere Türen auf. Wie sich nun zeigte, hatte kaum jemand geschlafen. Der General trat halb auf den Gang heraus und runzelte die Stirn. Lyle wich ihm aus.

»Cynthia ist durchgedreht. Ich habe mir etwas zu trinken geholt, und sie hat auf mich geschossen!«, rief er und wartete nicht ab, wie der General reagierte. Auch Lilly hatte die Zimmertür geöffnet und stand mit weit aufgerissenen Augen im Eingang. »Nimm den Mantel!«, rief er. »Wir brechen auf!«

»Wohin denn?«

»Weg!« Er stürmte an ihr vorbei ins Zimmer, drückte ihr den Mantel in die Hand und nahm ihre Schuhe. »Die kannst du im Wagen anziehen.«

Sie verharrte verunsichert, doch als in der Küche ein weiterer Schuss fiel, zuckte sie zusammen. Nach kurzem Zögern zog sie die Schuhe an. »Was ist passiert?«

»Sie drehen alle durch! Wir müssen zum Boot!«, schrie Lyle.

»Und wohin dann?«

»Das überlegen wir uns, sobald wir in Sicherheit sind. Los jetzt!«

Noch ein Schuss. Lyle wusste nicht, ob die anderen versuchten, Cynthia zu beruhigen, ob sie sich verteidigte oder ob alle um das ReBirth auf dem Boden kämpften. Er wollte wieder in den Flur rennen, doch dann fiel ihm etwas Besseres ein. Er trat einfach zum Fenster, öffnete den Riegel und stieß es auf. Die Nachtluft war bitterkalt, er schauderte und sprang. Lilly warf die Wolldecke aus ihrem Zimmer hinterher, die er ihr sofort um die Schultern legte, als sie hinter ihm auf dem Boden aufkam. Dann liefen sie zu den Trucks und beteten, dass die Schlüssel steckten. Auf die Schüsse folgte Geschrei, während Lyle von einem Wagen zum nächsten lief. Da flog die Eingangstür auf. Im vierten Fahrzeug steckte der Schlüssel. Es war ein großer weißer Lieferwagen. Er rief Lilly zu sich. Der Anlasser knarrte einmal, zweimal, dreimal in der Kälte, bevor der Motor endlich ansprang. Lilly stieg ein, und er gab Gas, ohne auf die Schreie hinter ihnen zu achten.

»Was ist los?«, fragte Lilly.

»Vertraust du mir?«

»Natürlich! Sonst wäre ich doch nicht mitgekommen.«

»Ich wollte mir in der Küche etwas zu trinken holen«, erklärte er. Es war die Lüge, die er auch dem General aufgetischt hatte. »Cynthia war dort und dachte, ich wolle ihr das ReBirth stehlen. Da hat sie auf mich geschossen.«

»Hat sie dich getroffen?«

Lyle schüttelte den Kopf. Die Fahrt zum Hafen dauerte

nicht lange, es waren höchstens anderthalb Kilometer. Mit quietschenden Bremsen hielt er an. Schon tauchten Scheinwerfer hinter ihnen auf. Lyle und Lilly rannten zum Segelboot, zur *Mummer's Hoard* mit dem dunkelgrünen Yggdrasil auf dem Bug. Aus dem Wachhaus trat ein verwirrter Soldat.

»Alles in Ordnung?«, fragte er.

»Es gab einen Ausbruch!«, rief Lyle und deutete auf die Scheinwerfer. »Verhindern Sie, dass sie näher kommen!«

Erschrocken riss der Soldat die Augen auf und drehte sich mit angelegtem Sturmgewehr zu den näher kommenden Trucks um. Dann gab er mehrere Warnschüsse ab. Schlingernd wichen die Lastwagen aus, als sie so überraschend angegriffen wurden, und ihre Scheinwerfer tanzten wild in der Dunkelheit. Lilly startete bereits den Bootsmotor, während Lyle die Taue löste. Die Trucks hielten an, die Insassen duckten sich und riefen dem Wächter zu, er solle sofort aufhören. Der Soldat wich zum Boot zurück und gab eine weitere Salve ab, sobald die Verfolger aus der Deckung kamen. Mit seiner Waffe hielt er sie weiter in Schach.

»Können wir es uns hier einfangen?«, fragte er und wandte sich an Lyle, doch das Boot war bereits drei Meter von der Mole entfernt. Gleich darauf zehn und dann fünfzehn Meter. Der Soldat schrie ängstlich und zugleich wütend auf, hob das Gewehr und schien schießen zu wollen. Dann aber drehte er sich wieder zu den Trucks um. Einige Male blickte er hin und her und war offenbar unsicher, was er tun sollte.

»Wir konnten nicht dortbleiben«, flüsterte Lyle. »Du musst mir glauben! Außer dem totalen Wahnsinn hatten wir dort nichts mehr zu erwarten. Du hast gehört, welche Pläne sie geschmiedet haben. Sie wollten die Küste überfallen, um Lebensmittel und Frauen zu rauben. Sie waren bereit, sich wegen einer Handcreme gegenseitig umzubringen.«

»Ehrlich gesagt bin ich froh, sie los zu sein«, entgegnete Lilly. Sie steuerte das Boot nach Süden, um die Spitze der Insel herum und in Richtung des Block Island Sound. »Werden sie uns verfolgen?«

»Kannst du wirklich segeln? Ich meine, auch ohne den Motor?«

»Bei gutem Wetter, ja.«

»Dann sind sie nicht in der Lage, uns einzuholen.« Er blickte zurück, konnte aber nichts entdecken. »Ich schlage vor, wir fahren nach Süden und suchen uns eine menschenleere Insel in der Karibik. Wir bleiben dicht an der Küste, natürlich in sicherer Entfernung, und navigieren mit dem GPS. Wir müssen nicht einmal an Land, denn wir brauchen keinen Treibstoff, und den Nahrungsmitteln auf dem Festland ist sowieso nicht zu trauen.«

»Das wird eine lange Reise«, erklärte Lilly. »Unter Deck lagern noch Vorräte, aber wir hätten mehr Wasser mitnehmen sollen.«

»Eine Flasche habe ich.« Lyle hielt sie hoch und reichte sie ihr mit zitternder Hand. »Mehr konnte ich nicht finden.«

Sie trank, und dann warf Lyle die leere Flasche ins Meer.

Die Küste brannte.

Lyle und Lilly segelten schweigend nach Süden und sahen aus der Ferne zu, wie aus den Trümmern Amerikas der Rauch aufstieg, manchmal in dichten Schwaden, manchmal wie träge tastende Finger. In der Morgendämmerung bemerkten sie Bewegungen an der Küste, doch sie steuerten einfach weiter aufs offene Meer hinaus. Andere Boote oder Flugzeuge entdeckten sie nicht. Auch im Funk war nichts zu hören – keine Durchsagen, keine Warnungen, keine Hilferufe. Sie tranken Champagner, aßen Kaviar aus Dosen, die sie in Cynthias luxuriöser Kombüse fanden, und feierten jeden Abend, als sei es ihr letzter.

Je weiter sie nach Süden kamen, desto wärmer wurde es. In Florida hätten sie beinahe angehalten, doch ein Wesen am Strand jagte ihnen Angst ein – groß und affenähnlich, mit Stoßzähnen, menschlichen Brüsten und Armen, die bis weit unter die Knie reichten. In Abaco versuchten sie es noch einmal, doch eine Gruppe von zwanzig identischen Frauen beobachtete sie schweigend und finster. Sie segelten weiter.

Am nächsten Tag zogen schwarze Gewitterwolken auf.

»Kann ReBirth in den Regen geraten?«, fragte Lilly.

»Vielleicht«, flüsterte er. »Daran können wir nun nichts mehr ändern.«

Kapitel 64

Tag
Dämmerung
Die Insel

10 Tage nach dem Erwachen des Volks

Ket hatte den ganzen Morgen über das weiße Ding beobachtet und überlegt, ob es wuchs oder sich einfach nur näherte. Niemand aus dem Volk hatte so etwas schon einmal gesehen. Die anderen hatten Angst, nur Ket nicht, und er war nicht einmal überrascht. Niemand aus dem Volk hatte überhaupt schon einmal irgendetwas gesehen, denn es hatte nichts zu sehen gegeben. Sie waren bei der Geburt der Welt erwacht und hatten eine Weisheit geschenkt bekommen, die allen anderen Tieren auf der Insel überlegen war. Und jetzt war alles neu. Sie hatten Nahrung und Wasser, sie hatten unterirdische Gänge, in denen sie lebten, und der Himmel war hell. Sie hatten alles, was sie brauchten. Sonst gab es nichts.

Aber nun war dieses weiße Ding auf dem Wasser aufgetaucht.

Ket rammte den Speer in den Boden. Am achten Tag der Welt hatte seine Schwester Chirt mit der Herstellung von Speeren begonnen. Heute, am zehnten Tag, besaß fast jeder eine solche Waffe. Damit ließen sich Insekten und Mäuse fangen, von denen das Volk lebte. Das war viel einfacher, als die Beute mit Zähnen und Klauen zu erlegen. Fast jeden Tag geschah etwas Neues, und allmählich fragte sich Ket, ob die Welt ihnen diese Einfälle schenkte oder ob ihre Klugheit wuchs und sie von selbst auf neue Ideen kamen. Er fragte sich sogar, ob auch die Fähigkeit, sich eine Frage zu stellen, eine neue Entwicklung darstellte. Das Volk wurde mit jedem Tag erfahrener und wuchs, und es gab ständig weitere Veränderungen. Er betrachtete seine Pfoten. Beim Erwachen vor zehn Tagen hatte er noch keine Finger in einer Form wie dieser gehabt. Die Mäuse und die anderen Nagetiere hatten jedenfalls keine Finger. Nur das Volk besaß sie. Nicht zum ersten Mal fragte er sich, ob das Volk einst wie die Mäuse gewesen war und ob die Verwandlung in eine andere Gestalt immer noch fortschritt.

Wie sehen wir aus, wenn die Verwandlung abgeschlossen ist?, fragte er sich.

Das weiße Ding näherte sich ganz offensichtlich dem Strand. Es war riesig, das Größte, was er außer der Insel je gesehen hatte. Als er es genauer betrachtete, stellte er erschrocken fest, dass auf dem Ding Wesen hin und her gingen. War das eine andere Insel, die in ihre Richtung trieb? Inzwischen drängten sich die meisten Angehörigen des Volks um ihn – seine Schwester Chirt, sein Bruder Tsit und andere. Sie beobachteten, wie sich das weiße Ding dem Strand näherte. Plötzlich sprangen zwei Wesen von oben ins flache Wasser herunter.

»Sie haben Arme wie wir«, stellte Tsit fest. »Arme, Beine und Hände.«

»Sie scheinen zu lachen«, ergänzte Chirt. »Gehören sie zum Volk?«

»Sie sind zu groß, um zum Volk zu gehören«, wandte Tsit ein. »Sie sind so groß wie Bäume. Und sie haben keine Haare am Körper, nur diese winzigen Büschel auf dem Kopf.« Er beschirmte die Augen und sah genauer hin. »Wie Blätter.«

»Ich glaube nicht, dass es Bäume sind«, widersprach Chirt.

»Seht nur, was sie tragen!«, rief Ket, und das Volk verstummte. Die Wesen im Wasser zogen Sachen aus dem weißen Ding. Wundersame Sachen, die kein Angehöriger des Volks jemals gesehen hatte. Unwillkürlich verglich Ket alles mit dem Speer, den er in Händen hielt. *Wir haben diese Waffen gemacht,* dachte er. *Haben sie das alles auch gemacht? Und das da auch?* Inzwischen hatten die Neuankömmlinge die Gegenstände zu einem großen Haufen am Strand aufgetürmt. *Wer sind diese Wesen, dass sie so gewaltige Dinge gemacht haben?*

»Ich glaube, es sind Götter«, sagte Ket.

Chirt bedachte ihn mit einem scharfen Blick. »Was sind Götter?«

»Götter sind wie das Volk«, erklärte Ket. »Nur größer und klüger. Sie haben alles, was das Volk hat, aber sie haben viel mehr davon. Sie sind gewaltig und vollbringen große Taten.« Er betrachtete die Hände der Götter und bemerkte die Finger, die geformt waren wie die seinen. Er wackelte mit dem fünften Finger, der, ideal zum Greifen, gegen die anderen vier gestellt war. Der Finger, den die Tiere nicht besaßen. Er hob den Kopf. »Wir sollten sie willkommen heißen«, schlug er vor. »Wir sollten sie um Geschenke bitten. Vielleicht können wir dank ihrer Gaben so werden wie sie.« Er hielt inne. »Vielleicht sind sie deshalb gekommen.«

»Dann bringen wir ihnen auch Geschenke«, schlug Chirt vor. Die anderen Angehörigen des Volks nahmen die Speere und die aus Blättern gefertigten Teller mit dem Fleisch der Mäuse und Insekten. Dann schlichen sie aus den Büschen und dem hohen Gras zum Strand – Dutzende waren es inzwischen, fast hundert. Das ganze Volk hatte sich versammelt. Die Götter berührten sich. Ket war fast sicher, dass sie sich küssten. Das Volk bemerkten sie erst, als es nur noch einige kurze Sprünge entfernt war.

Die Götter schrien und wichen zurück. Sie plapperten mit lauten Stimmen. Ket verstand nicht, was sie sagten.

»Sie können nicht richtig sprechen«, meinte Tsit. »Sie sind nicht klüger als wir, wenn sie nicht einmal richtig sprechen können.«

»Vielleicht ist ihre Sprache größer«, wandte Ket ein. »Genau wie ihre Dinge, die größer sind.« Aber er hatte seine Zweifel. So unverständlich die Worte auch blieben, das Gefühl war eindeutig. Er hörte es am Tonfall und erkannte es an den Augen.

Sie hatten Angst.

»Ein Gott sollte sich nicht fürchten«, befand Chirt.

Der größere Gott hatte einen riesigen Speer, der jedoch seltsam geformt war. Er lief nicht in einer Spitze aus, sondern hatte vorn ein breites, flaches Blatt. Ket fragte sich, welche Geschöpfe die Götter jagten, dass sie einen so gewaltigen Speer brauchten. Tsit hüpfte näher heran, kniff misstrauisch die Augen zusammen und hielt den Speer bereit. Die dunklere Gottheit – vermutlich die weibliche – versteckte sich hinter der helleren Gestalt. Der Wind rauschte laut, als der Gott den Speer auf Tsit niedersausen ließ. Nasser Sand flog umher. So viel Kraft hatte Ket noch nie gesehen.

Der Gott hob den Speer. Tsit lag zermalmt in dem Loch, das der Speer in den Sand geschlagen hatte.

»Das sind keine Götter«, stieß Ket voller Entsetzen hervor. »Sie sind nicht gewaltig.« Er betrachtete seine Verwandten und entdeckte Furcht in ihren Augen. Und Wut. »Tiere und Insekten sind gestorben, das Volk aber noch nie. Diese Wesen bringen uns keine Gaben, sondern den Tod.« Er drehte sich zu den Göttern um. »Sie haben Angst. Sie haben große Dinge, sind aber nicht groß. Wir wären bessere Götter als sie.« Er blickte zu seinem Volk zurück und brüllte vor Zorn. »Wir nehmen uns ihre Gaben! Wir essen ihr Fleisch! Und wir werden die neuen Götter!!«

Die Geschöpfe schrien und griffen an.

Danksagung

Anfang 2010 begann ich mit der Arbeit an dieser Geschichte, als ich ein ganz anderes Buch schrieb, es langweilig fand und beschloss, lieber fernzusehen. Dort lief gerade *The 6th Day*, und ich sah die Szene, in der Arnold Schwarzenegger als Adam Gibson nach Hause kommt und sich selbst durch das Fenster beobachtet, wie er mit seiner Frau spricht und mit den Kindern spielt. Schlagartig und unwiderruflich wird er mit der Tatsache konfrontiert, dass er nicht einzigartig ist. Die Individualität jedes Menschen, eine Grundannahme unserer ganzen Lebensart, kann nicht mehr als gegeben gelten. Er ist nicht mehr der einzige Adam Gibson, und er wird es nie wieder sein. Der Film ist ganz in Ordnung, aber diese Szene traf mich wie kaum etwas anderes zuvor. Ich ließ das andere Projekt sofort fallen und begann, an *Die Formel* zu arbeiten.

Die Ersten, denen ich danken muss, sind folglich Arnold Schwarzenegger sowie Cormac und Marianne Wibberley. Ich bin euch nie begegnet, aber ihr habt mich inspiriert, als ich es brauchte. Als Nächstes möchte ich keiner Person, sondern der ganzen Gesundheits- und Schönheitsbranche danken, in der ich nach dem College acht lange Jahre gearbeitet habe, ehe ich ein hauptberuflicher Autor wurde. Ich wusste, dass ich über das Klonen schreiben wollte, aber ich wusste auch, dass es etwas Neues sein sollte, und das erforderte, das Thema Klonen mit einem Zweig der Wissenschaft in Verbindung zu bringen, an den bisher noch niemand gedacht hatte. Und in welchem Zweig der Wissenschaft hatte ich selbst acht Jahre lang Erfahrungen gesammelt? Genau, in der Schönheitsindustrie und der Gesundheitsbranche. So kam ich also in genau diesem Moment, als ich während einer Werbepause auf dem Sofa saß, auf die Idee einer Handcreme, die die DNA überschreibt, und von da an nahm alles seinen Lauf. Ich danke den vielen herzlosen Schönheitsfirmen. Ohne euch hätte ich das nie geschafft.

Sobald der Kern der Geschichte stand, bekam ich von allen Seiten Hilfe. Ich erzählte meiner Autorengruppe davon, die förmlich vor erstaunlichen Ideen explodierte. Brandon und Emily Sanderson, Karen und Peter Ahlstrom, Ben und Danielle Olsen, Alan Layton, Ethan Skarstedt, Kaylynn Zobell, ihr seid die Besten. Als ich Howard Tyler davon erzählte, erfand er eine mikrobiologische Hintergrundgeschichte. Meine Frau Dawn Wells nannte mir eine Reihe ausgesprochen schrecklicher Dinge, die mit dieser Technologie schiefgehen konnten. An diesem Punkt war mir klar, dass ich tatsächlich recherchieren musste, und ich unterhielt mich mit einem Anwalt der Schönheits- und Gesundheitsbranche, mit dem ich früher zusammengearbeitet hatte. Ich quetschte ihn zu all diesen Weltuntergangsszenarien aus: Wenn X existierte, und Y geschah, wie ginge es dann weiter? Wie würde die Firma reagieren? Wie würde sich die Firma verteidigen? Alles, was in diesem Roman nicht stimmt, geht zu hundert Prozent zu meinen Lasten, aber alles, was richtig ist, hat seinen Ursprung in diesen und vielen anderen Unterhaltungen mit Menschen, die klüger sind als ich. Ich danke euch allen.

Jedes schöpferische Projekt erreicht irgendwann einen Punkt, an dem unweigerlich das Leben eingreift. *Die Formel* war größer, verrückter und ehrgeiziger als alles, was ich bis dahin geschrieben hatte und musste deshalb immer wieder in den Hintergrund treten, während ich an anderen Projekten arbeitete, von denen ich tatsächlich leben konnte. Ich schrieb die *Partials*-Reihe, einen neuen John-Cleaver-Roman und begann mit der *Mirador*-Reihe, ich zog nach Deutschland um, bekam noch zwei Kinder und tat tausend andere Dinge, die meine Zeit auffraßen, doch wann immer ich ein oder zwei freie Minuten hatte, kehrte ich zu *Der Formel* zurück und schrieb ein neues Kapitel, eine Szene oder einen Absatz. Als ich das Buch endlich abschloss, war es wundervoll, prächtig, chaotisch, unsortiert und gewaltig, aber mein grandioser Lektor Whitney Ross vollbrachte die absolut grandioseste Lektoratsarbeit, die ich je gesehen habe. Gemeinsam kürzten wir das Buch um mehr als 35 Prozent – das sind fast 70.000 Worte, mehr als der Umfang meines ganzen ersten Romans. Whitney und die anderen Mitarbeiter bei Tor leisteten eine überragende Arbeit und verdienen allen Dank, den ich ihnen nur aussprechen kann: Amy Stapp, Alexis Saarela, Patty Garcia, Irene Gallo und viele andere Menschen hinter den Kulissen. Wie immer danke ich auch meiner unglaublichen Agentin Sara Crowe dafür, dass sie unglaublich ist. Sie ist der beste Geschäftspartner, den ich mir nur vorstellen kann.

Dank auch an JD Luckesen und Mike Woolf, die mir Brathühnchen besorgt haben.

Und zu guter Letzt: Eines der Themen, die mir in diesem Buch wichtig waren, ist die Vorstellung, dass niemand einzigartig ist, dass überall Doppelgänger auftauchen, dass gewisse Ideen, Handlungen, Namen und sogar Menschen im Laufe unseres Lebens immer wieder erscheinen. Als Autor lernt man beizeiten, den Charakteren einzigartige, leicht wiedererkennbare Namen zu geben. Ich habe die Namen in diesem Buch absichtlich verwirrend ähnlich gewählt. Als ich einen Schauspieler brauchte, der meine

Hauptfigur darstellen sollte, entschied ich mich für Dan Wells – denn wie verrückt ist das denn? Und so erscheint es nur passend, dass ich sechs Jahre, nachdem ich die blonde Mittzwanzigerin als Praktikantin im Buch erfand, im realen Leben eine blonde Mittzwanzigerin als Assistentin einstellte. Ich versichere aber, dass sie nicht dieselbe Person ist. Danke, Kenna Blaylock, dass du mir geholfen hast, dieses Buch flügge zu machen. Es tut mir leid, dass du auf dem Dach des UN-Gebäudes von Schimpansen aus der Zukunft erschossen wurdest.

Und vielen Dank an Sie, weil Sie das Buch gelesen haben. Dies ist meine *Götterdämmerung*, und ich hoffe, Sie haben das Buch so sehr genossen wie ich und wir alle die Arbeit daran genossen haben.

PIPER
BESUCHE
FREMDE
WELTEN
Piper Science-Fiction.de